DER DÄMON IN VERSAILLES

AF288523

DER

DÄMON IN VERSAILLES

Neele L. Bail

Op'n Knüll 10

25336 Elmshorn

Verlag: BoD · Books on Demand GmbH, In de Tarpen 42,
22848 Norderstedt
Druck: Libri Plureos GmbH, Friedensallee 273, 22763 Hamburg
ISBN: 978-3-7597-8689-0

KAPITEL

DANKSAGUNG

Mama, du bist die Beste.

Ein riesiges Dankeschön an meine ehemalige Deutschlehrerin Frau S., die mich unterstützt hat, als ich meine Liebe fürs Schreiben entdeckte und die mir das alles hier korrekturgelesen hat.

Ebenfalls ein großes Dankeschön an meine erste Testleserin L. für ihre Anmerkungen.

TEIL 1

Prolog

(April 1686)

Der Mann, der sich unsicher in den Schatten einer Gasse in Paris drückte, schluckte und ließ den Blick seiner blassen Augen ein weiteres Mal umherwandern. Er war hier richtig, das wusste er, doch die Person die er hier treffen sollte, ließ auf sich warten. Hatte er ihn vielleicht angelogen und würde gar nicht kommen? Sicher nicht! Der Fremde war zwar unsympathisch, aber ehrlich gewesen.

„Warten Sie schon lange?", ertönte dann diese Stimme, die ihn auch schon die letzten Male immer nur aus den Schatten der Dunkelheit heraus angesprochen hatte und der Person gehörte, auf die er wartete.

„Nein", würgte der Mann hervor und schüttelte den Kopf. Seine Hände schwitzten und ihm war heiß. Er hörte seinen schnaufenden Atem lauter als alles andere in der Gasse.

„Hier!", verkündete der Fremde dann und reichte dem Mann ein kleines Bündel. „Alles, was Sie brauchen, um ihre Wünsche zu erfüllen."

„Warum tun Sie das? Was bringt es Ihnen, mir zu helfen, wenn ich sie dafür nicht bezahle?" Er bekam keine Antwort, stattdessen verschwand die kalte Hand, die ihm das Bündel gegeben hatte, wieder in den Schatten. Der Mann hörte ein Rauschen wie von Flügeln und dann spürte er wieder, dass er allein war. Vielleicht würde sich sein Leben jetzt zum besseren Wenden. Hoffentlich würde alles gut gehen, aber wenn nicht, war er eh tot. So viel war sicher. Aber wenn es funktionierte, dann würden alle seine Träume wahr werden. Endlich!

Kapitel 1

(Juli 1686)

Gabriel fröstelte es leicht, als er an die nächsten Tage dachte, und er spürte, wie sich eine Gänsehaut auf seinen Unterarmen bildete. Trotz der Tatsache, dass es Anfang Juli und demnach eigentlich recht warm hätte sein müssen, war ihm eiskalt. Der Grund dafür war das, was in den nächsten Tagen vor ihm lag. Nicht, dass etwas wirklich Schlimmes passieren würde, zumindest stand das nicht in Aussicht, aber er würde die nächsten zwei Tage zum Großteil auf einem Schiff auf dem Ärmelkanal verbringen und genau das war es, was ihm Sorgen machte. Er war der Inbegriff eines seekranken Menschen, zumindest für die ersten Stunden einer Reise auf See, bis ihm jemand irgendein geheimes Mittel gegen seine Reisekrankheit gab. Sie war so schlimm, dass er jedes Mal, wenn er mit einem Schiff reisen musste, ein kleines Häufchen Elend war. So hatte er sich bereits auf der Hinreise nach England, um seine Großtante, die Schwester der Mutter seiner verstorbenen Mutter, zu besuchen, sehr schlecht gefühlt. Und heute würde das wahrscheinlich wieder so sein, wie bei jeder Seereise, die er zuvor unternommen hatte. Er würde für einige Stunden über einen Eimer gebeugt in seiner Kajüte sitzen und mit einer ungesund grünen Färbung im Gesicht, versuchen sich nicht zu übergeben.

In zwei Stunden erwartete man ihn zusammen mit seinem Gepäck an Bord der Golden Star, um von Southampton im Süden Großbritanniens nach Le Havre de Grâce im Norden Frankreichs, an der Mündung der Seine, aufzubrechen. Diese erste Etappe würde ungefähr eineinhalb bis zwei Tage dauern. Eineinhalb bis zwei Tage auf See. Oh wie gut er sich doch tausend Sachen ausmalen konnte, die er lieber tun würde als diese Zeit auf einem Schiff zu verbringen. In Le Havre de Grâce würde er dann den Rest des Tages verweilen und am nächsten eine Kutsche besteigen, der Weg nach Paris würde ungefähr drei Tage beanspruchen, dort würden er für eine Nacht verweilen und dann die letzten Stunden Fahrt nach Versailles hinter sich bringen.

Der junge Comte blickte aus dem Fenster des Stadthauses seiner Großtante eine der Hauptstraßen von Southampton entlang und konnte am Ende dieser das blaugraue Wasser im Hafen der Stadt glitzern sehen. Der Himmel war ebenfalls grau, dennoch sah es nicht nach Regen aus. Möwen kreisten wie Geier über den Fischerbooten und bildeten am Himmel beinahe Wolken aus weißen Vögeln mit gelben Schnäbeln.

Gabriel wand sich von dem Fenster ab und drehte sich zu seinem Bett um.

Mit einem leisen Klicken öffnete sich die Tür zu dem hauptsächlich in Blau gehaltenen Schlafzimmer und Claude, Gabriels Kammerdiener, der ihn nach England begleitet hatte, trat ein.

Claude war ein kleiner, schlanker Mann mit mittlerweile grauen Haaren und vielen Falten und war schon, seit Gabriel denken konnte für sein Wohl zuständig gewesen. Er konnte sich noch daran erinnern, als Claude die ersten grauen Haare, in seinem damals noch dichten Haarschopf gefunden, hatte.

Gabriel griff nachdenklich in seine eigenen braunen Locken und begann gedankenverloren eine Strähne um seinen Finger zu drehen. Eine Angewohnheit, die er bereits als Kind gehabt hatte. Seine Haare fühlten sich wie immer dick und kühl an, als sie zwischen seinen Händen hindurch glitten.

„Ist alles in Ordnung Comte?", fragte Claude ruhig, seine Stimme war leise und rauchig.

Gabriel nickte stumm. „Ich freue mich nur nicht sonderlich auf die Seereise. Sie wissen, wieso", murmelte er dann und setzte sich wieder auf die Bettkante. Sein Blick fiel auf das kleine Buch auf dem Nachtkästchen, es war aufgeschlagen, so dass man die auf die erste Seite geschriebene Widmung lesen konnte.

Für meinen treuen Freund Gabriel.

Die Schrift war klein und kaum zu entziffern. Gabriel hatte das Buch vor kurzer Zeit von Samuel, dem Enkel seiner Großtante, mit dem er seit seiner Kindheit in engem Briefkontakt stand, bekommen. Seit einem Unfall, bei dem sich dieser die Hand verletzt hatte, sah seine Handschrift allerdings einfach nur noch schrecklich aus. Er strich sanft mit den Fingern über die Schrift. Er vermisste Samuel jetzt schon.

Comte Gabriel William Desrosiers lautete eigentlich sein Vollständiger Name. Seine Sippe war ursprünglich eine reiche Handelsfamilie mit diversen Weingütern gewesen, deren Ländereien allerdings nicht für den Wein, sondern für die überall wachsenden wilden Rosen bekannt und vor gut zweihundert Jahren aus Dankbarkeit des damaligen Königs geadelt worden war, da einer von Gabriels Vorfahren dem Prinzen einmal das Leben gerettet hatte. Daher hatte man den Desrosiers gesagt, die Oberhäupter dieser sollten von nun an Comte und Comtesse heißen, außerdem hatte der damalige König die Ländereien, die der Familie gehörten, zur Grafschaft erklärt und ihnen noch mehr Land gegeben, um dieses zu verwalten. Im Jahr 1682 hatte dann Louis XIV. den Adel Frankreichs nach Versailles, dem ehemaligen Jagdschloss seines Vaters, gerufen und zu seinem Hof gemacht, wo Gabriel bereits seit dreieinhalb Jahren lebte und wo bald auch sein Stiefsohn Jean leben würde. Er vermisste ihn, da dieser noch einige Wochen im Haus der Desrosiers im Norden Frankreichs bleiben würde, bevor auch er nach Versailles kam.

Gabriel hatte dessen Mutter geheiratet, die damals um einige Jahre älter als er selbst gewesen war. Jedoch verstarb sie leider bereits ein paar Jahre nach der Hochzeit, auf Grund eines Unfalles mit ihrer Kutsche.

Gabriel wurde ruckartig aus seinen Gedanken gerissen als sich Claude direkt vor ihn stellte und sich räusperte.

„Sie sollten etwas essen Comte, bevor wir aufbrechen", sagte er und machte eine Handbewegung in Richtung der Tür des Zimmers.

Gabriel folgte der Aufforderung des Dieners und trottet langsam in den Gang hinaus, die Tür leise hinter sich schließend.

Die Treppe ins Erdgeschoss knarrte leise, als er sie hinabstieg und seine Hand am Geländer entlang gleiten ließ. Unten im Speisesaal nahm er sein Frühstück zu sich und las währenddessen weiter in seinem Buch über Botanik, jenes, welches er von Samuel bekommen hatte. Durch das große Fenster des Raumes, das ebenfalls in Richtung des Hafens zeigte, fiel das durch die Wolken grau gefärbte Licht der Julisonne in den Raum und erhellte die schlichten floralen Muster an den Wänden. Ob, dass der Himmel so düster war, daran lag, dass er sich in England befand oder es einfach nur einer dieser Tage kurz vor einem Sturm war wusste er nicht. Darin das Wetter vorherzusagen, war er jedoch noch nie gut gewesen, hatte er doch keinerlei Körperteile, die zum Beispiel kribbelten, wenn ein Sturm vor der Tür stand oder die Intuition seiner Mutter im Bezug auf die Launen der Natur. Nachdenklich beendete er sein Frühstück und ließ das Büchlein in der Tasche seines Gehrockes verschwinden, während einer der Diener die das ganze Jahr in dem Haus verbrachten, leise klappernd sein Geschirr abräumte.

Kurz nach dem Frühstück verließ Gabriel dann das Stadthaus seiner Großtante und stieg in die Kutsche, die vor dem Haus auf ihn wartete, ein, legte seinen Dreispitz auf die Polster und schlug sein Buch auf, nachdem er dieses wieder hervorgeholt, hatte.

Claude saß bereits vorne neben dem Kutscher auf dem Bock und Gabriels Reisekiste war hinter der Kabine auf der kleinen Ladefläche festgezurrt. Der Kutscher rief etwas und ließ seine Peitsche knallen, dann setzte sich das Gefährt rumpelnd in Bewegung, in Richtung des Hafens von Southampton. Die Räder klapperten laut über das Kopfsteinpflaster der weiten Straße, während der Kutscher sich an anderen Kutschen vorbeischlängelte.

Kurze Zeit später hielt das Gefährt in der Nähe der Docks an, Gabriel setzt sich seinen mit einer großen, flauschigen Feder geschmückten Dreispitz wieder auf und stieg aus. Er fühlte sich wie ein buntes Huhn verglichen mit den Matrosen, die gerade dabei waren, die letzten Frachtstücke auf die Golden Star und einige andere Schiffe zu laden, darunter auch seine Reisekiste. In seinem silberblauen Gehrock wirkte er seltsam fehl am Platz und die große Feder an seinem Hut half auch nicht.

Ihm kam ein hochgewachsener Mann mit rötlichen Haaren und kurzen Bartstoppeln aus der Richtung der Golden Star entgegen und deutet eine Verbeugung an. Beim Laufen humpelte er ein wenig, was seiner beeindruckenden Ausstrahlung aber keinen Abbruch tat.

„Comte Desrosiers?", fragte er mit einem stark irischen Akzent.

Gabriel nickte. „Kapitän Bishop nehme ich an?", erwiderte er.

„Roger Bishop, zu ihren Diensten!", lachte dieser. „Kommen sie. Willkommen an Bord der Golden Star", fuhr er fort und machte eine einladende Armbewegung in Richtung der kleinen Brücke, die den Steg mit dem Schiff verband.

Gabriel betrat das Schiff und holte einmal tief Luft. Der Geruch nach Fisch und anderen Sachen konnte den salzigen Geruch der See den Gabriel so sehr mochte nicht vollends übertünchen und so genoss er die sanfte Brise, während die Planken und der Mast leise knarrten. Es dauerte nicht lang und die Golden Star war zum Ablegen bereit. Um niemandem im Weg zu stehen, zog sich Gabriel daher unter Deck zurück, außerdem war es auch egal, wo er sich befand, die Seekrankheit meldete sich immer früher oder später von ganz allein und so konnte er auch einfach unter Deck warten.

Eine halbe Stunde, nachdem die Golden Star den Hafen verlassen hatte, war Gabriels Magen dann dabei, mit ganzem Willen gegen den Körper, in dem er sich befand, zu rebellieren und so war der Franzose mit grünlichem Gesicht in seiner Kajüte über einen Eimer gebeugt und verabschiedete sich in Gedanken von seinem Frühstück. Wie immer half nur warten, bis die Übelkeit nachließ und hoffen, dass der Seegang ruhig blieb und es keine unliebsamen Wetterumschwünge gab. Diese Hoffnung teilte er mit den

Matrosen, wenn auch auf Grund verschiedener Motivationen und Gründe.

Irgendwann, sein Magen hatte sich so weit, wieder beruhigt, dass er aufstehen konnte, ohne dass ihn eine neuerliche Welle der Übelkeit überkam, entschied er sich dann, an Deck etwas frische Luft zu schnappen. Das hatte eigentlich immer etwas geholfen, nachdem die ersten großen Schübe dieses lästigen Leidens überstanden waren, und er mochte die Seeluft. Er stellte sich also an die Reling, umschloss das Holz mit seinen Fingern und holte tief Luft. Er versuchte sich auf den Geruch des Salzes und den kühlen Wind zu konzentrieren, der angenehm seine Nase umspielte. Oh, wie sehr er Seereisen lieben würde, wäre da nicht die Seekrankheit. Nach einigen Minuten gesellte sich Kapitän Bishop zu ihm, als er bemerkte, dass Gabriel wieder an Deck gekommen war.

„Euer Diener Claude hat mir berichtet, dass die See … nun ja … nicht euer Gefilde ist", begann er dann schmunzelnd und lehnte sich mit dem Rücken gegen die Reling. Gabriel drehte sich zu dem Iren, er stand rechts von ihm, herum und warf ihm einen müden Blick zu.

„Das kann man so sagen, und nein, so sehr ich die See liebe, so sehr scheint mein Magen etwas gegen Schiffe zu haben", antwortete er dann etwas resigniert.

„Gehen sie zu meiner Frau und lassen Sie sich etwas Ingwer geben. Kauen sie darauf herum. Das hilft eigentlich immer", schlug der Kapitän vor und deutete auf die Treppe, die unter Deck führte.

Gabriel blinzelte kurz gegen die Sonne und nickte. Der Kapitän musste es ja wissen, er fuhr schließlich zur See, um sich sein Brot zu verdienen, nicht Gabriel.

„Kapitän", verabschiedete sich der Franzose schließlich und machte sich unsicher über die Planken wankend auf den Weg Unterdeck.

In der Kombüse war Madelaine Bishop bereits dabei das Abendessen, das es aber erst in ein paar Stunden geben würde, vorzubereiten. Die dünne Frau mit den unbändigen, braunen Locken und eingefallenen Wangen die irgendwie gar nicht mit ihrer gesunden Bräune zusammenpassen wollten, blickte hoch als Gabriel den kleinen, schummrigen Raum im Bauch der Golden Star betrat. Ihr grünäugiger Blick musterte ihn prüfend.

„Comte", grüßte sie dann kühl.

„Haben sie Ingwer? Der Kapitän meinte es könnte gegen meine Seekrankheit helfen", fragte Gabriel und ließ den Blick seiner blauen Augen durch den Raum schweifen. An den Wänden bildeten Bretter eine Art Regal, auf dem Körbe und Kästen standen, darunter einige Fässer und weitere Kisten. Erhellt wurde der Raum von zwei brennenden Laternen und einem Gitter in der Decke, durch das der Rauch der Kochstelle entweichen konnte.

Madelaine nickte und griff in eine der kleineren Kisten hinter sich auf dem Regal, holte eine Wurzel daraus hervor und schnitt ein Stück davon ab, dann gab sie dieses an Gabriel.

„Danke", sagte er, verbeugte sich schnell und verließ den Raum wieder, während er sich den Ingwer in den Mund schob. Über Deck ging es ihm definitiv besser als hier unten im Bauch des Schiffes und so kehrte er dorthin zurück. Wieder an Deck kam ihm Claude entgegen. Gabriel hielt ihn mit einer Handbewegung davon, ab gleich in einen Redeschwall auszubrechen.

„Ihr wisst, dass ich es nicht mag, wenn man mich ständig so umsorgt. Ich bin ein erwachsener Mann, vergesst das nicht. Auch wenn andere in einem ähnlichen sozialen Stand sich noch, wie Kinder verhätscheln lassen", sagte er unwirsch und so gar nicht wie sein übliches selbst. Es tat ihm noch im selben Moment leid, dass er den alten Mann so angegangen war.

Claude nickte lediglich.

Gabriel seufzte und konzentrierte sich wieder auf den Geschmack, der sich in seinem Mund ausbreitete. Der Ingwer schmeckte würzig und scharf. Gabriel mochte den Geschmack nicht sonderlich, aber wenn es gegen seine Seekrankheit half, war es ihm doch sehr recht, auf einer ekeligen Wurzel herumzukauen.

Kapitel 2

Juli 1686)

Am frühen Morgen des übernächsten Tages lief die Golden Star in den Hafen von Le Havre de Grâce, ursprünglich aus militärischen Zwecken errichtet und nun eine große Hafenstadt, ein. Gabriel konnte gar nicht beschreiben wie dankbar er war, endlich von dem Schiff herunterzukommen. Auch wenn sein Gang recht schwankend war, genoss er es wieder festen Boden unter den Füßen zu haben. Der Ingwer hatte zwar etwas geholfen, aber ganz war das flaue Gefühl während der Reise nicht aus seinem Magen verschwunden.

Eine Kutsche brachte ihn und Claude sowie seine Reisekiste zum Haus einer befreundeten Familie, dort würden sie die Nacht verbringen und am nächsten Tag nach Paris aufbrechen.

Gabriel selbst hatte beschlossen, sich etwas die Stadt anzusehen und die Beine zu vertreten. Er wusste, dass das nicht unbedingt ungefährlich war, schließlich gab es immer Diebe und Räuber und auch wenn er einfachere Kleider anzog, würde er als niemand aus dem gewöhnlichen Bürgertum erkannt werden, aber dennoch wollte er sich etwas bewegen, bevor er für drei Tage in eine Kutsche gepfercht werden würde, war die Reise über die Seine nach Paris für Gabriel doch keine Option.

Angekommen begrüßte er also kurz die Hausherrin, zog sich dann um und brach, ein wenig Geld und einen Dolch vorsichtshalber in seinem Gehrock versteckt in die Straßen von Le Havre de Grâce, auf.

Er war einige Zeit umhergeschlendert, als ein kleiner Laden seine Aufmerksamkeit auf sich zog. Es handelte sich um eine Druckerei, die aber auch einige Bücher und Schreibutensilien zu verkaufen schien.

Gabriel betrat vorsichtig den kleinen Verkaufsraum und ließ seinen Blick über die wenigen dort ausgestellten Bücher und

Heftchen, sowie einige Tintenfässer in einem Regal, schweifen. Über ihm an der Decke hingen einige Stangen, über denen man Buchseiten und Pamphlete zum Trocknen aufgehängt hatte. Er verbrachte einige Minuten in dem Laden und kaufte dann ein neues Glas mit Tinte, bevor er sich wieder aufmachte, um weiter durch die Stadt zu wandern. Rechts und links von ihm eilten Menschen vorbei. Einige waren beladen mit Körben, andere schoben Karren oder rollten Fässer zu großen Lagerhäusern. Alle paar Minuten rumpelte eine Kutsche an ihm vorbei.

Gabriel lief langsam weiter, durch kleinere Gassen und Seitenstraßen, weiter vom Stadtkern weg und ließ seine Umgebung auf sich wirken. Die Leute hier trugen schlichte Kleidung in gedeckten Farben, dunkles Grün, viel Braun und Beige. Das meiste war einfach und praktikabel. Weiter seiner Nase folgend kam er schließlich in ein weiteres Viertel, welches jedoch seltsam lehr wirkte. Kaum eine Person war auf der Hauptstraße, auf der er sich befand, zu sehen. Er fand es im Allgemeinen seltsam, dass er hier so eine große Straße fand, die auch noch abrupt in einer Wand endete, wo er sich doch eigentlich in einem der Teile der Stadt befand, der beinahe berüchtigt für seinen kleinen Gassen und Winkel war, denen man für Stunden ohne Ende folgen und such hoffnungslos verirren, konnte. Und die Personen, die da waren, schienen ihn aus den Augenwinkeln heraus anzustarren, als würden sie auf den ersten Blick bemerken, dass er nicht hierhergehörte. Als würden sie ihn beinahe als Eindringling sehen. Zum Glück erhaschte sein Blick nach einigen Minuten den Schriftzug über einer Ladentür in einer kleinen Seitengasse, die von der Hauptstraße wegführte. Der Laden schien geöffnet zu haben und so flüchtete er sich in dessen Innenraum. Nach einem kurzen Moment des Verschnaufens, sah sich Gabriel dann neugierig in seiner neuen Umgebung um.

Der Laden war vollgestopft mit seltsamen Gegenständen. Tierschädel mit Glasaugen füllten die Regale in dem winzigen Raum, zerfledderte Seiten und getrocknete Kräuterbündel hingen vor dem kleinen, dreckigen Schaufenster sowie einige seltsame Geräte aus Kupfer und Glas die überall herumstanden, schienen jeglichen Platz in dem Laden einzunehmen. Ganz hinten im Verkaufsraum quetschte sich ein kleiner Tresen in eine Ecke.

Gabriel wand sich durch den kleinen Laden, den Kopf wie eine Eule hin und her drehend, um jedes bisschen sehen zu können. Jeden Gegenstand und jedes Kräuterbündel, jede getrocknete Blume die er noch nie in seinem Leben gesehen hatte. Bis er unter einigen losen Seiten Papier auf einem Tisch, ziemlich in der Mitte des Ladens, eine Ledermappe sah, die sein Interesse weckte. Er schob vorsichtig die Papiere bei Seite und förderte so, wie er schnell feststellte, das Manuskript eines Buches zu Tage. Sanft öffnete er die Mappe und ließ die Seiten durch seine Finger gleiten. Das Papier war dick und schwer, aber seidenglatt. Der Text darauf war in mehreren Sprachen und Schriften, die Scheinbar mit jedem Absatz wechselten, verfasst, von denen er die meisten nicht verstand und den Begriff Absatz konnte man hier auch nur im weitesten Sinne verwenden, waren Textblöcke doch in Wellenlinien geschrieben, andere ringelten sich wie ein Schneckenhaus zu einer Spirale, mal waren die Seiten hochkant und mal quer beschrieben und ein paar Mal war die Buchstaben sogar vertikal übereinander aufgereiht und nicht horizontal. Nur gelegentlich sah er einige Zeilen in Französisch oder Englisch als er durch die Papiere blätterte. Was ihn aber am meisten an dem Manuskript interessierte, waren die Zeichnungen, die viele der Seiten schmückten. Einige waren mit Kohle angefertigt worden, andere liebevoll bunt ausgemalt. Sie waren unglaublich detailreich und stellten Dämonen, Engel, Monster, Seeungeheuer und Sagengestalten dar, die alle mehr oder weniger gegeneinander zu kämpfen schienen, es gab Zeichnungen, die an Skizzen für Aushänge von flüchtigen Verbrechern erinnerten und schematische Darstellungen von irgendwelchen Abläufen.

Einerseits wusste Gabriel, dass es gefährlich sein konnte, so ein Buch zu besitzen, und er hatte sich auch noch nie für Okkultismus oder ähnliches interessiert, aber andererseits war er aus einem ihm unerfindlichen Grund bereit, jeden Preis für das Manuskript zu zahlen. Es schien zu ihm zu rufen.

Er zuckte erschrocken zusammen, als im hinteren Teil des Ladens eine schmale Tür knarrend geöffnet wurde und ein alter, dürrer, vornüber gebeugter und vor allem winziger Mann den Laden betrat.

„Sie haben etwas gefunden?", fragte er dann ohne aufzublicken und begann etwas hinter dem Tresen herumzurumoren. Er hatte einen seltsamen Akzent, den Gabriel nicht zuordnen konnte.

Er schlängelte sich durch den Laden zu dem kleinen Mann herüber, dann schob er dem Mann das Manuskript über die kleine Theke zu, der einen Schemel nutzen musste, um über diesen hinwegblicken zu können. Das Männchen nickte und drehte das Manuskript ein paar Mal prüfend hin und her.

Gabriel fiel auf, dass er seltsam spitze Ohren hatte, dachte dann aber nicht weiter darüber nach, er wollte viel mehr das Manuskript in seine Tasche stecken und den Laden verlassen, war in ihm doch ein ihm unergründliches Gefühl der Unruhe und des Unbehagens entstanden.

Der Mann blickte auch nicht auf, als Gabriel ihm, nachdem er ihm den Preis genannt hatte, einige Münzen herüberschob. Stattdessen steckte er sie ein, kletterte wieder von dem Schemel herunter und verschwand durch die Tür, durch die er gekommen war. Überrascht blinzelte ihm Gabriel hinterher. Was war das denn gewesen? Er war noch nie jemandem begegnet, der sich auch nur annähernd so seltsam verhalten hatte, wie dieser verschrobene alte Mann. Sichtbar überrumpelt quetschte er sich wieder zwischen den Tischen, Regalen, Kommoden und seltsamen Gerätschaften hindurch zur Tür des Ladens, verließ ihn und machte sich wieder auf zurück Hauptstraße, das Manuskript sicher in seiner Tasche verstaut.

Vor dem Laden blieb er noch eine Sekunde stehen und blickte über die Schulter auf das Schaufenster hinter sich, dann setzte er sich erneut in Bewegung.

Als er die Hauptstraße, nachdem er ein paar Treppenstufen erklommen hatte, die zu dieser heraufführten, betrat, drehte er sich noch ein zweites Mal um, um in die Straße zu blicken, hatte er doch das unerklärliche Gefühl, verfolgt zu werden. Es war als würde er brennende Augen in seinem Nacken spüren, deren Besitzer es ausfindig zu machen galt. Doch zu seiner Überraschung oder eher seinem Schrecken war die kleine Straße nicht mehr da, genauso wie die kleine Treppe, die er gerade erklommen hatte und das Schaufenster des Ladens konnte er auch nicht mehr erspähen. Zwischen den beiden Häusern, wo sich die Straße gerade eben noch befunden hatte, war nun kaum ein Abstand mehr. Nicht einmal mehr ein kleiner Spalt, in den man sich als Mensch hinein hätte quetschen können. Die Wand des einen Hauses war so dicht an der des Nachbarhauses, dass sich im äußersten Fall nur noch eine halb verhungerte Katze oder eine Ratte hätte hindurchquetschen können.

Gabriel wurde kalt und heiß zugleich und in einer plötzlichen Fluchtreaktion setzte er, das Manuskript in der Tasche an sich gepresst, zu einem Sprint an, zurück zu dem Haus, in dem er die Nacht verbringen würde. Auf dem Weg warfen ihm einige Menschen seltsame Blicke zu, schließlich rannte er mit einem vollkommen entgeisterten Gesichtsausdruck an ihnen vorbei, als wäre der Teufel hinter ihm her. Er hatte Angst.

Wie konnte eine Straße einfach verschwinden? Halluzinierte er? Er wusste zwar, dass er im Vergleich mit anderen Adligen schon immer mehr ein Sonderling als alles andere gewesen war, aber, dass er dabei war, den Verstand zu verlieren, war ihm neu. Was aber auch wieder nicht sein konnte, da er ja das Manuskript als Beweis dafür hatte, dass er in dieser Straße gewesen war. Er konnte also gar nicht halluzinieren. Aber was war, wenn das Manuskript nur irgendein Müll war, den er aufgehoben hatte und er nur dachte, dass es sich um den geheimnisvollen Entwurf eines Buches handelte? Angst schnürte seine Brust ein und machte ihm das Weglaufen vor einer nicht existenten Straße schwerer und schwerer. Aber wenn die Straße nicht existierte, wovor hatte er dann eigentlich Angst? Nein! Er war doch da gewesen? Sein Verstand kreiste und schien sich in einer Spirale aus Fragen darüber zu verlieren, was gerade passiert war und ob etwas nicht mit ihm stimmte.

Schließlich kam er wieder am Haus der Familie Plamondon an, stolperte über den kleinen Innenhof vor dem Eingang und betrat die kleine Eingangshalle, dann schlug er völlig außer Atem die Tür direkt wieder hinter sich zu und presste sich keuchend dagegen.

Claude kam ihm mit einem besorgten Gesichtsausdruck aus dem Speisezimmer entgegen, gefolgt von der Hausherrin Marie Plamondon, die ihn ebenso verwirrt wie besorgt musterte.

„Was ist passiert? Sie sind ja ganz blass", fragte Claude, während Marie einige weitere Diener herbeiwinkte.

„Ich...", Gabriel schluckte. Er konnte nicht von der Straße erzählen, das war zu verrückt. Wenn er jetzt die Wahrheit sagte, würde selbst Claude denken, dass etwas nicht mit ihm stimmte, ganz zu schweigen von Marie. „Ich hatte eine unglückliche Begegnung", murmelte er daher ausweichend. Die *Begegnung* mit dieser Straße war wirklich *unglücklich* gewesen, wenn man es denn eine Begegnung nennen konnte.

Claude nickte, er war, wie Gabriel wusste, diskret und fragte nicht weiter nach, wenn man ihm etwas nicht sagen wollte, und da er sehr gut darin war, Gabriel zu lesen, wusste er genau, wann Gabriel nicht reden wollte und man nicht weiter nachbohren sollte.

„Ich bringe Ihnen einen Tee auf Ihr Zimmer", sagte Claude stattdessen und verschwand durch eine der Türen, die von der Eingangshalle wegführten.

Gabriel nickte, erklomm die Treppe in den ersten Stock, gefolgt von einem der Diener, die Marie herbei gewunken hatte, und ließ sich in seinem Schlafzimmer in einen Sessel fallen. Die Ledermappe mit dem Manuskript ließ er, noch immer in der Tasche, auf den kleinen Kaffeetisch rechts neben dem Sessel fallen und vergrub dann seine Finger in seinen Locken. In dem kleinen Kamin vor ihm glühten ein paar Holzscheite vor sich hin, doch Gabriel konnte sich nicht in dem beruhigenden Farbenspiel versinken lassen.

Stattdessen schüttelte er sich seine Schuhe von den Füßen und schloss die Augen. Mit aller Macht versuchte er, eine Erklärung für die verschwundene Straße zu finden, kam aber immer wieder zu dem Schluss, dass er wahnsinnig werden musste, wenn etwas wie das Verschwinden einer Straße möglich sein sollte, und dass sie in Wahrheit noch da war und er nur halluzinierte, dass sie verschwunden war. Seine rasenden Gedanken wurden unterbrochen, als Claude mit dem Tee eintrat und ihm eine Tasse reichte. Er hatte schon immer eine Schwäche für dieses Getränk gehabt, genau wie seine Mutter, was wohl, wie sein Vater immer gescherzt hatte, von ihrer Seite der Familie gekommen war, da sie britische Wurzeln gehabt hatte. Doch jetzt starrte er fast katatonisch in die Teetasse und trank keinen einzigen Schluck von dem heißen Getränk, selbst als es so weit abgekühlt war, dass man es höchstens noch als lau bezeichnen konnte.

„Ich werde zu Bett gehen", beschloss er dann.

Claude nickte, holte eines der Schlafgewänder von Gabriel aus der Reisekiste und breitete es auf dem Bett aus. Es war zwar noch recht früh am Abend, aber Gabriel wollte nicht weiter denken müssen und das musste er nicht, wenn er schlief, und da er nie träumte, hatte er auch keine Sorgen, dass er in einem Traum weiter denken oder gar von der Straße träumen könnte. Er begann also sich wie in Trance zu entkleiden und schlüpfte dann in das weiße Nachthemd.

Claude nahm das Tablett mit dem Tee und verließ leise das Zimmer.

Gabriel wälzte sich noch eine Weile in seinem Bett hin und her und ordnete seine Kopfkissen immer wieder neu, bis er eine bequeme Position gefunden hatte, dann schlief er endlich völlig in seine Decke verknotet ein. Er schreckte jedoch noch mehrmals in der Nacht hoch, doch ohne zu wissen, was ihn geweckt hatte. Lediglich dasselbe Unbehagen wie es ihn auf dieser seltsamen Hauptstraße und später in dem Laden überkommen hatte, in seiner Brust rumoren, spürend.

Kapitel 3

(Juli 1686)

Gabriel schlenderte allein durch die riesige Parkanlage von Versailles und hing seinen Gedanken nach. Er war zwei Tage zuvor in der Residenz des Königs angekommen und wünschte sich bereits wieder wo anders zu sein. Für den Abend war wieder einmal eines der rauschenden Feste, die König Louis so gerne feierte, angekündigt worden. Heute würde es ein Maskenball draußen im Park sein, war das Wetter doch glücklicherweise so gefällig, dass es auch nachts noch angenehm warm war.

Gabriels Maske für den Abend war eine mit grüner Seide bezogene, venezianische Maske mit einem langen gebogenen Vogelschnabel und einem Kranz aus grünen Federn von verschiedensten Vögeln; die Löcher für die Augen waren mit goldener Farbe umrandet worden und den Rand der Maske zierten kleine, geschliffene Edelsteine aus Glas. Dazu würde er einen passenden, grünen Gehrock tragen. Er wusste, dass die meisten Anwesenden noch um einiges extravaganter auftreten würden und seine vergleichsweise schlichte Erscheinung kaum Aufmerksamkeit erregen konnte, im Vergleich mit den anderen Kostümen, genauso wie er es mochte. Doch heute konnte er nicht einmal den Wunsch, nicht auf diesen Ball gehen zu müssen, verspüren. Seit er in Le Havre de Grâce gewesen war, zirkelte sein Verstand pausenlos um die Straße und um seine wachsende Angst, dass er wahnsinnig wurde. Vielleicht wurde diese Angst auch nur immer größer, weil er zu viel darüber nachdachte, aber was sollte er den sonst tun? Welcher Mensch würde nicht krampfhaft versuchen, eine Erklärung für eine verschwundene Straße zu finden, wenn er doch einen Beweis hatte, dass er da gewesen war und sich alles nicht nur eingebildet hatte? Er seufzte und schüttelte den Kopf. *Nicht darüber nachdenken! Du hast dich sicher nur später umgedreht, als du gedacht hast und die Straße ist in Wahrheit die ganze Zeit da gewesen!* Versuchte er sich zu beruhigen.

Gabriel war nicht sonderlich gerne in Versailles und nutze daher jede Gelegenheit, um von dem Hof des Königs für einige Wochen entfliehen zu können. Doch jetzt würde er am liebsten sein kleines Apartment für den Rest seines Lebens nicht mehr verlassen, in der Hoffnung, nie wieder etwas unerklärlich sehen zu müssen oder besser noch, ein Einsiedler auf den Ländereien seiner Familie werden, als Einsiedler wurde ja eh eine gewisse Art der Verschrobenheit von einem erwartet. Er wusste, dass er sich bis zu einem gewissen Grad in seine Angst hineinsteigerte, aber wirklich dagegen wehren, konnte er sich auch nicht. Die Frage, ob es Jean, seinem Stiefsohn, genau so wenig wie ihm hier in Versailles gefallen würde, wenn er in einigen Woche nachkäme, war in dieser Lage eine willkommene und sehr freudige Ablenkung. Alles war besser als sich in dem Teufelskreis der aktuell seine Gedanken waren, zu verlieren.

Auch wenn Jean und Gabriel nicht verwandt waren, waren sie sich doch sehr ähnlich. Beide waren eher zurückhaltend und hielten sich nicht zu gerne auf großen Festen auf, Jean fielen solche Veranstaltungen jedoch leichter, da er einfach gerne Menschen beobachtete und Feste ihm dafür natürlich eine sehr gute Möglichkeit boten. Stattdessen unternahmen sie lieber längere Ausflüge in die Natur, manchmal waren sie sogar über Nacht weggeblieben und hatten in einem Zelt in einem kleinen Wald nahe dem Haus geschlafen. Lange Ausritte waren neben dem Studieren von Büchern über Botanik Gabriels liebste Beschäftigung, und auch Jean ging es ähnlich, auch wenn er lieber musizierte als las. Er hatte ein außergewöhnliches Talent für das Spielen der Geige und hatte, noch bevor Gabriel seine Mutter heiratete, großen Gefallen an diesem Instrument gefunden.

Seine Gedanken wanderten weiter zu einigen Berichten, die er am Morgen in einem der Salons aufschnappen konnte. Normalerweise interessierte er sich nicht sonderlich für den Klatsch und Tratsch, der hier kursierte, dennoch war ihm zu Ohren gekommen, dass in den Wochen, in denen er in England gewesen war, zwei Mitglieder des Hofstaates auf mysteriöse Weise tot aufgefunden worden waren, und keiner der gerufenen Ärzte konnte eine Erklärung für ihr Dahinscheiden finden. Gabriel fragte sich insgeheim, ob die beiden nicht einfach eine Überdosis der Drogen, die auf Versailles erhältlich waren, genommen und etwas zu viel getrunken hatten. Aber wer war er schon, um über das Leben anderer zu urteilen? Ein Arzt war er sicher nicht! Im Moment wollte er sich nur von dieser nagenden Angst ablenken und Klatsch und Tratsch waren ein gutes Mittel dafür, wenn man kein Interesse an Drogen oder dergleichen Stoffe hatte und daher freute er sich heute doch beinahe auf den Ball. Normalerweise ging er nur zähneknirschend, wenn er eingeladen wurde und blieb nicht länger als nötig, aber jetzt stellte der Maskenball genau wie Klatsch und Tratsch eine willkommene Ablenkung dar.

Am Abend versammelte sich dann ein großer Teil des Hofstaates in der Parkanlage. Man hatte einige geräumige, weiße Zelte um einen der großen Springbrunnen aufgebaut in denen gegessen werden konnte, ein kleines Orchester unterhielt mit Musik, es gab eine kleine Tanzfläche und die Stimmung war ausgelassen.

Gabriel selbst saß an einem der Tische und aß. Louis hatte das Fest vor einer Stunde eröffnet und so war nun jeder praktisch frei, das zu tun, was er wollte. Also essen, tanzen, versuchen mit verbundenen Augen einen Mitspieler zu finden und natürlich trinken. Man unterhielt sich über die Masken und Kleider der Anwesenden, die neusten Skandale und, wie Gabriel es gehofft hatte, interessierte man sich eher nicht für ihn. Dennoch konnte er das Fest nicht gleich wieder verlassen, das verbat ihm die Etikette. Etwas am Rand der feiernden Gemeinschaft konnte Gabriel den Duke d'Orleans erkennen, Louis jüngeren und, wie er fand, weitaus sympathischeren Bruder, von dem er sich aber trotzdem nicht ganz entscheiden konnte, ob er ihn mochte, und der sehr leidenschaftlich den Chevalier de Lorraine auf den Mund küsste. Er fühlte sich ein bisschen einsam. Natürlich, hier in Versailles wurde eher darüber hinweggesehen, wenn zwei Männer des Adels das Bett teilten, aber dennoch konnte sich keiner so viele Freiheiten diesbezüglich erlauben wie der Bruder des Königs selbst, welcher unter Louis Schutz stand, da seine Homosexualität ihn in den Augen seines Bruders und es Adels als politischen Gegner ausradierte und da Gabriel keiner seiner Liebhaber war, färbe nichts von diesem Schutz auf ihn ab. Schweigend fuhr Gabriel fort ein weiteres Stück Kuchen zu verspeisen und schallte sich innerlich dafür, dass er bei allem was als Kuchen bezeichnet werden konnte, nur sehr schlecht darin war abzulehnen. Er war eine unverbesserliche Naschkatze, womit er hier auf Versailles aber nicht allein zu sein schien, den vielen Kuchen und Küchlein und Pralinen und was nicht sonst noch alles hier tagtäglich angeliefert oder von der Küche zubereitet wurde, nach zu urteilen.

Einige Zeit später wurde er von einer befreundeten Comtes von seinem Sitzplatz weggezerrt. Sie führte ihn lachend in Richtung des Springbrunnens. Dieser hatte ein großes, rundes, flaches Becken aus glattgeschliffenem, grauem Stein und aus einer kleinen Statue in der Mitte, sie stellte einen Delfin auf einer Welle dar, sprudelte munter eine Fontäne. Das Licht der Kerzenständer spiegelte sich golden in den unzähligen Wassertropfen und ließ die Figur fast lebendig wirken. Völlig in dem Lichterspiel versunken bekam er gar nicht ganz mit was die Comtes zu ihm sagte, folgte ihr jedoch widerstandslos.

Kurz darauf fand er sich dann jedoch zusammen mit ihr und ihren Freunden im flachen Becken von jenem Springbrunnen wieder. Umringt von einigen sehr betrunkenen jungen Damen und Herren, hatte er sich seiner Schuhe und Strümpfe entledigt und auch seines Gehrockes und der Weste und spritzte die anderen lachend mit dem kalten Wasser nass. Er mochte zwar wie gesagt keine großen Feste, aber auch er genoss ein wenig Ausgelassenheit dann und wann und die Comtes Marieanne war ihm in den dreieinhalb Jahren, die er hier verbracht hatte, eine treue Freundin geworden, auch wenn er und sie nicht unterschiedlicher hätten sein können und würden sie nicht beide ein Interesse an Botanik verspüren, hätten sie sich wahrscheinlich auch nie kennen gelernt, waren sie doch über eines der Bete im Park und die darin gepflanzten Blumen ins Gespräch gekommen.

Mit einem breiten Grinsen im Gesicht setzte Gabriel sich in Bewegung und begann wahllos einige der anderen, die sich in der Fontaine vergnügten, nass zu machen. Er tauchte seine Hand ins Wasser und riss sie dann wieder hoch, wodurch er eine kleine Ladung Wasser in die Richtung eines jungen Mannes mit zerzausten, blonden Haaren und einer Art roten Katzenmaske katapultierte. Einige Momente später rutschte er, er war gerade dabei gewesen, besagte Comtes Marieanne, um die Statue zu jagen und zu versuchen sie ganz persönlich nass zu spritzen, begleitet von lautem Gejohle, auf einer nassen Steinplatte aus und fiel rücklings ins Wasser. Prustend kam er wieder an die Oberfläche und stimmt in das Lachen der übrigen im Wasser Tobenden ein, während seine nun nasse Maske leise vor sich hin tropfte und nun leider wahrscheinlich völlig ruiniert war. In dem Moment fühlte er sich gut und ausgelassen, er genoss den Augenblick und richtete sich immer noch keuchend und lachend wieder im Wasser auf, dann erblickte er plötzlich einen dunklen Schatten mit vagen menschlichen Umrissen, der aus der Parkanlage auf sie zuzukommen schien. An sich nichts Ungewöhnliches, schließlich lebten hier in Versailles unglaublich viele Leute und vielleicht hatte sich ja jemand etwas für ein heimliches Rendezvous von dem Ball entfernt und kehrte jetzt zurück. Als er jedoch, auch nachdem der Schatten näherkam, niemanden sah, der ihn hätte werfen können musste er schließlich stutzen. Er fragte sich, ob er doch etwas zu viel Wein getrunken hatte und daher schon Gespenster sah, verwarf den Gedanken dann aber sehr schnell wieder. Von einem Glas Wein wurde man nicht betrunken. Hatte jemand vielleicht aus Spaß eines dieser neuen Halluzinogene in die Getränke gemischt?

Gabriel schauderte es beim Anblick der scheinbar rot leuchtenden Augen des Schattens, die ihn dann realisieren ließen, dass diese Silhouette nicht von einem Menschen stammen konnte. Schatten hatten keine Augen. Dieser war im nächsten Moment allerdings schlagartig so schnell verschwunden, wie er aufgetaucht war.

Dennoch war Gabriel kalt und ihm war der Spaß an der kleinen Wasserschlacht vergangen. Hatte er sich den Schatten eingebildet? War es ein weiteres Zeichen, dass er halluzinierte und wahnsinnig wurde? Triefend stieg er aus dem Becken des Springbrunnens und begann zittrig seine Kleidung auszuwringen, um etwas zu haben an dem er sich festhalten konnte. Ein Diener eilte herbei und wickelte ihn in ein großes Leinentuch. Die eigentlich warme Nacht wirkte plötzlich unangenehm kalt und Gabriel war sich nicht sicher, ob das nur von seinen nassen Kleidern kam. Nein. Es kam sicher nicht nur von der Nässe seiner Kleidung, sondern der seinen Körper flutenden Angst. Dann hallte plötzlich ein Schrei durch den von Laternen erhellten Park. Gabriel konnte ein paar fallengelassene Gläser auf einem Kiesweg zerspringen hören und fuhr herum, in die Richtung, aus der der Schrei gekommen war. Er konnte sehen, wie ein dicker Mann, der ebenfalls eine Vogelmaske trug, zuckend vor einigen Damen stand. Unter seiner Maske lief weißer Schaum aus seinem Mund und tropfte auf seine Kleidung und die Adern unter seiner Haut schienen schwarz hervorzutreten. Im nächsten Moment zerdrückte er das Glas in seiner Hand. Scherben und Champagner spritzten in alle Richtungen davon. Die Damen stolperten erschrocken einige Schritte nach hinten.

Gabriel nahm seine Maske, die er wie alle bei der Wasserschlacht aus irgendeinem Grund anbehalten hatte trotzdem, dass sie wussten, dass die Masken nass werden würden, ab und schüttelte erschrocken den Kopf. Er hatte plötzlich das Gefühl, unter ihr kaum mehr atmen zu können. Der weiße Schaum vor dem Mund des Mannes verfärbte sich schwarz und dann fiel er reglos zu Boden. Eine Dame sank mit einem schrillen, Trommelfell zerreißenden Schrei in Ohnmacht. Gabriel eilte zu der Stelle hinüber, doch bevor er den Mann erreichen konnte, hielt ihn der Diener auf.

„Comte, mit Verlaub, aber Sie haben keine Schuhe an", erinnerte dieser.

Gabriel blickte an seiner nassen Gestalt herab auf seine nackten Zehen.

„Kommen Sie", sagte der Diener und begann, Gabriel in Richtung des Hauptgebäudes von Versailles zu schieben. Der Gedanke, dass er in Scherben hätte treten können, schien nur ganz fern am Rande seines Verstandes zu flimmern.

In Gabriels winzigem Apartment angekommen, entfachte der Diener ein Feuer im Kamin. Die Behausung war zwar winzig, noch kleiner als die Apartments vieler anderer Adliger, hatte dadurch aber auch einen entscheidenden Vorteil: Während es im Winter kaum möglich war, die anderen Zimmer mit nur einem Kamin gut zu beheizen, funktionierte das bei Gabriels Zimmer ganz hervorragend, und so war sein Zimmer im Sommer zwar immer etwas eng und stickig, weswegen er in der Regel mit offenem Fenster schlief, aber im Winter war es vergleichsweise angenehm warm.

„Claude?", rief Gabriel leise und mit zittriger Stimme, woraufhin der Gerufene durch eine kleine Tapetentür das Zimmer betrat.

Seine Augen weiteten sich, als er seinen pitschnassen Herren sah. Gemeinsam begannen die beiden Diener den verstörten Comte abzutrocknen und zogen ihm ein Nachthemd über, nachdem sich Gabriel aus seinen nassen Kleidern befreit hatte. Ein dritter Diener brachte leise die restlichen Kleider, die Gabriel am Springbrunnen zurückgelassen hatte.

Gabriel wiederum konnte gar nicht ganz fassen, was passiert war und nahm schweigend den heißen Tee, den ihm Claude reichte, entgegen, bevor ihn die beiden Diener ins Bett zwangen und zudeckten. *Was war das bloß gewesen,* fragte er sich, zwang sich aber, nicht nach einer Antwort zu suchen. Das würde ihm nur noch mehr Angst machen, da er fürchtete, auf ein ähnlich unbefriedigendes Ergebnis wie mit der verschwundenen Straße zu kommen, hatte das Ereignis wenige Minuten zuvor doch seine halbwegs logische Erklärung für das Verschwinden dieser vernichtet. Und nun blieb nur noch die Möglichkeit, dass er wahnsinnig wurde. Er spürte, wie scheinbar sämtlich, Wärme aus seinen Gliedmaßen entschwand und in einem tiefen Loch in seiner Körpermitte zu erlöschen schien. Gabriel hörte, wie der Diener, der ihn von draußen begleitet hatte, Claude etwas zuflüsterte.

„Ich glaube, der Comte hat einen Schock. Sollten wir einen Arzt rufen?", Claude schüttelte den Kopf.

Gabriel trank vorsichtig etwas von dem Tee, er war sich sicher, dass Claude diese Nacht auf jeden Fall in seinem Zimmer auf dem Sessel vor dem Kamin verbringen würde und vielleicht auch die nächste, und nicht in der kleinen Kammer, die über die Tapetentür und einen kleinen Gang mit dem Apartment verbunden war.

Am nächsten Tag war der Tote das am meisten besprochene Thema in den Salons. Gabriel erfuhr, dass die anderen beiden Toten, eine Baronesse und ein junger Diener, auf die gleiche Weise ihr Ende gefunden hatten und genau das machte ihm Sorgen. Noch mehr bescherte ihm nun aber der Fakt Unbehagen, dass niemand den Schatten erwähnte oder etwas ähnliches, das den Schatten hätte erklären können. Und dadurch war nicht nur eine verschwundene Straße auf die Liste unerklärlicher Ereignisse gekommen, von der er gar nicht wusste, dass er sie insgeheim führte, sondern auch ein Schatten mit rotglühenden Augen. Er war sich nicht sicher, ob er die drei Toten auch auf diese Liste setzen sollte, aber etwas ganz hinten in seinem Verstand sagte ihm, dass der Schatten etwas mit den Toden zu tun hatte. Es wäre so schön, könnte er alle drei Ereignisse als Alb- oder Fieberträume abtun, aber für die Straße hatte er leider einen Beweis, nämlich das Manuskript, das er wegen der Zeichnungen erstanden hatte. Innerlich verfluchte er sich dafür, dass er an einem Buch, das ihm spannend zu sein schien, einfach nicht vorbeilaufen konnte, sondern es kaufen musste, auch wenn es nichts mit seinen eigentlichen Interessen zu tun hatten. Der Laden selbst war eine Kuriosität gewesen, genau wie der Besitzer dessen, was eigentlich Warnung genug hätte sein müssen. Des Weiteren gab es für alle drei Tode Zeugen, die nichts mit der Straße zu tun hatten und vielleicht hatten ja doch noch andere den Schatten gesehen, sagten nur nichts, weil sie wie Gabriel fürchteten dem Wahnsinn zu erlegen oder als besessen abgestempelt zu werden.

Gabriel verbot sich, weiter darüber nachzudenken, das würde nur dazu führen, dass er sich noch irrsinniger machte, als er sich eh schon vorkam.

Nach dem Mittagessen ergab er sich zähneknirschend und von einer unguten Vorahnung erfüllt seiner, einem inneren Zwang gleichenden, Neugier das Manuskript zu lesen. Er verschloss die Tür zu seinem Zimmer und zog es dann aus der kleinen Kiste ganz hinten in einer der Schubladen in seiner Kommode, wohin er die Mappe mit den Seiten verbannt hatte, hervor und öffnete sie. Er betrachtete die Seiten. Sie lagen lose, aber mit Seitenzahlen beschriftet, in der Mappe, die sich mit einer Schnalle und einigen Lederschnüren verschließen ließ.

Gabriel begann durch die Seiten zu blättern, die in Französisch und Englisch verfassten Passagen zu lesen, so wie die Bilder genauer zu betrachten. Bei einigen Abbildungen schien es sich um eine Art Schritt für Schritt Anleitung für etwas zu handeln. Irgendeine Darstellung einer Truppentaktik. Ging es in diesem Manuskript um Kriege? Auf anderen Seiten waren verschiedenste Pflanzen mit Bezeichnungen zu sehen, von denen er die Hälfte nicht verstehen oder überhaupt lesen konnte, und von der anderen Hälfte hatte er noch nie gehört und von den Pflanzen selbst, hatte er noch keine einzige jemals gesehen, ob in einem anderen Buch oder an einem anderen Ort. Auch einige einzelne lateinische Begriffe mischten sich in die Texte und Bilder.

Er verbrachte den Rest des Tages damit, sich durch das Manuskript zu arbeiten und stellte so fest, dass es alle möglichen Themen zu behandeln schien, nicht nur Kriegstaktiken, sondern anscheinend auch Berichte von verschiedenen Ereignissen, enthielt, Sichtungen von etwas oder jemanden, Kämpfen, er fand Wörter bei denen es sich um Namen zu handeln schien und jede Menge Jahreszahlen, teilweise auch genau Daten die aber alle mindestens einige Jahrzehnte, teilweise auch mehrere hundert Jahre in der Vergangenheit lagen, einige Stammbäume und vieles mehr. Erst am Abend ließ er das Manuskript wieder in der Kommode verschwinden, geplagt von einer weiteren Welle unnachgiebiger Fragen zu dem Geschehenen.

Kapitel 4

(August 1686)

Es war ein beinahe windstiller Tag und die Hitze in den Räumen von Versailles war drückend, was der Grund dafür war, dass Gabriel, wie er es so oft tat, durch die weitläufige Parkanlage von Versailles flanierte, da dort der leichte Wind immerhin etwas Abhilfe von schaffte. Außerdem war er noch immer ganz aufgewühlt von den Ereignissen wenige Tage zuvor. Der Schatten auf dem Maskenball. Dieser Schatten mit den rotglühenden Augen. Er fragte sich ob sonst noch jemand diese fürchterliche Gestalt gesehen hatte, auch wenn er insgeheim wusste, dass die Antwort nein lautete. Er war der einzige und das würde wahrscheinlich auch so bleiben. Er fragte sich, ob noch weitere dieser (und ja er musste es zugeben da es einfach keine Möglichkeit gab eine logische Erklärung zu finden) unerklärlichen Ereignisse geschehen würden. Dann kam ihm ein weiterer Gedanke. Was, wenn der Schatten etwas mit dem Tod der zwei Adligen und diesem Diener zu tun hatte? *Nein!* Beschloss Gabriel, dass konnte nicht sein! *Oder doch?* Was sollte es denn anderes bedeuten? Der Schatten tauchte auf und Sekunden später starb jemand auf eine unerklärliche Art. Das musste doch zusammenhängen! Er schüttelte wütend den Kopf. Er war nach draußen gekommen, um seine Gedanken zu ordnen, nicht, um sich noch wahnsinniger zu machen und in Hirngespinsten zu verlieren. Er war kein Geisterjäger und wandelnde Schatten konnte es nicht geben. In dem Wein, den er getrunken hatte, musste etwas drin gewesen sein, beschloss er. Jedoch schien diese, zugegebenermaßen armselige Ausrede seinem Verstand keine bisschen Ruhe zu geben.

Gabriel genoss die Stille in der Natur, war es normalerweise in den Salons doch bedeutend lauter. Und normalerweise funktionierte ein Spaziergang auch immer als Mittel, um seine Gedanken zu ordnen. Er sattelte auf zu einem kurzen Ausritt oder unternahm einen kleinen Gang in der Natur, und danach waren seine Gedanken wieder sortiert und sein Verstand klar, aber heute schien ihm die Natur nur noch mehr Fragen aufzuzwingen. Was sollte das alles? Warum geschah das? In seiner Familie gab es niemanden, der auch nur Funken von Wahnsinn gezeigt hatte. Selbst die Alten hatten seit Generationen noch nicht einmal Anzeichen dafür gezeigt, dass sie eventuell vergesslich oder senil würden.

Eine Erinnerung quoll an die Oberfläche seines Verstandes. Damals, als seine Frau, die ihm eine der besten Freundinnen, die jemand haben konnte, gewesen war, verunfallte, hatte er nicht gewusst, wie er damit hätte umgehen sollen. Sein Verstand war ähnlich überfordert gewesen wie jetzt. Damals hatte er sich das erstbeste Pferd genommen und war den Rest des Tages einfach ziellos über seine Ländereien galoppiert, bis sein Kopf völlig leer war und er nur noch sich und das Tier unter dem Sattel hatte wahrnehmen können. Und später nur seine schmerzenden Muskeln. Damals hatte er das Pferd entscheiden lassen, wo es hinging und sich damit etwas von allem distanzieren können. Er beschloss, das jetzt wieder zu tun. Reiten, bis der Wind seinen Verstand leergefegt hatte! Er drehte sich also um und marschierte mit einem beinahe trotzig schnellen Schritt in Richtung der Stallungen.

Doch bevor er auch nur in die Nähe kommen konnte, wurde er von einer Gruppe Damen aufgehalten. In ihrer Begleitung befand sich ein hochgewachsener, schlanker Mann mit langen schwarzen Haaren und einer Haut, die aussah, als würde sie aus reinem Elfenbein bestehen, so weiß und makellos war sie. Dagegen wirkte selbst Gabriel beinahe sonnengebräunt. Seine Augen hatten das dunkelste und kälteste Blau, das Gabriel jemals gesehen hatte. Er trug einen fast nachtschwarzen Gehrock über einer hellblauen Weste und schwarzen Kniebundhosen, was Gabriel dazu zwang sich zu fragen, ob der Fremde vielleicht trauerte, warum sonst sollte er denn auch ganz in schwarz gekleidet und das auch noch im Sommer, umherlaufen. Und so sehr seine Kleidung vom Schnitt her auch den aktuellen Modestandards in Versailles entsprach, schien er doch nicht hierherzugehören, war seine Ausstrahlung doch so seltsam und fremd, dass er aus einer anderen Welt zu kommen schien.

„Comte!", rief eine der Damen und winkte Gabriel aufgeregt herüber. „Das ist Gherasim Andreshka!", stellte sie ihn vor und versuchte, als sie den Namen aussprach, eine Art Akzent nachzuahmen. „Habe ich das richtig ausgesprochen?", fragte sie dann an den Schwarzhaarigen gewandt und schenkte ihm einen trainierten Wimpernaufschlag.

Der Mann lächelte höflich und nickte. Auch wenn das Lächeln seine Augen nicht zu erreichen schien, hatte es etwas unglaublich Betörendes an sich.

„Ganz Recht, Madame", antwortete er mit einem starken osteuropäischen Akzent.

Gabriel erinnerte sich. Das musste dieser rumänische Diplomat sein, von dem er in den Salons gehört hatte, bevor er wieder nach draußen gegangen war. Hieß es nicht auch, dass ihn noch seine Schwester hierher nach Versailles begleitet hatte?

„Ich stelle Gherasim ein paar Leuten vor", erklärte die Dame und hakte sich demonstrativ bei dem Mann, Gherasim, unter. Dieser schenkte ihr ein reizendes, aber erneut irgendwie aufgesetzt wirkendes Lächeln, von denen man sehr viele in Versailles zu Gesicht bekam. Dann wand er sich an Gabriel.

„Bitte, nennen sie mich Gherasim Comte, ich bin kein Freund allzu großer Förmlichkeiten", sagte er, doch Gabriel hörte ihm gar nicht ganz zu.

Er war auf die Augen des Mannes konzentriert. Eben hatten sie noch das tiefe Blau eines Waldsees im Sommer gehabt, aber nun war sein gesamter Augapfel schwarz wie die Nacht. Als hätte sich eine Wolke vor den Mond geschoben.

„Comte? Ist alles in Ordnung?", fragte Gherasim mit einem besorgten Unterton. Die drei Damen, die sich um ihn drängten, blickten Gabriel nur sehr verwirrt entgegen. Er starrte den Rumänen für einen kurzen Moment entgeistert an. Ihm wurde kalt, doch er zwang sich, nicht einfach wegzulaufen. Beschämt senkte er den Blick und spürte, wie er rot anlief. Gott, wie oft hatte ihm seine Mutter gesagt, er solle nicht starren? Innerlich debattierte er mit sich, was er tun solle. Wie gesagt, er konnte nicht einfach weggehen, wenn ihn alle Anwesenden nicht für einen verrückten, unhöflichen Sonderling halten sollten. Obwohl. Das taten sie eigentlich eh schon, ihren etwas irritierten Blicken zufolge. Er beschloss also, sich vorzustellen

„Gabriel Desrosiers", murmelte er leise.

Gherasim sah ihn etwas verwirrt an. „Wie bitte?"

„Bitte nennen Sie mich Gabriel", wiederholte er und deutete eine Verbeugung an. Gherasim nickte und tat das gleiche.

„Höchst erfreut", summte er und musterte Gabriel. Gabriel fiel auf, dass die Dame, die sie vorgestellt hatte, etwas beleidigt wirkte, nun, wo sie scheinbar nicht mehr die Einzige war, die den schönen Rumänen beim Vornamen nennen durfte.

„Begleiten Sie uns doch! Diese Parkanlage ist herrlich!", schlug Gherasim vor und legte Gabriel, der immer noch in einer Art Schockstarre festhing, einen Arm um die Schulter. Er nickte stumm und ließ sich bei der kleinen Gruppe aus schnatternden Damen und einem sehr attraktiven Diplomaten mittreiben. Er bekam jedoch gar nicht mit, was diese sagten, vielmehr kreiste sein eigener Verstand um die Tatsache, dass Gherasims Augen nun wieder so blau wie zuvor waren. Zumindest schien das für Gabriel so zu sein, auch wenn er sich selbst nicht vertraute. Warum konnte den kein anderer sehen, was hier vorging? Sie konnten doch nicht alle nichts mitbekommen? Wie konnte in so kurzer Zeit so viel Unerklärliches geschehen? War er wirklich auf dem Weg in dem Wahnsinn?

„Ist alles in Ordnung?", wurde er dann von der warmen Stimme Gherasims aus seinen Gedanken gerissen.

„Was? Ich…ja…nein…bitte entschuldigen Sie mich!", stammelte Gabriel und eilte mit wild in seiner Brust schlagendem Herzen davon. Angst kroch in seine Knochen. Ein Pferd! Er musste hier weg! Er eilte in die Richtung der Stallungen und hieß einen Diener, ihm ein Pferd zu satteln. Selbst fühlte er sich dazu nicht in der Lage, zitterten seine Hände doch so sehr wie noch nie. Normalerweise weigerte er sich schon, sich sein Pferd von jemand anderem satteln und aufzäumen oder gar holen, zu lassen, aber nun machte er eine

Ausnahme. Kurz darauf saß er auch schon im Sattel und ließ die erstaunten Diener in einer regelrechten Staubwolke zurück.

Gabriel wusste, dass es normalerweise keine gute Idee war, zu reiten, wenn man so verängstigt war, da Pferde einem dann eher nicht gehorchten und selbst schnell verängstig waren, aber da er dem Pferd so ziemlich den Großteil des Steuerns überließ, war seine Angst nun eher unerheblich.

Das Pferd galoppierte in die Richtung der Wälder um Versailles, dort, wo der König jagte, falls ihm danach war. Doch heute würde der König nicht jagen und so konnte Gabriel gefahrlos quer feldein durch die Bäume und Sträucher galoppieren, die einzige Gefahr: zu tiefhängende Äste. Er spürte, wie seine Sinne immer mehr auf das Pferd und seinen eigenen Körper, der sich mit dem Tier mitbewegte, fokussierten und er irgendwann nur noch das Schmerzen seiner Muskeln und das Schnaufen des Tieres wahrnehmen konnte. Er ließ den Schimmel langsamer laufen, bis er in einen gemächlichen Schritt verfallen war, dann hielt er das Tier ganz an. Er schloss für einen Moment die Augen, holte tief Luft und versuchte, den Geräuschen des Waldes zu lauschen. Kleine Vögel, das Knacken von Ästen, Rascheln im Unterholz, ausgelöst von Mäusen und anderen kleinen Tieren, das Rauschen von Wind zwischen den Blättern, das leise Knarren der Stämme. Er musste diese Sache ruhig und kontrolliert angehen, es brachte nichts, wenn er halb wahnsinnig nach Antworten suchte. Er musste möglichst analytisch an die Ereignisse herangehen. Keine Gefühle, keine Ablenkungen. Wenn er herausfand, was mit ihm geschah, konnte er eventuell etwas dagegen tun. Bezüglich dessen kam er eher nach seinem Vater, der der Meinung war, dass jeder Mensch, Mann und Frau gleichermaßen, letztendlich sein eigener Herr war, und man nicht von einem göttlichen Wesen gesteuert wurde. Es gab nur das, was man mit seinen fünf Sinnen erfassen konnte, sonst nichts! Und wenn etwas unerklärlich schien, gab es dafür eine Erklärung, die man jetzt einfach noch nicht kannte. Gabriel fasste einen Endschluss. Er würde Gherasim beobachten, um festzustellen, ob die schwarz wirkenden Augen eine einmalige Erscheinung waren und er nur ein Opfer seiner eigenen Halluzinationen geworden war oder (und warum er diese Möglichkeit formulierte, wusste er nicht) ob sich der Diplomat auch auf andere Weisen seltsam verhielt. Seine seltsame Ausstrahlung, seine *nicht menschliche* Ausstrahlung musste irgendwo herkommen. Er musste herausfinden, ob Gherasims Schwester auch so seltsam war. Und falls es so sein sollte, musste er herausfinden, was sie waren und dann im Zweifelsfall nach Hilfe suchen. Leider konnte er nicht wirklich recherchieren, gab es in Versailles doch keine Bücher, die sich wirklich mit solchen Sachen wie Krankheiten des Verstandes oder ähnlichem beschäftigten. Er lachte bitter. Man würde eher davon ausgehen, dass er besessen war, und versuchen, einen Exorzismus an ihm durchzuführen.

Erst als er durch die Wipfel der Bäume sehen konnte, dass das Licht der Sonne begann, sich in einem immer flacher werdenden Winkel durch die Stämme, Äste und Blätter zu kämpfen, machte er sich auf den Rückweg. In den Stallungen angekommen versorgte er das Pferd (er ließ sich außerordentlich viel Zeit es ab zu reiben und noch einmal zu striegeln, wollte er doch eigentlich noch nicht zurück in das Schloss) und wanderte dann langsam zu seinem Apartment zurück. Oh, wie dankbar er doch manchmal für diese kleine Höhle von Zimmer war. Der einzige Ort in diesem riesigen Schloss, der sich sicher anfühlte, der einen Anschein von Ruhe und Geborgenheit vermittelte.

Gabriel bat Claude, ihm sein Abendessen zu bringen und ihm einen Tee zu bereiten. Während des Essens blätterte er wieder in dem Manuskript; warum es ihn so anzog, wusste er nicht, und wieso er glaubte, dass das Manuskript ihm weiterhelfen konnte, war ihm auch unerklärlich. Vielleicht, weil mit ihm alles begonnen hatte? Auch wenn er, wie gesagt, kaum etwas verstehen konnte, schienen die Seiten ihm das Gefühl zu vermitteln, einen groben Überblick zu erhalten. Über was einen Überblick, blieb ihm aber auch schleierhaft. Leider fand er nichts über Augen, die plötzlich

schwarz wurden, Schatten mit roten Augen oder verschwindende
Straßen, und so blieb seine Unruhe und Angst konstant am Wa-
bern, ganz tief unten in seinem Magen, wo normalerweise die tiefsten Ängste eines Menschen lebten und nur ab und zu an die Oberfläche krochen.

Kapitel 5

(August 1686)

Es war gut eine Woche vergangen, seit Gherasim und seine Zwillingsschwester Alexandra aus Rumänien in Versailles angekommen waren, und Gabriel hatte seitdem seine Zeit damit verbracht den beiden Gesellschaft zu leisten und zu versuchen, mehr über sie herauszufinden, ohne seltsam zu wirken, was für ihn ein ganz untypisches Verhalten war. Zu seinem Schrecken hatte er noch zwei Mal gesehen, wie Gherasims Augen schwarz wurden und auch einmal, wie die von Alexandra sich verdunkelten. Das insgesamt zweite Mal, dass Gherasims Augen schwarz wurden, war in einem der Salons gewesen, als er mit irgendwem über sich veränderte Handelsrouten sprach. Der Wind, der in einem plötzlichen Stoß durch die offenen Fenster geweht kam, hatte dem Rumänen seine Haare ins Gesicht geblasen und als er sie zurückstrich, sah Gabriel zum zweiten Mal die schwarzen Augen.

Das dritte Mal hatte Gabriel am meisten Angst eingejagt, da dies geschah, als jemand sehr auffällig seine Schwester musterte. Gherasim hatte dem Mann einen Blick zugeworfen, wie Gabriel noch keinen gesehen hatte, der aber erkennen ließ, dass der Rumäne breit war für seine Schwester zu töten.

Alexandra sah praktisch aus, als wäre sie Gherasim, nur als Frau. Die gleichen schwarzen Haare, die gleichen blauen Augen und die gleiche Elfenbeinhaut. Sie war wie ihr Bruder groß und schlank, wirkte aber weitaus warmherziger, wenn sie auch gleichzeitig mit einer gewissen, beinahe militärischen Strenge gesegnet war. Was in sich ein Widerspruch zu sein schien, doch diese Frau hatte die Fähigkeit beide Attributen in sich zu vereinen. Als Gherasim sich nach diesem Unheil verheißenden Blick dann wieder zu Gabriel zurückdrehte, starrte der Franzose wieder in ein schwarzes Nichts. Das eine Mal, dass Alexandras Augen schwarz geworden waren, war, als sie scheinbar eine der Freundinnen der Lady de Montespan zu beobachten schien. Gabriel hatte es nur sehr kurz gesehen und dennoch war ihm der Schrecken durch Mark und Bein gefahren. Aber vielleicht sah er das ja auch nur weil er danach suchte. Aber nein, so inständig, wie er gehofft hatte, nichts zu beobachten, konnte er gar nicht insgeheim seinen Verstand überlistet haben, ihm so etwas vorzugaukeln.

Und nun war Gabriel mitten in der Nacht auf dem Weg zu Gherasims Apartment. Es hatte pure Torheit gewesen sein müssen, die ihn dazu bewogen hatte, Gherasim zu so einer gottlosen Tageszeit zur Rede stellen zu wollen. Oder nein, eher ein plötzlicher Anflug von Wut und Frustration über seine Situation, in der er sich so hilflos wie ein Ertrinkender auf dem offenen Meer fühlte. Natürlich, in den hintersten Ecken seines Verstandes wusste er auch in diesem Moment, dass es eigentlich keinen Grund gab, warum er glauben sollte, dass die Geschwister irgendetwas mit den Ereignissen zu tun haben könnten, aber gleichzeitig sagte ihm eine Stimme in seinem Innersten, dass, wenn er verstehen wollte, was mit ihm geschah, er sich an Gherasim und Alexandra zu wenden hatte. Er seufzte. Gott. Warum tat er das? Wenn er jetzt falsch lag? Was dann? Schweigend betrachtete er, wie die halb abgebrannten Kerzen sanft in ihrem Ständer flackerten, den er vor sich hertrug, um den Weg zu leuchten, und die schaurige Umrisse und Schatten an die Wände warfen. Es war noch nicht vollkommen dunkel draußen, schließlich war es noch Sommer, dennoch war es Gabriel lieber, den Weg zu leuchten als durch das Halbdunkel zu tappen. Seine Schritte schienen ungewöhnlich laut durch die Gänge zu hallen und die Gemälde an den Wänden und die Vögel auf den Tapeten schienen ihn strafend zu beobachten. Als würden sie fragen, wie er es wagen könnte, die Nachtruhe zu stören und zu glauben, dass die Andreshka-Geschwister etwas mit den Vorgängen, die ihn so ängstigten, zu tun hatten? Doch Gabriel zwang sich, die Bilder und Vögel zu ignorieren. Kurze Zeit später blieb er vor der hohen, weiß lackierten Tür zu Gherasims Apartment stehen. Die Tür war nicht ganz geschlossen und er konnte flackerndes Licht durch den Spalt zwischen Tür und Rahmen schimmern sehen. Von drinnen hörte er die Stimmen von Gherasim und seiner Schwester, sie schienen etwas zu diskutieren.

„Konntest du noch irgendetwas herausfinden?", fragte Alexandra, ihre Stimme war etwas gedämpft und spiegelte klar hörbar Frustration wider. Keine Antwort. Wahrscheinlich hatte Gherasim einfach den Kopf geschüttelt oder genickt.

Gabriel konnte durch den Spalt leider nur die Wand mit einem Schrank davor sehen.

„Die Art der Tode weist auf einen alten, recht skrupellosen Dämon hin, aber wie sollen wir herausfinden, welcher? Wir haben keinen Zugriff auf die Bibliothek und ich habe die Liste aller von Saradiels Generälen, die in der Dunklen Dimension geblieben sind, soweit wir wissen, nicht abgeschrieben", grübelte Gherasim, als wäre es das Normalste der Welt über Dämonen und was noch zu reden. Bei dem Wort Dämon im Speziellen fuhr Gabriel der Schrecken durch alle Glieder. Das konnte nicht sein! Es gab keine Dämonen! Zumindest keine, die nicht menschlich waren! Aber Dämonen hatten besondere Kräfte. Was, wenn der Schatten, den er gesehen hatte, ein Dämon gewesen war? Eben jener Dämon, von dem die Geschwister sprachen.

Gabriel stolperte von der Tür zurück, riss den Kerzenleuchter so schnell durch die Luft, dass die Kerzen erloschen, und stieß gegen eine Kommode. Die Porzellanfigur, die darauf stand, geriet ins Wanken. Wie in Trance beobachtete er, wie der kleine Kunstgegenstand, der ein steigendes Pferd darstellte, von dem Möbelstück kippte und scheinbar in Zeitlupe zu Boden fiel. Das Klirren schien so laut wie ein Kanonenschuss durch ganz Versailles zu hallen und jedes Mal, wenn es von einer der hohen Wände und Decken widerschwang, lauter zu werden. Gabriell wurde es kalt, das Blut in seinen Adern schien plötzlich gefroren und sein Hirn schien nicht mehr in der Lage zu sein, Befehle an seine Gliedmaßen zu senden. Die Stimmen in dem Apartment verstummten schlagartig.

Gabriel konnte Schritte hören, die auf die Tür zukamen, dann wurde diese ruckartig aufgerissen. Panisch riss Gabriel einen als Dekoration an der Wand zwischen zwei Fenstern aufgehängten

Degen aus seiner Halterung und richtete ihn auf Gherasim. Dieser schmunzelte und hob demonstrativ in einer beinahe höhnischen Art seine Hände. Dann schob Alexandra ihren Kopf durch die Tür. Als sie sah, was vor dieser vor ging, kam sie nach draußen und stellte sich zu ihrem Bruder.

„Was seid ihr?", fragte Gabriel panisch. „Jagt ihr Dämonen? Gibt es Dämonen?"

Gherasim senkte den Kopf und rieb sich die Nasenwurzel.

„Komm rein…", seufzte er dann, öffnete die Tür zu seinem Apartment noch ein Stück weiter und bedeutete Gabriel einzutreten. Gabriel nickte, machte einen Schritt auf die beiden zu und riss dann blitzschnell Alexandra zu sich herüber. Mit leicht zitternder Hand hielt er den Degen an ihre Kehle. Langsam ging er, mit Alexandra fest gegen sich gepresst, in das Apartment Gherasims, dieser folgte ihm und schloss die Tür hinter sich.

Seltsamerweise schienen sowohl Gherasim als auch Alexandra seelenruhig zu sein. Alexandra schien der Degen an ihrer Kehle gar nicht zu interessieren.

„Noch einmal, was seid ihr?", fragte Gabriel und zwang sich, trotz der Panik, die ihm die Sinne zu rauben drohte, ruhig zu bleiben.

„Wir, das heißt, meine Schwester und ich, sind Dämonen. Allerdings bei weitem nicht das, was ihr Menschen euch unteresgleichen vorstellt. Wir haben zum Beispiel nicht, wie ihr glaubt, etwas mit dem Teufel, Satan oder Beelzebub zu tun, sondern fühlen uns eher dem Mond verbunden", seufzte Gherasim in einem beinahe genervten Tonfall. „Und da dir aufgefallen ist, dass wir keine Menschen sind, dürftest du das zweite Gesicht haben."

„Was…aber…?", stammelte Gabriel fassungslos. Hieß das, dass er nicht wahnsinnig wurde?

Diesen Moment der Überraschung nutzte Alexandra, rammte Gabriel ihren Ellenbogen in den Magen und befreite sich aus seinem Griff. Er stolperte, den Degen noch immer in der Hand nach hinten und schnappte schmerzerfüllt nach Luft, dann, nachdem er wieder ausreichend Sauerstoff in der Lunge hatte, begann es, aus

46

ihm herauszusprudeln. „Der, der Schatten auf dem Ball… und diese verschwundene Straße… warum werden eure Augen immer wieder so schwarz? Warum sehe ich das alles? Was geschieht mit mir? Warum jetzt und nicht schon früher? Was soll ich tun? Und was ist mit diesen drei Toten passiert? Woran sind sie gestorben? Was bedeutet das alles?"

Gherasim blinzelte ihn überrascht an.

„Oh", hauchte er dann leise, als er realisierte, was Gabriels Flut von Fragen zu bedeuten hatte. „Du wusstest es gar nicht, hast aber schon vorher Gebrauch davon gemacht", stellte er dann fest. „Du hattest keine Ahnung, dass du das zweite Gesicht hast."

„Ich bin ein Medium?", fiepte Gabriel dann ungläubig.

„Nein, kein Medium, jemand aus der Menschen-Welt, der aber unsere Welt sehen kann, durch unsere Schutzzauber hindurch", versuchte Alexandra zu erklären und machte vorsichtig einen Schritt auf den aufgelösten Franzosen zu, wobei sie sich große Mühe gab, so ungefährlich wie möglich zu wirken.

„W-Was? Welche Welt? Es gibt nur eine", stammelte Gabriel weiter.

Er war zugegebenermaßen froh, dass sich seine Angst, dass er wahnsinnig wurde, schlagartig in eine alles schluckende Verwirrung verwandelt hatte, die keine richtige Furcht mehr zuließ, nur Staunen und unglaubliche Unsicherheit, die kurz davor war, erneut in diesen Zustand der Angst überzuschwingen. Wirklich besser fühlte er sich daher dennoch nicht.

„Physisch gesehen ja, es gibt nur eine Erde, aber es gibt auf dieser Erde einmal die Welt, die Gesellschaft der Menschen und die Welt jener, die nicht menschlich sind, die Welt der *Non Humani*. Die verborgene Welt. Und du hast die Gabe in diese Welt hineinzusehen und sie dadurch auch zu betreten. Die Straße, die verschwunden ist. Sie war wahrscheinlich Teil eines Stadtteiles, in dem nur nicht menschliche Wesen leben. Diese Stadtteile sind meist durch einen Zauber geschützt, daher können normale Menschen diese Gegenden nicht betreten, sie sehen sie nämlich gar nicht", fuhr Alexandra fort. Ihr tat Gabriel leid. Was dieser nicht wusste, war nämlich, dass es immer mal wieder vorkam, dass sich die Gabe des zweiten Gesichts erst recht spät manifestierte. Die meisten Menschen, bei denen dies passierte, wurden über kurz oder lang wahnsinnig, da ihnen niemand half, und sie sich so nie erklären konnten, was mit ihnen geschah. Und teilweise spielte die Kirche auch eine eher unglückliche Rolle. Auf der anderen Seite wurden Kinder mit dieser Fähigkeit meist recht schnell von jemandem gefunden, der dem Kind erklärte, was mit ihm passierte und dass es sich keine Sorgen machen müsste, aber niemandem davon erzählen dürfte. Das Kind wuchs dann mit dem Wissen über seine Gabe auf und näherte sich meist als Erwachsener dann der Gesellschaft der Non Humani an. Sie wurden zu weisen Dorfältesten oder Entdeckern die, weil sie ja wussten, dass es mehr gab, mehr finden wollten oder sie hielten sich verdeckt und waren dann die alte Tante, die ihren Verwandten liebevoll Geschichten von Zwergen und Elfen erzählte und schwor, dass sie alle wahr waren.

„Was mich interessiert, ist der Schatten…", fiel Gherasim seiner Schwester ins Wort.

Diese sah ihn böse an, schob Gabriel in Richtung eines Sessels und zwang ihn, sich dort hinzusetzen. Gabriel blickte zu Gherasim hoch.

„Nicht jetzt!", befahl dann Alexandra. „Du kannst ihn morgen fragen! Jetzt sollten wir ihm erst einmal seine Fragen beantworten. Der Arme ist ganz am Ende mit den Nerven. Kannst du dich wenigstens einmal nicht wie ein gefühlsarmer Rüpel aufführen, wenn wir auf Mission sind?", schalte sie ihn weiter. Gabriel vergrub sein Gesicht in seinen Händen.

„Also, was möchtest du alles wissen?", fragte Alexandra und ging vor Gabriel in die Hocke.

Gherasim ließ sich auf der Bettkante nieder und beobachtete Gabriel skeptisch.

„Ich…ihr sagt, ich habe das zweite Gesicht und deshalb konnte ich diese Straße betreten und den Schatten sehen und auch, dass eure Augen schwarz geworden sind", begann Gabriel.

Alexandra nickte.

Gherasim schien irgendwie ungehalten zu sein, so kam es Gabriel zumindest vor, als dieser zu ihm herüberblickte, als wäre er ein Problem oder eine Art Hindernis.

„Und warum ist die Straße dann verschwunden?"

„Ich gehe mal davon aus, dass sich deine Kräfte noch nicht voll entwickelt haben", antwortete Alexandra erneut.

Gabriel nickte ergeben. Wenn er wirklich das zweite Gesicht hatte, hatte er auch gleich eine Erklärung für alles Übernatürliche, das er noch in der Zukunft sehen könnte, denn so wie es schien, würde er nicht aufhören, seltsame Sachen zu sehen. Auch wenn er nicht ganz wusste, was die Geschwister mit dem zweiten Gesicht meinten, war es doch beruhigend eine Erklärung zu haben, die nicht *Wahnsinn* lautete. Er hatte den Begriff *zweites Gesicht* immer nur in Zusammenhang mit irgendwelchen Scharlatanen gehört, die vorgaben, in die Zukunft blicken zu können; aber so wie es jetzt aussah, war das zweite Gesicht etwas völlig anderes als was die Menschen glaubten. Er fragte sich, ob es noch andere in seiner Familie gab, die mit dem zweiten Gesicht geboren worden waren. Konnte diese Gabe vererbt werden? Wenn ja, wer seiner Verwandten könnte es sein? Oder kam man einfach damit auf die Welt? Was würde das nun für ihn in der Zukunft bedeuten?

„Und ihr seid Dämonen...was macht ihr dann hier? Sollt oder wollt ihr hier Leute zur Sünde verleiten oder ernährt ihr euch von den Sünden der Menschen?", fragte Gabriel weiter, völlig vergessend, dass Gherasim sämtliche Verbindungen mit satanischen Kräften bereits verneint hatte.

Gherasim schnaubte verächtlich. „Ganz toll. Welche Vorurteile hast du noch über uns gehört? Das wir Hexen vögeln? Ja manchmal, wenn alle beteiligten einverstanden sind! Das wir Jungfrauen fressen? Ja, weiß ich doch nicht, ob die Kuh, aus der mein Filet kommt, noch Jungfrau war, und nein, wir arbeiten nicht für den Teufel! Den gibt es nämlich nicht! Das habe ich dir aber auch schon gesagt!", rief er und sprang von seinem Sitzplatz auf.

„Was habe ich dir bitte schön getan?", fragte Gabriel, plötzlich ebenfalls unglaublich wütend. Was konnte er bitte schön dafür, dass er nicht gewusst hatte, was mit ihm passierte? Warum er plötzlich diese Dinge sehen konnte. Und er wusste doch auch nur das über Dämonen, was die Kirche verbreitete. Was sollte er denn bitte tun?

Alexandra schien das bereits zu kennen und stöhnte nur genervt auf, sie erhob sich und warf ihrem Bruder mit in die Hüften gestemmten Händen einen bösen Blick zu.

„Gherasim, muss das sein?", fragte sie dann.

„Entschuldigung", murmelte dieser schuldbewusst und strich sich die Haare aus dem Gesicht.

„Also, warum seid ihr hier? Es muss doch einen Grund geben, warum ihr nach Versailles gekommen seid", fragte Gabriel erneut.

Gherasim nickte.

„Ein anderer Dämon tötet hier Menschen, und wir sind hier, um ihn aufzuhalten", sagte er. „Deshalb wollen wir ja auch wissen, was du mit *dem Schatten* meinst, Gabriel."

„Wir gehören einem Orden an, wir kümmern uns darum, dass bestimmte Dämonen nicht versuchen, in eurer oder unserer Gesellschaft für Chaos zu sorgen", führte Alexandra die Erklärung ihres Bruders fort.

Gabriel nickte. Er wusste nicht, wieso, aber alles, was ihm die Geschwister sagten, machte Sinn, auch wenn er es nicht ganz verstand. Er hatte es im Gefühl, dass es stimmte. Und irgendwie beruhigte es ihn, dass es für alles eine Erklärung zu geben schien, auch wenn er diese noch nicht ganz fassen konnte, schließlich war es doch recht viel, dass er gerade über seine Welt erfuhr.

„Ein Dämonenorden?", fragte er dann leise.

Gherasim nickte. „Dämonen und Engel", verbesserte er.

„Es gibt viele Dämonen da draußen, viele sind wie wir. Wir leben in unserer eigenen, versteckten Welt und haben unsere eigenen großen und kleinen Probleme, wie alle anderen Non Humani, wir interessieren uns kaum für die Menschen. Doch nicht alle Dämonen sehen euch als harmlose Nachbarn, beziehungsweise sie interessieren sich nicht dafür, dass ihr verletzt werden könntet bei dem, was sie tun, um es harmlos auszudrücken, mehr noch, sie bringen euch teilweise aktiv in Gefahr, um den Orden aufmerksam zu machen. Und wir sorgen dafür, dass euch diese Dämonen wieder vom Hals geschafft werden, da ihr nie auch nur eine Chance gegen sie haben würdet und man nicht will, dass aus Versehen unsere Welt eurer offenbart wird oder eure wie unsere endet", führte Alexandra die Erklärung ihre Bruders vort.

Gabriels Verstand schien sich zu drehen und die neuen Informationen gar nicht ganz registrieren zu können. Er schüttelte seinen Kopf, um diesen etwas zu ordnen.

„Zu viel auf einmal?", fragte Alexandra, die bemerkt zu haben schien, dass es langsam ein bisschen viel für den Franzosen wurde.

Gabriel konnte nur müde nicken.

„Dann reden wir morgen weiter", beschloss Gherasim.

Gabriel nickte wieder und stand von seinem Platz auf. „Ich schlage vor, wir treffen uns morgen früh um elf in dem kleinen Pavillon in der Nähe der Kastanienallee, dort sollten wir ungestörter sein als hier."

„Noch eine Frage; wenn wir Menschen so ein schlechtes Bild von Dämonen haben, wie falsch liegen wir dann über Engel und wie ist euer schlechter Ruf entstanden?", fragte Gabriel.

Alexandra nickte verstehend. „Also, die Begriffe Engel und Dämon oder besser deren lateinische Ursprünge wurden von unseren Ahnen vor einigen Tausend Jahren ins Lateinische eingefügt. Damals zeigten wir uns den Menschen noch. Den schlechten Ruf haben die Dämonen von denen, gegen die wir kämpfen, also einige Dämonen, haben es für alle anderen, für immer verdorben und das Leben um einiges schwerer gemacht. Über Engel legt ihr nur insofern falsch, dass sie nicht für Gott arbeiten und reine, wunderbare Wesen sind. Unsere beiden Arten sind genauso fehlerhaft wie Menschen und alles andere, das existiert. Du kannst die die Begriffe Engel und Dämon vielleicht eher wie Nationalitäten oder etwas ähnliches vorstellen", erklärte sie.

Gabriel schluckte, strich seinen Gehrock glatt und ließ seinen Blick etwas unschlüssig durch den Raum wandern.

„Danke … und … Gute Nacht", murmelte er erschöpft und etwas unsicher, und machte einen Schritt in Richtung Tür.

Alexandra lächelte ihn sanft an.

„Ebenfalls", brummte Gherasim.

Gabriel öffnete die Tür des Apartments und verließ es, dann tappte er, ohne den erloschenen Kerzenleuchter, zurück zu seinem Zimmer. Die Scherben der Figur bemerkte er gar nicht. Er fragte sich, was ihm die beiden am kommenden Tag noch alles erzählen würden und wie tief er in diese geheime Welt der Dämonen und scheinbar auch Engel eintauchen würde. Oder ob die Geschwister ihn einfach in einer der kommenden Nächte töten würden, weil er zu viel wusste.

In seiner Behausung angekommen, entledigte er sich seiner Kleidung und fiel vollkommen übermüdet mit dem Gesicht zuerst in sein Bett.

Claude, der bemerkt hatte, dass Gabriel sich mitten in der Nacht davongestohlen hatte, beobachtete seinen übermüdeten Herren milde schmunzelnd und zog sich dann ebenfalls zurück.

Am nächsten Morgen saß Gabriel bereits kurz vor 11 Uhr in dem kleinen Pavillon bei der Kastanienallee. Pünktlich zur vereinbarten Zeit konnte er dann auch die Geschwister die Allee entlang auf sich zukommen sehen. Zögerlich kam er den beiden ein Stück entgegen.

„Gabriel!", begrüßte ihn Alexandra. Ja. Sie war ihm definitiv sympathischer als ihr Bruder.

„Guten Morgen", grüßte er zurück.

Gherasim nickte ihm zu. Irgendwie wirkte er etwas zerknittert und noch nicht ganz wach.

Gabriel lächelte. „Ihr wolltet wissen, was ich mit dem Schatten meinte", begann er und lud die beiden Dämonen ein, sich mit ihm auf die Bank im Pavillon zu setzen.

Der Pavillon selbst war nicht viel mehr als ein Fußboden, einige Säulen, die ein Dach stützen, ein kleiner Zaun und eine Steinbank.

Was diesem allerdings den gewissen edlen Anschein verlieh, waren die unzähligen Blumen, mit denen die Säulen versehen waren, an denen ein Steinmetz bestimmt eine Ewigkeit gesessen hatte. Gherasim nickte und bedeutet Gabriel dann zu beginnen. Dieser berichtete, wie er den Schatten während des Maskenballes für einen kurzen Moment auf die Ballgesellschaft hatte zukommen sehen, und dass kurz darauf einer der Gäste gestorben war. Dass der Schatten einen fast humanoiden Umriss gehabt und dass seine Augen blutrot geleuchtet hatten.

Gherasim fragte ihn, ob er aus Richtung des Schlosses oder der Parkanlage gekommen war, woraufhin Gabriel erläuterte, dass der Schatten sich aus der Richtung des Parks genähert hatte und dann so plötzlich verschwand, wie er gekommen zu sein schien. Diese Information ließ die Geschwister aufhorchen, sie wirkten etwas verwirrt und dann legte sich ein nichts Gutes verheißender Ausdruck auf ihre Züge, als hätten sie soeben einen sehr beunruhigenden Hinweis erhalten.

„Hör zu!", befahl dann Alexandra. „Dieser Schatten, den du gesehen hast, ist ein Dämon, aber er gehört nicht zu uns oder dem Orden. Er ist wahrscheinlich der Grund für die drei Toten. Wir sind hier, um ihn zu jagen. Da er noch seine Schattenform hat, ist er noch nicht wieder im Besitz aller seiner Kräfte und konnte sich noch keinen neuen materiellen Körper zulegen."

„Das heißt, er wird mehr Menschen töten… So lange, bis er seine vollen Kräfte wiedererlangt hat", schlussfolgerte Gabriel.

„Genau", bestätigte Alexandra mit einem besorgten und niedergeschlagenen Tonfall.

Gabriel wusste nicht recht, was er jetzt sagen sollte, in seinem Magen tobten scheinbar sämtliche Gefühle, die er in der Lage war zu fühlen auf einmal. Er wusste, dass er eine Entscheidung zu fällen hatte.

„Ich möchte euch helfen. Ich mag es hier nicht, aber mein Sohn wird auch bald hierherkommen und ich will nicht, dass hier ein Dämon umherläuft und Leute tötet, wenn er hier leben muss", verkündete Gabriel dann betont ruhig. Die Geschwister sahen ihn überrascht an, dann nickte Gherasim langsam und stand auf. „Wir müssen erst darüber sprechen, es wäre leichtsinnig und gefährlich für uns und dich, einen Menschen damit hineinzuziehen", blockte er ab.

Alexandra nickte.

„Wir werden dir eine Nachricht mit unserer Entscheidung zukommen lassen", versprach sie, dann standen die Geschwister wieder auf und verließen den Pavillon.

Gabriel blickte ihnen nachdenklich hinterher und fragte sich welchen Einfluss ihre Entscheidung für seine Zukunft haben würde, abgesehen davon, dass, wenn sie nein sagten, er auf jeden Fall beginnen würde, zu versuchen mehr über die Non Humani herauszufinden. Vielleicht würde er sogar wieder nach Le Havre de Grâce gehen und nach der Straße suchen. Auf jeden Fall war der Weg, den sein Leben von nun annehmen würde, um einiges weniger gradlinig geworden, als er es je für möglich gehalten hätte.

Gabriel stand nun ebenfalls auf, anstatt aber ins Schloss zurückzukehren, wanderte er um den Kanal, an der Kastanienallee, herum und dann in einen anderen Teil des Parks. An einer Ecke konnte er ein paar Gärtner sehen, die ein Rosenbeet pflegten, nahe eines großen Tierkäfigs, in dem Louis ein paar seiner tropischen Vögel im Sommer hielt. Traurig betrachtete er die Tiere. Ab und zu fühlte er sich nämlich ein wenig so, wie er sich vorstellte, dass sie sich fühlten. Eingesperrt und das für immer. Aber vielleicht hatte er jetzt ja einen Ausweg gefunden.

Gegen vier kehrte er in das Schloss zurück, da sein Magen vehement verlange, er müsse etwas essen. Er lief also zur Küche, ein paar Leute des Personals kannten ihn dort bereits, und nahm sich etwas zu essen mit auf sein Zimmer, er hatte jetzt keinen Nerv sich in einen der Salons zu setzten oder dafür sich ein Buch in der Bibliothek an zu sehen, auch wenn er wusste, dass vor wenigen Tagen ein paar weitere aus Paris gekommen waren.

Ein paar Tage später, in denen Gabriel praktisch nur umher gerannt war, weil ihm selbst sitzen zu viel Konzentration, die er im Moment nicht hatte, abverlangte, betrat ein Diener mit einem Silber Tablet, auf dem ein kleiner Brief lag, sein Apartment.

„Von dem Diplomaten Andreshka", sagte der Diener und hielt Gabriel mit einer Verbeugung das Tablet hin. Er wiederum schnappte sich den Brief, bedankte sich in Windeseile bei dem Mann und schob ihn dann regelrecht aus der Tür hinaus. Mit beinahe zitternden Fingern öffnete er das Schriftstück.

Es ist deine Entscheidung. Es wird gefährlich werden, du könntest sterben. Komm morgen um zehn wieder zum Pavillon, um uns deine Entscheidung mitzuteilen.

G. & A.

Stand da, mehr nicht. Die Geschwister waren zu der Entscheidung gekommen, dass er das letzte Wort haben sollte, dass er die Würfel fallen lassen würde, die entschieden, wie es jetzt weiter ging.

Gabriel schluckte den Kloß in seinem Hals herunter, zündete ein Schwefelholz an und verbrannte den Brief. Das Papier gesellte sich zum Rest der Asche im Kamin. Morgen würde er im schlimmsten Fall sein Todesurteil unterzeichnen und im besten Fall würde der goldene Käfig, in den ihn der König und seine Abstammung gezwungen hatte, geöffnet werden, wenn auch nur für eine gewisse Zeit.

Am nächsten Morgen fand er sich viel zu früh in dem Pavillon ein, was aber nicht weiter schlimm war, da die Sonne bereits angenehm warm schien. Die Geschwister konnte er pünktlich um zehn auf sich zukommen sehen.

„Und?", fragte Gherasim mit einem Gesichtsausdruck den Gabriel unmöglich hätte deuten können. Stattdessen nickte er nur und sagte „Ich bin dabei."

Kapitel 6

(August 1686)

Es war schon seltsam wie schnell sich eine Person verändern konnte. War Gherasim Gabriel gegenüber anfangs mit bewusster Höflichkeit aufgetreten und dann plötzlich recht kühl, regelrecht unfreundlich eingestellt gewesen, war er nun, wenige Tage nachdem Gabriel herausgefunden hatte, was sie waren und sich ihrer Jagd nach dem Dämon angeschlossen hatte, sehr aufgeschlossen und sogar regelrecht frech. Er machte Witze über andere Mitglieder des Hofes und auch über sich, Gabriel und seine Schwester, er war sarkastisch und beinahe verspielt.

Was Gabriel allerdings sehr viel mehr irritierte, war nicht der plötzliche Stimmungswechsel des Dämons, sondern der Fakt, dass dieser etwas künstlich und aufgesetzt wirkte. Fast, als würde er wollen, dass Gabriel ihn mochte. Außerdem hatte er einige Andeutungen gemacht, die Gabriel ins Grübeln gebracht hatten. Er konnte nicht einordnen, ob Gherasim mit diesen Andeutungen nur Witze machte oder ob er tatsächlich bemerkt hatte, dass der Franzose sich nicht für Frauen interessierte. Direkt fragen konnte er ihn diesbezüglich aber auch nicht. Natürlich, dieser veränderte Gherasim war Gabriel sehr viel sympathischer, aber dennoch wusste er nicht ganz, wie er sich ihm gegenüber nun verhalten sollte, schließlich kannten sie sich erst seit vielleicht drei Wochen. Warum würde Gherasim also solche Andeutungen machen oder gar mit ihm flirten? Welchen Grund hatte er dafür? Oder dachte er einfach, dass ein kleiner Flirt während der Mission ganz lustig sein könnte? Wollte er Gabriel testen? Aber was genau wollte er testen? Das alles sorgte wiederum für ein gewisses Gefühl der Unsicherheit, das den Franzosen nun begleitete, auch wenn sein Kopf im Moment so voll mit neuen Informationen war, dass man es ein Wunder nennen konnte, dass sein Hirn noch nicht überladen war und die Zeit hatte, sich über Gherasims Verhalten Gedanken zu machen. Die letzten Tage hatte Gabriel nämlich hauptsächlich damit verbracht, die Andreshka Geschwister auszufragen und auch in der Bibliothek von Versailles zu suchen, ob er in einem Buch etwas Hilfreiches finden konnte, was jedoch leider nur mit wenig Erfolg gekrönt war. Außerdem erzählten ihm Gherasim und Alexandra noch einiges andere, auch über den Orden. Zum Beispiel, dass der Orden neben dunklen Dämonen auch Monster wie Ghule und Wiedergänger jagte. Die es anscheinend wirklich gab. Das Ziel war es, im Moment, herauszufinden wie der Dämon nach Versailles gekommen war und um wen es sich handelte. Dadurch, dass er sich in einer Schattengestalt zeigte, wussten sie, dass er vor nicht allzu langer Zeit heraufbeschworen worden war und das aus der Dunkeln Dimension. Aber wer hatte ihn heraufbeschworen? Und war es ein kleinerer oder ein größerer Dämon, beziehungsweise wie alt war er? Das hieß mächtig oder eher weniger mächtig und wie hoch stand er in den Rängen Saradiels, von dem die Geschwister bis jetzt nur den Namen erwähnt hatten. Genau davor, dass es sich um einen großen Dämon, der weit oben in Saradiels Rängen stand, handeln könnte, fürchteten sich die Geschwister scheinbar am meisten und hatten Gabriel auch davor gewarnt einzuschreiten, wenn er den Schatten irgendwo sah. Er sollte sich eher vorsichtig zurückziehen und ihnen Bescheid geben. Gherasim und Alexandra hatten Gabriel außerdem begonnen beizubringen, wie er sich im Ernstfall doch gegen den Dämon verteidigen konnte. Was dazu geführt hatte, dass Gabriel die letzten Tage jeden Abend mit einem fürchterlichen Muskelkater zu Bett gegangen und jeden Morgen mit diesem Aufgestanden war und dass man sich in den Salons teilweise etwas irritiert, darüber unterhielt, warum der Comte Desrosiers und der rumänische Diplomat Andreshka denn bitte jeden Tag mit Schwertern oder Degen in der Parkanlage Übungsduelle austrugen.

(September 1686)

So vergingen ein paar Wochen, bis es mittlerweile Mitte September war, und so doch schon recht kalt außerhalb des Schlosses, weswegen sich die drei nicht in dem kleinen Pavillon bei der Kastanienallee, sondern in Gabriels Apartment trafen, in dem man seine größentechnischen Vorzüge bezüglich des Heizens deutlich spüren konnte. Bevor die drei ihre Unterhaltung begannen, servierte Claude ihnen einen Tee und ein paar kleine Küchlein. Dann zog sich der Diener wieder zurück.

Gherasim rührte gedankenverloren mit seinem Finger in der Tasse, in der das Teewasser noch dampfte, so heiß war es, herum; ihm schien die Temperatur nichts auszumachen.

„Lass das", verlangte dann Alexandra und schlug ihrem Bruder auf den Unterarm. Etwas Tee schwappte über, auf Gherasims Gehrock.

Gherasim sah seine Schwester wiederum überrascht und etwas belustigt an.

„Du hättest auch einfach sagen können, dass ich ein Bad nehmen soll. Kein Grund mich mit Tee zu überschütten", schmunzelte er und stellte seine Teetasse auf den kleinen Kaffeetisch, dann warf er schwungvoll seine Haare über seine Schulter nach hinten und bedachte Gabriel mit einem leuchtenden, munteren Blick, den dieser aber nicht ganz deuten konnte.

Gabriel hob stattdessen die Augenbrauen und reichte dem Dämon ein Taschentuch mit Spitzenrand, damit dieser den dunkelblauen Brokat seines Gehrockes abtrocknen konnte. „Danke. Jetzt brauche ich nur noch eine Badewanne für den restlichen Tee", lachte der Dämon und begann, auf seiner Kleidung herumzutupfen.

Alexandra schüttelte nur den Kopf und trank einen Schluck von ihrem eigenen Tee.

„Also, ich dachte, dass ich Amaële anschreiben könnte. Sie hat bestimmt nichts dagegen, ein wenig im Trollmarkt Gerüchte zu sammeln und zu sehen, ob einer ihrer Freunde in letzter Zeit die Zutaten für eine Dämonenbeschwörung aus der Dunklen Dimension verkauft hat. Was anderes können wir im Moment, glaube ich, nicht tun. Wir haben in letzter Zeit schließlich gar nichts herausgefunden und ganz ehrlich, fällt mir nichts anderes ein! Der Schatten hat sich nicht gezeigt, niemand ist gestorben, wir haben keine Verdächtigen, keiner verhält sich seltsam, wir haben gar nichts", seufzte sie.

„Tu das, etwas anderes fällt mir im Moment auch nicht ein", nickte Gherasim resigniert. War dann aber sofort wieder zurück bei seinem beinahe verspielten Ich. „Und in der Zwischenzeit könnte ich unserem Gabriel hier ja noch ein bisschen mehr etwas über unsere Waffen beibringen", schlug er vor.

Alexandra nickte und trank erneut von ihrem Tee, scheinbar zufrieden mit dem Vorschlag ihres Bruders.

Einige Tage nach dieser Unterredung erreichte Alexandra eine Antwort ihrer Freundin. Allerdings nicht in Form eines Briefes, wie Gabriel erwartet hätte. Stattdessen erschien in einem Handspiegel, den Alexandra immer bei sich trug, das Gesicht eines seltsamen Wesens. Es hatte eine lila rötliche Haut, tiefe augenlose Augenhöhlen und schien mehr aus Nebel als aus irgendeiner festen Substanz zu bestehen. Es erinnerte Gabriel etwas an den Schatten, brachte jedoch keinerlei Unbehagen oder Angst mit sich, eher die Ausstrahlung eines alten Butlers.

Alexandra hielt die spiegelnde Oberfläche blitzschnell mit ihrer Hand zu und zerrte dann Gabriel und Gherasim in ihr Apartment. Dort lehnte sie den Spiegel gegen eine Vase und die drei blickten das Gesicht im Spiegel neugierig an. Mit schnarrender, tiefer Stimme begann es zu sprechen.

„Die Herrin erwartet euch in Paris, Jägerin Ephemera", sagte es schlicht und verschwand dann wieder. Gabriel blickte die Geschwister überrascht und mit einem sehr fragenden Gesichtsausdruck an.

„Spiegelnachricht. Ist n kleiner Zauber den Hexen sehr gerne nutzen, wenn sie selbst gerade nicht zum Spiegel kommen können, allerdings braucht man dafür einen speziellen Spiegel oder einen Teil eines speziellen Spiegels", sagte Gherasim und zuckte mit den Schultern. *Natürlich!* Dachte sich Gabriel. Gesichter in speziellen Spiegeln, die Nachrichten übermittelten, wenn man gerade nicht selbst durch einen Spiegel sprechen konnte! Warum wunderte er sich eigentlich noch?

„Und was ist an dem Spiegel speziell?", fragte er trotzdem.

„Er hat sich in einem Haus befunden, in dem jemand gestorben ist und wurde nicht vernünftig abgedeckt, daher hat sich ein Teil der Seele darin verhangen. Er hat jetzt also fast etwas wie ein eigenes Bewusstsein. Du musst dir aber keine Sorgen machen, da ist nicht das Bewusstsein des Toten für alle Ewigkeit drinnen eingesperrt, mehr eine Kopie, das Spiegelbild eben", erläuterte Alexandra schnell.

„Also, wir sollten nach Paris!", stellte Gherasim fest und schubste erneut seine Haare nach hinten über die Schulter, nachdem seine Schwester geendet hatte. Es schien entweder eine Angewohnheit des Rumänen zu sein, sich ständig seine Haare aus dem Gesicht zu streichen, beziehungsweise sie dramatisch nach hinten zu werfen oder er trug sie normalerweise nicht oft offen und versuchte sie daher ständig aus dem Weg zu räumen. Gabriel erwischte sich dabei, dass er es genoss, das Spiel Gherasims Haare zu beobachten. Wütend über sich selbst schüttelte er den Kopf.

„Wir sollten Bescheid geben, dass wir eine Kutsche nach Paris brauchen! Und dann sollten wir die Waffen packen."

„Waffen packen?"

„Denkst du, irgendwer würde unbewaffnet auf einen Trollmarkt gehen? Wir leben zwar friedlich mit den Menschen zusammen, aber untereinander mögen wir uns trotzdem nicht alle und Trollmärkte sind ehrlich gesagt auch mehr oder weniger gesetzlos", lachte Gherasim. „Und deswegen gehen wir bewaffnet! Keine Sorge, wir kümmern uns darum, dass du nicht zu sehr auffällst." Das Grinsen das Dämons war ehrlich und aufrichtig und Gabriel wusste, dass er sicher sein würde, so sicher es eben ging, wenn alle bewaffnet umherliefen.

Kapitel 7

(Oktober 1686)

Zwei Tage darauf erreichten sie am späten Nachmittag Paris. Die Kutsche hielt vor einem hohen Gebäude mit dunkelroter Fassade in einer mittelgroßen Gasse an. Irgendwie hatte Gabriel das Gefühl, dass das Gebäude ein wenig zu flimmern schien, wie eine Fata Morgana.

„Ist dieses Haus geschützt? Und wie funktioniert so ein Schutzzauber eigentlich?", fragte er daher an die Geschwister gewandt.

Alexandra nickte bestätigend.

„Genau und Schutzzauber werden normalerweise beim Bau des Hauses in dieses eingebaut, können aber auch nachträglich in eines eingefügt werden. Darf ich fragen, wie das für dich aussieht? Wir haben ja noch nie durch eine Schutzzauber hindurch blicke müssen", fragte sie, während Gherasim Gabriel auf die Eingangstür aus grobem Holz zu schob.

„Das ganze Haus flimmert etwas. Wie eine Luftspiegelung an einem heißen Tag", beschrieb er und öffnete die Holztür. Die Räumlichkeit, die sie betraten, erinnerte an einen der Salons in Versailles, war jedoch etwas kleiner, schlichter, und die Decke war um einiges niedriger und durchzogen von dicken Stützbalken, die Wände waren in einem noch dunkleren Rot gestrichen als die Fassade und versehen mit Kerzenleuchtern. Links im Raum befand sich ein Tresen wie in einer Gastwirtschaft und hinten führte eine Treppe nach oben und eine weitere nach unten. Hinter dem Tresen stand ein riesiger, dürrer Mann, dessen Kopf fast die Decke berührte. Seine Haare waren fast weiß und seine seidenpapierzarte, durchscheinende Haut wirkte, als würde sie leicht grünlich schillern, seine langen Ohren liefen spitz zu und seine Iriden leuchteten gelb.

Der Elb blickte auf, als die kleine Glocke über der Tür bimmelte, auch wenn man diese über den Lärm der Gäste gar nicht ganz hören konnte. Zumindest konnte Gabriel das nicht. Aber wenn man jeden Tag bei diesem Lärm arbeitete, lernte man bestimmt auch die Türglocke über jedes Geräusch hinweg wahrzunehmen.

Gherasim lief zu dem Elb herüber und lehnte sich an den für ihn brusthohen Tresen.

„Hallo. Wir brauchen drei Einzelzimmer für mindestens zwei Nächte", verlangte er. Der Elb sah Gherasim einen Moment an, dann nickte er.

„Zahlen Sie so, oder soll ich die Rechnung dem Orden schicken?", fragte er dann.

Gherasim schienen für einen kurzen Moment die Gesichtszüge zu entgleisen, dann setzte er wieder sein strahlendes Lächeln auf.

„Wir zahlen", sagte er und schob dem Elb einen kleinen Beutel über die Theke herüber. Dieser nickte, schüttete den Beutel aus und zählte einige Münzen ab, den Rest schob er zu Gherasim zurück, der den Lederbeutel wieder füllte und in seiner Tasche verschwinden ließ.

Gabriel fühlte sich etwas unwohl, schienen ihn doch immer wieder seltsame Blicke zu streifen und zu fixieren. Prüfend blickte er an sich herab, um herauszufinden, ob seine Kleidung vielleicht der Grund dafür war. Ihm viel auf, dass seine Kleider in der Tat ganz anders waren als die aller anderen Anwesenden. Er musste ihnen erscheinen, wie ein buntes Huhn und außerdem schien seine ganze Haltung zu signalisieren, dass er sich hier alles andere als wohlfühlte. Natürlich würde das Aufmerksamkeit erregen. Gherasim hatte ihm zwar schon gesagt, er solle sich etwas schlichter anziehen, aber was in Versailles als schlicht galt, war hier wohl immer noch eher auffällig. Zwar waren die Kleider von Gherasim und Alexandra auch etwas auffällig, sie lebten aktuell ja auch in Versailles, aber gleichzeitig schien jeder zu wissen, dass es sich um Dämonen handelte und daher interessierte es niemanden, wie sie sich kleideten. Stattdessen starrten alle Gabriel an als hätte er *Mensch* in großen Buchstaben auf seine Stirn geschrieben stehen, was wohl der vorrangige Grund für das Starren war, wie er langsam realisierte, als er Stück für Stück bemerkte, dass die Kleider der anwesenden zwar nicht so bunt wie seine, aber dennoch sehr außergewöhnlich waren und überall ein nicht zu unterschätzendes Maß von neugierigen Blicken geerntet hätten.

„Alles in Ordnung?", fragte Alexandra leise.

„Ich glaube ich falle etwas auf."

„Keine Sorge, die sehen hier nur nicht oft Menschen. Wir werden uns gleich umziehen. Gherasim wird dir was leihen, dann fällst du schon weniger auf. Du scheinst ja wirklich nichts Schlichtes zum Anziehen zu haben", sagte sie schmunzelnd und knuffte dem Franzosen leicht in die Seite, dann wandten auch sie ihre Aufmerksamkeit wieder dem Elben hinter dem Tresen zu. Dieser bat die drei noch kurz zu warten, bis man ihr Gepäck bringen würde. Kurz darauf kam ein winziges Männlein in den Salon, auf seinen Schultern trug er die kleinen Reisekisten von Alexandra und Gherasim, quer darüber, wie ein Dach, lag Gabriels Kiste.

Schlagartig erinnerte sich Gabriel an den Mann in dem Laden, in dem er das Manuskript gekauft hatte. Er war ungefähr genau so klein gewesen und auch seine Ohren schienen leicht spitz zuzulaufen. Das Männchen hatte einen roten Rauschebart, in den sich allerdings schon graue und weiße Strähnen mischten, dazu eine Halbglatze und Tattoos auf den Wangen.

„Wohin mit dem Gepäck?", fragte der Zwerg mit krächzender, aber fester und tiefer Stimme, dann drehte er sich zu Gabriel. „Der da riecht nach Mensch!", verkündete er skeptisch und warf dem Elben hinter dem Tresen einen prüfenden Blick zu.

„Ich weiß, Martin. Aber er wäre nicht hier, wenn er nicht das zweite Gesicht hätte, das heißt, er ist hier genauso willkommen wie jeder andere", sagte dieser, seine Stimme war leise und sanft, aber auch etwas mahnend. Der Elb schob anschließend drei Schlüssel über den Tresen.

Gabriel konnte nicht umhin sich zu fragen, wie er klingen würde, wenn er sang. „Bitte bring die Kisten in die Zimmer 103, 104 und 108", fuhr der Elb fort. „Herrschaften, bitte folgen Sie Martin. Er wird sie zu Ihren Zimmern bringen."

Der Zwerg, Martin, begann die Treppe in den ersten Stock heraufzusteigen.

Gabriel fiel auf, dass diese praktisch zweigespalten war, links befand sich die doppelte Anzahl von Stufen, diese Stufen waren jedoch nur halb so hoch und tief wie die auf der rechten Seite, und das Geländer befand sich auch nur auf halber Höhe. Martin erklomm die linke Seite der Treppe, während Gherasim, Gabriel und Alexandra ihm auf der rechten Seite folgten. Der Zwerg führte sie einen lagen von Kerzenlüstern an den Wänden erleuchteten Gang, der ebenfalls rot gestrichen war, entlang, dann bleib er vor dem Zimmer 103 stehen. Die Zahl war mit goldener Farbe auf eine glatte, runde Holzplakette, die an die Tür genagelt worden war, geschrieben.

Gabriel fragte sich, wie sich eine Einrichtung wie diese, es war zwar deutlich mehr als ein Gasthaus, das auch Zimmer vermietete, aber so viel konnte es trotzdem nicht abwerfen, als dass man sich so viel rote Farbe leisten konnte. Hatte diese versteckt lebende Gesellschaft vielleicht vollkommen andere Möglichkeiten zur Farbherstellung? Warum eigentlich nicht?

„Dein Zimmer", ließ Gherasim an Gabriel gewandt verlauten und riss den Franzosen so aus seinen Gedanken.

Gabriel nickte. Schloss die Tür zu seinem Zimmer auf und nahm seine Kiste von Martin. Dieser ging einige Schritte weiter und blieb dann vor der Tür 104 stehen. Alexandras Zimmer. Sie schloss ebenfalls ihre Zimmertür auf und nahm ihre Kiste von Martin. Zum Schluss brachte der Zwerg Gherasim zu seinem Zimmer drei Türen weiter. Anschließend verschwand er wortlos. *Seltsames Kerlchen.* Dachte sich Gabriel und schloss seine Zimmertür hinter sich.

Im Inneren des winzigen, aber gemütlichen Raumes ließ er sich auf dem Stuhl an dem kleinen Schreibtisch, eher eine Art Brett, das in einem neunzig Grad Winkel an der Wand befestigt war, nieder und legte den Kopf in den Nacken. Er fragte sich, was am nächsten Tag wohl passieren würde, wenn sie diese Amaële treffen würden. Alexandra hatte erzählt, das Amaële eine Hexe war und auf dem Trollmarkt von Paris einen kleinen Laden führte. Was sie dort wohl verkaufte? Gabriel hatte keine Idee, er wusste nur, dass scheinbar alles, was die Kirche über Hexen, Engel und Dämonen und wahrscheinlich noch vieles andere verbreitete, nicht wirklich mit dem, wie diese Leute in der Realität waren, übereinstimmte.

Gut eine halbe Stunde später klopfte Gherasim an die Zimmertür von Gabriel, über seinem Arm hingen einige Kleidungsstücke und selbst hatte er sich seines Gehrockes und seiner Weste entledigt.

„Hier", sagte er und reichte Gabriel die neue Kleidung. Dieser legte sie über die Lehne des Stuhls. „Du musst die jetzt noch nicht anziehen, aber ich würde dir empfehlen es morgen zu tun. Sonst siehst du wieder wie ein buntes Huhn aus", lachte Gherasim.

Gabriel schüttelte den Kopf. Er wollte nichtwirklich noch einmal so von allen Seiten mit Blicken durchbohrt werden, andererseits hatte er so eine Ahnung, dass bereits jeder in diesem Haus wusste, dass ein Mensch hier gastierte. Er wusste nicht wirklich, was er nun sagen sollte und klappte ein paar Mal unschlüssig den Mund auf und zu. „Ab sechs Uhr gibt es Abendessen unten im Salon.", informierte Gherasim noch schnell und verschwand dann wieder.

Gabriel verbrachte die nächste Stunde damit sich frisch zu machen und zu lesen, schließlich hatte er es sich nicht nehmen lassen, wenigstens ein Buch mitzunehmen.

Später dann verließ er sein Zimmer und klopfte erst bei Alexandra und dann bei Gherasim an und fragte, ob sie auch zum Essen kommen würden.

Unten im Salon setzten sie sich, nachdem sie sich bei dem Elben, der ihnen auch ihre Zimmer gegeben hatte, angemeldet hatten, an einen kleinen, runden Tisch und warteten dann, bis man ihnen das Essen brachte. Das Abendessen bestand aus einem kräftigen Eintopf, den Gabriel so noch nie gegessen hatte. In Versailles gab es in der Regel immer nur sehr feine Speisen und nie das schlichte Essen der normalen Bürger Frankreichs. Er mochte den Eintopf, er wärmte seinen Körper von innen und machte ihn angenehm schläfrig. Er wünschte sich solche Speisen öfter essen zu können.

Während dem Essen unterhielten sich die drei noch ein wenig. Über den Trollmarkt, was sie tun würden, wenn ihnen Alexandras Freundin nicht helfen konnte und noch einiges anderes. Es wurde also doch recht spät an diesem Abend, dennoch hatte Gabriel große Probleme einzuschlafen, und so wälzte er sich noch eine ganze Zeit unruhig hin und her, bis er dann doch irgendwann wegdämmerte.

Am nächsten Morgen verschlief er daher das Frühstück und als er den Elben am Tresen, er hieß Adrian, wie Gabriel während des Abendessens am vorherigen Tag erfahren hatte, fragte, ob er Alexandra und Gherasim gesehen hätte, sagte er ihm, sichtlich verwirrt über die Namen, die Gabriel nutzte, dass die beiden unten im Keller bereits Karten für eine Gondel zum Trollmarkt kauften. Irritiert schritt Gabriel dann auf Anweisung Adrians die zweite Treppe in dem Salon herab.

Die Treppe war feucht und rutschig, die Stufen ausgetreten, schmal und steil, und an den Wänden wuchsen Moose, und einige schleimige Augen schienen ihm an dicken, kurzen Stielen hinter herzublicken, dort wo sie sich zwischen den dicken Mauersteinen hindurchgequetscht hatten, was den Franzosen verständlicherweise schaudern ließ. Dass es solche Gewächse gab! Pflanzen mit Augen! Schrecklich! So sehr Gabriel alles liebte, was mit Pflanzen zu tun hatte, mochte er es trotzdem nicht, von diesen beobachtet zu werden. Daher war er auch recht vorsichtig, als er die Treppe herabstieg, traute er sich doch nicht, sich an der Wand abzustützen.

Am Fuß der Treppe befand sich ein großer unterirdischer Saal mit einer gewölbten Decke, in dem sich diverse ungewöhnliche Gestalten befanden. Auch hier waren die Wände aus rotem Stein gebaut und schmierig von Blättern und Ranken. Es gab drei Anleger, an denen auf jeder Seite mehrere kurze, kleine Boote lagen. Gabriel ließ seinen Blick durch den großen, vollen Saal wandern, bis er Gherasim und Alexandra erblickte. Er konnte seine Überraschung bezüglich der Kleidung der beiden nicht vollends verbergen. Hatte er die Kleidungsstücke, die Gherasim ihm am Tag zuvor gebracht hatte, zwar schon selbst etwas seltsam und ungewöhnlich, nein eher ungewohnt, gefunden, versetzte ihn besonders Gherasims Garderobe fast in eine ungläubige Schockstarre.

Gherasim trug eine lange, enge, schwarze Hose aus Leder, fast hochhackige Stiefel aus dunklerem Leder mit silbernen Nähten und ein weißes Hemd mit Sackärmeln, welches lose in den Bund seiner Hose gesteckt worden war. Um seine Hüfte hingen diverse Gürtel, in denen zwei Pistolen und ein Schwert steckten. Das seltsamste aber waren seine Haare, die nun irgendwie stachelig wirkten, in ihnen konnte Gabriel eine Schutzbrille erkennen, die die Haare wie eine Art Haarreif nach hinten aus Gherasims Gesicht fernzuhalten versuchte, dabei aber eher weniger Erfolg hatte. Er musste jedoch auch zugeben, dass ihm Gherasims verändertes Aussehen gefiel, besonders wie das weite Hemd seinen schlanken Torso umspielte. Auch schien sich Gherasim so viel wohler zu fühlen als in Gehrock, Weste, Kniebundhose und Schnallenschuhen, was Gabriel aus einem ihm unerklärlichen Grund glücklich machte.

Alexandra wiederum hatte sich bei weitem nicht so sehr verändert, sie trug ein schlichtes Kleid aus dunklem Stoff, das aber mit dem Ziel, besonders viel Bewegungsfreiheit und Komfort zu bieten, angefertigt worden zu sein schien. Der Rock war weit, reichte ungefähr bis auf die Hälfte ihrer Waden und um ihre Hüfte hingen ebenfalls einige Gürtel in dem zwei Dolche und ebenfalls ein Schwert steckten.

Gabriel spürte Gherasims prüfenden Blick auf sich ruhen.

„Siehst du Alexandra, ich habe dir gesagt, unsere Kleidung würde ihm viel besser stehen als diese Glitzerkostüme des Adels", summte Gherasim, sichtlich zufrieden mit der Kleiderauswahl, die er für den Franzosen getroffen hatte, an seine Schwester gewandt. „Du siehst blendend aus Gabriel!", rief er dann zu diesem herüber.

Leicht errötend zupfte Gabriel die Zipfel der schwarzen Weste, die ganz nebenbei viel schlanker, kürzer und Figur betonender geschnitten war, als es in Versailles Mode war und die er über einem weißen Hemd trug, zurecht. Dazu hatte er eine lange Hose wie die von Gherasim, angezogen und seine Jagdstiefel, die dieser empfohlen hatte, dass er mitnehmen sollte. An seiner Hüfte hing ein Degen, war er doch noch nicht so geschult im Umgang mit einem Schwert als, dass ein solches im Ernstfall mehr Schutz geboten hätte und um seinen Hals war ein mit Rüschen verziertes Tuch gebunden, statt der in Versailles modischen Schleife wurde es jedoch von einer Brosche mit einem dunkelgrünen Stein gehalten, von der ein paar kleine, filigrane Ketten von denen kleinere grüne Steine hingen, baumelten. Er fühlte sich seltsam, als hätte er die Hälfte seiner Kleider vergessen, auch wenn seine Garderobe nun doch nicht so anders war als sonst. Er trug eine andere Hose und keinen Gehrock, sonst war es grundlegend dasselbe.

Alexandra kam zu ihm herüber und legte ihm sanft eine Hand auf den Unterarm.

„Du siehts wirklich gut aus. Mach dir keine Sorgen!", flüsterte sie und führte ihn zu Gherasim herüber.

Zu dritt stiegen sie in eine Gondel und Gherasim zeigte dem Gondoliere drei kleine Chips aus Metall, auf die irgendetwas eingraviert worden war. Der Gondoliere nahm die Plaketten, betrachtete sie kurz durch eine Art mehrteilige Lupe aus verschiedenen Linsen, die wie ein Zwicker auf seiner Nase saß, und ließ sie mit einem Nicken in einer Tasche an seinem Gürtel verschwinden.

Gherasim gab Gabriel und seiner Schwester jeweils einen weiteren Chip.

„Für die Rückfahrt. Der Trollmarkt von Paris und einige andere sind nur erreichbar, wenn man über einen kleinen Kanal übersetzt und daher haben sich diese Zusammenschlüsse aus Gondolieres gebildet, die Plaketten zeigen an, ob du die Überfahrt bezahlt hast und sie einem Gondoliere klauen, um nicht mehrmals zahlen zu müssen, funktioniert nicht, die Chips sind nämlich auch verzaubert", erklärte er, den Blick auf Gabriel gerichtet, dann legte der Gondoliere ab und lenkte das kleine Boot in einen von Laternen erhellten aber sehr niedrigen Tunnel. Schweigend genossen die drei die kurze Bootsfahrt.

Am anderen Ende des Tunnels legte das Boot an einem Anleger an und Gabriel, Gherasim und Alexandra stiegen aus.

Gabriel seufzte erleichtert, hatte sich sein Magen schließlich glücklicherweise nicht zu Wort gemeldet, denn das kam nämlich eigentlich auch bei sehr kurzen Bootsfahrten vor. Neugierige sah er sich um.

Sie standen auf einer breiten, unterirdischen Straße, erhellt von Laternen, deren Licht von Spiegeln verstärkt wurde. Die Decke war gewölbt, und in der Mitte der Straße teilte ein Streifen aus schwarzen Steinen diese in zwei Hälften. Rechts und links führten Abzweigungen in weitere Straßen und kleine Türen in Geschäfte mit großen und kleinen Schaufenstern und zu einigen Restaurants. Einige der Restaurants hatten in Nischen Bereiche, in denen man draußen speisen konnte.

Die Straße war voll von Gestalten, die Gabriel in Staunen versetzten. Große muskulöse Wesen mit ledriger, grauer Haut, Elben und Zwerge sowie humanoide Gestalten, die Gabriel als auf eine seltsame Art wunderschöne Fischmenschen beschrieben hätte, drängten sich auf der Straße, außerdem viele Wesen, bei denen er nicht einmal im Ansatz hätte Vermutungen anstellen können, was sie waren. Und viele trugen Waffen, auch wenn keiner Anstalten machte, aggressiv zu werden.

„Willkommen auf dem Trollmarkt von Paris! Hier gibt es alles. Zauber, Flüche, Waffen, verfluchte Waffen, Tränke aller Art, Tiere, von denen du nicht einmal zu träumen wagst, Pflanzen, von denen die Menschen noch nie gehört haben, Essen und non Humani aus aller Welt!", lachte Gherasim und breitete seine Arme aus, wie ein Gutsherr, der seinen Gästen sein Land präsentierte.

Gabriel lächelte etwas unsicher während er versuche die unglaubliche Flut an bunten Bildern und neuen Eindrücken, die ihn überrollten zu verarbeiten.

Alexandra unterdrückte ein Kichern.

„Na los, auf zu *Roules*!", befahl Gherasim dann und marschierte vorneweg, Alexandra und Gabriel folgten ihm.

Wenige Minuten später kamen sie an einem kleinen Restaurant mit einer quadratischen, an drei Seiten von Wänden eingeschlossenen Fläche zum draußen sitzen an. Über der Eingangstür war ein hölzernes Schild befestigt.

Roules

Noureitre et breuvage

Depuis 1324

Stand mit in das Holz eingebrannten Buchstaben auf dem Schild geschrieben.

Die drei betraten den schummerigen nach Bier, Sauerteig und gebratenem Fleisch riechenden Hauptraum und gaben Bescheid, dass sie draußen sitzen würden, dann verließen sie ihn wieder durch eine Nebentür, die zu einem jener Außenbereiche führte, die Gabriel schon vorher aufgefallen waren. Sie suchten sich einen Tisch weiter hinten und ließen sich nieder.

„Amaële sollte gleich kommen", sagte Alexandra, nachdem sie auf eine kleine Taschenuhr geblickt hatte, und lehnte sich in ihrem Stuhl nach hinten.

Kurze Zeit später kam eine Kellnerin und erkundigte sich, was sie denn trinken wollen würden. Gabriel fragte sich, ob hier andere Speise erhältlich sein würden als in den Kneipen an der Oberfläche, aber zugegebenermaßen hatte er eh keine Vergleichsmöglichkeit, schließlich war er noch nie in so einer Wirtschaft gewesen. Schließlich bat er jedoch um einen Tee, Tee würden sie hier ja bestimmt haben, oder? Er konnte jetzt absolut keinen Alkohol vertragen. Er hatte nämlich schon wieder das Gefühl, als würden ihn die neuen Eindrücke unter sich begraben, diesmal aber allmählich, mit jedem neuen Detail, das ihm auffiel. Dann spürte er erneut Gherasims Blick auf sich. Er sah zu dem Dämon herüber, der seltsam traurig und in Gedanken versunken schien. Gabriel fragte sich wieso, äußerte seine Frage jedoch nicht laut. Vielleicht war es nur eine Laune oder er hatte sich getäuscht. Dann brachte die Kellnerin das Bestellte.

Wenige Minuten, nachdem Gherasim, Gabriel und Alexandra ihre Getränke erhalten hatten, betrat eine junge Frau den kleinen Platz mit den Tischen. Sie hatte sonnengebräunte Haut und schwarze, wellige Haare, ihre Augen leuchteten grün. Sie trug ein braun grünes Kleid mit weiten, langen Ärmeln, wie man sie teilweise auf mittelalterlichen Darstellungen von Maria sehen konnte, und an ihrem Gürtel hingen einige kleine Flaschen und Beutel. In ihrer Begleitung befand sich ein dürrer Elb. Er hatte wie Adrian weiße Haare, auch wenn seine weitaus kürzer waren (er hatte sie auf wenige Millimeter kurzgeschoren), eine Frisur, die Gabriel so noch nie gesehen hatte, aber was hatte das schon zu heißen und eine zarte, grünlich schimmernde Haut. Seine Augen wirkten mehr grün als gelb und von seinen spitzen Ohren hingen kleine Ringe und Ketten. Er trug eine knielange weiße Tunika mit filigranen Stickereien am Saum, um seine Schulter hing eine Ledertasche und ein großer Schal aus grobem Stoff mit eingewebten Mustern war lose darüber geworfen. Die junge Frau winkte Alexandra, Gabriel und Gherasim lächelnd zu, klaute zwei Stühle von einem anderen Tisch und setzte sich mit ihrem Begleiter zu den dreien herüber.

Gabriel stand auf und deutete eine Verbeugung an, woraufhin ihn die Frau genauso verwirrt, wie ihr Begleiter ansah.

„Gabriel kommt von oben", erklärte Gherasim schnell. Die junge Frau nickte und wand sich dann an Gabriel.

„Amaële Navarro", stellte sie sich mit einem starken, spanischen Akzent vor. „Ich habe einen Laden in der Nähe hier, also falls du mal Hilfe mit etwas Magischem brauchst, weißt du wo du mich finden kannst, und das ist Leopold, er ist mein Assistent."

Der Elb nickte höflich, sagte jedoch kein Wort.

„Also, was hast du herausgefunden?", unterbrach Gherasim die Vorstellrunde.

„Niemand hat, soweit ich weiß, die Zutaten für eine Beschwörung bei einem meiner Bekannten erstanden", sagte Amaële dann knapp.

„Merde!", fluchte Gabriel und hielt sich dann erschrocken die Hand vor den Mund. Er hatte noch nie geflucht, nicht, seit ihm seine Mutter einmal eine schallende Ohrfeige gegeben hatte, als er als Kind den Fluch eines Stallburschen aufgeschnappt und dann selbst benutzt hatte.

Gherasim begann zu lachen und Gabriel spürte, wie er rot anlief. Wie peinlich! Außer Gabriel schien dies jedoch keinen zu interessieren und Amaële begann wieder zu sprechen. „Allerdings wurden ein paar ungewöhnliche Einkäufe bei verschiedenen meiner Freunde getätigt. Allein bringen diese nichts, es sind keine seltenen oder besonderen Sachen, das ist es auch, was ihr einzelnes Erstehen so ungewöhnlich macht, aber zusammen vielleicht schon, wenn da nämlich noch ein bisschen was dazukommt, könnte man, ihr wisst schon... Ein Dämon... aus... der Dunklen Dimension...", sie hielt kurz inne und warf Gabriel einen unsicheren Blick zu, der den Franzosen wieder rot werden ließ. „Ihr müsstet euch das mal ansehen. Leopold, kannst du ihnen die Liste geben?"

Leopold nickte, zog ein eingerolltes Pergament aus seiner Tasche und breitete es auf dem Tisch aus. Gabriel warf neugierig einen Blick auf das Papier und begann, einige der darauf aufgelisteten Gegenstände zu lesen. Dann stutzte er. Er hatte diese Liste bereits einmal gelesen, wenn auch nur in Teilen und einer anderen Reihenfolge.

Ohne dass Gabriel, der ja in das Pergament vertieft war, es wirklich bemerkte, nahm Amaële ihm seine Tasse aus den Fingern. Sie blickte kurz in diese hinein, machte einen Laut der Erkenntnis und gab Gabriel seine Tasse wieder. Dieser blickte kurz überrascht auf das Stück Keramik herab und stellte sie dann auf den Tisch, ohne weiter darüber nachzudenken.

„Der Schädel eines Raben, dreizehn Federn von einem Raben...", begann Gabriel laut vorzulesen.

„Die Federn mussten laut meines Freundes von einem lebenden Raben kommen, der Käufer wollte das Tier sogar sehen. Wichtig war auch, dass sie bei der letzten Mauser ausgefallen sein mussten, sie durften nicht gerupft gewesen sein", warf Amaële ein. „Das hat meinen Bekannten auch etwas stutzig gemacht, dass er Käufer so spezifische Anforderungen an die Federn hatte, daher hatte er mir das auch gleich als erstes erzählt. Normalerweise gibt es keine besonderen Anforderungen an Federn, aber die meisten von uns rupfen eh nicht lebend. Höchstens ob es sich um Schwanzfedern, Flügelfedern, Brustgefieder oder Flaumfedern handeln soll."

„Zähne eines Wolfes, Lorbeerblätter, Mistelzweige, Rosenquarz", las Gabriel leise für sich weiter. Was hatte der Käufer vorgehabt? Die Liste hatte in dem Manuskript gestanden und war eine der wenigen Passagen gewesen, die er hatte lesen können, bis zu dem Zeitpunkt an dem plötzlich wieder die Sprache gewechselt hatte (Gabriel war sich ziemlich sicher, dass es etwas skandinavisches Gewesen war) und die Schrift plötzlich immer kleiner geworden war, als ob der Autor hatte testen wollen, wie klein er den schreiben konnte.

„Danke", sagte Alexandra und umarmte die Hexe.

„Gerne, meine liebe Ephemera!", sagte diese und küsste Alexandra sanft und wie man es unter Freundinnen ab und zu tat, auf die Wange.

Gherasim nahm die Liste, faltete sie zusammen und steckte sie in eine Tasche an seinem Gürtel, dann bestellten die Fünf etwas zu essen.

Alexandra fragte die Hexe noch ob ihre Freunde sich vielleicht hatten erinnern können, wie der Käufer ausgesehen hatte. Tatsächlich hatten sich die meisten auch erinnern können, jedoch sahen die Käufer angeblich alle verschieden aus, was die Suche nach einer bestimmten Person unmöglich machte und sich so keine Spur ergab.

Gabriel hörte der Unterhaltung jedoch gar nicht mehr ganz zu, fragte er sich indes nämlich, was bezüglich der Liste noch in seinem Manuskript gestanden hatte, das er nicht lesen konnte und in welchem Zusammenhang die Liste dort aufgeschrieben worden war. Wie viel würde es helfen, wenn sie herausfanden, was dort notiert war? Er beschloss, Gherasim und Alexandra von dem Manuskript zu erzählen.

Nach dem Essen schlenderten sie allerdings erst noch ein wenig über den Trollmarkt und begleiteten Amaële und Leopold zu ihrem Laden zurück. Die beiden verabschiedeten sich und Amaële schloss die Ladentür auf. Sie hatte ab jetzt wieder für ihre Kunden geöffnet, während die Geschwister Gabriel tiefer in den Trollmarkt hineinführten.

Gabriel wiederum konnte gar nicht ganz glauben, wie viel er für siebenundzwanzig Jahre seines Lebens nicht gewusst hatte. Natürlich war ihm klar gewesen, dass ein Mensch unmöglich alles wissen konnte, was es zu wissen gab, aber dass er, ohne es zu ahnen parallel zu einer zweiten ganz anderen Gesellschaft gelebt hatte, wollte sein Verstand immer noch nicht ganz realisieren.

Gherasim und Alexandra führten ihn weiter die Hauptstraße entlang, bis sie in ein weiteres großes Gewölbe kamen. In diesem befand sich ein großer Markt. Die Stände der Händler waren geradezu überladen mit seltsamen Gegenständen und Früchten, die Gabriel noch nie gesehen hatte. An einigen Ständen verkauften die Händler Pflanzen, Blumen, die aussahen, als wären sie seit Jahrzehnten versteinert, die aber so schnell wuchsen, dass man ihnen beinahe dabei zusehen konnte, wie sie dies taten, und noch vieles mehr, zum Beispiel auch diese Augen an Stilen, die ihm schon an der Treppe aufgefallen waren. Andere Stände verkauften seltsame Tiere, Kobolde und kleine Wassermonster in Gläsern und Käfigen.

Gabriel taten die kleinen Wesen leid, wie sie mit großen Augen aus ihren Gefängnissen die vorbeikommenden Passanten beobachteten. Die drei liefen weiter durch den Markt, begleitet vom lauten Rufen der Händler, die ihre Waren an den Mann bringen wollten. Von einigen Ständen, die Lebensmittel verkauften, strömten seltsame Düfte aus, die in Gabriels Nase kitzelten und ihn niesen ließen.

Gherasim schmunzelte und stupste ihm in die Seite. „Wenn du etwas probieren möchtest, sag es einfach."

Dann hörte man plötzlich ein lautes Klirren, gefolgt von einem schrillen Kreischen.

Gabriel fuhr herum und versuchte herauszufinden, von woher der plötzliche Tumult kam; im nächsten Moment landete jedoch etwas auf seiner Brust und krallte sich in seinen Sachen fest. Überrascht stolperte er nach hinten und zerrte das Ding von seiner Kleidung weg, anschließend betrachtete er es prüfend. Von seinem Unterarm hing ein kleines, blaugrünes Wesen mit vier Armen und vier Beinen, großen gelben Augen und riesigen Ohren, deren Spitzen sich nach untern einringelten. Der Kopf des Wesens war groß und flach und sein Mäulchen voll mit winzigen spitzen Zähnen und seine Wirbelsäule setzte sich in einem dünnen, wild umherschlagenden Schwanz fort. Es erinnerte etwas an einen seltsamen, aber dennoch niedlichen, haarlosen Affen. Das Ding blinzelte Gabriel genauso überrascht an, wie er es. Dann kam der Verkäufer zu den drein herübergeeilt.

„Bitte entschuldigen sie. Das Biest ist ausgebrochen", sagte der Zwerg, packte das kleine Ding im Nacken und zerrte es von Gabriels Unterarm weg, daraufhin lief er zurück zu seinem Stand.

„Warten Sie!", rief ihm Gabriel hinterher.

Der Zwerg, der das zeternde Wesen noch immer im Nacken gepackt hatte, drehte sich zu ihm um und hob die buschigen Augenbrauen. „Wie viel wollen Sie für ihn?", fragte Gabriel und griff nach dem Beutel in seiner Weste, in dem er sein Geld aufbewahrte.

Gherasim sah ihn überrascht an. *Der will sich doch jetzt nicht wirklich einen Waldkobold kaufen?* Dachte er sich ungläubig.

„Gabriel, das ist, glaube ich, keine so gute Idee", flüsterte er. „Er wird sich mit den anderen Tieren in Versailles nicht vertragen! Und was ist, wenn ihn jemand findet?"

Gabriel ignorierte Gherasims Einwand jedoch und machte einen Schritt auf den Händler zu.

„Kommen Sie mit!", befahl dieser und winkte Gabriel zu, mit ihm zu gehen.

Gherasim stieß einen genervten Laut aus, dann folgte er Gabriel resigniert.

Alexandra begann lauthals loszulachen, als Gabriel und Gherasim wenige Minuten später zu ihr zurückkamen.

Gabriel hielt den Käfig des Waldkoboldes in seinen Armen und redete leise und beruhigend auf das kleine, grüne Wesen darin ein.

Gherasim wirkte alles andere als glücklich über Gabriels neuen Gefährten, und Alexandra wusste auch ganz genau, wieso. Sie und ihr Bruder stammte ursprünglich aus dem Osten Rumäniens, wo man diese kleinen Wesen überall finden konnte, und seit seiner Kindheit schienen die Waldkobolde es auf Gherasim abgesehen zu haben. Sie hassten ihn, und er hasste sie. Und nun hatte Gabriel einen gekauft … oder gerettet. Je nachdem, wie man es sehen wollte.

„Kein. Wort", brummte Gherasim an seine Schwester gewandt, welche im Begriff gewesen war, etwas zu Gabriel zu sagen. Dann wurde sein Blick wieder weich und er warf einen schnellen Blick auf den Franzosen, welcher versuchte sich mit dem Waldkobold im Käfig anzufreunden. Ihm wurde ein wenig warm ums Herz, Gabriel so in seine Mission versunken zu sehen.

„Wir sollten zurück, ich glaube nicht, dass Gabriel seinen neuen Freund hier nicht ewig herum tragen möchte und das kleine Kerlchen scheint auch aus dem Käfig rauszuwollen", schlug Alexandra vor und beobachtete belustigt, wie Gabriel den kleinen Kobold versuchte, davon abzuhalten auf den Gitterstäben herum zu kauen.

Die drei machten sich also wieder auf den Rückweg zu dem Tunnel, durch den sie gekommen waren, stiegen in ein Boot, gaben dem Gondoliere ihre Plaketten und setzten wieder zu dem Gewölbe unter dem Gasthof über.

Gabriel brachte den Waldkobold hoch in sein Zimmer und ließ ihn aus dem Käfig. Innerlich betete er dafür, dass der Kobold das

Zimmer nicht in seine Einzelteile zerlegen würde, während er, Gherasim und Alexandra beim Abendessen waren. Doch stattdessen kroch das kleine Geschöpf langsam und offensichtlich sehr verängstigt aus dem Käfig auf Gabriels Bettdecke und rollte sich dort zusammen. Gabriel seufzte und verließ das Zimmer, er hatte mit seinen Versuchen das Wesen zu beruhigen, ihm wohl nur noch mehr Angst eingejagt, dann schloss er die Tür ab und machte sich auf den Weg nach unten in den Salon.

Während sich Gherasim und Alexandra bereits einen Tisch gesichert hatten, hatte Gabriel ja noch den Kobold in Sicherheit bringen müssen, und so warteten die Zwillinge bereits auf ihn. Doch nun gesellte auch er sich zu den beiden.

Gherasim schien immer noch etwas sauer auf Gabriel wegen des Waldkoboldes zu sein, doch Gabriel beschloss, das zu ignorieren.

„Also", begann er. „Mir kam diese Liste bekannt vor, die Amaële mitgebracht hat"

„Woher? Ich meine, du hattest bis vor ein paar Wochen keinen Kontakt mit der versteckten Welt und du wirkst nicht wie jemand, der sich für Okkultismus interessiert", stellte Gherasim überrascht fest.

Gabriel schüttelte den Kopf.

„Nein, aber in der Straße in Le Havre de Grâce war ich in einem Laden und da habe ich mir ein Manuskript gekauft. Eigentlich nur weil ich die Zeichnungen darin interessant fand", erklärte er und schob sich ein weiteres Stück Kartoffel in den Mund.

„Und darin stand die Liste?", hakte Gherasim weiter nach.

Gabriel nickte und fuhr fort.

„Ich konnte nicht alles verstehen, eigentlich nur den kleinsten Teil, aber einige der Sachen, die ich verstehen konnte, waren Teile einer Liste."

Alexandra schien etwas in Gedanken versunken, blickte dann aber auf und deutete mit ihrer Gabel auf Gabriel. „Das Manuskript müssen wir uns ansehen. Wenn das mit der Liste hinkommt, haben wir vielleicht einen Glückstreffer."

Gherasim schüttelte belustigt den Kopf. „Wer sagt, dass wir die Bibliothek brauchen, wenn wir einen Bücherwurm haben, der in seltsamen Läden einfach so Manuskripte kauft!", ließ er verlauten und aß dann grinsend weiter.

Gabriel betrachtete Gherasim heimlich, er hatte das Gefühl, dass das Lachen gerade eben, das erste ehrliche Lachen Gherasims gewesen war, das er miterlebt hatte. Er fragte sich, warum Gherasim scheinbar so oft nur künstlich lachte. Natürlich, viele Lacher in Versailles waren reine Höflichkeit. Entweder, weil man etwas nicht verstanden hatte und das überspielen, oder weil der Witz, der einem erzählt worden war, schlecht war und man nicht unhöflich sein wollte. Und selbst wenn man Geschichten erzählte, lachte man, um es ungezwungen wirken zu lassen. Egal, ob einem danach war oder nicht. Und besonders Gherasim lachte oft und machte kleine Witze, aber nie erreichte die vorgetäuschte Belustigung seine blauen Augen. Und so ertappte sich Gabriel, wie er sich wünschte, Gherasims echtes Lachen öfter zu hören.

Schweigend aßen die drei weiter und Gabriel fragte sich, was Waldkobolde wohl aßen. Blätter? Früchte? Insekten? Er würde nachfragen müssen. Oder nachlesen. Aber nachfragen ging schneller und er wollte nicht, dass der kleine Kobold hungerte.

„Was fressen Waldkobolde eigentlich?", fragte er also einfach geradeheraus, weder an Gherasim noch Alexandra speziell gerichtet.

„Obst, Gemüse, Blätter, Blumen, Gräser, im Winter auch ab und zu die Rinde von Bäumen", erklärte Alexandra. „Du kannst ihm auch den Beilagensalat mitbringen."

Gabriel nickte und wickelte einige Salatblätter, die er von seinem Teller pflückte, in sein Taschentuch ein, dazu das bisschen Petersilie, das als Dekoration auf den Kartoffeln gelegen hatte.

Er genoss das vergleichsweise schlichte Essen in diesem Gasthaus und beschloss, wenn er wieder einmal verreisen musste, beziehungsweise konnte und eine Nacht in Paris bleiben müsste, würde er hier übernachten und nicht bei irgendeiner anderen adligen Familie. Andererseits könnte das jedoch auch einige Probleme mit sich bringen. Würde Claude überhaupt willkommen sein? Und was war mit den Kutschern? Er wurde aus seinen Grübeleien gerissen, als ihm Gherasim ebenfalls seinen Salat auf den Teller legte und sagte, er könne diesen auch dem Waldkobold geben. Er bedankte sich und packte die weiteren Blätter ein.

Die drei redeten noch weiter über Belanglosigkeiten. Wie Gabriel sein erster Ausflug zu einem Trollmarkt gefallen hatte. Namensideen für den Kobold. Die Geschwister erzählten vom Orden und wie es war dort zu leben.

Nach dem Essen zogen sich die drei auf ihre Zimmer zurück, da sie am nächsten Morgen schon früh eine Kutsche vor dem Gasthaus erwarten würde, auch wenn der Kutscher keine Ahnung haben würden, warum er dort warten sollte und nicht vor dem Haus einer der anderen adligen Familien. Doch Gabriel interessierte das nicht, oder viel eher, nicht mehr. Früher ja, da hatte er sich Gedanken gemacht, was sich andere Leute dachten, wenn sie ihn beobachteten, ob sie seine Handlungen hinterfragen würden, einfach weil er neugierig und auch ein bisschen besorgt gewesen war, ob sie ihn sehr seltsam fanden, wusste er doch, dass er auf jeden Fall als ungewöhnlich betrachtet wurde. Aber nun, mit seinem Eintritt in diese neue, fremde und unglaublich seltsame Welt, die er bis jetzt noch nicht gekannt hatte, schien es ihm wichtigere Dinge zu geben, als immer alle seine Handlungen zu erklären und zu rechtfertigen. Er musste dem Kutscher nicht erklären, warum er hier warten sollte, er konnte es auch gar nicht. Selbst wusste er nur, dass dieses Gasthaus mit seinem Eingang zum Trollmarkt von Paris der Ort war, an dem er gerade hatte sein müssen. Warum wusste er nicht, aber es fühlte sich so an und dem Kutscher konnte er schlecht sagen, was es mit diesem Gasthaus, das dieser im Zweifelsfall nicht einmal sehen oder als solches erkennen, konnte, auf sich hatte. Er hatte realisiert, dass Erklärungen zwar hilfreich und gut sein konnten, aber ab und zu musste man auch ohne auskommen, seine eigenen finden, oder es gab schlicht keine Erklärung, die für einen bestimmt war. Gabriel wusste nicht direkt, was er nun mit dieser Erkenntnis anfangen sollte, wie sie ihn weiterbringen würde, aber er hatte sie gemacht und konnte jetzt nur abwarten, was die Zukunft brächte. Auch wenn er diese Erkenntnis selbst nicht wirklich mochte, wollte er doch gerne immer lieber so schnell wie möglich seine Fragen beantwortet haben.

Wieder auf seinem Zimmer, setzte er sich zu dem kleinen grünblauen Waldkobold auf sein Bett. Das kleine Wesen begann durch die plötzliche Erschütterung zu erwachen und blinzelte ihn noch immer im Halbschlaf gefangen an. Gabriel holte sein Taschentuch aus der Tasche und packte die Salate und die Petersilie aus. Zwei der vier Hände mit den kurzen, dünnen Fingerchen streckten sich zögerlich nach der Petersilie aus, während die anderen beiden Hände nach jeweils einem Salatblatt griffen. Gabriel lächelte. Zumindest schien bei dem kleinen Ding Interesse an dem, was er mitgebracht hatte, zu bestehen. Langsam begann der Waldkobold - Gabriel hatte beschlossen, ihn Harris zu nennen, falls dieser ihn nicht noch über einen anderen Namen informieren würde - auf der Petersilie herumzukauen und Gabriel aus großen, gelben Glubschaugen anzustarren.

„Was?", fragte er Harris daraufhin etwas hilflos. Harris blinzelte und stopfte dann so schnell wie er konnte die Petersilie und den Salat in sich hinein. Dann griff er langsam mit zwei seiner Hände nach den weiteren Salatblättern, die Gabriel ihm noch immer auf dem Taschentuch hinhielt, und aß diese ebenfalls in einer Geschwindigkeit, wie Gabriel noch nie ein Lebewesen hatte essen sehen. Er schmunzelte und streckte dann vorsichtig seine Hand nach Harris aus. Dieser blinzelte ihn wieder, beinahe treudoof, aus seinen großen Augen mit den Schlitzförmigen Pupillen an und krabbelte dann zögerlich auf Gabriel zu, der ihm vorsichtig über den Kopf streichelte. Die Haut des Waldkoboldes fühlte sich kühl und glatt an, beinahe wie die seidigen Schuppen einer Schlange, nur das Harris eben keine Schuppen hatte. Harris schloss seine Augen und begann ein Geräusch auszustoßen, das an das Schnurren einer Katze erinnerte.

Gabriel lächelte, hob das kleine Wesen hoch und setzte es auf eines der beiden Kopfkissen auf dem Bett, dann begann er sich für die Nacht fertigzumachen. Harris' Käfig stellte er auf den Schreibtisch, verschloss ihn aber demonstrativ, so dass der Kobold sehen konnte, dass er nicht mehr dort hineingepfercht werden würde. Dann legte er sich ebenfalls in das Bett und wickelte sich in die Decke ein. Er spürte, wie sich Harris an ihn kuschelte. Mental ließ er den Tag noch einmal Revue passieren (wobei er einfach an die Decke schaute) und drehte sich dann auf die Seite, schloss die Augen und ließ sich die warme Dunkelheit sinken, die *Schlaf* hieß.

Kapitel 8

(Oktober 1686)

Zurück in Versailles holte Gabriel gleich als Erstes das Manuskript aus der Schublade seiner Kommode und ließ Harris aus seinem Gehrock, in dem er den kleinen Kobold versteckt hatte, frei. Schnell gab er dem kleinen Wesen die restlichen Äpfel, die er vor ihrer Rückfahrt nach Versailles in Paris erstanden hatte, strich ihm einmal über das Köpfchen und hoffte, dass er sein Zimmer nicht in den Trümmern vorfinden würde, wenn er zurückkam. Eilig lief er dann durch die Gänge von Versailles, die dicke Ledermappe unter seinem Gehrock fest an sich gepresst. Bei Gherasims Apartment angekommen klopfte er gar nicht erst an, sondern ließ sich selbst herein.

Gherasim und Alexandra waren bereits da und beobachteten ihn neugierig, als er das Manuskript aus seiner Kleidung zog. Er legte die Sammlung an Papieren auf den Tisch und begann darin herumzublättern, auf der Suche nach der Seite, wo er die Liste gefunden hatte. Doch bevor er diese Seite finde, konnte, hielt ihn Gherasim, der vom Fenster herübergeeilt kam, auf. Er zog die Mappe zu sich herüber und blätterte auf die erste Seite des Manuskripts zurück.

„Stimmt etwas nicht?", fragte Gabriel etwas besorgt, aber hauptsächlich verwirrt.

„Es ist unfassbar. Du stolperst in unsere Welt und bevor du überhaupt weißt, was passiert, findest du das Manuskript des *Dritten Buches der Dämonen*!", stellte Gherasim ungläubig fest und tippte ein paar Mal auf die wellige erste Seite, auf der nur ein vollkommen unleserlicher Schriftzug, der Gabriel eher an das Gekrakel eines Kindes, das so tat als würde es etwas aufschreiben, erinnerte, zu erkennen war und die er daher, als er das erste Mal die Mappe geöffnet hatte, beim besten Willen nicht als Unterschrift hatte erkennen können.

Alexandra sprang von dem Sessel auf, auf dem sie gesessen hatte und stürmte zu den beiden Männern herüber. Auch sie warf einen ungläubigen Blick auf die Seite.

„Tatsächlich!", rief sie, nachdem auch sie einen Blick auf die Seite geworfen hatte. „Das gibt es doch gar nicht!" Dann begann sie ungläubig zu lachen. „Das kann doch nicht wahr sein!", kicherte sie und hielt sich die Hand vor den Mund.

Gabriel schüttelte den Kopf und begann wieder nach der Liste zu suchen. Er verstand nicht ganz was gerade passierte oder was das Dritte Buch der Dämonen war, aber die Entdeckung dessen, schien etwas positives zu sein.

„Da! Die Liste! Und was genau ist das Buch der Dämonen?", fragte er schließlich und tippte mit dem Finger auf die paar Wörter, die er lesen hatte können und bei denen es sich um besagte Teile dieser Liste handelte, dann schob er das Buch zurück herüber zu den Geschwistern.

Alexandra hob die Mappe hoch und begann beim Lesen durch den Raum zu schreiten.

„Hier steht es. Der Schädel eines Raben, dreizehn Rabenfedern Federn, Bernstein, weißen Salbei, Zähne eines Wolfes, Lorbeerblätter, Mistelzweige, Rosenquarz, Hühnerblut. Den Rest kann ich auch nicht lesen, ein paar Sachen sind auf Rumänisch, aber der Großteil in einer der drei Sprachen der Ältesten", erklärte sie. „Hier steht aber noch ein Name, oder ich glaube wenigstens, dass es ein Name ist. Anrack."

„Der Name des Dämons, den man mit diesen Ingredienzen heraufbeschwören kann?", riet Gabriel.

„Wahrscheinlich … vielleicht hat schon einmal jemand versucht ihn mit dieser Formel zu beschwören, aber das Ritual ist fehlgeschlagen", murmelte Alexandra und schien weiter und weiter in das Manuskript zu versinken. „Wenn es so war und Empyrean davon Wind bekommen hat, würde das erklären, warum diese Formel hier drinsteht."

„Könnte eine Beschreibung der Person helfen, die die Zutaten gekauft hat?", überlegte Gabriel, irgendwie mussten sie ja weitermachen.

„Wenn dir einer aus unserer Welt einen von euch Adligen beschreibt oder einen Eurer Diener, sehen die am Ende so oder so alle gleich aus. Für uns seid ihr praktisch nur feine Pinkel in unnötig bunten Kleidern, die sich für was Besseres halten und zu viel Luft zum Reden verbrauchen und Amaële hatte doch auch erzählt, dass die Käufer alle verschieden aussahen", winkte Gherasim ab.

Gabriel nickte stumm, stimmt Amaële hatte das erwähnt, dann betrachtete er Gherasim mit zusammengekniffenen Augen. Dachte er wirklich, dass alle in Versailles feine Pinkel waren? Auch er? Es tat etwas weh, ihn so etwas sagen zu hören, doch Gabriel beschloss, es zu ignorieren, Gherasim hatte es bestimmt nicht so gemeint. Ihm war schon aufgefallen, dass wenn Gherasim nicht mit einem Mitglied des Hofes sprach, er ein eher derberes Vokabular benutzte und sich nicht so auf Etikette und Höflichkeit konzentrierte und erst recht nicht auf Diplomatie und Deeskalation.

„Viel interessanter ist der Name, ich wünschte ich könnte mich daran erinnern, ob ich ihn schon einmal gehört habe... Was nun also?", grübelte Gherasim weiter und stützte sich mit den Händen auf der Tischplatte ab.

Gabriel betrachtete ihn, er trug wieder diesen dunkelblauen, fast schwarzen Gehrock und nicht mehr die seltsame Kleidung vom Trollmarkt, keine Schutzbrille in den Haaren und keine viel zu vielen Gürtel. Gabriel wusste nicht, wieso, aber er hatte das Gefühl, dass sich Gherasim deutlich unwohler fühlte in dieser Kleidung als in den, zugegebenermaßen, weitaus bequemeren Kleidern, die sie in Paris getragen hatten.

„Immerhin wissen wir jetzt, mit welchem Dämon wir es wahrscheinlich zu tun haben!", versuche Gabriel weitestgehend erfolglos etwas Optimismus zu verbreiten.

„Ich weiß nicht, ob das was Gutes ist... Ich meine, ja, wir wissen jetzt, wie er heißt, aber wenn ein Eintrag über ihn in den Büchern der dunklen Dämonen steht, dass man bereits einmal versucht hat, ihn heraufzubeschwören, dann ist mit ihm nicht zu scherzen. Er ist Saradiel wichtig und da keiner von uns die Sprachen der Ältesten kann, können wir nur die auf Rumänisch und Französisch verfassten Teile lesen!", warnte Gherasim besorgt.

„Und Englisch", warf Gabriel leise ein, was aber keiner der Geschwister zu bemerken schien.

„Das scheint ein ganz übler Bursche zu sein, von dem, was hier steht", bestätigte Alexandra, während sie einige Zeilen las.

„Kannst du jetzt doch mehr lesen?", fragte ihr Bruder skeptisch.

„Anders als du, habe ich mich ein wenig mit anderen Sprachen beschäftigt und verstehe daher mehr als Rumänisch und rudimentäres Französisch! Amaële war so frei, mir einige Brocken Spanisch beizubringen. Die Sprachen der Ältesten kann ich aber leider auch nicht", antwortete Alexandra schnippisch.

„Was genau hat es mit den Sprachen der Ältesten auf sich?", grätschte Gabriel dazwischen. Sprachen von irgendwelchen Ältesten, Bücher über Dämonen… diese ganze neue Welt wurde von Tag zu Tag komplizierter und sein Wunsch, diese Welt zu verstehen und tiefer in sie einzutauchen, wurde immer größer.

„Die drei Sprachen der Ältesten sind die Sprachen der ersten Dämonen, Engel und derjenigen, aus denen unsere beiden Sprachen hervorgegangen sind. Man kann sie nicht wirklich lernen, man bekommt die Fähigkeit, diese Sprachen zu verstehen, durch eine Zeremonie. Ich habe allerdings ein paar Wörter aufschnappen können von einem der Ordens-Seher", erklärte Alexandra. „Vereinfacht sind es die drei Sprachen, in denen alle alten Prophezeiungen und Vorhersagen verfasst wurden und in denen auch die neuen verfasst werden und nur den Sehern, das ist eine der Ordensgilden, wird diese Fähigkeit verliehen. Damit sie ihre eignen Prophezeiungen verstehen und für andere verständlich aufschreiben können."

„Und ihr seid dann Teil der Gilde der Jäger…richtig?", fragte Gabriel weiter.

„Nein, Jäger sind wir alle, die Gilden sind eher so etwas wie…Spezialisierungen? Aber einige von uns können eben in die

Zukunft sehen – das sind die Seher - einige entscheiden sich, Chronisten zu werden, andere sind Heiler, verstehst du?"

„Und was sind eure Spezialisierungen?"

„Ich bin ein Waffenschmied und Alexandra ist Gärtnerin!", antwortete Gherasim schmunzelnd.

„Ich kümmere mich um eines unserer Gewächshäuser in dem wir Heilpflanzen züchten, arbeite also eng mit den Heilern zusammen, außerdem bin ich auf die Pflanzen spezialisiert, die wir aus der Dunklen Dimension, der Heimat unserer beiden Arten, mitgebracht haben. Also eher Apothekerin. Kurz, ich gehöre den Botanikern an", korrigierte Alexandra ihren Bruder schnippisch, der sie frech angrinste und dann in Gelächter ausbrach. Da war es wieder! Gherasims echtes Lachen! Als er seine Schwester liebevoll als Gärtnerin bezeichnet hatte! Was war es nur, dass Gabriel sich wünschte, dieses Lachen immer wieder hören zu können.

„Ich hätte noch eine Frage", begann er. „Was hat es mit den Büchern der Dämonen und dem Manuskript auf sich?"

„Es wurden drei Bücher verfasst, in denen alles über die Dämonen aufgeschrieben wurde, von denen bekannt ist, dass sich Sarandiel und seinem Gestirn angeschlossen haben. Außerdem sind sie eine Art Kriegschronik. Weiter werden wichtige andere Ereignisse in unserem Krieg, wie zum Bespiel die versuchte Beschwörung einer in der Dunklen Dimension verbliebenen Person, Schlachten und auch kleinere Kämpfe und Aufeinandertreffen zwischen uns und Saradiels Anhägern festgehalten. Allerdings ist das Manuskript für das dritte Buch verschwunden, zusammen mit Empyrean, der es verfasst hat. Bei ihm ist das allerdings nichts Ungewöhnliches, er taucht alles paar Jahre unter und irgendwann auch wieder auf. Und jetzt hast du das Manuskript wiedergefunden", erklärte Alexandra.

Gabriel stutzte. Er wusste, dass es im Moment viel wichtigere Dinge gab, aber im Vergleich zu den Namen Sarandiel, Euphyrean und Anrack, die für Gabriel alle nach den Namen von Engeln klangen, schienen Gherasim und Alexandra doch recht gewöhnlich. Waren das ihre richtigen Vornamen? Hatten sie spezielle Namen, die nur innerhalb des Ordens genutzt wurden und verwendeten sonst Synonyme? Dann erinnerte er sich an etwas.

Hatte Amaële Alexandra nicht einmal Ephemera genannt? Gabriel schüttelte den Kopf und verwarf den Gedanken wieder, er selbst war ja auch nach einem Engel benannt worden, warum sollten nicht also auch Dämonen solche Namen haben? Schließlich schienen sie den Menschen ja viel ähnlicher zu sein, als es der Welt immer vermittelt wurde.

Gherasim räusperte sich. „Wie machen wir jetzt weiter? Wir wissen welchen Dämon wir wahrscheinlich zu bekämpfen haben, aber nicht wer ihn heraufbeschworen hat", fragte er dann.

„Rausfinden, wer ihn heraufbeschworen hat?", erwiderte Alexandra halb im Scherz.

Gherasim verdrehte die Augen.

„Offensichtlich! Und wie willst du das machen?", brummte er.

„Die Augen offenhalten?", sie drehte sich zu Gabriel herum. „Morgen erklären wir dir, worauf du achten musst, um zu erkennen ob eine Person von einem Dämon beeinflusst wird", kündigte sie an. „Und jetzt ist es spät und ich bin müde! Ihr entschuldigt mich?", sagte sie und stolzierte aus dem Appartment.

Gherasim und Gabriel sahen ihr nach.

„Gute Nacht, Schwesterchen!", rief Gherasim ihr dann, begleitet von einige pikierten Blicken zweier Diener, hinterher.

Gabriel schüttelte nur den Kopf.

„Darf ich fragen, ob alle Dämonen auf die gleiche Art heraufbeschworen werden?", fragte Gabriel und richtete seinen Blick auf Gherasim.

Dieser nickte. „Die meisten ja, es gibt Beschwörungen, die häufiger verwendet werden als andere, aber wenn der Dämon oder auch Engel mächtiger ist, braucht man eine stärkere Beschwörung, um ihn zu rufen, da er sich natürlich wehren wird, und um einen von uns aus der Dunklen Dimension zu rufen, braucht es eine besonders mächtige Beschwörung", erklärte Gherasim. „Je älter ein Engel oder Dämon desto stärker ist er in der Regel."

Gabriel nickte abwesend und wechselte dann das Thema. Es war ihm plötzlich unangenehm, gefragt zu haben, wie man einen Engel oder Dämon heraufbeschwor.

„Alexandra hat gar nichts zu Abend gegessen", stellte er dann stattdessen fest.

„Wir auch nicht…", Gherasim drehte sich zu Gabriel herum und musterte ihn einen Moment nachdenklich. „Würdest du mir Gesellschaft leisten?", fragte er dann plötzlich.

Gabriels Herz machte einen überraschten Satz in seiner Brust, und er hätte schwören können, einen leichten Hauch von Rosa auf den kalkweißen Wangen des Dämons erkennen zu können. Dann nickte er und spürte gleichzeitig, wie seine Wangen heiß wurden. „Ist alles in Ordnung?", holte ihn Gherasim zurück in die Gegenwart. „Du wirkst etwas rot…"

„Nein. Nein. Mir geht es gut. Versprochen", sagte Gabriel hastig. Er wollte mit Gherasim zu Abend essen. Er wollte mit dem Dämon allein sein.

„Ich lasse uns etwas herbringen", schlug dieser lächelnd vor und riss Gabriel so aus seinen rasenden Gedanken.

Er blickte hoch. Gherasims echtes Lächeln, da war es wieder! Leicht unsicher und etwas schief. Er sah ihn fragend an, er wartete auf eine Antwort zu seiner Einladung. Gabriel konnte nur stumm nicken, woraufhin Gherasim für einige Momente aus dem Apartment verschwand. Er konnte ihn hören, wie er auf dem Gang einen Diener anhielt, nach einem Abendmahl verlangte und der Diener versprach, dass es in wenigen Minuten da sein würde. Dann betrat Gherasim das Apartment wieder, er lächelte ihn immer noch so sanft an.

Gabriel hatte ein mulmiges Gefühl im Bauch. Er wusste nicht direkt, wieso er ja gesagt hatte.

Kurz darauf balancierte ein Diener zwei voll beladenen Tabletts in das kleine Apartment und stellte diese vorsichtig auf dem Tisch in der Mitte des Raumes ab. Dann begann er das Besteck neben den Tellern anzuordnen und schenkte Wein in die Gläser, die er ebenfalls bereitgestellt hatte. Anschließend zog er sich so leise, wie er gekommen war, wieder zurück.

Gherasim bedeutete Gabriel mit einer Handbewegung sich an den Tisch zu setzen, was dieser dann auch tat. Schweigend aßen die beiden, hatte doch keiner eine Idee, was er hätte sagen können oder sollen. Ihre Unterhaltungen hatten sich bis jetzt immer auf das Jagen dieses Dämons beschränkt, über etwas anderes hatten sie nie geredet. Gabriel fiel auf, dass er praktisch nichts über die Geschwister persönlich wusste, sie aber auch nicht wirklich über ihn. Ihm war bekannt, dass sie aus Rumänien kamen, zumindest sagten sie das. Dass sie tatsächlich aus dem Osten Europas stammten, verriet jedenfalls ihr Akzent.

„Über was denkst du nach?", fragte Gherasim irgendwann und holte Gabriel zurück in die Realität und an den Esstisch in dem kleinen Apartment in Versailles.

Er blinzelte den Dämon einen Moment an, dann schüttelte er den Kopf.

„Mir ist nur gerade aufgefallen, dass ich fast nichts über dich und Alexandra weiß… und ihr fast nichts über mich… außer natürlich ihr habt Erkundungen eingeholt", erklärte er dann.

Gherasim schmunzelte. „Nun…ich weiß, dass dein voller Name Comte Gabriel William Desrosiers lautet und dass du vor einigen Wochen, als du von einem Verwandtschaftsbesuch aus England zurückgekommen bist, herausgefunden hast, dass du das zweite Gesicht hast und dass du den Aufenthalt hier in Versailles nicht sonderlich schätzt. Ach, und hattest du nicht einen Sohn erwähnt?", sagte er und schob sich einen weiteren Happen Fleisch in den Mund.

Gabriel blickte grübelnd auf seinen Teller und betrachtete das saftige Stück Fleisch, das dort lag. „Nun, wenn du möchtest, kann ich dir ein paar Fragen über mich beantworten. Was möchtest du wissen?", bot Gherasim an als er bemerkte, dass Gabriel nicht recht wusste, wie er die Unterhaltung weiterführen sollte, nachdem er mit einem Nicken bestätigt hatte, dass alle Informationen die Gherasim aufgelistet hatte richtig waren.

„Ihr gebt euch als rumänische Diplomaten aus, kommen du und deine Schwester wirklich aus Rumänien?"

„Wir leben in den Südkarpaten beim Orden, geboren wurden wir aber ganz im Osten Rumäniens an der Küste des Schwarzen Meeres, auch wenn wir dort nicht wirklich aufgewachsen sind. Unsere Eltern sind viel mit uns gereist, aber da sie mit uns nur Rumänisch sprachen, ist das Alexandras und meine Muttersprache", erzählte Gherasim.

„Wie habt ihr euch dem Orden angeschlossen oder wurdet ihr dort geboren?", fragte Gabriel weiter.

„Wir schlossen uns vor etwas über 100 Jahren dem Orden an."

„Vor 100 Jahren? Wie alt bist du dann? Und wie bist du so jung geblieben?". Ungläubig sah Gabriel Gherasim an, doch der lachte nur.

„Ich bin ein Dämon, schon vergessen? Wir werden mehrere tausend Jahre alt ... und ich bin übrigens erst 287", erklärte Gherasim und zwinkerte grinsend zu Gabriel herüber, dieser blinzelte und wischte sich den Mund mit seiner Serviette ab.

„287?", wiederholte er dann ungläubig, andererseits... Gherasim hatte eben gesagt, dass Dämonen mehrere tausend Jahre alt wurden.

Gherasim lachte und griff nach Gabriels Hand.

Dieser hob erschrocken den Blick, zog seine jedoch nicht zurück. Gherasims Haut war eiskalt, wie weißer Marmor, und trocken wie ein leichter Wind.

Dann stand Gherasim auf und beugte sich über den Tisch herüber zu Gabriel. Dieser blickte mit großen Augen zu dem Mann mit den langen, schwarzen Haaren hoch, die über seine Schultern nach vorne gefallen waren und sein Gesicht nun wie einen Wasserfall umspielten. Gherasims Augen wurden wieder schwarz, aber dieses Mal erinnerten sie Gabriel mehr an die Ruhe einer angenehm kühlen Nacht im Sommer als an eine alles verschlingende Dunkelheit. Er glaubte sogar, ein leichtes Funkeln wie von Sternen in ihnen erkennen zu können, dann wurden sie wieder tiefblau.

Gherasim kam näher, bis Gabriel seinen sanften Atem in seinem Gesicht spüren konnte. Gherasim legte den Kopf leicht zur Seite. Er wollte Gabriel doch nicht... Er hatte nicht gewirkt, als hätte er Interesse an... viel weniger noch als hätte er Interesse an Gabriel selbst... die Andeutungen zuvor waren doch nur Witze gewesen, wenn überhaupt! Oder? Gabriel wurde plötzlich ganz heiß und er wollte nur noch weg. Er sprang auf, der Stuhl, auf dem er gesessen hatte, kippte um und schlug rumpelnd auf dem Boden auf.

„Du entschuldigst mich?", presste er hervor und flüchtete dann aus Gherasims Zimmer.

Fasst panisch rannte er zu seinem Apartment zurück. Dort angekommen setzte er sich auf sein Bett und berührte mit seinen Fingerspitzen seine Lippen. Harris sprang mit einem leisen Quieken zu Gabriel herüber auf dessen Schulter. Hatte Gherasim gerade wirklich versucht ihn zu küssen? Gabriels Verstand schien zu schwimmen und sein Magen fühlte sich an, als würde er irgendeinen wilden Tanz aufführen. Er schien leicht und flatterig. Dann begann er wie ein kleines Mädchen zu kichern. Was war nur mit ihm los? Ja, ihm war bewusst, dass er über die letzten Wochen eine gewisse Zuneigung für Gherasim entwickelt hatte, aber, dass dieser diese Zuneigung erwiderte, hatte er bis eben nicht realisiert. Gut, Gherasim hatte auch keinerlei Signale in diese Richtung gesendet, oder hatte Gabriel diese einfach nicht bemerkt? Waren die Andeutungen vielleicht Signale gewesen? Er ließ sich nach hinten auf sein Bett kippen und seufzte. Hungrig war er nicht mehr, aber er hatte dennoch auch nicht so viel gegessen, als dass das Essen für diese wohlige, müde machende Schwere in seinem Körper sorgen hätte können. und nach dem Beinahe-Kuss wäre so oder so kein kleinstes bisschen Müdigkeit mehr in seinem Körper gewesen, und so wusste er jetzt nicht recht, was er mit sich anfangen sollte. Er stand wieder auf und begann durch sein Zimmer zu tigern. Hin und her, hin und her. Dann starrte er einige Momente aus dem Fenster. Wie sollte es nun weitergehen? Würden sie so tun, als wäre der heutige Abend nicht passiert? Würden sie darüber reden? Würde

Alexandra davon erfahren? Sollten sie ihr davon erzählen? Würden sie sich ein anderes Mal richtig küssen? Würde Gherasim ihn nun hassen? Würde Gherasim überhaupt noch einmal versuchen ihn zu küssen, oder sollte er es selbst tun? Gabriel wusste nicht, wie er sich nun verhalten sollte, er wusste nur, dass sie dringend reden mussten.

Er lief zum Kamin herüber und starrte in die Flammen, was normalerweise eine sehr entspannende Wirkung auf ihn hatte, die warmen Farben des Feuers waren fast hypnotisch, doch auch das beruhigte ihn nun kein bisschen. Gedankenverloren begann er über Harris Kopf zu streicheln. Am nächsten Morgen würde er Claude über seinen neuen, kleinen Freund einweihen müssen. Schließlich würde er ihn nicht ewig vor dem alten Diener verstecken können, wenn er ihn nicht in einem schallisolierten Käfig im Boden einsperren wollte, und das wollte Gabriel auf gar keinen Fall. Nur über seine Leiche! Er seufzte, ging zu seinem Bett herüber und schob Harris von seiner Schulter.

Dann begann er sich umzuziehen. Er legte den roten Gehrock ab, zog die Weste und das Hemd darunter aus, dann entledigte er sich seiner Schuhe, Strümpfe und der Kniebundhose und zog sich ein langes Nachthemd über. Er löschte die Kerzen und legte sich in sein Bett.

Neben ihm rollte sich Harris zusammen und schnurrte leise. Gabriel legte einen Arm um den kleinen Waldkobold und drückte sich fester in die Kissen. Harris war warm und erinnerte Gabriel etwas an die Katze, die er als Kind gehabt hatte, wenn auch ohne Haare. Bei der Katze hatte es sich um einen kleinen, graubraunen Kater gehandelt, der alle anderen Menschen außer Gabriel und seiner Mutter gehasst hatte. Er fauchte jeden an und ruiniert sogar einmal das Kleid von einer der Schwestern Gabriels, als er es mit seinen Krallen regelrecht zerschnitte. Der Kater hatte sie angesprungen und ihr Kleid bis auf das Korsett aufgeschlitzt.

Gabriel war sich sicher, dass Harris das nicht tun würde. Natürlich, er besaß kurze Fingernägel, wie sollte er mit denen den auch Stoff zerschlitzen. Dann dachte Gabriel allerdings an die unzähligen, kleinen, spitzen Zähne im Mund des Waldkobolds. Er würde vielleicht keine Stoffe zerreißen, aber doch in Finger beißen. Gabriels Gedanken schwammen zurück zu Gherasim. Er fragte sich, ob Gherasim ihm wirklich die letzten Wochen keine Hinweise auf ein geteiltes Interesse gegeben hatte, oder ob er einfach nur blind gewesen war und sie nicht bemerkt hatte. Aber auf der anderen Seite war er sich selbst ja nicht einmal vollständig sicher gewesen, was genau er für den rumänischen Dämon fühlte außer einer generellen Verbundenheit. Aber jetzt war er sich sicher, dass diese Gefühle von wenigsten teilweise romantischer Natur waren. Mit einem Stöhnen drehte sich der Franzose auf den Rücken und setzte Harris auf seine Brust.

„Was denkst du? Hm? War ich blind, dass ich nicht bemerkt habe, dass er einiges von dem was er gesagt hat, ernst gemeint hat?", murmelte er. Harris schnatterte leise, öffnete jedoch nicht die Augen und krabbelte wieder von Gabriels Brust herunter, dann rollte er sich neben dessen Kopf zusammen. Gabriel schnaubte und legte seinen Arm über seine Augen. „Du bist eine große Hilfe...ehrlich."

Kapitel 9

(Oktober 1686)

Am Morgen bat Gabriel als allererstes Claude zu sich, schließlich musste er diesen über Harris informieren.

Der alte Diener betrat das Apartment durch die Haupttür und nicht durch die kleine Tapetentür und blieb wie angewurzelt stehen, als er das kleine grünblaue Wesen auf den Armen seines Herren erblickte. Seine Augen weiteten sich und er öffnete den Mund ein paar Mal, ohne etwas zu sagen.

„Bitte regen Sie sich nicht auf! Ich kann alles erklären!", rief Gabriel schnell und drückte Harris fester an sich.

„Was ist das?", presste Claude dann hervor und trat näher an Gabriel heran.

„Ein Waldkobold. Er ist mein … Haustier?", sagte Gabriel leise. Es tat ihm leid, das kleine Wesen als Tier zu bezeichnen, aber wie sonst sollte er dem alten Diener erklären, in welcher Beziehung er und das kleine Wesen standen.

„Wo habt ihr dieses Ding…diesen Waldkobold her?", fragte Claude und streckte eine Hand nach Harris aus.

„Ich habe ihn in Paris gekauft…und er heißt Harris."

„Harris?", wiederholte Claude und beäugte den Waldkobold ebenso argwöhnisch wie dieser ihn. „Und…wie wird es nun weitergehen?", fragte er und kehrte in seine gewohnt kontrollierte und disziplinierte Haltung zurück.

Gabriel fiel ein Stein vom Herzen, dass sein Diener Harris einfach zu akzeptieren schien.

„Ich würde Sie bitten, mir zu helfen ihn geheim zu halten. Ich will nicht, dass er in irgendeinem Zoo endet oder für einen Teufel gehalten wird."

Claude nickte.

„Er ist wirklich ganz harmlos. Er isst nur Pflanzen und Früchte", versicherte Gabriel erneut und lächelte Harris an, der an seinen Arm empor auf seine Schulter kletterte.

Claude machte einen weiteren Schritt auf Gabriel zu und hielt Harris seinen schrumpeligen Finger hin. Dieser griff danach, drehte die Hand des Dieners um, so, dass sein Handteller jetzt nach oben zeigte und ließ sie dann, ziemlich uninteressiert wieder los. Stattdessen begann er mit einigen Strähnen von Gabriels Haaren zu spielen. Gabriel nahm ihm diese wieder weg und hielt ihm stattdessen seine Hand hin.

Claude nickte. „Warum wundert es mich nicht, dass Sie mit so etwas auftauchen, Comte?", seufzte er. „Nun gut, Sie haben schon als Kind alles Mögliche mitgebracht, dass sie auf den Ländereinen Ihrer Familie gefunden haben … Sie hätten die Gesichter Ihrer Eltern sehen sollen!"

Gabriel lächelte erleichtert. „Sie werden mir also helfen, Harris geheim zu halten und zu füttern?", fragte er dann hoffnungsvoll, während besagter Waldkobold von seiner linken auf seine rechte Schulter kletterte.

Claude nickte erneut.

„Sie sagten, er isst Pflanzen und Obst?"

„Ja."

„Dann sollte ich welche aus der Küche herbringen, Sie werden ihn schlecht zum Frühstück in einem der Salons mitnehmen können, um ihn dort zu füttern und es wird selbst bei ihnen auffallen, wenn sie plötzlich jedes Frühstück allein einnehmen."

„Oh Gott, danke! Danke, danke!", rief Gabriel freudig und sehr erleichtert.

Claude schmunzelte, nickte ein weiteres Mal und schickte sich dann an, das Zimmer durch die Tapetentür wieder zu verlassen.

„Mal sehen, was der Kleine gerne mag", murmelte er und schloss die Tür hinter sich.

Gabriel stieß plötzlich wieder entspannt die Luft aus seiner Lunge aus und setzte sich für einen kurzen Moment auf die Bettkante, bevor er sich anschließend auf zu Gherasim und Alexandra machte, Harris sich in dem Apartment wieder sich selbst überlassend.

Nach dem Frühstück und der Morgenzeremonie des Königs, zu welcher Gherasim eingeladen worden war, hatten sie sich dann in einem der Salons eingefunden und Alexandra begann Gabriel in einem leisen Flüsterton zu erzählen, worauf er achten musste, um zu erkennen, ob eine Person mit einem Dämon Kontakt gehabt hatte, besser ob er einen Dämon heraufbeschworen hatte, der sich nun von dessen Energie ernährte. Es war anscheinend nämlich so, dass wenn ein Engel oder ein Dämon heraufbeschworen wurde, das ihnen sehr viel Energie kostete und wenn sie aus der Dunklen Dimension beschworen wurden, verloren sie sogar für eine gewisse Zeit ihren materiellen Körper, bis sie ihre Energie wieder zurückerlangt hatten, was sie dadurch beschleunigen konnten, das temporäre Band zwischen sich und der Person die das Ritual durchgeführt hatte auszunutzen und ihnen Energie wegzunehmen oder auf andere Personen zurückzugreifen, was aber in deren Tod endete. Plötzliche Schweißausbrüche, geplatzte Äderchen in den Augen, zittrige, kalte Hände, Nervosität, ein seltsam riechender Atem und in ganz schlimmen Fällen konnte so eine Person auch für wenige Sekunden ohnmächtig werden. Darauf sollte Gabriel achten. Das war in den meisten Fällen eine Person, der über das durch das Ritual entstandene Band Energie genommen wurde.

Doch auch nach zwei Stunden war keinem der Drei aufgefallen, dass irgendeines der Hofmitglieder diese Symptome aufwies. Stattdessen schien die Madame de Montespan besonders viel Klatsch und Tratsch unter die Menschen bringen zu wollen und der Chevalier de Lorraine hatte eine ganz furchtbare Laune, er hatte sich wohl mit seinem Geliebten, dem jüngeren Bruder des Königs, gestritten und beschlossen sich hier zu betrinken und sein Glück in den Karten zu suchen.

Gabriel beobachtete ihn mit einer gewissen Abneigung. Schließlich beschloss er, Gherasim zu einem Gespräch zu bitten. Dem Gespräch, das nach dem vorherigen Abend dringend notwendig geworden war.

Er legte Gherasim eine Hand auf den Oberarm und drehte ihn so leicht zu sich herum. Dieser hatte schon den ganzen Morgen so getan, als wäre der gestrige Abend nicht passiert und jedes Mal, wenn Gabriel nicht zu dem Dämon herübersah, hatte er das Gefühl, dessen heißen Blick in seinem Nacken zu spüren. Sein Magen begann dann immer wieder zu tanzen und er wusste nicht, wie er reagieren sollte.

Gherasim schien die gesamte Situation sehr unangenehm zu sein, und so war er die ganze Zeit schon sehr schweigsam gewesen, zusätzlich dazu, dass er den vorherigen Abend verdrängen zu wollen schien.

„Gherasim…wir müssen reden!", bat Gabriel dann, als ihm der Dämon einen beinahe furchtsamen Blick zuwarf.

„Nicht jetzt!", befahl Alexandra dann jedoch, die sich nach einem kurzen Gespräch mit ein paar Damen und Herren wieder zu ihnen gesellt hatte. „Wir wurden soeben zu einem Jagdausritt eingeladen! Geht euch umziehen!", ließ sie verlauten und begann ihren Bruder und Gabriel aus dem relativ vollen Salon zu schieben. „Los jetzt!"

Gherasim und Gabriel gaben dem strengen Blick der Dämonin nach und versprachen, direkt zu den Stallungen zu kommen, sobald sie entsprechende Kleidung angezogen hatten.

Gabriel mochte es zwar, lange Ausritte zu unternehmen, aber das Jagen war keine seiner bevorzugten Freizeitbeschäftigungen. Er mochte es nicht zu sehen, wie die Hunde ein Reh oder Wildschwein durch die Wälder um Versailles hetzten und es dann von einem Schuss niedergestreckt wurde. Er mochte es nicht zu sehen, wie das Blut aus der kleinen Wunde quoll und das Tier dann starb, nachdem es teilweise noch Minuten lang litt.

Aber Alexandra schien es für eine gute Gelegenheit zu halten, weiter nach jemandem zu suchen, der vielleicht Anrack heraufbeschworen hatte.

Widerwillig begann sich Gabriel, nachdem er zurück in seinem Apartment angekommen war, umzuziehen und steckte Harris ein wenig Obst zu, das er aus dem Salon hatte mitgehen lassen. Der Waldkobold begann auf den Früchten herumzukauen und Claude, der das Zimmer kurz nach Gabriel betreten hatte, legte mehr Obst auf einen Teller, den er von dem kleinen Tisch vor dem Kamin nahm.

„Sie gehen jagen, habe ich gehört?", fragte er dann.

Gabriel nickte und öffnete seinen Schrank, dann zog er aus diesem einen schlichten Gehrock und seine Lederstiefel hervor.

„Ja, leider."

Claude lachte.

Gabriel zog sich mit der Hilfe Claudes, die er heute mal nicht ablehnte, um und eilte dann wieder aus seinem Apartment zu den Stallungen.

Innerhalb der nächsten zehn Minuten trafen die anderen zu der Jagd geladenen Adligen ein und nahmen von den Stallburschen ihre Pferde und Waffen entgegen.

Gabriel bestieg seinen Schimmel und suchte nach Gherasim und Alexandra. Er erblickte sie, als Gherasim gerade dabei war, einen Rappen zu besteigen, Alexandra saß schon im Sattel eines weiteren Rappens, der nervös auf der Stelle tänzelte.

Gabriel lenkte sein Pferd zu den beiden herüber und ließ seinen Blick dann zum großen Wald von Versailles wandern. Wenige Minuten später setzte sich die Jagdgesellschaft in Bewegung. Ein paar Diener ritten voraus, einer riesigen Meute an Jagdhunden hinterher. Hinter den Dienern ritten die Mitglieder der Jagdgesellschaft und hinter ihnen noch einige weitere Bedienstete.

Gabriel ließ sich bewusst an das Ende der Gesellschaft fallen, so sehr, dass er hinter den Dienern, die den Schluss der Gruppe bildeten, ritt und beschloss, bewusst jegliche mögliche Beute ganz aus Versehen nicht zu bemerken.

Die Waldluft war kühl – gut, es war Ende Oktober, was sollte man auch erwarten - und schnitt in Gabriels schmalem Gesicht. Er wünschte sich, dass er einen wärmeren Mantel übergezogen hätte und dachte an Harris, der gemütlich in seinem Apartment war und Obst aß. Nach einige Minuten ließ sich Gherasim zu Gabriel zurückfallen, im Gegensatz zu Alexandra, die sich an die Spitze des

Zuges der Reiter gesetzt hatte. Das Bellen der Meute an Jagdhunden hallte laut zwischen den Bäumen durch den Wald und Gabriel spürte, wie ihm beim Gedanken an den erwünschten Ausgang der Jagd etwas übel wurde.

„Du wolltest reden…", wand sich Gherasim an Gabriel, dem sofort das Unbehagen in den Zügen des Dämons auffiel, sowie dessen erwidertes Bedürfnis zu reden, das auch in sein Gesicht geschrieben stand.

Er nickte und begann, sehr sorgfältig die wenigen verbliebenen Blätter der Bäume zu betrachten. Warum fiel es ihm jetzt so schwer darüber zu reden?

„Wegen gestern…", begann er schließlich zögerlich. Gherasim schien plötzlich auch recht bedrückt und betrachtete den Hals seines Pferdes. „Hör zu…ich…"

„Es tut mir leid", rief Gherasim schnell über das Bellen der Hunde hinweg.

„Nein!", fuhr Gabriel dazwischen. „Ich habe unglücklich reagiert! Ich hätte nicht gedacht, dass du auch…Interesse…"

„Oh", machte Gherasim und hob den Kopf, dann blickte er zu Gabriel herüber.

Die beiden ritten schweigend weiter. Keiner wusste, was sie noch sagen sollten und keiner wusste, wie es weitergehen sollte. „Ich habe dir wohl nicht wirklich gezeigt, dass…".

Gabriel schüttelte den Kopf und musste dann nach einigen Momenten kichern. „Du willst gar nicht wissen, wie sehr ich mir den Kopf gestern noch zerbrochen haben, ob ich einfach nur blind war…"

„Wirklich?", fragte Gherasim und kicherte ebenfalls ein wenig.

Gabriel nickte und streckte zögerlich seine Hand in Richtung Gherasims aus, der der Bewegung entgegenkam so, dass sich ihre Finger für einen Moment berührten.

„Aber, um dich zu beruhigen, deine Andeutungen die letzten Wochen habe ich mitbekommen, konnte sie aber nicht wirklich deuten", erklärte Gabriel und genoss für einen Moment das warme Kribbeln in seinem Bauch.

„Wildschwein!", brüllte dann jemand plötzlich und alle Reiter bogen nach rechts von dem grasbewachsenen Weg in den Wald ab. Automatisch wurde auch Gabriels Pferd schneller und riss die beiden Männer, die sich gerade irgendwie eingestanden hatten, Gefühle füreinander zu entwickeln, auseinander.

Gherasim trieb sein Pferd an, um nicht den Anschluss zur Gruppe zu verlieren, jedoch zog keiner der beiden seine Pistolen und feuerten auf das Tier, sobald sie es erblickten. Gabriel schon aus Prinzip nicht, und Gherasim nicht, weil er kein freies Schussfeld hatte.

Wenige Augenblicke später hallten jedoch einige Schüsse durch den kalten Wald, abgefeuert von anderen Mitgliedern der Jagdgesellschaft. Schließlich stürzte das Tier, getroffen von gleich drei Kugel, in den noch weichen Waldboden und wurde innerhalb von Sekunden von den Hunden und den Reitern umringt. Einige Diener scheuchten die Hunde beiseite und schürten das tote Tier dann auf den Rücken eines Pferdes fest. Das Wildschwein würde an diesem Abend zubereitet und verspeist werden.

Auch auf dem Rückweg schwiegen Gherasim und Gabriel, doch war das Schweigen nun angenehm und nicht mehr schwer mit Ungewissheit, außerdem gesellte sich nun auch Alexandra zu den beiden.

„Da vorne zeigt niemand Anzeichen", ließ sie verlauten und seufzte resigniert, während sie ihren Blick ein weiteres Mal über die bunte Jagdgesellschaft schweifen ließ.

Gabriel fragte sich, was sie nun tun sollten. Was, wenn doch niemand diesen Dämon heraufbeschworen hatte? Zumindest niemand hier in Versailles. Was, wenn der Dämon denjenigen, der ihn heraufbeschworen hatte, bereits getötet hatte, das aber nicht genug war? Die Geschwister hatten ihm schließlich erklärt, dass jemand, der aus der Dunklen Dimension herbeibeschworen wurde, geschwächt war, aber die Möglichkeit hatte, sich von der Energie derjenigen Person, die ihn beschworen hatte, zu ernähren, was zu deren Tod führen konnte.

Erst als an der Spitze des Zuges an Jägern laute Stimmen und Rufe hörbar wurden, wurde Gabriel aus seinen Gedanken gerissen und er fragte sich, was da los war. Er trieb sein Pferd ein wenig an und schloss im Trab zu den vorne Reitenden auf.

Gherasim und Alexandra folgten ihm.

Gabriel beobachtete, wie ein hagerer, älterer Mann begonnen hatte zu schwitzen und sich pausenlos mit einem weißen Spitzentuch den Schweiß von der Stirn zu tupfen schien, obwohl es nicht im Mindesten warm genug war, als dass man hätte ins Schwitzen kommen können. Seine Hände machten den Anschein zu zittern und anscheinend war er auch nicht mehr ganz ansprechbar, reagierte er doch auf die Rufe der anderen Anwesend nur mit leisem, abwinkendem Stöhnen. Zwei der Anzeichen!

Alexandra bemerkte das gleiche und kniff die Augen zu Schlitzen zusammen. Warum hatte sie das eben nicht bemerkt?

Bei dem schwitzenden Herrn handelte es sich um den Vicomte Vincent Baudin aus dem Süden Frankreichs. Er hatte schüttere, graue Haare und ein Gesicht, das ein wenig an eine mürrische Bulldogge erinnerte; was wiederum nicht wirklich zu seiner eher dürren Statur passte, seine Augen waren hellblau und wässrig und quollen ein wenig hervor. Er war keine nennenswerte Persönlichkeit, ohne Rang und Namen in der Gesellschaft, die sich am Hof über die letzten Jahre gebildet hatte. War Gabriel schon von keiner großen Bedeutung in Versailles, war er aber doch ab und zu zum Lever oder Coucher des Königs eingeladen, wenn auch nur als Zuschauer, im Gegensatz zu Baudin. Der Vicomte Baudin hatte kein Rückgrat und würde alles für ein wenig Anerkennung tun, weswegen viele ihn tatsächlich mieden. Er war speichelleckerisch und hatte die besten Jahre seines Lebens bereits hinter sich. Seine Familie war nicht sonderlich reich und so konnte er auch nicht wirklich versuchen, sich an den Spieltischen als Spieler ein wenig Anerkennung zu verdienen.

Wenn Gabriel so darüber nachdachte, schien es ihm doch irgendwie plausibel, dass der Vicomte einen Dämon heraufbeschwören würde, um Macht und Ansehen zu erlangen, schließlich wurde einem das ja immer versprochen. Er erinnerte sich, ein paar Mal mit ihm gesprochen und ihn sehr unsympathisch, fast ekelig gefunden zu haben. Er schien beim Sprechen unglaublich viel Speichel zu produzieren, der bei jedem Wort Fäden zwischen seinen Mundwinkeln zu bilden versuchte.

„Verdächtig", brummte Gherasim und ließ sein Pferd, neben dem von Gabriel etwas langsamer laufen. Der Vicomte schien sein Pferd immer schlechter unter Kontrolle zu haben. Nervös tänzelte es zwischen den anderen Pferden und wieherte ein paar Mal. Pferde wurden nervös, wenn ihre Reiter nervös wurden, und der Vicomte schien definitiv seine Ruhe zu verlieren, je mehr er schwitzte.

Alexandra, Gherasim und Gabriel beobachteten den Vicomte weiter und machten sich mental Notizen über sein Verhalten, schließlich wollte keiner ihn fälschlich beschuldigen. Es hätte ja auch sein können, dass er einfach nur krank wurde. Dann begann der Vicomte jedoch plötzlich, praktisch in Zeitlupe von seinem Pferd zu rutschen, das entsetzt einige Schritte zur Seite machte, bis ein anderer Reiter es am Zügel packte und versuchte es wieder zu beruhigen. Gabriel hielt sofort sein Pferd an und stieg ab. Er kniete sich zu dem Ohnmächtigen auf den Waldboden und rüttelte leicht an seiner Schulter.

„Vicomte Baudin!", rief er, während einige andere Adlige und Diener ebenfalls von ihren Pferden gestiegen waren und sich neben dem Vicomte und Gabriel auf den Boden setzten. Einer der Diener zog ein Gläschen mit Riechsalz aus seiner Manteltasche und hielt es dem Vicomte unter die Nase. Wenige Sekunden später kam dieser prustend wieder zu sich, richtete sich auf und begann nach seinem Taschentuch zu suchen. Nachdem er dieses gefunden hatte, es war schon ganz feucht, so oft hatte er sich Schweiß von der Stirn gewischt, tupfte er sich diese erneut ab und dann seinen Mund. Er richtete sich auf und setzte ein schiefes Lächeln auf.

„Bitte entschuldigen Sie! Ich… nun ja… habe in letzter Zeit zu wenig geschlafen und auch zu wenig gegessen. Machen Sie sich keine Sorgen. Bitte!", versicherte er, nahm die Zügel seines Pferdes wieder und versuchte aufzusteigen. Er brauchte drei Versuche, um wieder in den Sattel zu kommen und machte dann eher den Anschein eines Sackes Kartoffeln auf dem Rücken eines Esels als eines Reiters hoch zu Ross.

Den gesamten Rückweg nach Versailles beobachteten Gabriel, Gherasim und Alexandra den Vicomte, waren sie sich doch noch immer nicht hundertprozentig sicher. Zurück in Versailles brachten sie ihre Pferde wieder zu den Stallungen, wo sie ihnen von einigen Diener abgenommen wurden.

„Ich glaube, wir haben unseren Mann!", ließ Gherasim, der rückwärts vor Gabriel und Alexandra herlief, dann verlauten.

Gabriel nickte zögerlich. „Wir müssen es aber noch beweisen, ihr habt keine Ahnung, welche Drogen hier in Versailles kursieren. Er könnte auch einfach nur zu viel von irgendeinem Pulver geschnupft haben", warf er ein.

Gherasim nickte und ließ seinen Kopf dann nach hinten in den Nacken fallen. Er murmelte etwas, das Gabriel nicht verstehen konnte, und drehte sich dann um, um vor seiner Schwester und Gabriel herzulaufen. Dieser fragte sich indes wie jemand wie der Vicomte an die Informationen über so ein Ritual gelangen konnte und warum er, um welches Ziel auch immer zu erlangen, solch drastische Mittel wählen würde.

Kapitel 10

(November 1686)

Die nächsten Tage verbrachten Gabriel, Alexandra und Gherasim praktisch vollständig damit, den Vicomte Vincent Baudin zu verfolgen und ihn in den Salons zu beobachten. Mal taten sie es zu dritt, mal einzeln, aber es gab kaum eine Zeit in der nicht einer von ihnen da war.

Zum Mittagessen dann versammelten sie sich dieses Mal, sie hatten bereits den ganzen Morgen damit verbracht, den Vicomte zu observieren, nicht in Gherasims Apartment, sondern in dem von Gabriel, auch wenn weder der Schreibtisch unter dem Fenster neben der Tür noch der kleine Tisch neben dem Sessel am Kamin wirklich als Esstisch geeignet waren. Daher hatten sie den Sessel gedreht und den Hocker vom Schreibtisch geholt. Nun formten das Bett, der Sessel und der Hocker einen Kreis um den winzigen, runden Tisch, der normalerweise vor dem Kamin stand. Auf diesem Tisch ruhte eine Terrine mit einer Suppe, viel mehr hatte darauf auch keinen Platz. In den Händen hielten die drei ihre Schüsseln.

Alexandra hatte beschlossen, dass Gabriel ein wenig die traditionelle, rumänische Küche kennen lernen sollte und hatte daher einen der Köche gebeten, eine Suppe nach einem Rezept von ihr zuzubereiten. Es handelte sich bei dieser Suppe um ein typisch rumänisches Gericht mit Hackfleischklößen.

Gabriel schmeckte die etwas säuerliche Suppe recht gut und so begann er genüsslich, eine zweite Portion zu essen. Harris saß neben ihm auf dem Bett und kaute auf einigen Blättern herum. In einer seiner vier Hände hielt er außerdem ein Stück Kürbis, das Claude ihm mitgebracht hatte. Der alte Diener schien den Waldkobold immer mehr und mehr zu mögen, spielte ihm daher immer wieder kleine Leckereien aus der Küche zu und ließ auch das eine oder andere exotische Blatt aus einem der Blumensträuße, die

Versailles auch noch so spät im Jahr schmückten, mitgehen, wenn diese ausgetauscht wurden.

Alexandra räusperte sich und balancierte ihre Schüssel auf der Tischkante aus.

„Ich habe mitbekommen, dass der Vicomte auf der Suche nach einer Frau ist, ihn aber keine will. Ich könnte ein wenig so tun, als wäre er ein potenzieller Kandidat in meiner Auswahlliste und so versuchen mehr herauszufinden", schlug sie vor und machte ein paar seltsame Bewegungen mit ihrem Löffel.

Gabriel sah sie irritiert an.

„Was wenn er versucht sich dir anzunähern... ich meine, ich traue ihm nicht...", sagte er besorgt.

„Wir sind Dämonen, schon vergessen?", lachte Alexandra. „Wir haben ein paar Tricks auf Lager, die ihr Menschen nicht habt!"

„Außerdem hast du meine Schwester noch nie kämpfen gesehen! Sie kann mehr als nur gut auf sich aufpassen! Jeder Mann, der ihr zu nahekommt, sollte sich sehr gut in Acht nehmen!", fügte Gherasim hinzu und sah Gabriel ganz seltsam an. Diesem wurde heiß und er spürte, wie er rot anlief. *Nicht jetzt! Bitte! Nicht jetzt!* Flehte er innerlich und begann, sehr konzentriert weiter seine Suppe in sich hineinzulöffeln. Gherasim sah ebenfalls zur Seite und aß in höchstem Maße auf das Gericht fokussiert weiter.

Alexandra schien das Verhalten der beiden nicht zu bemerken oder ignorierte es einfach.

Sie wusste gar nicht, wie dankbar Gabriel ihr in diesem Moment dafür war. Leider flammte die Unterhaltung der drei danach nicht wieder auf und so war der Rest des Essens zum Großteil mit etwas peinlichem und seltsamen Schweigen gefüllt.

Während dem Mittagessen hatten sie lediglich noch beschlossen, Harris am Nachmittag ein wenig nach draußen zu bringen und erst am nächsten Tag die Observation des Vicomtes fortzusetzen, schließlich konnte es nicht gut für den Waldkobold sein, den ganzen Tag immer nur in einem Zimmer eingesperrt zu sein. Entgegen dem Anraten von Gherasim legte Gabriel dem Waldkobold keine

Leine um, sondern versteckte ihn unter seinem Gehrock, was nur funktionierte, da Harris sehr stillhielt und niemand auf das Trio zu achten schien. Die drei eilten dennoch so unauffällig wie möglich durch einige Gänge, dem nächstgelegenen Ausgang entgegen.

Kaum waren sie draußen, zerrte der kalte Oktoberwind an den Kleidern der Gruppe und ließ ganz besonders Gabriel frösteln. Harris schob seinen Kopf aus dem Gehrock von Gabriel und betrachtete mit großen, gelben Augen die Umgebung. Der Großteil der Parkanlage von Versailles war mittlerweile in Rot, Gold, orange und gelb getaucht. Unermüdlich waren unzählige Gärtner dabei, dass das von den Bäumen gefallene Laub zusammenzupacken und so die Rasenflächen freizuhalten.

Gabriel schob Harris Köpfchen schnell wieder in sein Versteck zurück.

Die drei wanderten also durch die große Parkanlage, bis sie ein ganzes Stück von Versailles entfernt waren, und schlugen sich dann in eines der kleinen Waldstücke. Dort ließ Gabriel Harris aus seinem Gehrock, hielt ihn aber noch vorsichtig auf seinem Arm fest.

Harris beobachtete ganz entspannt von Gabriels Arm aus, seine Umgebung, dann wand er sich jedoch frei und kletterte auf seine Schulter, wo dieser dann einfach sanft einen seiner Füße festhielt. Harris begann mit seinen vier Armen zu versuchen, die herabfallenden Blätter zu fangen und stieß dabei immer wieder aufgeregte Laute aus.

Gabriel schielte lächelnd zu dem kleinen Wesen herauf und hob seine freie Hand. Harris umschloss einen Finger mit einer seiner Hände und begann, ein wenig auf und abzuwippen. Ein neuerlicher Windstoß ließ Gabriel wieder frösteln. Er sollte wirklich seine Wintergarderobe auspacken. Alexandra und Gherasim schienen die Kälte nicht zu bemerken. Gut, sie stammten aus einer Region mit sehr kalten Wintern, waren also an eisige Temperaturen gewöhnt, und vielleicht spielte auch die Tatsache, dass sie keine Menschen waren, eine Rolle. Harris stieß einige zufriedene Laute aus, als er ein Blatt fing, und begann darauf herumzukauen. Seine kleinen Piranha Zähne zerfetzten das gelbe Stück Pflanze innerhalb von Sekunden.

Sie verbrachten gut eine Stunde draußen in der Kälte, was dazu führte, dass Gabriel, sobald sie wieder in den deutlich wärmeren Hallen von Versailles waren, Claude bat, ihm ein warmes Bad einzulassen. Hatten zwar viele Mitglieder des Hofes Angst, dass nach einem Bad Krankheiten viel besser in ihren Körper eindringen konnten und sie sich so eher mit Tüchern und Lappen wuschen, genoss es Gabriel, sich in warmem Wasser richtig durchweichen zu lassen. Er musste sich danach nur gut abtrocknen, dann würde er sich auch keine Erkältung oder Lungenentzündung zuziehen. Gherasim und Alexandra schienen die Kälte eher genossen zu haben und sich daher richtig wohlzufühlen.

„Du solltest Harris wieder in dein Apartment bringen, bevor ihn jemand sieht", sagte Gherasim, als er und Gabriel vor seinem Zimmer stehen blieben, und tippte auf die Ausbeulung in Gabriels Gehrock, wo er Harris versteckte. Dieser ließ ein eher missgestimmtes Quieken verlauten. Gabriel kicherte.

„Stimmt...", sagte er und machte sich dann auf den Weg zurück zu seinem eigenen Apartment. Gherasim blickte ihm hinterher. Was faszinierte ihn nur so an diesem Menschen? Die Tatsache, dass er sich nicht für den Rest des Adels zu interessieren schien? Dass er es nicht als Ehre ansah, in Versailles zu residieren, sondern lieber zurück nach Nordfrankreich wollte? Dass er sich nicht gerne die Zeit mit Klatsch und Tratsch vertrieb, sondern Bücher über Botanik las? Dass er bereit war, sich in Lebensgefahr zu begeben, um seinen Sohn zu schützen? Er wusste es nicht! Er wusste allerdings, dass er stärker werdende Gefühle für den Franzosen entwickelte. Er wollte Gabriel für sich haben und heimlich mit ihm zu Abend essen und ihn küssen, ohne dass dieser die Flucht ergriff. Glücklicherweise schien Gabriel ja auch Interesse an ihm zu haben, auch wenn er sehr zurückhaltend war, wie dieser ihm auf den Jagdausritt zu verstehen gegeben hatte. Gherasim schallt sich innerlich, dass er

Gabriel nicht deutlicher gezeigt hatte, wie er fühlte und schloss dann die Tür seines Apartments hinter sich.

Als Gabriel in seinem Gemach ankam, er konnte Gherasims Blick noch immer im Nacken spüren, ließ er Harris aus seinem Gehrock frei, der sofort auf das Bett des Franzosen sprang, und rief nach Claude, der kurze Zeit später aus dem kleinen Zimmer nebenan durch eine Tapetentür kam.

„Würden Sie mir bitte ein Bad bereiten lassen?", fragte Gabriel und entledigte sich seines Gehrockes, gab ihn jedoch nicht an Claude, sondern legte ihn über die Lehne des Sessels vor dem Kamin.

Claude nickte. „Natürlich." Er eilte davon, jedoch nicht bevor er Harris ein Lächeln zuwarf.

Einige Zeit später wurde eine Wanne in Gabriels Apartment getragen und Eimer für Eimer mit warmem Wasser aufgefüllt.

Gabriel zog sich aus und ließ sich mit einem Seufzer in das warme Wasser gleiten. Er schloss die Augen und ließ den Kopf langsam nach hinten auf den Rand der Wanne sinken. Die Wärme umhüllte ihn und ließ ihn in eine angenehme Ruhe fallen. Langsam begann er, sich mit einem Stück Seife zu waschen. Zunächst seine Haare, nachdem er diese ausgespült hatte, wusch er seine Arme, anschließend seinen Torso und seine Beine. Danach war das Wasser fast kalt geworden und Gabriel stieg wieder aus der Wanne. Er nahm das bereitgelegte Laken von seinem Bett und begann, sich gründlich abzutrocknen. Harris beobachtete ihn aufmerksam und sprang dann auf den Wannenrand und von dort auf den Schrank.

„Was?", fragte Gabriel den Kobold, der nur einige kleine Laute von sich gab und zurück auf das Bett sprang. Oder er versuchte es, schätzte den Sprung aber falsch ab und landete in dem mittlerweile kalten Badewasser. Er stieß ein erschrockenes Kreischen aus, kletterte auf den Wannenrand und hüpfte dann wieder auf Gabriel Bett, wo er begann, sich an den Laken trockenzureiben.

Gabriel lachte, als er den keinen Kobold über seine Schulter beobachtete, während er sich wieder anzog und dann dem Kobold half, wieder trocken zu werden. Irgendwie fühlte er sich, seit er Harris, Gherasim und Alexandra hatte, weniger allein in Versailles. Er fragte sich allerdings auch, was passieren würde, wenn sie sich des Dämons angenommen hatten und Gherasim und Alexandra zum Orden in die Karpaten zurückkehren würden? Ob er sich dann wieder so allein fühlen würde. Trotzdem, dass er Harris behalten würde? Und was würde aus ihm und Gherasim werden?

Kapitel 11

(November 1686)

Gabriel und Gherasim beobachteten skeptisch, wie sich Alexandra zu dem Vicomte gesellte und ihn ohne große Probleme in ein Gespräch verwickelte. Gabriel musste zugeben, dass sie eine verdammt gute Schauspielerin war und daher keine Schwierigkeiten hatte, Vincent Baudin Honig, um den Mund zu schmieren. Sie fragte ihn unglaublich viele Fragen und spielte ein heiratswütiges Dummchen, das auf der verzweifelten Suche nach Liebe war und sich ausgerechnet an den Vicomte Baudin gehängt hatte.

Alexandra hatte ihre Haare hochgesteckt, wie es in Versailles Mode war, und spielte konstant mit der einen Locke, die auf ihrer Schulter lag, herum. Sie kicherte immer wieder und versteckte sich scheinbar errötend hinter ihrem Fächer.

Neben Gabriel schien Gherasim allerdings alles andere als entspann, zu sein. Er umklammerte sein Glas mit Wein so fest, dass seine Adern auf seiner Elfenbeinhaut hervortraten.

„Bitte entspanne dich etwas. Erst gestern hast du mir versichert, dass Alexandra sehr gut auf sich selbst aufpassen kann", versuchte Gabriel, den Dämon zu beruhigen. Dieser blickte ihn nur weiter skeptisch an.

„Wenn dieser schmierige Mensch auch nur eine falsche Bewegung macht…!", drohte Gherasim leise und packte Gabriels Unterarm.

„Dann wird sie ihm eine Lektion erteilen, die er nie vergessen wird."

„Ja, ich weiß…", murrte Gherasim und nahm einen weiteren Schluck aus seinem Weinglas, hielt einen Moment inne und stürzte den Inhalt dann in einem Schluck herunter.

Gabriel blickte ihn überrascht an und nippte zögerlich an seinem eigenen Glas. Er fühlte sich zwar auch nicht vollständig sicher bei der Sache, doch vertraute er Alexandra. Er vertraute darauf, dass sie wusste, was sie tat. Und er wusste auch, dass Gherasim das wusste, aber dennoch machte sich Gherasim, wie jeder gute ältere Bruder Sorgen. Die beiden beobachteten, wie sich Alexandra und Baudin in dem Salon auf eine kleine Bank setzten und der Vicomte nach Alexandras Hand griff.

Gabriel spürte, wie sich Gherasims Finger in seinen Unterarm bohrten.

„Beruhige dich", flüsterte er dem Dämon erneut zu. „Lassen wir sie einen Moment allein", schlug er vor und zog Gherasim dann mit sich. Dieser warf ihm einen halb wütenden Blick zu.

„Aber…", setzte er an, folgte Gabriel dann jedoch widerstrebend.

„Kein aber! Wir machen jetzt einen Ausritt!", befahl Gabriel und realisierte im selben Moment, wie untypisch es für ihn war, jemandem etwas zu befehlen. Wenn, bat er immer nur um etwas. Auch Gherasim blinzelte ihn überrascht an, folgte ihm dann aber weniger widerstrebend in die Richtung der Stallungen.

Dort striegelten und sattelten sie ihre Pferde; die Hilfe des Stallpersonals lehnten Gabriel ab und machten sich dann auf den Weg in die Wälder. Beim Orden hatten sie zwar auch Leute, die sich um die Pferde kümmerten, aber wenn man ausreiten wollte oder irgendwo hin musste und keine Kutsche dafür brauchte, musste man sich selbst um sein Pferd sorgen. Gabriel nickte Gherasim zu und trieb sein Pferd an, bis es galoppierte. Er blickte über die Schulter zurück und überprüfte, ob Gherasim ihm auch folgte.

Gherasim wiederum hatte sein Pferd auch zum Galopp getrieben und jagte mit einem Grinsen hinter Gabriel her.

Die kalte Luft schnitt in Gabriels Gesicht und seine Haare wurden von dem eisigen Wind zerzaust. Er genoss das Gefühl, auch wenn er wusste, dass, sobald sie wieder in Versailles waren, er bis auf die Knochen durchgefroren sein würde, ganz im Gegenteil zu Gherasim. Gabriel wartete nur darauf, dass das Gefühl, dass er eins mit seinem Pferd war, seinen Körper übernahm und er nichts anderes mehr als seine Muskeln schmerzen und die des Tieres unter sich arbeiten spüren konnte. Er hörte die Hufe des Tieres auf dem Waldboden trommeln und spürte jeden einzelnen Schritt. Er liebte das Gefühl von Freiheit, das er immer empfand, wenn er so durch die Natur jagte. Nichts anderes schien mehr wichtig zu sein und nichts anderes schien mehr zu existieren. Nur er und das Pferd.

Hinter sich konnte er das Schnaufen von Gherasims Pferd hören, das mit seinem Reiter langsam zu Gabriel und seinem Schimmel aufschloss. Doch dann hatte Gabriel plötzlich das Gefühl, etwas zwischen den Bäumen zu sehen. Er ließ sein Pferd langsamer laufen und hielt es schließlich an. Er kniff seine Augen zusammen, um zu überprüfen, ob da tatsächlich etwas hinter den Stämmen war, bei dem es sich nicht um ein Tier, das hierhergehörte, handelte.

Gherasim ritt an ihm vorbei, hielt dann sein Pferd an und lenkte es zurück zu Gabriel.

„Ist alles in Ordnung?", fragte er und blickte in die gleiche Richtung.

„Ich weiß nicht… ich glaube, ich habe etwas gesehen…", murmelte Gabriel.

Sein Pferd begann nervös zu tänzeln, und dann sah er die roten Augen. Sie leuchteten zwischen den grauen Bäumen hervor. Sie glühten im Schädel des dunklen rauchartigen Schattens und schienen ihn zu fixieren. „Der Schatten", keuchte Gabriel und drehte sich zu Gherasim, um herauszufinden, ob dieser den Schatten auch sehen konnte. Als er sich zurück zu dem Schatten wandte, drehte sich dieser wiederum um und begann in Richtung Versailles zu laufen, bevor er sich wieder auflöste.

„Schnell!", befahl Gherasim. „Wir müssen zurück!"

Alexandra mochte den Vicomte überhaupt nicht. Er war der Inbegriff eines Schleimers und Speichelleckers. Außerdem roch er seltsam nach Fisch; doch davon durfte sie sich nicht ablenken lassen. Sie erfrischte ihr künstliches Lächeln und schenkte Baudin einige Wimpernaufschläge und ein Kichern. Leider konnte sie sich nicht wegträumen, um die eher weniger interessanten Teile seiner Geschichten auszublenden und ihre Aufgabe so etwas angenehmer zu machen, denn sie musste aufpassen, ob er irgendetwas äußerte, das nach einer Dämonenbeschwörung klang. Was man nicht alles dafür tat, um einen dunklen Dämon, oder Umbra, wie der Orden diese Dämonen auch nannte, zu töten.

Alexandra fächelte sich langsam frische Luft mit ihrem Fächer zu und blinzelte den Vicomte ein weiteres Mal, begleitet von einem leisen Lachen, an und nahm einen kleinen Schluck von ihrem Wein. Unauffällig ließ sie ihren Blick durch den Salon wandern. Aus dem Augenwinkel konnte sie sehen, wie sich einige Leute laut und aufgeregt redend um einen Herrn in rötlichem Gehrock versammelten, der röchelnd nach Luft zu schnappen schien. Besorgt stand sie auf und lief, mit den Vicomte an ihren Fersen, zu der kleinen Gruppe herüber. Erschrocken beobachtete sie, wie weißer, sich langsam schwarz färbender Schaum aus dem Mund des Mannes quoll, er zitterte, als wäre er viel zu lange ohne entsprechende Kleidung im Winter im Wald gewesen und seine Adern schienen anzuschwellen, bis er dann mit einem würgenden Geräusch zu Boden fiel. Einige der Damen kreischten und eine ließ ihr Glas fallen. Ein paar Herren stießen ebenfalls einige entsetzte Laute aus. Jemand rief nach den Wachen, die dann wiederum einen Arzt forderten.

Im selben Moment stürmten Gabriel und Gherasim in den Salon. Sie wirkten recht zerzaust, besonders Gabriels Haare waren von sanften Locken fast zu einem Vogelnest transformiert worden.

„Alexandra!", keuchte Gherasim und stolperte zu seiner Schwester herüber, die er sofort an sich zog. Gabriel wiederum warf einen resignierten Blick auf den Toten, der gerade von einigen Wachen weggebracht wurde, während ein Diener die Scherben des Glases der Dame aufsammelte und den Wein vom Boden aufwischte.

„Hast du den Schatten gesehen?", flüsterte Gabriel Alexandra zu. Diese schüttelte den Kopf und deutete mit einer Kopfbewegung an, dass sie den Salon verlassen sollten, nachdem sie sich wieder von ihrem Bruder gelöst hatte.

Da Gherasims Apartment näher war, eilten sie dort hin. Dort ließ sie sich auf die Bettkante von Gherasims Bett sinken und seufzte.

„Das ist das Problem!", sagte sie dann. „Wir können den Schatten, wenn überhaupt, nur sehen, wenn wir keinen Schutzzauber nutzen, um unsere Augen zu verstecken, im Gegensatz zu dir. Der Schutzzauber hat nämlich leider den Nebeneffekt, dass auch wir einige Sachen nicht sehen können und die Schatten eines körperlosen Engels oder Dämons sind allgemein auch für uns nicht immer sichtbar nerviger Weise", erklärte sie, an Gabriel gewandt. Gherasim nickte.

„Ich konnte ihn im Wald nicht sehen, weil ich den Zauber nicht schnell genug deaktivieren konnte. Normale Schutzzauber sind kein Problem aber nicht materielle Wesen schon."

Gabriel schloss für einen Moment die Lider seiner Augen und lehnte sich gegen den Tisch. Das war anscheinend der Nachteil daran, wenn man ein Dämon war, man musste bestimmte Teile von sich selbst immer hinter einem Zauber verstecken, um nicht in Schwierigkeiten zu geraten, wenn man sich in der Welt der Menschen aufhielt.

„Wie machen wir jetzt weiter?", fragte er dann und begann, seine Haare mit seinen Fingern ein wenig zu kämmen.

Gherasim gab ihm daraufhin wortlos seine eigene Bürste.

„Danke", flüsterte er und spürte, wie seine Wangen schon wieder anfingen leicht rot zu werden. Warum musste das immer wieder passieren, seit dem Beinahe Kuss?

„Ich werde morgen dem Vicomte weiter schöne Augen machen", sagte Alexandra. „Und davor töte ich meinen Geruchssinn!", setzte sie leise knurrend nach.

Gherasim schmunzelte und warf einen Blick in die Richtung von Gabriel. In seinem Brustkorb spürte er wie sich ein seltsames, aber nicht unangenehmes Flattern bemerkbar und eine neue Wärme sich in seinem Körper breit, machte.

Alexandra warf ihm einen wissenden Blick zu, woraufhin er sich schnell wegdrehte.

„Wir müssen dringend etwas finden", seufzte Gabriel. „Ich will nicht, dass noch mehr sterben"

Gherasim nickte resigniert.

Gabriel schlang seine Arme um seinen Körper und ließ seinen Blick über die Wände von Gherasims Apartment wandern, woraufhin der Dämon zu ihm herüberkam und zögerlich seine Arme um den Franzosen legte. Gabriel seufzte, legte seinen Kopf auf die Schulter des größeren Mannes und schloss für einen Moment die Augen.

Kapitel 12

(November 1686)

Gabriel stand fröstelnd in der Parkanlage von Versailles und vergrub sein Finger tiefer in den Taschen seines Gehrockes. Heute sollte sein Sohn Jean in Versailles ankommen und er wusste nicht, wie er ihm erklären sollte, was gerade passierte oder ob er das überhaupt konnte, ob er das wollte. Natürlich freute er sich unglaublich, endlich wieder mit seinem Sohn vereint zu werden, aber im Moment gab es einiges, dass diese Freude leider schmälerte.

Nachdenklich starrte er in den grauen Novemberhimmel. Er hätte Handschuhe anziehen sollen. Warum vergaß er immer, warme Kleidung anzuziehen? Er fragte sich, wie es für Jean sein würde, hier in Versailles zu leben. Würde er weniger Probleme damit haben als sein Stiefvater? Wahrscheinlich. Jean hatte keine Probleme mit Menschen zu reden, auch wenn er wie Gabriel eher ruhig, besonnen und anfangs etwas schüchtern war. Er war eine zurückhaltende Persönlichkeit, deren Anwesenheit die meisten als angenehm beschreiben würden und nach anfänglichen Hemmungen war er dann auch immer ein angenehmer Gesprächspartner.

Gabriel wiederum wartete im Moment nur darauf, dass ihm jemand sagte, dass die Kutsche angekommen sei und er seinen Sohn begrüßen konnte. Später wollte er ihn dann Gherasim und Alexandra vorstellen, schließlich würden die beiden seinen Sohn so oder so kennen lernen. Er sollte Jean vollkommen aus der Sache heraushalten, beschloss er. Er sollte nicht selbst in Gefahr geraten, hatten Gherasim und Alexandra ihm doch zur Genüge erklärt, wie gefährlich das Jagen von dunklen Dämonen war.

Einige Zeit später, Gabriel war bis auf die Knochen durchgefroren und verfluchte sich ein weiteres Mal dafür, sich nicht wärmer angezogen oder drinnen gewartet zu haben, wurde er von einem Diener angesprochen, der aus der Richtung von Versailles auf ihn zugeeilt kam und ihn darüber informierte, dass die Kutsche seines

Sohnes soeben auf der Straße, die zum Ministerhof führte, entdeckt worden war und Jean somit gleich ankommen würde.

Gabriel eilte mit weit ausholenden Schritten zurück zu dem Schloss, der Diener folgte ihm und hatte deutlich Probleme, Schritt zu halten. Das Klackern seiner Absätze auf dem Marmorboden im Inneren des Palastes hallte beinahe unangenehm laut von den Wänden wider, während er durch einige Salons und Gänge lief, um zum Ministerhof zu gelangen.

Gabriel konnte es kaum mehr erwarten, endlich seinen Sohn wiederzusehen. Gaben viele Adlige die Erziehung ihrer Kinder an Kindermädchen weiter, seit sie in Versailles lebten, so hatte Gabriel das Glück gehabt, acht Jahre mit seinem Stiefsohn zu haben, bevor er nach Versailles musste. Jean war fünf gewesen, als Gabriel seine Mutter geheiratet hatte, und dreizehn Jahre, als er nach Versailles gegangen war. Nun war er vor kurzem sechzehn Jahre alt geworden. Die beiden Wachen vor dem Haupteingang öffneten die großen Türflügel für Gabriel und er trat erneut in die kalte Luft. Auf dem Ministerhof hielt gerade eine dunkelblaue Kutsche, vor die zwei braune Pferde gespannt waren, an.

Gabriel rannte praktisch auf die Kutsche zu, deren Tür soeben von einem Diener geöffnet wurde. Dann stieg Jean aus der Kutsche. Seine dunkelbraunen Haare waren etwas länger geworden, seit Gabriel ihn vor ein paar Monaten das letzte Mal gesehen hatte.

„Vater!", rief Jean, eilte ebenfalls auf Gabriel zu und blieb dann direkt vor ihm stehen. Jean trug einen hellblauen Gehrock und einen dunkelblauen Dreispitz mit einer großen, weißen Feder daran, in seiner Hand hielt er den Griff seines Geigenkastens. Er grinste seinen Vater breit an.

„Jean", lächelte Gabriel. „Willkommen in Versailles. Ich habe dich vermisst."

Jean lächelte ebenfalls und nickte.

„Wir sollten reingehen. Du bist genau wie ich nicht sonderlich passend angezogen."

„Stimmt. Es ist schon sehr kalt hier draußen."

„Dann los!"

„Bitte folgen Sie mir, ich werde Sie zu ihrem Apartment bringen", schaltete sich ein Diener ein, der ihnen aus dem Inneren des Schlosses entgegengekommen war. Jean nickte, wechselte die Hand, mit der er seinen Geigenkasten hielt, und schüttelte höflich den Kopf, als ein Diener versuche, ihm den Koffer abzunehmen.

Die beiden folgten dem ersten Diener einige Gänge entlang, bis sie bei Jeans neuem Apartment, nahe dessen von Gabriel, ankamen. Der Raum beinhaltete ein großes Bett, einen Schrank und einen Kamin, vor dem ein Sessel stand, sowie einen Schreibtisch mit Hocker, im Grundlegenden also die gleiche Einrichtung wie in Gabriels Zimmer, nur, dass hier die Wände blaue Tapete und keine grüne aufwiesen.

„Ich lass dich erst einmal einrichten und komme dann später noch einmal vorbei und zeige dir, wo mein Apartment ist. Wenn du irgendwas brauchst, kannst du dich auch immer an Claude wenden", sagte Gabriel.

Jean nickte. „Danke." Er legte den Geigenkoffer auf den Schreibtisch und zeigte den beiden Dienern dann, wo sie seine große Reisetruhe hinstellen konnten.

Gabriel verließ leise den Raum und begann sich zu überlegen, wie er Harris vor Jean verstecken sollte. Im Schrank einsperren war absolut keine Option. Claude bitten ihn für einige Zeit in seine Kammer zu holen? Nein, Claude hatte zu arbeiten! Letztendlich entschloss er sich, Harris zu Gherasim zu bringen, schließlich war Alexandra immer noch damit beschäftigt, Vicomte Baudin schöne Augen zu machen, in der Hoffnung, irgendwelche Informationen von ihm zu bekommen. Gabriel eilte also zu seinem Apartment.

Dort angekommen wurde er, sobald er die Tür geöffnet hatte, praktisch von Harris angesprungen, der genau so aufgeregt wie sein Mensch zu sein schien. Er versteckte das kleine Wesen unter seinem Gehrock, es hielt glücklicherweise still, da es diese Prozedur bereits kannte, und eilte zu Gherasims Zimmer, innerlich betend, dass Gherasim da war und nicht wieder den Vicomte mit bösen Blicken bedachte.

Kurz darauf blieb er vor der weiß gestrichenen Tür stehen und klopfte an, wartete jedoch nicht einmal auf eine Antwort, da Harris bereits Anstalten machte, sich wieder zu befreien.

Gherasim war gerade dabei, sich umzuziehen und so wurde Gabriel mit seinem nackten Oberkörper konfrontiert. Die goldenen Novembersonne, die durch das Fenster fiel, ließ ihn beinahe wirken, als sei er ein griechischer Halbgott, der geradewegs aus seinem Portrait gestiegen war.

Gabriel lief rot an. Warum wusste er nicht. Es war nicht so, dass er noch nie einen Mann nackt gesehen hatte. Gott, er war auch schon lange keine Jungfrau mehr. Warum lief er dann so kirschrot an als wäre er ein Mädchen, das das erste Mal an seine Hochzeitsnacht dachte? Vielleicht lag es daran, dass Gherasim etwas anderes war als seine Beziehung zuvor, oder die Sache mit dem Stallburschen, über den er herausgefunden hatte, dass er sich nicht für Frauen interessierte. Er erinnerte sich zwar daran, auch damals genauso rot geworden zu sein, ebenso wie der Stallbursche, aber bei weitem nicht so rot wie jetzt.

„Gabriel!", begrüßte ihn Gherasim und grinste. Er hielt es nicht für nötig sein Hemd zu Ende anzuziehen, sondern zog seinen Arm wieder aus dem Ärmel und warf das Kleidungsstück auf sein Bett. Immer noch krebsrot im Gesicht senkte Gabriel seinen Blick und ließ Harris frei.

„Mein Sohn ist gerade angekommen und ich will nicht, dass er Harris sieht. Ich will ihn aus der ganzen Sache mit der verborgenen Welt heraushalten, da ich nicht glaube, dass er auch das zweite Gesicht hat. Kannst du also ein wenig auf Harris aufpassen?", ratterte Gabriel herunter und hob seinen Blick wieder.

Gherasim blinzelte ihn überrascht an.

„Ach ja, du hattest erwähnt, dass du einen Sohn hast. Wie heißt er doch gleich?", fragte er dann und ignorierte Harris vollkommen, der gerade begonnen hatte den Blumenstrauß, zu fressen, den ihm ein Kammermädchen am Morgen in die Vase auf seiner Kommode gestellt hatte.

„Er heißt Jean... aber wir sind nicht verwandt. Ich habe seine Mutter geheiratet", erklärte Gabriel schnell.

„Du bist verheiratet, ist deine Frau dann nicht auch hier in Versailles?", fragte Gherasim einfach weiter.

Gabriel konnte einen Anflug von Eifersucht in Gherasims tiefblauen Augen erkennen und glaubte, in seiner Stimme eine gewisse Verletztheit hören zu können, als hätte dieser nicht erwartet, dass Gabriel verheiratet ist, auch wenn die Existenz eines Kindes, sei es auch eines Stiefsohns, dies eigentlich implizierte. Ob die Eifersucht allerdings Jean oder seiner Frau galt, konnte er nicht ganz bestimmen, auch wenn er davon ausging, dass der Grund seine Frau war.

„Ich bin Witwer", sagte er daher knapp. „Sie ist vor sieben Jahren gestorben."

Nun blickte Gherasim ihn betreten an.

„Oh", sagte er. „Das tut mir leid. Ich wollte nicht unsensibel sein."

Gherasim zog sich nun doch sein Hemd an und begann die Weste darüber zuzuknöpfen, dann streifte er wieder den fast schwarzen Gehrock über, den er auch bei ihrem ersten Treffen getragen hatte. „Ich passe gerne ein wenig auf Harris auf, er kann ruhig weiter meine Blumen fressen. Ich wollte mich eh noch einmal mit dem Manuskript befassen. Ach ja, danke nochmal, dass du es gestern noch vorbeigebracht hast", sagte er und lächelte Gabriel an.

Gabriel wiederum hörte ihm nun gar nicht mehr ganz zu, es kribbelte ihn plötzlich in den Fingerspitzen, seine Finger durch Gherasims Haare, die so sehr an schwarze Seide erinnerten, gleiten zu lassen.

Gherasim lächelte. „Was?", lachte er dann nach einer Sekunde und machte einen Schritt auf Gabriel zu.

„Nichts...", flüsterte Gabriel und spürte, wie er schon wieder rot anlief.

„Doch! Sag was los ist. Du wirkst bedrückt. Es ist in Ordnung, du kannst es ruhig sagen", insistierte Gherasim.

Gabriel seufzte.

„…Nur wenn du willst, natürlich", setzte er hastig nach. Gabriel drehte den Kopf zur Seite und beobachtete Harris, der gerade eine rote Blume, die Gabriel als Amaryllis identifizierte, verspeiste und ihn aus seinen großen, gelben Augen fragend ansah. Er schob sich beinahe übertrieben langsam die Pflanze in seinen mit spitzen Zähnen bewährten Mund, als wüsste er, dass ein Blumenstrauß eigentlich nichts war, das er essen durfte, und stopfte dann in Windeseile den Rest des Stängels hinterher.

„Ich …", murmelte er dann kaum hörbar. „Ich weiß nicht … wir zwei … und Jean … es ist seltsam."

Gherasim hatte dennoch verstanden was Gabriel gesagt hatte, machte einige Schritte auf ihn zu und zog ihn in seine Arme.

Gabriel vergrub sein Gesicht in Gherasims Haaren, atmete ein paar Mal tief ein und wieder aus und begann dann etwas gedankenverloren mit ihnen herumzuspielen.

Gherasim rieb ihm sanft mit der Hand über den Rücken. Nach einigen Sekunden lösten sich die beiden und auf Gabriels wagen hatte sich wieder ein roter Hauch gelegt. Auch auf Gherasims sonst weißen Wagen zeichnete sich ein Hauch von Rosa ab.

„Ich sollte gehen… Jean wartet bestimmt schon…", murmelte Gabriel dann. „Danke, dass du auf Harris aufpasst."

Gherasim nickte, machte ein paar Schritte nach hinten und vergrub seine Hände in seinen Haaren. Er wusste nicht, was es war, er wollte Gabriel küssen und nur diese simple Umarmung hatte ein Kribbeln und ein Feuer durch seinen ganzen Körper gejagt, dass ihn zu versengen drohte. Und er würde sich gerne diesem unbekannten Feuer hingeben. Ein stärker werdender Verdacht oder eine immer mehr Gewissheit werdende Gefühlsregung zitterte am Rande des Verstandes des Dämons. Er blickte Gabriel noch einen Moment nach, als dieser hastig den Gang zu seinem Apartment entlanglief.

Gabriel selbst konnte das Blut in seinen Ohren rauschen hören, als er davoneilte. Warum hatte er das getan? Warum hatte er mit Gherasims Haaren gespielt und warum hatte Gherasim ihn gelassen? Und warum wurde er seit Neustem immer so rot? Und warum, um Gottes Willen, raste sein Herz jetzt so? Es war eine Umarmung, nichts was er nicht schon kannte! *Ganz ruhig.* Dachte er sich. *Beruhige dich.* Er verlangsamte sein Tempo etwas, um seinem Gesicht die Möglichkeit zu geben, wieder eine Farbe anzunehmen, die weniger einer Erdbeere glich, und noch bevor er an seinem Ziel angekommen war, konnte er die sanften Klänge von Jeans Geige vernehmen. Dann blieb er vor der Tür seines Sohnes stehen. Er holte einmal Luft und klopfte an. Das Geigenspiel verstummte abrupt.

„Herein!", ertönte Jeans gedämpfte Stimme, gefolgt von einem leisen rumpelnden Geräusch. Jean hatte seine Geige zurück in den Kasten gelegt.

Gabriel öffnete langsam die hohe Tür und trat ein.

Jean lächelte. „Claude war bereits hier und hat mir auch noch einmal gesagt, dass ich ihn jeder Zeit rufen kann.", sagte Jean. „Wollen wir dann?", fragte er weiter.

Gabriel nickte schweigend. Jean warf ihm einen seltsamen Blick zu, lächelte dann aber wieder milde, als würde er erkennen, dass Gabriel über etwas nachdachte, über dass er aber jetzt nicht reden wollte. „Vater. Zeig mir Versailles", verlangte er also stattdessen und gab Gabriel so die Möglichkeit, sich auf etwas anderes zu konzentrieren.

Gabriel führte Jean also durch einige Salons, durch den großen Spiegelsaal, einige der Räume, in denen Louis so gerne Bälle und Banketts ausrichtete, und natürlich zeigte er ihm auch, wo sein Apartment lag, damit Jean wusste, wo er ihn aufsuchen konnte, wenn er etwas bräuchte.

„Die Wälder hier sind nicht ganz so schön wie daheim, aber man kann auch hier, wenn man will, den ganzen Tag reiten. Man muss nur aufpassen, dass man keiner Jagdgesellschaft begegnet", erklärte Gabriel, als er und Jean vor einem großen Fenster im Spiegelsaal Halt machten und auf die Parkanlage hinausblickten.

Langsam führte Gabriel seinen Sohn weiter. In einem der Salons bekamen sie die Ankündigung mit, dass am kommenden Freitag erneut ein Ball von Louis ausgerichtet werden würde.

Jean schien aufgeregt zu sein. Er war zwar genau wie Gabriel eher zurückhaltend, im Gegensatz zu seinem Stiefvater machten ihm Bälle und solche Veranstaltungen allerdings Spaß. Er beobachtete die anwesenden Menschen und vergnügte sich, indem er Theorien über sie aufstellte und dann versuchte, herauszufinden, ob diese stimmten.

Gut eine Stunde, nachdem Gabriel die Führung durch Versailles begonnen hatte, hatte er die Gelegenheit, Jean Alexandra vorzustellen, die glücklicherweise gerade nicht in der Begleitung des Vicomte Baudin war.

Alexandra freute sich über die neue Bekanntschaft und irgendwie schien ihr der Gedanke, dass Gabriel einen Sohn hatte, zu gefallen. Kurz darauf trennten sich die beiden, Jean wollte ein wenig allein die Parkanlage erkunden und Gabriel nutze die Gelegenheit, um Gherasim wieder von Harris zu erlösen. Gleichzeitig berichtete er ihm von dem Ball, da er nicht wusste, ob er bereits die Nachricht erhalten hatte.

Als Gabriel Gherasims Zimmer betrat, fiel ihm zunächst die bis auf ein paar kahle Zweige leere Blumenvase auf der Kommode auf und ein etwas genervt wirkender Gherasim, auf dessen Schulter ein sehr zufrieden wirkender Harris saß. Kaum dass Harris Gabriel sah, sprang er jedoch in dessen Arme und kuschelte sich schnurrend an dessen Schulter, seine acht Gliedmaßen fest um Gabriels Oberarm gewickelt.

„Da hast du den kleinen Teufel zurück", schnaubte Gherasim.

„Danke, dass du auf ihn aufgepasst hast", sagte Gabriel und ballte seine Hände zu Fäusten. Nicht rot werden. Nicht rot werden! Dachte er sich immer wieder, besonders als Gherasim einige

Schritte auf ihn zu machte und sehr nahe vor ihm stehen blieb. Gabriel konnte beinahe Gherasims Atem auf seinem Gesicht spüren und der Wunsch ihn zu küssen keimte in seiner Brust auf. In einer Kurzschlussreaktion ergriff er die Flucht.

Gherasim blieb erneut nichts anderes übrig, als dem Franzosen hinterherzublinzeln und sich zu fragen, ob er etwas falsch gemacht hatte.

(November 1686)

Gabriel war gerade dabei Harris zu füttern, bevor er zum Ball aufbrechen würde, als Claude in das Zimmer eintrat, gefolgt von Gherasim. Dieser trug einen leuchtend blutroten Gehrock, der im gelben Licht der Kerzenständer selbst zu glühen und flackern schien wie eine Flamme, darunter eine schwarze Weste, auf deren Rand man diverse aufgestickte Sternenkonstellationen erkennen konnte. Gabriel fand sich unfähig seinen Blick von Gherasim abzuwenden. Er sah unglaublich gut aus. Gherasim schien das Feuer selbst zu verkörpern und Gabriel konnte spüren, wie ihm sein Herz bis zum Hals schlug. Er hatte das Gefühl, als würde er in seinem silbergrauen Gehrock und der hellblauen Weste beinahe verschwinden, wenn er Gherasim so gegenüberstand. Ein kleiner Nebelhauch, der vom Licht des Feuers vertrieben wurde.

„Warum bist du schon hier?", fragte er etwas verwirrt. Gherasim lächelte.

„Ich wollte mir einen Tanz sichern", sagte er.

Gabriel lief schon wieder rot an, zwar nicht so rot wie Gherasims Gehrock, aber dennoch. Er nickte. „Ich muss dich warnen, ich bin kein überragender Tänzer."

„Das glaube ich irgendwie nicht, du bewegst dich viel zu elegant."

„Elegant?"

„Erinnerst du dich nicht an unser kleines Übungsduell vor ein paar Wochen, während einer unserer Trainingseinheiten? Du hast mehr getanzt, als dass du richtig gekämpft hast. Du warst sehr

124

elegant dabei, auch wenn du keinen einzigen Treffer gelandet hast, der dir gegen einen Umbra oder gegen ein Monster hätte helfen können", erinnerte sich Gherasim lächelnd.

Gabriel nickte und begann mit einigen Haarsträhnen zu spielen. Alexandra und Gherasim hatten ihm nach dem Tod des Mannes im Salon vor ein paar Tagen erklärt, dass der Orden diese dunklen Dämonen als Umbra, Lateinisch für Schatten, bezeichnete, wobei sie den Begriff Umbra tatsächlich aus der Dunklen Dimension mitgebracht und ins Lateinische eingeführt hatten. Gabriel fand das sehr passend, zwar hatte Gherasim auch gesagt, dass jeder andere Dämon, der aus der Dunklen Dimension heraufbeschworen wurde, erst einmal eher einem Schatten glich und dass das Gleiche auch für Engel galt, aber etwas, das man nicht ganz feststellen konnte, war anders. Diese Schatten, die Umbra, riefen Angst hervor und nicht Fragen nach der tatsächlichen Gestalt.

Gabriel erinnerte sich auch an das Schwert, das Gherasim ihm gegeben hatte. Nicht nur, dass Gabriel zuvor nur mit einem Degen gekämpft hatte, nein, das Schwert hatte sich seltsam warm und kalt zugleich in seiner Hand angefühlt und schien regelrecht zu vibrieren, als würde es sich nach dem Kampf sehnen, weiter hatte ihn der Griff an den Körper einer Schlange, der sich in seine Hand schmiegte, erinnert. Die überlange Klinge war mit Silber ummantelt worden und unter dem Griff saß ein kirschgroßer Rubin. Sie hatten über zwei Stunden damit verbracht, draußen im Park gegeneinander zu kämpfen und Gabriel hatte schlussendlich vor Schweiß gedampft, während es Gherasim keine Mühe bereitet zu haben schien. Und so waren alle ihre Übungskämpfe in den letzten Wochen abgelaufen.

„Ich mag es nun mal nicht, gegen dich zu kämpfen. Ich will dich nicht verletzen."

„Ich bin ein Dämon, vergessen? Und du brauchst noch deutlich mehr Übung, bevor du mich verletzen könntest", flüsterte Gherasim Gabriel ins Ohr und lachte dann leise.

Gabriel lief ein Kribbeln die Wirbelsäule herunter durch seinen ganzen Körper. „Also, bekomme ich einen Tanz?", fragte Gherasim dann ein weiteres Mal.

Gabriel nickte. „Versprochen", sagte er.

Ein großes Lächeln breitete sich auf Gherasims Gesicht aus und ließ seine Augen leuchten.

Gabriel verlor sich für einen Moment in den tiefblauen Iriden. Erst als diese wieder schwarz wurden, kam Gabriel zurück, wenn auch nur für einen kurzen Moment, dann versank er erneut in Gherasims Nachtaugen und wieder war er der Meinung, ein leises Funkeln wie von Sternen sehen zu können.

„Wir sehen uns dann", lächelte Gherasim warm, drehte sich um und stolzierte auf die Tür von Gabriels Zimmer zu.

Gabriels Blick ruhte auf seinem Rücken, auf dem blutroten Brokat und den schwarzen Seidenhaaren. Sein Herz pochte wie wild und sein Magen tanzte wieder in seinem Körper. Ihm war heiß.

Claude lächelte.

„Seigneur Andreshka scheint Ihre Zuneigung zu haben", schmunzelte er und begann, an Gabriels Halstuch und der Schleife herumzuzupfen.

Gabriel nickte geistesabwesend.

„Laut ihm geht es ihm aber ähnlich, auch wenn er es besser verstecken kann…", murmelte er.

„Sie sollten sich auf den Weg machen, Comte", erinnerte Claude mit einem Kopfrucken in Richtung Tür einige Minuten später.

Gabriel nickte.

„Können Sie ab und zu nach Harris sehen und ihn zu Ende füttern?", bat Gabriel und streichelte Harris ein weiteres Mal über den Kopf.

Harris wiederum, der auf dem Bett saß, streckte seine vier Arme nach Gabriels Arm aus, zog sich am Stoff seines Ärmels hoch und wand dann wieder sämtliche Gliedmaßen um den heraufzukletternden Arm. Innerhalb weniger Sekunden saß er so auf Gabriels Schulter.

„Natürlich, Comte", sagte Claude und deutete eine Verbeugung an. Harris hüpfte zu ihm herüber und streckte seine Hände verlangend nach dem Teller mit dem Obst und den Resten eines Blumenstraußes aus.

„Danke", sagte Gabriel und schritt zur Tür. Dort blieb er einen Moment stehen, warf einen Blick zurück, verließ dann aber doch sein Apartment.

Er lief einige lange Gänge herab und kam dann in den Saal, in dem der heutige Ball stattfinden würde. Dort dauerte es nicht lange, bis er Alexandra, die immer noch in Begleitung des Vicomte Baudin war, Gherasim und Jean gefunden hatte. Die drei unterhielten sich. Alexandra musste Gherasim vorgestellt haben.

Der Ballsaal war in rotgoldenes Licht getaucht, die Wände mit weißen Stoffbahnen und bunten Federn geschmückt, so, wie Äste mit herbstlichem Laub, das Buffet auf einer langen Tafel ebenfalls mit Blattern und Kürbissen verziert. Alles in allem konnte man sehr deutlich erkennen, dass das Thema des Balles der Herbst war. Die Blumen Sträuße in riesigen Vasen enthielten neben Blumen auch Äste mit kleinen Beeren, Gerstenhalme und Pfauenfedern.

Gabriel schlenderte zu Gherasim, Alexandra, Jean und dem Vicomte herüber.

Alexandra trug ein hellblaues Kleid, auf den Rand des Rockes waren Federn und Blumen gestickt, und ihre schwarzen Haare waren wieder hochgesteckt, bis auf eine einzelne Locke. Ihr Dutt war ebenfalls mit Blättern und Federn eingefasst.

Jean wiederum trug einen hellgrünen Gehrock, der etwas zu frühlingshaft für einen Herbstball wirkte. Seine dunklen Haare fielen sanft auf seine Schultern und seinen Rücken. Der Vicomte Baudin auf der anderen Seite trug einen dreckig braunen Gehrock und seine Haare wirkten so ekelig wie eh und je. Alexandra war eine beeindruckende Schauspielerin, so wie sie ihn scheinbar verliebt anblinzelte. Alle Achtung! Dann ertönte ein lauter Ruf.

„Der König!", rief eine Wache. Die zweiflügelige Tür des Saals wurde geöffnet und Louis trat ein, gefolgt von seinem Bruder

Philipe, dessen Frau Liselotte von der Pfalz und dem Chevalier de Lorraine. Louis blieb stehen und erhob seine Stimme.

„Meine Freunde!", rief er. „Trotz vier bedauerlicher Tode haben wir uns hier versammelt, um zu feiern. Die Angst darf uns nicht lähmen. Meine besten Ärzte sind nah daran herauszufinden, was uns allen solche Sorgen bereitet. Und daher bitte ich euch: genießt den Abend! Feiert! Trinkt! Tanzt! Vergnügt euch und vergesst eure Sorgen!"

Gabriel konnte Gherasim neben sich schnauben hören, während die Menge begonnen hatte zu tuscheln und zu klatschen. „Und nun: Musik!", befahl Louis und das kleine Orchester am Rand des Ballsaals begann zu spielen.

Alexandra zog den Vicomte auf die Tanzfläche und kicherte wieder albern. Wirklich eine außerordentliche Schauspielerin!

Gherasim tippte Gabriel auf die Schulter. „Du hast mir einen Tanz versprochen", erinnerte er und zog Gabriel an der Hand zu sich.

„Lass uns warten, bis es etwas voller ist, man muss nicht unbedingt wissen, dass wir beide versuchen miteinander zu tanzen", flüsterte Gabriel jedoch und entzog dem Dämon seine Hand wieder. „Außerdem sollten wir warten, bis Jean nicht mehr so nahe bei uns ist, er weiß nichts von, naja… uns…oder generell"

Gherasim lächelte und nickte, dann nahm er sich ein Glas Champagner von einem Tablett, mit dem ein Diener durch den Saal stolzierte und geschickt um die Tanzenden herumnavigierte.

Gabriel wiederum stibitzte sich einige Weintrauben vom Buffet, dann wand er sich an Jean.

„Ist es so, wie du es dir vorgestellt hast?", fragte er seinen Sohn. Jean nickte.

„Es ist unglaublich, wenn auch etwas voll hier", sagte Jean und trank einen Schluck aus seinem Weinglas, doch bevor er etwas weiteres verlauten konnte, wurde er von einer jungen Dame am Handgelenk gepackt und auf die Tanzfläche gezogen. Er reihte sich in die Formation ein und begann sich wie alle anderen im Takt der Musik zu bewegen.

Gabriel, der ihm gerade noch das Weinglas hatte abnehmen können, beobachtete ihn lächelnd und spürte, wie sich Gherasim wieder hinter ihn stellte. Sein Atem blies sanft in Gabriels Nacken. Ein wohliges Schaudern überkam ihn und er stopfte sich schnell eine weitere Weintraube in den Mund. Die grüne Frucht war saftig und sowohl süß als auch ein wenig sauer. Dennoch mochte Gabriel die Kirschen, die man im Sommer bekommen konnte, um einiges lieber. Sie waren süß und saftig und als Jean noch jünger gewesen war, hatten sie immer Kirschkernweitspucken gespielt, zusammen mit dessen Mutter.

Das Orchester setzte zu einem neuen Lied an. Jeder der tanzen wollte, stellte sich auf der Tanzfläche auf, so auch Gherasim und Gabriel, und wartete, bis die ersten Takte, die Ouvertüre vor dem eigentlichen Tanz zu Ende waren. Dann begann der sanfte Dreivierteltakt durch den hell erleuchteten Ballsaal zu schweben. Natürlich wechselte man immer mal wieder den Tanzpartner, war dies doch ein Gruppentanz, doch öfter als mit allen anderen tanzten Gabriel und Gherasim zusammen.

Gabriel fühlte sich wie in einem Traum und auch Gherasim hatte einen beinahe verträumten, entrückten Gesichtsausdruck.

Gabriel Herz schlug ihm bis zum Hals, jedes Mal, wenn er nach einer Drehung Gherasims Lächeln, das nur für ihn bestimmt war, wieder sehen konnte.

Der Tanz wurde jedoch jäh unterbrochen, als einer der Adligen in der Bewegung innehielt und so aus der Formation ausbrach. Er starrte einen Moment geradeaus ins Leere.

Gabriel folgte seinem Blick und stolperte plötzlich von Panik erfüllte einige Schritte nach hinten. Er stieß gegen Gherasim.

„Der Schatten", presste er hervor.

Gherasim löste schnell den Schutzzauber und warf ebenfalls einen kurzen Blick auf den Schatten, es sah ja im Moment niemand zu ihm herüber, da alle auf den erstarrten Baron blickten. Die Augen des Schattens glühten so rot wie eh und je, aber außer Gabriel,

Gherasim und Alexandra, die ebenfalls schnell ihren Schutzzauber für eine Sekunde gelöst hatten, konnte ihn niemand sehen. Alexandras Augen wurden wieder blau, als der Baron, der nun allein in der Mitte der Tanzfläche stand, seinen Mund öffnete und weißer Schaum begann daraus hervorzuquellen. Im Hintergrund versammelten sich Wachen um Louis, seinen Bruder, dessen Frau und den Chevalier.

„Einen Arzt!", brüllte Louis wütend. Doch als die große doppelflügelige Tür von zwei weiteren Wachen aufgestoßen wurde und Louis' Leibarzt in den Saal stürmte, färbte sich der Schaum, der die Kleidung des zuckenden Barons völlig ruiniert hatte, bereits schwarz. Die hervorgetretenen Adern des Mannes pulsierten schwarz, dann kippte er um und schlug in einer ungesund aussehenden Verrenkung auf dem Boden auf. Der Schatten hatte sein fünftes Opfer gefordert. Die Wachen trugen den Toten auf Befehl von Louis aus dem Saal, der Arzt folgte ihnen.

Gabriel krallte sich noch immer fast panisch an Gherasims Schulter fest.

„Wir sollten gehen", murmelte Gherasim und begann Gabriel, der verzweifelt mit den Augen nach Jean suchte, zur Tür zu ziehen.

Gherasim nickte Alexandra noch einmal zu, die die Geste erwiderte und Vicomte Baudin irgendetwas zuflüsterte. Dann folgte sie ihrem Bruder. Sie brachten Gabriel, der mittlerweile begonnen hatte zu zittern, zu seinem Apartment.

„Es hätte Jean sein können... er...er hätte...Jean...", flüsterte Gabriel immer wieder. Erst schleichend wurde ihm klar, dass er seinen Sohn praktisch hatte ins offene Messer laufen lassen, als er ihm erlaubt hatte, trotz der Morde nach Versailles zu kommen. Gott, er hätte sich etwas ausdenken sollen, warum Jean nicht kommen konnte! Irgendetwas! Eine Ausrede! Oder ihn einfach bitten sollen, erst im Frühjahr zu kommen. Der Winter als Grund, es sei zu kalt. Irgendetwas! Nur Irgendetwas! Nur gut, dass das Messer ihn verfehlt hatte.

Gherasim schob Gabriel in den Sessel vor dem Kamin, jedoch nicht bevor er ihm seinen Gehrock ausgezogen und das Halstuch gelockert hatte.

„Claude!", rief er dann aus der immer noch offenstehenden Tür.

„Zur Hölle nochmal! Claude!"

Gabriel hatte leise begonnen zu weinen und kauerte nun beinahe in eine Fötus Haltung gekrümmt auf dem Sessel.

Gherasim kniete sich zu seinen Füßen auf den Boden und legte ihm sanft eine Hand auf das Knie.

„Gabriel…", flüsterte er und griff nach dessen Hand.

Alexandra stürmte währenddessen wütend und mit wehendem Rock aus dem Apartment.

„Es hätte Jean sein können…", wiederholte Gabriel, ein neuerlicher Weinkrampf schüttelte seinen Körper.

Gherasim konnte sehen, wie panisch Gabriel in diesem Moment war und wusste nicht wirklich, wie er ihm helfen konnte. Gott was sollte er den jetzt bitte tun? Wie konnte er ihm den bitte helfen? Er spürte, wie auch ihn eine Art der Angst überkam, die er so noch nie gespürt hatte. Angst für Gabriel. Angst, dass etwas verletzt wurde, das Gabriel wichtig war.

„Jean geht es aber gut!", versuchte er etwas hilflos, Gabriels aufgewühltes Gemüt zu beruhigen. Er wiederholte den Satz immer wieder. „Jean geht es gut. Jean geht es gut. Gabriel. Ihm geht es gut."

Kurze Zeit später kam Alexandra wieder hereingestürmt. Sie hatte mit der einen Hand Claude am Handgelenkt gepackt, mit der anderen Jean. Jean selbst wirkte auch ein wenig aufgewühlt und kniete sich zu Gherasim an die Seite seines Stiefvaters.

Gabriel streckte sofort seine zitternde Hand nach seinem Sohn aus und wiederholte immer wieder leise dessen Namen.

„Er muss in sein Bett!", befahl Claude und bedeutete Jean und Gherasim, wieder aufzustehen.

Gherasim nickte und zog Gabriel auf die Füße.

Gabriel konnte gar nicht ganz wahrnehmen was um ihn herum geschah, es war alles durch einen Schleier aus Tränen und fürchterlicher Angst verzerrt und verschwommen. Er spürte Gherasims kalte Hände wie einen Windhauch, der ihn zwang, aufzustehen. Er glaubte, Jean erkennen zu können, doch sein Geist schien die Anwesenheit seines Sohnes gar nicht realisieren zu können. Auch Jeans Versprechen, dass es ihm gut gehe und er sich keine Sorgen zu machen brauche, konnte er nicht wahrnehmen. Er spürte, wie ihn sanfte Hände entkleideten und ihn zwangen sich in sein Bett zu legen. Sie schoben die Kanten seiner Decke sanft unter seinen Körper und von einer Seite begann man ihm vorsichtig etwas Tee einzuflößen, doch war dem Tee etwas beigemischt, das ihn so unglaublich schläfrig machte. Sein Geist und sein Verstand wurden schwer und langsam fiel er in einen tiefen Schlaf.

Als er am nächsten Morgen langsam begann, wieder zu sich zu kommen, konnte er die besorgten Stimmen von Gherasim und Alexandra wahrnehmen.

„Es ist zu viel für ihn, er ist doch nur ein Mensch… nein, sicher ist er stark, ich wäre der Letzte, der das bezweifelt…ich will doch nur, dass ihm nichts geschieht, was, wenn er sich nicht mehr erholt? Claude hat mir erzählt, dass er bereits einen Schock hatte, nachdem er in Le Havre de Grâce in den versteckten Bezirk gestolpert war und dann wieder als er nach seiner Ankunft hier einen der Morde gesehen hat…"

Gabriel erkannte Gherasims Stimme. Machte sich dieser wirklich so großen Sorgen um ihn?

„Es bringt uns nicht voran, wenn du jetzt auch noch zusammenbrichst. Reiß dich zusammen!", zischte Alexandra.

„Ich meine nur, dass wir vielleicht doch hätten warten sollen…"

„Du warst doch derjenige, der nicht warten wollte!"

„Ja, ich weiß, aber…"

„Nichts aber! Wir ziehen das durch! Mit Gabriel!"

Gherasim seufzte.

„Du würdest ihm doch auch nicht erklären wollen, warum du dich plötzlich von ihm fernhältst. Und ich würde nicht wollen, dass du wieder in dein altes Verhalten fällst. Er macht dich so glücklich"

„Merkt man das so sehr?"

„Du strahlst praktisch, schon seit eurem ersten Gespräch!"

Gabriel hörte zwar zu, was gesprochen wurde, konnte sich aber nicht dazu bringen, zu versuchen zu verstehen was gesagt wurde oder seine Augen zu öffnen. Noch nicht. Noch wollte er schlafen. Er dämmerte also wieder weg, in eine weitere Phase des Schlafes.

Er erwachte erneut, als Claude ihn sanft an der Schulter rüttelte und ihm sagte, es sei bereits Mittag und dass man einen Arzt geschickte hatte, der sich ihn ansehen sollte. Zähneknirschend stimmte er der Untersuchung zu. Schließlich kam der Arzt zu dem Schluss, dass Gabriel einen Nervenzusammenbruch gehabt hatte und man ihm einfach etwas Ruhe gönnen solle. Das hieß wiederum, dass Gabriel um ein Aderlassen herumkam. Der Arzt verordnete ihm weiter viel Luft und befahl, dass immer jemand bei ihm sein musste, falls er einen weiteren Zusammenbruch erlitt. Laut dem Arzt rührte der Zusammenbruch daher, dass Gabriel mit den Morden nicht so gut zurechtkam und zu wenig aß. Wie nah der Arzt damit an der Wahrheit vorbeischrammte, würde er nie erfahren.

Den Tag und auch den nächsten verbrachte Gabriel im Bett, überwacht von den aufmerksamen Augen Jeans, Gherasims und ab und zu Claudes. Harris wurde immer, wenn Jeans kam, von Claude in Gherasims Apartment gebracht, oder der Diener stellte sich schnell in den versteckten Gang hinter der Tapetentür, über die man auch sein Zimmer erreichen konnte. Am Tag zuvor hatte das glücklicherweise funktioniert, aber den zweiten Tag nach dem Mord, verbrachte Harris dann doch in Alexandras Apartment, um das ständige Versteckspiel zu vermeiden. Erst am nächsten, dem dritten Tag nach dem Mord, verließ Gabriel sein Bett. In Begleitung von Gherasim und Jean, Alexandra schmierte Vicomte Baudin weiter Honig um den Mund, unternahm Gabriel einen langen Spaziergang. Die frische Luft tat sehr gut und so war er recht schnell wieder bei Kräften. Die Angst um Jean blieb jedoch.

Kapitel 13

(November 1686)

Alexandra klopfte sanft an die Tür des Apartments des Vicomte Vincent Baudin. Es hieß weiter zu versuchen, ihm Informationen zu entlocken, herauszufinden, ob er den Dämon Anrack beschworen hatte und wenn ja, wo.

Glücklicherweise ging es Gabriel wieder ganz gut, so dass die Sorgen um ihren neuen Freund nicht mehr ständig in ihrem Hinterkopf an ihrem Verstand nagten, und so konnte sie sich ganz auf die vor ihr liegende Aufgabe konzentrieren. Sie mochte den Vicomte nicht sonderlich. Er war ein alter Schleimer, der alles für ein wenig Ansehen tun würde. Daher fand er es auch so günstig, dass sich Alexandra für ihn zu interessieren schien. Die Schwester eines angesehenen rumänischen Diplomaten. Sie straffte die Schultern und setzte ein zuckersüßes Lächeln auf. Doch auch nach einigen Sekunden öffnete niemand. Sie klopfte erneut. Drei Mal. Doch auch jetzt öffnete niemand. Es war drei Uhr am Nachmittag, Baudin würde jetzt auf keinen Fall mehr schlafen. Alexandra legte ihr Ohr an die Tür und lauschte, doch im Zimmer rührte sich nichts. Es war still. Nicht einmal das Klappern eines geschäftigen Zimmermädchens, das frisch gewaschene Kleider brachte oder eines Kammerdieners, der seine Arbeit verrichtete und das Bett neu bezog, war zu hören. Das ließ nur einen Schluss übrig. Der Vicomte war nicht da und sein Zimmer war leer. Alexandra beschloss, sich im Zimmer etwas umzusehen. Vielleicht hatte der Vicomte noch nicht alle der Utensilien zur Dämonenbeschwörung entsorgt. Oder vielleicht war es ja eine dieser Beschwörungen, bei denen man einen bestimmten Gegenstand behalten musste, bis zu einem vorgeschriebenen Zeitpunkt, das würde dann aber leider auch bedeuten, dass Anrack, falls er es war, stärker war als erwartet. Da der Riss in die dunkle Dimension, wo die Dämonen und Engel herstammten, bereits seit Jahrhunderten geschlossen war, konnten Dämonen und Engel, die ihre Heimatdimension nicht bereits verlassen hatten, nur noch in diese Dimension kommen, wenn man sie heraufbeschwor, sie auf der Erde geboren wurden oder sich durch einen unglücklichen Zufall ein kleiner Spalt öffnete. Diese kleinen Spalten waren es auch, durch die die Monster, um die sich der Orden kümmerte, kamen und doch waren sie meist zu klein, um einen der wenigen zurückgebliebenen Engel oder Dämonen hindurchzulassen der nicht im Krieg gestorben war.

Alexandra erinnerte sich an ihre Kindheit an der Küste des Schwarzen Meeres. Keine schönen Erinnerungen. Aber ihr war es noch besser ergangen als Gherasim. Er war damals so leichtgläubig und beeinflussbar gewesen und noch mehr hatte er ihre Eltern zufriedenstellen wollen. Alexandra schüttelte den Kopf. Nein! Sie durfte sich jetzt nicht ablenken lassen! Die Vergangenheit war vergangen und nun waren sie beide beim Orden.

Leise öffnete sie die Tür und schlüpfte in das Apartment.

Es bestand aus einem kleinen Zimmer; die Wände waren nur grau verputzt worden und wiesen keine Tapete auf. Das Bett war klein und unordentlich, der Kamin kalt und dreckig, der Tisch leer, ohne eine Decke. Die Kommode am Fuß des Bettes war schmucklos, genau wie die Reisekiste an der Wand rechts neben der Tür. Alexandra lief zu der Kommode herüber und zog vorsichtig die oberste Schublade auf. Sie schob einige Hemden beiseite und zog eine kleine Box hervor. In der Box befand sich eine kleine Messingschüssel, an der Aschereste klebten, daneben, in einigen Gläsern, war einige getrocknete Kräuter verwahrt. Sie öffnete eines der Gläser, der Geruch von Baldrian quoll in dicken unsichtbaren Wolken daraus hervor. Räucherutensilien. Der Vicomte wirkte nicht wirklich als wäre er sonderlich religiös, warum sollte er also Kräuter zum Räuchern haben? Aber warum auch nicht? Vielleicht mochte er den Geruch... Alexandra wollte keine voreiligen Schlüsse ziehen. Sie schob die Box zurück und versteckte sie wieder unter den Hemden. Dann öffnete sie die nächste Schublade. Einige Hosen und Halstücher, mehr nicht. Sie durchsuchte noch die dritte Schublade, doch auch die war leer, abgesehen von einem

Lappen, der wohl zum Schuheputzen diente. Anschließend lief sie zu der Truhe hinüber und öffnete den Deckel. Das Knarren und Quietschen der Scharniere war unglaublich laut. Alexandra hielt kurz inne und blickte sich um. Sie lauschte in die zurückgekehrte Stille, ob jemand kam. Dann begann sie, den Innenraum des aus grobem Holz geschaffenen Gegenstandes zu untersuchen. Alexandras Finger ertasteten einen kühlen Gegenstand. Entschlossen griff sie danach. Überrascht, oder nein, eigentlich nicht, zog sie ein etwa fünfzehn Zentimeter großes Silberkreuz daraus hervor. Daran waren diverse, getrocknete Kräuter gebunden. Ein Lavendelzweig, ein Ästchen eines Salbeibuschs, Rosmarin. Alles Kräuter, die zur Heilung und Reinigung genutzt wurden, wenn man sie zum Räuchern verwandte. Ein triumphierendes Lächeln stahl sich auf ihre Lippen. Vicomte Vincent Baudin versuchte, sich gegen die Auswirkungen der Beschwörung von Anrack zu schützen. Er spürte, dass Anrack nicht nur von seinen Opfern zehrte, sondern auch von ihm selbst und er versuchte sich dem zu entziehen. Alexandra wühlte noch etwas weiter und fand einige kleine Beutel an Lederriemen. Die Beutel waren ebenfalls gefüllt mit Schutzkräutern. Auch fand sie einige kleine Citrine, einen kleinen Opal und sogar einen winzigen Smaragd in einem kleinen verschlossenen Glas, zusammen mit weiteren Kräutern. Er musste wirklich Angst haben. Alexandra brachte schnell alles in den Urzustand zurück und verließ dann wieder das Zimmer. Sie musste unbedingt Gherasim und Gabriel von ihrem Fund berichten. Durch ihre Gespräche wusste sie, dass der Vicomte kein Mensch war, der wirklich an magische Kräuter glaubte, doch er nutzte sie oder zumindest die, von denen er glaubte, sie wären magisch. Doch in diesem Fall stellte der Fakt, dass der einzige magische Akt den ein Mensch durchführen konnte, die Beschwörung eines Dämons oder Engels war, ein Problem für den Vicomte dar, da ein Ritual immer nur die Magie einer Person mit externer Magie verstärkte und sie nicht mit dieser ausstattete. Es musste also etwas geschehen sein, das ihn dazu bewogen hatte, daran zu glauben, dass es etwas gab, gegen das er sich mit diesen Kräutern schützten musste und das keine gewöhnliche Krankheit war die einen Menschen befallen konnte, sondern etwas nicht Menschliches. Alexandra verließ schnell das Zimmer und begab sich auf die Suche nach ihrem Bruder und Gabriel.

Kapitel 14

(November 1686)

Gherasim schlenderte mit Gabriel an seiner Seite durch den Park
von Versailles. Es waren einige Tage vergangen, seit Gabriel diese
Panikattacke gehabte hatte. Er hatte sich zur Erleichterung des Rumänen gut erholt und war nun umso bestärkter darin, Anrack, falls
es dieser war, töten zu wollen, auch wenn er Gewalt normalerweise
ablehnte. Gabriel wollte seinen Sohn davor schützen irgendwann
zu den Opfern zu zählen. Er wünschte sich, dass es möglichst keine
weiteren Opfer gab, zu denen irgendjemand zählen konnte. Leider
wussten sie nicht, wie viele Menschen Anrack töten musste, um zu
seiner vollen Stärke zurückzugelangen. Hätten sie das gewusst,
hätten sie ungefähr schätzen können, wie stark er jetzt, nach fünf
Opfern war.

Gabriel atmete einmal tief ein und aus. Die kühle Luft war angenehm kalt und färbte die Wangen der beiden Männer rot, Gabriels
noch mehr als die von Gherasim. Sie wanderten langsam in einem
weiten Bogen um das Schloss herum, sich leise unterhaltend.

Irgendwann fiel Gabriel auf, dass Gherasim ein Ziel zu haben
schien. Sie entfernten sich immer weiter und weiter von Versailles
und wanderten tiefer in die zunehmend weniger gepflegten Wälder hinein, in denen der König normalerweise jagte.

„Wo bringst du mich hin?", fragte Gabriel dann schließlich neugierig.

„Das wirst du noch sehen…", antwortete Gherasim kryptisch
und lief im selben Tempo wie zuvor weiter. Sie wanderten noch
gut zehn Minuten, dann blieb Gherasim auf einer Lichtung zwischen einigen Kiefern und Fichten stehen. „Da sind wir", verkün-
detet er.

Gabriel kniff verwirrt die Augen zusammen und versuchte zu
verstehen, was an dieser Lichtung so besonders war. Gut, sie war
wunderschön, so wie das Licht der Sonne durch die Fichten fiel,
konnte man beinahe vergessen, dass es bereits November war. Er

konzentrierte sich auf den Wald vor sich, bis ihm etwas auffiel. Die Luft schien zu flimmern und fast wirkte es, als trieben Schlieren wie von Öl auf Wasser umher.

„Ein Schutzzauber?", riet er und machte einige Schritte auf die Lichtung hinaus.

„Stimmt", sagte Gherasim.

Plötzlich war es, als würde sich ein unsichtbarer Nebel lichten oder ein Schleier von Gabriels Augen genommen werden. Vor ihm erschien ein Ding auf der Lichtung. Der Körper des Dinges bildete eine stahlverstrebte Gondel oder Kabine mit großen Fenstern aus gewölbtem Glas. Am Heck des Dinges befanden sich zwei Propeller und zwei Ruder, die jeweils einer Art Gelenk besaßen, mit welchem man ihre Stellung verändern und so steuern konnte. Über allem ruhte ein großes, ovales Gebilde aus Stoff oder dünnem Leder, das prall gefüllt war mit Luft oder einem Gas.

Gabriel blieb mit weit aufgerissenen Augen vor dem Ding stehen.

„Was ist das?", fragte er entgeistert und machte einige Schritte auf das seltsame Gefährt zu.

„Ein Zeppelin", sagte Gherasim, sein Gesichtsausdruck spiegelte unverhohlenen Stolz wider. „Ein Prototyp!". Sanft ließ er die langen, dünnen Glieder seiner kalkweißen Hand über die Außenhaut des Zeppelins gleiten.

„Und was macht man damit?", fragte Gabriel weiter und berührte nun ebenfalls die kalte Außenhülle des Zeppelins. Vorsichtig betastete er die Wand der Kabine und stellte fest, dass sie aus Holz bestand.

„Fliegen!", Gherasim wirkte beinahe verträumt. „Damit sind ich und meine Schwester hergekommen."

Gabriel wusste nicht was er sagen sollte. Ein Gerät, mit dem man fliegen konnte! Das war unglaublich! Ganz und gar unfassbar! Konnte man sich damit wirklich wie ein Vogel in die Luft erheben?

„Wie funktioniert es?", hauchte er dann und lief einige Schritte an der Wand des Zeppelins entlang. Die Kabine war gut fünf Meter lang, aber nur drei Meter breit, vorne war sie rund wie die

Schnauze eines Killerwales. Fünf Seile auf jeder Seite, die mit Haken im Boden verankert waren, verhinderten, dass sich der Zeppelin von alleine unkontrolliert wieder erhob. Die Wände zwischen den Metallverstrebungen, an denen die Seile befestigt waren, bestanden aus dünnem Holz und teilweise auch nur aus dickem Segeltuch, das mit irgendeinem Harzgemisch bestrichen worden war, um es stabil wie Holz und dicht zu machen, es aber gleichzeitig leicht zu halten.

Gherasim öffnete eine Tür und bedeutete Gabriel, das Gefährt zu betreten. Der Innenraum ließ sich grob in zwei Bereiche einteilen. Den hinteren Bereich, in dem sich ein kleiner Ofen und einige Gefäße, die an Flaschen aus Stahl erinnerten, befanden, und den vorderen Bereich in dem sich die Steuerung des Zeppelins sowie ein fest am Boden verankerter Stuhl befanden, dazwischen etwas wie ein kleiner Bereich zum Transport von Gegenständen, zu erkennen an Metallringen im Boden. Die Flaschen wiederum waren in eine Art Halterung eingespannt, von der einige Rohre nach oben zur Decke in eine weitere Apparatur führten.

Gabriel konnte nicht anders als zu staunen, dann blubberte eine Frage an die Oberfläche seines Verstandes. Gherasim schien diese jedoch zu erraten, bevor Gabriel sie stellen konnte.

„Wir sind aus Rumänien mit dem Prototyp gekommen und mit ein bisschen Magie haben wir einen Pferdekarren wie eine Kutsche aussehen lassen. Der Karren hat einem Bekannten gehört, den wir um Hilfe gebeten haben. So hat jeder gedacht wir sind, wie es sich für Diplomaten gehört angekommen und die Kutsche ist ganz einfach wieder abgefahren", erklärte Gherasim schmunzelnd und machte ein paar Schritte auf Gabriel zu.

Dieser blieb wie angewurzelt stehen. „Warum zeigst du mir das hier?", fragte er.

„Ich weiß nicht…vielleicht, um dir zu zeigen, dass es zwar Magie gibt, aber der Großteil auf Wissenschaft beruht. Auch wir, die wir nicht an die Gesetze der Menschen gebunden sind, haben weitestgehend den Regeln der Natur zu folgen… ich wollte, dass du weißt, dass die Schattenwelt kein wild und ungezügelt existierendes Etwas ist, sondern, dass es auch hier Grundlagen gibt, an denen man sich immer orientieren kann. Es gibt ein Oben und Unten, ein Rechts und ein Links und ein Vorne und Hinten. Es gibt Tag und Nacht. Unsere Welten sind zwei Seiten derselben Münze." Gherasim stand jetzt ganz nah vor Gabriel. Er spürte Gherasims warmen Atem auf seinen errötenden Wagen.

„Gherasim…", flüsterte er erstickt. Er konnte kaum einen Ton herausbringen, so sehr schlug sein Herz. Sein Blick wanderte zu Gherasims Lippen.

„Alexiel", korrigierte der Dämon.

„Was?"

„Ich heiße eigentlich Alexiel und nicht Gherasim."

„Warum?"

„Warum was?"

„Warum nutzt du nicht deinen richtigen Namen?"

„Weil mein Name nur Alexiel lautet, es gibt keinen Nachnahmen… Außerdem nutzen wir nie unsere richtigen Namen, wenn wir auf einer Mission mit Menschen in Kontakt kommen."

„Ah", ein Laut der Erkenntnis. Sie waren sich nun so nahe, dass sich ihre Lippen beinahe berührten. Gabriels Herz schlug schneller denn je und er hatte das Gefühl, dass jeder Schlag drohte, ihm eine Rippe zu brechen. Er konnte kaum atmen.

Gherasim summte leise und legte sanft seine eisige Hand an Gabriels Wange. Wie in einem Reflex schloss Gabriel seine Augen und neigte seinen Kopf ein Stück zur Seite. „Namen sind nicht wichtig!", murmelte Gherasim, nein Alexiel, dann presste er seine Lippen auf die von Gabriel.

Gabriel hatte das Gefühl, in Alexiels Armen zu schmelzen, ihm war heiß und kalt zur selben Zeit und er glaubte von innen heraus zu verbrennen. Er hatte sich noch nie besser gefühlt. Sanft erwiderte er den Kuss. Er schien zu schweben und zu fallen, beides im selben Moment. Erst als er das leise Rascheln von Federn vernahm, wurde er aus diesem glückseligen Trancezustand gerissen. War ein Vogel in den Zeppelin-Prototypen gekommen? Widerwillig öffnete er seine Augen. Doch anstatt in das ebenmäßige Gesicht von

Alexiel zu blicken, sah er nun eine seltsame Kreatur zwischen Mensch und Vogel, genauer gesagt, eine Kreatur aus Mensch und Rabe oder Krähe vor sich, die Alexiels Gesichtszüge hatte. Das Rascheln stammte von den riesigen, zerzaust wirkenden Flügeln, die nun zwischen den Schulterblättern Alexiels entsprangen und den Rücken von seinem Gehrock aufgerissen hatten. Die Federn waren lang wie Messerklingen, schmal und schwarz und schimmerten leicht. Dann betrachtete Gabriel das Gesicht vor ihm. Es wurde nun von vielen kleinen schwarzen Federn eingerahmt, die beginnend auf seiner Nase fast so etwas wie eine Herzform bildeten. Alexiels Nase war schärfer geworden und erinnerte nun im Hauch an einen Schnabel, seine Lippen wirkten rau und rissig. Doch die Augen waren dieselben geblieben. Tiefschwarze Augen, die wie der Sternenhimmel funkelten. Die sanften Hände an seinen Wangen wiesen nun statt Nägeln Krallen auf und die Haut wirkte schuppig wie die Klaue eines Vogels.

„Alexiel…was?", flüsterte Gabriel erstickt.

„Noch nie einen Dämon gesehen?", fragte Alexiel, es war offensichtlich, dass er versuchte unbekümmert zu klingen, doch es gelang ihm nicht.

Gabriel konnte das leichte Zittern in seiner Stimme sowie den Kloß im Hals des Dämons hören und spüren, dass sich die Art wie er Luft holte verändert hatte.

„So sehe ich in meiner Dämonenform aus…aber die meiste Zeit verbringe ich in meiner menschlichen Gestalt… ist unauffälliger, einfacher…und…".

Gabriel entwich ein leiser Laut der Überraschung. „Ich wollte einfach, dass du weißt, auf was du dich einlässt, wenn du weiter mit uns Anrack jagen willst. Im Vergleich zu Anrack dürfte ich nämlich ein kleiner Piepmatz sein."

Gabriel nickte, machte aber keine Anstalten, sich von Alexiel zu lösen.

„Und ich wollte, dass du mich siehst…ich…ich wollte sicher gehen, dass du nicht nur mein menschliches Gesicht willst, sondern auch jenes, das du sehen wirst, wenn du mein Bild in einem Spiegel siehst."

Gabriel nickte leise und berührte mit seinen Lippen sanft Alexiels gefiederten Nasenrücken. „Ich will dich. Ob als Mensch oder als Dämon. Die Federn und Flügel sind genauso ein Teil von dir wie alles andere", flüsterte er.

Ein Zittern schien durch Alexiel zu laufen und er stieß einen leisen Laut der Erleichterung aus.

„Ich gehe mal davon aus, dass Alexandra – "

„Ephemera. Sie heißt eigentlich Ephemera", unterbrach ihn Alexiel.

„Dass Ephemera sich auch in einen Vogel?... Menschen?... Vogel-Menschen? Verwandeln kann?", beendete Gabriel seine Frage.

Alexiel schüttelte den Kopf. „Nein, meine Vogelseite ist mehr eine Art – ich würde es nicht als Bestrafung bezeichnen – es ist eher eine Art Zeichen."

„Für was?"

„Ich stand noch nicht immer auf der Seite des Ordens... ich habe mal mit Saradiel gegen ihn gekämpft und in der Zeit...nun ja...es gab etwas, weswegen ich mich von meiner eigentlichen Dämonenform verabschieden musste...und nun ja...nun eine grausame, korrupte Parodie eines Engels bin...mehr oder weniger...", erzählte Alexiel, er spuckte die Worte voller Verachtung für sich selbst aus.

„Die Engel... haben also auch diese Vogelseiten?", fragte Gabriel und ignorierte bewusst, dass er gerade erfahren hatte, dass Alexiel für einige Zeit für den grausamsten aller Dämonen gearbeitet hatte. Es war offensichtlich, dass Alexiel nicht stolz darauf war, und er sich wirklich zusammennehmen musste, um Gabriel diese Information anzuvertrauen.

Alexiel nickte. „Wenn sie nicht gerade in ihrer menschlichen Gestalt sind, sehen sie aus wie eine leuchtende Mischung aus einem Menschen und einer Schleiereule. Wunderschön. Ehrfurcht einflößend. Und doch so kalt wie Eis...Man muss einen gesehen haben, um das Gefühl zu verstehen, das einen in ihrer Präsenz überkommt", flüsterte Alexiel und raschelte leise mit den Federn seiner

Flügel, die viel zu groß waren, als dass er sie hier in der Kabine des Zeppelin-Prototypen hätte ausbreiten können und so hatte er sie vorsichtig um sich und Gabriel gelegt.

Gabriel nickte, dann kam ihm ein Gedanke. „Warum fragen wir nicht einen Engel um Hilfe? Wenn Baudin so sehr an Dämonen glaubt, dass er versucht einen heraufzubeschwören, dann müsste er doch auch an Engel glauben…könnte man ihm nicht einen erscheinen lassen und so herausfinden ob er Anrack heraufbeschworen hat und wo…", schlug er vor.

Alexiel hob eine gefiederte Augenbraue. „An sich keine schlechte Idee, das Problem ist nur, dass Ephemera und ich gar nicht hier sein dürften. Wir haben den Prototypen vielleicht gestohlen, weil wir nicht auf die Genehmigung der Mission warten wollten…man war sich nicht sicher, ob es sich nur um eine neue Droge oder wirklich um jemanden aus der Dunklen Dimension handelt"

„Warum war man sich nicht sicher?"

„Weil seit gut tausendzweihundert Jahren niemand mehr aus der Dunkeln Dimension heraufbeschworen wurde."

„Das heißt, wir sind auf uns allein gestellt, wenn ihr keine Probleme bekommen wollt", stellte Gabriel nun etwas entmutigt fest.

„Ich verstehe, wenn du dich ab jetzt raushalten willst, ich würde dich nur bitten, uns das Manuskript zu überlassen", murmelte Alexiel und verwandelte sich zurück. Nun sah er wieder vollständig aus wie ein Mensch. Es war seltsam, ihn dabei zu beobachten, zu sehen wie sich Flügel und Federn in Haut und Fleisch zurückzogen und er mehr und mehr das vogelhafte Aussehen verlor.

Gabriel küsste Alexiel ein weiteres Mal, nun auf seine wieder weichen und warmen Lippen. „Ich werde weiter an eurer Seite stehen, versprochen!"

Alexiel lachte daraufhin leise und befreit auf. „Himmel, was habe ich nur getan, um dich zu verdienen?", flüsterte er gegen Gabriels Lippen.

Der Franzose lächelte und ließ einen leisen, wohligen Laut aus seiner Kehle entwischen. Himmel, hier in Alexiels Armen zu sein, fühlte sich so richtig an, so sicher und warm. Er konnte spüren, dass es Alexiel in diesem Moment auch nicht anders ging, so wie er seinen Körper, an den des Franzosen schmiegte.

„Wir stehen das zusammen durch, versprochen. Nebenbei, du bist ein guter Lehrer, was das Schwert angeht."

Alexiel schnaubte belustigt und rieb seine Nase an der von Gabriel.

„Hm", machte er leise. „Es wird dunkel, wir sollten zurückgehen."

Gabriel nickte leicht und vergrub sein Gesicht für einen Moment in Alexiels Schulter. „Soll ich dich und Ephemera jetzt eigentlich bei euren richtigen Namen nennen, wenn wir allein sind?"

„Bitte." Widerstrebend lösten die beiden ihre Umarmung und standen dann einige Sekunden unschlüssig in der Kabine des Zeppelin-Prototypen. Schließlich straffte Alexiel seine Schultern, griff nach Gabriels Hand und zog ihn nach draußen, zurück auf die Lichtung. Von dort wanderten sie, nachdem Alexiel die Tür des Prototyps verschlossen und den Schutzzauber erneuert hatte, zurück nach Versailles.

Langsam kroch ihnen die Kälte des Novemberabends in die Knochen und sie waren froh, sich vor einem Kamin aufwärmen zu können, wenn sie zurück waren. Doch bevor es sich die beiden in Gabriels Apartment, das weitaus wärmer war als das von Alexiel oder das von Ephemera war, gemütlich machen konnten, kam Claude durch die Tapetentür neben dem Schrank in den Raum und Gabriel wurde von Harris angesprungen.

Claude verbeugte sich vor den beiden und wand sich dann an Alexiel.

„Eure Schwester sucht euch", sagte er. „Sie hat ebenfalls nach Ihnen geschickt, Comte", fügte er dann nach einer kleinen Pause an und nickte in Gabriels Richtung.

„Ich denke, ich werde mir erst etwas Heiles anziehen", brummte Alexiel, als er sich daran erinnerte, dass er bei seiner Verwandlung seine Kleidung zerrissen hatte, und deutete mit einer Handbewegung über seine Schulter auf seinen Rücken. Dort klaffte ein großer

Riss in seinem Gehrock, seiner Weste und seinem Hemd, an der Stelle, wo seine Flügel aus seinem Rücken freigebrochen waren, als er sich verwandelt hatte.

Claude warf ihm einen entgeisterten Blick zu.

„In Gottes Namen, was ist denn passiert?", fragte der Diener und ließ seinen Blick über Alexiels Rücken wandern, sorgfältig nach Wunden suchend.

„Ich hatte einen kleinen Unfall im Wald…?", versuchte Alexiel, um eine weitere Frage von Seiten Claudes herumzumanövrieren. Der Diener nickte.

„Ich werde die Sachen reparieren lassen", versprach er und ließ sich von Alexiel dessen Gehrock, die Weste und das Hemd geben, während Gabriel Alexiel schnell ein Hemd von sich heraussuchte und in die Hand drückte.

Alexiel lächelte und bedankte sich, dann zog er den weißen Stoff über seinen Kopf.

Gabriel musste zugeben, dass, wenn Claude nicht da gewesen wäre, er gerne noch ein wenig Zeit mit Alexiel ohne seine Oberbekleidung verbracht hätte, aber vielleicht konnte er ja, wenn Claude weg war, ganz aus Versehen natürlich, etwas Wasser verschütten und, natürlich auch ganz aus Versehen Alexiel nass machen. Nein, Ephemera wartete. Gott, er dachte ja schon wie ein Schuljunge, der plante, wie er heimlich Mädchen beobachten konnte. Er konnte sich am Abend, wenn er im Bett lag, in Fantasien verlieren, aber nicht jetzt!

„Ist Alexandra in ihrem Apartment oder hat sie Ihnen einen Ort genannt, wo sie auf uns warten wird?", fragte Alexiel, wie sonst auch den falschen Namen seiner Schwester nutzend.

„Sie wartet in ihrem Apartment, sie bat, dass Sie sie dort aufsuchen", antwortete Claude, deutete eine Verbeugung an und verschwand mit der Ankündigung, dass er die Kleider Alexiels nun reparieren lassen würde, wieder durch die Tapetentür in der Wand.

„Na dann…", sagte Alexiel, steckte das Hemd in seine Hose und öffnete die Tür von Gabriels Apartment.

Gabriel nickte, setzte Harris auf das Bett und versprach ihm, wenn er zurückkäme etwas zu essen mitzubringen.

Schnell liefen die beiden Männer zu Ephemeras Apartment. Dort klopfte Alexiel vorsichtig an die Tür seiner Schwester und öffnete diese sachte. Er und Gabriel traten ein. Ephemera wiederum war dabei, Furchen in das Parkett, das den Fußboden bildet, zu laufen, so sehr tigerte sie durch ihr Quartier. Vom Bett zur Kommode und zurück zum Bett und dann wieder zur Kommode.

„Da seid ihr ja endlich!", rief sie mit einem leicht genervten Unterton. „Wo wart ihr?"

„Ich habe Gabriel den Zeppelin gezeigt... und..."

„Er weiß also Bescheid?"

„Ja."

„Auch über...na du weißt schon..."

„Dass sich Alexiel in einen Vogel-Menschen verwandeln kann und früher einmal für euren Erzfeind gearbeitet hat? Oder dass ihr eigentlich gar nicht hier sein dürftet?", mischte sich nun auch Gabriel ein. „Soll ich dich Ephemera nennen, wenn wir unter uns sind oder weiter Alexandra?", fuhr er fort.

Die junge Frau blinzelte ihn überrascht an.

„Du hast ihm wirklich alles erzählt!", stellte sie dann an ihren Bruder gewandt fest.

„Es wurde Zeit. Es bringt doch nichts, wenn wir ihm immer nur Teile preisgeben und alles andere für uns behalten. Er hängt in dieser Sache genauso sehr drin wie wir", rechtfertigte sich Alexiel und verschränkte seine Arme vor seiner Brust. „Also, was hast du? Hast du etwas Hilfreiches herausgefunden?"

„Ich habe unseren Beweis, dass der Vicomte tatsächlich Anrack beschworen hat!", verkündete Ephemera triumphierend.

„Das klingt sehr gut, was genau hast du gefunden?", fragte Alexiel.

„Er versucht, sich gegen Anrack zu schützen. Wie wir vermutet haben, zapft Anrack auch ihm Energie ab, neben den Mordopfern natürlich, und genau dagegen versucht er sich zu schützen. Er hat

Räucherwerkzeug, Kräuter zur Reinigung des Körpers und zum Schutz vor bösen Geistern und diverse Talismane. Auch einige Steine, denen heilende und reinigende Kräfte zugesprochen werden. Genau die Gegenstände, die man empfohlen bekommt, wenn man nach Möglichkeiten sucht, sich gegen einen Dämon zu schützen, die aber leider absolut nichts bringen". Ephemeras Gesichtsausdruck wirkte sehr zufrieden und auch Alexiel wirkte erleichtert.

„Dann können wir den Vicomte jetzt töten!", verkündete er.

„Was?", keuchte Gabriel erschrocken. „Ihr könnt nicht einfach einen Menschen töten, auch wenn er einen Dämon heraufbeschworen hat! Wer weiß, warum er das überhaupt getan hat!"

Alexiel blickte ihn überrascht an.

„Ich dachte, das sei klar gewesen, dass wir den Vicomte töten, wenn wir sicher sind, dass er Anrack heraufbeschworen hat. Deswegen habe ich dir doch beigebracht, mit dem Schwert umzugehen."

„Ich dachte, das Schwert sei für den Dämon und nicht für Vicomte Baudin!"

„Natürlich, der Dämon wird versuchen, den Vicomte zu schützen. Wenn er stirbt, wird das Ritual unterbrochen und Anrack muss vielleicht zurück in die Dunkle Dimension, da er noch nicht vollständig in dieser Dimension hier angekommen ist. Oder er versucht, vom Körper des Vicomtes Besitz zu ergreifen, was er wiederum nicht kann, wenn wir den Vicomte mit einer Silberwaffe töten", es klang so selbstverständlich, was Alexiel sagte, so natürlich. Er und Ephemeras Gesichtsausdruck nach zu urteilen, auch sie waren davon ausgegangen, dass Gabriel ihnen einfach helfen würde, den Vicomte zu umzubringen. Aber Gabriel konnte doch nicht einfach das Leben eines Menschen auslöschen! Auch wenn dieser einen Dämon heraufbeschworen hatte und damit indirekt für den Tod von fünf Meschen verantwortlich war. Das widersprach allem, was ihm heilig war.

„Ich werde euch nicht helfen, einen Menschen zu töten! Ich werde euch nicht aufhalten, aber ich werde euch auch nicht helfen!", rief Gabriel wütend und stürmte dann aus Ephemeras Apartment.

„Gabriel!", rief ihm Alexiel erschrocken hinterher und machte Anstalten ihm zu folgen. Er streckte seine Hand aus und schloss seine Finger um Gabriels Handgelenk.

„Lass mich!", fauchte Gabriel jedoch nur, riss sich los und eilte weiter, wobei er beinahe einen Diener mit einem Tablett umrannte. Ausnahmsweise entschuldigte er sich nicht bei dem verdatterten Mann, dafür war er im Moment einfach zu wütend. Wie konnten Ephemera und Alexiel so etwas von ihm erwarten? Ja, er hatte Alexiel versprochen, mit ihm und seiner Schwester einen Dämon zu besiegen der Menschen tötete, aber einen Menschen umbringen, der selbst nichts getan hatte als auf die falschen Versprechungen einer Dämonenbeschwörung hereinzufallen? Sie kannten doch nicht einmal dessen Motiv. Und selbst wenn dieses gewesen wäre, mit Hilfe eines Dämons Menschen auszuschalten, dann hätte er es nicht geschafft sich dazu durchzuringen, selbst zu töten. Er hätte es mit sich vereinbaren können, ihm ein Gift unterzuschummeln und es dann so aussehen zu lassen, als hätte der Vicomte mit diesem Gift gemordet. Und selbst dann würde er sich für den Rest seines Lebens als Hypokrit, der seine eigenen Prinzipien verriet, bezeichnen, auch, wenn es für das größere Wohl war. Aber selbst war er nicht in der Lage ein Leben zu beenden. Er konnte ja nicht einmal jagen. Aber warum war es für ihn dann in Ordnung, einen Dämon auszulöschen? Alexiel und Ephemera waren auch Dämonen und sie hätte er nie verletzen, geschweige denn töten können. War es die Tatsache, dass er in dem Schatten, bei dem es sich um Anrack handeln musste, kein fühlendes Wesen sehen konnte, sondern nur Finsternis und Verderben? In Gabriel tobte ein Sturm an Gefühlen, denen er sich nicht gewachsen fühlte. Ein weiterer Tod, um wer weiß wie viele weitere zu verhindern. Aber war Gabriel dann nicht genauso schlecht wie Anrack selbst, schließlich ließ sich ein Leben nicht gegen mehrere aufwiegen, oder doch? Gabriel wusste nicht, was er tun sollte, aber wer hätte das schon getan, wenn man sich in seiner Position befunden hätte.

Verzweifelt stolperte er in die Richtung seines Apartments und stieß die Tür auf.

Harris schien sofort zu bemerken, dass es seinem Menschen nicht gut ging und machte einen gewaltigen Satz von Gabriels Schrank auf dessen Arm. Gabriel seufzte, schluckte die Tränen herunter, die in seinen Augen brannten und drohten über seine Wangen zu laufen, und begann, das kahle Köpfchen des Waldkoboldes zu streicheln. Dieser streckte sich der warmen Hand des Franzosen entgegen und begann leise ein, dem Schnurren einer Katze nicht unähnliches, Geräusch auszustoßen - neben einem leisen, zufriedenen Schnattern.

Gabriel ließ sich sehr unelegant auf sein Bett fallen und schluckte. Was sollte er denn jetzt machen? Resigniert erlaubte er seinen Oberkörper nach hinten zu kippen, so, dass er jetzt mehr auf seinem Bett lag als saß und nur seine Unterschenkel von diesem herabhingen. Harris kletterte von seiner Schulter und rollte sich auf seinem Bauch zusammen.

„Waldkobold müsste man sein…", murmelte Gabriel, woraufhin Harris den Kopf hob und erneut leise schnatterte. „Hast Recht, dein Leben war auch nicht das Beste…" Gabriel richtet sich wieder auf und zog das Schwert unter seinem Bett hervor. Alexiel hatte es ihm zur Aufbewahrung überlassen, damit er sich an dessen Anwesenheit gewöhnen konnte. Er hatte irgendwas davon erwähnt, dass jedes Silberschwert eine Seele und damit auch eine Präsenz besaß und sich jeder, der so ein Schwert in seinem Besitz hatte, sich erst an es gewöhnen musste, so wie das Schwert an den, der es schwingen wollte. Und da Gabriel es nutzen sollte, hatten sich die beiden aneinander gewöhnen sollen. Jetzt betrachtete Gabriel die Waffe, die lange mit Silber ummantelte Klinge und den großen Rubin unter dem Griff, der sich wieder seltsam warm und kalt zugleich angefühlte, beinahe mit Abscheu. Es war wie eine Schlange, die sich in seine Hand drückte und mit ihm zusammenarbeiten wollte. Zuvor hatte das Schwert gut in seiner Hand gelegen, es hatte ihm Sicherheit gegeben, aber jetzt fühlte es sich nur falsch an. Es schien,

Gabriels Wunsch, keinen Menschen töten zu wollen, zu spüren. Wütend ließ er die Waffe wieder unter sein Bett fallen und stand auf. Harris hüpfte auf seine Schulter und dann wieder auf den Schrank, wo er sich bereits ein Nest aus einem Kissen und ein paar Tüchern, die ihm Gabriel und Claude besorgt hatten, gebaut hatte. Gabriel seufzte, zog seinen Wintermantel aus seinem Schrank und verließ sein Apartment. Er wollte nach draußen, auch wenn es schon spät war, aber vielleicht konnte die eisige Luft ihm helfen... wenigstens dabei, für einen Moment an etwas anderes zu denken. Und wenn es nur der kalte Wind war, der in seine Wangen biss.

Claude warf ihm einen verwirrten Blick zu, als er an ihm vorbei-eilte. Dann blieb Gabriel stehen, drehte sich um und eilte zurück zu seinem Diener.

„Claude, können Sie Harris etwas zu essen aus der Küche bringen?"

„Natürlich, Comte!", Claude deutete eine Verbeugung an und eilte nach einem Nicken Gabriels deutlich verwirrt weiter.

„Merci!" Gabriel seufzte und rannte praktisch weiter durch die Gänge des großen Gebäudes. Durch einen Nebengang verließ er das Schloss und begann, in die Parkanlange hinauszueilen. Die kalte Luft biss wie erwartet in seinem Gesicht. Hastig zog er sich seine Handschuhe über und rieb seine Hände aneinander. In seinem Magen wirbelten noch immer Wut und Angst und Trauer in einem nicht zu beendenden Kampf umher. Von Versailles aus schwamm Licht zur Parkanlage herüber und so befand sich Gabriel nicht vollends im Dunkeln. Er stapfte weiter über die Kieswege weg von Versailles um den großen Kanal herum. Alexiel konnte doch nicht von ihm erwarten, einen anderen Menschen zu töten!

Nach gut einer Stunde, die er so durch die Kälte gewandert war, kehrte er resigniert zurück. Er war nicht auf andere Gedanken gekommen! Leider.

Kapitel 15

(November 1686)

Am nächsten Morgen wachte Gabriel unglaublich früh auf, auch wenn er in der Nacht bestimmt, nicht einmal acht Stunden Schlaf bekommen hatte. In seinem Gehirn kreiste sein Verstand unentwegt. Seine Moral schien eine existenzielle Krise zu haben. Warum war ihm der Gedanke einen Menschen zu töten so zu wieder aber der Gedanke einen Dämon zu töten nicht. Oder nein, das stimmte so auch nicht. Es war Anrack den er sich durchringen könnte zu töten. Aber einen Dämon, von dem er wusste, dass er kein grausamer Kriegsverbrecher der einem wahnsinnigen König folgte, war, dem hätte er auch nichts tun können, selbst wenn er so eine schlechte Person war wie der Vicomte. Aber was, wenn er trotzdem anders reagieren würde, einfach weil er sein gesamtes Leben nur schlechtes über Dämonen gehört hatte und er daher viel williger war einem Menschen viel mehr durchgehen zu lassen als einem Dämon. Und was würde jetzt mit ihm und Alexiel passieren? Er war sich immer noch sehr sicher sich hoffnungslos in dem Schwarzhaarigen verliebt zu haben, doch nun? Er hatte versprochen sich den Geschwistern nicht in den Weg zu stellen. Aber er wusste auch, dass sie im Begriff waren jemanden zu ermorden.

Gabriel würde am liebsten schreien. Hier und jetzt in diesem Salon. Alexiel und Ephemera waren nicht da, er wollte sie nicht sehen und sich in so einem großen Palast wie Versailles aus dem Weg zu gehen, war einfach.

Der Tag fuhr fort langsam vor sich hin zu schleichen, wie eine Träge, dickflüssige Masse, die irgendwie in der Lage war, einen in Fragen über die eigene Moral und alles was in den letzten Monaten geschehen war zu ertränken. Gabriel Kopf schien regelrecht von den Fragen zu schmerzen.

Der nächste Tag, war nach einer gleichermaßen unerfreulichen Nacht, sehr zum Leidwesen des Franzosen nicht anders. Und die folgende Nacht reihte sich wie ein Dominostein an die Vorherige. Schlaf wollte sich nicht einstellen und Gabriel war überzeugt, dass eine Fliege in seinem Zimmer war, erklang doch immer wieder für einige Sekunden zurzeit ein leises Brummen in der Luft. Müde drehte er sich auf seine rechte Seite und schob sein mit Daunen gefülltes Kissen zurecht, doch auch diese neue Position fühlte sich nicht angenehmer an oder irgendwie geartete mehr danach an, als dass er jetzt hätte schlafen können. Genau wie die Nacht davor und die davor. Er stieß einen lauten, frustrierten Seufzer aus und drehte sich wieder auf seinen Rücken.

Harris sprang zu ihm herüber und landete auf seiner Brust.

Gabriel keuchte aufgrund des plötzlichen Gewichtes erschrocken auf. „Was?", fragte er den Kobold genervt. „Ich will schlafen!"

Harris schnatterte nur und krabbelte auf seinen vier Händen und vier Füßen neben Gabriels Kopf auf das Kissen. „Du willst hier schlafen, richtig?"

Harris schnatterte wieder, diesmal zufrieden und rollte sich zu einer kleinen Kugel zusammen.

„Na gut." Gabriel drehte sich auf seine linke Seite und blickte müde in die Richtung des kleinen, haarlosen Wesens. Es dauerte noch eine ganze Weile, bis er dann doch eingeschlafen war.

Am nächsten Morgen schreckte er, ohne sich wirklich erholt zu fühlen, hoch. *Wird das Ritual unterbrochen.* Alexiels Stimme hallte in seinem Verstand, er konnte nur diesen Satz in seinem Kopf hören, immer nur diese Worte, wider und wider. *Natürlich, der Dämon wird versuchen, den Vicomte zu schützen, wenn er stirbt, wird das Ritual unterbrochen und Anrack muss zurück in die Dunkle Dimension.* Immer und immer wieder. *Wird das Ritual unterbrochen und Anrack muss zurück in die Dunkle Dimension.* Ein Gedanke begann sich in Gabriels Hinterkopf zu formen. Wenn sie das Ritual unterbrechen konnten, bevor es beendet war, dann musste Anrack zurück in die Dunkle Dimension und vielleicht konnte man dieses unterbrechen, ohne den Vicomte zu töten. Warum war er da nicht schon vor zwei Tagen draufgekommen? Aber würde sich Alexiel darauf einlassen?

Unentschlossen stand Gabriel auf und begann, durch sein kleines Apartment zu wandern. Sollte er sich an die Geschwister wenden und sie fragen, ob man das Ritual auch anders unterbrechen könnte?

Gabriel strich sich fahrig durch die Haare. Er musste sie fragen, wenn er den Vicomte retten wollte! Er stieß einen frustrierten Laut aus und begann sich anzukleiden. Ein blauer Gehrock und eine graue Weste. Harris beobachtete ihn aufmerksam und schnatterte wieder.

„Ja, ich besorge dir was aus der Küche, bevor ich zu Alexiel und Ephemera gehe!", versprach Gabriel und lächelte. Seit er Harris hatte, fühlte sich Versailles nicht mehr ganz so einsam an ... und ... seit Alexiel und Ephemera da waren... seit Alexiel... Gabriel schüttelte den Kopf. Darüber durfte er jetzt nicht nachdenken. Er hatte ein Leben zu retten, wenn auch eines, dass es eigentlich nicht verdient hatte, gerettet zu werden. Zuvor hatte er Harris aber etwas zu essen versprochen.

Gabriel öffnete die kleine Tapetentür neben seinem Kleiderschrank und verschwand in dem schummerigen Gang dahinter. Durch diese geheimen Gänge, die sich wie ein Netz durch Versailles erstreckten, kam man viel schneller von einem Ort zum anderen. Normalerweise wurden diese Gänge nur von der Dienerschaft benutzt, den Zimmermädchen, Stallburschen, Wachen, Kellnern und Kammerdienern. Aber ab und zu nutzte auch der Adel die Gänge, so wie Gabriel nun.

Er lief den staubigen Korridor entlang, eine winzige Treppe hinab und um einige Ecken, bis er in einem größeren Gang ankam, der zur Küche führte. Dort eilte ihm sofort einer der Köche entgegen. Er verbeugte sich vor Gabriel.

„Ich bräuchte ein wenig Obst oder Gemüse", bat er. Der Koch sah ihn überrascht an, nickte dann aber.

„Natürlich!", versprach er und gestikulierte unmittelbar einem Burschen zu, ihm die geforderten Lebensmittel zu bringen.

„Ich nehme sie gleich mit", lächelte Gabriel, nahm die zwei Äpfel, die man ihm gegeben hatte, entgegen und deutete zum Abschied eine Verbeugung an. „Danke."

Der Koch und der Gehilfe verbeugten sich ebenfalls und gingen, nachdem Gabriel in dem Gang, aus dem er gekommen, wieder verschwunden war, sofort an ihre eigene Arbeit.

Zurück in seinem Apartment nahm Gabriel ein Messer aus einer Schublade seines Schreibtisches und schnitt den Apfel in schmale Spalten, die er Harris auf einem Tuch hinlegte. Dieser umschloss eine Spalte mit zwei seiner Hände und begann sofort an dem Obst zu kauen. In seinen anderen Händen hielt er schon zwei weitere Stücke des Obstes.

Gabriel nickte entschlossen, strich sich durch die Haare und verließ sein Apartment.

Er wusste nicht sofort, welches Apartment er aufsuchen sollte, das von Ephemera oder das von Alexiel. Schließlich entschloss er sich für das von Alexiel, Ephemera war wahrscheinlich noch dabei, dem Vicomte schöne Augen zu machen, um herauszufinden, wie sie und ihr Bruder ihn am besten unbemerkt töten könnten.

Gabriel klopfte an die hohe Tür, doch niemand öffnete. Er schluckte und drückte die Klinke herunter; dann würde er halt hier warten. Er setzte sich auf den einsamen Sessel, der mit der Rückenlehne zum Kamin stand, spielte nervös mit dem Saum seines Hemdsärmels herum und ließ seinen Blick durch das Zimmer wandern. Die Stühle, die sie für das kleine Abendessen vor einigen Wochen an den Tisch gestellt hatten, standen nicht mehr dort, sondern waren an die Wand geschoben worden, der Tisch dominierte verwaist im Zentrum des Zimmers und Alexiels Bett war unordentlich.

Gabriel wartete gut eine halbe Stunde, in der er das Bett gemacht und irgendwann begonnen hatte, in dem Zimmer herumzutigern. Er zuckte erschrocken zusammen, als er den Schnapper im Schloss klicken hörte, die Tür öffnete sich und ein sehr müde erscheinender

Alexiel trat ein. Dunkle Ringe unter seinen tiefblauen Augen ließen sie trübe wirken und sein sonst so seidiges Haar schien eher stumpf, fast wir Stroh, seine Kleidung war unordentlich und machte den Anschein schlaff an seinem schlanken Körper herunterzuhängen.

Gabriel wollte von dem Sessel, auf den er sich, kurz bevor Alexiel eingetreten war, wieder gesetzt hatte, aufspringen und ihn fragen was denn passiert sei. Warum er so ramponiert aussah? Er wollte seine Finger durch die schwarze Mähne des Dämons gleiten lassen und ihm sanft über die kühle Wange streichen. Doch irgendwie hatte er das Gefühl, sich nicht bewegen zu können.

„Gabriel…", keuchte Alexiel leise.

„Alexiel, was ist passiert?", fragte Gabriel besorgt und gab seinem Drang, die Wange des Dämons zu berühren, nach, nachdem er es dann doch geschafft hatte sich zu erheben.

„Ich habe die letzten paar Nächte nicht gut geschlafen. Eigentlich gar nicht…", murmelte er. „Was willst du?"

„Ich…ich habe nachgedacht, die Sache hat mir keine Ruhe gelassen, immerhin habe ich dir versprochen, an eurer Seite zu stehen…Also…du hast gesagt, dass wenn der Vicomte stirbt, das Ritual unterbrochen wird und Anrack zurück in die Dunkle Dimension muss…ich dachte, dass man das Ritual doch bestimmt auch anders unterbrechen kann und der Vicomte dann nicht sterben muss…". Alexiel sah ihn müde und überrascht an.

„Und du würdest uns dann wieder helfen?", fragte er leise und in seiner schwachen Stimme klang etwas wie Angst und Hoffnung zur gleichen Zeit mit.

Was Gabriel nicht wusste, war nämlich, dass es Alexiel die letzten Tage miserabel gegangen war und er mehrere Male kurz davor gewesen war ihn zu suchen und ihn zu fragen, was er tun könnte, damit der Franzose ihn jetzt nicht hassen möge.

Gabriel blinzelte ihn besorgt an. Dann nickte er. Etwas in Alexiels Haltung veränderte sich, seine nach vorne gefallenen Schultern richteten sich auf und sein Gesicht schien etwas heller und weniger dem Schicksal ergeben zu sein.

Alexiel nickte. „Dafür müssten wir die Stelle finden, wo er das Ritual durchgeführt hat, und den Altar zerstören… anzünden zum Beispiel…"

„Solange der Vicomte nicht stirbt…ich weiß er hat es nicht verdient, aber trotzdem…", flüsterte Gabriel und legte seine Stirn an die von Alexiel. Gott, hatte er diese Nähe vermisst! Er hatte gar nicht gewusst, was zwei verdammte Tage mit ihm anstellen konnten.

„Du siehst auch nicht ganz so gut aus", murmelte Alexiel dann.

„Ich habe auch nicht so gut geschlafen…". Alexiel lachte leise und machte Anstalten, Gabriel zu küssen, hielt jedoch kurz vor dessen Lippen inne, als wolle er fragen, ob es in Ordnung sei.

Gabriel lächelte und schloss den Abstand zwischen seinen Lippen und denen des Dämons. Wieder waren sie warm und weich und fühlten sich einfach nur richtig an. Er legte seine Arme um die Schultern Alexiels und spürte, wie dieser ihn an seiner Hüfte zu sich zog. Sanft lagen Alexiels Hände in Gabriels Rücken und von ihnen ausgehend breitete sich eine wohlige Wärme in Gabriels ganzem Körper aus, auch wenn Alexiels Hände kalt, wie Eis waren.

„Wir sollten Ephemera Bescheid sagen", murmelte Alexiel, unwillig Gabriel aus seiner Umarmung zu lassen.

Gabriel nickte, sein Gesicht in Alexiels Schulter vergraben. „Dann los…", murrte er und hob seinen Kopf.

Alexiel lachte wieder leise und liebevoll. „Danke", flüsterte er dann.

„Wofür?"

„Dafür, dass du zurückgekommen bist…, dass du wieder hier bist… ich… ah… ich hatte etwas Angst, dass du…ich weiß nicht wie ich das sagen soll…"

„Nichts mehr mit dir und Ephemera zu tun haben will?"

„Hm."

„Ich…Alexiel…du bist mir sehr wichtig, mehr als alles andere hier in Versailles, neben Jean." Gabriel wusste nicht warum er Alexiel nicht, einfach sagen konnte, dass er ihn liebte. Sie kannten sich noch nicht lange, erst seit ein paar Monaten, und hatten sich auch erst vor kurzem eingestanden, dass sie etwas füreinander empfanden. Und selbst als Alexiel von Gabriel verlangt hatte, einen anderen Menschen zu töten, hatte er ihn dafür nicht hassen können. Nein. Er war verletzt gewesen, dass Alexiel so etwas von ihm verlangen konnte, aber gleichzeitig hatte er sich in diesen zwei Tagen, die er sich von den Geschwistern ferngehalten hatte, so unglaublich miserabel gefühlt, und Alexiel schien es ja nicht anders gegangen zu sein.

„Ich…du bist mir auch sehr wichtig, mehr als du vielleicht glaubst…ein Ritual zu unterbrechen ist immer gefährlich, aber bei so einem großen Dämon besonders…und wenn das die einzige Möglichkeit ist, dass du noch mit uns zu tun haben willst, dann ist das so … aber du musst nicht helfen. Ich will nicht, dass dir etwas passiert."

„Dafür ist es jetzt zu spät. Ich hätte gehen können, nachdem ihr mir erzählt hattet, warum ich diese Dinge sehe, und ich hätte es dabei belassen können, aber ich habe mich entschieden, euch zu helfen und daher möchte ich das weiter tun, mit der Einschränkung, dass ich keinen Menschen töten will, auch wenn er verantwortlich für schreckliche Dinge ist. Ich habe kein Problem damit, ihn den Autoritäten zuzuspielen, aber selbst einen Menschen töten…das kann ich einfach nicht, ich weiß nicht, wieso. Ich meine, der Gedanke, einen Dämon zu töten, macht mir auch Angst und ich fühle mich schlecht dabei, aber es ist dennoch mehr ein Gefühl, wie wenn einem jemand sagt: Was getan werden muss, muss eben getan werden, auch wenn es dir nicht gefällt, aber im Moment gibt es keine andere Möglichkeit…verstehst du, was ich meine? Anrack hat auf eine seltsame Art alles Menschliche verloren. Er ist nicht wie du und deine Schwester. Selbst der Vicomte wirkt noch menschlich, wenn auch nicht wie ein guter Mensch, aber einer der eventuell doch noch eine Chance im Leben hat etwas Gutes zu tun."

„Ja, ich verstehe dich und ich bin dir dankbar, dass du trotz deiner Bedenken helfen willst…und…, dass du mir eine zweite Chance gegeben hast."

„Du hast deine erste nie verspielt."

Alexiel schnaubte etwas ablehnend und küsste Gabriel erneut.

„Ich hätte dir trotzdem mehr sagen sollen, ich gebe zu, dass ich mir ziemlich viel habe aus der Nase ziehen lassen."

Jetzt war es an Gabriel leise zu lachen. „Wollten wir nicht Ephemera Bescheid sagen?", erinnerte er.

Alexiel lächelte, nickte und löste sich von Gabriel. Die beiden verließen das Apartment des Dämons und machten sich auf den Weg zu Ephemeras, in der Hoffnung sie dort anzutreffen.

Kapitel 16

(November 1686)

„Wir suchen jetzt also irgendeinen Ort, wo Baudin Anrack beschworen haben könnte?", stellte Ephemera leicht säuerlich fest.
„Bin ich die Einzige, die das für ein wenig unglücklich hält? Wie
soll ich denn das aus dem Vicomte herauskitzeln? Ich habe ja schon
gehört, dass Liebe blind macht, aber selbstzerstörerisch und
dumm?", fauchte sie und warf Gabriel und Alexiel einen wütenden
Blick zu. „Soll ich Baudin einfach fragen? Sag mal, wo hast du eigentlich diesen Umbra heraufbeschworen, der hier schon fünf
Leute getötet hat? Und wo wir schon dabei sind, erinnerst du dich
noch wer dir gesagt hat, wie du ihn heraufbeschwören kannst?
Spinnt ihr eigentlich beide? Es gibt einen Grund, warum wir Baudin töten wollen!"

„Ephemera! Bitte!", rief Alexiel frustriert.

„Wir wissen, dass es irgendwo hier im Wald sein muss, von da
habe ich den Schatten mehrmals kommen sehen", warf Gabriel ein.

„Und Liebe macht nicht dumm!", grummelte er dann leise zu sich
selbst.

Alexiel warf ihm einen sanften Blick zu.

Ephemera verdrehte die Augen. „Fein! Also, was schlagt ihr beiden Frischverliebten denn vor?", sie warf dramatisch die Arme in
die Luft und verschränkte sie dann vor ihrer Brust.

„Du versuchst, Baudin dazu zu bringen, dir privatere Sachen von
sich zu erzählen, und wir suchen uns Pläne der Ländereien und
versuchen, Orte zu finden, an denen Baudin so ein Ritual unbemerkt hätte durchführen können", sagte Gabriel.

„Du könnest ja andeuten, dass du dich für Okkultismus interessierst, vielleicht ist er dann etwas offener…", schlug Alexiel vor.

Ephemeras Augen wurden kurz schwarz und Gabriel hätte
schwören können, ein leises Knurren von ihr zu vernehmen.

„Du machst mich noch einmal wahnsinnig!".

„Ich habe dich auch lieb, Schwesterherz!

„Ja, ja!"

(November 1686)

Gabriel hätte nie gedacht, dass es so schwer sein könnte, an Pläne von Versailles oder besser der Parkanlage zu kommen. Schlussendlich musste er den Architekten und den Gartenplaner anschreiben und sie bitten, ihm die Pläne zu schicken. Und innerlich fragte er sich, ob es jemandem verdächtig vorkommen würde, dass er das tat.

Schließlich hatte er es aber doch geschafft, alle möglichen Pläne von Versailles zu erhalten. Einige davon waren sogar auch noch aus der Zeit von vor den Renovierungen und Anbauten, die Louis veranlasst hatte. Gabriel und Alexiel hatten diese in Gabriels Zimmer ausgebreitet, nicht nur weil sie offiziell im Moment in Gabriels Besitz waren, sondern auch, weil das Licht in Gabriels Zimmer einfach viel besser war als in Alexiels oder Ephemeras; die beiden bewohnten eben nur Gastquartiere. Es wurde jetzt Ende November zwar recht früh dunkel, aber bis es so weit war, waren die Lichtverhältnisse in Gabriels Apartment eben am besten.

„Also, du hast den Schatten immer aus der Richtung des Grande Canal kommen sehen, also aus Westen?", fragte Alexiel und ließ seinen dünnen Finger entlang des auf dem großen Papier eingezeichneten künstlich angelegten Kanals gleiten.

Gabriel nickte.

„Wir sollten also hier irgendwo nach alten Gebäuden suchen."

„Gut also…", stimmte Gabriel zu und breitete eine ältere Karte aus. Sie war vor den Umbauten angefertigt worden, als Versailles noch das Jagdhaus von Louis und Philippes Vater Louis XIII gewesen war. Doch auch auf dieser war leider nichts eingezeichnet, was ein Gebäude hätte sein können.

Gabriel suchte die anderen Karten von vor den Umbauten heraus und breitete sie ebenfalls aus.

„Ich glaube, wir werden ein paar mehr Ausritte machen…",
stellte er dann resigniert fest, als er auch auf diesen Karten nichts
finden konnte.

„Ich schätze mal, dass es hier auch keine Höhlen gibt, oder?",
fragte Alexiel.

Gabriel schüttelte den Kopf.

„Oder unterirdische Gänge?".

Gabriel schüttelte wieder den Kopf. „Nur hier innerhalb des Gebäudes und vielleicht direkt unter den Springbrunnen, aber die
Gänge sind so klein, dass man da so schon fast die Luft anhalten
muss, um durchzupassen."

Alexiel stieß einen frustrierten Laut aus.

„Dann werden wir tatsächlich ein paar Ausflüge machen und suchen gehen…"

„Scheint so…", ein Grinsen breitete sich auf Alexiels Gesicht aus.
„Wenn wenigstens Schnee liegen würde, könnte man es ja als halbwegs romantisch bezeichnen."

„Wir können den Schneeausritt nachholen, wenn es geschneit hat
und wir Anrack losgeworden sind", lächelte Gabriel, ihm gefiel die
Vorstellung eines kleinen zweisamen Ausfluges mit Alexiel. Er
stellte sich vor, dass niemand sie stören würde und für einen Moment der Rest der Welt aufhörte zu existieren. Nur sie zwei im ver-
schneiten Wald. Niemand sonst. Die Hufe ihrer Pferde würden
Schnee aufwirbeln und um sie herum würde alles in Silber und
weiß glitzern und glänzen.

„Vielleicht…", summte Alexiel und legte seine Arme um Gabriels
Hüften.

Gabriel hob den Blick und verlor sich wieder in den Augen Alexiels. Warum passierte ihm das nur immer wieder? Nicht, dass ihn
das im Allgemeinen störte, Alexiels Augen waren sowohl in
schwarz als auch in blau atemberaubend schön, aber jetzt war nicht
die Zeit für Romantik! So sehr er sich das auch wünschte.

„Hast du Hunger?", wechselte Gabriel das Thema.

„Ein wenig, sollen wir Ephemera holen?"

Gabriel nickte; wenn Ephemera anwesend war, würde er sich vielleicht nicht in romantischen Tagträumen verlieren.

Das Essen nahmen sie gemeinsam in Gabriels Apartment ein, schließlich war dies von den dreien bei weitem am besten beheizt. Der Vorteil der winzigen Größe des Raumes und der Tatsache, dass dessen einziges Fenster auch nur recht klein war und so wenig der Wärme des Kamins verloren ging.

Nach dem Essen zogen sich Ephemera und Alexiel zurück, jedoch nicht bevor Gabriel einen kleinen Gutenachtkuss von Alexiel bekommen hatte.

Ephemera stöhnte genervt auf. Sie hatte, wie Gabriel in der letzten Zeit immer wieder bemerkte, nicht sonderlich viel für Romantik übrig, zumindest nicht jetzt, was er auch bis zu einem gewissen Punkt verstehen konnte. Sie freute sich zwar für ihren Zwillingsbruder, aber sie musste nicht unbedingt einen Platz in der ersten Reihe haben, wenn Gabriel und Alexiel wieder mal den Rest der Welt ausblendeten und sich nur noch füreinander interessierten.

Gabriel blieb nicht mehr so lange wach, stattdessen ging er ausnahmsweise mal etwas früher zu Bett, er wollte für den Ausritt am nächsten Tag möglichst ausgeruht sein. Glücklich, aber auch besorgt, ließ er sich in seiner Wolke von weißem Nachthemd in die Kissen seines Bettes fallen und war tatsächlich auch recht schnell eingeschlafen.

Am nächsten Morgen brachen sie, sobald es begann, hell zu werden, in Richtung Westen auf. Ihre Pferde hatten sie bepacken lassen mit Essen und Fackeln, und selbst hatten sie sich ihre wärmsten Kleider angezogen. Jetzt, Ende November, war es schließlich empfindlich kalt geworden und wenn sie den ganzen Tag draußen in der Kälte verbringen würden - nicht, dass die Räume von Versailles sonderlich gut geheizt waren - würden sie sich auf jeden Fall gegen die Kälte wappnen müssen.

Ephemera hatten sie am Abend zuvor von ihrem Plan erzählt, sie war zwar nicht so begeistert davon gewesen, aber eine andere Idee hatte sie auch nicht gehabt und so hatte sie zugestimmt, dass Gabriel und Alexiel am nächsten Tag einen Tagesausritt machen würden. Und nun standen sie mit ihren Pferden auf dem Ministerhof, bereit, in einem weiten Bogen um das Schloss herum zu reiten und dann entlang des Grande Canal in den Wald, um nach Orten zu suchen, an denen man einen Schrein errichten konnte, um einen Dämon zu beschwören. Beide trieben ihre Pferde zu einem schnellen Trab an und ritten so recht zügig um das Schloss herum, verlangsamten dann wieder, als sie in dem großen Forst im Westen von Versailles angekommen waren, in dem der König für gewöhnlich seine Jagdgesellschaften veranstaltete, und begannen, aufmerksam nach allem Möglichen Ausschau zu halten.

Als Gabriel den Schatten das letzte Mal auf den Ländereien gesehen hatte, waren sie noch ein wenig weiter von Versailles entfernt gewesen und daher hatten sie beschlossen, erst einmal wieder jene Stelle aufzusuchen. Nach gut einer Stunde hatten sie diese dann auch erreicht und ritten von dort noch weiter in dieselbe Richtung.

„Also, wir suchen nach allem, wo man einen Altar aufbauen kann."

„Stimmt, Hütten, Verschläge, Höhlen, Unterstände", zählte Alexiel auf und ließ seinen Blick zwischen den weitestgehend kahlen Bäumen umherschweifen.

„Na, wenn es nur das ist, seit der König hier alles hat umbauen lassen, liegt kein Stein mehr so wie früher", warf Gabriel ein.

„Oh, na ganz toll."

„Wir schaffen das schon, ich bin mir sicher." In Wahrheit war sich Gabriel aber gar nicht sicher, er hoffte zwar, dass sie etwas finden würden, aber wirklich groß war diese Hoffnung nicht.

Alexiel lächelte zu ihm herüber. „Sicher!", erwiderte er.

Gabriel kicherte. „Wenn wir nicht davor erfrieren."

„Stimmt, wenn wir nicht davor erfrieren, obwohl…ich dürfte wahrscheinlich nicht erfrieren, Rumänien ist ein bisschen kälter und Dämonen sind ein wenig widerstandsfähiger als Menschen sowohl was Hitze als auch Kälte angeht."

„Sag bloß, Chérie!"

„Chérie?" Alexiel lachte, schien aber sehr zufrieden mit der Bezeichnung zu sein.

Gabriel lief rot an, das Chérie war ihm einfach so über die Lippen herausgerutscht, ohne, dass er wirklich darüber nachgedacht hatte. „Ich mag es, wenn du rot anläufst, weißt du…"

„Warum das denn? Es ist einfach nur peinlich!"

„Du siehst dann weniger blass aus."

Gabriel blinzelte den Dämon erstaunt an. „Aber du bist auch blass, noch blasser als ich."

„Bei mir gehört das aber so, ich und Ephemera sind schon blass geboren, bei dir wirkt es fast ungesund, wenn ich ehrlich bin. Ich weiß, dass das Mode ist, aber gesund kann das nicht sein." Alexiel lächelte wieder sanft und Gabriel spürte, wie sich das rote Glühen auf seinen Wangen weiter ausbreitete. „Und ich mag es ganz nebenbei, wenn du mich Chérie nennst!"

Gabriel war sich sicher, dass er nun einer Kirsche Konkurrenz machen konnte. Um genau zu sein, den Dunklen, die immer so besonders süß waren.

Alexiel kicherte.

„Wir sollte weitersuchen. Süßholzgeraspel wird uns nicht weiterbringen!", sagte Gabriel mit einem möglichst bestimmten Tonfall. In Wahrheit wollte er nun nicht noch roter anlaufen.

Alexiel lachte wieder und ließ sein Pferd ein wenig schneller laufen.

Gabriel schüttelte den Kopf und trieb sein Pferd aufzuholen. Sie hatten schließlich einen Altar zum Dämonen beschwören zu finden und diesen zu zerstören. Gabriel ließ seinen Blick zwischen den Bäumen hin- und herwandern und suchte nach etwas, das hier nicht herzugehören schien.

Sie ritten noch einige Stunden weiter, fanden aber leider nichts, weswegen sie beschlossen, umzukehren.

Es war bereits länger dunkel, als sie wieder an den Stallungen ankamen. Einige Stallburschen eilten ihnen entgegen, nahmen ihnen die Fackeln und auch Pferde ab, hatte Alexiel den vollkommen durchgefrorenen Gabriel schließlich davon abhalten können, sich selbst um sein Pferd kümmern zu wollen. Stattdessen bat er Claude, sobald sie in Gabriels Apartment waren, ihnen etwas Warmes zu essen und einen Tee zu bringen. Harris hüpfte von seinem Nest auf dem Schrank in Gabriel Arme und schnatterte leise.

„Seit wann macht er das denn?", fragte Alexiel überrascht.

Gabriel zuckte mit den Schultern.

„Seit ein paar Wochen, wenn er sich wohl fühlt oder mich auf etwas aufmerksam machen will. Meist will er aber einfach Aufmerksamkeit. Er ist wie eine Katze im Körper eines achtgliedrigen Affen mit Glubschaugen und ohne Haare."

Alexiel lachte, als er diese Beschreibung hörte. Er war so dankbar für Gabriel, dass es dieser eine Mensch war der einfach nicht nach Versailles zu passen schien, der beschlossen hatte, an seiner Seite und der seiner Schwester zu stehen, der einfach Waldkobolde auf Trollmärkten kaufte und der ein absoluter Glückspilz war und verlorene Manuskripte fand und der ihn eine Ruhe und Zufriedenheit spüren ließ, wie er sie noch nie empfunden hatte.

Gemeinsam aßen die beiden und wärmten sich vor Gabriels kleinem Kamin auf und da nur ein Sessel dastand, schoben sie diesen und den kleinen Tisch (was, weil der Raum so klein und voll war, eine wahre Herkules- Aufgabe, darstellte) etwas beiseite und setzten sich auf den Boden.

Claude warf ihnen einen überraschten Blick zu, stellte das Tablett, mit dem er aus der Tapetentür gekommen war und nachdem er ihnen erst jeweils eine Tasse Tee eingeschenkt hatte, dann aber vor den beiden auf den Boden. Anschließend zog er sich für die Nacht zurück. Auf dem Tablet befanden sich zwei Terrinen mit einem Eintopf und daneben auf einem kleinen Teller einige Salatblätter und etwas Obst.

Beides verfütterte Gabriel an Harris und fragte sich, ob das Küchenpersonal darüber redete, dass jemand sich mehrmals jeden Tag Obst und Gemüse bringen ließ, aber in einer

Zusammenstellung, die höchstens eine sehr seltsame Kreuzung zwischen einem normalen Salat und einem Obstsalat ergeben hätte, können.

Nach dem Essen lehnte sich Alexiel zurück gegen den Sessel und Gabriel starrte abwesend in die Flammen.

„Willst du heute Nacht hierbleiben?", murmelte er dann. Der rote Schein des Feuers versteckte etwas, wie rot er mal wieder angelaufen war und wie viel Mut es ihn gekostet hatte, Alexiel das zu fragen.

Dieser wiederum sah ihn überrascht an. Er hätte nicht erwartet, dass Gabriel der erste von ihnen sein würde, der vorschlug gemeinsam in einem Bett zu schlafen. Er spürte, wie ihm warm wurde. Wurde er etwa gerade auch rot?

„Ähm…bist du dir sicher?… ich meine…", was war mit ihm los, normalerweise war er nicht so… so zurückhaltend.

„Wenn du nicht willst, ich meine…"

„Nein! Nein! Ich müsste mir dann aber eines von deinen Nachthemden leihen."

„Natürlich!", Gabriel fühlte sich kribbelig, wie damals mit dem Stallburschen, als dieser das erste Mal zu ihm in sein Zimmer geschlichen war und sie gemeinsam geschlafen hatten, nur viel besser. Das Gefühl war wärmer und weniger eine jugendliche Schwärmerei als ein tiefes, solides Empfinden im Inneren seines Herzens, das ihm eine ungeahnte Sicherheit zu geben schien.

Alexiel lächelte und rutsche ein Stückchen zu Gabriel herüber, der schwören hätte können zu erkennen, dass auch der Dämon ein wenig rot angelaufen war.

„Sollen wir dann? Wir müssen morgen früh aufstehen und nördlich des Grande Canal suchen."

„Hm…", Gabriel nickte und stand auf. Aus seinem Schrank holte er ein weiteres Nachthemd, das er Alexiel reichte, dann drehte er ihm seinen Rücken zu.

Erst als Alexiel „Du bist dran", sagte, drehte er sich um und ließ seinen Blick über Alexiel gleiten, der nun jenes wolkenartige Nachthemd trug.

Gabriel nickte, holte sein eigenes Nachthemd unter der Decke hervor und zog seinen Gehrock aus, lockerte sein Halstuch und hielt dann inne. Mit einer Handbewegung bedeutete er Alexiel sich umzudrehen. Er wusste nicht, warum er nicht wollte, dass Alexiel ihm beim Umziehen zusah. War es, dass er nicht so durchtrainiert war wie Alexiel und einen eher flachen und weichen Bauch und dürre Arme hatte? Und keine Muskeln, die fast an eine griechische Statue erinnerten, trotzdem das Alexiel selbst auch eher drahtig und schlank war? Oh Gott! Er musste aufhören zu denken, nicht nur weil es doch vollkommen dumm war, sich Gedanken zu machen, nur weil er keine durchtrainierten Muskeln hatte! Und doch fühlte er sich besser, wenn Alexiel ihn noch nicht nackt sah.

Gabriel schlug die große Decke beiseite und krabbelte auf das Bett, dann klopfte er rechts neben sich auf die Matratze.

Alexiel folgte ihm.

Gabriel warf die Decke über sich und den Dämon und rutschte ein Stück nach unten, bis sein Kopf auf einem der großen Kissen lag. Alexiel tat es ihm gleich. Die beiden blickten sich an und wussten nicht recht, was sie sagen oder ob sie überhaupt etwas sagen sollten. Schließlich rückte Gabriel ein Stückchen näher und presste seine Lippen in einem schnellen, fast schüchternen Gutenachtkuss vorsichtig auf die von Alexiel. Dieser erwiderte den Kuss und legte seine Arme um Gabriel, der sich scheinbar ohne bewusstes Zutun an den Dämon kuschelte und kurz darauf eingeschlafen war.

Das erste, was Gabriel bemerkte, als er am nächsten Morgen aufwachte, war, dass er sich kaum bewegen und dass alles, was er sehen konnte, schwarze Federn waren. Schnell bemerkte er, dass Alexiel sich in der Nacht in seine Halb-Vogel-halb-Mensch-Form verwandelt hatte und ihn nun mit beiden Armen umklammert

hielt, während er sich und Gabriel mit einem seiner Flügel zuge-
deckt hatte, zusätzlich zu der Decke.

„Alexiel!", rief er leise und versuchte, sich aus der Umarmung
zu befreien. „Chérie!"

„Was?", brummte Alexiel und blinzelte, öffnete seine Augen jedoch nicht wirklich dabei.

„Federn!", fauchte Gabriel und schaffte es, sich aus den Armen
des Dämons zu befreien.

Alexiel schreckte hoch als er das hörte und sah an sich herab.
Seine Hände hatten wieder Krallen und Schuppen bekommen und
sein Gesicht wurde von einer herzförmigen Schicht aus Federn eingerahmt, die sich nahtlos mit seinen Haaren mischten, sowie von
einigen schwarzen Strähnen, die ihm über die Schulter nach vorne
gefallen waren. Die großen Flügel hatten auch in dieses Kleidungsstück ein großes Loch im Rücken gerissen. Alexiels Augen blitzten
schwarz. „So sehr ich deine Federn mag, aber du solltest dich zu-
rückverwandeln Chérie!"

Alexiel nickte.

Gabriel beobachtete fasziniert, wie sich die schwarzen Federn in
Alexiels Haut zurückzogen, die Flügel wieder schrumpften und
mit dem Rücken des Dämons verschmolzen, die Krallen wurden
wieder zu Fingernägeln und die Haut auf Alexiels Händen und
Unterarmen verlor ihre schuppige Oberfläche, seine Augen blieben
noch einen Moment länger schwarz, wurden dann aber auch wieder tiefblau.

„Wir sollten uns eine Geschichte ausdenken, warum eines deiner
Nachthemden zerrissen ist…"

„Keine Sorge, Claude redet nicht und er stellt keine Fragen, ich
vertraue ihm blind. Wir müssen uns keine Geschichte ausdenken.
Er wird eh wahrscheinlich denken, dass wir Sex hatten."

Alexiel nickte. Sie blieben noch einen Moment in Gabriels Bett
liegen, zwangen sich dann aber aufzustehen. Sie zogen sich an,
wieder bat Gabriel Alexiel sich wegzudrehen, dann machten sich
die beiden zu den Stallungen auf, wo sie Ephemera trafen. Claude
hatte der Küche bereits am Vorabend Bescheid gegeben, dass

Gabriel und Alexiel wieder Proviant bräuchten, diesmal für eine Person mehr, da sie wieder den ganzen Tag auf den Ländereien unterwegs sein würden.

Sie bepackten ihre Pferde, diesmal hielt Alexiel Gabriel nicht davon ab, diese Tätigkeit selbst zu erledigen, und ritten los. Sie würden nördlich des Grande Canals suchen und nicht südlich davon wie am Vortag.

Sie umrundeten das Schloss wieder in einem weiten Bogen, bevor sie dann in den Wald hinein ritten. Glücklicherweise sah Louis so spät im Jahr eher von Jagdausflügen ab und so mussten sie nicht fürchten, einer Jagdgesellschaft vor die Flinte zu laufen.

Ephemera trabte einige Schritte voraus. „Baudin hat den Köder, dass ich mich für Okkultismus interessiere, tatsächlich geschluckt. Er hat zwar nicht direkt über das Thema geredet, aber man hat es ihm angesehen, dass er aufgehorcht hat, als ich ein paar kleine Sätze in die Richtung habe fallen lassen", sagte sie.

Alexiel nickte, wäre Gabriel darüber nachdachte, wie Ephemera es aushielt, tagein, tagaus mit dem Vicomte zu verbringen und seinen Geschichten zu lauschen.

„Er hat aber nichts in Richtung eines Geheimversteckes hier irgendwo erwähnt, oder?", fragte Alexiel und holte zusammen mit Gabriel zu seiner Schwester auf.

„Nein, leider nicht. Ich bin aber trotzdem froh, mal von Baudin Weg zu kommen!"

„Nachvollziehbar", antwortete Gabriel und verkniff sich ein leises Lachen.

„Flirte du mal mit diesem Schleimsack!", rief Ephemera halb genervt. „Und dann sehen wir, wie weit du kommst!"

Alexiel verdrehte die Augen, seine Schwester war recht temperamentvoll und leicht zu nerven. Zwar auch unglaublich treu, aber eben auch leicht aus der Ruhe zu bringen, und man wollte auf keinen Fall auf ihre schlechte Seite geraten. Aber genau dafür liebte Alexiel seine Schwester. Dass sie zwar aufbrausend sein konnte, aber es meist nicht so meinte. Die Drei ritten zügig in einem gleichmäßigen Tempo und unterhielten sich dabei, jedoch nur in dem Maße, dass sie noch immer die Umgebung studieren konnten.

Einige Stunden später, sie befanden sich mittlerweile auf dem Rückweg nach Versailles, hielt Ephemera ihr Pferd an. Als sie über die Schulter zurückblickte, sah Gabriel, dass ihre Augen schwarz waren.

„Seht! Zwischen den Bäumen!", rief sie und deutete rechts von sich in die Bäume.

Gabriel kniff die Augen zusammen und folgte mit seinem Blick ihrer ausgestreckten Hand. Er spürte wie ihm kalt wurde, als er eine dunkle Gestalt mit rotglühenden Augen zwischen den grauen Stämmen erkennen konnte, doch dieses Mal sah sie weniger wie ein Schatten, sondern mehr definiert, fast wie eine humanoide Silhouette, die alles Licht um sich herum absorbierte, aus. Sie schien beinahe so etwas wie Flügel zu haben, die dieses Wesen aber nicht nutzte. Eine Sache war außerdem anders, der Schatten, Anrack, war nicht auf dem Weg nach Versailles, sondern zurück in den Wald.

Ephemera rammte ihrem Pferd regelrecht die Hacken in die Seiten und setzte zu einer wilden Verfolgung des Schattens an.

„Warte!", rief Gabriel.

„Das hat keinen Zweck! Sie wird nicht anhalten! Wir müssen ihr folgen!", erwiderte Alexiel und trieb sein Pferd ebenfalls zum Galopp an.

Gabriel warf mit einem Stöhnen den Kopf in den Nacken und setzet dann zur Verfolgung der Dämonengeschwister und Anracks an. Warum hatte er sich nur in diese verrückte Welt, voll mit Dämonen und Waldkobolden und Hexen und Elben und weiß Gott noch so hineinentführen lassen? Ja richtig! Weil er im Gegensatz zu den meisten anderen Menschen diese Wesen und wo sie lebten, sehen konnte und sich auf dem besten Weg befand, sich hoffnungslos in einen Dämon zu verlieben!

Langsam holte Gabriel zu Alexiel und Ephemera auf. Der Umbra schien bemerkt zu haben, dass man ihn verfolgte und wurde etwas schneller, dann war er plötzlich verschwunden; aber jetzt hatten sie immerhin eine Richtung. Frustriert verlangsamte Ephemera ihr Pferd, kurz nachdem es einen weiten Satz über einen umgekippten Baumstamm gemacht hatte. Gabriel und Alexiel taten es ihr gleich. „Verdammt!", fluchte sie und erneuerte den Schutzzauber über ihren Augen.

„Wir sollten zurück, es wird schon bald dunkel!", sagte Alexiel und wendete sein Pferd.

„Ja", brummte Ephemera und kraulte ihrem Pferd kurz über den Widerrist. Irgendwie waren sie nun alle drei frustriert.

Sie ritten also zurück nach Versailles. Gut auf halber Strecke war es dann so dunkel, dass sie ihre Fackeln anzünden mussten, um noch etwas erkennen zu können. Alexiel und Ephemera hielten einen deutlich durchgefrorenen und müden Gabriel davon ab, sein Pferd selbst zu versorgen und schleiften ihn in sein Apartment, wo Claude ihnen die Nachricht brachte, dass es einen sechsten Toten gegeben hatte, nämlich eine der Kammerdienerinnen der Madame de Montespan.

Gabriel tat die Frau zwar leid, aber die Erleichterung, dass Jean nichts passiert war, überwog bei weitem. Außerdem brachte er den Dreien ihr Abendessen. Da sie dieses Mal später zurückgekommen waren als am Tag zuvor, hatte er sich die Freiheit genommen, Harris bereits zu füttern, wofür ihm Gabriel sehr dankbar war.

Nach dem Essen ließen Ephemera und Alexiel, der Gabriel unter den befürwortenden Augen seiner Schwester sanft einen Gutenachtkuss auf die Wange drückte, allein. Gabriel fiel vollkommen erschöpft in sein Bett und war kurz darauf eingeschlafen. In der Nacht wachte er noch einmal auf, da ihn etwas in den Rücken pikste. Bei jenem Etwas handelte es sich um eine lange, schwarze Feder, Alexiel musste sie am Morgen verloren haben.

Gabriel lächelte und legte sie auf seinen Schreibtisch, dann kroch er wieder unter seine Decke zurück und rollte sich neben Harris, der sein Nest auf dem Kleiderschrank verlassen hatte, zusammen und schlief wieder ein.

Kapitel 17

(November 1686)

Gabriel brütete langsam mehr und mehr frustriert über den Grundrissen, die er sich hatte geben lassen. Er hatte auf den Plänen die Stelle herausgesucht, zu der sie den Dämon ungefähr verfolgt hatten und überlegte nun, was er weiter tun sollte. Vielleicht konnte er einen der Gärtner fragen, ob sie wussten, ob es dort so etwas gab, das man vage als Gebäude bezeichnen hätte können. Allerdings waren sie so weit von Versailles weg gewesen, dass selbst die Wege, denen sie meist gefolgt waren, mehr breite Trampelpfade waren als alles andere. Ein Gärtner dürfte also auch keine große Hilfe sein. Leider!

„Lass den Kopf nicht hängen", ertönte plötzlich die Stimme von Alexiel.

Gabriel zuckte erschrocken zusammen und hob den Kopf.

„Habt ihr Dämonen jetzt auch noch eine übermenschliche Geschwindigkeit?", fragte er überrascht.

„Nein, aber das Schloss von eurem großartigen König Louis hat viele Tapetentüren und Gänge in den Wänden und eine ist da direkt neben deinem Schrank!", summte Alexiel und gab Gabriel einen schnellen Kuss.

„Ist Ephemera schon wieder dabei, den Vicomte zu bezirzen und wann hattest du Zeit dir die Geheimgänge anzusehen?", fragte Gabriel und schob die Karten und Pläne beiseite.

„Er liegt ihr zu Füßen", sagte Alexiel. „So wie ich dir."

Gabriel spürte, wie er wieder einmal rot anlief. „Hör auf, so etwas zu sagen!"

„Warum?"

„Du weißt, dass ich es nicht mag, rot zu werden!"

„Ich finde das aber sehr ansprechend…".

Gabriel verdrehte die Augen. „Ist dir gestern noch etwas aufgefallen, als wir den Dämon verfolgt haben?", wechselte er das Thema.

Alexiel schüttelte den Kopf. „Morgen ist der erste Dezember, sollen wir dann nochmal dahin reiten? Wir wissen ja jetzt, in welcher Richtung der Altar liegt."

„Ich weiß nicht… vielleicht sollten wir doch…ich meine nur, falls nichts anderes mehr geht…"

„Denk nicht mal daran!"

„Ich meine nur, vielleicht hätten wir den Tod der Kammerdienerin verhindern können, hätten wir…"

„Bin ich jetzt etwa schuld?"

„Nein!"

„Gut! Ich will nie wieder etwas davon hören!"

Alexiel seufzte und nickte, dann strich er Gabriel sanft eine braune Locke aus seinem blassen, schmalen Gesicht.

Gabriel lächelte und genoss die federleichte Berührung auf seiner Haut. „Ich weiß, dass das für uns alle hart ist, und ich mache es auch nicht gerade einfacher, aber ich kann meine Grundsätze nicht ignorieren oder so tun, als gäbe es sie nicht."

„Ich weiß."

Ephemera konnte sich nicht entscheiden, ob sie Vincent Baudin lieber den Hals umdrehen wollte oder dieses tolle neue Set von Wurfmessern, das sie aus der Waffenkammer im Schloss des Ordens hatte mitgehen lassen, an ihm ausprobieren wollte. So oder so hoffte sie, dass sie so schnell wie möglich den Altar finden würden. Sie saß wie in der letzten Zeit meistens mit dem Vicomte Baudin in einem der kleinen Salons von Versailles. Rechts in dem hellen Raum standen zwei Glücksspieltische und links vor den hohen Fenstern einige Sessel und Bänke und kleinere Kaffeetische. Fieberhaft überlegte sie, wie sie etwas Hilfreiches aus dem Vicomte herausbekommen konnte, ohne ihn zu foltern. Irgendwann kam ihr dann doch eine Idee, die ihre Gewaltfantasien unterbrach.

„Vicomte, interessieren Sie sich für Architektur?", fragte sie und setzte ihr zuckersüßestes Lächeln auf.

Baudin blinzelte sie überrascht mit seinen wässrigen Fischaugen an.

„Ich habe gehört, Sie kennen sich mit historischen Ruinen hier in der Gegend aus."

„Historische Ruinen? Ich fürchte, ich bin damit nicht sonderlich bewandert, aber...", er hielt einen Moment inne, als ob er überlegen würde, ob er ihr das, was er sagen wollte, auch sagen durfte.

„Ich kann Ihnen etwas über die Bauarbeiten an diesem Schloss verraten."

Innerlich verdrehte Ephemera die Augen.

„Vielleicht etwas über den Park?", schlug sie vor und blinzelte den Vicomte erneut mit ihren ungewöhnlich langen Wimpern an. Dieser räusperte sich und setzte zu einem scheinbar endlosen Monolog an.

Ephemera malte sich währenddessen aus, wie sie ihn töten könnte. Sie hatte zwar versprochen, dies nicht zu tun, aber man durfte ja immer noch träumen, das tat ihr Bruder ja schließlich auch - und in die Tat umsetzen würde sie ihre Träumereien so oder so nie. So sehr sie Gabriel mochte und so sehr sie sich für ihren Bruder freute, so sehr glaubte sie aber auch, dass Gabriel zu weich war für die Welt der Non Humani. Zu weich, um zu tun, was getan werden musste. Sie war der festen Überzeugung, dass es darauf hinauslaufen würde, dass sie einen großen Dämon zu töten und einen Menschen zu beschützen hatten. Und wenn die Sache mit dem Beschützen schiefging, würde ihr Bruder wieder in ein Loch stürzen, wie damals nach der Sache mit Saradiel, und sich die Schuld geben, selbst wenn Gabriel nur einen winzigen, unwichtigen, vollkommen harmlosen Kratzer abbekam. Über ihre Gedanken hörte sie Baudin nur mit halbem Ohr zu.

„Und dann gibt es da noch diese winzige Kapelle am Rand der Ländereien, ich glaube nicht, dass sie noch auf einer Karte eingezeichnet ist. Ich schätze sie auf rund, naah, ich weiß nicht recht, 150 bis 200 Jahre alt."

Nun fiel es Ephemera doch deutlich schwerer, ihre Rolle beizubehalten und sich ihr Aufhorchen nicht anmerken zu lassen.

„Und wie habt ihr die Kapelle gefunden?", fragte sie stattdessen und schenkte ihm einen weiteren Wimpernaufschlag und ein kokettes Lächeln.

„Nun meine liebe Alexandra, diese Geschichte ist zugegebenermaßen, nun, ein wenig beschämend, fürchte ich."

„Beschämend?" Ephemera entzog dem Vicomte leicht angeekelt ihre Hand mit einer beiläufig und unbewusst wirkenden Bewegung. Der Vicomte schien das gar nicht zu merken, griff einfach erneut nach ihrer Hand und redete munter weiter. Er war wohl der Überzeugung, dass die *sehr romantisch* veranlagte Schwester des Diplomaten Gherasim Andrshka schwer von ihm beeindruckt war.

„Nun, ich fürchte, ich hatte, als ich die Kapelle fand, ein wenig den weg aus den Augen verloren", flüsterte der Vicomte dann zwischen zusammengepressten Lippen hervor.

Ephemera kicherte und hielt sich ihre Hand vor den Mund.

„Sie haben sich wirklich verirrt? Das kann ich mir gar nicht vorstellen!", lachte sie und nahm einen winzigen Schluck Wein zu sich. Es brauchte zwar einiges mehr an Alkohol, um einen Dämon betrunken zu machen, aber ihr schmeckte der Wein heute irgendwie überhaupt nicht. Der Vicomte lachte und schüttelte den Kopf.

„Nein, ich hatte mich tatsächlich verirrt, meine Liebe", fuhr er fort und leckte sich seine Lippen.

Ephemera lief es kalt den Rücken herunter. Baudin war einfach ekelig. Selbst die Innereien eines von oben bis unten aufgeschlitzten Umbra oder eines Ghuls waren weniger ekelig als dieser Mensch. Oh, wie sich Ephemera freute, wenn diese Sache durch war, ihr waren selbst die Konsequenzen, die sie nach ihrer Rückkehr zum Orden erwarten würden, lieber. Warum hatte sie sich nochmal darauf eingelassen? Baudin begann zu berichten, wie er diese Kapelle gefunden hatte, nachdem er auf einem Jagdausflug von der Gesellschaft getrennt worden war und die Orientierung verloren hatte. Erst als er die Kapelle gefunden hatte, die natürlich nach Osten ausgerichtet war, fand er wieder zurück.

„Würden Sie mir diese Kapelle zeigen? Sie haben sie so schön beschrieben, ich kann sie beinahe vor meinem inneren Auge sehen", summte Ephemera und schenkte dem Vicomte ein weiteres ihrer täuschend echten Lächeln. Diese Frage schien dem Vicomte etwas unangenehm zu sein. *Treffer!* Dachte sich Ephemera. „Sie könnten mir die Kapelle auch auf einer Karte einzeichnen, dann kann ich sie mit meinem Bruder besichtigen", schlug sie vor.

Der Vicomte schluckte.

„Meine Liebe, jetzt ist es doch viel zu kalt für einen so langen Ausritt", versuchte Baundin Ephemera ihren Wunsch abzuschlagen.

Ephemera nickte. „Dann erzählen Sie mir doch etwas davon, wie Versailles vor den Ausbauten ausgesehen hat", wechselte sie das Thema und beobachtete, wie sich der Vicomte merklich entspannte. Sie verkniff sich ein triumphierendes Grinsen und blinzelte den Vicomte erneut scheinbar schwer beeindruckt an. Dieser begann wieder über Versailles zu sprechen und ihr ein wenig über Louis XIII und sein Jagdschloss zu berichten und wie sein Sohn dieses zu *dem* Versailles ausgebaut hatte, das heute der gesamte europäische Adel bewunderte.

Irgendwann entschuldigte sich Ephemera mit der Behauptung, schlecht geschlafen zu haben und nun eine kleine Mittagspause einlegen zu wollen. Kaum, dass sie den Salon verlassen hatte, setzte sie zu einem Sprint zu Gabriels Apartment an. Sie war sich sicher, dass sie ihren Bruder wahrscheinlich auch dort finden würde.

Sie bremste kurz vor der Tür ab und stieß diese, ohne zu klopfen auf.

Gabriel zuckte sichtbar erschrocken, leise einen Fluch von sich gebend, zusammen und stolperte fast über seine eigenen Füße, während Alexiel sie mit hochgezogenen Augenbrauen skeptisch musterte. Sie hatte die beiden dabei erwischt, wie sie sehr eifrig dabei gewesen waren sich zu küssen. Gabriels Halstuch war etwas gelockert worden und da er seine Hände in Alexiels Haaren vergraben hatte, waren die nun etwas verstrubbelt. Gabriels Wangen leuchteten scharlachrot, während er nervös sein Halstuch zurechtzupfte.

Doch Ephemera interessierte sich nicht im Mindesten dafür, es gab Wichtigeres. „Im Wald gibt es eine Kapelle! Sie ist so alt, dass sie wahrscheinlich nirgends mehr eingezeichnet ist! Der Vicomte hat sie durch Zufall gefunden. Ich kenne den ungefähren Ort!", rief sie.

„Und du glaubst, dass er den Altar dort aufgebaut hat?", fragte Gabriel und streichelte Harris, der von seinem Nest auf dem Schrank zu ihm herübergesprungen war, über das kahle Köpfchen.

„Wo denn sonst!"

„Dann brechen wir morgen auf!", beschloss Alexiel und verschränkte die Arme vor der Brust. „Wir sollten heute noch zum Prototypen gehen und unsere Ausrüstung holen!"

Ephemera schüttelte den Kopf. „Heute ist es schon zu spät, wir müssen das morgen machen und dann direkt die Kapelle suchen. Damit wir übermorgen den Altar zerstören können."

„Nicht am Freitag. Wir sollten auf Montag warten, da findet ein weiterer Ball statt. Wenn der Kampf lauter wird, wird das niemandem auffallen", warf Gabriel ein und legte Alexiel eine Hand auf die Schulter.

„Gut, das klingt vernünftig", stimmte Ephemera zu.

„Und was machen wir jetzt?", fragte Gabriel daraufhin und ließ sich auf der Kante seines Bettes nieder.

Harris hüpfte aus seinen Armen auf das Kopfkissen und begann an einem Salatblatt zu kauen das ihm Gabriel beiläufig gegeben hatte.

„Normalerweise sehen wir uns vor einer Patrouille oder Mission Karten der Umgebung an. Machen Orte aus, an denen sich Monster oder Umbra-Truppen verstecken könnten. Kümmern uns um unsere Ausrüstung", erzählte Alexiel.

Gabriel nickte und seufzte dann.

„Uns sind also die Hände gebunden?"

„Bis morgen zumindest." Alexiels Blick wanderte zum Fenster und folgte den dicken Regentropfen (die Temperatur war wieder ein kleines bisschen angestiegen, so, dass es nun zu warm für

Schnee war), die gerade begannen, daran herunterzulaufen. „Jetzt könnten wir eh nicht mehr zum Prototyp."

Ein Blitz, gefolgt von einem mächtigen Donner, ließ Gabriel zusammenzucken. „Verdammte Stürme", murmelte er missmutig und stand von seinem Bett auf.

„Alles in Ordnung? Du wirkst besorgt", fragte Alexiel und platzierte sich in dieselbe Richtung blickend, etwas hinter dem Franzosen.

„Ich mag keine Stürme", antwortete dieser und blieb für einen kurzen Moment stehen. Nervös rieb er sich die Oberarme und begann dann unruhig durch sein Zimmer zu tigern. Seit er als Kind einmal nicht rechtzeitig wieder nach Hause gekommen war und daher während eines Sturmes mitten durch den Wald zurück zum Landsitz seiner Eltern hatte finden müssen, hatte er eine verständliche Abneigung gegen derartige Wetterverhältnisse. Natürlich hatte seine Mutter ihm danach ordentlich die Leviten gelesen, dafür, dass er nicht rechtzeitig nach Hause gekommen war.

Alexiel beobachtete ihn besorgt. Er mochte es nicht, Gabriel so beinahe ängstlich zu sehen. Er machte einige Schritte zu Gabriel herüber, so dass er nun direkt hinter ihm stand und legte seine Arme von hinten um ihn.

Gabriel seufzte und ließ seinen Kopf nach hinten gegen die Schulter des Dämons sinken.

Ephemera schenkte den beiden einen liebevollen Blick.

Der Sturm wütete noch einige Stunden, in denen sich die Drei etwas die Zeit vertrieben, indem Ephemera und Alexiel Gabriel etwas mehr über den Orden erzählten.

Später dann ließen sie ihn allein, als er sich entschuldigte, dass er gerne zu Bett gehen wollte. Der Gedanke, dass es nun so weit war, ließ ihm keine Ruhe. Am Montag würden sie, wenn sie am nächsten Tag die Kapelle fanden, den Altar zerstören. Gabriel würde wahrscheinlich gegen einen Dämon kämpfen, der versuchen würde zu verhindern, dass man ihn tötete. Und so wie Alexiel und Ephemera diese Dimension in ihren Geschichten beschrieben hatten, konnte Gabriel verstehen, dass man dort nicht unbedingt hin zurückwollte. Zwar hatten sie auch erwähnt, dass sie hier auf der Erde geboren worden waren, aber jeder Dämon und jeder Engel kannte die Geschichten aus der Dunklen Dimension und wollte verhindern, dass die Erde einem ähnlichen Schicksal anheimfiel, wie die ursprüngliche Heimat ihrer Arten und allem was dort einmal gelebt hatte.

Gabriel zog sich langsam um und wickelte sich in seine Decke ein.

Harris hüpfte von seinem Nest auf dem Schrank, auf Gabriels Bett hinüber und rollte sich dort wieder zusammen. Draußen tobte der Wind durch die Baumwipfel und Regentropfen schlugen wie kleine Gewehrkugeln gegen die Scheibe des Fensters, dem Gabriel mit einem Stöhnen den Rücken drehte und so versuchte die Außenwelt etwas auszublenden, in der Hoffnung, dass er so etwas einfacher in den Schlaf finden würde.

Kapitel 18

(Dezember 1686)

Über Nacht hatte sich der Sturm zwar gelegt, aber Gabriel, Alexiel und Ephemera waren trotzdem ziemlich nass, als sie auf ihren Pferden an dem Zeppelin-Prototypen ankamen; und Gabriel, zusätzlich noch immer recht müde, war er in der Nacht doch immer wieder aufgeschreckt. Sie banden die drei majestätischen Tiere an einem der Bäume am Rand der Lichtung fest und betraten das seltsame Fluggefährt. Dort öffnete Alexiel eine Klappe im Boden unter der sich ein ungefähr zehn Zentimeter tiefes Fach befand, in dem wiederum einige in Stoff gewickelte Pakete lagen. Die drei hoben die Pakete daraus hervor und begannen sie auszupacken.

Gabriel stellte fest, dass es sich bei einigen auch um zusammengerollte Mappen handelte. Ephemera rollte eine dieser auf und förderte eine Reihe an glänzenden, silbernen Wurfmessern zum Vorschein, während Alexiel ein weiteres Schwert auswickelte und es Ephemera reichte. Das Schwert wirkte, wie auch das, das Gabriel von ihm bekommen hatte, seltsam lang, unter dem Griff befand sich ein blaugrüner Saphir und an der Scheide hing ein Gürtel mit eingeprägten Rosen. Weiter zogen die drei einige Dolche und eine Armbrust, die aber ungewöhnlich klein und anscheinend zusammenklappbar war und die man sich mit einigen Riemen am Unterarm befestigen konnte, aus dem Fach ans Licht.

Alexiel gab Gabriel zwei der Dolche und folgte dann seinem Blick zu der Armbrust herüber.

„Wenn du willst, kann ich dir zeigen, wie man damit umgeht", bot er an und schob Gabriel einen dünnen silbernen Pflock hinüber.

Ephemera war währenddessen dazu übergegangen, einige weitere Waffen draußen in den Satteltaschen der Pferde zu verstauen und ihr Schwert am Sattel ihres Pferdes zu befestigen.

„So, das ist alles", verkündete Alexiel einige Momente später und schloss die Luke wieder.

Gabriel nickte und stand vom zugegebenermaßen etwas dreckigen Boden des Zeppelin-Prototypen auf. Draußen packte er die Dolche in seine Satteltaschen, neben dieser hing außerdem auch sein Schwert.

Alexiel wiederum lief, nachdem er gepackt hatte, zu seiner Schwester herüber und bat sie, noch einen Moment zu warten. Dann kam er zu Gabriel zurück und hielt die seltsame Armbrust hoch.

Gabriel streckte ihm seinen rechten Arm hin und schob den weiten Ärmel seines Gehrocks zurück.

Alexiel befestigte die Armbrust, die wiederum selbst auf einem breiten Streifen sehr dicken Leders befestigt war, mithilfe der drei Riemen an seinem Unterarm.

„Also, sobald die geladen ist, musst du extrem vorsichtig sein, sonst ist sie recht harmlos", erklärte Alexiel und zeigte ihm, wie man die beiden Hälften des Bogens aufklappte und damit auch die Sehne spannte. Dann legte er einen kleinen Bolzen auf den Schlitten und die Pfeilbahn und spannte die Waffe.

„Du zielst und legst dann mit deiner anderen Hand den Abzug um", erklärte Alexiel, richtete Gabriels Arm auf einen Baum aus und legte dann den Abzug, der sich oben auf der Waffe direkt hinter dem Schlitten befand, um. Mit einem kaum hörbaren Zischen löste sich der Bolzen und schlug mit einem dumpfen Geräusch in die Rinde einer Buche ein. Alexiel lief zu dem Baum, zog das Geschoss aus dessen Holz und gab ihn Gabriel zurück. „Jetzt du."

Gabriel nickte, legte den Bolzen wieder auf den Schlitten, spannte die Sehne und betätigte den Abzug. Die Spitze schrammt knapp an dem Baum vorbei.

„In der Regel hat man den Dreh recht schnell raus. Behalte die Armbrust und morgen, falls wir die Kapelle dann schon gefunden haben, können wir weiter üben. Vorausgesetzt, es stürmt dann nicht schon wieder", schlug Alexiel vor.

Gabriel seufzte, nickte, klappte die Seiten des Bogens wieder zusammen und löste die Schnallen der Lederriemen. Er verstaute die

Armbrust neben den Dolchen zusammen mit den Bolzen in seiner Satteltasche. Dann stiegen die drei auf ihre Pferde und ritten los.

„Was genau ist eigentlich der Plan, wenn wir die Kapelle gefunden haben? Den Altar wollten wir ja erst am Montag zerstören?", fragte Gabriel irgendwann.

„Wir suchen die Kapelle, sehen uns an, wie sie aufgebaut ist und wie wir den Altar am besten zerstören können – vorausgesetzt, Baudin hat ihn da aufgebaut – und das alles möglichst, ohne Anrack aufmerksam zu machen. Für den Fall der Fälle haben wir aber immer Waffen dabei. Ich habe dir ja erzählt, dass wir uns die letzte Zeit vor einem Einsatz immer mit der Umgebung, in der der Einsatz stattfindet, beschäftigen. Und hier haben wir halt keine Stadtpläne oder Ähnliches, sondern müssen selbst recherchieren", erklärte Alexiel und klang dabei eher weniger begeistert.

Gabriel nickte und trieb sein Pferd an, etwas schneller zu gehen.

„Ephemera, du meintest, du weißt ungefähr, wo die Kapelle sein müsste?", fragte er an die Dämonin gewandt.

Diese nickte. „Wie lange brauchen wir ungefähr dorthin?"

„Schon ein bisschen, sie liegt zwar nicht direkt am Rand der Ländereien, aber ein Weilen brauchen wir schon noch. Baudin meinte, er sei jagen gewesen und man habe sich aufgeteilt, um einen Sprung von Rehen zusammenzutreiben und dabei habe er die Gruppe verloren. Er sei anschließend eine ganze Weile durch den Wald geirrt, bis er die Kapelle gefunden hatte, von dort konnte er dann herausfinden, in welche Richtung er müsse, um zurückzukommen", erklärte sie. „Was wiederum heißt, dass wir in die andere Richtung müssen."

Gabriel nickte und blinzelte in die gleißend weiße Sonne, die an diesem Dezembermorgen ausnahmsweise nicht von schweren grauen Wolken verdeckt wurde. Der Wind war jedoch genauso kalt wie die Tage zuvor, wurde aber von den Stämmen der Bäume etwas gebrochen und blies daher nicht mehr so beißend. Gabriel fror dennoch. Der Frühling war ihm definitiv lieber. Mildes Wetter, überall grüne Pflanzen, die er versuchen konnte zu identifizieren, nachdem er im Winter zu viele Bücher gelesen hatte. Er mochte es nicht, im Herbst die Blätter an den Bäumen sterben zu sehen, auch wenn das Farbenspiel wunderschön war, viel lieber mochte er es, die ersten Schneeglöckchen und Krokusse durch die Schneedecke brechen zu sehen und zu beobachten, wie sich die Knospen der Osterglocken öffneten.

Alexiel warf ihm einen nachdenklichen Blick zu. Gabriel war so eine sanfte Persönlichkeit und gleichzeitig so furchtbar stur. Er fragte sich, wie er mit dem Kampf zurechtkommen würde, schließlich war er kein Krieger, kein Soldat, sondern einfach nur ein Mensch, der in diese versteckte Welt hineingestolpert war. Die Kämpfe gegen Dämonen und Monster konnten grausam und blutig werden, und sie hatten keine Ahnung, wie sich Anrack verhalten würde. Alexiel realisierte, dass er fürchterliche Angst um Gabriel hatte. Angst, dass er verletzt werden könnte oder gar noch schlimmer…auch wenn er sich verbot, weiter darüber nachzudenken. Auch wenn sie heute nur versuchen würden, sich die Lage der Kapelle und deren Aufbau anzusehen und den Altar noch nicht zu zerstören, durfte er auf keinen Fall seinen Fokus verlieren. Denn das konnte nicht nur für ihn, sondern auch für seinen Geliebten und seine Schwester tödlich enden.

„Alles in Ordnung?", fragte Ephemera und riss ihren Bruder so aus seinen Gedanken.

„Es hat einen Grund, dass man beim Orden versucht, Geliebte nicht gemeinsam auf Missionen zu schicken…", murmelte er nur.

„Du hast Angst um Gabriel, hm?". In Ephemeras Stimme klang Mitgefühl und Besorgnis mit.

„Hm", bestätigte Alexiel und straffte dann seine Schultern. *Reiß dich zusammen! Du hast schon so viele Umbra beseitigt und Monster getötet, dann wirst du ja wohl auch damit zurechtkommen!* Schimpfte er mit sich selbst in seinen Gedanken und warf einen unauffälligen Blick zu Gabriel herüber. Dieser schien aber irgendwie nicht nervös zu sein. Das Schwert mit dem Rubin unter dem Griff hing an seinem Sattel und in der Satteltasche klimperten leise die beiden Dolche gegeneinander, vielleicht hätten sie die Tücher doch noch um die Waffen gewickelt lassen sollen. Die Klingen steckten zwar in ihren Lederscheiden, aber die Griffe verursachten dennoch Geräusche, wenn sie gegeneinanderschlugen.

Nach gut zwei Stunden hielt Ephemera dann ihr Pferd an. „Hier irgendwo müsste es sein, Baudin hat gemeint, dass er später festgestellt hätte, dass er näher an Versailles dran war, als er gedacht hatte, und dass da noch ein paar alte Wegplatten seien, die zur Kapelle führen. Nach denen sollten wir also auch Ausschau halten", verkündete sie und lenkte ihr Pferd ein Stückchen nach links, dort stieg sie ab und band es an einem Ast fest. Gabriel und Alexiel folgten ihrem Beispiel, stiegen von ihren Pferden und banden sie fest. Dann fächerten die drei sich ein Stück auf, um so einen größeren Bereich absuchen zu können. Gabriel ließ den Blick seiner blauen Augen durch das Unterholz wandern, bis sie an etwas großem, flachem und vor allem offensichtlich von menschlicher Hand in eine viereckige Form Gemeißelten hängenblieb, eine der alten Wegplatten.

„Hier drüben ist eine der Wegplatten!", rief er also.

Alexiel hob den Kopf und drehte sich zu ihm herüber.

„Hier auch zwei, wir müssen also da lang!", erwiderte er und deutete in Richtung Nordwesten. Die drei holten ihre Pferde, stiegen auf und folgten der wie spärliche Hinweise über den Waldbogen verstreuten Spur aus alten, verwitterten Wegplatten. Gabriel fühlte sich ein wenig, als wäre er in dem Märchen Hänsel und Gretel, nur, dass er dieses Mal der Spur aus Brotkrumen oder Kieselsteinen zum Hexenhaus und nicht zurück zum Haus der Eltern folgte.

Einige Minuten später konnten sie zwischen den Bäumen dann ein zerfallenes Gebäude erkennen.

„Da ist sie", rief Alexiel und stieg wieder von seinem Pferd ab.

„Die Pferde lassen wir hier! Holt eure Waffen! Gabriel du bleibst hinter uns!", befahl er und begann die Scheide seines Schwertes vom Sattel des Pferdes zu lösen, dann band er sich den daran befestigten Gürtel um die Hüften. Gabriel tat es ihm gleich, befestigte allerdings noch zusätzlich die Dolche an dem breiten Lederband um seine Mitte. Ephemera bewaffnete sich ebenfalls mit ihrem Schwert und der Batterie an Wurfmessern.

Langsam liefen die drei auf das alte, runde Gebäude zu. Es bestand aus großen, hellgrauen Quadern und ein Teil des Daches war eingestürzt. Früher hatte es wohl vier Fenster – eines in jede Himmelsrichtung – gehabt, dazu eine Tür, doch die Wand, in der sich die Tür und darüber das kleinste der Fenster befunden haben mussten, war ebenfalls zur Hälfte weggebrochen. Pflanzen und Moose hatten sich in die Steine gebohrt und ließen das verfallene Gebäude beinahe romantisch erscheinen. Wären sie unter anderen Umständen hier, würde Gabriel sich gar nicht sattsehen können. Ihm stach jedoch eine Sache ins Auge, die nicht ganz in das Bild der verwilderten, verlassenen Ruine passen wollte: auf dem aus großen flachen Platten bestehenden Boden war nahe der eingestürzten Wand eine Stelle vom Moos befreit worden und so konnte man eine alte, morsche Falltür erkennen.

„Hier war jemand und das vor nicht allzu langer Zeit!", flüsterte Alexiel und trat vorsichtig durch die Reste des Türrahmens, Gabriel und Ephemera folgten ihm.

Gabriel spürte, wie seine Hand langsam zu dem Schwert wanderte. Er war kein guter Kämpfer, hatte er schließlich bei weitem nicht so viel Training und Erfahrung wie die beiden Dämonen, aber Alexiel war ein hervorragender Lehrer, weswegen sich Gabriel wenigstens halbwegs sicher fühlte, außerdem waren die Geschwister ja auch noch da.

„Wenn der Altar hier ist, dann da unten", meinte Ephemera und hockte sich neben die Falltür, dann griff sie nach dem Eisenring an der Tür und öffnete diese so leise wie möglich. Leider gab sie dennoch ein gequält klingendes Quietschen von sich, wenn auch nur ein leises. Gabriel kam das Geräusch jedoch so laut wie das

Donnern einer Kanone vor. Es ließ ihn erschrocken zusammenzucken und leise nach Luft schnappen.

Unter der Falltür führte eine Leiter, die aus in der Wand verankerten Metallbögen bestand, nach unten in die Krypta. Glücklicherweise wirkten die Stiegen immer noch sehr stabil. Gabriel wusste nicht, ob ihn diese Beobachtung, wenn sie auch irgendwie positiv war, beruhigen konnte oder sollte. Entschlossen presste er seine Lippen zu einem schmalen Strich zusammen und verlangte: „Bringen wir es hinter uns. Ich will hier so schnell wie möglich wieder weg."

Alexiel nickte, machte jedoch keine Anstalten, in das schwarze Loch hinabzusteigen.

„Ich hole schnell eine Fackel", verkündete er und lief zurück zu den Pferden. „Daran hätte ich auch gleich denken können!".

Gabriel wurde es mulmig zumute. Was, wenn das Licht der Fackel Anrack anlockte? Was, wenn dieser dort unten schlief und wegen des Feuers aufwachte? Tausende Was- Wäre -Wenn's schwirrten durch seinen Kopf, eines schrecklicher als das andere. Vor seinem inneren Auge konnte er schon sehen, wie Alexiel und Ephemera in Stücke gerissen wurden, sich Anracks Klaue in seine Brust grub und den Brokat seines Gehrockes und seiner Weste von blau zu Rot färbte. Beinahe erzürnt schüttelte Gabriel den Kopf und straffte erneut die Schultern.

Ephemera bedachte ihn mit einem besorgten Blick. „Du kannst hier warten, wenn du willst. Du könntest Ausschau halten, ob jemand kommt, der uns sehen könnte, und uns dann warnen. Zum Beispiel Anrack", sagte sie und versuchte, so zu klingen, als wäre Schmiere-Stehen eine Aufgabe, die wirklich hilfreich wäre.

Gabriel schüttelte den Kopf. Er war vielleicht nicht der Heldenmut in Person und er hatte sich immer noch nicht ganz in diese neue Welt eingefunden und Gott, verstehen tat er diese Welt voll mit Magie und Dämonen und Engeln und was noch allem erst recht nicht, aber er war stur. Mehr, als es ihm teilweise vielleicht guttat. Man sah es ihm nicht an; so zurückhaltend und beinahe schüchtern, wie sein Auftreten war, würde niemand darauf kommen, aber Gabriel war so dickköpfig wie ein Ochse. Und er war beschützerisch, bereit, sich in Teufels Küche zu begeben, wenn das hieß, dass er seine Familie und nun auch Alexiel und Ephemera vor Unheil bewahren konnte.

„Ich komme mit! Kein wenn, kein aber!", sagte er streng und nahm Alexiel eine der Fackeln ab, als dieser wieder durch die Reste des steinernen Türrahmens trat. Er beobachtete fasziniert, wie Alexiel einen dünnen Holzspan zwischen seinen Fingerspitzen einklemmte, so wie man es mit einer kleinen Beere tat, wenn man sie essen wollte, und dann plötzlich eine winzige Flamme zwischen seinen Fingern hervorzüngelte. Als er seine Finger wieder von der Spitze des Spans löste und ihn mit der anderen Hand festhielt, brannte das obere Ende des kleinen Stückes Holz. Als wäre es das Natürlichste der Welt, zündete er nun damit die beiden Fackeln an die Gabriel und Ephemera festhielten.

„Kleiner Feuerzauber, funktioniert aber nur mit Mistelzweigen", erklärte Alexiel knapp, klopfte sich auf eine scheinbar verborgene Innentasche seines Gehrockes und begann, die eiserne Leiter hinab in die Krypta unter der Ruine der Kapelle zu klettern. Als er unten war, gab Ephemera ihm ihre Fackel und folgte ihm, anschließend nahm sie Gabriels Fackel entgegen, der dann ebenfalls in die Krypta hinabstieg.

Zu ihrer Überraschung präsentierte sich besagte Krypta größer als erwartet. Es schien so, als wäre ein Teil dieser tatsächlich eine Höhle, über der man dann die Kapelle errichtet hatte. Der schwache Schein der Fackeln erleuchtete einen sehr kurzen Gang, nein, eher eine Nische, die sich zu einem mittelgroßen Raum mit niedriger Decke öffnete. An den Wänden des Raumes standen fünf Gitterkörbe, in denen einige Holzscheite lagen, und im Zentrum des Raumes befand sich ein steinerner Tisch. Das Feuer der Fackeln flackerte leicht und erhellte die auf dem Tisch, dem Altar ruhenden Gegenstände. Einige schwarze Federn, sauber zu einem Bündel verschnürt, ein Rabenschädel, der mit etwas Rotem bespritzt worden war und irgendwie angekokelt wirkte, neben dem Schädel ein kleiner Handspiegel, rechts und links daneben zwei Schüsseln. Als Gabriel in diese hineinblickte, drehte sich ihm beinahe der Magen um. In der linken Schale lagen einige verbrannte Reste von irgendwelchen Kräutern – eines konnte er als Reste von Mistelzweigen erkennen, waren diese doch nur zur Hälfte verbrannt - und Zähne. *Wolfszähne!* Schoss es Gabriel durch den Kopf. In dem anderen Gefäß befand sich jedoch der Grund für seine schlagartig einsetzende Übelkeit. In der Schüssel lagen einige kleine Rosenquarze, diese jedoch waren durch die rote, dicke Flüssigkeit, in der sie ruhten, kaum noch zu sehen und selbst ganz rot. Die Lösung, in der neben den Steinen einige kleine Stückchen schwammen, von denen Gabriel gar nicht wissen wollte, was sie waren, roch metallisch und sofort breitete sich der Geschmack von Blut in seinem Mund aus.

„Oh Gott!", stöhnte er, hielt sich die Hand vor den Mund und machte einige schwankende Schritte nach hinten. Die kalte Hand Alexiels auf seiner Schulter brachte ihm leider keine Beruhigung, nicht wie sonst, wenn er praktisch fühlen konnte, wie eine tiefe Ruhe durch seinen Körper floss, immer wenn Alexiel ihm eine Hand auf die Schulter oder den Arm legte. Gabriel blickte über seine Schulter und sah, dass auch die beiden Dämonen angewidert und von Grauen erfüllt wirkten.

„Ah!", seufzte Alexiel und wedelte etwas mit seiner Hand vor seiner Nase herum.

Ephemera rümpfte ebenfalls ihr spitzes Riechorgan. Gabriel fragte sich - auch wenn es absolut nicht der richtige Zeitpunkt war - ob Dämonen einen besseren Geruchssinn als Menschen besaßen, sie waren immerhin auch stärker und sowohl resistenter gegenüber Hitze als auch Kälte. „Ich freue mich schon, wenn wir das hier in die ewigen Jagdgründe schicken", brummte Alexiel.

Gabriel ließ seinen Blick ein weiteres Mal durch den Raum wandern und bemerkte Kreidespuren auf dem Boden, sie bildeten scheinbar ein Muster, welches er im Licht der Fackeln aber nicht ganz erkennen konnte. Sein Zentrum schien aber der Altar zu sein.

„Und wie werden wir das machen?", fragte er, auch wenn er sich dabei ziemlich dämlich vorkam.

„Wir verbrennen das alles hier, ganz einfach", erklärte Ephemera, drückte Gabriel ihre Fackel in die Hand, lief zurück zu der eisernen Treppe und kletterte wieder nach oben.

Oben angekommen nahm sie diese wieder entgegen. Gabriel und Alexiel folgten ihr.

Gabriel wusste nicht, was er davon halten sollte, dass sie neben dem Altar keine Spur von Anrack gefunden hatten. Das war doch alles viel zu einfach, oder? Oder war Anrack gerade wieder in Versailles und forderte sein siebtes Opfer? Nachdenklich wischte er sich den Dreck der Stufen, der nun an seinen Händen klebte, an einem Taschentuch ab, während der Himmel begann, sich langsam dunkler zu färben.

Sie liefen zurück zu ihren Pferden und bestiegen diese, Gabriel und Alexiel hielten die Fackeln. Sie brachten die Waffen zurück zu dem Zeppelin-Prototypen, um möglichst wenig Aufmerksamkeit zu erregen, und behielten nur ihre Schwerter.

Zurück in Versailles war diesmal nicht nur Gabriel kalt, sondern auch den Zwillingen. An den Stallungen wurden ihnen die Fackeln und Pferde abgenommen, dieses Mal versuchte sich Gabriel nicht dagegen zu wehren, dass jemand anderes sein Pferd versorgte.

„War das nicht zu leicht?", flüsterte er an Alexiels Schulter gelehnt, als sie langsam durch einen langen Gang mit hoher Decke und grünen Wänden sowie weißem Stuck liefen und Ephemera zu ihrem Appartment begleiteten. „Was, wenn Anrack uns beobachtete hat und jetzt nur auf uns wartet?".

Alexiel zuckte mit den Schultern.

„Willst du heute wieder bei mir schlafen? Ich glaube, das würde mir helfen, weniger nervös zu sein…".

Alexiel sah sich kurz um und gab Gabriel dann schnell, als niemand hinsah, einen Kuss auf die Wange. „Gerne."

Nun war es an Gabriel, sanft einen Kuss auf Alexies Wange zu drücken. Er war sich sicher, dass der Dämon spüren konnte, wie nervös er war.

Langsam schlenderten die beiden zu Gabriels Apartment, nachdem sie Ephemera zu ihrem Zimmer gebracht und ihr eine gute Nacht gewünscht hatten. In Gabriels Apartment zogen sich die beiden um und krochen unter die große Decke. Alexiel lächelte, als Gabriel sich, bereits halb eingeschlafen an ihn kuschelte und etwas, das wie „Gunne Nach Chérie" klang, murmelte.

„Gute Nacht Gabriel", summte er und rutschte ein kleines Stückchen nach unten, aus einer sitzenden in eine liegende Position.

Gabriel rieb seine Wange ein wenig gegen Alexiels Brust und war dann fest eingeschlafen. Alexiel folgte ihm wenige Minuten später in das süße Land der Träume und verbat sich, weiter über seine eigenen Sorgen bezüglich des Kampfes am kommenden Montag nachzudenken. Der Orden tötete schon so lange einfach die, die die Rituale durchgeführt hatten, anstatt die Altare zu zerstören, einfach weil man so besser verhindern konnte, dass ein Mensch gefährliches Wissen über so eine Beschwörung weitergeben konnte und natürlich mochten es weder Engel noch Dämonen sonderlich überhaupt beschworenzuwerden. Und was, wenn die verschonte Person ein weiteres Mal versuchte, einen Dämon oder Engel heraufzubeschwören oder Aufmerksamkeit auf die versteckte Gesellschaft zu lenken? War eine der Fragen, die zu dieser Methode geführt hatten. Alexiel stimmte diesem Verfahren nicht unbedingt zu, aber er führte es trotzdem durch, ohne zu fragen. Er wusste nicht, ob das richtig war, oder ob man manchmal das Falsche tun musste aus den richtigen Gründen. Nein! Eigentlich war es das Falsche, daran hatte Gabriel ihn wieder erinnert. Er verstand nicht, wie er davor solange die Augen hatte verschließen können. Wenn der Orden besser sein wollte als Saradiel musste sich daran etwas ändern. Er hoffte nur, dass, was immer am Montag nach dem zweiten Advent passieren würde, Gabriel unverletzt bleiben würde.

Kapitel 19

(Dezember 1686)

Die Messe am 2. Dezember war unglaublich lang gewesen und die ganze Zeit hatte Gabriel nur an den nächsten Tag denken können. Normalerweise ließ er seinen Geist einfach wandern, wenn seine Anwesenheit in der Kapelle von Versailles verlangt wurde, doch dieses Mal kreisten seine Gedanken nur um Anrack und den kommenden Tag und nicht um Waldausritte und Bücher über Botanik.

Am Montag dann, Gabriel hatte leider kaum Schlaf bekommen und deswegen gefühlte Liter schwarzen Tees getrunken und versucht sich einzureden, dass er genug geschlafen hätte, war es so weit. Er wusste, dass bei dem, was sie vorhatten, Unaufmerksamkeit sein Todesurteil sein konnte oder das seiner Begleiter. Sie hatten beschlossen, im Morgengrauen loszureiten und die Zeit des Kampfes möglichst mit dem Beginn des Festes zu verknüpfen, hatte Louis doch ein großes Feuerwerk versprochen. Sie würden dann also zurückkehren, wenn es bereits dunkel war, hatten aber dafür einen ausreichenden Zeitpuffer.

Gabriel eilte mit weit ausholenden Schritten und wehendem Gehrock zu Alexiels Zimmer, das Schwert mit dem Rubin unter dem Griff in ein Tuch eingeschlagen. Claude hatte er wieder gebeten, sich den Tag über um Harris zu kümmern und er war sich sicher, dass, wenn er nicht zurückkommen sollte, Harris bei dem älteren Herrn gut aufgehoben sein würde.

Bei Alexiels Apartment angekommen hielt Gabriel einen Moment inne und holte tief Luft. Die hohen Türen in Versailles wirkten noch höher als sonst, man fühlte sich so winzig, wenn man an ihnen emporblickte. Ihm war das noch nie zuvor aufgefallen, doch nun zog sich sein Magen schmerzhaft zusammen. Was war er – ein Mensch – schon gegen einen Dämon wie Anrack? Ein Kauknochen? Ein Zahnstocher? Oder doch nur eine lästige Fliege, die er mit einer Handbewegung von dem Antlitz dieser Welt tilgen konnte? Gabriel fühlte sich, als würde er seekrank werden, auch wenn er sich auf dem festen und unnachgiebigen Dielenboden von Versailles, einem der bestbewachten Orte Frankreichs, befand. Er holte ein weiteres Mal tief Luft und klopfte an das weiß lackierte Holz der Tür. Wenige Sekunden später wurde diese geöffnet. Alexiel lächelte ihm aufmunternd entgegen, doch auch in seinen Augen blitzte Besorgnis.

„Guten Morgen Gabriel", summte er und zog den Franzosen in das Innere seines Apartments. „Du siehst nicht sonderlich gut aus, sicher, dass du mitkommen möchtest?", fragte er leise.

Gabriel schüttelte den Kopf und straffte seine Schultern. „Nein! Ich komme mit Chérie! Das ist wichtig für mich, zu dritt haben wir eine bessere Chance als ihr zu zweit, auch wenn ich nicht die Ausbildung habe wie du und deine Schwester."

Ein liebevolles Lächeln legte sich auf Alexiels Züge.

„Genau deswegen, du hast nicht jahrelang trainiert wie wir. Bitte tu das nicht, nur weil du uns etwas beweisen willst. Du bist mir einfach zu wichtig, ich will dich nicht verlieren", sagte Alexiel nachdrücklich und zog Gabriel an sich.

Dieser seufzte und legte seine Stirn an die des Dämons. Ein warmes Gefühl breitete sich in ihm aus, das aber schnell wieder von der Kälte der Ungewissheit vertrieben wurde.

„Ich weiß…", murmelte er daher nur.

„Sieh mich an", verlangte Alexiel und hob sanft Gabriels Kinn an, seine Hand wanderte zu Gabriels Wange und mit dem Daumen streichelte er zart über den Knochen unter dem Auge des kleineren Mannes. Gabriel hob den Blick seiner Augen und Alexiel war ein weiters Mal erstaunt, wie unglaublich lang die Wimpern des Franzosen waren. Er beugte sich zu Gabriel herunter und drückte ihm einen langen Kuss auf die Lippen in den er versuchte, alles was er in diesen Augenblick empfand, hineinzulegen. Aufkeimende Liebe, die stärker und stärker wurde. Angst. Sorge. Hoffnung. Alexiel wusste, dass er in diesem Moment versuchte sich genauso sehr wie Gabriel zu schützen, er würde es einfach nicht aushalten können, zu wissen, dass er derjenige war, der Gabriel in den Tod

195

geführt hatte, falls ihm etwas passierte oder dass er der Verant-
wortliche wäre, wenn Gabriel ein Krüppel würde und das für den
Rest seines Lebens bleiben müsste. Er zuckte erschrocken zusammen, als er nun Gabriels warme Hand an seiner Wange spürte.

„Bitte, mach dir keine Sorgen oder lass dich wenigstens nicht von
ihnen in die Irre führen. Ich könnte es auch nicht aushalten zu wissen, dass ich dich verloren habe, weil einer von uns einen Fehler
macht. Und du hast recht, ich habe nicht im Mindesten so viel Erfahrung wie ihr und ich bin auch kein Kämpfer, aber Sturheit und
das Gefühl des hoffnungslos verliebt seins haben schon viele Mauern niedergerissen und so einige Berge bewegt", flüsterte Gabriel
sanft und rieb seine Nase gegen die des Dämons. Alexiel seufzte
und nickte. „Zusammen!", sagte er, dann hob der den Kopf und
setzte ein schiefes Lächeln auf. „Keine Alleingänge, keine Kunst-
stücke!"

„Das gilt auch für dich Chérie!", summte Gabriel und löste sich
aus Alexiels Armen.

Alexiel nickte.

„Ich kann dir nicht versprechen, dass meine Schwester keinen
Schwachsinn anstellt…sie ist sehr… beschützerisch…"

„Wir werden mit ihr reden. Ist sie noch in ihrem Apartment?"

„Nein schon bei den Pferden, wir sollten uns beeilen und sie
nicht unnötig warten lassen."

Gabriel nickte und nahm das eingewickelte Schwert von dem
Tisch, auf welchen er es gelegt hatte. Die beiden verließen das
Apartment und beeilten sich, zu den Stallungen zu kommen.

Vor den Stallungen warteten bereits Ephemera, welche ihr Schwert
bereits um die Hüften gebunden hatte und zwei Stallburschen auf
Gabriel und Alexiel, welche die beiden und das Schwert an der
Seite der Frau etwas fragend musterten. Die drei Pferde waren bereits gesattelt und Gabriel wusste, dass sich in den Satteltaschen
zwei Flaschen mit Whisky, welcher als Brandhelfer genutzt werden
würde, befanden. Gabriel und Alexiel nahmen die Zügel ihrer
Pferde und schickten die Stallburschen weg, dann banden sie sich

ebenfalls ihre Schwerter um. Die drei bestiegen ihre Pferde und machten sich auf den Weg zu dem Zeppelin-Prototypen, um die restlichen Waffen zu holen. Danach weiter zu der Kapelle. Gabriel spürte wie er zunehmend ruhiger wurde und frage sich, ob es sich nur um die Ruhe vor dem Sturm handelte oder ob er begonnen hatte sich so sehr zu konzentrieren, dass er die Angst nicht mehr spüren konnte. Seine Hände waren ruhig und sein Atem entspannt, nur sein Herz hämmerte wie wild in seiner Brust.

Alexiel warf ihm immer wieder besorgte Blicke zu, die er jedoch bewusste ignorierte. Er konnte und durfte sich jetzt nicht ablenken lassen. Auf keinen Fall! Er konnte den kalten Dezemberwind kaum spüren, wie er an seinen Kleidern riss und auch nicht wie er auf seinen Wangen brannte. Er hatte das Gefühl eine ferngesteuerte Hülle zu sein und fragte sich, ob sich Alexiel und Ephemera auch so fühlten oder gefühlt hatten als sie das erste Mal einen Dämon, einen Umbra gejagt hatten. Dann kam die Kapelle in Sicht. Plötzlich schienen tausend Gefühle auf einmal wie ein Tsunami auf Gabriel einzustürzen.

Die drei stiegen von ihren Pferden ab und banden sie fest. Gabriel befestigte die kleine Armbrust, mit der er unter Alexiels Führung die letzten zwei Tage in eisiger Kälte geübt hatte zu schießen, an seinem Unterarm und zog die zwei Fackeln aus seiner anderen Satteltasche. Alexiel entzündete diese wieder mit demselben, kleinen Feuerzauber, dann stapften die drei über das letzte bisschen Waldboden vor der Kapelle. Plötzlich war Gabriel wieder eisig kalt, als er ein weiteres Mal seinen Blick über die vier lehren Fenster, das halb weggerottete Dach und die moosbedeckten Steine der Überreste der Mauern gleiten ließ. Entschlossen traten sie durch die Reste des steinernen Türrahmens.

Alexiel öffnete die Falltür und gab Ephemera seine Lichtquelle, dann kletterte er wieder die Eisernen Sprossen hinab und nahm diese zusammen mit einer der Whiskyflaschen wieder entgegen.

Gabriel folgte ihm und nahm von Ephemera die zweite Fackel und die zweite Flasche.

Ephemeras Schritte wirkten unglaublich laut auf den Sprossen und Gabriel hatte Angst, dass allein das Anracks Aufmerksamkeit erregen könnte. Doch wieder wirkte der Keller mehr verlassen als alles andere, der Altar schien unberührt geblieben zu sein, seit sie das erste Mal hier waren. Alexiel steckte das Holz in den Gitterkörben an den Wänden mit seiner Fackel an und plötzlich war der Raum in rotes, flackerndes Licht getaucht. Nun war zu erkennen, dass der Keller, wenn man es denn so nennen mochte, doch etwas größer war, als sie beim ersten Mal angenommen hatten. Die Decke wirkte höher als vermutet und die Wände weiter weg.

„Na dann", sagte Alexiel mit zusammengebissenen Zähnen, gab seine Fackel an Ephemera und lehrte seine Flasche über dem Altar aus, dann zog er sein Schwert. Mit einem gewaltigen Hieb spaltete er den Wolfsschädel und den Spiegel auf dem Altar, das Metall seines Schwertes klirrte laut und die Klinge vibrierte scheppernd in seiner Hand.

Im nächsten Moment explodierte eine schwarze Rauchwolke in dem unterirdischen Raum und warf Alexiel nach hinten. Rotglühende Augen manifestierten sich in der formlosen Wolke, die sich scheinbar unter die Decke quetschte. Ein Trommelfell zerreißendes Kreischen hallte von den Wänden wider.

„Merde!", keuchte Gabriel und warf seine Fackel auf den Altar. In einer Stichflamme gingen die Utensilien auf dem Steintisch in Flammen auf. Der Schatten stieß erneut dieses grausame Kreischen aus und stürzte sich auf Gabriel, der im letzten Moment sein Schwert ziehen und den Hieb der gewaltigen Pranke des Dämons abwehren konnte. Jedoch stolperte er einige Schritte nach hinten und stand nun mit dem Rücken an die Wand gepresst. Der Schatten schien mit jeder Sekunde, die er wütender wurde, mehr und mehr eine feste Gestalt anzunehmen und so ergriff Alexiel, der sich wieder aufgerappelt hatte, die Chance und riss den Schatten an der Schulter zurück, wurde jedoch sofort quer durch den Raum geschleudert. Als er gegen die Wand schlug, glitt ihm mit einem Klirren das Schwert aus den Fingern und er blieb einen Moment bewegungslos liegen.

zog mit den Zähnen den Korken aus ihrer Flasche und warf sie zwischen Anracks Füßen zu Boden, die Flüssigkeit spritze auf seine Beine, dann rammte sie ihm ihre Fackel in die Flanke, so, dass die Seite des halb soliden Schattens Feuer fing. Anrack bäumte sich auf und hieb nach der Dämonin, die sich aber duckte und eines ihrer Wurfmesser zu Tage förderte. Als wäre es das Leichteste der Welt, warf sie es zielgerichtet auf Anrack.

Gabriel beobachtete, wie es mit einem leisen Zischen in der Schulter des Umbra stecken blieb. Das Silber, das das Messer ummantelte, verbrannte leise fauchend das Fleisch um die Wunde, doch Anrack schien das nicht zu interessieren. Er wandte sich Gabriel zu, der sich wieder von der Wand gelöst hatte und es gerade eben so schaffte, den nächsten Hieb des Umbra zu parieren. Ephemera wirbelte mit ihrem gezogenen Schwert auf Anrack zu und trennte mit einem Hieb seinen rechten Arm ab, doch während das abgetrennte Teil in einer kleinen Rauchwolke zerfloss, wuchs aus dem Stumpf eine neue Klaue. Anrack lachte.

„Was zur Hölle?", keuchte Ephemera erschrocken, als Anrack kurz die Gelenke seines neu gewachsenen Arms bewegte, um zu testen, ob alle funktionierten.

„Ihr seid zu spät kleine Ordens-Krieger!", kreischte er dann höhnend. „Das Ritual ist bereits beendet, ihr kommt zu spät! Und ich bin viel stärker, als ihr es euch hättet erträumen können!"

„Warum bist du dann noch hier Umbra?", brüllte Ephemera wütend und warf ein weiteres Messer nach Anrack, der das Geschoss jedoch aus der Luft fing. Entsetzt beobachtete Gabriel, wie es zwischen den krallenbewährten Fingern zerfloss und zu Boden tropfte.

„Ich habe meine Anweisungen, genau wie ihr und euer Menschen-Haustier!", hallte die tiefe Stimme Anracks von den soliden Wänden der Krypta wider. „Und zweitausend Jahre mehr in der Dunklen Dimension haben mir genügend Zeit gegeben mich vorzubereiten!" Anrack ließ die Schulter, aus der der Arm neu gewachsen war, rollen und grinste diabolisch.

Gabriel wusste nicht, was ihn überkam als er plötzlich mit einem Gefühl, das er nur als blinde Wut beschreiben konnte auf Anrack losging und mit seinem Schwert auf den Kopf des Umbras zielte. Im Nachhinein würde er diese Aktion wahrscheinlich als pure Dummheit oder einen Selbstmordversuch bezeichnen, doch nun schien es ihm genau das Richtige zu sein. Vor seinem inneren Auge konnte er förmlich sehen, wie der rauchige Kopf Anracks zu Boden fiel und auf seine Füße zu kullerte, während der Dämon sein Leben aushauchte. Doch Anrack hatte die Attacke aus den Winkeln seiner roten Augen gesehen, fuhr herum und schleuderte Gabriel, der dabei sein Schwert verlor, durch den Raum. Er schlug nur knapp neben einem der Gitterkörbe voll brennendem Holz gegen die Wand und Schmerz flutete seinen gesamten Körper. Der Raum mit den steinernen Wänden heizte sich so langsam auf und die Luft wurde dick und schwer wegen des Rauchs, der nicht wirklich gut entweichen konnte. Auch wenn das Feuer auf Anracks Flanke bereits wieder erloschen war, der Altar brannte aus irgendeinem Grund noch immer, obwohl kein richtiger Brennstoff vorhanden war außer dem bisschen in der Räucherschale und dem Whisky.

Mit verschwommenem Blick konnte Gabriel erkennen, wie sich Ephemera erneut auf Anrack stürzte, doch bevor sie ihn erreichte, wurde der Dämon in eine Wolke aus schwarzen Federn eingehüllt und hochgehoben. Explosionsartig brachen Anrack und Alexiel, der sich verwandelt hatte durch die Decke der Krypta. Die großen und kleinen Steine schossen wie von einer Kanonenkugel getroffen in alle Richtungen davon und Gabriel und Ephemera hoben schützend ihre Arme über ihre Köpfe. Die beiden schwarzen Dämonen, die sich nun hoch am grauen, kalten Himmel bekämpften, stießen wütende Schreie und grausam gurgelnde Laute aus. Während Alexiel versuchte mit den Klauen, zu denen seine Hände geworden waren, Anracks Kehle aufzuschlitzen, schnappte dieser mit langen tropfenden Zähnen nach dem anderen Dämon und hieb mit den Krallen an seinen Füßen immer wieder nach Alexiels Torso und Bauch. Immer wieder konnte der eine dem Angriff des anderen entgehen und ließ sich dann erneut auf seinen Gegner hinabstürzen.

Alexiel blockierte einen Prankenhieb mit beiden Armen und brauchte einen Moment, um sich wieder zu fangen, dann duckte er sich unter einem weiteren Angriff hindurch und schlug selbst mit seinen Klauen nach dem Umbra. *Warum hat er sein Schwert nicht mitgenommen?* Schoss es durch Gabriels Kopf, als er das Metall am anderen Ende des Raumes blitzen sah.

Kaum bei Bewusstsein und rein aus einer Kraft, die er sich nicht anders als mit einem animalischen Überlebensinstinkt erklären konnte, richtete er sich schwankend auf, klappte den Bogen der Armbrust an seinem rechten Unterarm auf, legte einen Bolzen ein, zielte und betätigte den Abzug. Daneben! Mit einem Zischen flog der Bolzen in hohem Bogen an dem Umbra und dem Dämon im Himmel vorbei und landete irgendwo im Wald. Panisch legte Gabriel einen zweiten Bolzen auf, doch sein Arm zitterte so sehr, dass er nicht richtig zielen konnte. Ephemera legte ihm eine Hand auf den Arm.

„Atme einmal Tief ein, dann wieder aus und schieße dann!", sagte sie, machte sich aber auch gleichzeitig bereit sich ebenfalls zu verwandeln.

Gabriel tat wie ihm geheißen. Einatmen. Ausatmen. Zielen. Schießen. Anrack schrie, wie er noch nie geschrien hatte, als sich der Bolzen mit der Silberspitze in das Gelenk eines seiner fledermausartigen Flügel bohrte und er wild um sich schlagend vom Himmel fiel. Ephemera hieb mit ihrem Schwert, noch bevor Anrack ganz den Boden erreicht hatte, seinen Kopf ab, der wie der Rest seines Körpers – welcher noch einige grausame Sekunden zuckte und so das Blut, das aus seinem Halsstumpf, lief durch den Kessel unterhalb der Kapelle spritzte - als kleine, dunstige Nebelschwade vom kalten Dezemberwind davongetragen wurde. Kaum dass die letzte Schwade verweht war, begannen sich weiße Schneeflocken aus dem grauen Himmel auf sie niederzusenken.

Gabriel hob seinen nun wieder klareren Blick gen Himmel und konnte nicht anders als zu denken, das Alexiel, so wie er gerade langsam mit seinen gewaltigen Schwingen schlagend am Himmel stand und sanft von den kleinen, weißen Flocken umspielt wurde, beinahe wie ein Engel aussah. Ein Engel, der langsam wieder zur Erde hinabschwebte, seine Arme und Flügel um Gabriel legte und ihn mit aller Liebe und Leidenschaft, die er in diesem Moment empfand, auf den Mund küsste. Und Gabriel konnte nicht anders als zu erwidern. So viel Verzweiflung und Angst und Erleichterung und beinahe wahnsinnige Freude lag in diesem einen Kuss. Erst als Ephemere sich räusperte, kamen sie beide zurück aus ihrer kleinen Traumwelt.

„Wir haben es geschafft!", keuchte Gabriel, als die vielen kleinen Schrammen auf seinem Gesicht begannen zu brennen. Er konnte es noch gar nicht ganz fassen. Ihm war nach Lachen und Weinen zumute. Er spürte, wie er am ganzen Körper zitterte und wie sich Alexiel, der immer noch eng an ihn gepresst war, wieder zurückverwandelte. Ephemera hatte einfach nur den Kopf in den Nacken gelegt und ließ sich den Schnee auf ihr Porzellangesicht fallen, der auf ihren leicht geröteten Wangen schmolz.

Gabriel küsste Alexiel ein weiters Mal, diesmal langsam und sanft.

„Wir sollten zurück und hoffen, dass dich niemand gesehen hat", sagte dann Ephemera und riss Gabriel und Alexiel aus ihrer kleinen, friedlichen Traumwolke aus Stille und Glückseligkeit.

Alexiel legte den Kopf in den Nacken und stöhnte. „Wir reiten langsam!", verlangte er dann und lächelte Gabriel an.

Ephemera nickte und zog eine der Fackeln aus den Trümmern und zündete sie wieder an.

„Was machen wir mit den Feuerschalen?", fragte Gabriel.

„Der Schnee wird sie löschen", antwortete Alexiel und rieb seine Nase gegen die von Gabriel. „Außerdem, wir bekommen jetzt unseren Ausritt im Schnee."

„Ich würde das nicht als romantisch bezeichnen, aber wenn ihr wollt, kann ich mit der Fackel vorne reiten und euch den Weg leuchten."

„Du bist die Beste!", lachte Alexiel, löste sich aus Gabriels Armen und begann, die Stiegen der Leiter aus dem Keller, oder jetzt eher Loch, hochzuklettern. Wie konnte Alexiel jetzt bloß an romantische Ausritte im Schnee denken? Fragte sich Gabriel, als er Alexiel beim Heraufklettern der Leiter beobachtete. Oben angekommen hielt dieser einen Monet inne. Seine Hand wanderte zu seinem Bauch, etwas stimmte nicht. Als er seine Finger zurückzog, waren sie rot.

„Scheiße!", fluchte Alexiel und drehte sich zu Ephemera und Gabriel um, die noch immer in der Grube standen. „Das wird nichts mit dem romantischen Rückweg." Alexiel öffnete seine Weste und zog sein Hemd hoch. Ein langer, schmaler Schnitt zog sich von seiner rechten Seite bis auf seinen Bauch, fast einmal bis zu seinem linken Hüftknochen. Eine Welle der Angst überrollte Gabriel und ließ ihn so schnell wie möglich zu Alexiel heraufklettern.

„Wir sollten uns beeilen!", sagte Alexiel trocken.

„Offensichtlich!", fauchte Gabriel. Seine beinahe euphorische Freude über den Sieg wurde erst zu Angst und dann zu Wut. Er wusste nicht, auf wen er wütend war, aber es war ihm im Moment lieber, wütend zu sein, als fast vor Angst zu vergehen. Und das Einzige, was jetzt wichtig war, war, dass sie so schnell wie möglich nach Versailles zurückkehrten und einen Arzt konsultierten.

Kapitel 20

(Dezember 1686)

Zurück in Versailles, Gabriel hatte Alexiel gezwungen, mit ihm auf seinem Pferd zu reiten und Ephemera hatte Alexiels Pferd am Zügel mitgeführt, stellte sich zum Glück heraus, dass die Wunde nicht halb so schlimm war wie gedacht. Sie hatten eigentlich gehofft, dass, wenn sie den Kampf überstanden hatten, sie ihren Sieg vielleicht auf dem Ball hätten feiern können, doch nun hatten sie einem Arzt eine Geschichte von einem Reitunfall auftischen müssen, um Alexiels Wunde, die zerrissene Kleidung der Gruppe und die unzähligen Kratzer zu erklären.

Was aber Gabriel neben Alexiels Wunde Sorgen machte, war die Tatsache, dass jetzt, wo Anrack keine Gefahr mehr darstellte, die Geschwister bald nach Rumänien zurückkehren würden. Was wiederum hieß, dass Gabriel und Alexiel höchstens noch Briefkontakt halten können würden. Schließlich konnte Gabriel keine Spiegel nutzen, um mit Alexiel zu sprechen, da er keine magischen Fähigkeiten besaß. Weswegen er jetzt wiederum leise weinend an Alexiels Bett saß, in dem der Dämon friedlich, wie ein Stein schlief. Er hatte Alexiels Seite nicht verlassen, seit sie sich wieder in den Wänden von Versailles befanden.

Gabriel zwang sich, nicht laut zu schluchzen und die Tränen einfach laufen zu lassen. Er wollte Alexiel nicht gehen lassen, aber er konnte ihn auch nicht bitten, hier im Palast zu bleiben. Wie hätte er das auch können, er gehörte nicht zum Hofstaat! Das Einzige, das ihm von diesen wahnsinnigen Monaten bleiben würde, war Harris. Halt, das Stimme auch nicht. Er wollte Harris nicht für den Rest seines Lebens verstecken müssen. Weswegen er sich dafür entschieden hatte, Ephemera und Alexiel zu bitten, ihn in Rumänien freizulassen, hatten sie doch erzählt, dass Waldkobolde auch dort lebten. Der kleine Kobold würde wieder mit seinen Artgenossen leben können. Das hieß, dass ihm noch nicht einmal Harris bleiben würde, ihm würde nichts bleiben. Überhaupt gar nichts, außer die

Erinnerung. Halt, nein. Es gab noch die eine Feder Alexiels, die er gefunden hatte. Das war es. Eine verdammte Feder! Eine einzelne, schwarze, verdammte Feder! Gabriel presste seine Hand auf den Mund. Er sprang auf und verließ das Zimmer. Er konnte nicht länger hierbleiben. Nicht, wenn ihm Alexiels Anblick die größten Schmerzen bescherte, die er je empfunden hatte. Er stürmte die dunklen Gänge der königlichen Residenz entlang und schloss sich dann in seinem Apartment ein. Harris' gelbe Augen leuchteten ihm von seinem Schrank aus entgegen. Ihm war nie aufgefallen, dass die Augen des Koboldes im Dunklen wie die einer Katze reflektierten.

Harris hüpfte von dem Schrank und landete auf Gabriels Schulter. Gabriel lehnte seinen Kopf gegen den kleinen Körper. Harris schien zu spüren, dass es Gabriel schlecht ging, und begann, mit seinen vier Händen durch Gabriels Haare zu wühlen, als würde er einen Artgenossen reinigen. Einen Artgenossen mit Haaren. Gabriel begann nun frei zu weinen und versuchte nicht länger, leise zu sein. Er wollte nicht ohne Alexiel hierbleiben! Nicht hier in Versailles, den Ort, wo er sich am wenigsten zuhause fühlte. Vielleicht auf seinem Anwesen in Nordfrankreich, vielleicht hätte er dableiben können und irgendwann Alexiel vergessen. Dort könnte er vielleicht anfangen, traurige Gedichte und Sonette über verlorene Lieben zu verfassen oder Theaterstücke über Liebespaare, von denen immer eine starb und der andere überlebte und für immer litt, schreiben, aber hier in Versailles würde er sich gefangen fühlen. Alexiel hatte ihm ein Gefühl von Freiheit gegeben, auch wenn sie ihre Liebe nicht offen zeigen konnten. Mit einem wehleidigen Stöhnen ließ er sich auf den Sessel vor dem glühenden Kamin fallen. Er nahm ein Scheit aus dem Korb, den er Claude gebeten hatte, dazulassen, und warf es in das Feuer. Die Tränen in seinen Augen ließen die Flammen zu einer verschwommenen, tanzenden Masse aus Rot und Gelb und Gold werden.

Harris rollte sich auf seinem Schoß zusammen.

Gabriel wurde von einem weiteren Weinkrampf geschüttelt und presste sich erneut die Hand auf seinen Mund. Er hatte sich noch nie so schwer, so kalt, so dunkel, so…so einsam gefühlt. Einsam und allein in diesem schrecklichen, goldenen Palast von Käfig mit seinem verdammten Park und seinen verdammten Bällen. Gabriel wollte zurück nach Nordfrankreich, zu seinen Wäldern und Weinbergen. Jean konnte hierbleiben, wenn er wollte. Vielleicht fand er ja jemanden, der ihn so fühlen ließ, wie Gabriel für Alexiel fühlte, auch wenn er es bezweifelte, oder er könnte auch nach Nordfrankreich zurück.

Gabriels Rücken schmerzte, als er am nächsten Morgen wieder aufwachte und sich in dem Sessel wiederfand. Was ihn geweckt hatte, war Claude, der einige Scheite nachlegen wollte, um den Raum geheizt zu halten.

„Comte, was machen Sie da, warum schlafen Sie nicht in Ihrem Bett?", fragte er überrascht und zog Gabriel besorgt auf seine Beine, während Harris schnatternd von Gabriels Schoß sprang, auf dem er die Nacht verbracht hatte.

„Ich…", murmelte Gabriel, brach dann aber wieder ab, da er nicht wirklich wusste, was er sagen sollte.

„Dieser rumänische Diplomat?", fragte Claude.

Gabriel nickte und spürte, wie sich sein Hals zuschnürte. Wieder einmal war er dankbar dafür, dass Claude wusste, dass er schwul war und darin nicht im Mindesten ein Problem sah und es auch niemals jemandem sagen würde.

Claude warf ihm einen mitfühlenden Blick zu, fragte aber nicht weiter. „Sie sollten sich umziehen, Comte", sagte er stattdessen und begann frische Kleidung aus Gabriels Schrank zu ziehen.

Gabriel wiederum stand weitestgehend teilnahmslos in der Mitte des Apartments und versuchte den Kloß in seiner Kehle herunterzuschlucken. Er bekam es nur halb mit, dass Claude ihm seinen blauen Gehrock von den Schultern zog, seine Weste aufknöpfte und das weiße Hemd über den Kopf zog. „Comte, wenn ich Ihnen Ihre Schuhe ausziehen soll, müssten sie sich hinsetzen."

Claudes Stimme riss Gabriels aus seiner Trance und ließ ihn plötzlich realisieren, dass es ohne Oberbekleidung doch recht kühl in dem Raum war.

„Ich mach das schon, Claude, danke. Würden Sie mir einen Tee machen und etwas zu Essen für Harris mitbringen?"

„Natürlich, Comte."

„Danke Claude…ich wüsste ehrlich nicht, was ich ohne Sie hier machen würde."

„Ich bin geschmeichelt, Comte."

Gabriel senkte den Kopf und lächelte. „Ehrlich."

Claude nickte und verschwand durch die Tapetentür, allerdings nicht, bevor er Gabriel ebenfalls ein Lächeln zugeworfen hatte. Gabriel begann sich langsam umzuziehen. Kurz nachdem Claude mit einem Tablett auf dem ein Kännchen Tee, eine Tasse und eine Schüssel mit Gemüseresten standen, wieder durch die Tapetentür kam, klopfte jemand an die Tür des Apartments. Gabriel schlurfte mit seiner Tasse Tee in einer Hand zu der hohen Tür und schloss auf. Vor der Tür stand Ephemera, sie hatte einen undefinierbaren Ausdruck auf ihrem Gesicht, der aber irgendwie traurig und besorgt wirkte.

„Bitte rede mit Alexiel", sagte sie dann nur.

Gabriel spürte, wie ihm wieder die Tränen in die Augen stiegen.

Ephemera machte einige Schritte auf ihn zu und schloss ihn dann in ihre Arme. Überrascht versteifte sich Gabriel und streckte die Hand mit der Tasse hinter Ephemera aus, um den Tee darin nicht zu verschütten. „Es geht ihm genau so schlecht wie dir. Er will dich nicht verlassen. Ihr solltet die nächsten zwei Tage zusammen verbringen. Am Freitag reisen wir ab."

Gabriel nickte und schluckte, dann stellte er die Tasse auf den Schreibtisch. Er folgte Ephemera aus seinem Apartment zu Alexiels herüber. Sie klopfte und öffnete dann langsam die Tür.

„Bruder?", fragte sie und schob ihren Kopf durch die Tür. Alexiel antwortete nicht. „Geh rein", sagte sie und gab die Tür frei für Gabriel.

Dieser trat vorsichtig in den Raum und suchte mit den Augen nach Alexiel, der an das Kopfteil gelehnt auf seinem Bett saß und mit einem blanken Gesichtsausdruck an die gegenüberliegende Wand starrte. Er war nicht angezogen, bis auf sein Nachthemd, und noch immer fest in seine Decke gewickelt.

„Chérie?", fragte Gabriel leise.

Alexiel drehte seinen Kopf zur Tür, sagte jedoch nichts. Seine schwarzen Augen waren verquollen und hatten vom Weinen ganz rote Ränder.

Gabriel setzte sich auf die Bettkante und griff nach der kalten, schmalen, langgliedrigen Hand des Dämons.

Alexiel schluchzte und rutschte ein Stückchen beiseite. Eine stumme Einladung an Gabriel, sich neben ihn zu setzen.

Gabriel legte seinen Gehrock und seine Schuhe ab und schlüpfte dann zu Alexiel unter die Decke.

Alexiel ließ seinen Kopf zur Seite auf Gabriels Schulter fallen und begann wieder zu weinen.

„Ich weiß, es ist mehr als nur egoistisch und unfair, aber ich will dich nicht hierlassen. Ich will, dass du mir gehörst, nur mir und nie wieder jemand anderem. Ich will die einzige Person für dich sein, weil du die einzige Person für mich bist!", flüsterte der Dämon.

„Dann bin ich auch egoistisch, weil ich will, dass du hierbleibst und nicht zurück zum Orden gehst. Ich will, dass du aufhörst, gegen Saradiel zu kämpfen und nur hier bist. Hier für mich!", erwiderte Gabriel und lehnte seinen Kopf gegen den von Alexiel. Heiße Tränen brannten auf seinen Wangen und hinterließen nasse Spuren. Die beiden rutschten ein Stück weiter unter die Decke und drückten sich enger aneinander. Es war nicht fair, dass sie sich jetzt schon wieder voneinander trennen sollten. Es war nicht fair, dass sie sich überhaupt wieder trennen sollten. Sie hatten sich doch gerade erst gefunden. Langsam versiegten die Tränen.

„Du könntest mich auf meinem Anwesen in Nordfrankreich besuchen kommen…", schlug Gabriel halbherzig vor, doch Alexiel nickte.

„Klingt nach einer Möglichkeit, die besser ist als Briefe schreiben", murmelte er.

„Ich habe noch eine Feder von dir…"

„Kann ich auch etwas von dir haben? Als Erinnerung?"

„Was immer du willst!"

„Ich weiß nicht, was ich will… ehrlich gesagt. Eigentlich würde ich gerne, dass du mich begleitest…"

„Hm…das würde ich auch gerne…den Orden kennen lernen…erfahren wie ihr lebt…ich mag es, mir mit dir ein Bett zu teilen und ich mag deine Federn…"

Alexiel kicherte wehmütig.

„Dann habe ich jetzt ja wohl auch einen Grund, sie zu mögen…"

„Du magst deine Federn nicht?"

„Nicht wirklich, aber da du sie magst, können sie ja nicht so schlecht sein…". Jetzt war es an Gabriel, leise und traurig zu lachen.

„Sie sind wunderschön! Versprochen!" Gabriel rieb seinen Kopf gegen Alexiels Brust, wo dieser mittlerweile lag und seufzte. „Ich könnte den ganzen Tag hierbleiben und nichts tun. Ich habe schrecklich geschlafen."

„Dann schlaf jetzt, ich gehe nicht weg…noch nicht."

Gabriel nickte und schloss seine Augen. Er würde diese Chance definitiv nutzen, noch einmal mit Alexiel zu kuscheln, auch wenn er diese Nacht wahrscheinlich auch hier verbringen würde. Und die nächste und damit letzte Nacht würde er auch nicht von der Seite des Dämons weichen.

„Hier", murmelte Gabriel und gab Alexiel einen kleinen Umschlag. „Ist keine Feder, aber trotzdem…"

Alexiel lächelte, als er die braune, lockige Haarsträhne aus dem Papierumschlag zog und sie durch seine Finger gleiten ließ.

„Danke", murmelte er und schob den Umschlag in die Tasche seines Gehrockes.

Ephemera saß bereits auf dem Karren, der sie, als Kutsche getarnt, um Versailles herum zu dem Zeppelin-Prototypen bringen würde. Auf dem Kutschbock saß ein Elb mit mintgrüner Haut und langen weißen Haaren, von seinem linken, spitzen Ohr fehlte die Hälfte und das rechte wies zwei kleine Löcher auf.

Gabriel selbst würde sofort, nachdem der Karren abgefahren war sein Pferd holen, da sie beschlossen hatten, dass es zum Wahren des Scheines doch besser wäre, sich der Höflichkeit geziemend ohne ein zum Ausreiten bereits Pferd von einem Diplomaten zu verabschieden, daher wartete das bereits gesattelt Tier noch an den Stallungen auf ihn, von wo er dann ebenfalls zu dem Zeppelin reiten, jedoch einen anderen Weg wählen würde als den, den Alexiel und Ephemera zu nehmen gezwungen waren, und so ihren Weg kreuzen und mit ihnen zusammen zu dem Zeppelin kommen konnte. Sie hatten eine Stelle, an der sie sich treffen würden, ausgemacht und würden dort warten, bis der jeweils andere da war, dann gemeinsam weiter zum Zeppelin eilen. Gabriel wollte sehen, wie sich dieses seltsame Gerät in die Luft erhob und er wollte Alexiel noch einmal richtig Lebewohl sagen können, allerdings allein, nicht von den wachsamen, neugierigen und oft etwas wertenden Augen einiger Diener und Wachen durchbohrt, nur er und Alexiel.

„Es war eine Freude, Ihre Bekanntschaft zu machen, Comte Desrosiers", sagte Alexiel gestelzt und verbeugte sich vor Gabriel.

„Die Freude ist ganz meinerseits, Monsieur Andreshka. Ich freue mich auf unseren hoffentlich regen Briefkontakt."

„Ich ebenfalls, Comte, ich ebenfalls", erwiderte Alexiel und kletterte auf den Karren.

Gabriel schluckte die Tränen, die sich in seine Augen vorkämpften, hinunter und nickte lächelnd. Der Karren fuhr rumpelnd los und Gabriel eilte zu den Stallungen, er nahm die Zügel seines Schimmels entgegen und ritt los. Einige Stallburschen sahen ihm überrascht hinterher, schien er doch sehr in Eile zu sein.

Wie geplant trafen sie sich und von da an ritt Gabriel neben dem Karren her. Kurz bevor sie die Lichtung erreicht hatten, stiegen Alexiel und Ephemera von ihrem Gefährt, hoben mit Hilfe des Elben die Reisetruhen von dem Wagen herunter und zogen sie hinter sich her über den Waldboden. Er wusste, dass die Dämonen etwas stärker waren als Menschen, aber so stark, dass sie solch schwere Truhen über den unebenen Waldboden ziehen konnten, als wäre es nichts? Alexiel bemerkte Gabriels überraschten Blick und blieb stehen.

„Schau mal genau hin", lächelte er traurig.

Gabriel blinzelte und sah dann wie sich kleine Räder mit acht Speichen, jeweils rechts und links an den Kisten materialisierten. Schlau! Dachte er sich. Er lächelte und nickte.

Alexiel setzte sich wieder in Bewegung. Ein paar Meter vor der Lichtung band Gabriel sein Pferd an, dann traten die drei auf die Lichtung hinaus und blieben sofort wieder überrascht stehen.

Vor dem Zeppelin-Prototyp stand ein großes, schlankes, im wahrsten Sinne des Wortes strahlendes Wesen. Es sah aus wie eine Mischung aus Schleiereule und Mensch. Die golden und weiß schimmernden Flügel hatte der Engel um seinen Körper geschlungen, um sich warm zu halten. Goldene lange Haare fielen über die schmalen Schultern, und seine Augen waren geschlossen, sein Gesicht von ein einem Herz aus Federn umgeben. Erst als er das Rascheln der Schritte von Gabriel, Alexiel und Ephemera vernahm, hob er seinen Kopf und öffnete die Augen. Sein Gesicht war schmal und schien weiß und golden zugleich zu sein, in den Augen des Engels schien ein Feuer zu brennen, das sie wie die Sonnen leuchten ließ.

„Rahathiel?", keuchte Ephemera überrascht. Der Engel – Rahathiel – warf ihr einen ruhigen Blick zu, öffnete seine Flügel und machte einige Schritte auf die drei zu.

„Was macht Ithuriels rechte Hand hier?", fragte Alexiel skeptisch und schob sich ein wenig vor Gabriel.

„Den besten Waffenschmied des Ordens zurückholen und herausfinden, wer der Mensch ist, den einer der Seher in einer Vision erkennen konnte", sagte Rahathiel; seine Stimme war sanft wie Seide und irgendwie zugleich auch fest wie Stahl und eiskalt. Er ließ seinen Blick zu Gabriel herüberwandern. „Es gab auch eine neue Prophezeiung. Sind sie *der der den Namen eines Engels trägt?*"

„Mein Name ist Gabriel", würgte Gabriel hervor und hoffte, sein Körper würde bald wieder beginnen, normal zu funktionieren, konnte er doch im Moment keinen Muskel rühren.

„Dann betrifft die Prophezeiung Sie, Monsieur. Ich würde Sie bitten, uns zum Orden zu begleiten."

„Was?", presste Gabriel hervor bevor er sich verschluckte und verzweifelt, begann zu husten.

Rahathiel warf ihm einen seltsamen Blick aus goldenen Augen zu, sagte jedoch nichts.

Alexiel wiederum ließ seine Kiste fallen und klopfte Gabriel auf den Rücken. „Ich soll mit zum Orden? Aber ich bin ein Mensch? Und was für eine Prophezeiung?"

Rahathiel hob die Augenbrauen, als wäre er überrascht, dass Gabriel noch einmal sagte, dass er ein Mensch sei.

„Das wird nichts ändern. Ihre Sachen werden wir holen. Sie können Alexiel und Ephemera direkt begleiten", sagte er, machte einige Schritte beiseite und gab so die Tür des Zeppelin-Prototypen frei.

Gabriel machte jedoch keinerlei Anstalten einzusteigen.

Alexiel warf ihm einen besorgten Blick zu, während Ephemera ihre Kiste auf den Prototypen zu zog, in ihn hinein und dann darin verstaute und sicherte.

„Gabriel?", fragte Alexiel und griff nach dem Arm des Franzosen. „Du musst mit, es gibt eine Prophezeiung über dich!"

Eine Prophezeiung. Gabriel wusste nicht, was das heißen sollte. Was das für ihn heißen sollte. Was würde das für ihn bedeuten? War er jetzt plötzlich Teil des Kampfes gegen Saradiel geworden? Aber war er das nicht schon geworden, als er geholfen hatte, Anrack zu töten? Welche Rolle sollte er spielen? Was sagte diese Prophezeiung über ihn aus, über seine Zukunft? Er stand nur regungslos da, wusste nicht was er tun sollte. „Gabriel!", wiederholte Alexiel und drehte den immer noch wie versteinert wirkenden

Franzosen zu sich herum. „Engel sind beeindrucken, ich habe dich vorgewarnt."

„Ja, ich ah…ich weiß nicht, ob ich mitkommen kann, ich habe einen Sohn, dem ich das irgendwie erklären müsste und…", stammelte Gabriel. Rahathiel lächelte.

„Ich verspreche, dass wir uns um alles kümmern werden, Ihren Kobold haben sie ja schon. Sie sind sehr wichtig für uns, Comte, auch wenn ich ihnen noch nicht sagen kann, wieso", sagte er. Seine Stimme hatte etwas Beruhigendes an sich, gleichzeitig aber auch etwas fast Einlullendes, was dafür sorgte, dass sich ein leises Unbehagen in Gabriel ausbreitete.

„Du kannst ihm vertrauen!", rief dann Ephemera aus dem Zeppelin zu den drein herüber. „Und jetzt kommt!".

Alexiel nickte, packte den Griff seiner Truhe mit der einen Hand und Gabriels Hand mit seiner anderen. Dann zog er beide auf den Zeppelin zu, stets mit dem wachsamen Blick des Engels auf sich ruhend.

TEIL 2

Kapitel 21

(Dezember 1686)

Gabriel konnte nicht fassen, dass er sich von Alexiel einfach hatte mit in den Zeppelin zerren lassen. Ohne Jean und ohne Claude Bescheid zu sagen - immerhin war Harris da, diesen hatte er ja ursprünglich den Zwillingen mitgeben wollen - und nun befand sich dieses Fluggerät im Landeanflug auf ein namenloses Schloss in den Karpaten. Er hatte sich auf der gesamten Reise nicht beruhigen können. Während des Starts hatte er sich halb ekstatisch vor Aufregung und halb paralysiert vor Angst an dem Stuhl, auf dem Alexiel saß und das Gefährt steuerte, festgekrallt, während Ephemera mithilfe einiger Kurbeln die Haken der Seile, die das Gefährt im Boden verankerten, löste. Dann hatte sich der Zeppelin mit einem Ruck vom Boden erhoben und Gabriel hatte durch die gewölbte Frontscheibe erkennen können, wie erst Rahathiel kleiner wurde und dann war Versailles in sein Blickfeld gerückt und immer mehr geschrumpft, bis es nur noch, wie eine kleine Ansammlung von Gebäuden wirkte und man nichts von dem Prunk der Residenz Louis des Vierzehnten mehr erkennen konnte.

Und nun senkte sich der Zeppelin, nach ungefähr zwei Tagen Flug wieder aus den luftige Höhen - Gabriel hatte sich noch nie in einer so hohen Geschwindigkeit fortbewegt - auf einen von einer dicken Mauer umschlossenen Burghof herab. Bei der gigantischen Burg, zu der dieser gehörte, handelte es sich um ein Gebäude mit unzähligen Türmen und Erkern, einigen kleinen Anbauten, weiteren Höfen, einem riesigen Hauptkomplex im Zentrum, bestehend aus einem Ost- und einem Westflügel, einem etwas kleineren Nordflügel und einer Art Sternwarte die sich schwarz mit dem Berg, auf dessen Flanke das Schloss ruhte, verschmelzend, gegen den weißen Vollmond abhoben. Allein erleuchtete Fenster wirkten wie viele, gelbe Augen, die einen wartend anstarrten. Das Schloss sah aus, als wäre es über die Jahrhunderte immer und immer wieder von verschiedenen Architekten erweitert worden, setzte es sich doch aus unglaublich vielen, verschiedenen Baustilen zusammen. Gabriel konnte nicht anders, als gebannt die immer neuen kleinen Details zu bewundern, die sich ihm mit jedem schwindenden Meter offenbarten. Bald konnte er auf dem Burghof einige Gestalten ausmachen. Einen jungen Mann mit schulterlangen blonden Locken, zwei große Gestalten in weißen langen Roben, denselben, die auch Rahathiel getragen hatte, und noch ein paar andere. Alle hatten ihre Blicke nach oben gewandt und sahen dem landenden Zeppelin erwartungsvoll entgegen. Mit einem Ruckeln und einigen holpernden Sätzen kam dieser dann schließlich auf dem ausgetretenen Kopfsteinpflaster des Hofes auf.

Ephemera löste die Kurbel und verließ die Gondel als Erste. Zusammen mit den Umstehenden befestigte sie die Haken der Seile an einigen Ringen, die in die großen Bodenplatten eingelassen waren, während Alexiel die Propeller am Heck des Prototyps ausstellte. Dann stand er von seinem Pilotensitz auf, drehte sich zu Gabriel um, nahm vorsichtig dessen Hand und zog ihn ins Freie.

„Willkommen beim Orden", flüsterte er und schenkte dem Franzosen ein aufmunterndes Lächeln. Dieser folgte ihm unsicher und beäugte die Anwesenden genauso skeptisch, wie sie ihn zu beobachten schienen. Zumindest hatte er das Gefühl, dass sie dies taten. Erschrocken zuckte er zusammen, als das große, zweiflügelige Portal zum Hauptgebäude aufgestoßen wurde, die hölzernen Flügel der Tür gegen die steinernen Mauern krachten und ihn so von seinen aufgeregten Gedanken fort, aus seinem Kopf wieder in die Gegenwart rissen.

Mit langen Schritten kam ihnen ein großer, dunkelhäutiger Mann in einer wehenden weißen Robe entgegen, die Kapuze ruhe schwer auf seinem Haupt, gefolgt von einem kleineren Mann mit langen grau, weißen Locken, die in seinem Nacken einen Pferdeschwanz bildeten und einer Öl und Ruß verschmierten Lederschürze über einer schlichten Weste und Kniebundhosen.

„Ithuriel", grüßte Alexiel offensichtlich sehr schuldbewusst und verbeugte sich zur Begrüßung vor dem großen Engel.

Gabriel folgte seinem Beispiel und verneigte sich ebenfalls. So wie es, als er seinen Blick vorsichtig schweifen ließ, jeder andere auf dem Schlosshof auch tat, was dem Dunkelhäutigen aber doch irgendwie unangenehm zu sein schien, zumindest dem unmutigen zucken seines Mundwinkels nach zu urteilen.

„Sie sind Gabriel, richtig?", fragte Ithuriel; nachdem er den Anwesenden kurz zugenickt hatte, dass sie sich wieder aufrichten konnten. Seine Stimme war dunkel und fast wie das Grollen des Donners in weiter Ferne, aber nicht beängstigend, mehr einen grundlegenden, tiefen Respekt einflößend.

Gabriel nickte. Einen Ton oder gar ein vollständiges Wort brachte er nicht hervor, war die Präsenz des Mannes doch mehr als nur beeindruckend.

„Rahathiel hat Ihnen von der Prophezeiung erzählt?"

Gabriel machte eine wage bejahende Kopfbewegung.

„Gut." Dann er drehte sich zu Alexiel und Ephemera herüber. „Alexiel! Ephemera! Wir müssen reden. Was fällt euch beiden ein, den Prototypen einer neuen Technologie zu stehlen? Noch dazu eine ohne vollständig funktionierenden Schutzzauber? Ihr hättet uns den Menschen verraten können, auch denen, die nicht das zweite Gesicht haben!", sagte er und wurde dabei immer lauter, bis er fast brüllte. Dann faste er sich mit einem Seufzen an die Nasenwurzel und blickte in die schuldbewusst, zerknirschten Gesichter der Zwillinge. „Wir reden in Ratssaal weiter. Micah, zeige unserem Gast bitte sein Zimmer." Der junge Mann mit den blonden Locken nickte und kam auf Gabriel zu. Er hatte ein weiches Gesicht und trug ein lose fallendes Hemd, sowie eine kurze Weste. „Komm!", forderte er nicht unfreundlich.

Zögerlich löste Gabriel seine Hand aus der von Alexiel und machte einige Schritte auf den Blonden zu. Harris krallte sich im Stoff seiner Jacke fest, als er von seinem Arm auf seine Schulter hochkletterte. „Du bist also der Mensch, der es unserem besten Waffenschmied so sehr angetan hat?", lachte Micah.

„Ähm...Woher?"

„Spiegel!", beantwortete Micah, der wohl in das ganze Unterfangen eingeweiht gewesen war, Gabriels unvollendete Frage sofort. Dieser nickte. *Stimmt.* Spiegel, durch die man Sprechen konnte, sofern man kein Mensch war. Schmerzlich wurde ihm bewusst, dass er der einzige Mensch hier auf diesem Schloss war. Trotz der Anwesenheit von Alexiel und Ephemera fühlte er sich ein wenig einsam, ganz klein in einem riesigen Palast voller Engel und Dämonen, Dämonen die *gut* waren.

Micah führte ihn durch das große Portal in die Eingangshalle und dann durch einen sehr langen Gang in den Westflügel. Die Wände waren behängt mit schweren Teppichen, die Szenen aus dem Krieg der Dämonen, Engel und Umbra darstellten. Erhellt wurde alles von Fackeln und Laternen, und überall verliefen dicke Kupfer- und Eisenrohe. Wie eine Eule den Kopf hin und her drehend, versuchte Gabriel jeden der Teppiche so lange wie möglich zu beobachten, damit er ja keine Szene verpasste. Eine Sache war ihm aber trotz der Ablenkung durch die Geschichte, die die Wandzierden erzählten, aufgefallen: Es war viel wärmer als in Versailles. Ob das etwas mit den Rohren zu tun hatte? Als Gabriel eine dieser berührte, zuckte er erschrocken zurück. Das Rohr war heiß, so heiß, dass er sofort seinen Finger inspizierte, ob er sich verbrannt habe und bestätigte so, dass es sich um eine Art Heizung handeln musste.

Micah brachte ihn schließlich zu einem Zimmer im ersten Stock, welches direkt neben der Wendeltreppe, die die Etagen des Westflügels miteinander verband, lag. Es war ungefähr genau so groß wie sein Apartment in Versailles, allerdings war es ganz in Rot gehalten und die Decke war um einiges niedriger und durchzogen von dunklen Balken. Im Kamin links neben der Tür prasselte ein Feuer und gegenüber dem Kamin stand ein riesiges Himmelbett, das das Zimmer dominierte. Unter dem kleinen Fenster gegenüber der Tür standen ein Schreibtisch und ein Stuhl, daneben zwei Bretter an der Wand wie ein Regal, neben dem Kamin eine Kommode und am Fußende des Bettes eine Kiste, dennoch wirkte das Zimmer nicht vollgestopft, sondern heimlich und gut belebt.

„Ich gehe mal davon aus, dass Sie mehr gewohnt sind", sagte Micah dann.

Gabriel schüttelte den Kopf. „Ich habe mich in Versailles nie wirklich wohlgefühlt. Das hier ist im Gegensatz eine Definition für Gemütlichkeit", winkte er ab.

Micah sah ihn überrascht an.

„Ach wirklich?", fragte er dann, ohne eine Antwort zu erwarten, und mit einem Tonfall, den Gabriel nicht ganz einordnen konnte. Trotzdem trat er ein und ließ seine Finger sanft über die roten Bettlaken gleiten, während Micah an den Türrahmen gelehnt verblieb.

„Wir färben mit Hexenblut", sagte er dann.

Gabriel sprang entsetzt auf und warf einen Grauen erfüllten Blick auf das Bett, dann glitten seine Augen zu den ebenfalls roten Wänden. Ihm wurde kalt und schlecht. Auf Micahs Gesicht breitete sich jedoch ein Grinsen aus, dann begann er zu lachen.

„Kleiner Scherz!"

Gabriel wusste nicht wirklich, ob ihn das beruhigen sollte, abgesehen davon, dass er den Witz mehr als nur unpassend fand, hatte die Gelassenheit des Blonden aber auch etwas Sympathisches an sich. Generell wusste er nicht, was er von Micah halten sollte, aber das musste nichts heißen, sie kannten sich ja erst seit ein paar Minuten.

„Sie sind ein Freund von Alexiel?", fragte Gabriel daher, in der Hoffnung mehr über dem Blonden zu erfahren. Micah nickte.

„Wir kennen uns, seit er und Ephemera zum Orden gekommen sind. Wir sind wie Brüder und daher muss ich dir auch sagen, dass, wenn du ihm wehtust, es meine Aufgabe ist, dir wehzutun und ich denke mal, dass du weißt, dass ein Mensch keine wirkliche Chance gegen einen Engel hat. Außer natürlich, Ephemera hat dich schon gewarnt."

„Ich glaube, sie vertraut mir, dass meine Gefühle für Alexiel echt sind. Und nebenbei, Alexiel und Ephemera haben Anrack nicht allein besiegt!"", knurrte Gabriel, plötzlich doch etwas wütend, dass dieser Engel es wagte, seine Gefühle für Alexiel in Frage zu stellen.

„Dann ist ja gut", brummte Micah zurück.

Irgendwie fand Gabriel ihn jetzt doch nicht mehr so sympathisch. Wer war dieser Engel, als dass er sich einbildete, ihn maßregeln zu können? Besonders was seine Beziehung anging!

„Ich würde mich gerne etwas einrichten und wenn es nicht zu viel verlangt ist, mich ein wenig frisch machen", fauchte Gabriel daher in der Hoffnung den Engel loszuwerden. Micah zog die Augenbrauen hoch.

„Das Bad ist den Gang nach links, die hinterste Tür rechts. Sofern sie es nicht stört, dass man sich hier das Bad teilt!", presste er zwischen seinen Zähnen hervor und funkelte Gabriel abschätzig an. „Tücher in der Kommode." Dann verließ er das Zimmer.

Na, ganz toll! Dachte sich Gabriel. *Schon den ersten Feind gemacht. Das ist ja genau so schlimm wie in Versailles!* Er öffnete die oberste Schublade der dunkeln Kommode, in der sich, wie Micah gesagt hatte, weiche Tücher befanden. Er hängt sich eines über den Arm, verließ sein neues Zimmer, nachdem er sichergegangen war, dass Micah sich nicht mehr in Sichtweite befand und lief zu dem Bad herüber.

Dieses erinnerte stark an eine römische Therme und wies diverse kleinere und größere Becken die in Podeste die man über ein paar Stufen erklimmen konnte, eingelassen worden waren, auf, in denen sich dampfendes, sauberes Wasser befand. Es waren kleine Kabinen durch Vorhänge abgetrennt, in denen man sich umziehen konnte und an einer Wand befanden sich Fächer, in die man seine Kleider legen konnte, sowie die Tücher zum Abtrocknen. Außerdem gab es einige Waschbecken links an der Wand und auch hinter einer weiteren Trennwand, die den hohen Raum in zwei Hälften teilte und an der man an beiden Seiten vorbei gehen konnte, vermochte man Waschgelegenheiten für eine schnelle Reinigung mit einem feuchten Tuch zu finden.

Gabriel zog sich also in einer der Kabinen aus, verstaute seine Kleider und das Tuch in einem Fach und ließ sich dann in das warme Wasser sinken. Er stellte fest, dass es eine Strömung in dem Becken gab, durch die das Wasser immer ausgetauscht wurde, die er zu zwei mit dickem Tuch, das über runde Gitter gespannt worden war, gesicherten Rohren unten in den Seitenwänden des Bassins zurückführen konnte. Er war gespannt, was hier in diesem Schloss alles mit Magie gemacht wurde und was mit den Menschen noch verborgenen wissenschaftlichen Erkenntnissen. Er musste Alexiel definitiv danach fragen, den so ein Bad, hätte er auf jeden Fall gerne auf seinem Anwesen daheim. Mit einem wohligen Seufzen begann Gabriel sich mit der Seife einzureiben, die er in einer kleinen Schale ebenfalls in der Schublade der Kommode gefunden hatte.

Er verbrachte gut eine Stunde in dem warmen Wasser und ließ seine Finger und Zehen schrumpelig werden, bevor er sich, nach raschem Abtrocknen und Wiederankleiden, wieder auf sein Zimmer begab.

Seine Taschenuhr sagte ihm es sei bereits zehn Uhr in der Nacht als er die dicke Tür öffnete und bemerkte, dass Alexiel sanft lächelnd auf dem Bett saß, seine Schuhe neben dem Möbelstück auf dem Boden verweist und seine langen Haare sanft um seine Schultern fallend. Er trug wieder ähnliche Kleidung, wie damals, als sie auf dem Trollmarkt in Paris gewesen waren. Eine enge, schwarze Hose und ein weites, weißes Hemd.

Gabriel ließ seine Finger kurz sanft über die Schulter des Dämonen fahren, nachdem er sich zu diesem auf die Matratze gesetzt hatte.

Alexiel legte den Kopf in den Nacken und schloss die Augen.

„Was hat Ithuriel gesagt?", fragte Gabriel besorgt und zog seine Hand wieder zurück.

„Er ist echt sauer, aber du musst dir keine Sorgen machen", versprach Alexiel. „Ich bin müde und habe Hunger! Das ist jetzt wichtig! Was ist mit dir?", stellte er dann plötzlich fest und ließ sich nach hinten auf das Bett fallen.

Gabriel war etwas überrascht über den abrupten Themenwechsel, aber wenn Alexiel nicht über sein Gespräch mit Ithuriel reden wollte, respektierte er das, zumindest im Moment, er würde später vielleicht noch einmal nachbohren. „Sollten wir dann nicht in die Küche gehen und dir was zu essen beschaffen, Chérie... und mir auch, ich habe auch Hunger."

Alexiel schnaubte belustigt und richtete sich wieder auf. „Dann los!", sagte er, sprang von dem Bett und schlüpfte in seine Stiefel.

Gabriel kletterte ebenfalls von dem weichen Möbelstück herab und folgte dem Dämon dann aus dem Zimmer.

Die Küche befand sich im Erdgeschoss. Es handelte sich um einen großen Raum im Ostflügel, der durch eine hüfthohe Mauer in einen Essbereich mit mehreren Tischen, an denen einige Engel und Dämonen saßen, und einen Kochbereich mit mehreren Herden und Waschtrögen, getrennt war. An einer Wand standen ein paar Regale, in denen wiederum ein Arsenal von Tongefäßen, Geschirrstücken und Töpfen aufbewahrt wurde, sowie einige Leibe Brot und ganz links neben der Tür schraubte sich eine Wendeltreppe herauf in den ersten Stock, wo sich ein weiterer Saal mit Tischen zum Essen befand. Gabriel erkannte kurz nach seinem etwas zögerlichen Eintreten, den älteren Dämon mit den grauen Haaren, der Ithuriel begleitet hatte wieder. Er winkte Alexiel und ihn zu seinem Tisch herüber, nachdem er die beiden Neuankömmlinge bemerkt hatte, diese aber für einen Moment nur etwas unschlüssig herumgestanden hatten.

„Holt euch was von dem Eintopf und setzt euch dann zu uns", befahl er lächelnd und deutete auf einen großen Topf, der auf einem der Herde ruhte.

Alexiel nickte und zog Gabriel zu dem Herd hinüber. Aus einem der Regale holte er zwei Schüsseln und Löffel hervor. Dann tat er sich und Gabriel auf.

„Gabriel, darf ich dir meinen Mentor Hadramiel vorstellen?", fragte er, als er sich zusammen mit dem Franzosen auf die andere Seite des Tisches, gegenüber des Dämons, setzte.

„Sehr erfreut", sagte Gabriel, stand noch einmal auf und deutete eine Verbeugung an.

Hadramiel rührte sich nicht, warf Gabriel jedoch einen freundlichen Blick zu. „Solche Förmlichkeiten sind nicht nötig, junger Mann", sagte er dann und bedeutete Gabriel mit einer Handbewegung, sich wieder zu setzen. „Alexiel ist fast etwas wie mein Sohn und von dem was ich gehört habe, machen sie ihn sehr glücklich und das macht wiederum mich glücklich! Also duz mich ruhig", fuhr er noch immer an den Franzosen gewandt fort. Dieser blinzelte etwas überrascht, setzte sich dann aber wieder. Alexiel lächelte und schien beinahe von innen heraus zu leuchten. Schweigend aßen die drei.

Erst jetzt realisierte Gabriel langsam, wie müde ihn die Reise in dem Zeppelin gemacht hatte und daher entschuldigte er sich schließlich, er wolle sich zurückziehen, um zu schlafen. Die Anwesenden wünschten ihm eine gute Nacht und Alexiel versprach, dass er auch gleich kommen würde, wenn Gabriel das den wollte, woraufhin dieser bejahend nickte.

Kaum dass sich Gabriel ungezogen hatte, er hatte noch nie ein so weiches Nachthemd getragen, auch wenn die beiden leicht versteckten Schlitze am Rücken etwas gewöhnungsbedürftig waren und im Bett saß, war er auch schon beinahe eingeschlafen. Er hörte jedoch noch, wie jemand leise die Tür zu seinem Zimmer öffnete.

„Gabriel?", fragte Alexiels leise Stimme in die sanfte Dunkelheit und Wärme des Zimmers hinein, um zu erfahren, ob der Franzose bereits schlief.

„Hm…", brummte Gabriel.

Die Tür wurde geschlossen und dann senkte sich die Matratze hinter ihm ein wenig. Sanft drückte sich Alexiel gegen seinen Rücken.

„Chérie…", murmelte Gabriel.

„Ich bin hier", flüsterte Alexiel, schob Gabriels Haare beiseite und küsste ihn sanft in den Nacken. Gabriel drehte sich herum und kuschelte sich gegen Alexiels Brust. „Willkommen beim Orden,

Gabriel", flüsterte dieser ein weiteres Mal. Der Franzose nickte nur stumm in den Stoff von Alexiels Nachthemd hinein und brummte etwas Unverständliches. Leider machte sich nach einigen Minute, in denen sie in angenehmer Stille begannen im Schlaf zu versinken, ein leises Gefühl von Schuld in seinem Magen bemerkbar. Er fühle sich schlecht darüber, weil er Jean ohne eine Erklärung in Versailles zurückgelassen hatte. Rahathiel hatte zwar versprochen sich um alles zu kümmern, aber es würde für Jean trotzdem unangenehm sein, dass sein Vater einfach verschwand und er nur von einem Unbeteiligten eine wage Erklärung erhielt.

Auf der anderen Seite lächelte Alexiel erneut unbewusst, wie er es in den letzten Monaten so oft getan hatte und drückte einen weiteren Kuss in die braunen Locken, die sich unter seinem Kinn türmten, was mit einem kaum hörbaren zufriedenen Geräusch quittiert wurde. Er freute sich unglaublich, dass er und Gabriel mehr gemeinsame Zeit geschenkt bekommen hatten und dass sie diese vollends auskosten können würden, hier beim Orden, dem Ort den er als zuhause ansah, seit er und seine Schwester ihm beigetreten warn.

Schließlich versank Gabriel dann doch in einem tiefen Schlaf, in den ihn Alexiel wenige Minuten später folgte.

Kapitel 22

(Dezember 1686)

Alexiel beobachtet mit einem Lächeln auf den Lippen, wie Gabriel seine Weste zurechtzupfte und ein wenig skeptisch die Augenbrauen zusammenzog. Es waren einige Tage vergangen, seit sie auf dem Schloss in den Karpaten angekommen waren, und nun war es Weihnachten. Alexiel hatte erzählt, dass der Orden jedes Jahr zu Weihnachten, auch wenn keines der Ordensmitglieder religiös war, einen Ball veranstaltete, um den Kampf gegen Saradiel und die Monster, den sie den Rest des Jahres austrugen, für einen Tag zu vergessen.

Hatte Gabriel in der Vergangenheit nie großes Interesse an Bällen und Banketten oder dergleichen Veranstaltungen empfunden, war er nun doch recht aufgeregt. In Versailles hatten er und Alexiel sich nur einen kurzen gemeinsam Tanz auf einem der Bälle gestohlen, der von einem weiteren Tod beendet wurde, aber hier konnten sie offen sein. Alexiel hatte nämlich auch erzählt, dass der Orden keinerlei Verurteilungen anstellte, wenn man sich als Mann für Männer interessierte oder als Frau für Frauen. Er hatte erzählt, dass es wohl in der Dunklen Dimension, wo die Engel und auch die Dämonen herstammten, ganz normal gewesen sei, dass Liebende auch mal dasselbe Geschlecht besaßen und dass viele sehr überrascht gewesen waren, als sie erfuhren, dass sie in dieser seltsamen neuen Welt sterben konnten, wenn sie ihre Liebe offen zeigten.

Gabriel kam es wie ein Traum vor, dass er einen Ort gefunden hatte, nein, dass man ihn an einen Ort gebracht hatte, an dem er offen sein konnte, und daher hatte er sich nun doch dafür entschieden sich auf den Weihnachtsball zu freuen und zupfte seit einigen Minuten unter Alexiels belustigtem, aber sanftem Blick an seiner Kleidung herum. Er trug einen petrolfarbenen Gehrock über einer grünen Weste, schließlich hatte er seit gestern wieder eine größere Auswahl, da an jenem Tag der Großteil seiner Sachen aus Versailles gebracht worden war und er sich nun nicht mehr die weitestgehend schwarze Kleidung von Alexiel leihen musste. Er wollte gar nicht wissen, was Rahathiel denen in Versailles erzählt hatte, warum er so plötzlich verreist war, und er wollte auch nicht wissen, was Jean dachte oder überhaupt, was im Moment in Versailles los war. Er wollte nur im Hier und Jetzt sein. Nirgends sonst. Harris wiederum hielt sich nun den Großteil des Tages in den Gärten des Schlosses auf, auch wenn diese praktisch kahl waren. Nur in der Nacht kam er in das Schloss und rollte sich in dem Nest, das er sich auf der Kommode in Gabriels Zimmer gebaut hatte, zusammen. Gabriel hatte zwar versucht, ihn im Wald vor dem Schloss freizulassen, aber Harris hatte sich standhaft geweigert, von seiner Schulter zu springen und jedes Mal, wenn Gabriel ihn abgesetzt hatte, war er wieder an ihm hinaufgeklettert und hatte sich wieder auf seine Schultern gesetzt. Schließlich hatte der Franzose dann aufgegeben und den Kobold wieder mit in das Schloss genommen. Seitdem war es Teil seiner Morgenroutine, das Fenster für Harris zu öffnen und ihn herauszulassen, damit dieser an der mit Ranken und Efeu bewachsenen Fassade des Schloss in den Garten unter dem Fenster des Zimmers klettern konnte.

„Du siehst umwerfend aus", versicherte Alexiel Gabriel ein weiteres Mal lächelnd und riss ihn so aus seiner heimeligen Gedankenwelt.

Gabriel warf ihm jedoch einen zweifelnden Blick zu und zupfte noch einmal an seiner Weste.

„Vertrau mir."

Er seufzte und nickte. „Gut. Gehen wir!", sagte er dann.

Alexiel nahm seine Hand und zog ihn auf die Zimmertür zu. Er trug ein tiefblaues Hemd über einer schwarzen Hose und hochhackigen Stiefeln, dazu ein mit Rüschen besetztes Halstuch und eine Weste in einem helleren Blau. Lächelnd führte er Gabriel die Treppe hinab und dann in den Ostflügel des Schlosses, wobei er den Franzosen aufmerksam aus dem Augenwinkel beobachtete.

Als sie sich dem Saal näherten, schallte ihnen bereits Gelächter entgegen und der warme Schein von Kerzenlüstern erhellte auch den

Gang davor. Gabriel hatte das Gefühl, erneut in eine völlig andere Welt einzutauchen, als er und Alexiel den Saal betraten. Dieser war mit neun Kerzenlüstern an der Decke und zwei langen Tischen – jeweils an den Seiten des Saals – ausgestattet. Riesige rote Tücher, Girlanden und festliche Gestecke aus Tannenzweigen, Schleifen, getrockneten Orangenscheiben und Kerzen schmückten Wände, Decken und Tische, die sich beinahe unter dem Gewicht der Speisen bogen. Ungefähr die Hälfte der Stühle an den Tischen war besetzt und vor dem mannshohen Kamin ganz hinten im Raum, hatten sich ein paar kleine Grüppchen versammelt, die sich angeregt unterhielten. In einer dieser Grüppchen konnte er Ephemera erkennen, die sich lachend mit einer anderen jungen Frau und Micah unterhielt. Auf einigen weiteren kleinen Tischen neben der Tür, die Gabriel erst jetzt auffielen, standen einige Karaffen mit Wein und Gläsern.

Alexiel zog ihn zu diesen herüber, schenkte ihm ein Glas Wein ein und warf einen neugierigen Blick in das Gesicht Gabriels. Er stellte zufrieden fest, dass Gabriel wohl sprachlos war. Das Licht der unzähligen Kerzen verwandelte die braunen Locken seines Gegenübers in flüssiges Karamell und spiegelte sich sanft flackernd in den blauen Augen des Franzosen, welcher, wie Alexiel feststellte, endlich einmal vollkommen entspannt wirkte. Sonst, zurück in Versailles, hatte er immer eine gewisse Anspannung im Körper des Franzosen wahrnehmen können, als wäre da ständig etwas in seinem Hinterkopf, das ihn nicht zur Ruhe kommen ließ und ewig dafür sorgte, dass er sich etwas unwohl fühlte. Doch dieses Etwas schien nun verschwunden zu sein.

Gabriel wiederum konnte seinen Augen kaum trauen, als er über sich zwischen den Kerzenlüstern in einer seltsamen Maschine, die aus Zahnrädern, Kolben und allerhand anderen Teilen bestand, befestigte Musikinstrumente entdeckte, welche von besagtem Gerät gespielt wurden. Und hätte er nicht mittlerweile gewusst, dass Magie existierte und der Orden technisch viel weiter war als der Rest von Europa, wäre er davon ausgegangen, dass jemand dem Wein eines dieser Halluzinationen auslösenden Pulver, die in Versailles kursierten, beigemischt oder er vollkommen den Verstand verloren hatte.

„Fantastisch!", hauchte er und drehte sich zu Alexiel um, dieser nickte und drückte ihm sanft einen Kuss auf die Lippen. Gabriel wurde kurz kalt, er hatte sich noch immer nicht daran gewöhnt, dass ihm hier nichts passieren konnte, wenn man ihn und Alexiel beim Küssen sah und fragte sich, ob er das jemals tun würde. Schnell entspannte er sich jedoch wieder und erwiderte den Kuss. Dann trank er einen weiteren Schluck Wein. „Der ist gut, viel besser als die in Versailles", stellte er fest, nachdem er das Glas wieder von seinen Lippen abgesetzt hatte.

„Natürlich ist der viel besser als die in Versailles, das ist elbischer Wein!", verkündete Alexiel schmunzelnd und mit gespielter Entrüstung.

„Bruderherz, mach Gabriel doch nicht jetzt schon betrunken, er wird schon früh genug mit dir schlafen! In Versailles wart ihr ja beim Studieren der Karten schon kurz davor!", rief Ephemera grinsend als sie zu den beiden herüberkam und zufrieden beobachtet wie Gabriel so rot wie die Tücher, die den Saal schmückten, anlief und sich gleich darauf an seinem Wein verschluckte.

„Es ist nur ein Glas, davon wird man nicht betrunken!", fauchte Alexiel, warf seiner Schwester einen bösen Blick zu und klopfte Gabriel sanft auf den Rücken. „Alles in Ordnung?", fragte er dann an diesen gewandt.

„Ja", presste der Franzose nach Luft ringend hervor.

„Wollen wir tanzen, vielleicht können wir so weiteren Attentaten meiner Schwester entgehen!", schlug Alexiel vor und nahm Gabriel sanft den Wein aus der Hand, welchen der Franzose weitestgehend vergessen zu haben schien.

Gabriel nickte.

Alexiel grinste, stürzte das Glas mit einem Schluck herunter und stellte es an einen Platz auf dem linken der Tische ab, dann zog er Gabriel in die Mitte des Saals. Langsam begannen sich die beiden, zusammen mit einigen anderen, in einem Tanz zur Musik zu bewegen. Gabriel genoss die Ungezwungenheit, die er so in

Versailles nie empfunden hatte, da es sich hier, nun wie eine Entscheidung seinerseits anfühlte, dass er an diesem Event teilnahm, nicht wie eine Pflicht gegenüber einem König und ausnahmsweise machte ihm der Ball daher sogar Spaß. Über die Stunde erfuhr er, wie sollte es auch anders sein, dass Engel und Dämonen auch ihre ganz eigenen Tänze aus der Dunklen Dimension hatten, die er natürlich nicht konnte, da er sie nie gelernt hatte. An diesen Tänzen nahmen er und Alexiel dann nicht Teil, stattdessen beobachtete Gabriel die Tänzer aufmerksam und Alexiel versprach, dass wenn der Franzose wollte, er ihm jeden einzelnen dieser Reigen persönlich beibringen würde.

Einige Zeit später ließen sie sich dann zusammen an dem Tisch, wo Alexiel zuvor Gabriels Glas zurückgelassen hatte, nieder. Zusammen, das hieß Gabriel selbst, Alexiel, Ephemera und sehr zu Gabriels Missfallen Micah. Jeder tat sich etwas von den üppigen Speisen, die den Tisch füllten, auf und während entspannten Unterhaltungen zu essen. Micah traute sich glücklicherweise nicht in der Anwesenheit der Geschwister irgendetwas bissigen gegenüber Gabriel verlauten lassen, bedachte ihn jedoch mit den giftigsten Blicken, die dieser je gesehen hatte, nur um dann ganz begeistert an Alexiels Lippen zu hängen. Gabriel entschied sich also den Engel zu ignorieren und den Abend einfach zu genießen. Seine gute Stimmung wurde jedoch leider nach einiger etwas getrübt, da er ein immer wiederkehrendes, leichtes Gefühl von Schwindel verspürte und sich einfach nicht erklären konnte, woher diese kam. *Seltsam.* Dachte er bei sich. *Ich habe doch gar nicht so viel getrunken. Ich kann unmöglich schon beschwipst sein!* Frustriert schüttelte er den Kopf und zu seiner Überraschung verschwand das Schwindelgefühl. Endlich!

„Wollen wir noch einmal tanzen?", fragte Alexiel, der Gabriels leichtes Unwohlsein nicht bemerkt zu haben schien.

Gabriel nickte und erhob sich von seinem gepolsterten Stuhl, dann griff er nach der Hand des Dämons, welcher sich vom Stuhl neben ihm erhoben hatte. Micah verblieb am Tisch und aß weiter, jedoch nicht bevor er Gabriel einen weiteren tödlichen Blick zugeworfen hatte, und Ephemera tat sich noch etwas von dem Stollen, der neben ihr auf dem Tisch stand auf.

Das Paar stellten sich mit anderen Engeln und Dämonen für einen Gruppentanz auf, während die Musikinstrumente in ihrer Maschine zu einem neuen Stück ansetzten. Gabriel wurde wieder etwas schwindelig, doch er ignorierte dies. Er genoss es, wie sich alle in einem flotten Menuett umeinanderdrehten, man so immer wieder seinen Tanzpartner wechselte, nur um wenige Schritte später wieder mit jemand neuem zu tanzen.

Ihm wurde ein weiteres Mal schwindelig, so sehr, dass er aus dem Takt geriet und ein paar Schritte stolperte, bevor er sein Gleichgewicht wieder gefunden hatte.

Alexiel brach aus der Formation aus und packte ihn am Arm. „Gabriel, was ist los?", rief er über die Musik und das überraschte Raunen der anderen Anwesenden auf der Tanzfläche hinweg.

„Ich weiß nicht…", murmelte der Franzose. Ein stechender Schmerz schoss durch seinen Kopf. Er stöhnte leise auf und begann, sich die Schläfen zu massieren, in der Hoffnung, den Schmerz vertreiben zu können.

„Gabriel!", rief Alexiel ein weiteres Mal besorgt und zog ihn näher zu sich. Doch Gabriel hörte ihn gar nicht richtig.

Wie Blitze hatten Bilder begonnen, vor seinen Augen zu zucken. Ein blau grauer Himmel über einer großen Stadt. Gebäude die seltsam verlassen wirkten. Als er seinen Blick wandern ließ, konnte er unzählige Umbra erkennen. Riesige schwarze Wesen mit ledrigen Flügeln die teilweise weißliche Flecken aufwiesen in roten Tuniken und schwarzen Brustpanzern, und einige die Alexiel in seiner verwandelten Form recht ähnlich sahen, aber nichts von seiner Eleganz hatten. Außerdem konnte er Engel sehen, wunderschöne Wesen zwischen Mensch und Schleiereule und Dämonen deren Schuppen in der Sonne schillerten, die vollständig in schwarz gekleidet waren. Die Engel, Dämonen und Umbra waren im Kampf in der Luft ineinander verkeilt, doch Gabriel konnte keinen Ton hören. Es regnete regelrecht Blut auf die Stadt unter dem Kampf im Himmel. Und dann war da dieses gleißend, leuchtende Wesen, welches zwischen allen schwebte. Es schwebte direkt mit dem Rücken zur Sonne, daher konnte Gabriel es nicht richtig erkennen. Plötzlich war er wieder im Ballsaal im Schloss des Ordens. Langsam wurde Alexiels Stimme lauter, die immer wieder besorgt seinen Namen rief. Schließlich erschien in seinem verschwommenen Blickfeld das dunkle, ruhige Gesicht von Ithuriel.

„Er ist ein Seher!", stellte der dunkelhäutige Engel überrascht fest. „Ein menschlicher Seher. Das ist ganz außerordentlich!".

Gabriel blickte hilfesuchend zu Alexiel. „Was bin ich?", fragte er dann mit einer ungewöhnlich hohen und erstickten Stimme.

„Ihr habt die Fähigkeit, Blicke in die Zukunft zu erhaschen, Comte", erklärte stattdessen Ithuriel. „Darf ich fragen, ob Sie Bilder gesehen oder eine Stimme gehört haben?"

„Bilder…"

„Eine Vision also…". Langsam realisierte Gabriel, dass er wohl das Gleichgewicht verloren und Alexiel ihn aufgefangen hatte, als die Vision begonnen hatte. Warum sonst sollte er in Alexiels Armen auf der Tanzfläche liegen, seine Kleidung unordentlich und mit einem ungesund wirkenden grünen Schimmer auf seiner Haut. Vorsichtig richtete er sich auf, während Alexiel ihm weiter etwas Halt gab.

Gabriels Beine fühlten sich wie Gelee an und er glaubte, dass, wenn er auch nur einen Schritt machen würde, ohne sich an Alexiel festzuhalten, er gleich wieder zu Boden fallen würde. Er wusste nicht was er sagen oder fragen sollte. In seinem Kopf wirbelten tausende Fragen umher, doch keine konnte er greifen oder stellen.

„Wir bringen dich auf dein Zimmer, von der Vision kannst du uns morgen berichten!", entschied Alexiel, bevor Ithuriel, der sehr interessiert an Gabriels Vision zu sein schien, etwas anderes verlangen konnte.

Gabriel nickte nur stumm und ließ sich von Alexiel und Ephemera, die ebenfalls herbeigeeilt gekommen war, auf sein Zimmer bringen.

„Was ist mit mir passiert?", fragte er und kuschelte sich an Alexiel, der neben ihm saß, am Kopfende des Bettes lehnte und seine Beine ausgestreckt hatte. Alexiel wiederum streichelte sanft mit einer besorgten Miene auf den Gesichtszügen, über die wilden, braunen Locken des Franzosen.

Ephemera beobachtete die beiden und knüllte Gabriels Weste und Gehrock, der Franzose hatte sich denen hastig entledigt, sobald sie auf seinem Zimmer angekommen waren, achtlos zusammen, dann warf sie die Kleider beiläufig auf die Truhe am Fußende des Bettes und setzte sich neben Alexiel und Gabriel auf die Bettkante. Sanft legte sie ihre Hand auf Gabriels Bein. Sie wusste, dass sie nicht gut darin war die richtigen Worte in emotionalen Situationen zu finden, aber Gabriel tat ihr leid. Es waren erst ein paar Monate vergangen, seit er von ihrer Welt erfahren hatte, und er hatte schon einen höherrangigen Umbra bekämpfen müssen und jetzt war er auch noch ein Seher! So viel auf einmal sollte man niemandem zumuten. Und dennoch hatte das Universum gedacht, Gabriel sei genau die richtige Person, um all das innerhalb weniger Monate zu erleben. Ephemera fragte sich, wie sie an seiner Stelle reagiert hätte. Wenn sie ein Mensch wäre und all das auf sie eingestürzt wäre, was Gabriel jetzt durchlebte. Sie glaubte nicht, dass sie alles so vergleichsweise gut aufnehmen hätte können. Gabriel war stark, das wusste sie, und hatte es von dem Moment an gewusst, als er sich entschieden hatte, ihr und ihrem Bruder bei ihrer verrückten Mission gegen einen Feind, den sie nicht kannten, zu helfen und mit ihnen zu kämpfen.

Alexiel strich Gabriel sanft über das Haar und drückte ihm einen Kuss gegen die Schläfe. „Ein Mensch, der gleichzeitig ein Seher ist…", murmelte er beinahe ehrfürchtig. „Wisst ihr was? Eigentlich müsste der Orden dir Gabriel jetzt die Fähigkeit geben, die Sprachen der Ältesten zu sprechen."

„Meinst du?", fragte Ephemera überrascht.

„Ja. Im Kodex steht: *Jedem, dem die Zukunft Einblicke in ihre Geheimnisse gewährt, soll das Geschenk der Sprachen der Ältesten gemacht werden!*", zitierte Alexiel.

Gabriel hob seinen Kopf von Alexiels Schulter und sah ihn überrascht an. „Aber ich bin doch ein Mensch und überhaupt kein Mitglied des Ordens", warf er ein.

„Davon steht nichts im Kodex. Weder, dass du nicht menschlich sein darfst, noch, dass du Teil des Ordens sein musst. Es gibt genügend Seher, die sich, auch nachdem sie Visionen hatten, nicht dem Orden anschlossen und trotzdem die Fähigkeit die Sprachen der Ältesten zu verstehen bekamen", winkte Alexiel ab.

Ephemera verschränkte die Arme vor der Brust und legte die Stirn in Falten. „Du hast recht", sagte sie dann.

Gabriel blinzelte überrascht. „Und was heißt das nun für mich?", fragte er dann.

„Nun, du könntest, wenn du eine Prophezeiung empfängst, diese übersetzen", erklärte Alexiel.

„Du könnest aber auch die Manuskripte zu den Dämonen-Büchern lesen und müsstest nicht auf die Übersetzungen zurückgreifen, die andere Seher verfassen und die uns anderen zugänglich sind", fügte Ephemera an.

Gabriel runzelte die Stirn und kuschelte sich wieder an Alexiel. „Ich bin müde…", murmelte er dann. „Chérie?"

„Ich bleibe hier, wenn du willst."

Gabriel sank gegen die Brust des Dämons.

Ephemera lächelte und stand auf. „Ich lasse euch beide mal allein…".

Alexiel nickte und rutschte dann mit Gabriel zusammen ein Stück tiefer unter die Decke.

„Wollen wir uns nicht noch erst umziehen? Ich will ungerne in meinen Tagkleidern schlafen", murmelte Gabriel und schob die Decke wieder von sich.

Alexiel nickte. „Leihst du mir ein Nachthemd?"

Gabriel deutete auf die Kommode neben dem Kamin. Sie beide standen auf und holten sich jeweils ein Nachthemd.

Alexiel fand es immer sehr niedlich Gabriel in diesen riesigen, weißen mit Rüschen besetzten Hemden zu sehen. Er sah dann immer aus wie ein kleiner Vogel, der noch keine Flugfedern, sondern nur seinen weichen Flaum hatte.

Die beiden krochen wieder unter die Daunendecke und Gabriel kuschelte sich an die Brust des Dämons. Bald war er eingeschlafen, hatte ihn die Vision doch mehr Energie gekostet, als ihm zunächst aufgefallen war.

Kapitel 23

(Dezember 1686)

Gabriel runzelte die Stirn und streichelte sanft über Harris kahles Köpfchen. Im Ratsaal, vor dessen großer, doppelflügeliger Tür er nervös von einem Fuß auf den anderen trat, waren Ithuriel, Rahathiel und einige andere Engel und Dämonen damit beschäftigt waren, seine Vision zu diskutieren und wie es nun weitergehen sollte. Alexiel war für einen kurzen Moment herausgekommen und hatte ihm Bescheid gegeben, dass es wohl im Moment darum ging, ob man ihm die Fähigkeit die Sprache der Ältesten zu sprechen, geben sollte oder nicht. Er selbst durfte im Moment nicht in den Ratssaal kommen, da er kein Mitglied des Ordens war, die Besprechung aber als ordensintern galt.

Am Morgen hatte man ihn und Alexiel geweckt und gebeten, dass er sich so schnell wie möglich bekleiden solle, man wolle seine Vision aufschreiben. Gabriel hatte sich also angekleidet und war Rahathiel in den Ratssaal gefolgt. Dort hatte er in allen Details beschrieben, was er gesehen hatte, außerdem hatte man Zeichnungen der Bilder angefertigt, basierend auf seiner Darstellung der Vision. Und nun stand er draußen vor dem großen, an eine Arena erinnernden Saal und wartete darauf, dass ihm jemand mitteilte, wie es weitergehen würde. Harris schien seine Nervosität zu teilen und rupfte immer wieder an seinen Haaren herum.

„Lass das, wegen dir bin ich bald kahl!", fauchte Gabriel dem kleinen Waldkobold leise zu.

Im nächsten Moment zuckte er erschrocken zusammen, als die Tür zum Ratssaal mit einem lauten Rumpeln aufgestoßen wurde. Vor ihm stand ein junger, schlanker Dämon in traditioneller, roter, knielanger Tunika.

„Ithuriel möchte mit Ihnen reden, Comte", sagte er und lud Gabriel mit einer Armbewegung wieder in den Saal ein.

Es handelte sich um einen runden, hohen Raum. Gegenüber der Tür stand ein halbrunder Tisch, an dem sich sieben Stühle mit hohen Lehnen befanden. Auf dem Stuhl an der Mitte des Tisches saß Ithuriel, links von ihm Rahathiel. Der Dämon, der Gabriel hereingelassen hatte, setzte sich auf den Stuhl ganz links außen. Zwischen ihm und Rahathiel, war eine blonde Dämonin positioniert. Rechts von Ithuriel hatte ein weiblicher Engel mit schwarzen, langen Haaren und einem narbenzerfurchten Gesicht platzgenommen. Neben ihr ein weiterer Engel mit braunen Locken, ganz außen saß Hadramiel. In den Boden war ein großes Mosaik eingearbeitet, das an einen Stern oder eine Schneeflocke aus Schwertern erinnerte. Rechts und links der Eingangstür führten jeweils kleine Treppen auf die Zuschauerränge, zwischen der Tür und den Treppen standen wiederum einige einsame Stühle und auf einem dieser saß Alexiel mit übereinandergeschlagenen Beinen.

Gabriel, noch immer mit Harris auf der Schulter, trat ein. Er ließ Harris über seinen Arm zu Alexiel hüpfen, er auf einem der besagten Stühle saß und richtete sich dann vor dem halbkreisförmigen Tisch auf.

„Comte", grüßte Ithuriel.

Gabriel deutete eine höfliche Verbeugung an.

„Also, es sieht folgendermaßen aus", begann der dunkelhäutige Engel und legte sein Kinn auf seine gefalteten Hände, als wäre er müde nach einer langen Diskussion und müsse überlegen, wie er das, was er sagen wollte, am besten ausdrücken sollte. „Sie hatten eine Vision. Nach dem Kodex des Ordens müssten wir Ihnen jetzt die Fähigkeit geben, die Sprache unserer Ältesten zu sprechen. Das Problem ist, es sind die Ältesten der Dämonen und Engel. Und Sie Comte, sind nicht einmal Teil unserer Gesellschaft, Sie sind ein Mensch. Wir müssen überlegen, was die beste Möglichkeit ist, den Regeln unseres Ordens zu folgen, aber gleichzeitig unser Erbe in den Augen von niemandem zu beschmutzen oder es für jemanden so aussehen zu lassen, als würden wir die Non Humani den Menschen offenbaren. Ihre Anwesenheit ist für viele schon problematisch genug."

„Was heißt das nun für mich?", fragte Gabriel, er wusste nicht wirklich, auf was der Engel hinauswollte.

„Es bedeutet, dass Sie nun eine Entscheidung zu fällen haben, Comte. Wir sind zu dem Schluss gekommen, dass wir Ihnen die Fähigkeit, die eigentlich allen Sehern zusteht, nur geben werden, falls Sie sich dazu entschließen, dem Orden beizutreten. Ich weiß, dass diese Entscheidung problematisch ist, aber ein Kompromiss ist besser als gar nichts", erklärte Ithuriel und sah Gabriel beinahe entschuldigend an.

„Und wenn ich mich dagegen entscheide, dem Orden beizutreten?", fragte Gabriel nach und hoffte, dass man ihm seine Unruhe nicht ansehen konnte.

„Ihr würdet hierbleiben dürfen, bis wir wissen, welche Rolle Sie in der Prophezeiung spielen werden. Sie würden uns alles, was Sie in einer Vision sehen oder Prophezeiung hören mitteilen müssen, auch wenn Sie diese nicht verstehen. Und ansonsten müssen sie sich vollständig von den Non Humani fernhalten!"

Gabriel nickte. „Kann ich mir Gedanken darüber machen?"

„Natürlich. Aber bitte lassen Sie sich nicht zu viel Zeit."

„Selbstverständlich."

Ithuriel stand auf und nickte einmal in die Runde. Die Ratssitzung war beendet. Die anderen sechs Ratsmitglieder erhoben sich ebenfalls, deuteten eine Verbeugung in Richtung von Gabriel und dann in Richtung von Ithuriel an, kamen hinter dem Tisch hervor und verließen den Saal.

Alexiel stand auch auf und griff nach Gabriels Hand, während Harris wieder zurück auf dessen Schulter sprang.

„Willst du kurz rausgehen und frische Luft schnappen?", fragte er.

Gabriel nickte stumm und ließ sich einige lange Gänge entlangführen bis zu dem Kreuzgang kamen, von dem aus man zu einem der kleinen Innenhöfe, in dem sich ein Garten befand, gelangen konnte. Es handelte sich um den Garten, in dem Harris sehr gerne seine Tage verbrachte und den Gabriel von seinem Zimmer aus sehen konnte. Drei dicke, alte, knorrige Bäume hatten ihre Wurzeln,

zwischen denen welke, braune Blätter lagen, in die kalte Erde gebohrt. Da stand eine Steinbank und es gab einige kleine, vereiste
Beete, die man nur anhand der aus Weidenästen gebauten Umran-
dungen erkennen konnte.

Gabriel zog seinen mit Pelz besetzten Wintermantel unter Alexiels belustigtem Blick – ihn schien die Kälte nicht im mindesten zu
stören, ja sie schien ihm nicht einmal richtig aufzufallen - fester um
sich und vergrub seine Nase in dem weichen, flauschigen Fell. Alexiel wiederum trug nur ein langes Cape aus dicker, blauer Wolle
und nicht wie Gabriel Kleidung, die ihn aussehen ließ, als würde
er sich gerade auf einer Expedition in den tiefsten Wäldern der rus-
sischen Wildnis oder zum Nordpolarkreis befinden. Schweigend
starrte er in den grauen Himmel. Es war kalt genug, als dass er das
Gefühl hatte, der Wind könne jeden Moment in die Haut auf seiner
Wange schneiden.

„Und, was wirst du tun?", fragte Alexiel, Gabriels Blick in den
Himmel folgend.

Gabriel konnte die leichte Hoffnung, dass er sich dem Orden anschließen würde, in Alexiels Stimme mitschwingen hören, reagierte jedoch nicht darauf. „Ich weiß nicht…", murmelte er stattdessen und wand seinen Blick vom Himmel ab, wieder dem
Dämon zu. „Was würde es für mich bedeuten, dem Orden anzuge-
hören? Müsste ich meine Familie verlassen? Würde ich euch trotz
der Tatsache, dass ich ein Mensch bin, auf Jagd-Missionen begleiten? Dürfte ich das? Wie viel würde sich für mich verändern? Und
noch wichtiger, was ist mit Jean. Im Moment glaubt er, dass ich für
Louis auf eine politisch motivierte Reise gegangen bin und er daher nicht mehr darüber erfahren dürfe. Aber wenn ich hier bleibe
… Würde ich meinen Tod vortäuschen? Jean ist erst sechzehn, ich
weiß nicht, ob er die Verwaltung des Landsitzes bereits übernehmen könnte, auch wenn ich ihm vertraue und der Tod seiner Mutter ist auch erst ein paar Jahre her. Ich fühle mich als würde ich ihn
im Stich lassen, egal wie ich mich entscheide. Wenn ich dem Orden
nicht helfe, beschütze ich ihn nicht davor was Saradiel in Europa
anrichten könnte, um den Orden zu finden, aber wenn ich

hierbleibe, bleibt er mit irgendeiner wilden Gesichte, warum ich plötzlich nicht mehr da bin, zurück. Und würde ich ihn besuchen dürfen?", fragte er.

Alexiel legte den Kopf schief. Er wusste nicht wirklich, wie er darauf antworten sollte. Seine ganze, noch lebende Familie – was eigentlich nur Ephemera war – lebte hier beim Orden und alle anderen, die er neben seiner Schwester noch als Familie ansah, hatte er erst hier beim Orden kennen gelernt. Bei einer Sache war er sich jedoch sicher. Gabriel würde mit jagen müssen. Im Orden wurden da keine Unterschiede gemacht. Jeder jagte Monster und suchte nach Umbra. Frauen und Männer. Engel und Dämonen und Gabriel würde auch jagen müssen. Natürlich würde man ihn zunächst ausbilden, bis man glaubte, dass er bereit war, aber irgendwann würde auch er Monster töten müssen. Und vielleicht würde er auch mit gegen die Umbra kämpfen.

„Du würdest jagen müssen, da bin ich mir sicher. Aber sonst…", Alexiel wirkte resigniert. Er wusste, dass für Gabriel seine Familie unglaublich wichtig war und er es nur aushalten würde, seinen Sohn Jean nicht mehr sehen zu können, wenn der Grund dafür, wichtiger als alles andere in seinem Leben war.

Gabriel ließ sich auf die steinerne Bank sinken und blickte erneut hinauf in die grauen Wolken. „Ich fühle mich hier mehr zuhause, als ich es in Versailles je getan habe, und ich habe das Gefühl, endlich einen Ort gefunden zu haben, wo ich weniger als der Sonderling gesehen werde, der es nicht versteht, wenn eine Frau sich ihm annähert und der am liebsten mit den Gärtnern in der Parkanlage arbeiten würde, weil er Pflanzen einfach viel interessanter als das Geplauder und Getratsche in den Salons findet. Auch wenn ich erst seit ein paar Tagen hier und der einzige Mensch bin", murmelte Gabriel.

„Wir sollten Ithuriel fragen. Es bringt nichts, wenn du dir jetzt den Kopf darüber zermarterst, ob du Jean besuchen darfst, wenn es sein kann, dass du dir die Frage gar nicht stellen musst", schlug Alexiel vor.

Gabriel nickte und kehrte zusammen mit dem Dämon zurück ins Innere des Schlosses. Dort zog er dankbar den dicken Mantel aus und hängte ihn sich über den Arm. Er hatte Alexiel immer noch nicht gefragt, wie sie hier heizten, ob es tatsächlich die Rohre waren. Aber vielleicht war es auch besser, dass das ein Geheimnis blieb, so würde die Wärme in dem Schloss nicht ihre Magie verlieren. Andererseits würde Gabriel auch gerne bei sich auf dem Anwesen seiner Familie so heizen können.

Er brachte den Mantel schnell auf sein Zimmer zurück, dann liefen er und Alexiel zu Ithuriels Arbeitszimmer. Sie klopften an, doch niemand antwortete. Vorsichtig öffnete der Dämon die Tür des Vorsitzenden des Rates und Anführers des Ordens. Das kleine Zimmer mit den steinernen Wänden und dem großen Wandteppich neben der Tür war leer. Ein kleines Feuer prasselte in dem Kamin links im Raum, der zwischen zwei Bücherregalen eingequetscht war und auf dem großen Schreibtisch im Zentrum des Raumes lagen einige Papier, eine Schreibfeder und ein verschlossenes Fässchen mit blauer Tinte. Weiter hinten im Raum gab es eine Tür, die in ein weiteres Zimmer führte. Gabriel vermutete, dass es sich um Ithuriels Privatgemach handelte.

„Wenn er nicht hier ist, dürfte er in der Bibliothek sein…", vermutete Alexiel und zog Gabriel wieder aus dem kleinen Büro heraus.

Gabriel war schon ein paar Mal in der Bibliothek gewesen und fand es immer wieder wunderbar, diesen riesigen Saal zu betreten. Die zwei Flügel der Türen standen tagsüber immer offen und nur nachts wurden sie ge- aber nicht abgeschlossen.

Regale bildeten in dem Saal, unterbrochen von einem langen Gang, der auf ein weiteres Paar Türen zuführte, zwei regelrechte Labyrinthe aus Papier, Ledereinbänden und Holz und hinter dem zweiten Paar Türen befand sich ein weiterer Raum voll mit Büchern, jedoch nur die Wertvollsten – die Manuskripte der Bücher der Dämonen, die während des Krieges gegen Saradiel und seine

Horden verfasst wurden, alte Zauberbücher von Hexen und Hexenmeistern, die gestorben waren und ihre Sachen dem Orden und nicht Verwandten oder der Consulats-Bibliothek vermacht hatten, Prophezeiungen die empfangen wurden als die Engel und Dämonen zu Zeiten der Römer gerade erst auf die Erde gekommen worden waren, besondere Relikte und Waffen und vieles mehr. Rechts und links des Ganges, der auf diesen Raum zuführte, befanden sich einige gläserne Vitrinen, in denen einige Schriftrollen und weitere Waffen zur Schau gestellt wurden. Gabriel konnte sich nie ganz sattsehen und bezweifelte, dass er das jemals können würde. Es gab ein ganzes Regal voll mit Büchern über Botanik, viele auch über die Pflanzenwelt der Dunklen Dimension.

Gabriel wusste, dass Alexiel und Ephemera hier auf der Erde geboren worden waren, aber dennoch hatte er das Gefühl, als wäre es seine Pflicht, möglichst viel über die Dimension der Engel und Dämonen herauszufinden, die vor ein paar tausend Jahren gezwungen waren ihre Heimat zu verlassen, ihre Verbindung zu dieser aber nie ganz verlieren würden. Jedoch wollte er auch wissen, wie die anderen Non Humani mit der Dunklen Dimension in Verbindung standen, das taten sie laut Alexiel nämlich. So floss die Magie, die die Hexen und Hexenmeister nutzten, sowohl durch die Erde, als auch die Dunklen Dimension und die Elben, Engel, Zwerge, Dämonen und andere Non Humani speisten ihr viele Jahrhunderte und Jahrtausende andauernde Leben ebenfalls aus dieser Magie, die die Erde und die Dunkle Dimension untrennbar miteinander verband.

Die Schritte Gabriels und Alexiels hallten laut von den hohen Wänden und den bunten Fenstern, die oberhalb der Regale in die Wände eingelassen waren, wider. Gabriel hatte immer das Gefühl, dass er damit die Ruhe der Bibliothek stören würde und fast etwas Blasphemisches tat, indem er Geräusche erzeugte, weswegen er oft seine Schuhe vor der Bibliothek auszog und dann auf Socken durch das Labyrinth aus Büchern wanderte. Er ließ seinen Blick in die Gänge zwischen den Regalen wandern, auf der Suche nach dem dunkelhäutigen Engel. Alexiel tat es ihm gleich, nahm sich allerdings der Gänge rechts von ihnen an. Das Klicken einer Tür ließ beide aufhorchen und in die Richtung des kleinen Raumes am Ende der Bibliothek schauen.

Ithuriel kam begleitet von einem großen, zaunpfahldünnen Engel mit langen goldgrünlichen Haaren, einem blassen, Gesicht, das wirkte als hätte man es ganz leicht mit grün und goldenem Puder angehaucht und der Kapuze seiner weißen Robe locker über seinen Schultern ruhend, aus dem Raum am Ende der Bibliothek.

Gabriel erinnerte sich an ihn. Es handelte sich bei ihm um einen der Bibliothekare des Ordens. Leise diskutierten er und Ithuriel etwas, was konnte Gabriel aber nicht verstehen. Die Stimme Karaels war recht hoch für einen Mann und sehr weich, sie klang fast wie ein warmer Windhauch im Sommer, schien jedoch nicht im Mindesten unter der donnertiefen Stimme Ithuriels unterzugehen.

Gabriel und Karael hatten sich vor ein paar Tagen kurz unterhalten und Karael hatte ihm ein Buch empfohlen, mit dem er am besten anfangen sollte, wenn er etwas über die Pflanzenwelt der Dunklen Dimension lernen wollte. Außerdem hatte er ihm erklärt, warum sich hier alle so mühelos verständigen konnten, obwohl einige aus ganz verschiedenen Teilen Europas stammten. Es lag an einem Zauber, der auf das Schloss gelegt worden war, bei seiner Errichtung. Solange man den Grundstein nicht entfernte oder zerstörte, würden alle mühelos kommunizieren, und für Jagden außerhalb des Schlosses gab es spezielle Ringe, die mit demselben Zauber belegt worden waren, jedoch lehrte man beim Orden auch diverse Sprachen, weswegen die meisten neben ihrer Muttersprache immer noch eine zweite beherrschten.

Die beiden Engel verstummten, als sie Alexiel und Gabriel auf sich zukommen sahen. Karael verbeugte sich und verschwand dann zwischen einigen der Regale. Gabriel blickte ihm einen Moment nachdenklich hinterher. Der Bibliothekar schien noch mehr Geheimnisse zu haben als Ithuriel, vorausgesetzt, das war überhaupt möglich, oder war einfach nur phänomenal darin eine mystische, geheimnisvolle Aura um sich herum zu erschaffen.

„Sucht ihr nach mir?", fragte Ithuriel und verschränkte seine Finger wartend hinter dem Rücken. Gabriel nickte. „Werde ich meine Familie in Frankreich weiter sehen können, wenn ich Teil des Ordens werde? Ich habe einen Sohn und möchte ungern sämtliche Verbindungen zu ihm kappen müssen", erklärte er dann.

Ithuriel nickte. Er verstand. „Sie können ihre Familie weiter sehen, Comte, nur nicht hier. Sie müssten nach Frankreich reisen, um dies zu tun. Briefe könnten etwas problematisch werden, da wir hier meist Spiegel zur Nachrichtenübermittlung nutzen. Vielleicht können wir jedoch Brandnachrichten nutzen", erklärte Ithuriel und lächelte Gabriel aufmunternd an.

Gabriel nickte. „Danke", sagte er und griff nach Alexiels Hand.

Ithuriel nickte und folgte dann Karael in einen der Gänge zwischen den Bücherregalen.

„Was sind Brandnachrichten?", fragte Gabriel dann und drehte sich zu Alexiel um, welche die Hände des Franzosen mit seinen umschloss.

„Eine Brandnachricht ist ein spezieller Zauber, durch den man einen Brief über ein Feuer weiterleiten kann. Dabei verbrennt man den Brief und an einem anderen Ort kann man die Buchstaben dann auf ein neues Papier übertragen. Ithuriel hat das wahrscheinlich vorgeschlagen, weil dabei die Handschrift des Briefschreibers erhalten bleibt und so Jean nicht das Gefühl bekommen kann, dass jemand anderes die Briefe schreibt, auch wenn der Text noch nach dir klingt."

Gabriel nickte erneut und ließ seine Stirn gegen die von Alexiel sinken. Ein kleiner Moment der Ruhe im stillsten Raum des Schlosses, einmal tief einatmen und sich sammeln, die Gedanken sortieren und Energie sammeln.

Die nächsten Tage verbrachte er damit, darüber nachzugrübeln was er tun sollte. Besuche würden möglich sein und für ihn sogar beinahe einfach, dank des Zeppelins, aber, wenn er hier beim Orden war, würde er sich nicht mehr um das Land seiner Familie kümmern können. Das würde Jean also so oder so tun müssen, egal ob er seinen Tod vortäuschte oder nicht. Und das wollte er nicht. Und so sehr er auch bei seinem Sohn in Versailles sein und direkt ein Auge auf ihn haben wollte, so sehr schrie auch alles in ihm, dass er sich dem Orden anschließen sollte. Das er lernen sollte zu kämpfen, Monster zu jagen und wenn es darauf ankam, auch da war, wenn sich eine Möglichkeit für den Orden offenbarte, gegen die Umbra und Saradiel vorzugehen. Ja, er mochte es nicht zu Jagen und der Gedanke, dass es Monster waren, die er jagen würde, machte es ihm auch nicht leichter, aber das Richtige war selten auch das Einfache. Das war ihm in den letzten Tagen und Monaten sehr klar geworden, klarer als je zuvor. Und ja, die Gewissheit teil eines schlafenden Krieges zu werden, bei dem keiner eine Ahnung hatte, wo der Feind war und was er plante und wo besonders der Orden nur darauf warten konnte, dass einer der Späher oder Kundschafter, die ausgesendet worden waren oder irgendein Non Humani etwas hörte und Ithuriel oder jemand anderem vom Orden mitteilte, machte Gabriel verständlicherweise Angst. Aber irgendwie war es genau, dass, was ihn dazu bewog sich für den Orden entscheiden zu wollen. Er wusste nun, dass es diesen Feind gab und konnte, helfen, ihn zu besiegen, die Menschen aber, wusste nichts von Saradiel und auch kaum etwas über die Monster und würden auch bei bestem Willen keine reale Chance gegen diese Gefahren haben. Zumindest nicht jetzt in diesem Jahrhundert. In der Zukunft vielleicht. Mit besserer Technik und mehr Aufgeklärtheit, aber nicht jetzt und auch nicht in den nächsten Jahrzehnten.

Er kam also zu dem Schluss, dass er sich eine Geschichte ausdenken musste, warum er weder in Versailles sein noch sich um das Anwesen der Desrosiers kümmern, konnte. Jedoch schien ihm das, die beste Lösung zu sein. Er konnte sich hier den Umbra entgegenstellen und Kontakt mit seinem Sohn aufrechterhalten, ihn schützen bevor die Gefahr nach Versailles kam und in Versailles war Claude, der seinem Sohn zur Seite stehen konnte. Das war also das beste Arrangement, was es im Moment gab, wenn er Jean nicht sagen wollte, welchen Teil der Welt er nicht kannte, in den sich sein Vater allerdings begeben hatte und plante dort zu bleiben.

„Ich glaube, ich werde es tun...", murmelte Gabriel und stellte ein Buch zurück an seinen Platz ins Regal.

„Was?"

„Ich werde dem Orden beitreten...ich weiß nicht, wieso, aber es fühlt sich an, als sei es das, was ich tun sollte."

„Bist du sicher?"

„Ja. Ich denke, das hier ist der Ort, an dem ich sein sollte. Von hier aus kann ich Jean trotzdem irgendwie beschützen und er hat Claude. Es fühlt sich falsch an jetzt zurückzugehen."

Alexiel stieß hörbar etwas Luft aus und lächelte dann.

Gabriel schmunzelte und gab Alexiel schnell einen Kuss auf die Lippen, welcher jedoch weitaus bestimmter erwiderte, was Gabriel leise überrascht aufquietschen ließ.

„Bitte überlege es dir noch einmal, wenigstens bis morgen. Dem Orden beizutreten ist eine Entscheidung fürs Leben und kann dir den Tod bringen. Besonders dir als Mensch..."

„In Ordnung", versprach Gabriel, jedoch klang etwas in seiner Stimme mit das traurig und schwermütig wirkte und Alexiel daran zweifeln ließ, dass Gabriel seine Entscheidung noch einmal ändern würde.

„Danke", flüsterte er dennoch und küsste Gabriel ein weiteres Mal.

Nun war es an Gabriel belustigt zu schnauben, den Kopf zu schütteln und zu grinsen. „Ich bin nicht so hilflos, wie du denkst, nicht mehr."

„Sicher?", Alexiels Stimme war sanft und etwas verspielt, fast neckend, aber Sorge klang trotzdem in ihr mit, nicht, dass Gabriel hilflos war, das hatte er nie gedacht, aber, dass Gabriel die ganze Situation unterschätzte.

„Natürlich. Du hast mich trainiert und ich glaube, ich muss dich nicht an Anrack erinnern."

„Stimmt. Du bist ein sehr talentierter Schütze."

Gemeinsam verließen sie die Bibliothek und machten sich auf zu der großen Gemeinschaftsküche mit dem noch größeren Essbereich, der sich über zwei Räume, auf zwei Stockwerken erstreckte.

Gabriel fragte sich noch immer, wie der Orden es schaffte, die Versorgung all seiner Mitglieder mit Essen zu organisieren, bis jetzt hatte er nämlich noch nichts von einer Koch-Gilde gehört und das Geschirr schien ja auch nicht verzaubert zu sein, so, dass es hätte, selbst kochen können. Er wusste, dass der Orden Obst und Gemüse selbst anbaute, schließlich gab es nicht nur den kleinen Garten, in dem sich Harris so gerne aufhielt, sondern auch mehrere an das Schloss angebaute Gewächshäuser und einige weitere, größere Gärten in der Nähe, die noch zum Schloss gehörten, sich allerdings auf einigen Bergebenen befanden.

Sie holten sich also etwas zu essen und zogen sich dann auf Gabriels Zimmer zurück. Sie wussten nicht genau, warum sie immer sein Zimmer wählten, aber sie taten es. Vielleicht, weil es mit den dunkelroten Wänden wie eine warme, kleine Höhle wirkte, wie diese, die man erhielt, wenn man die Bettdecke über zwei Stühlen und dem Fußende des Bettes aufspannte und den Boden mit Kissen polsterte. Gabriel lächelte. Sein Vater hatte es nie gut gefunden, wenn er sich seine Deckenhöhlen gebaut hatte. Doch Claude hatte ihm immer wieder dabei geholfen, einen solchen Unterschlupf zu bauen, er hatte ihm große Laken gebracht, auf die er die Kissen legen konnte, damit die Bezüge nicht schmutzig wurden.

„Über was denkst du gerade nach?", fragte Alexiel, setzte sich auf die Bettkante und biss in die Scheibe Brot mit Käse, die zuvor auf seinem Teller geruht hatte.

Gabriel senkte seinen Blick und setzte sich zu dem Dämon, seinen Teller stellte er auf seinen Schoß.

„Ich weiß nicht…", murmelte er und begann ebenfalls zu essen. „Kissenhöhlen…"

Alexiel stupste ihn sanft und aufmunternd mit der Schulter an. Er spürte, dass Gabriel die Entscheidung schwerfiel, ob er dem Orden beitreten sollte, der Franzose sie aber im Grunde schon gefällt hatte. Er spürte auch, dass Gabriel Angst hatte, dass jemand starb, der ihm wichtig war, und dass er Jean trotz Ithuriels Zusicherung, dass Besuche möglich waren, nicht mehr sehen würde; dass er selbst sterben könnte, schien er jedoch nicht zu fürchten.

Alexiel teilte seine Angst bis zu einem gewissen Grad, dass jemand verletzt werden könnte, der ihm nahesteht, namentlich Gabriel, auf der anderen Seite wollte er, dass er dem Orden beitrat. Ja. Für Gabriel wäre es sicherer, wenn er sich gegen den Orden entscheiden und nach Versailles zurückkehren würde, aber er wollte, dass der Franzose dablieb, bei ihm und beim Orden. Alexiel versuchte diese Gefühle, die er selbst als egoistisch ansah, zu rechtfertigen, indem er sich immer wieder an die Prophezeiung erinnerte, in der von Gabriel die Rede war.

„Du wirst das Richtige tun, da bin ich mir sicher", versuchte Alexiel Gabriel aufzumuntern und küsste ihn sanft auf die Schläfe.

Dieser nickte und legte seinen Kopf auf die Schulter des Dämons. Eigentlich hatte er seine Entscheidung ja schon gefällt und er würde sie auch nicht mehr ändern. Auch nicht für Alexiel oder Jean - wenn dieser wüsste, wo sein Vater reingeraten war, natürlich...

Gabriel holte tief Luft und setzte ein Lächeln auf, das aber irgendwie etwas schief und unsicher wirkte. Er schaffte es, dem skeptischen Blick Alexiels zufolge, also nicht, seine Nervosität und Unruhe zu überspielen. Aber wann hatte er das denn auch jemals geschafft? Bis jetzt zumindest noch nicht und seine innere Unruhe vor Alexiels zu verstecken, war ein aussichtsloses Unterfangen und würde es auch immer bleiben. Dafür war sein Wunsch, dem Schwarzhaarigen alles über sich preiszugeben, viel zu groß und ehrlich.

Am nächsten Tag stand Gabriel mit einem ernsten, nicht unbedingt entspannten, aber ruhigen Gesichtsausdruck vor Ithuriels Arbeitszimmer und klopfte hörbar gegen das dicke, alte Holz, in welches die Umrisse eines langen Schwertes geschnitzt waren. Generell konnte man hier im Schloss des Ordens unglaublich oft das Motiv des häufig auch von Rosen umrankten Schwertes erkennen. Auf dem Boden des Ratssaales, auf Wandteppichen, hier auf der Tür und in einigen großen Buntglasfenstern.

Gabriel blickte herab auf seine Hand, sie zitterte nicht, wie er erwartet hatte und ganz konnte er sich nicht erklären, warum er jetzt plötzlich so ruhig war. Er hatte sich noch nie so ruhig gefühlt. Vielleicht war das ein Zeichen dafür, dass er das Richtige tat. Hoffentlich war das ein Zeichen dafür, dass er das Richtige tat!

Ithuriel öffnete die Tür, begleitet vom wehleidigen Knarzen und Quietschen der Scharniere. Er verzog kurz das Gesicht als würde ihm das Geräusch in den Ohren schmerzen und winkte Gabriel dann in sein Arbeitszimmer.

„Ich nehme an, du bist gekommen, um mir deine Entscheidung mitzuteilen", sagte er dann, seine tiefe, donnernde Stimme ließ Gabriel einen Schauer über den Rücken laufen.

„Ja. Meine Entscheidung steht fest."

„Und?"

„Ich will dem Orden beitreten!"

„Und warum hast du dich dafür entschieden? Bedenke, dass du nie wieder in dein altes Leben zurückkehren können wirst."

„Ich weiß, aber ich glaube, dass der Orden der Ort, ist wo ich sein sollte. Ich habe hier das Gefühl als hätte ich einen Ankerpunkt, ich habe nicht mehr das Gefühl, orientierungslos nach einer Küste zu suchen und viel wichtiger, scheint es mir das Richtige zu sein."

Ithuriel brummte leise bestätigend, lächelte und nickte dann. „Gut, dein Training wird morgen beginnen. Um zehn findest du dich bitte im Trainingssaal ein.", sagte der Engel leise. „Du kannst jetzt wieder gehen."

Gabriel nickte und verließ das Zimmer. Als er die Tür hinter sich schloss, viel ihm auf, dass Ithuriel aufgehört hatte, ihn zu siezen. Lag es daran, dass er jetzt technisch gesehen für Ithuriel und den Rat arbeitete? Wahrscheinlich! Nachdenklich schlenderte er den langen, kargen Gang entlang und bog ziellos nach rechts und dann wieder nach links ab. Er hatte das Gefühl, als wäre ihm eine Last von den Schultern genommen und durch eine neue ersetzt worden, die aber gleichmäßig auf seinen Schultern verteilt war und ihm das Gehen nicht erschwerte, eine Last, die er stolz war zu tragen.

Kapitel 24

(Dezember 1686)

Alexiel hatte zwiegespalten gewirkt, als Gabriel ihm mitgeteilt hatte, dass er bei Ithuriel gewesen war, hatte dann aber die Schultern gestrafft und ihm gesagt, was er am nächsten Tag zum Training am besten anziehen sollte, damit ihn die Kleidung nicht störte. Gabriel hatte ihm gelauscht und sich mental bereits seine Kleider für sein erstes Training beim Orden bereitgelegt. Dann hatte er den Dämon gefragt, ob er und Ephemera, die auch anwesend gewesen war, nicht zusammen mit ihm etwas frühstücken gehen wollten, jetzt wo er sich mental Luft gemacht hatte, verlangte sein Magen nach Füllung, während sich langsam eine unbekannte Aufgeregtheit in dem Franzosen breit machte.

Und nun, am nächsten Morgen stand Gabriel nervös in einem seiner weißen, weiten Hemden und einer der Hosen von Alexiel, an deren Schnitt er sich noch immer nicht ganz gewöhnt hatte - die er aber auch sehr bequem fand - sowie seinen Jagdstiefeln in dem großen Trainingssaal. Die Decke dessen war unglaublich hoch und die Säulen, die sie stützen, waren mit vielen kleinen schuppenartigen Holzstücken vertäfelt und ließen den großen Raum fast wie eine Kathedrale oder das Schiff einer Kirche wirken. An den Wänden hingen unzählige Waffen – Speere, Schwerter, Armbrüste, in einem Schaukasten befand sich sogar eine Peitsche, die wohl aus Wirbelknochen gebaut worden war und Dolche, die irgendwie lebendig wirkten. In der West- und Nordwand (die Tür war in der Südwand) befanden sich große Buntglasfenster, die fast bis unter die Decke reichten. Kerzenständer an den anderen Wänden erhellten den Raum noch ein weiteres bisschen.

Schweigend suchte Gabriel mit seinem Blick nach der Person die ihn und die anderen Anwärter (alle in unterschiedlichen Stadien ihrer Ausbildung) unterrichten würde. Schließlich fand er seinen Ausbilder, oder eher seine Ausbilderin. Es handelte sich um den schwarzhaarigen Engel mit dem vernarbten Gesicht, den Gabriel

250

bereits im Ratssaal gesehen hatte. Der Engel stellte sich vor allen auf und verschränkte die Arme vor der Brust. Ihre Kleidung war simpel und erinnerte an ein Jagdkostüm aus dunkelblauem Stoff, das sie jedoch mit einem Rocke trug, der ihr ungefähr bis zu der Hälfte der Waden reichte und trotz einiger Unterröcke, viel Spielraum bot.

„Für die, die mich noch nicht kennen, ich bin Vohamanah und ich soll dafür sorgen, dass ihr am Leben bleibt. Einige von euch arbeiten schon länger daran, dem Orden beizutreten, und andere," sie sah Gabriel direkt an „Beginnen ihre Ausbildung erst. Zunächst gebe ich euch verständlicherweise keine richtigen Waffen. Wir wollen ja nicht, dass ihr euch gegenseitig umbringt!", rief sie, ihre Stimme war kalt und streng, hatte aber auch etwas Gerechtes an sich.

Sie hieß die Schüler sich jeweils ein Holzschwert zu nehmen und sich in zwei Reihen aufzustellen, dann machte sie einige grundlegende Bewegungen vor. Sowohl Gabriel, der ja bereits mit Alexiel trainiert hatte, als auch der Rest der Gruppe schienen die Bewegungen bereits zu kennen. Sie verbrachten zwanzig Minuten damit, diverse Abläufe zu üben und sich so aufzuwärmen und gleichzeitig an ihrem Muskelgedächtnis zu arbeiten. Dann begann das Sparring, zuvor tauschten sie die Holzschwerter jedoch gegen Holzstäbe aus, die etwas schwerer waren und so das Gewicht eines echten Schwertes besser nachahmten.

Gabriel wurde einem rothaarigen Engel zugeteilt. Er war dankbar, dass er in einer Gruppe mit Leuten war, die nicht beim Orden geboren worden waren und damit von Kindesbeinen an trainiert hatten, sondern sich als Erwachsene dazu entschieden hatten, dem Orden beizutreten. Er geriet schnell ins Schwitzen, fühlte sich jedoch trotz seiner Abneigung gegenüber Gewalt recht gut. Er und der Engel schienen recht ausgeglichen zu sein, hatte dieser sein Training scheinbar auch erst begonnen und ähnlich viel Erfahrung wie Gabriel, landeten doch beide eine Anzahl an Treffern.

Mit einem Keuchen tauchte Gabriel unter einem Hieb des Engels weg, der sich mit einem Kopfrucken seine roten Locken aus seinem Gesicht schüttelte. Dann griff Gabriel selbst an, der Engel konnte jedoch parieren.

So verging einige Zeit bis Vohamanah ihre Stimme erhob.

„Stopp!"

Alle ließen ihre Stöcke sinken und blickten schnaufend zu ihrer Ausbilderin. „Geht euch waschen und esst etwas, Gabriel, Valoel und Ananel, um vier wartet Karael in der Bibliothek", verkündete sie laut. Die Gruppe nickte und begann die Stöcker aufzuräumen. Schließlich verließen alle den Saal, auch Gabriel und machten sich auf zu ihrem Zimmern. Der Engel mit den roten Locken holte zu Gabriel auf und lief dann neben ihm her.

„Du bist doch dieser Mensch, oder?", fragte er und durchbohrte Gabriel förmlich mit seinen braunen Augen.

Wie können braune Augen so stechend sein? Fragte sich Gabriel insgeheim und nickte dann bestätigend. „Ich bin *der Mensch*, ja."

„Du hast dich ziemlich gut geschlagen, dafür, dass Dämonen und Engel stärker sind als Menschen", sagte der Rothaarige.

Gabriel war sich sicher, dass er nicht böse meinte, was er sagte, trotzdem klang es aber irgendwie herablassend. Als würde er sich und die Dämonen für besser als die Menschen halten.

„Ich habe schon vorher mit Alexiel, einem eurer Waffenschmiede, trainiert und wer weiß, ob ich vollständig Mensch bin…", sagte Gabriel, wobei er den letzten Teil halb im Scherz meinte. Der Gedanke war ihm das erste Mal kurz nach seiner Vision gekommen. Hatte Alexiel doch erklärt, nachdem er gefragt hatte, warum alle so über die Maßen überrascht gewesen waren, als er eine Vision gehabt hatte, dass nur Engel und Dämonen Seher sein konnten und nun hatte er, jemand, der nicht einmal eine Verbindung zur Dunklen Dimension hatte, oder in der Lage war Magie zu wirken, eine Vision gehabt und in Verbindung mit der Tatsache, dass er das Zweite Gesicht hatte (was in sich selber schon ein extrem seltenes Phänomen war)könnte man, laut Alexiel, durchaus skeptisch werden, ob Gabriel nicht doch einen Engel oder Dämon in den Reihen seiner Ahnen hatte, viele Generationen in der Vergangenheit. Hexen, Elben und Zwerge und alle anderen Non Humani konnten nämlich auch keine Blicke in die Zukunft tun, trotz ihrer Verbindung zur Magie, die durch beide Dimensionen floss. „Nicht vollständig Mensch?", lachte der Rothaarige nun. „Wie kommst du denn darauf?"

„Von dem, was ich mitbekommen habe, gibt es nur Seher, die Engel oder Dämonen sind, warum sollte dann also ein Mensch Visionen haben?", erklärte Gabriel kurz. Der Rothaarige zuckte mit den Schultern. „Dafür hätte ein Engel oder Dämon irgendwann ein Kind mit einem Menschen zeugen müssen und welcher von uns, der ganz klar im Kopf ist, würde das tun?", lachte der Engel.

Gabriel blieb abrupt stehen. „Bitte?", fragte er dann. „In deinen Augen sind wir Menschen also minderwertig, oder was? Habe ich das richtig verstanden?". Gabriels sonst so sanfte und ruhige Stimme bebte leicht vor aufkeimendem Zorn. War der Rothaarige etwa ein zweiter Micah?

„Nicht minderwertig aber weniger weit entwickelt…", versuchte sich der Engel herauszureden. Gabriel sah ihn skeptisch und mit vor der Brust verschränkten Armen an. „Ich meine, ihr Menschen rechnet einem Geschlecht noch immer weniger Wert zu, geht davon aus, dass es generell nur zwei Geschlechter gibt und lasst nur Liebe zwischen Mann und Frau zu. Außerdem könntet ihr wissenschaftlich viel weiter sein, würdet ihr euch nicht immer so von eurem Glauben ausbremsen lassen", versuchte der Rothaarige zu erklären und blickte Gabriel entschuldigend an.

Dieser seufzte. Er wusste nicht wirklich, was er darauf sagen wollte. Der Engel hatte ja auch Recht und Gabriel wusste nur zu gut, wie sehr er darunter gelitten hatte und es eigentlich auch noch immer tat, nicht offen zeigen zu können, wen er liebte. Und ja, es stimmte, er selbst war kein wirklich gläubiger Mensch und daher sah er auch, wie sehr die Kirche den Fortschritt ausbremsen konnte. Er hatte nichts gegen den Glauben, aber er hatte für sich selbst erkannt, dass er auch problematisch sein konnte, wenn an den falschen Stellen eine eher konservative Person am Hebel saß.

„Ich wollte dich nicht beleidigen. Ich hätte vielleicht eher sagen sollen, dass kein Engel oder Dämon, dem der Schutz unserer Gesellschaft wichtig ist, mit einem Menschen ein Kind zeugen würde. Himmel, das ist schon wieder doof formuliert. Es tut mir leid. Ich hör besser auf zu reden!", versicherte der rothaarige Engel schuldbewusst, als er bemerkte, dass er etwas dabei war immer tiefer und tiefer ins Fettnäpfchen zu wandern.

„In Ordnung, ich verstehe, auf was du anspielst... aber trotzdem, achte in Zukunft darauf was du über Menschen sagst ...", er hielt inne, als ihm auffiel, dass er den Namen des Engels gar nicht kannte.

„Valoel", stellte sich dieser aber direkt vor und reichte Gabriel seine Hand.

Gabriel ergriff diese und schüttelte sie. „Gabriel."

„Ich weiß; habt ihr Menschen nicht eigentlich auch Nachnamen?".

Gabriel blinzelte ihn überrascht an, er war überrascht, dass Valoel danach fragte. Aber dann erinnerte er sich daran, dass Alexiel und Ephemera sowie die anderen Engel und Dämonen, die er bis jetzt kennengelernt hatte, scheinbar alle nur ihre Vornamen nutzten.

„Mein voller Name ist Comte Gabriel William Desrosiers... Comte ist aber eigentlich ein Titel", stellte er sich zögerlich vor.

Valoel nickte und wechselte dann abrupt das Thema. „Wir stinken beide nach Schweiß. Wir sollten uns jetzt wirklich waschen", verkündete er und schlenderte dann davon, als würde er erwarten, dass der Franzose ihm folgte.

Gabriel blicke ihm überrascht hinterher. So einen Abgang hatte er nicht erwartet. Mit einem Schulterzucken setzte er den Weg zu seinem Zimmer fort und trank schnell einen Schluck Wasser, das in einer Karaffe neben einem Glas auf dem Schreibtisch stand. Dann zog er ein frisches Tuch aus der Kommode und nahm außerdem auch ein neues Hemd mit. Das andere würde er vor dem Essen noch schnell in die Wäscherei bringen. Mit dem Tuch und dem

Hemd über dem Arm verließ er sein Zimmer und machte sich auf den Weg zum Bad. Dort zog er sich in einer der Kabinen aus und verstaute seine Kleidung in einem der Fächer, dann ließ er sich neben einigen anderen Dämonen in eines der Becken sinken. Entspannt wusch er sich, jedes Mal zusammenzuckend, wenn er auf einen seiner blauen Flecke drückte, und kehrte dann mit noch immer nassen Haaren in sein Zimmer zurück.

Dort begann er, diese trockenzureiben und bürstete sie einmal durch. Danach suchte er Alexiel auf, der sich in der Schmiede des Ordens in einem der Innenhöfe aufhielt.

Über dem Innenhof befand sich ein großes aufklappbares Kuppeldach wie bei einem Planetarium, das einen vergessen ließ, dass man sich eigentlich tatsächlich auf einem Innenhof und nicht in einer Werkstatt befand. Der Zeppelin-Prototyp, der sich ebenfalls dort befand, stand auf einer Art Bühne, unter die man drunter kriechen konnte. Erhellt wurde der Hof beziehungsweise die große Halle von diversen Laternen, deren Licht noch über einige Spiegel, die den Schein hin und her warfen, verstärkt wurde. Alexiel hatte Gabriel am Morgen gesagt, dass, wenn er mit dem Kampftraining fertig war, er ihn hier finden können würde, und so war es auch.

„Alexiel?", rief Gabriel fragend, als er den Innenhof betrat, woraufhin der Dämon unter der Bühne, mit dem Rücken auf einem Rollbrett liegend, hervorkam. Er trug ein schwarzes Oberteil, wie immer, seit sie wieder auf dem Schloss waren, diese engen Hosen und seine Augen wurden von der seltsamen Schutzbrille, die er auch auf dem Trollmarkt in Paris getragen hatte, verdeckt. Sein Haar war zu einem Zopf geflochten, auf seinen Wangen waren einige schwarze, verschmierte Flecken zu erkennen und seine Hände steckten in dicken Handschuhen aus Leder.

„Wie ich sehe, kannst du noch laufen", lachte der Dämon.

Gabriel hob die Augenbrauen. „Ich glaube, der Muskelkater kommt erst noch…"

„Wahrscheinlich", Alexiel zog sich die Handschuhe aus und warf sie auf einen Tisch, der bereits überladen war mit Werkzeugen und kleinen Maschinenteilen.

„Gehen wir dann essen? Ich muss um vier bei Karael sein." Alexiel nickte, schob sich die Schutzbrille hoch aus dem Gesicht und zog sie dann vom Kopf. „Und du hast ein bisschen Dreck im Gesicht", fügte Gabriel an. Eigentlich sah Alexiel ein wenig wie ein Waschbär mit umgekehrten Farben aus, die Schutzbrille hatte einen weißen Streifen auf seinem Gesicht hinterlassen und der Rest wirkte irgendwie grau verschmiert.

Alexiel grinste, wischte sich einmal über das Gesicht und tippte Gabriel dann auf die Nase, einen kleinen grauen Fleck hinterlassend.

Gabriel rümpfte die Nase und zog ein Taschentuch aus der Tasche der Weste, die er sich nach dem Bad angezogen hatte, und wischte die schmierige Flüssigkeit aus seinem Gesicht.

Alexiel grinste, lehnte sich nach vorne und gab Gabriel einen schnellen Kuss.

Gabriel spürte, wie er ein weiteres Mal rot wurde und senkte den Blick. Alexiel hob sanft das Kinn des Franzosen an und küsste ihn ein weiteres Mal, dann nahm er dessen Hand und zog ihn hinter sich her wieder in das Schloss hinein.

Um vier, außerhalb des Schlosses war es bereits fast dunkel geworden, fand sich Gabriel zusammen mit den anderen neuen Anwärtern, die anscheinend noch über einiges aufgeklärt werden, musste, was die anderen schon wussten, dass hieß Valoel und Anael in der großen Bibliothek ein, wo Karael bereits mit hinter dem Rücken verschränkten Händen wartete, seine Kapuze wieder locker auf seinen Schultern ruhend. Seine Haut schimmerte wie immer leicht grün und golden im Licht der Kerzenständer. Die Kerzen brannten, wie Gabriel in der letzten Zeit bemerkt hatte, viel heller, als sie es in Versailles immer getan hatten.

Karael lächelte milde, begrüßte die Gruppe und begann, über die Geschichte des Ordens zu reden. Er sprach darüber, wie Saradiel, der damalige König der Dämonen, den Krieg in der Dunklen Dimension scheinbar vom Zaun gebrochen hatte, wie sich ungefähr die Hälfte seiner Untertanen von ihm abgewandt hatten und die gesamte Dimension verwüstet worden war. Wie sich der Riss in der Wand zwischen den Dimensionen in der Hauptstadt der Engel geformt hatte. Wie alle Engel und deren Verbündeten zur Hauptstadt flohen, um ihre zerfallende Heimat zu verlassen und die Umbra ihnen folgten, nachdem sie davon hörten. Karael berichtete von der Schlacht die in der Hauptstadt entbrannte und wie sie auf der Erde ankamen, wo der Krieg, nach einer kleinen Verschnaufpause, in der sich die Engel verstreuten und Saradiel wieder seine überlebenden Truppen sammelte, im Geheimen vorgesetzt wurde und wie sich so recht schnell der Orden geformt hatte, aus Engeln und Dämonen die Saradiel aufhalten wollte, um diese neue Welt nicht dem selben Schicksal zuzuführen wie ihre Heimat und sich diese daher um einen der verbliebenen Generäle ihres Königs, dieser General war Ithuriel gewesen, und einigen anderen Vertrauten des Königs, gruppierten. Und schließlich kam er bei der aktuellen Situation an, dass der Orden nicht wusste, wo Saradiel war und Saradiel nicht wusste, wo der Orden seine Bollwerke errichtet hatte und man so immer nur auf eine Aktion der anderen warten konnte und Saradiel so immer wieder Orte angriff, um den Orden dazu zu bewegen Leute zu schicken, in der Hoffnung seinem Ziel, der Vernichtung der Engel, näher zu kommen. Karael erzählte gut zwei Stunden und verabschiedete die Gruppe dann wieder.

Gabriels Kopf brummte von all den Informationen, die um einiges ausführlicher waren, als das, was er von Alexiel und Ephemera wusste, als er wieder auf sein Zimmer zurückkehrte und sich mit einem Seufzen auf sein Bett fallen ließ. Sein ganzer Körper schmerzte fürchterlich und irgendwie freute er sich nicht wirklich auf den nächsten Tag, wo das Training fortgesetzt werden würde. Mit einem Stöhnen richtete er sich auf und kämpfte sich wieder auf die Füße. Sein Magen knurrte und zwang so seinen Körper, der sich eigentlich nicht mehr bewegen wollte, genau das zu tun. Er humpelte langsam zur Küche und nahm sich bereits im Halbschlaf etwas von dem wie immer wie von Zauberhand vorhandenen Essen auf dem Herd und ließ sich sehr ungelenk und plump auf einen der Stühle an dem Tisch sinken, an dem bereits Ephemera saß und sich mit Vohamanah unterhielt. Sie warf Gabriel einen mitfühlenden Blick zu.

Er blinzelte sie nur müde an und begann langsam zu essen, woraufhin Vohamanah leise lachte.

„Du schaffst das schon", sagte sie und schob sich einen weiteren Bissen ihres Essens in den Mund.

Gabriel nickte ergeben, brachte seinen leeren Teller zu einem der Waschtröge und ließ ihn in das Wasser sinken. Auch das Waschen des Geschirrs schien hier von selbst zu geschehen, genau wie das Kochen.

Gabriel schlurfte aus der Küche und zu Alexiels Zimmer, dort klopfte er an die Tür und wartete, bis Alexiel diese öffnete. Auch er schenkte Gabriel einen mitfühlenden, liebevollen Blick.

„Ich gehe zu Bett", murmelte Gabriel. „Willst du wieder bei mir schlafen…", er unterbrach sich mit einem Gähnen, „oder soll ich bei dir schlafen? Ich möchte kuscheln…"

„Ich komme gleich, geh du schon mal vor."

„Hmmm…"

Alexiel lachte und gab Gabriel noch schnell einen Kuss, bevor dieser davon zu seinem Zimmer schlurfte.

Dort angekommen zog er sich um und ließ sich in sein Bett fallen. Kurz darauf gesellte sich Alexiel zu ihm. Mit halb geschlossenen Augen beobachtete er den Dämon dabei, wie er sich umzog, dann kroch er zu Gabriel unter die Decke.

„Kannst du dich verwandeln?", murmelte Gabriel.

Alexiel lachte leise und sanft, entledigte sich wieder seines Nachthemdes – er wollte nicht noch eines mit seinen Flügeln zerreißen - und verwandelte sich dann, begleitet vom leisen Rascheln seines tiefschwarzen Gefieders.

Gabriel brummte zufrieden und kuschelte sich in Alexiels Federn als dieser einen seiner Flügel um den ihn legte. Die Federn waren angenehm kühl und weich, hielten aber auch wunderbar warm. Gabriel war so schnell eingeschlafen, dass er nicht mehr mitbekam, wie Alexiel das Gesicht verzog und einen Moment zögerte, bevor er seine Krallen bewährte Hand auf Gabriels Arm legte und ihn näher zu sich zog, immer sehr vorsichtig, dass seine Klauen Gabriels Haut nicht durchdrangen. Er spürte, dass der Schmerz, den die Erinnerungen, die er mit dieser Gestalt verband, zu schwinden begann, je mehr sich Gabriel im Schlaf in seine schwarzen Federn zu kuscheln schien, je mehr er ihm signalisiert, dass er sich sicher fühlte, dennoch ging der Schmerz nicht ganz weg.

Kapitel 25

(Januar, Februar, März 1687)

Die nächsten Monate verbrachte Gabriel damit zu trainieren, mal allein mit Alexiel oder Ephemera, oft aber auch in der Gruppe, die von Vohamanah unterrichtet wurde, oder mit Vohamanah allein, die beschlossen hatte, ihn in etwas anderen Techniken als den Rest der neuen Anwärter zu unterrichten. Daher wurde er schnell besser und konnte sich bald vernünftig gegen Alexiel behaupten, was Vohamanah wiederum sehr stolz machte – und Alexiel auch. Er war außerdem stärker geworden, seine schlanke Silhouette war allerdings unverändert geblieben. Er hatte zügig etwas Muskelmasse aufgebaut, aber nie, diese leise und sanfte Ausstrahlung verloren, die einen, wenn man den Franzosen nicht kannte, schnell täuschen und einen dazu verführen konnte, ihn zu unterschätzen, was nun gefährlicher war denn je. Viel mehr schien Gabriel, wenn er vorher aus Glas bestanden hatte, nun mehr und mehr so gefestigt wie ein Kristall zu sein, der jedoch immer noch schüchtern und unauffällig im Hintergrund schillerte und Rubinen, Smaragden und Saphiren mit ihren bunten Farben den Vortritt ließ. Er hatte begonnen, teilweise die Kleidung zu tragen, die die meisten Bewohner der versteckten Welt trugen, konnte sich allerdings nicht erwehren, immer wieder alte Elemente der Kleidung aus Versailles einfließen zu lassen. Das wiederum sorgte dafür, dass er immer etwas bunt wirkte im Gegensatz zu den Engeln und Dämonen, die hauptsächlich gedeckte Farben trugen (abgesehen von ihren traditionellen weißen Roben und roten Tuniken), aber trotzdem interessierte sich niemand wirklich dafür.

Gabriel war mit Hilfe von Amaële und Ephemera außerdem in regem Briefkontakt mit seinem Sohn geblieben. Er hatte begonnen, durch Ephemera Brandnachrichten an Amaële zu schicken, die diese wiederum in Paris in die Post für Versailles schummelte. Erklären, wo er war, konnte er seinem Sohn jedoch nicht, was er damit entschuldigte, dass seine Reise so geheim wie möglich bleiben musste und auch noch kein Datum für seine Rückkehr feststehen würde.

Micah war also weitestgehend der einzige Quell für Unbehagen in dieser Zeit, nutze dieser doch jede Gelegenheit, wenn er Gabriel über den Weg lief, ihn mit bissigen und abwertenden Kommentaren zu bedenken.

Neujahr wiederum war für Gabriel eine besondere Erfahrung gewesen. Der Orden feierte ebenfalls Neujahr, jedoch das Neujahr, das man in der Dunklen Dimension gefeiert hatte, vor dem Krieg. Dort begann das neue Jahr am ersten März (beziehungsweise dem Äquivalent zum ersten März, hatte man in der Dunkeln Dimension doch eine sehr ähnliche Zeitrechnung wie auf der Erde gehabt, zumindest was die Länge von Monaten und Jahren anging, die Monate jedoch mit anderen Namen bezeichnet), zusammen mit dem Frühling. Es erinnerte etwas an ein Osterfeuer, nur, dass das große Lagerfeuer, um das sich der Orden versammelt hatte, durch einige Kräuter dazu gebracht worden war, grün und lila zu brennen und seltsam roch.

Gabriel hatte der Rauch fürchterlich in der Nase gebissen, bis sich dieser begonnen hatte, in kleine und große Tiere aller Art, die er noch nie gesehen hatte und teilweise mehr wie kleine Seeungeheuer und Albtraumwesen aussahen, zu verwandeln, die sich gegenseitig durch die Menge jagten, bis sie vom Wind verweht wurden. Alexiel hatte ihm berichtet, dass man glaubte, je mehr Tiere sich aus dem Rauch bildeten, desto besser würde die Ernte im folgenden Jahr werden. Kurz nachdem Alexiel mit seiner Erklärung geendet hatte, begann das Feuer plötzlich zu zischen und ein großer aus Rauch und Flammen bestehender Drache erhob sich für einen Moment gen Himmel, als letztes der Rauchwesen. Gabriel hatte seinen Augen kaum trauen können, als er dieses Spektakel sah und hatte so gar nicht mitbekommen, wie Alexiel ihn wehmütig anblickte.

Als der Drache verschwunden war, wünschten sich alle ein frohes neues Jahr und stießen mit einer unglaublich süßen

Fruchtbowle an. Gabriel hatte gebeten, die Variante ohne Alkohol zu bekommen, die für die Kinder, die im Orden lebten, gedacht war. Sanft schmunzelnd hatte Alexiel ihm ein Glas besorgt und sie hatten etwas abseits der Menge in wohliger Zweisamkeit auf das neue Jahr angestoßen.

(März 1687)

Mittlerweile war es Ende März und in wenigen Tagen würde Gabriel zu seiner ersten Jagd aufbrechen. Neben den Umbra und Saradiel und seinem Gestirn kämpfte der Orden nämlich noch gegen alle möglichen Arten von Monstern, die durch kleine Risse aus der Dunklen Dimension auf die Erde gekommen waren und wie ein stetiger, nicht enden wollender Strom immer wieder Menschen und Non Humani in Gefahr brachte oder auch gegen Monster, die hier auf der Erde heimisch waren (wofür man den Orden dann allerdings beauftragen musste). Glücklicherweise waren die Monster in diesem Fall nur gut zwei Stunden mit der Kutsche entfernt, in einem kleinen Dorf am Fuß des Berges, auf dem sich das Schloss befand, gesichtet worden.

Gabriel war nervös.

Vohamanah, die diejenigen aus der Gruppe von Anwärtern, die bereits bereit waren, auf eine Jagd zu gehen, zuvor eingewiesen hatte, wie sie sich zu verhalten hatte, hatte erklärt, dass es sich wahrscheinlich um eine Gruppe von Ghulen handelte, was laut ihr für eine erste Jagd ein sehr positiver Zufall war, da diese zwar teilweise in recht großen Gruppen auftraten, aber dumm wie Brot waren und oft auch eher unkoordiniert. Jedoch könne man sich nie sicher sein und müsse sich auf alles vorbereiten und daher sei die Schutzkleidung und die Ausbildung genauso wichtig, wie auf allen anderen Jagden und natürlich, dass alle auf ihr Kommando hörten.

Nachdenklich betrachtete Gabriel den Helm den man ihm zusammen mit dem Rest der Uniform für die Jagd gegeben hatte. Es handelte sich um dunkles, steifes und dickes Leder, welches so bearbeitet worden war, dass es von der Form an eine Fechtmaske erinnerte, die jedoch etwas enger am Kopf und dem Gesicht saß und bar des Halsschutzes war. Von einem dünnen Metallringen eingefasst Schutzgläser die ungefähr die Größe von Augenhöhlen hatten, ermöglichten entspanntes sehen und kleine, vertikale Schlitze in der Mund- und Nasengegend die sich bis zum Kin herunter zogen, erlaubtes einfaches Atmen, trotz dem dünnen Stoff der sie von der Innenseite abdeckte und dünne Metallapplikationen an den Seiten und dem Hinterkopf sowie auf den Wangenknochen und der Stirn baten zusätzlichen Schutz und die Gravuren auf dem Metall gaben dem Helm eine gewisse morbide Schönheit. Gabriel fand den Helm etwas unheimlich, erinnerte er ihn doch auch ein kleines Bisschen an einen Totenschädel oder eine Pestmaske ohne Schnabel. Alexiel hatte versprochen, dass man sich schnell an den Helm gewöhnen und sich nicht eingeengt fühlen würde. Das Leder war zwar noch ein wenig biegsam und fühlte sich glatt an, doch war Gabriel bei dem Gedanken dieses Ding zu tragen nicht ganz wohl zumute. Er wusste zwar, dass es im Zweifelsfall der Helm war, der sein Gesicht vor Klauenhieben schützen würde, aber dennoch wurde er das Gefühl nicht los. Zu dem Helm würde er, wie alle anderen Jäger, einen langen schwarzen Mantel aus dickem Stoff mit einer großen, schweren Kapuze, hohem Mantelkragen und Lederhandschuhe tragen, dazu robuste Stiefel und darüber einen zur Maske passenden Brustpanzer aus identischem Leder und Metallapplikationen, die sich gegeneinander verschieben konnte, um die Elastizität des Leders möglichst wenig zu beeinflussen mit kleinen, an Rosen erinnernden Gravuren.

Er spürte, wie Unruhe in ihm wuchs und auch Alexiels Versuche, ihn zu beruhigen, indem er ihn daran erinnerte, ein exzellenter Kämpfer geworden zu sein, dafür, dass er erst seit wenigen Monaten trainierte und erstaunlicher Weise den anderen Anwärtern in Sachen kraft und Geschwindigkeit kaum nachstand, halfen nicht wirklich. Gabriel ließ den Helm auf sein Bett fallen und griff nach seinem Schwert.

„Besser noch nicht, du wirst noch eine ganze Weile in einer Kutsche sitzen, mit deinem Schwert wird das noch unbequemer", empfahl Alexiel und legte seine Hand auf die von Gabriel, die bereits in einem dicken Lederhandschuh steckte.

Er fühlte sich seltsam in dieser Kleidung. Schwere Stiefel, der schwarz Mantel, die dicken Handschuhe, den Helm, der Brustpanzer und natürlich das Schwert und die Armbrust an seinem Unterarm. An seinen Oberschenkeln spürte er jeweils einen kleinen Dolch, rechts an seinem Gürtel außerdem einen kleinen Köcher mit Bolzen für die Armbrust.

Alexiel schenkte ihm ein aufmunterndes Lächeln. „Du schaffst das", versicherte er ein weiteres Mal. „Ich habe auch noch was für dich."

„Was denn?"

Alexiel reichte Gabriel ein kleines Päckchen, das in ein Stück braunen Stoff eingeschlagen war.

„Was ist das?", murmelte Gabriel und begann den Inhalt auszuwickeln. Mit einem leisen Klimpern viel ein Ring an einem Seidenband in seine Hand.

„Du musst dich mit den anderen Jägern verständigen können. Der Ring ist mit demselben Zauber belegt wie der Grundstein des Schlosses und Ephemeras und meine Ringe. Jeder bekommt einen, wenn er auf seine erste Mission geht. Ich wollte ihn dir persönlich geben, er wird normalerweise vor der Mission angepasst, aber wir haben nicht erwartet, dass du so schnell bereit sein würdest. Daher das Band damit du ihn dir umhängen kannst. Nach der Jagt würde ich dir dann gerne einen persönlich machen", erklärte Alexiel leise und lächelte Gabriel sanft an.

Gabriel nickte, hängte sich das Schmuckstück um und brachte es unter seiner Kleidung in Sicherheit. „Danke, ich werde darauf aufpassen."

„Pass besser auf dich selbst auf, in Ordnung?", sagte Alexiel und küsste Gabriel schnell auf die Lippen. Er würde die Gruppe nicht begleiten, da er nicht für diese Jagd eingeteilt worden war, und man ja eh versuchte, dass Liebespaare nicht gemeinsam auf Jagd gingen.

Gabriel wusste nicht ganz, wie er darüber denken sollte. Sollte er froh sein, dass sich Alexiel dadurch nicht in Gefahr bringen würde, oder sollte er sich unsicher fühlen, da ihm jetzt essenziell die Person fehlte, mit der er am Besten im Team arbeiten konnte.

Andererseits hatte Vohamanah betont, dass es keine Alleingänge geben würde und auch keine Heldentaten. Er schüttelte den Kopf. Konzentration und Ruhe! Das war es, was er jetzt brauchte! Er durfte sich nicht jetzt schon wahnsinnig machen!

„Ich glaube, ich sollte los…", murmelte er und griff wieder nach dem Helm und dem Schwert.

Alexiel drückte ihm noch schnell einen Kuss auf den Mund und strich ihm über die wirren, braunen Locken, die im Nacken das Franzosen zu einem Pferdeschwanz zusammengefast waren.

Gabriel seufzte, straffte die Schultern und verließ Alexiels Zimmer. Langsam trottete er zu dem großen Burghof, auf dem er einige Monate zuvor mit dem Zeppelin-Prototypen angekommen war. Dort hatten sich bereits einige weitere Personen versammelt. Gabriel konnte Vohamanah erkennen, die einem kleinen Mädchen einen Kuss auf den Scheitel drückte und sie dann sanft in die Arme einer blonden Frau schob, diese hob das Kind liebevoll hoch und küsste sie ebenfalls auf den Scheitel. Dann war da noch Ephemera, die dem Mädchen kurz über die Haare strich und Valoel, der mit einem kleinen Dolch rumspielte. Außerdem einige andere, die Gabriel aber nicht alle erkannte, zwei oder drei waren aber aus seiner Trainingsgruppe. Er gesellte sich zu Ephemera und Vohamanah, die ebenfalls ihre Mäntel und Brustpanzer trugen und ihre Helme unter die Arme geklemmt hatten, die Scheiden der Schwerter hielten sie jeweils in einer Hand.

„Wenn da Ghule sind, kannst du mir einen Zahn mitbringen?", fragte das kleine Mädchen und blickte Ephemera mit großen, grünen Augen an.

„Und was, wenn da etwas ganz anderes ist oder gar nichts?",
warf Vohamanah, die eine der Mütter des Mädchens zu sein
schien, ein. Das Mädchen überlegte kurz, mit kindlicher Anstren-
gung ins Gesicht geschrieben. „Ein Horn?", schlug sie dann vor.
„Oder Fell!".

Gabriel beobachtete das ganze etwas befremdet. Warum würde
ein kleines Mädchen bitte den einen Zahn, ein Horn oder Fell von
irgendeinem Monster haben wollen?

„Ich sehe, was ich tun kann, Theliel!", versprach Ephemera unter
dem strafenden Blick von Vohamanah.

Gabriel schüttelte den Kopf. Der Orden war teilweise sehr befremdlich, andererseits, die Welt der Menschen war nicht sonderlich anders, auch sie hatte ihre sehr befremdlichen Rituale und Ri-
ten. Zum Beispiel brachte man aus dem Krieg auch Trophäen mit,
einige waren sogar so grausam, dass sie die abgetrennten Köpfe
ihrer Feinde mitbrachten, und nicht nur Haarsträhnen. Das konnte
man eigentlich schon nicht mehr als befremdlich, sondern nur noch
als menschenverachtend beschreiben.

Eine schwarze Kutsche, gezogen von zwei schwarzen Pferden,
kam durch ein kleineres Tor auf den Hof gefahren und unterbrach
Gabriels Gedankenfluss.

Auf dem Kutschbock saß eine bereits vermummte Gestalt. Dann
kam eine zweite und eine dritte Kutsche, ebenfalls mit vermumm-
ten Kutschern.

„Einsteigen!", dröhnte eine tiefe Stimme hinter dem fehlenden
Gesicht des Helms des ersten Kutschers hervor. Vohamanah strich
Theliel noch einmal über den Kopf und stieg dann, gefolgt von
Gabriel und Valoel und Ephemera, in die Kutsche. Aus dem Au-
genwinkel konnte er erkennen, wie Micah, ebenfalls bewaffnet und
mit Helm und Mantel, auf den Hof geeilt kam. Er hielt kurz inne
und beobachtete, wie der Engel neben den Kutscher der zweiten
Kutsche auf den Kutschbock stieg, dann schloss er die Tür seiner
Kutsche und ließ sich auf das dünne Polster der schmalen Bank

sinken. Sein Schwert legte er zu den anderen drei auf den Boden der Kabine, den Helm auf seinen Schoß.

Ephemera schlug gegen die Wand der Kutsche, die sich mit einem Peitschenknall sofort ruckelnd in Bewegung setzte. Die zweite Kuschte kurz hinter ihnen, dann die dritte.

Gabriel blickte aus dem kleinen vergitterten Fenster zu seiner Linken und beobachtete so, wie sie den Burghof verließen. Noch war es hell, doch es dämmerte bereits und wenn sie in dem kleinen Dorf ankämen, würde es bereits vollständig dunkel sein.

In der Kutsche wurde es schnell kalt. Es war zwar dadurch, dass es Ende März war, schon tagsüber etwas wärmer geworden, aber nachts war es immer noch empfindlich kalt und leider waren die Mäntel trotz dem, dass sie aus dicker Wolle bestanden, nicht so warm, wie Gabriel gehofft hatte und die Kutsche konnte man nicht beheizen.

Ephemera schien Gabriels Gedanken lesen zu können und sah ihn mitfühlend an.

„Du gewöhnst dich dran", sagte sie und verschränkte die Hände vor der Brust. „Und wenn die Jagd beginnt, wirst du die Kälte nicht mehr spüren können. Glaube mir!".

Gabriel nickte nur stumm und fuhr fort, aus dem Fenster zu schauen. Die kleine Laterne, die an der Decke der Kutsche hing und etwas Licht spendete, schaukelte sanft hin und her und spiegelte so das Ruckeln der Kutsche, die sich langsam, aber stetig den Berg hinabkämpfte, wider. Gabriel seufzte und griff in seinen Mantel, aus einer Innentasche zog er ein winziges Büchlein hervor, auf dessen Front in goldener winziger Schrift der Titel geschrieben war. *Eine kurze Enzyklopädie europäischer Moose.* Vohamanah lachte tief und kehlig.

„Er liest jetzt ein Buch über Grünzeug! Junge, du solltest jetzt besser nicht lesen! Du wirst dir noch schnell genug wünschen, dass diese zwei Stunden nie zu Ende gehen!"

Gabriel sah sie skeptisch an. „Lesen beruhigt mich", sagte er dann fast trotzig und schlug das kleine Buch auf.

Vohamanah schüttelte nur den Kopf und ließ ihn dann gegen das mit dünnem Stoff verkleidete Holz hinter sich sinken.

Er begann zu lesen, was zugegebener Maßen bei dem schwachen Licht, das auch noch unentwegt hin und her schwang, recht schwer war. Schließlich schlug er das Büchlein zu und ließ es wieder in der Innentasche verschwinden.

Vohamanah stieß ein triumphierendes „Ha!" aus.

Gabriel ignorierte das und ließ den Kopf ebenfalls nach hinten sinken. Er schloss die Augen und konzentrierte sich auf seine Atmung.

Einige Zeit später hielten die beiden Kutschen und Gabriel musste feststellen, dass Vohamanah Recht gehabt hatte, die zwei Stunden, die sie zu dem Dorf gebraucht hatten, waren viel zu schnell vergangen und nun war er ein nervöses Wrack. Gefolgt von den anderen vier stieg er aus der Kutsche und nahm sich sein Schwert, dann band er es um seine Hüfte. Anschließend setzte er den Helm auf. Er fühlte sich eng an, aber auch sicher. Vorsichtig zupfte er seinen Pferdeschwanz zurecht und schlug die Kapuze hoch. Die kleine Gruppe aus fünfzehn Leuten – die Kutscher würden zurückbleiben – setzte sich in Bewegung.

Bevor sie aufgebrochen waren, hatte Alexiel ihm erzählt, dass Gruppen mit weniger Kampferprobten meist größer waren und daher waren sie auch mit drei Kutschen aufgebrochen. Normalerweise waren es immer nur zwei Kutschen, die jeweils vier bis fünf Jäger transportierten, und natürlich hing es auch von dem Monster ab, auf das Jagd gemacht wurde.

Gabriel war in den letzten Minuten ruhig geworden und die Kälte konnte er, wie Ephemera es versprochen hatte, überhaupt nicht mehr spüren. Seine Hand schwebte über dem Knauf seines Schwertes, das etwas Wärme auszustrahlen schien. Es schien aufgeregt zu sein. Gabriel erinnerte sich daran, wie Alexiel ihm das Schwert kurz nach ihrer Ankunft beim Orden geschenkt und ihm gesagt hatte, dass es eigentlich bereits in Versailles ihm gehört habe, der Rubin hätte sich nämlich für ihn entschieden. Gabriel kam der Gedanke, dass diese Schwerter fast so etwas wie eine Art Seele besaßen, seltsam vor. Aber anders konnte er sich nicht erklären, warum das Schwert warm war und sich jedes Mal, wenn er es berührte, lebendig anfühlte, und es sich in seine Hand zu schmiegen schien, auch wenn es nicht so war. Gabriel ballte seine Hand zur Faust und folgte der Gruppe mit leise knirschende Schritten. Aus einigen der Häuser, an denen sie vorbeiliefen, schimmerte Licht und aus einer Taverne quoll Lärm. Langsam und immer auf die Seitenstraßen achtend wanderten sie zum kleinen Friedhof des Dorfes. Wenn es tatsächlich Ghule waren, dann würden sie sich wahrscheinlich hier aufhalten. Als sie den Friedhof betraten, sank Gabriel direkt mit seinen Stiefeln in das nasse Gras und die weiche Erde ein. Zur rechten Hand konnten sie ein Pfarrhaus und ein recht neu wirkendes Mausoleum erkennen. Er war verwundert, dass es auf dem Friedhof eines so kleinen Dorfes ein Mausoleum gab. Vorsichtig wanderten sie die Reihen an kleinen und schiefen Grabsteinen entlang, auf der Suche nach etwas, das das Ghul-Rudel enttarnen könnte. Die kleinen Laternen, die sie dabei trugen, gaben jedoch nur wenig Licht von sich. Gabriels rechte Hand schwebte dabei immer über dem Knauf seines Schwertes, während die linke die Laterne hielt. Mit jeder Minute, in der nichts geschah, wuchs Gabriels Nervosität und ließ ihn immer und immer wieder über die Schulter nach hinten blicken. Vielleicht hätte Alexiel doch mitkommen sollen. Vielleicht wäre er dann weniger nervös. Ein Knacken riss ihn aus seinen Gedanken. Er war sich sicher, dass es von keinem der anderen Jäger kam, sondern vom Wald, der direkt an den Friedhof angrenzte. Vorsichtig machte Gabriel einige Schritte auf die Waldgrenze zu und versuchte, mit Hilfe der Laterne etwas zu erkennen. Dann ertönte ein Kreischen, wie er es noch nie gehört hatte. Es war laut und schrill und animalisch und Gabriel hatte das Gefühl, als würden Krallen versuchen, sein Trommelfell zu zerreißen. Dann sprang eine unglaublich schnelle, dunkle Gestalt auf ihn zu und landete auf einem der Grabsteine, Krallen scharrten über Stein, als das Wesen versuchte sein Gleichgewicht auf diesem wieder zu finden. Im schwachen Schein seiner Laterne konnte Gabriel eine beinahe humanoide Gestalt mit ledriger, grauer Haut und gelb glühenden Augen erkennen, die etwas größer war als ein Schimpanse. Sie hatte extrem lange Krallen und hervorstehende scharfe, beige Zähne. Kaum, dass der Guhl auf dem Grabstein gelandet war, folgte ihm eine ganze Horde. Der Kampf begann innerhalb eines Wimpernschlages.

Gabriel ließ seine Laterne fallen und zog sein Schwert, als einer der Ghule auf ihn zusprang. Er wusste, dass die Laternen so verzaubert waren, dass das Feuer sie nicht verlassen konnte, daher bestand keine Gefahr eines sich ausbreitenden Brandes, wenn man sie einfach auf den Boden fallen ließ. Mit einer flüssigen Bewegung, die nichts von Gabriels Panik erkennen ließ, drehte er sich zur Seite, wich so dem Ghul aus und erwischte ihn im Sprung mit seinem Schwert, das in seiner von Leder umhüllten Hand zu pulsieren schien. Ein Trick von Vohamnah. *Wenn du nicht stark genug bist, weiche dem Gegner aus und lass ihn in deine Waffe laufen. Versuchte nicht, selbst deinem Gegner Schaden zuzufügen, sondern lass ihn sich selbst zum Verhängnis werden. Anders wirst du keine Chance gegen einen Stärkeren haben, falls du einem begegnest und das wirst besonders du.*

Mit einem leisen schmatzenden, fast zischenden Geräusch trennte Gabriel ihm mit einem sauberen Schnitt den Arm ab. Der Ghul landete unsanft auf dem Boden, warf einen Blick auf seinen blutenden abgetrennten Arm und stürzte sich erneut auf Gabriel. Von einer plötzlichen Welle von Wut überkommen schwang Gabriel sein Schwert ein weiters Mal durch die Luft - der Rubin unter dem Griff schien zu glühen - und schlug dem Ghul den Kopf ab. Er hielt keuchend einen winzigen Moment inne und konnte aus dem Augenwinkel sehen, wie einer der Jäger mit einem leisen Schrei, den er als Ephemeras erkannte, sein Schwert aus dem Kopf eines Ghuls zog, dieser sank wie eine Marionette, der die Fäden durchgeschnitten wurden, zu Boden. Das Gras schillerte rötlich vom Blut der toten Ghule im Schein der Laternen, die in diesem lagen. Der kurze Moment des Luftholens wurde jäh unterbrochen, als sich ein weiterer Ghul auf Gabriel stürzte. Er spürte, wie die Krallen des Monsters seinen Ärmel durchdrangen und seine Haut aufschnitten. Gabriel wirbelte herum und ließ sein Schwert auf das graue Wesen niedersausen. Mit einem unguten knackenden Geräusch sank das Schwert in die Schulter des Ghuls, der sofort zu Boden fiel und begann, an seinem eigenen Blut zu ersticken, als es in seine Lunge floss. Gabriel gab ihm den Gnadenstoß, indem er dem Ghul sein Schwert ins Herz stach.

Dann war der Kampf plötzlich vorbei, so schnell wie er begonnen hatte. Gabriel hob eine der kleinen Laternen auf und leuchtete um sich. Es lagen gut fünfzehn oder zwanzig Ghule über den Friedhof verteilt, alle blutig zugerichtet. Einige schnappten noch schwach und röchelnd nach Luft. Die Jäger schritten zwischen den Leichen hindurch und rammten denen, die noch atmeten, ihre Schwerter in die Schädel oder ins Herz.

Ephemera kniete sich zu einem der Körper herunter, zog ein Messer aus ihrem Mantel und nutze es als Hebel, um dem Ghul einen seiner Reiszähne aus dem Mund zu brechen. Gabriel lief es kalt über den Rücken.

„Verbrennen wir sie und dann suchen wir das Nest!", befahl Vohamanah, packte einen der Ghule am Fußgelenk und zog ihn zu zwei weiteren, die dicht beieinander lagen, herüber. Die anderen beteiligten sich und nach wenigen Minuten befand sich ein stattlicher Haufen von Ghulleichen auf dem Friedhof.

Vohamanah holte einen Beutel aus ihrem Mantel, lehrte den Inhalt über den Leichen aus, brach einen kleinen Ast aus einem Busch und zündete diesen mit demselben Feuerzauber an, den auch Alexiel damals in Versailles genutzt hatte. Sie warf das brennende Ästchen auf den Haufen, der sofort in Flammen aufging. Überrascht stellte Gabriel fest, dass wirklich nur die Leichen brannten, nicht das Gras darunter, und das Feuer schien auch kein Licht auszustrahlen. Vohamanah lachte unter dem Schutz ihres Helmes. „Dämonen und Engel haben keine großen magischen Fähigkeiten, ein Furz gegen die Kräfte der Hexen, aber mit kleinen Elemental-Zaubern kennen wir uns aus."

Gabriel nickte nachdenklich. Sein Arm schien ein wenig zu puckern und zu pochen. Er griff nach der Stelle und als er seine Hand wieder zurückzog, waren die Fingerspitzen seiner Handschuhe rot. Er seufzte, er schien zwar zu bluten, aber nicht sonderlich stark.

„Erste Jagd und schon verwundet!"

Gabriel hörte Micah hinter sich lachen.

„Gut, dass Alexiel nicht mit ist. Den würdest du mit solchen Sachen nur ablenken!"

Er verdrehte die Augen und drehte sich zu dem Engel herum. „Was willst du?", fragte er genervt. Eine Jagd war definitiv nicht der richtige Ort und auch nicht die richtige Zeit, so einen Aufstand zu veranstalten.

„Ich meine ja nur!", winkte Micah mit einem abschätzigen Ton ab. „Der Orden ist vielleicht nicht der richtige Ort für einen Menschen."

Gabriel war froh, dass Micah seinen genervten Gesichtsausdruck dank des Helmes nicht sehen konnte. Was wollte der eigentlich? Was hatte er gegen ihn? Dann kam Gabriel plötzlich ein Gedanke. Micah hatte erzählt, dass er und Alexiel, seit dieser zum Orden gestoßen war, wie Brüder zueinandergestanden hatten. War Micah vielleicht tatsächlich eifersüchtig? Gabriel schüttelte den Kopf, nein, darüber konnte er sich später Gedanken machen. Jetzt mussten sie erst einmal das Nest der Ghule finden.

Vohamanah schritt der Gruppe voraus in den kleinen Wald, der sich als weiterer Teil des Friedhofes entpuppte, führten doch einige Wege durch den Wald zu weiteren Grabsteinen. Vorsichtig beobachteten sie ihre Umgebung und suchten ein weiteres Mal nach Spuren. Wie auch schon auf dem ersten Teil des Friedhofes, fanden sie einige aufgewühlt wirkende Gräber. Gabriel erinnerte ich daran, wie Karael ihnen in einem seiner Vorträge über Ghule erzählt hatte, dass sie gerne Leichen fraßen, aber nicht richtig graben und so meist nur frische Gräber öffnen konnten und keine, die schon länger verschlossen waren. Schweigend folgte die Gruppe der Spur aus verunstalteten Gräbern, bis sie vor einem kleinen Mausoleum ankamen. Durch die, wie ein gähnendes Maul klaffende, offene Tür konnte man eine beinahe schiefe schmale Treppe erkennen, die man nur einer nach dem anderen herabsteigen konnte, um eine Krypta unter dem Gebäude zu erreichen. Das Mausoleum wirkte verwahrlost im Gegensatz zu dem, das sie gesehen hatten, als sie den Friedhof betreten hatten. Überall waren Waldpflanzen an den Wänden hochgerankt und der Stein wirkte porös und brüchig und aus dem Inneren des Mausoleums ließen sich seltsame Geräusche vernehmen.

„Das scheint unser Nest zu sein", verkündete Vohamanah leise und begann die schiefen Stufen hinabzusteigen. Ihre schweren Stiefel knirschten auf dem Stein und schienen die kleinen Dreckkrümel, die dort lagen, zu zermalmen. Gabriel, Valoel, Micah, Ephemera und die anderen folgten ihr.

Kaum das Gabriel die ersten Stufen hinabgestiegen war, quoll ihm der Geruch von Verwesung entgegen. Süßlich wie zerfallendes Fleisch, und kalt und feucht wie Schimmel. Er hatte das Gefühl, als würden ihn die kalten Finger des Todes die Stufen herabzerren.

Ein Schrei ertönte aus der Krypta des Mausoleums und über Gabriel kletterte ein Ghul an der Decke ins Freie. Er eilte die Stufen zu Vohamanah hinab, die sich beinahe mühelos gegen gleich zwei Ghule verteidigte. Hinter Gabriel und einem weiteren Jäger drangen einige weitere Ghule ins Freie, die, den Geräuschen am oberen Ende der Treppe nach, dort allerdings schnell ihr Ende fanden. Als ein abgetrennter Kopf die Treppe wieder hinabrollte, stolperte Gabriel beinahe über diesen und konnte im letzten Moment einem Ghul ausweichen, der aus einem der geöffneten Fächer, in denen für gewöhnlich die Särge ruhten, gesprungen kam. Der Sarg in dem Fach war nur noch Kleinholz und das Totenkleid der Frau, die dort geruht hatte, hatte sich am Bein des Ghuls verfangen, so dass dieser sie bei seinem Sprung ins Freie mitzerrte und sich ihre angekauten Knochen über den Boden der Krypta verteilten. Gabriel unterdrückte einen Schrei und schlug mit seinem Schwert nach einem weiteren Ghul der auf ihn zu gesprungen kam. Zwei weitere sprangen die Treppe herauf ins Freie und wurden dort von den draußen verbliebenen Jägern getötet. Ein Brüllen, das das gesamte

Mausoleum zu erschüttern schien, ließ Gabriel herumfahren, in der Bewegung hackte er nach einem weiteren Ghul und trennte ihm die nach vorne ausgestreckten Krallen ab.

Währenddessen hatte sich ganz hinten in der Krypta ein großer, muskulöser und alt wirkender Ghul auf seine Hinterbeine aufgerichtet. Seine Augen glühten nicht gelb, sondern mehr orange, und von seinen gelben Zähnen tropfte Speichel. Eine lange Zunge leckte über die zu einem Knurren zurückgezogenen Lippen. Mit einem gewaltigen Satz sprang er an die Decke und ließ sich dann auf Vohamanah fallen, die ihr Schwert in einem großen Bogen durch die Luft kreisen ließ und einen langen Schnitt in die Brust des Ghuls schlug. Blut spritzte auf ihren Helm.

Gabriel verteidigte sich währenddessen gegen gleich zwei Ghule. Ein Wurfmesser bohrte sich in die Schulter des einen Ghuls, als Micah die Treppe heruntergestürmt kam. Der Ghul stolperte ein kleines Stückchen zurück. Micah riss sein Messer wieder aus der Schulter des Monsters und rammte es stattdessen durch dessen Stirn, die ein ungesundes Knacken von sich gab. Der Ghul fiel hinten über und aus der Wunde an seiner Schulter quoll dickes, dunkelrotes Blut. Gabriel nutze die Pause und schlug einem der beiden anderen Ghule den Kopf ab. Ein weiterer Schwall Blut traf seinen schwarzen Mantel, und Gabriel spürte ein weiteres Mal den Drang, sich den Helm vom Kopf zu reißen. Er widerstand diesem und hieb stattdessen mit seinem Schwert nach dem verbliebenen Ghul. Mit einem schmatzenden Geräusch fiel die Schulter des Monsters zu Boden, es setzte zu einem letzten verzweifelten Sprung an, wurde jedoch von Gabriel mit einem finalen Schlag daran gehindert. Dann stürzte sich Gabriel auf den Alpha-Ghul. Vohamanah schien zwar keine Probleme zu haben, ihn in Schach zu halten, jedoch konnte sie keinen finalen Treffer landen. Kurz bevor Gabriel bei Vohamanah war, bohrte sich jedoch ein Messer durch den Hals des riesigen Ghuls und er ging röchelnd zu Boden. Blut quoll aus dem Maul und der Wunde und schlug durch die verzweifelten Atemzüge des Monsters kleine Blasen. Vohamanah beendete das Leiden, indem sie ihr Schwert durch den Kopf des Ghuls trieb.

Gabriel spürte, wie sich ein Würgereiz seine Kehle hinauf-kämpfte. Fast panisch stolperte er die Treppe aus der Krypta des Mausoleums hinauf, riss sich den Helm vom Kopf und rang, sich mit einer Hand an der rauen Steinwand abstützend, nach Luft. Sein Schwert glitt lautlos aus seiner zitternden Hand in das feuchte Gras, wo es mit einem dumpfen Geräusch aufschlug. Eine kalte Hand legte sich auf seine Schulter und brachte ihn dazu, sich zu dem Besitzer dieser umzudrehen.

Ephemera musterte ihn mit besorgten, blauen Augen, den Helm in der Hand und ihr Schwert bereits wieder in der Scheide an ihrer Hüfte. Sie schien etwas sagen zu wollen, tat es dann jedoch nicht.

Gabriel spürte, wie Tränen in seinen Augen brannten. Um sie herum sammelten die Jäger die kleinen, verzauberten Laternen wieder ein und zogen die toten Ghule auf einen Haufen. Sie wurden wieder angezündet, doch das Feuer gab kein Licht von sich.

Ephemera hob Gabriels Schwert auf und schob es wieder in die Scheide, dann zog sie ihn von dem Mausoleum weg. Sie meinte im Weggehen, Micah etwas wie „Menschen sind einfach nicht für dieses Leben gemacht" sagen zu hören, entschloss sich aber nichts zu erwidern, Gabriel schien es außerdem eh nicht mitbekommen zu haben. Langsam lief die Gruppe aus Dämonen, Engeln und einem Menschen zurück zu den drei wartenden Kutschen.

Gabriel lehnte sich gegen Ephemera, als sie sich auf die unbequemen Sitzbänke sinken ließen, und schloss die Augen. Langsam setzten sich die Kutschen in Bewegung und kämpften sich wieder die steile, versteckte Straße zum Schloss des Ordens hinauf. Gabriel hatte das Gefühl, sich in einer Art Trance zu befinden. War dem Orden beizutreten, die richtige Entscheidung gewesen? Wenn er sich beinahe nach einer Mission übergab? Sanft rieb Ephemera seinen Rücken und redete leise und beruhigend auf ihn ein.

Die Kutsche verlangsamte kurz, als das große Tor zum Hof des Schlosses in Sicht kam. Langsam öffneten sich die beiden Flügel und hießen die Kutschen willkommen. Sie hielten an und die Jäger stiegen aus. Die Kutscher wurden bereits an den Stallungen von einigen anderen Ordensmitgliedern erwartet. Gabriel stolperte beinahe ein weiteres Mal, als er aus der Kutsche stieg. Er zuckte erschrocken zusammen, als Ephemera mit lauter Stimme ihren Bruder herüberrief. Dann spürte Gabriel, wie der Körper des Dämons mit seinem eigenen kollidierte. Automatisch schloss er seine Arme um Alexiel und krallte sich in der Kleidung dessen fest.

Alexiel streichelte Gabriel sanft über die Haare und drückte ihm einen Kuss gegen die Schläfe. „Du bist verletzt!", stellte er dann fest, als er spürte, wie Gabriel zusammenzuckte, als er gegen seinen Oberarm kam. Er schob Gabriel ein Stückchen von sich und betrachtete ihn.

Gabriel wirkte am Boden zerstört und kurz davor, umzukippen.

Alexiel drückte ihn ein weiters Mal an sich und zog ihn dann, nachdem er sich Gabriels Schwert aus der Kutsche geholt hatte, wieder ins Innere des Schlosses. Er brachte Gabriel in den Ostflügel des Schlosses, wo er mit einigen anderen Jägern, die sich kleinere Wunden zugezogen hatten, versorgt wurde.

Der Krankensaal des Schlosses war ein großer heller Raum mit großen Buntglasfenstern aus gelbem, orangem und weißem Glas, in der Mitte des Saals befanden sich drei freistehende Kamine, deren Schornsteine in der Decke verschwanden und an den Wänden verliefen unzählige Kupferrohre die zusätzliche Wärme ausstrahlten. Auf jeder Seite des Saals standen einige Betten, um die mit Raumtrennern kleine Zimmer geschaffen worden waren. Der Heiler, der sich Gabriel angenommen hatte, holte einige Gegenstände, während Alexiel Gabriel dabei half, seinen Oberkörper zu entkleiden, so, dass der Heiler die Schnitte an Gabriels Oberarm versorgen konnte. Besorgt betrachtete Alexiel, wie Gabriel seine Finger in die Matratze, auf der er saß, grub und auf seiner Lippe kaute. Während der Heiler seine Wunden versorgte – sie mussten glücklicherweise nicht genäht werden, da sie bereits aufgehört hatten zu bluten und der Ghul ihn nicht richtig getroffen hatte – sagte Gabriel kein einziges Wort, er betrachtete nur, wie der Heiler einen schneeweißen Verband um seinen Oberarm wickelte.

„Bitte sieh die nächsten Tage davon ab, dich zu baden und reinige dich nur mit einem Lappen", bat der Heiler.

Gabriel nickte, irgendwie mochte er es, dass man sich hier zu duzen schien, er hatte es nicht gemocht, dass Ithuriel ihn anfangs immer mit Comte angesprochen hatte und alle anderen mit Du.

Alexiel griff ermutigend nach seiner Hand. „Willst du darüber reden, wie die Jagd verlaufen ist?", fragte er dann.

Gabriel zuckte mit den Schultern.

„Später?".

„Hm…" Ein Nicken.

Alexiel lächelte, zog Gabriel auf die Füße und half ihm in ein sauberes Hemd. „Willst du etwas essen?"

Gabriel nickte erneut und ließ sich von Alexiel mitziehen.

Erst brachten sie Gabriels dreckigen Mantel zur Wäscherei, dann kam Alexiel auf die Idee, dass sie Harris holen könnten, der bereits in Gabriels Zimmer, in seinem Nest, am Schlafen war und schließlich schlenderten sie dann zur großen Küche des Ordens. Dort war tatsächlich jemand dabei, zu kochen. Ein großer, dürrer Dämon schien in Lichtgeschwindigkeit durch die Küche zu flitzen und alle Herde und Öfen gleichzeitig zu bedienen. Das Rätsel, wer immer kochte, war damit also gelöst. Gabriel hatte den Koch nur immer verpasst. Der dürre Dämon hielt inne und blinzelte in die Richtung des Pärchens. Er schien sofort zu erkennen, was los war, und fragte mitfühlend „Erste Mission?"

Gabriel nickte müde. Der Dämon nickte, wirbelte dann wieder für einen Moment in Lichtgeschwindigkeit durch die Küche und präsentierte dann einen kräftigen Eintopf und einen Teller mit kleinen Küchlein und Keksen, dazu eine Kanne Tee.

„Habe ich dich bis jetzt immer verpasst?", murmelte Gabriel fragend. Der Dämon hielt wieder inne und bleckte grinsend messerscharfe, spitze Zähne.

„Ich bin heute erst von einer Mission aus Sankt Petersburg zurückgekommen, die hatten da ein kleines Wiedergänger-Problem."

„Wiedergänger?"

„Tote, die nicht tot bleiben wollen, weil ihre Gräber Magie abbekommen haben."

Gabriel nickte und begann dann, an einem der Kekse herumzuknabbern. Harris schob er eine Schüssel mit getrocknetem Obst hin und Alexiel rieb ihm beruhigend über den Rücken.

„Wie heißt du?", fragte Gabriel dann. Irgendwie half es gerade, sich mit jemandem zu unterhalten und das nicht über die Mission, es half das Alexiel einfach da war und er sich gegen ihn lehnen konnte, und es half, Harris beim Essen zu beobachten.

„Tartys", sagte der Dämon und verbeugte sich dramatisch. „Ohne mich würde der Orden verhungern!".

Gabriel nickte und betrachtete nachdenklich, wie Harris scheinbar wenig begeistert an einem getrockneten Apfelring herumkaute und sich dann stattdessen für einen getrockneten Pfirsich entschied. Harris hielt das Stück Obst, auf dem er herumkaute, in zwei seiner Hände und suchte mit den anderen beiden die restlichen Pfirsiche aus der Schüssel.

„Wer hat denn gekocht, als du nicht da warst?" fragte Gabriel weiter.

Tartys lächelte verschmitzt. „Geheimnis!"

Gabriel kicherte leise, was Alexiel etwas beruhigt aufatmen ließ. Er wusste, dass jeder seine erste Mission anders verarbeitete und einige hatten es eben schwerer. Und Gabriel war so eine sanfte Person. Gabriel war wieder still und begann, etwas von dem Eintopf zu löffeln, während Tartys fortfuhr durch die Küche zu wirbeln.

„Wie bist du zum Orden gekommen?", fragte der Franzose dann.

„Ich und meine Familie hatten eine Gaststätte und eine Bäckerei auf einem Trollmarkt in einer versteckten Stadt in Schottland. Saradiels Truppen haben die gesamte Stadt niedergebrannt, nachdem sich unser Stadtvorsteher nicht bereit erklärte, für seine Sicherheit die Engel, die in der Stadt gelebt haben, auszuliefern oder den Orden in eine Falle zu locken", erklärte der Dämon. „Ich und mein kleiner Bruder waren die einzigen Überlebenden. Wir haben uns daraufhin dem Orden angeschlossen, und da ich mit Waffen recht ungeschickt bin, habe ich die Bewirtung des Ordens übernommen und etwas umstrukturiert, sie funktioniert jetzt, nebenbei gesagt, viel besser."

„Und dein kleiner Bruder?"

Ein Schatten legte sich auf Tartyrs Gesicht.

„Oh", realisierte Gabriel. „Das tut mir leid."

„Es ist in Ordnung, er war an einer Schlacht gegen einige der Truppen Saradiels beteiligt, als diese Wien angreifen wollten."

Gabriel senkte den Blick, er hatte das Gefühl, als hätte er nicht fragen sollen. Alexiel schien das zu bemerken und zog ihn fester an sich. Schweigend aß Gabriel auf und erhob sich dann wieder, Harris hüpfte auf seine Schulter und Alexiel griff nach seiner Hand. „War schön, dich kennen zu lernen!", sagte Gabriel leise und schenkte Tartys ein müdes, aber aufrichtiges Lächeln.

„Gute Nacht!", rief Tartys den beiden hinterher, als sie den Speisesaal im Erdgeschoss verließen und fuhr dann mit seiner Arbeit fort.

Alexiel zog Gabriel sanft mit sich. „Sollen wir bei mir oder dir schlafen?", fragte er.

Gabriel zuckte mit den Schultern und vergrub sein Gesicht in der Schulter des Dämons. Ein wenig hilflos entschied sich Alexiel also dafür, dass sie sich ein weiteres Mal Gabriels Bett teilen würden.

In Gabriels Zimmer angekommen, schien sich dieser merklich zu entspannen und begann, sich gleich für die Nacht fertig zu machen. Dann zog er Alexiel an sich und fragte nuschelnd „Federn?"

Alexiel nickte, entkleidete sich, zog eines der Nachthemden mit auf dem Rücken befindlichen Schlitzen für die Flügel – er hatte mittlerweile einige davon auch in Gabriels Zimmer verstaut, da es doch normal war, dass sich Engel und Dämonen regelmäßig im Schlaf verwandelten und er da auch keine Ausnahme war - und verwandelte sich dann.

Zufrieden zog Gabriel den Dämon, der nun wieder wie eine Gestalt zwischen Mensch und Rabe wirkte, zu sich ins Bett und kuschelte sich in die schwarzen Federn, vorsichtig, sich nicht aus Versehen auf einen der Flügel zu legen und dem Dämon damit Schmerzen zuzufügen.

Leise raschelte Alexiel mit seinen Federn, begann dann durch Gabriels Haare zu kraulen und löste die Schleife des Haarbandes. Er wollte Gabriel nicht zeigen, wie sehr er sich teilweise Sorgen darüber machte, ihn aus Versehen mit seinen Krallen zu verletzen.

Gabriel wiederum schien sich nicht im Mindesten Gedanken darüber zu machen, dass Alexiel praktisch kleine Messer an den Fingern hatte, wenn er sich verwandelte. Dann begann Gabriel zu berichten, wie die Jagd verlaufen war und Alexiel hörte aufmerksam zu. Je mehr Gabriel erzählte, desto ruhiger wurde er und schien wieder zu seinem alten Selbst zu werden.

„Denkst du, mich dem Orden anschließen zu wollen, war die richtige Entscheidung?", fragte er dann schließlich nachdenklich.

„Ich denke, dass, wenn dein Herz dir gesagt hat, dass hier dein Platz ist, dann wird er auch hier irgendwo sein. Du hast ja gehört, dass Tartys nur selten aktiv an Missionen teilnimmt und auch Karael nimmt selbst eher selten an Jagden teil. Viele hier lehnen Gewalt ab und kämpfen nur, um dies eines Tages nicht mehr tun zu müssen. Verstehst du?"

Gabriel nickte und begann mit einer losen Feder Alexiels herumzuspielen. „Chérie?", fragte er dann.

„Hm?"

„Ich liebe dich und ich will dich nicht verlieren", murmelte er.

Alexiels Hand hielt einen Moment in Gabriels Haaren inne. Er wusste nicht, was er erwidern sollte. Sollte er die Zeit genießen, die er mit Gabriel noch hatte, bis dieser irgendwann zwangsläufig alles über ihn herausfinden und ihn dann verlassen würde? Aber war er nicht eh schon selbstsüchtig gewesen, als sie sich vor einem halben Jahr in Versailles kennen gelernt hatten, damals noch unter dem Namen Gherasim Andreschka?

„Ich liebe dich auch…", erwiderte er dann. „Du bist mein Herz und mein Licht." *Du gibst mir Kraft, nicht an meiner Vergangenheit zu zerbrechen!* Fügte er in Gedanken an.

Gabriel richtete sich auf seinem Unterarm auf und gab Alexiel einen langen und liebevollen Kuss. Dieser erwiderte ihn und vergrub seine Hände in den Locken des Franzosen. Himmel - was würde er nicht alles für diesen Menschen, diesen sanften, mitfühlenden und ungesund sturen Menschen tun? Alexiel kam zu dem Schluss, dass er alles für Gabriel tun würde, alles, im selben Moment, wo auch Gabriel ein weiteres Mal realisierte, dass auch er für Alexiel durch die Hölle und zurück gehen würde. Und das so oft, wie es denn nötig wäre, um für immer mit ihm zusammen sein zu können! Und bitte schön auch glücklich!

Kapitel 26

(März 1687)

Mit einem Stöhnen streckte sich Gabriel und lächelte, als sich Alexiel wieder demonstrativ in die Decke einwickelte. Da der Lebensstil beim Orden so ziemlich sämtliche Tageszeiten für nicht relevant ansah und man so zu den verrücktesten Zeiten wach war - oder schlief - konnte es schon einmal vorkommen, dass jemand, der normalerweise ein Frühaufsteher war, plötzlich bis tief in den Tag hinein schlief, und so waren die beiden bis in die frühen Morgenstunden wach gewesen, was definitiv zu spät für Alexiel gewesen war.

Gabriel betrachtete den Dämon, der neben ihm in dem riesigen Bett lag. Die glatten, schwarzen Haare waren über das gesamte Kopfkissen verteilt und bildeten fast etwas wie einen dunklen Heiligenschein. Seinen Oberkörper hatte Alexiel zu einer Haltung verdreht, die unmöglich bequem sein konnte.

Die beiden waren am gestrigen Tag lange spazieren gewesen. Nach der ersten Mission hatten die Anwärter für einige Tage kein Training und so hatte Gabriel begonnen, alle möglichen Pflanzen, die jetzt Ende März begonnen hatten zu wachsen und in den Karpaten heimisch waren, zu sammeln und zu pressen. Dafür hatte er sich extra eine Blumenpresse von Alexiel bauen lassen. Er hatte sich außerdem ein leeres Buch besorgt, in das er die gepressten Pflanzen einkleben wollte, später wollte er sie dann mit Hilfe einiger Bücher, die er in der gigantischen Bibliothek gefunden hatte, bestimmen. Alexiel hatte es unglaublich liebenswert gefunden, als Gabriel am Tag zuvor in der Werkstatt, bewaffnet mit einem Korb, aufgetaucht war und gefragt hatte, ob er mit ihm Pflanzen sammeln gehen wollte. Bis spät abends, noch nachdem sie wieder zurück waren – Gabriel hatte die erste warme Sonne des Jahres sehr ausgiebig genossen – hatte er nicht aufhören können, über alles Mögliche zu reden, das irgendwie mit Pflanzen zu tun hatte.

Außerdem hatte er in diesen Tagen auch begonnen, Ephemera in dem riesigen Gewächshaus des Ordens zu helfen.

Alexiel musste leise kichern, als er sich erinnerte, wie er vor gut drei Tagen, also am Tag nach der ersten Mission, einem begeisterten Gabriel einige Blätter aus den braunen Locken gezupft und Ephemera berichtet hatte, dass Gabriel so aufgeregt, wie ein Kind gewesen war, dass er einige Setzlinge hatte umtopfen dürfen. Natürlich war es Alexiel klar, das Gärtnern Gabriels Art war, mit den Auswirkungen der ersten Mission umzugehen, aber er war auch froh darüber, dass sich der Franzose lieber mit Pflanzen überhäufte als in Selbstmitleid zu versinken. Und außerdem war es niedlich! Nicht nur, dass Gabriel so glücklich war und sich fast in einen Wirbelwind verwandelt hatte, sondern auch, dass er sich fast, wie ein Kind über einen Hundewelpen über Pflanzensetzlinge freute. Er wusste, dass Gabriel zuvor sein Interesse an Botanik nur in der Form des Studiums unzähliger Bücher hatte ausleben können und selbst die Zeltausflüge mit seinem Sohn immer einiges an Klatsch und missbilligenden Blicken zur Folge gehabt hatten. Außerdem war es lustig, wie er Harris, der seine Tage wieder im Garten verbrachte, immer wieder andere Blätter brachte und sich Notizen darüber machte, ob der Waldkobold sie mochte oder nicht.

Ein lautes Rumoren außerhalb von Gabriels Zimmer ließ die beiden Männer aufhorchen. Während Alexiel sich nun doch ruckartig aufsetzte, hielt Gabriel inne in einem der Bücher aus der Bibliothek – ausnahmsweise kein Buch über Botanik, sondern ein Band, in dem man lokale Legenden und Mythen gesammelt hatte - herumzublättern und wand seinen Blick der Tür zu. Er legte besorgt das Buch beiseite, lief zu der dicken Holztür herüber und öffnete sie. Doch davor war niemand zu sehen. Seltsam.

„Was ist los?", fragte Alexiel und befreite sich vollends aus seinem Deckenkokon.

„Ich weiß nicht", murmelte Gabriel und drehte sich wieder zu seinem Geliebten um. „Ich werde mich anziehen und nachsehen. Vielleicht ist es ja nichts…"

Alexiel nickte und stand ebenfalls auf. Schnell zogen sich die beiden an. Gabriel eine lange Hose und ein mit Rüschen besetztes Hemd, darüber eine aufwändig bestickte Weste, Alexiel ebenfalls eine lange Hose und ein schlichtes, schwarzes Hemd, dass einen guten Blick auf seine Brust frei gab. Dann verließen die beiden Gabriels Zimmer und begaben sich auf die Suche nach dem Ursprung des Rumorens vor Gabriels Tür. Auf dem Weg kam ihnen Ephemera aus einem kleineren Gang, der ebenfalls zu einigen Schlafzimmern führte, entgegen.

„Habt ihr mitbekommen, was da los ist?", fragte sie und schloss sich ihrem Bruder und dem Franzosen an.

„Nein. Das wollen wir ja auch gerade herausfinden!", antwortet Alexiel und band sich im Gehen seine Haare zu einem Pferdeschwanz im Nacken zusammen.

Vor den zwei großen Flügeltüren der Bibliothek – mittlerweile einem der Lieblingsorte Gabriels – blieben die drei dann stehen. In der Bibliothek hatten sich der Rat und einige andere Dämonen und Engel versammelt und betrachteten, besorgt diskutierend, die Tür des kleinen Raumes am Ende der Bibliothek. Die drei traten ein und näherten sich der Gruppe.

„Was ist passiert?", fragte Gabriel an Karael gewandt, der sehr erschüttert, fast aufgelöst wirkte und mit belegter Stimme antwortet: „Jemand ist, in den Raum der Artefakte eingebrochen...".

Gabriel betrachtete den großen, schlanken Engel. Seine normal sanft, fast grün und golden schillernde Haut wirkte nun fahl und kalt. Hatte er doch immer ausgesehen, als wäre er höchstens Anfang zwanzig – keinen Tag älter als 25 – wirkte er nun beinahe alt. Gabriel wusste, dass Engel und Dämonen viele hundert Jahre, oft sogar mehrere tausend Jahre alt werden konnten, man ihnen ihr Alter aber in den seltensten Fällen wirklich ansah.

„Wurde etwas gestohlen?", fragte Alexiel deshalb an Ithuriel und nicht an den Bibliothekar gewandt.

„Soweit wir wissen, nicht, aber wir wissen auch nicht, was das Ziel gewesen ist. Leider. Und ich glaube, ich muss nicht aussprechen, was sich hier jeder bestimmt schon gedacht hat…"

„Es muss einer von uns gewesen sein", sprach es Ephemera mit ungewöhnlich kalter, aber fester Stimme aus.

Ithuriel nickte und kniff sich in die Nasenwurzel. „So etwas können wir im Moment absolut nicht gebrauchen!", seufzte er und legte Karael beruhigend eine Hand auf die Schulter.

Gabriel wusste, dass es im Moment Wichtigeres gab, aber ihm fiel auf, dass Karael tatsächlich sogar ein wenig größer war als Ithuriel, und Ithuriel selbst war ein regelrechter Riese und überragte jeden der Anwesenden.

„Ich glaube, wir können hier nichts ausrichten", flüsterte Alexiel in Gabriels Ohr und zog ihn wieder aus der Bibliothek.

Gabriel blickte den Dämon besorgt an. „Was wird Ithuriel tun?", fragte er leise und griff nach Alexiels Hand.

„Ich weiß es nicht, ganz ehrlich. Ich fürchte aber, dass es einiges an Misstrauen geben wird…"

Gabriel nickte, ihm wurde ein wenig mulmig zumute.

„Mach dir keine Sorgen. Es wird sich alles zum Rechten wenden."

„Wenn du meinst. Karael hat ziemlich erschüttert gewirkt."

„Verständlich. Die Bibliothek ist sein Leben. Er ist praktisch schon eine laufende Enzyklopädie. Bücher sind ihm wichtiger als alles andere."

Langsam liefen die beiden zu dem kleinen Garten in einem der Innenhöfe, dort ließ sich Gabriel unschlüssig auf die Steinbank sinken. Harris hüpfte von dem Baum neben der Bank auf seinen Schoß und dann weiter auf Alexiels Schulter. Alexiel hob die Augenbraue und blickte den Waldkobold überrascht an, hob dann aber seine Hand, damit sich das kleine Geschöpf daran festhalten konnte. Über Gabriels Gesicht huschte ein Lächeln. Vielleicht hatten wenigstens die beiden Frieden geschlossen oder wenigstens einen Waffenstillstand vereinbart.

Am Mittag rief Ithuriel den gesamten Orden in dem großen Saal, in dem auch der Ball zu Weihnachten stattgefunden hatte, zusammen. Er erklärte, dass jemand versucht hatte, in den Artefakt-Raum einzubrechen. Davon, dass die Vermutung nahe lag, dass es jemand vom Orden war, erwähnte er nichts. Vielleicht wollte Ithuriel den Täter in einer Art Ruhe wiegen, dass er wusste, dass gesucht wurde, aber glaubte, dass man nicht nach ihm, sondern nach jemand anderem suchte. Außerdem erklärte Ithuriel, dass nichts gestohlen worden war.

Karael, der zusammen mit dem Rat hinter Ithuriel gestanden hatte, hatte auf Gabriel noch immer einen fürchterlich aufgewühlten Eindruck gemacht. Zum Schluss verkündete Ithuriel, dass man den gewohnten Alltag möglichst fortführen würde und sich daher alle Anwärter dennoch um vier im Trainingssaal bei Vohamanah einfinden sollten.

Nach der Ankündigung entschlossen sich Gabriel, Alexiel und Ephemera etwas zu essen, damit Gabriel es noch vor dem Training einigermaßen verdaut haben würde.

Tartys wirbelte, wie auch schon beim letzten Mal, als sie ihn gesehen hatten, durch die große Küche und versorgte die Ordensmitglieder mit Essen, so auch Alexiel, Gabriel und Ephemera, die weiter hinten gemeinsam an einem kleinen Tisch saßen.

Das Training mit Vohamanah begann mit einer Nachbesprechung der Ghul-Jagd, gefolgt von lockerem Aufwärmen und dann wieder Zweikampf mit wechselnden Partnern.

Am Ende tat Gabriel wieder alles weh und er war vollkommen erschöpft. Da die Schnitte an seinem Arm mittlerweile eine Kruste gebildet hatten, konnte er auch wieder nach dem Training ein Bad nehmen. Schnell band er sich die Haare hoch, entledigte sich in einer der kleinen Kabinen seiner Kleidung und platzierte diese zusammen mit der frischen und einem Tuch zum Abtrocknen in einem der Fächer. Erst als er in das warme Wasser glitt und spürte, wie sich alle seine Muskeln lockerten, realisierte er, wie unglaublich angespannt er die Tage nach seiner ersten Jagd gewesen war. Ein wohliges Seufzen entglitt seiner Kehle und mit geschlossenen Augen begann er, sich mit einem Stück Seife zu waschen.

Zufrieden kehrte er danach in sein Zimmer zurück und lockerte die Blumenpresse. Die Pflanzen, die er und Alexiel die Tage zuvor gesammelt hatten, waren nun dünn wie Papier und hatten ein wenig ihrer Farbe eingebüßt, aber sonst sahen sie noch immer wunderschön aus. Vorsichtig löste Gabriel diese von der Papierunterlage und platzierte sie auf seinem Schreibtisch. Aus einer Schublade zog der das leere Buch und einen Tiegel mit Kleber und einigen Pinseln. Vorsichtig bestrich er eine Seite der gepressten Pflanzen mit besagtem Kleber und drückte eine nach der anderen auf die Hälfte einer Doppelseite. Dann machte er sich auf in die Bibliothek. Er wusste, dass er wahrscheinlich lieber etwas essen sollte, schließlich war es bereits acht Uhr abends, aber im Moment reizten ihn die gepressten Blüten und Blätter mehr. Natürlich hatte er auch einige so erkannt, weil diese eben auch in Nordfrankreich gewachsen waren, aber andere eben nicht. Er hatte zwar schon immer auf den Ausflügen mit Jean versucht, möglichst viele Pflanzen zu identifizieren, aber leider hatte er seltenst die Möglichkeit gehabt, in Ruhe welche zu sammeln und zu pressen. *Ein Comte hat sich um Politik zu kümmern!* Hatte man ihm immer gesagt. *Nicht um Blumen, das überlasst euren Schwestern und deren Töchtern!* Doch hier, hier konnte Gabriel nach Herzenslust in seiner Freizeit Kräuter und Blumen sammeln und in den Gewächshäusern des Ordens helfen, wo dieser alle möglichen Heilpflanzen züchtete und sogar Tulpen. Besonders die Tulpen hatten es ihm angetan, waren diese doch eine wahre Seltenheit und unglaublich schwer zu bekommen und hier wuchsen sie direkt vor seiner Nase. Gabriel musste hier nicht darauf achten, dass seine Kleidung sauber blieb, *weil ein Comte nun einmal kein Gärtner war*, sondern konnte nach Herzenslust in der Erde herumwühlen.

In der Bibliothek angekommen, bog er in den vierten Gang auf der linken Seite ein. Hier irgendwo war dieses Buch doch gewesen, das er neulich entdeckt und das ihn auf die Idee gebracht hatte, seine kleine private Sammlung anzulegen. *Vegetation europäischer Gebirge.* So hatte der Band geheißen.

„Kann ich dir helfen?", fragte Karael, der plötzlich hinter Gabriel aufgetaucht war.

Gabriel zuckte erschrocken zusammen und fuhr zu dem Engel herum. Dieser hatte seine große, weiße Kapuze tief in sein Gesicht gezogen und die Hände in den Ärmeln versteckt.

„Ich suche das Buch Vegetation europäischer Gebirge", sagte Gabriel.

Karael lächelte milde. „Du bist einen Gang zu weit. Komm mit, ich zeige dir, wo es steht", schlug der Engel vor und deutete Gabriel mit einer einladenden Bewegung seiner linken Hand ihm zu folgen.

Gabriel nickte und tat wie ihm gedeutet. Die Schritte der beiden hallten laut in der Stille der Bibliothek wider und sorgten irgendwie für ein mulmiges Gefühl in Gabriels Magengegend. Kurz darauf hielten die beiden vor einem Regal im dritten Gang an.

Karael ließ seinen Blick über die Buchrücken gleiten, dann zog er mit seinen ungewöhnlich langen Spinnenfingern einen dicken Band zwischen einigen anderen Büchern hervor. „Hier", verkündete er und präsentierte Gabriel das dunkelbraune Buch, auf dessen Front in großen Lettern, die wohl einmal golden gewesen waren, der Titel *Vegetation europäischer Gebirge* stand.

Gabriel nahm das Buch entgegen und hielt dann einen Moment inne. „Ist alles in Ordnung?", platzte er dann heraus. „Du hast heute Morgen sehr aufgewühlt gewirkt."

Karael senkte den Kopf, nickte dann aber. „Ich muss mich damit abfinden. Aber ich glaube, ich weiß, was der Einbrecher wollte und nicht gefunden hat. Und das macht es mir ein wenig leichter."

„Was denn?", hakte Gabriel nach.

„Das Manuskript des dritten Buches der Dämonen, eigentlich der Umbra. Ich hatte es über Nacht bei mir in meinem Zimmer, da ich es mir vor dem Übersetzen gerne einmal ansehen wollte."

Gabriel nickte. Natürlich! Das musste es sein! Man hatte hier zu eigentlich allem Zugang. Es gab kein klassifiziertes Wissen! Keine verbotenen Bücher! Und jeder konnte sich eine *Übersetzung* der ersten beiden Bücher der Dämonen ansehen. Allerdings kam man an die Originale der Manuskripte und sehr alten Schriften nicht so einfach heran. Zumindest nicht, ohne dabei von einem der Chronisten oder einem Seher – diese beiden Gilden betreuten die Bibliothek und durften ohne Begleitung den Raum der Artefakte betreten – begleitet zu werden und solange eine Schrift nicht übersetzt war und man die Sprachen der Ältesten nicht konnte – was nun mal nur die Seher konnten-, waren diese eigentlich komplett unzugänglich. Was wiederum hieß, dass, wenn man sich eine der originalen Schriften, egal ob sie in der Sprache der Ältesten oder einer anderen Sprache verfasst worden war, allein ansehen wollte und nicht Teil der Seher oder Chronisten war, man diese aus dem Artefakt Raum stehlen musste.

„Darf ich fragen, in welche Sprache du das Manuskript übersetzt?", fragte Gabriel schließlich, als der diesen Gedankengang zu Ende gebracht hatte, um nicht zu interessiert zu wirken

„Französisch. Das ist die Sprache, in der die meisten Bücher hier verfasst sind. Einige aber auch auf Englisch oder Latein und offensichtlich Rumänisch. Das spielt aber durch den Zauber, der auf dem Schloss liegt, keine Rolle."

Gabriel nickte. „Ich werde niemandem von deinem Verdacht erzählen!", versprach er dann.

Karael senkte die Lider und schmunzelte traurig. „Danke. Bis jetzt habe ich mich nämlich nur Ithuriel anvertraut."

Gabriel nickte erneut und klemmte das Buch unter den Arm. Ein Gähnen kämpfte sich aus seiner Kehle frei und schnell hielt er sich die Hand vor den Mund. „Vielleicht liest du das Buch erst morgen", schlug Karael vor, verbeugte sich und verschwand dann in einem weiteren Gang.

Gabriel schüttelte den Kopf und verließ die Bibliothek. Ein weiteres Gähnen entfloh seinem Rachen. Er sollte das Bestimmen der Pflanzen wirklich auf den nächsten Morgen verschieben und zu Bett gehen! Zuvor wollte er aber noch einmal nach Alexiel sehen, der sich irgendeines Problems an dem Zeppelin-Prototypen angenommen hatte und seit Gabriel zu seiner Trainingseinheit mit der Gruppe von Anwärtern aufgebrochen war, in der an eine Sternwarte erinnernden Werkstatt an diesem herumgeschraubt hatte.

Leise und mit dem Buch unter dem Arm betrat er den großen mit seltsamen Apparaten vollgestellten Raum. Der Zeppelin ruhte noch immer wie ein seltsames, aber majestätisches Ungeheuer auf seinem Felsen, auf der Hebebühne.

Alexiel war in der kleinen Schmiede rechts im Raum und arbeitete dort an einem Gegenstand, den Gabriel aber nicht ganz erkennen konnte, da der Dämon mit dem Rücken zu ihm stand. Er konnte durch das dünne Hemd Alexiels erkennen, wie sich dessen Muskeln bewegten, jedes Mal, wenn er den Hammer hob und ihn auf den Amboss hinabstürzen ließ.

„Chérie!", rief Gabriel laut über das metallische Schlagen hinweg.

Alexiel zuckte zusammen, legte den Hammer auf den Block, auf dem der Amboss stand und drehte sich zu dem Franzosen um. Er wischte sich mit dem Handrücken über die Stirn und schob seine Schutzbrille hoch in seine Haare. „Gabriel!"

„Ich wollte fragen, wie lange du hier noch brauchst. Ich will nämlich so langsam zu Bett gehen, vielleicht noch eine Kleinigkeit essen."

Alexiel nickte, zog sich seine dicken Lederhandschuhe aus und wischte sich die Hände an einem Tuch ab. „Ich komme gleich. Schlafen wir wieder bei dir?", fragte er und legte seine nun einigermaßen sauberen Hände auf Gabriels Hüften.

„Wenn du willst, können wir auch bei dir …"

„Nein, lass uns lieber bei dir bleiben. Meine ganzen Nachthemden sind eh schon lange bei dir."

„In Ordnung." Gabriel lächelte, beugte sich vor und gab Alexiel einen schnellen Kuss auf die Lippen, dann drehte er sich um und stolzierte aus der großen Werkstatt.

Alexiel schüttelte lächelnd den Kopf und begann seine Arbeitsstelle aufzuräumen.

Gabriel brachte das Buch schnell auf sein Zimmer und holte sich dann bei Tartys noch eine Kleinigkeit zu essen. Er mochte den Dämon. Er war zwar seltsam – teilweise auf eine gruselige Art - aber sehr herzlich. Mit einem Teller voll Quark und Fladenbrot mit Oliven, das Tartys gerade frisch aus dem Ofen geholt hatte, kehrte Gabriel nun auf sein Zimmer zurück. Das erste, was er sah, war, dass Harris auf einer mit vielen, grünen Ästen bestückten Blumenvase saß und an besagten Ästen herum kaute. Unter der Vase klemmte ein Zettel. Stirnrunzelnd stellte Gabriel den Teller mit dem Brot und dem Quark auf dem Tisch unter dem Fenster ab und zog den Zettel unter der Vase hervor. Er betrachtete den ihn. Das Papier selbst war ein kleines bisschen dreckig und wellig, als wäre es einmal nass geworden, außerdem klebten einige Erdkrümel auf dessen Oberfläche. Die Handschrift darauf war ihm unbekannt, was aber auch nichts Besonderes war; außer der Schrift von Alexiel kannte er keine einzige Handschrift hier. Sie war klein, eher hoch und schmal und ein wenig krakelig.

Gabriel,
Bitte halte deinen Waldkobold aus dem Gewächshaus fern. Er kann gerne in den Gärten leben, aber nicht im Gewächshaus. Ich weiß nicht, wie er da reingekommen ist, außer, dass jemand ihn reingelassen hat, beziehungsweise die Tür offengelassen hat. Bitte behalte ein Auge auf ihn, er hat nämlich versucht die Tulpen anzuknabbern und einige der Heilpflanzen hat er tatsächlich gefressen.

Gruß Ephemera

P.S.: Es kann sein, dass er ein wenig weggetreten ist, er hat einige der Pflanzen, aus denen wir Betäubungsmittel herstellen, gefressen. Die Äste sollten ihn aber erst einmal beschäftigen.

Gabriel schüttelte den Kopf. Er hatte keine Ahnung, wie Harris in das Gewächshaus gelangt war, hatte er ihn doch, wie mittlerweile jeden Morgen, durch das Fenster seines Zimmers hinausgelassen und von diesem Fenster sah man auf den Garten in dem kleinen Innenhof ganz im Westen des Schlosses, den mit der Steinbank. Natürlich konnte Harris auch über das Dach oder das Mauerwerk des Schlosses zu anderen Teilen und Gärten außerhalb der Mauern gelangt sein, aber dass er sich ausgerechnet den winzigen Hof ausgesucht hatte, über den man das Gewächshaus durch eine Seitentür betreten konnte, war ungewöhnlich. Jetzt, Ende März, wurde es zwar langsam wärmer, aber die großen Topfpflanzen, die im Gewächshaus überwinterten, waren noch nicht wieder raus in den Hof gestellt worden und sonst war der Hof einfach nur karger Stein und Kompost. Er warf einen vorsichtigen Blick zu dem kleinen Wesen hinüber und wedelte nachdenklich mit dem Brief in der Luft herum.

„Du bist auf eine kleine Wanderung gegangen, kann das sein?", schmunzelte Gabriel.

Harris wiederum griff scheinbar in Zeitlupe nach einem Ast, um ihn zu sich herunterzuziehen, griff jedoch daneben und fiel vom Rand der großen Vase herunter auf die Dielen, die den Zimmerboden bildeten. Ihn schien das jedoch nicht zu stören, stattdessen streckte er alle acht Gliedmaßen nach dem Ast über sich aus und machte kleine Greifbewegungen, die jedoch ohne Erfolg blieben. Gabriel kicherte, hob den Waldkobold auf und legte ihn in sein Nest. Dann nahm er einige Äste aus der großen Vase und legte sie zu Harris an das Nest. So konnte dieser in Ruhe weiteressen und lief nicht Gefahr, irgendwo herunterzufallen oder sich im schlimmsten Fall in einer Blumenvase zu ertränken. Gabriel streichelte dem kleinen Wesen noch einmal über den kahlen Kopf und setzte sich dann an den Schreibtisch unter dem Fenster und begann zu essen.

Einige Minuten später klopfte es an der Tür und Alexiel trat ein. Er schien noch schnell gebadet zu haben, klebte die frische Kleidung doch ein wenig an seinem Körper und die spitzen seiner Haare waren auch nass.

Gabriel stand auf und schloss seinen Geliebten in die Arme, bevor er jedoch etwas sagen konnte, musste er gähnen. Schnell vergrub er sein Gesicht in der Schulter des Dämons.

lachte leise und küsste den Franzosen sanft auf die Stirn. „Sehr müde?", fragte er, stupste Gabriel mit der Nase an und blickte ihm dann in die hellblauen Augen.

„Hm…", brummte Gabriel nur leise.

Alexiel verkniff sich ein weiteres Lachen. Wenn Gabriel müde war und brummte, klang das immer ein wenig wie das Schnurren einer Katze, was Alexiel wiederum sehr niedlich fand. „Bekomme ich auch noch was von dem Brot?", fragte er dann und schielte über Gabriels Kopf hinweg auf den Schreibtisch.

Gabriel nickte, zog Alexie zu besagtem Tisch und schob den Teller ein Stückchen auf den Dämon zu. Dieser drehte sich in der Umarmung um, riss sich ein Stück von dem Brot ab und dippte es in den Quark. Gabriel kuschelte sich an Alexiels Rücken und schnurrte ein weiteres Mal.

„Na komm!" Alexiel wandte sich um, das Brot noch in einer Hand und half Gabriel mit der anderen aus dem roten Gehrock, den er sich nach dem Bad über das frische Hemd gezogen hatte. Alexiel zog die Augenbrauen hoch, das war sein Gehrock. Kein Wunder, dass er ein kleines bisschen zu groß gewirkt hatte, schließlich war Alexiel ein paar Zentimeter größer als Gabriel.

Schließlich zogen sich die beiden aus und krochen dann in Gabriels Bett. Alexiel wusste nicht, ob er dankbar sein sollte, dass Gabriel heute nicht darum gebeten hatte, dass er sich in seine Dämonen-Gestalt verwandelte. Er konnte nicht verstehen, was Gabriel an den schwarzen Federn fand, verkörperten sie doch alles, was Alexiel je in seinem Leben falsch gemacht hatte. Hätte er noch seine ursprüngliche Dämonen-Gestalt gehabt, hätte er kein Problem, sich Gabriel in dieser zu zeigen, so glaubte er zumindest - doch so? Aber würde Gabriel diese Gestalt genau so sehr mögen? Die großen, schwarzen, ledrigen Flügel? *Nein!* Befahl sich Alexiel. *Nein! Ich sollte nicht immer darüber nachdenken was wäre, wenn. Gabriel würde mich so oder so lieben!* Neben ihm gab besagter Franzose ein leises Geräusch von sich und kuschelte sich fester an ihn. Himmel, wie sehr hoffte Alexiel, dass dieser Traum nie aufhörte!

„Sag mal, glaubst du, dass es jemand vom Orden war, der versucht hat in den Artefakt Raum einzubrechen? Oder hat jemand das Schloss gefunden?", fragte Gabriel leise und schielte durch seine Haare nach oben zu seinem Partner.

„Ich denke eher es ist tatsächlich einer vom Orden. Hier gibt es einen Schutzzauber, der registriert, wenn jemand in das Schloss kommt der nicht zum Orden gehört. Ich bezweifle Ithuriel hätte uns nicht Bescheid gesagt, wäre es jemand von Außerhalb", flüsterte Alexiel zurück und zog Gabriel etwas fester an sich. Der Franzose summte leise und begann dann, gegen seinen Partner gekuschelt und in seine Decke verknotet, weg zu nicken.

Kapitel 27

(April 1687)

Langsam, aber neugierig folgte Gabriel Alexiel, der ihn an der Hand tiefer in den Wald um das Schloss herum hineinzog. Der gesamte Orden war noch immer in Aufruhr wegen des versuchten Einbruchs in den Artefakt-Raum und Alexiel hatte daher beschlossen, dass sie einen kleinen Ausflug machen sollten. Ein wenig den Kopf freibekommen. Ein wenig selbstsüchtig sein. Gabriel lachte leise und machte einen großen Schritt über einen Ast, der quer über dem nicht wirklich vorhandenen Weg lag.

„Wo bringst du mich hin?", fragte er und ließ seinen Blick ein weiteres Mal durch das Grün um sich herumwandern. Hohe Tannen, Fichten und Kiefern. Vereinzelte Laubbäume und niedrige Büsche. Dichtes, dunkelgrünes, fast blaues Moos schluckte das Geräusch ihrer Schritte; nur wenn sie auf einen Ast traten, konnte man erahnen, dass sich jemand einen Weg durch den Wald bahnte.

„Das wirst du schon noch sehen! Hab Geduld! Wir sind fast da!", versprach Alexiel und lief ein kleines Stück rückwärts vor Gabriel her. „Es wird dir gefallen! Versprochen!"

„Und was ist in dem Beutel, den du mitgeschleppt hast?"

„Lass dich doch einfach überraschen!", Alexiel lachte und funkelte Gabriel aus seinen Nachthimmel-Augen an.

Gabriel mochte es sehr, wenn der Dämon seine Augen nicht versteckte. Für viele der Dämonen beim Orden schien es normal zu sein ihre schwarzen Augen (und für die Engel ihr golden leuchtenden) zu verstecken und sie trugen daher immer einen Zauber, der sich wie ein Schleier über ihre wahren Augen legte. Gabriel konnte das nicht verstehen. Was war nicht schön daran, in eine andere Galaxie zu blicken, wenn man jemandem in die Augen sah? Er fand die Augen der Dämonen sogar noch schöner als die leuchtenden der Engel, wenn sie sich in ihrer wahren Gestalt befanden. Natürlich. Die Augen der Engel waren wunderschön, wie die Sonne, wenn sie keinen Schutzzauber trugen, aber die Augen eines

Dämons schienen so unglaublich viele Geheimnisse zu bergen, dass man gar nicht wegsehen wollte. Sie ließen einen allerdings auch verstehen, dass alles, was sich die Menschen über das, was sie sich unter Dämonen vorstellten falsch war. Sie waren keine Monster mit Ziegenbeinen, die die Menschen zur Sünde verführen wollten, sondern die zweieiigen Zwillinge der Engel. Genauso rein und wunderschön.

„Über was denkst du nach?", fragte Alexiel und riss Gabriel so aus seinen Gedanken.

„Eure Augen und wie falsch die Menschen bezüglich Dämonen liegen…", murmelte er.

Alexiel senkte den Blick, lächelte und schien plötzlich sehr interessiert an dem Moos unter seinen Füßen zu sein.

Gabriel legte den Kopf zur Seite. Mit Alexiel schien plötzlich etwas nicht zu stimmen. „Sie sind wunderschön! Wie der Sternenhimmel!", versprach er und legte seine Hand an die Wange des Dämons.

„Was meinst du?"

„Deine Augen! Und die jedes anderen Dämons!"

„Wirklich?"

„Ja. Und ich finde es schade, dass ihr alle sie immer versteckt."

Alexiel schnaubte und schüttelte den Kopf. „Für die meisten ist es, als würden sie Schminke auftragen… Für mich ist es allerdings etwas Persönliches…"

„Willst du darüber reden?"

„Vielleicht ein anderes Mal. Jetzt sind wir jedenfalls erst einmal fast da", wechselte Alexiel das Thema.

Gabriel nickte. Er war sich sicher, dass Alexiel reden würde, sobald er bereit war, auch wenn er selbst, das kaum erwarten konnte. Dann hielt Alexiel an. Sie standen nun auf einer kleinen Lichtung nahe der Baumgrenze.

Die Sonne ließ das Moss und die vereinzelten Grashalme, die aus dem grünen Teppich hervorragten, noch saftiger als den Rest des Waldes wirken. Am Rand der Lichtung befand sich ein großer, weißer Felsen, der von einem Baum gespalten worden war. Doch was

Gabriels Blick gefangen nahm und ihn vom Rest der Lichtung ablenkte, waren die kleinen hellblau-grünen, fast türkiesen Blumen, die im Schatten des gespaltenen Felsens wuchsen. Sie hatten an jeder der kleinen Blüten sechs lange dünne Blätter und einen einzelnen großen, grünen Blütenstempel. Der kurze Stängel wurde von Kränzen aus kleinen, dreieckigen, grünen Blättern geschmückt.

Alexiel lächelte als er Gabriels faszinierten Blick sah. „Die haben wir aus der dunklen Dimension mitgebracht. Im Gewächshaus sind sie leider nicht wirklich gut gewachsen, aber hier im Wald konnten wir sie überall aussähen. Sie heißen Kristallblumen", erzählte er und ließ den Beutel von seiner Schulter gleiten.

Gabriel beugte sich über die kleinen Blumen und pflückte eine einzelne. „Warum heißen die so?"

„Wenn sie nass werden, werden ihre Blütenblätter durchsichtig wie Kristalle", erkläre Alexiel, welcher hinter Gabriel begonnen hatte, den Beutel auszupacken. So stellte sich heraus, dass das leise Klappern, das er auf dem Hinweg immer wieder vernommen hatte, von zwei Bechern und Tellern aus Messing hergerührt hatte.

„Ein Picknick?", fragte er überrascht.

Alexiel nickte. „Setzt dich!"

Gabriel lächelte und ließ sich neben dem Dämon ins Moos sinken. Alexiel zog mit einer schnellen Bewegung den Korken aus einer Flasche und schenkte Gabriel etwas elbischen Wein in seinen Becher, dann sich selbst. Vorsichtig stießen die beiden an. Dann packte Alexiel etwas zu essen aus.

Sich leise unterhaltend begannen die beiden zu essen und genossen die Sonne. Alexiel mochte es, wie das Licht der Sonne Gabriels Locken wie dunklen Honig glühen ließ und wie grundzufrieden der Franzose in dem Moment wirkte. Fast wie ein göttliches Wesen, das jeden Moment verschwinden und auftauchen konnte und mit sich einen alles einhüllenden Hauch der Ruhe brachte. Doch. Es war eine gute Idee gewesen, Gabriel auf dieses kleine Picknick zu entführen. Nur weil die beiden in einer Beziehung waren, hieß das nicht, dass Alexiel Gabriel nicht den Hof machen durfte. So dachte der Dämon zumindest. Gabriel hatte sich entschieden, aus seiner weitestgehend sicheren Welt in einen geheimen Krieg einzutauchen. Da konnte er ihm wenigstens ein wenig Romantik bieten. Und Blumen. Als die Engel und Dämonen aus der dunklen Dimension geflohen waren, hatten sie natürlich versucht, Teile ihrer Heimat zu retten und hatten auch diverse Nutz- und Zierpflanzen mitgenommen. Und bei den kleinen, türkisen Blumen handelte es sich um eine dieser geretteten Pflanzen.

Gabriel drehte sich auf die Seite und zupfte ein wenig im Moos herum.

„An was denkst du?", fragte Alexiel und griff nach der Hand des Franzosen.

„Ich weiß nicht…vielleicht, dass ich den Moment gerade sehr genieße", er lächelte, stützte sich auf seine Hände und gab Alexiel einen sanften Kuss. Der Dämon schien kurz zusammenzuzucken, erwiderte dann aber. Gabriel stutze. Irgendetwas stimmte mit Alexiel nicht und das nicht erst seit heute. Er schien schon länger irgendetwas zu haben, es aber immer, wenn sich Gabriel näherte oder im Begriff war, danach zu fragen, zu verstecken und eine Fassade um sich herum hochzuziehen. War dieses Picknick vielleicht auch nur ein Versuch des Dämons zu verstecken, dass er irgendetwas in sich hineinzufressen schien. Gabriel war schließlich nicht dumm. Er hatte bemerkt, dass sich Alexiel immer, wenn er ihn gebeten hatte, sich zu verwandeln, kurz versteifte und dass er sich immer erst nach einigen Momenten traute, Gabriel danach wieder anzufassen. War es etwas, dass er getan hatte? „Dir scheint aber etwas auf dem Gemüt zu liegen. Was ist los?" Alexiel setzte sich auf und blickte weg.

„Nichts… wirklich!"

Gabriel sah ihn prüfend an. Nein! Er glaubte ihm nicht! „Sicher?", aber zu sehr wollte er den Dämon auch nicht unter Druck setzen. Noch nicht zumindest. Und ja er war sich bewusst, dass sein Hang zum Nachbohren, nicht immer gut oder hilfreich war. „Du kannst immer mit mir reden. Das weißt du! Du kannst mir alles sagen!", setzte er dennoch hinterher. Er wollte, dass Alexiel wusste, dass er für ihn da sein würde und wollte. Alexiel lächelte wehmütig, fast traurig.

„Ich werde mich an dich wenden, wenn ich so weit bin. Versprochen."

Gabriel nickte und gab dem Dämon schnell einen aufmunternden Kuss.

Alexiels Lächeln schien wieder etwas glücklicher zu werden.

„Ich liebe dich."

„Ich dich auch." Nachdenklich schob sich Gabriel ein kleines Stück Käse in den Mund und ließ sich wieder nach hinten in das Moos sinken. Er stöhnte leise und zufrieden und schloss seine Augen. Gott, wie sehr er sich darüber freute, dass der Winter zu Ende ging und es bereits so früh immer mehr warme Tage gab, und dabei war es gerade erst Anfang April und sie in den Karpaten, wo es eigentlich länger kälter war. Normalerweise war es jetzt noch immer empfindlich kalt. Wie aufs Stichwort begannen sich Wolken vor die Sonne zu schieben und es begann kühler zu werden. Dann fiel der erste Tropfen.

„Verdammt!", fluchte Alexiel und begann, schnell das Geschirr und das Essen wieder in den Beutel zu räumen. Gabriel warf einen enttäuschten Blick gen Himmel. „Ich verspreche dir, dass wir das nachholen. Bei gutem Wetter!", rief Alexiel über den langsam stärker werdenden Regen hinweg.

„Gerne, aber sage mir vorher Bescheid! Dann kann ich für den Fall trotzdem einen Mantel einpacken!"

„In Ordnung!"

Auf dem nassen Moos ein wenig rutschend begannen sich die beiden auf den Rückweg zu machen. Das leise Zwitschern der Vögel, das sie auf dem Hinweg vernommen hatten, war nun dem stetigen Dröhnen von Fäden aus vom Himmel tropfendem Wasser gewichen.

Schmunzelnd dachte sich Alexiel, dass Gabriel so völlig nass geregnet irgendwie recht süß aussah und versprach sich und dem Franzosen, ohne Worte, darüber zu sprechen, was mit ihm nicht stimmte. Dass er über die Stimmen, die, seit Gabriel beim Orden war, in seinem Kopf immer lauter wurden, reden würde. Damit er sie nicht immer zum Schweigen zwang, sondern damit sie verschwanden. Für immer.

Ein Knurren hinter den beiden riss Alexiel aus seinen Gedanken und ließ Gabriel erschrocken über eine Wurzel stolpern.

„Bitte keine Wölfe!", keuchte er und richtete sich langsam wieder auf, sich den Matsch von den Händen an der nassen Hose abreibend. Langsam drehten sich die beiden um. Vor ihnen standen nun zwei große, schwarze Hunde. Ihre Körper schienen zu dampfen und ihre Augen mit weißem Nebel gefüllt zu sein. Ihre Haut wirkte schleimig und irgendwie, als würde sie um die ausgemergelten Körper herumfließen.

„Geisterhunde!", stellte Alexiel fest.

„Nicht besser!", fauchte wiederum Gabriel und warf seinem Geliebten aus dem Augenwinkel einen abwartenden Blick zu. Dann, im selben Moment, in dem der linke, der beiden Hunde auf das Paar zusprang, hob Alexiel einen dicken Ast auf und richtete ihn auf den Hund, der sich mit einem leisen Fiepen selbst darauf pfählte. Gabriel zuckte zusammen, musste dann aber mit einem kleinen Hechtsprung dem zweiten der Hunde ausweichen. Warum hatten sie noch einmal keine Waffen mitgenommen, außer einem mickrigen Brotmesser, das auch noch in Alexiels Beutel war? Na großartig! Jetzt war es auf jeden Fall zu spät! Gabriel griff hinter sich und hob einen ungefähr faustgroßen Stein auf. Gerade, als sich der Hund auf ihn stürzte, holte er aus und schlug ihm den Stein auf den Schädel. Mit einem Winseln taumelte der Hund beiseite, wo Alexiel ihn mit dem Stock, den er aus dem Körper des ersten Hundes wieder herausgerissen hatte, erlegte.

„Guter Reflex!", keuchte er und deutete auf den Stein in Gabriels Hand.

Gabriel ließ diesen wiederum angewidert fallen und warf einen schnellen Blick auf die klaffende Wunde im Schädel des Hundes.

„Kein Picknick mehr ohne Waffen!", erwiderte er dann ebenfalls keuchend und richtete sich wieder auf. Er machte Anstalten, weiter in die Richtung des Schlosses zurückzugehen, doch Alexiel rührte sich nicht. „Was ist? Bist du verletzt?", fragte er besorgt und sprang zu dem Dämon zurück.

„Nein, mir geht es gut. Ich frage mich nur, wie Geisterhunde hierherkommen konnten."

„Gibt es hier normalerweise keine?"

„Nein, selbst die Ghule in dem Dorf am Fuß des Berges waren sehr ungewöhnlich. So nah beim Schloss öffnen sich normalerweise nie Risse, dafür sorgen einige Zauber, die auf dem Schloss liegen", grübelte Alexiel und stupste eine der Leichen mit seinem Fuß an.

Gabriel verzog das Gesicht und rieb sich leicht frierend mit den Händen über die Oberarme. „Komm, wir sollten weiter!", verkündete Alexiel dann. „Wenn sich die Hunde jemand ansehen will, können sie sich die Leichen hier morgen abholen. Ich schleppe jetzt keinen davon mit!"

Gabriel nickte, dann begannen die beiden weiter durch den Wald zu stapfen. War der Hinweg zu der kleinen Lichtung Gabriel nicht sonderlich lang vorgekommen, hatte er jetzt das Gefühl, dass sie eine ganze Ewigkeit brauchten, um zurück zum namenlosen Schloss zu kommen.

Im Burghof eilte ihnen eine ein wenig wütend aussehende Ephemera entgegen, die sie wortlos an den Handgelenken packte und in die große Eingangshalle zerrte. Hinter ihnen fielen die großen Flügeltüren, die direkt gegenüber denen der Bibliothek lagen, mit einem lauten Krachen zu.

„Ihr sollt euch bei Ithuriel melden!", sagte sie dann mit in die Hüfte gestützten Händen. „Zieht euch aber erst um!"

„Warum sollen wir uns bei Ithuriel melden?", fragte Gabriel, er war sich sicher, dass Ithuriel - so mächtig der Engel auch war - nichts von den Geisterhunden wissen konnte.

„Er will wissen, dass es euch gutgeht. Ihr seid mitten in einen aufkommenden Sturm geraten!", fauchte Ephemera und piekte Gabriel, der nun mehr und mehr wie ein zitternder, begossener Pudel aussah, mit einem spitzen Zeigefinger in die Brust.

Alexiel lachte hinter vorgehaltener Hand, wofür er einen bösen Blick seiner Schwester kassierte. „Komm", forderte er dann und nahm Gabriels Hand. Lächelnd zog er den Franzosen hinter sich her.

Auf Alexiel Zimmer stellten sie dann fest, dass tatsächlich der Großteil der Kleidung Alexiels bereits bei Gabriel im Zimmer verstaut war.

„Viellicht sollten wir zusammenziehen...", schmunzelte Gabriel und warf einen Blick auf das einsame dunkelblaue Hemd in der obersten Schublade der Kommode am Fußende von Alexiels Bett.

„Erst einmal, sollten wir zu dir gehen, damit wir uns etwas Trockenes anziehen können", lachte dieser. Gemeinsam verließen sie das Zimmer wieder und wanderten den Korridor zu Gabriels Zimmer hinab. Dort zogen sich die beiden um und hängten ihre nassen Kleider vor dem Kamin zum Trocknen auf, anschließend erklommen sie eine der Wendeltreppen in den zweiten Stock, um zu Ithuriels Arbeitszimmer zu gelangen.

Als Gabriel und Alexiel eintraten, saß Ithuriel an seinem Schreibtisch und brütete über einigen Papieren.

„Ithuriel", kündete sich Alexiel an, während er die Tür öffnete. Der Engel blickte von seiner Arbeit hoch.

„Gut, dass ihr wieder da seid."

„Ephemera meinte, Sie wollten nur wissen, dass wir gut wieder hier angekommen sind...", setzte Gabriel an und warf dann einen fragenden Blick zu Alexiel herüber. *Sollen wir ihm jetzt von den Geisterhunden erzählen?* Fragte er stumm. Alexiel nickte.

„Genau, ich biete allerdings auch dir an, mich zu duzen. Ich stehe zwar dem Rat vor, es gibt hier aber keine wirkliche Rangordnung, in der ich deshalb höher stehen würde und ich mag es nicht, gesiezt zu werden", bestätigte Ithuriel und faltete die Hände unter seinem Kinn. „Hm. Ich sehe euch allerdings auch an, dass ihr zwar unbeschadet seid, aber etwas passiert ist", fügte er an.

Gabriel nickte.

„Geisterhunde, zwei Stück, im Wald, ungefähr auf halber Strecke zwischen dem Schloss und der Lichtung, wo wir die Kristallblumen ausgesät haben", erzählte Alexiel und griff nach Gabriels Hand. „Aber wir haben sie erledigt. Wenn sich jemand die Leichen ansehen will, sie liegen noch im Wald, wo wir sie getötet haben."

Ithuriel nickte mit einem deutlich besorgten Gesichtsausdruck und stand von seinem Schreibtisch auf. Mit langen Schritten lief er zu dem Fenster in der Rückwand seines Arbeitszimmers hinüber und verschränkte die Hände hinter dem Rücken; gedankenverloren starrte er durch die Glasscheibe.

„Das ist nicht gut. Geisterhunde, und das so nah beim Schloss." Die Stimme Ithuriels klang irgendwie resigniert.

„Macht dir noch mehr Sorgen?", fragte Alexiel. „Gibt es etwas Neues wegen des Artefakt-Raumes?"

„Nein, was soll ich auch machen? Wir haben bereits nach einem Hexer geschickt, der versuchen soll, mit einem Zauber mehr herauszufinden, aber wenn er der ist, könnte es bereits zu spät sein und sich mit Magie nichts mehr herausfinden lassen. Und den gesamten Orden zu befragen, wird auch dauern", sagte Ithuriel leise.

Alexiel nickte. „Brauchst du uns noch?", fragte er dann. Ithuriel schüttelte den Kopf. „Nein. Ihr beide könnt gehen", verabschiedete er Gabriel und Alexiel und kehrte dann an seinen Schreibtisch zurück.

Alexiel zog Gabriel hinter sich her aus dem Arbeitszimmer.

„Ich finde es irgendwie noch immer seltsam, dass sich hier alle duzen", murmelte Gabriel an Alexiel gewandt und legte seinen Kopf auf dessen Schulter.

Alexiel lachte leise und lehnte seinen Kopf gegen den von Gabriel. „Tja, so ist es nun aber mal. Aber Ithuriel ist eh etwas Besonderes. Mir wurde gesagt, dass er sich, selbst als er während des Krieges in der Dunklen Dimension ein General der Engel war, von allen hat duzen lassen. Mach dir nichts draus, abgesehen von ihm, Hadramiel und Vohamanah lassen sich die Ratsmitglieder siezen. Und dass es keine Rangordnung gibt, wünscht sich Ithuriel auch nur, hier wird über alles Erfahrung und Können geachtet", erklärte

Alexiel und rieb mit seinem Daumen über Gabriels Knöchel. Dieser lächelte, blieb stehen, reckte sich ein wenig und küsse Alexiel sanft auf die Lippen.

Alexiel lachte leise.

Gabriel ließ seinen Kopf wieder sinken. „Irgendwie mache ich mir Sorgen wegen der Geisterhunde und auch wegen der Ghule. Ich habe nicht das Gefühl, dass sich dieses Ghule-Rudel und die Hunde einfach hierher verirrt haben…"

„Ich weiß was du meinst… ich finde besonders die Geisterhunde seltsam."

„Wieso?"

„Sie treten normalerweise auch in Rudeln auf und nicht nur zu zweit."

Gabriel runzelte die Stirn, ein Gefühl, als würde etwas sehr Kaltes das Innere seines Körpers herabrutschen, machte sich in ihm breit, und auf seinen Unterarmen bildete sich eine Gänsehaut.

„Wir sollten schauen, ob Tartys etwas Warmes für uns zu essen hat. Nicht, dass du uns noch krank wirst", schlug Alexiel dann vor.

Gabriel schnaubte. „Werden Dämonen nicht krank?"

„Ja und nein, unsere Körper sind um einiges widerstandsfähiger als menschliche und der Großteil der Krankheiten, die es in der Dunklen Dimension gab, existieren hier nicht, soweit ich weiß."

„Hm", nachdenklich versank Gabriel wieder in Schweigen und stieg eine Stufe nach der anderen die Treppe im Turm im Westflügel des Schlosses hinab, hinter ihm Alexiel.

Das Schloss war seltsam still, dabei war es erst Nachmittag. Durch die Fenster des Turmes konnte Gabriel sehen, wie der Himmel immer dunkler wurde, nur ab und zu von den weißen Adern eines Blitzes erhellt. Ihm wurde wieder mulmig zumute. Oh, wie er Stürme hasste! Er hasste es, wie unwohl er sich fühlte, wenn sich ein Sturm zusammenbraute und wie klein und hilflos er sich vorkam, wenn sich Blitz und Donner durch die schwarzgrauen Wolken jagten, als wären es blutrünstige Drachen. Schweigend liefen sie durch das Erdgeschoss des Schlosses zur Küche, wo Tartys mit klapperndem Kochgeschirr am Rumoren war.

Nach dem Essen, Gabriel hatte keine Ahnung gehabt, was es war, das Tartys ihm und Alexiel aufgetischt hatte, nur, dass es ihm geschmeckt hatte, schleppte er sich, gefolgt von Alexiel, wieder zurück in den Westflügel.

Erst als er eine laute Stimme vernahm, wurde er wieder etwas wacher und blubberte aus der wohligen Wärme eines gefüllten Magens wieder an die Oberfläche seines Bewusstseins. Auch Alexiel blieb stehen.

„Das Experiment ist diesmal viel gerichteter verlaufen. Ich mache Fortschritte", ertönte eine bekannte Stimme aus dem erleuchteten Spalt einer leicht geöffneten Tür zu ihrer Linken, es klang als würde Hadramiel beim Schreiben laut mitsprechen.

Alexiel runzelte die Stirn.

„Der Zauber war aber noch nicht stark genug."

Die Falten auf Alexiels Stirn wurden tiefer.

Gabriel sah ihn fragend an. „Alles in Ordnung?"

„Ja schon…ich frage mich nur gerade, zu welchem Experiment er sich da gerade Notizen macht. Er erzählt mir normalerweise immer von allen seinen Experimenten, bei den meisten helfe ich ihm ja auch, auch wenn Magie nicht meines ist", murmelte Alexiel und machte leise ein paar Schritte auf die Tür seines Mentors zu.

„Glaubst du nicht, dass er dir einfach noch nicht Bescheid gesagt hat? Vielleicht ist es etwas wegen dem Zeppelin…", fragte Gabriel und zog Alexiel wieder zurück, weg von der Tür.

„Du hast Recht…ich sollte mir nicht gleich irgendwelche Horrorszenarien ausdenken…Las uns ins Bett gehen."

Gabriel nickte, lächelte und zog Alexiel hinter sich her. Ein wenig wiederstrebend folgte ihm dieser. Irgendwie hatte er nun ein schlechtes Gefühl, warum, wusste er auch nicht.

Kapitel 28

(April 1687)

Einige Tage später erreichte der Hexer, von dem Ithuriel gesprochen hatte, das Schloss. Es handelte sich um einen alten Mann aus Österreich, der auf einem Auge blind war. Seine langen weißen Haare waren in seinem Nacken zu einem unordentlichen Dutt gebunden und sein langer Bart zu einem dünnen Zopf geflochten. Er lief ein wenig vornübergebeugt und auf einen reich verzierten Gehstock gestützt.

Gabriel war gerade dabei, ein Buch in die Bibliothek zurückzubringen als der Hexer diese gemeinsam mit Ithuriel betrat.

Karael folgte den beiden mit einem besorgten Gesichtsausdruck. Seine sonst sanft grün schillernde Haut wirkte wieder fahl und krank.

Gabriel schob das Buch zurück in das Regal und machte dann einige Schritte in Richtung des breiten Ganges, der auf den Artefakt Raum zuführte, zu, blieb aber hinter dem Regal stehen. Er wusste nicht, wieso er sich der Gruppe nicht zeigen wollte, aber er hatte irgendwie das Gefühl, dass man ihn nicht zusehen lassen würde, wenn sie bemerkten, dass er da war. Also beugte er sich vorsichtig ein wenig in den Hauptgang und blickte zu Ithuriel, dem Hexer und Karael herüber. Der Hexer begann allerhand Sachen aus seinem Beutel und seinem dreckigen Ledermantel herauszuholen und breitete sie auf einem kleinen, dafür bereit gestellten Tisch, aus.

„Der Zauber wird sie zu dem Täter führen, indem er ihnen eine Gestalt gibt, der sie folgen können", brummte er, während er weiter in seinen Taschen grub.

Gabriel konnte nicht wirklich erkennen, was das alles war, nur eine Schüssel und ein Messer. Der Rest sah aus wie Kräuter und einige kleine Gläser - und war das ein Knochen? Ihm schauderte ein wenig. Er hatte zwar mittlerweile gelernt, dass starke Magie immer einen Preis, meist Blut, verlangte, aber ganz hatte er sich noch nicht an den Gedanken gewöhnt und eigentlich mussten Hexen und Hexer auch nur recht geringe Opfer bringen, da sie viel Magie aus sich selbst heraus hatten. Der Zauber hier musste also selbst für einen Hexer oder eine Hexe groß sein.

Der Hexer begann etwas in der Schüssel zusammenzurühren, begleitet von einem ungesunden Knacken, und begann dann einige Zeichen auf die Tür und den Boden davor zu schmieren.

Gabriel schluckte und wartete gespannt, was als nächstes passieren würde. Der Hexer stieß die Tür zum Artefakt Raum auf, und nach einigen Momenten quoll Rauch aus den Zeichen und verhüllte die gesamte Türöffnung des Artefakt Raumes und auch den Boden davor. Aus dem Rauch erhob sich eine vermummte Gestalt, die sich an der aus Rauch bestehenden Tür zu schaffen machte. Ihre große Kapuze hing tief in ihr Gesicht. Irgendwas schien jedoch nicht mit dem Zauber zu stimmen. Immer wieder zerfiel die Gestalt aus grau-rosafarbenem Rauch und setzte sich wenige Momente später wieder zusammen.

„Der Einbrecher hat einen Zauber genutzt, um sich zu tarnen und sein Gesicht können wir daher auch nicht erkennen. Er hat anscheinend vermutet, dass wir ihn mit einem solchen Zauber aufzuspüren versuchen würden.", sagte der Hexer zu Ithuriel und drehte sich dann wieder der Tür zu.

Die Rauchgestalt richtete sich auf, drückte gegen die Tür aus Rauch vor dem Artefakt Raum, sie öffnete sich und die Gestalt trat ein, jedoch noch bevor sie mehr als zwei Schritte ins Innere machen konnte, schien etwas zu geschehen, was die Gestalt zurückschrecken ließ, sie drehte sich um und eilte auf die große Tür der Bibliothek zu. Kurz bevor die Gestalt die beiden großen Flügel erreichen konnte, löste sie endgültig in nichts auf. Auch der Rauch im Türbogen des Artefakt Raumes zerfiel zu nichts.

Gabriel hörte, wie Ithuriel frustriert seufzte und Karael fast etwas, wie ein erschrockenes Wimmern ausstieß.

Schnell zog er sich wieder etwas tiefer in den Gang zurück und tat so, als würde er nach einem bestimmten Buch suchen. Dann hörte er leises Klappern und Klirren. Der Hexer sammelte seine

Utensilien wieder zusammen. Dann Ithuriel eilte, gefolgt von dem Hexer und Karael, aus der Bibliothek. Seine Schritte hallten laut und jeder einzelne ließ Gabriel zusammenzucken und seine Furcht entdeckt zu werden größer werden.

„Wenn Sie mir die Mittel zur Verfügung stellen, kann ich noch einige weitere Zauber probieren, um mehr herauszubekommen", schlug der Hexer mit kratziger, aber kräftiger Stimme vor.

„Sie bekommen alles, was sie brauchen!", versprach Ithuriel und führte den Hexer aus der Bibliothek.

Karael blieb an der Tür stehen.

Gabriel holte tief Luft. Was sollte er jetzt machen? Warten bis Karael auch weg war? Das konnte Ewigkeiten dauern. Oder sich zeigen und so zu erkennen geben, dass er alles mitbekommen hatte?

„Du kannst rauskommen, Gabriel!", sagte Karael dann plötzlich laut und nahm dem Franzosen so die Entscheidung was er tun sollte ab.

Gabriel rutschte für einen kleinen Moment das Herz in die Hose, dann trat er zögerlich aus dem Gang, in dem er sich versteckt, hatte hervor.

Karael war indes lächelnd auf ihn zugekommen.

„Hat mich Ithuriel auch mitbekommen?", fragte Gabriel zögerlich.

Karael nickte. „Wahrscheinlich…"

„Und was wird er jetzt mit mir machen?" Gabriel schluckte. In Versailles konnte einem weiß Gott was passieren, wenn man beim Belauschen der falschen Leute erwischt wurde.

„Wahrscheinlich nichts. Vielleicht fragt er dich, ob du von deiner Position etwas anderes als wir erkennen konntest. Er ist zugegebenermaßen auch ziemlich ratlos", beruhigte ihn Karael.

Gabriel nickte und holte einmal tief Luft. „Du kannst beruhigt sein!", versicherte der Engel ein weiteres Mal. „Nach welchem Buch hast du denn gesucht?", fragte er dann, nicht sehr galant das Thema wechselnd.

„Keines, ich habe nur eines zurückgebracht."

„Ach so", Karael hielt einen Moment inne. „Was wirst du jetzt tun?"

„Ich weiß nicht…"

Der Bibliothekar nickte und setzte ein Lächeln auf. Er summte leise und verschwand dann in einem Gang.

Gabriel sah ihm ein wenig überrumpelt hinterher, dann verließ er die Bibliothek. Was sollte er jetzt machen mit dem, was er gesehen hatte? Hatte er überhaupt etwas Interessantes erfahren? Was hatte er erfahren? Was hatte er gesehen? Eigentlich ja nur eine nicht identifizierbare Rauchgestalt, die versucht hatte in den Artefakt Raum einzubrechen und gescheitert war. Langsam verließ er die Bibliothek und machte sich auf den Weg zum Gewächshaus, wo er mit Ephemera verabredet war.

Er lief also in den Westflügel des Schlosses. Auf dem Weg zu seinem Ziel kam ihm Micah entgegen, innerlich verdrehte der Franzose die Augen.

„War das nicht dein Waldkobold, der neulich in eines der Gewächshäuser eingebrochen ist? Ausgerechnet eines mit Heilpflanzen. Vielleicht solltest du ihn besser trainieren!", meinte der Blonde in einem gespielt unschuldigen Tonfall, der aber klar implizierte, dass er Gabriel unterstellen wollte, sein Haustier nicht unter Kontrolle zu haben und damit dem Orden Probleme zu machen. Schließlich fraß besagtes unkontrolliertes Haustier die Heilpflanzen!

„Hm. Interessant, dass du davon weißt. Soweit ich weiß, hat Ephemera nur mir von Harris Eskapaden erzählt und er selbst kann gar nicht in das Gewächshaus einbrechen, er kann schließlich keine Türen öffnen und da niemand im Gewächshaus war, als Ephemera ihn gefunden hat, ist es doch sehr wahrscheinlich, dass ihn jemand hereingelassen hat, nicht? Und vor allem, warum sollte er den bitte um den gesamten Westflügel herum klettern, wenn er doch einen Garten direkt unter dem Fenster hat?", erwiderte Gabriel in einem übertrieben, gespielt wirkenden, unschuldigen und grübelnden Tonfall. Micahs Gesichtszüge frohen für einen Moment ein, er hatte nicht mit Gabriels gelassener Erwiderung gerechnet. Mit einem Lächeln lief Gabriel an dem Blonden vorbei und erst als er um eine Ecke verschwunden war, traute er sich einmal tief Luft zu holen, hatte er sich doch kaum, dass Micah ihn angesprochen hatte, vollkommen verkrampft in Erwartung eines weitaus schlimmeren Angriffes.

Schließlich betrat den kleinen Innenhof, der zu dem Gewächshaus führte. Aus dem hinteren Teil des Glasgebäudes konnte Gabriel einige laute Geräusche und unterdrückte Flüche hören, dann einen Schrei. Ob es ein Kampfschrei oder ein anderer Schrei war, konnte er nicht feststellen.

„Ephemera?", rief er mit leichter, in seiner Stimme Besorgnis mitschwingend. „Ist alles in Ordnung?"

Ein lautes Klirren hallte durch das Gebäude, als wäre ein großer Blumentopf von einem der Tische gefallen und auf dem groben Steinboden zersplittert. Ein weiterer Schrei, dieses Mal definitiv wütend, folgte. „Ephemera?", rief Gabriel erneut und schob eine Rankpflanze, die so lang war, dass sie bereits eine Art Vorhang bildete, beiseite.

„Die Gießkanne!", brüllte Ephemera dann plötzlich. „Bring sie her!".

Gabriel sah sich um und erblickte eine große Gießkanne unter einem der Tische. Er griff danach, darauf bedacht, nichts von dem Wasser darin zu verschütten. So wie Ephemera klang, hatte er nämlich keine Zeit, die Kanne draußen auf dem Hof wieder aufzufüllen, wo es einen Hahn für fließendes Wasser gab. Gabriel wusste zwar noch nicht genau, wie dieser funktionierte, also wie das Wasser durch die Rohre transportiert wurde und wie die gigantischen Rohrsysteme im Schloss dieses heizten, wusste er auch noch nicht ganz, aber Physik war auch keine seiner starken Seiten. Jedoch er war dankbar für beides, die Heizung und das fließende Wasser. „Jetzt beeile dich!", rief Ephemera erneut.

Gabriel duckte sich unter einem weiteren Vorhang aus Blättern hindurch und erblickte dann die wütende Dämonin.

Zu seiner Überraschung rang sie mit einer Pflanze, die mit dicken, blattlosen Ranken um sich schlug und anscheinend versuchte, Ephemera festzuhalten. Oder nein! Sie zu erwürgen! Gabriel erstarrte für einen kurzen Moment, unfähig seinen Blick von dem bizarren Gewächs abzuwenden.

„Verdammt, jetzt gieß dieses verfluchte Grünzeug doch endlich!" Gabriel erwachte aus seiner Trance und lehrte den Inhalt der Gießkanne aus Metall über dem Topf, in dem sich das angriffslustige Gewächs befand, aus. Augenblicklich kringelte die Pflanze ihre Ranken zu kleinen Häufchen zusammen und schien sogar ein genießerisches Schnurren von sich zu geben, die Blüte in der Mitte des Gewächses öffnete sich wieder. Während Gabriel begeistert die sanft lila gefleckten Blüten betrachtete, lehnte sich Ephemera ein wenig außer Atem gegen den Tisch hinter sich.

„Was ist das für eine Pflanze?", fragte Gabriel und drehte sich zu Ephemera um.

Ein Grinsen breitete sich auf ihrem Gesicht aus. „Eine Würgewurzel. Sie wurde heute Morgen endlich geliefert. Ich habe sie über Amaële bekommen", erklärte Ephemera. „Leider hat der Lieferant sie nicht oft genug gegossen und daher hat sie meinen Versuch des Umtopfens nicht sonderlich gut aufgefasst."

„Und dann versucht sie, Leute zu erwürgen?"

„Oder sie zu erschlagen, je nachdem, wie groß das Exemplar ist."

„Ich schätze mal, dass sie auch aus der Dunklen Dimension stammt, oder?"

„Richtig", Ephemera nickte. „Ich möchte sie und ein paar andere Pflanzen heute umtopfen und das geht mit Hilfe schneller! Außerdem dachte ich, die Würgewurzel könnte dich interessieren."

Nun war es an Gabriel zu nicken, er krempelte die Ärmel seines Hemdes hoch und schob seine Taschenuhr etwas tiefer in die Tasche seiner Weste, dann nahm er sich eine der Lederschürzen von einem Haken an einem Stützbalken und zog sie an.

Ephemera zog einen Stapel von Töpfen unter einem der langen Tische – einen an jeder der Außenwände und einer in der Mitte des Gewächshauses - auf einem Rollbrett hervor und hob den obersten der Tontöpfe an. Sie stellte ihn neben der Würgewurzel auf den Tisch. Dann zog sie unter dem Tisch in der Mitte eine große mit

Erde gefüllte Wanne auf einem weiteren Rollbrett hervor. „Frisch vom Kompost!", verkündete sie und deutet mit dem Daumen über die Schulter in die Richtung des Innenhofes, wo sich der Kompost des Schlosses befand. Alle paar Jahre wurde der große Haufen von einer Seite des Hofes auf die andere Seite herübergeschaufelt und so die Erde am Grund des Komposts freigelegt, die dann in Wannen und Fässer verfrachtet und gelagert wurde, wenn man sie nicht für des Gewächshaus nutzte oder auf den versteckten Feldern zusammen mit dem Dung der Tiere verteilte.

Gabriel nahm sich eine kleine Handschaufel und begann, Erde in den neuen Topf der Würgewurzel zu geben, während Ephemera vorsichtig ihr Bestes gab, die kleine Pflanze mit den eingekringelten Ranken aus ihrem Topf freizugraben und platzierte sie dann in der frischen Erde in dem neuen Topf. Gabriel füllte den Rest mit Erde auf und goss dann noch ein wenig Wasser auf die Pflanze. Danach kümmerten sie sich um weitere Pflanzen, die größere Töpfe brauchten, entfernten vertrocknete Blätter und trennten Setzlinge von größeren Pflanzen ab.

„Du bist so still, ist alles in Ordnung?", fragte Ephemera plötzlich. „Stimmt etwas mit Alexiel nicht? Habt ihr euch gestritten?"

Gabriel hob den Kopf. „Nein, nein. Es hat nichts mit Alexiel zu tun. Ich habe heute nur durch Zufall mitbekommen, wie Ithuriel und Karael versucht haben, zusammen mit diesem Hexer herauszufinden, wer in die Bibliothek eingebrochen ist. Es ist zwar nichts herausgekommen, aber trotzdem geht es mir nicht mehr aus dem Kopf, was ich gesehen habe", murmelte Gabriel und zupfte an einer seiner Locken herum. Ephemera sah ihn nachdenklich an.

„Und was hast du gesehen?"

„Eigentlich nichts. Eine vermummte Gestalt, die sich an der Tür des Artefakt Raumes zu schaffen gemacht hat, die Tür ist auf, sie ist rein und dann ist irgendwas passiert, dass sie die Bibliothek verlassen lassen hat. Ich konnte kein Gesicht oder so erkennen."

„Hm."

„Der Hexer wird in den nächsten Tagen noch einige andere Zauber ausprobieren…"

„Ich verstehe, was du meinst, wäre ich dabei gewesen, könnte ich wahrscheinlich auch nicht mehr aufhören zu grübeln, und du verstehst dich ja auch ganz gut mit Karael, das geht dir bestimmt auch nahe, schließlich ist die Bibliothek sein Heiligtum. Ich habe mitbekommen, dass er sich ziemliche Vorwürfe macht", sagte Ephemera leise und legte Gabriel eine erdige Hand auf die Schulter.

Gabriel nickte, straffte die Schultern und stellte einen weiteren Topf auf den Tisch. „Rede mit Alexiel", schlug Ephemera dann vor. „Ich rede auch immer mit ihm, wenn mir etwas Probleme bereitet. Er kann gut zuhören."

Über Gabriels blasses Gesicht huschte ein Lächeln. „Das werde ich." Sich ein wenig leichter fühlend, füllte Gabriel einen weiteren Topf mit Erde und wartete dann, bis Ephemera einen weiteren Setzling in diese gebettet hatte.

Gut eine Stunde später waren sie mit dem Umtopfen aller Pflanzen und dem Abtrennen und Eintopfen aller Setzlinge fertig. Glücklich wusch sich Gabriel die verdreckten Hände unter dem Hahn im Innenhof ab und betrat dann wieder das Schloss.

Ephemera folgte ihm. „Wenn du jetzt gleich mit Alexiel reden willst, er ist wahrscheinlich in der Werkstatt."

Gabriel nickte und wischte sich ein wenig Erde vom Unterarm, die er zuvor übersehen hatte.

„Und was machst du jetzt?", fragte er dann. Auf Ephemeras Gesicht breitete sich ein sehr zufriedenes Grinsen aus.

„Ich gehe in die Küche. Tartys hat erwähnt, dass er heute Eierkuchen macht, und das lasse ich mir nicht entgehen!", verkündete sie.

Gabriel lachte, Eierkuchen klang gut, aber jetzt hatte er keinen Hunger. „Na dann, wir sehen uns später!"

Ephemera spazierte davon, ihre Schritte laut und energetisch von den Steinwänden und Kupferrohren widerhallend.

Gabriel zog seine Taschenuhr aus der linken Tasche seiner Weste und klappte sie auf. Sie hatten es erst 16:37. Ephemera hatte Recht, jetzt war Alexiel in der Tat wahrscheinlich noch in der großen Werkstatt des Ordens.

Langsam unruhiger werdend begab sich Gabriel in den Ostflügel des Schlosses, wo die Werkstatt, die so sehr an die Kuppel einer Sternwarte erinnerte, lag.

„Chérie?", rief Gabriel, als er die große Schiebetür aus Holz beiseite drückte.

Alexiels schwarzhaariger Schopf tauchte aus dem Inneren des Zeppelin-Prototypen auf. Ein Lächeln breitete sich auf seinem schmalen Gesicht aus. „Gabriel!" Er verließ den Bauch des Zeppelin-Prototypen und kam zu dem Franzosen herüber. Ein leises, wohliges Kribbeln durchlief Gabriel, als Alexiel ihm sanft einen Kuss auf die Lippen drückte und seine Hände auf die Hüften des Franzosen legte. „Du wirkst angespannt, ist alles in Ordnung?"

„Ich würde gerne mit dir reden...unter vier Augen, wenn möglich...", flüsterte Gabriel und rieb seine Nase gegen die von Alexiel.

Unbemerkt von dem Franzosen hatte Alexiel plötzlich das Gefühl, als würde sein Innerstes gefrieren. Was musste Gabriel mit ihm unter vier Augen besprechen? Hatte er sich anders entschieden? Wollte er zurück nach Frankreich? Nein! Das war es bestimmt nicht! Alexiel musste wirklich seine dummen Ängste unter Kontrolle bekommen! Gabriel wäre gar nicht erst ein Anwärter geworden, wenn er Zweifel gehabt hätte!

„Gut, komm mit", erwiderte Alexiel leise und zog Gabriel in die kleine, im Moment unbesetzte Schmiede. „Was ist los?"

„Der Hexer, der den Einbruch untersuchen sollte, war heute da...", fing Gabriel an und begann nervös mit einem kleinen, verbogenen Stück Metall, das er vom Boden aufhob, herumzuspielen.

„Und?", fragte Alexiel und lehnte sich (nun um einiges entspannter) mit verschränkten Armen gegen den Amboss.

„Ich habe beobachtet, was er gemacht hat. Ich habe schon mit Ephemera darüber gesprochen, aber es lässt mir keine Ruhe!"

„Was hast du denn genau gesehen?"

„Eine Gestalt aus Rauch, sie hat das Schloss des Artefakt Raumes geknackt, ist rein, kam wieder raus und ist dann verschwunden. Der Hexer meinte, dass der Einbrecher einen Zauber genutzt hat, um den Zauber, den er angewendet hat, weniger wirksam zu machen. Er hat also vorgesorgt, falls seine Tat entdeckt, wird", erzählte Gabriel.

Alexiel legte den Kopf schief, zog die Schutzbrille aus seinen Haaren und legte sie auf einen kleinen Tisch zu einigem Werkzeug. „Hm…", machte er dann. „Ist dir vielleicht noch etwas aufgefallen, unterbewusst meine ich, etwas, das du jetzt noch nicht greifen kannst?", schlug Alexiel vor. „Kam dir vielleicht der Gang bekannt vor oder hast du ein leichtes Humpeln bemerkt? Eine Bewegung, die dich an jemanden erinnert hat?"

Gabriel runzelte die Stirn und begann zu überlegen. War da etwas gewesen? Nein! Er schüttelte den Kopf.

„Ich habe mich hinter einem Regal versteckt und konnte daher nicht so viel sehen…"

Alexiel nickte, kam auf Gabriel zu und schloss ihn in seine Arme. „Wenn dir noch etwas einfällt, ich bin immer da, wenn du jemanden zum Reden brauchst! Versprochen!"

„Danke… wie lang musst du noch arbeiten?"

„Nicht mehr lange. Hadramiel und ich wollten noch eine kleine Sache ausprobieren, um den Zeppelin leichter zu machen, dann sind wir aber für heute fertig."

„Hadramiel ist hier?" Gabriel wusste nicht, wieso ihn das so sehr überraschte. Hadramiel war schließlich der Gildenleiter der Waffenschmiede und Alexiels Mentor. Warum sollte er also nicht hier in der Werkstatt sein!

„Habe ich meinen Namen gehört?", fragte besagter Dämon und kam ebenfalls aus dem Zeppelin.

Alexiel lachte. „Für so einen alten Knacker kannst du anscheinend noch ganz gut hören!", rief er.

„Na hör mal! Ich bin nicht viel älter als dreitausend! Du bist ja noch grün hinter den Ohren mit deinen was? Zweihundert?"

„Zweihundertsechsundachtzig!"

„Pah, die paar Jahrzehnte mehr oder weniger!" Alexiel schüttelte den Kopf.

„Redet ihr immer so?", fragte Gabriel leise.

„Ab und zu ärgert mich dein Liebster ein wenig, Gabriel, aber sonst ist er eigentlich recht wohlerzogen!", lachte Hadramiel. Alexiel verzog das Gesicht, als würde ihm etwas wehtun und drehte sich dann von Gabriel weg, doch dieser hatte den Gesichtsausdruck bereits bemerkt. Was hatte Hadramiel gesagt, dass Alexiel scheinbar an etwas Schlechtes zu erinnern schien? Der Kommentar über seine Erziehung? Doch Gabriel konnte nicht lange darüber nachgrübeln, da Alexiel seine Gedanken mit einem Vorschlag unterbrach.

„Warum treffen wir uns nicht, wenn ich hier fertig bin, in der Küche, nehmen uns ein paar der Eierkuchen mit und besprechen dann noch einmal alles ganz in Ruhe in deinem Zimmer? Vielleicht ist dir bis dahin auch noch etwas eingefallen", sagte Alexiel und setzte wieder seine Schutzbrille auf.

„Wie lange braucht ihr dennoch ungefähr?".

„Pff, eine Stunde? Eineinhalb?", schätzte Alexiel.

Gabriel nickte, gab ihm noch schnell einen Kuss auf die Lippen und verließ dann die Werkstatt.

Er trottete zurück in den Westflügel und erklomm die Stufen hoch zu seinem Zimmer. Mit einem Seufzen ließ er sich in sein Bett plumpsen, schoss jedoch sofort wieder hoch, da er das altbekannte Scharren von Harris am Fenster vernehmen konnte. Er lief also zu dem Fenster herüber, öffnete es und ließ den Waldkobold hereinklettern. Nachdenklich streichelte er dem kleinen Wesen über die lederartige, grüne Haut an seinem Kopf. Er dachte daran, wie seltsam es war, dass noch keinem Menschen so ein Geschöpf aufgefallen war, schließlich waren sie mit ihrer schillernden Haut, den gelb leuchtenden Augen und den acht Gliedmaßen nicht unbedingt unauffällig. Harris kletterte an seinem Arm hoch und setzte sich auf seine Schulter, dann reckte er seine Arme nach einer kleinen Pflanze, die auf dem Regal neben Gabriels Schreibtisch stand, aus.

Es handelte sich um einen kleinen Setzling, den er aus dem Gewächshaus hatte mitnehmen dürfen.

„Das ist nichts für dich!", sagte er dem Waldkobold und schob dessen Hände beiseite. Harris gab einen beleidigten Laut von sich und landete dann mit einem gewaltigen Satz in seinem Nest auf der Kommode neben dem Kamin, wo er sich anschließend augenblicklich zusammenrollte. „Du musst jetzt nicht beleidigt sein!", schmunzelte Gabriel und setzte sich wieder auf die Bettkante.

Harris schnatterte ein wenig, schien aber schon wieder etwas versöhnlicher gestimmt zu sein. Mit einem dumpfen Geräusch ließ sich Gabriel nach hinten fallen. Ein kleines Nickerchen konnte nicht schaden, oder?

Kapitel 29

(April 1687)

„Und? Hat der Hexer noch mehr herausfinden können?", fragte Gabriel, an Karael gewandt, der mit einem leicht besorgten Gesichtsausdruck in seinen Tee blickte.

Karael schüttelte den Kopf. „Leider nicht. Er hat nur noch gesagt, dass sich der Einbrecher mit den Schutzzaubern des Ordens ausgekannt haben muss, aber das wussten wir ja schon. Es ist nur klarer geworden, dass der Einbrecher einer von uns sein muss", sagte der Bibliothekar und trank einen kleinen Schluck, begleitet von einem leisen Schlürfgeräusch.

„Es war nicht deine Schuld!", versicherte Gabriel Karael.

„Ich weiß, aber trotzdem fühle ich mich schlecht." Karael lächelte traurig.

Gabriel legte ihm eine Hand auf die Schulter. „Ich bin da, wenn du mich brauchst."

„Danke…" Die beiden verfielen wieder in ein nachdenkliches Schweigen. „Ich habe ein wenig Angst davor, ob wir alle anfangen, uns gegenseitig zu verdächtigen…", murmelte Karael dann.

Gabriel brummte zustimmend. Irgendwie schien die angenehme Atmosphäre, die Gabriel bei seiner Ankunft beim Orden verspürt hatte, seit dem Einbruch mehr und mehr zu verschwinden und durch eine generelle Besorgnis und vermeintliche Machtlosigkeit ersetzt zu werden. Nicht nur er schien sich aussichtslos gegen eine alles vernebelnde Bedrücktheit zu wehren, sondern auch Karael, und dass Ithuriel und der Rat auch nicht wirklich wussten, was sie machen sollten, half nicht. Natürlich wurde Stück für Stück der gesamte Orden befragt, Gabriel und Karael hatten ihre Befragungen schon hinter sich – aber es war nichts herausgekommen.

„Du hast morgen deine zweite Jagd, oder?", wechselte Karael dann das Thema.

Gabriel nickte. „Ja, morgen brechen wir auf. Wir werden drei oder vier Tage weg sein. Es sind wahrscheinlich ein paar wild gewordene Goblins, wegen derer man den Orden gebeten hat zu helfen."

Karael nickte und trank den letzten Schluck von seinem Tee, dann erhob er sich von dem Stuhl an einem der Tische in der Küche. „Ich sollte zurück in die Bibliothek", verkündete er und verließ die Küche.

Gabriel blickte dem Engel nachdenklich einen Moment hinterher, trank ebenfalls seinen Tee aus und verließ auch die Küche. Hoffentlich würde es einige neue Entwicklungen geben, wenn er am Ende der Woche von seiner Jagd zurückkommen würde. Auf etwas anderes konnte er im Moment nicht wirklich hoffen.

Als Gabriel am Sonntag nach seiner zweiten Jagd wieder im Schloss des Ordens ankam, hatte sich leider nichts Neues ergeben, vielmehr musste er feststellen, dass jemand begonnen hatte, Gerüchte zu streuen. Alexiel hatte versucht, ihn abzufangen und ihn darauf vorzubereiten, doch das Getuschel, das begann, sobald sie einen Raum betraten, in dem sich einige Leute befanden, nahm das vorweg. Schlimmer noch schien sich der Orden in der Woche darauf mehr und mehr zu spalten. Es gab viele Engel und Dämonen, die sich weigerten, irgendjemanden haltlos zu verurteilen, die andere Hälfte war etwas skeptischer. Niemand beschuldigte irgendjemanden direkt, aber die misstrauischen Blicke taten trotzdem weh. Gabriel fragte sich, wer die Gerüchte in Umlauf gebracht hatte, denn er hatte durchaus ein Anliegen daran, klarzustellen, dass er zwar ein Interesse an Magie und der Geschichte des Ordens hatte, aber deswegen nicht stehlen würde und die Tatsache, dass er ein Mensch war, absolut gar nichts mit dem Interesse zu tun hatte. Als er dann aber eines der Gerüchte direkt aus Valoels Mund hörte – so direkt wie die Andeutung „Es geht um Alexiel und nicht um dich, sie bemitleiden dich eher." sein konnte -, der dem ersten der beiden Lager angehörte und sich weigerte, irgendjemanden ohne Beweise schlecht zu machen, musste er feststellen, dass es in den Geschichten weniger um ihn, als um Alexiel ging. Einerseits erleichterte es ihn, zu wissen, dass man ihm gegenüber nicht misstrauisch war, auf der anderen Seite schmerze das Bewusstsein, dass das Mistrauen Alexiel galt, noch viel mehr, kannte Gabriel den Dämon schließlich als eine sehr loyale Person.

Er fragte also Alexiel, worauf sich diese Gerüchte beziehen würden, jedoch wechselte dieser nur das Thema. Und so sehr Gabriel es auch versuchte, wollte Alexiel ihm nichts erzählen. Auch Ephemera und Karael, die beide wussten, um was es ging, wollten ihm nichts erzählen. Alle schienen die Versuche Gabriels, sich einen Überblick zu verschaffen, mit den Worten „Das muss Alexiel dir selbst sagen!" oder einem mitleidigen „Hat er es dir noch nicht erzählt?" abzuwimmeln, was Gabriel verständlicherweise wütend stimmte. Er wollte Alexiel gerne verteidigen können gegen alle beißenden Blicke und was da sonst noch kommen sollte, aber das konnte er nicht wirklich, wenn er nicht wusste, um was es ging und es ihm niemand sagen wollte.

Mit einem frustrierten Knurren hieb Gabriel mit einem der Übungsschwerter auf Valoel ein, dem wiederum sein Schwert aus der Hand rutschte und er, in einer seine Niederlage anzeigenden Bewegung, seine Hände hob. Er sah Gabriel einen Moment mitleidig an, hob sein Schwert auf und stellte sich wieder, bereit für einen weiteren Angriff gegenüber von Gabriel auf. „Bereit für noch eine Runde?", fragte er.

Gabriel nickte und bereitete sich auf eine weitere Attacke vor. Er war froh darüber, dass Valoel nichts dagegen hatte, dass er all seine über die letzte Woche aufgestaute Wut in einem ihrer Trainingskämpfe herausließ. Viel mehr schien Valoel überrascht über Gabriels plötzliche Stärke zu sein, auch wenn Gabriel bereits dabei war, wie ein Bulle auf dem Feld zu schwitzen und er selbst nicht. Er wurde jäh aus seinen Gedanken gerissen, als Gabriel mit einem weiteren Wutschrei auf ihn losging, anstatt auf seinen Angriff zu warten. Gabriel schwang sein Schwert in einem gezielten Bogen auf Valoels Oberkörper. Dieser parierte und duckte sich unter einem weiteren Hieb Gabriels weg, dann schwang er selbst sein Schwert nach Gabriel, der den Hieb mit einem Knurren von sich weglenkte und gleich darauf versuchte, Valoel erneut zu entwaffnen.

Valoel nutzte diesen Moment und fegte Gabriel von seinen Füßen.

Gabriel landete mit einem Keuchen auf dem Boden, ließ sein Schwert los und brach dann in ein lautes Lachen aus.

Valoel sah ihn einen Moment überrascht an, begann dann aber auch zu lachen. Er streckte seine Hand aus und half Gabriel wieder auf die Beine. „Geht es dir jetzt besser?", fragte er und räumte sein Schwert wieder auf.

Gabriel legte sein Schwert in dieselbe Kiste und nickte. „Ja, danke. Ich musst mich einfach einmal abreagieren!", schnaubte er und schloss den Deckel der Kiste.

„Müssen wir das nicht alle so langsam?", fragte Valoel rhetorisch und lehnte sich gegen eine der Säulen. „Alexiel will dir noch immer nicht sagen, woher die Gerüchte kommen?"

„Was denkst du?", brummte Gabriel sarkastisch. Er spürte einen kleinen Stich in seiner Brust. Warum wollte Alexiel bloß nicht mit ihm darüber reden? Wusste er denn nicht, dass Gabriel genau so sehr für ihn da war, wie er immer versicherte, für Gabriel da zu sein? „Ich verstehe nicht, warum er nicht mit mir reden will! Habe ich was falsch gemacht? Denkt er, ich würde nicht mehr bei ihm bleiben wollen, wenn er mir sagt, was los ist? Wie soll ich das entscheiden, wenn ich nicht weiß, um was es geht? Verdammt, er weiß, wie ich erzogen wurde, was mir über Dämonen erzählt wurde und trotzdem habe ich mich in ihn verliebt! Was denkt er, dass ich jetzt machen werde?", rief Gabriel frustriert und drehte sich zu Valoel um, der ihn mitleidig ansah.

„Ich bin mir sicher, dass ihr das wieder hinbekommt. Ich habe gesehen, wie ihr miteinander umgeht. Ich kenne Alexiel zwar kaum, aber ich sehe, wie er dich ansieht. Was ist, wenn du ihm sagst, dass du mit ihm reden willst, damit er sich vorbereiten kann? Vielleicht hilft das ja. Ich meine, Überfälle mag keiner".

Gabriel ließ den Kopf hängen und begann schlurfend auf die große Tür des Trainingssaales zuzulaufen.

Valoel folgte ihm. „Was hast du jetzt vor?"

„Ich weiß nicht…Alexiel vorwarnen, dass er sich heute Abend nicht drücken kann?".

Valoel stieß einen Laut aus, der wie ein Schnauben gemischt mit einem Lachen klang. Unterschwellig klang aber noch etwas anderes mit.

„Viel Glück?", antwortete er also fragend, es war deutlich, dass er sich nicht sicher war, ob *Viel Glück* das Richtige zu sagen war.

Gabriel schnaubte. „Danke. Und was willst du jetzt machen?"

„Ich werde in den Stallungen gebraucht, wegen des Frühjahrsputzes. Wir wollen den Rest der Sättel pflegen und das Geschirr für die Kutschen. Der Sturm neulich hat das Dach über der Sattelkammer beschädigt und jetzt müssen wir alles das nass geworden ist, ein zweites Mal überprüfen", erzählte Valoel.

Gabriel erinnerte sich daran. Valoel hatte es ihm erzählt, einige der Dachschindeln hatten sich gelöst und waren so nicht mehr dicht gewesen. Gabriel nickte. „Ich habe heute nichts mehr auf dem Plan stehen, vielleicht könnte ich, wenn ich Alexiel Bescheid gesagt habe, ja helfen kommen", schlug er vor.

„Klingt gut, komm dann einfach raus auf den Hof!"

Die beiden liefen noch gemeinsam bis zur Eingangshalle. Hier verließ Valoel das Schloss dann und Gabriel ging in den Ostflügel weiter.

In der Werkstatt angekommen, fand er Alexiel wieder in der Schmiede, wo er dabei war, ein neues Schwert zu schleifen. Er sprach ihn an und erklärte ihm, dass er am Abend gerne mit ihm reden wollen würde, es ginge um die Gerüchte. Alexiel stimmte offensichtlich mehr schicksalsergeben als freiwillig zu. Gabriel gab ihm noch schnell einen Kuss und verließ dann wieder die Werkstatt.

Als er auf den Hof westlich des Burghofes trat, von dem auch am Tag seiner ersten Jagd die Kutschen gekommen waren, waren Valoel, ein weiterer Engel und eine Dämonin dabei einige Sättel mit einem Pflegemittel einzureiben, während einige andere weitere

Gegenstände aus dem Stall trugen. Die Reparaturen am Dach des Stalles waren fast abgeschlossen, hatte man doch bereits am Morgen mit ihnen begonnen, und nun wurden noch einmal alle Sättel und Zaumzeuge poliert, außerdem schoben einige weitere Dämonen und Engel sechs schwarze Kutschen aus dem Gebäude, das im Süden die Mauer des Hofes unterbrach und neben den Kutschen weitere Boxen beinhaltete. Gabriel lief zu Valoel herüber, der mit einem breiten Grinsen hochblickte. „Also, wo kann ich helfen?", fragte er und verschränkte die Arme vor der Brust.

„Warum hilfst du nicht, die Kutschen zu waschen?"

„Gut". Im Gehen das Gesicht kurz der milden Frühlingssonne zuwendend, lief Gabriel also zu den sechs Kutschen hinüber. „Valoel meinte, ich kann helfen?", fragte er dann.

Ein Dämon nickte. „Komm, wir holen das Putzzeug!", forderte dieser und deutete Gabriel an, ihm und den anderen in das Gebäude hinter ihnen zu folgen. Drinnen bewaffneten sie sich mit Eimern, Tüchern und Seife, die Eimer füllten sie im Hof an einem weiteren Wasserhahn auf und begannen dann, Stück für Stück, jeden Zentimeter der Kutschen zu putzen. Gabriel fühlte sich wohl, etwas tun zu können, war er sich in Versailles doch immer mehr oder weniger nutzlos vorgekommen. Auf dem Familienanwesen hatte er sich immerhin um die Organisation des Weinanbaues auf ihrem Gut kümmern können, aber auch da, hatte er nicht wirklich in der Praxis behilflich sein können, auch wenn er gerne bei der Ernte dabei gewesen wäre. Hier nun arbeitet jeder an irgendetwas, da jeder einer Gilde angehörte, die einen bestimmten Teil der Arbeit übernahm. Natürlich, technisch würde er den Sehern angehören, aber diese halfen immer noch in anderen Gilden mit und gehörten so theoretisch eigentlich zwei Gilden an. Gabriel würde also wahrscheinlich den Sehern und den Botanikern angehören, die sich hauptsächlich um den Anbau von Heilpflanzen für die Heiler und den Erhalt von Arten aus der Dunklen Dimension kümmerten, sowie die kleinen Gärten des Schlosses pflegten, in denen Gemüse und Obst angebaut wurden. Natürlich wurde bei Weitem nicht alles beim Schloss angebaut und auch die paar versteckten Felder in den Bergen waren nicht genug, um den Orden zu versorgen, da sie so klein waren, dass das Abernten aller zusammen oft nur eine sehr kurze Zeit in Anspruch nahm, und daher kaufte der Orden natürlich auch noch viele Lebensmittel von den Bauern im Umland. Mit einem leisen Seufzen tunkte Gabriel den Lappen wieder in den Eimer, wusch ihn kurz aus und begann dann, weiter die schwarz lackierte Wand der Kutsche zu putzen. Sein Herz schlug immer noch bis zu seinem Hals, wenn er sich fragte, was Alexiel ihm am Abend erzählen würde. Ob es etwas mit seiner Vergangenheit mit Saradiel zu tun hatte? Die anderen, mit denen er die Kutschen putzte, schienen seine Nervosität nicht zu bemerken oder sie bewusst zu ignorieren. Er fand es erschreckend, dass er sich in dieser einen Woche beinahe daran gewöhnt hatte, dass ihn die Leute hier seltsam ansahen oder so taten, als wäre nichts. Es sorgte dafür, dass er irgendwie das Gefühl hatte nicht mehr so recht willkommen zu sein. Natürlich. Bei seiner Ankunft waren genügend Leute skeptisch gewesen, das hatte sich aber gelegt, als er begonnen hatte zu trainieren und so zu einem Anwärter geworden war. Doch nun fühlte es sich wieder so an als wären die Leute ihm gegenüber skeptisch geworden und bis zu einem gewissen Grad war er wütend darüber. Wütend darüber, dass Alexiel bisher nicht hatte mit ihm reden wollen. Er wollte nicht sagen, dass es Alexiels Schuld war, dass er sich jetzt so fühlte, aber irgendwie war es doch so. Hätte er ihm früher alles erzählt, wäre er vielleicht anders mit den Blicken umgegangen und hätte nicht Tag für Tag seine Frustration im Sparring mit Valoel herausgelassen, der zwar nichts dagegen hatte, war er selbst ja auch noch Anwärter war und genau wie Gabriel jede Übung brauchen konnte, aber dennoch fühlte sich Gabriel auf eine diffuse Art schuldig, dass er jeden Tag bei ihren Trainingseinheiten mit einem Übungsschwert auf ihn eindrosch.

Nach einigen Stunden waren sie dann fertig. Die Kutschen waren auf Hochglanz poliert und die Sättel und das Zaumzeug gepflegt und wieder aufgeräumt. Müde brachten alle gemeinsam das Putzzeug weg und begaben sich zum Essen ins Hauptgebäude.

Die Küche im Ostflügel des Schlosses war ziemlich voll und der Großteil der Plätze an den vielen Tischen im Essbereich war bereits besetzt. Gabriel trat ein und sah sich, sich sichtlich unwohl fühlend, nach Alexiel um, konnte aber nur Vohamanah, ihre Frau und deren gemeinsame Tochter Theliel sowie Tartys, der ganz in seinem Element umherwirbelte, erkennen.

Gabriel wusste nicht, wie der Dämon mit den Haizähnen es jeden Tag schaffte, mit so einer Leichtigkeit den gesamten Orden zu bewirten, doch er war ihm dankbar dafür. In diesem Moment legte ihm jemand von hinten sanft eine Hand auf die Schulter. Gabriel drehte sich um und blickte in Alexiels blaue Augen.

„Willst du erst essen? Oder sollen wir gleich reden?", fragte er leise und griff zögerlich nach Gabriels Hand.

„Erst reden! Ich kann jetzt nichts essen, ich wollte nur wissen, ob du hier bist", antwortete Gabriel ebenso leise.

„Wollen wir in deinem Zimmer reden oder willst du wo anders hin?"

„Das Gewächshaus? Wenn das für dich in Ordnung ist...". Gabriel wusste nicht recht warum er das Gewächshaus als Besprechungsort vorschlug, aber es fühlte sich besser an als der Gedanke, dass sie in seinem Zimmer reden und vielleicht streiten würden.

„Gut, dann komm!", forderte Alexiel und zog Gabriel sanft hinter sich her.

Die beiden kehrten in den Westflügel zurück und folgten einem der Gänge nach Norden bis sie den Hof erreichten, den man überqueren musste, um in das Gewächshaus zu kommen. Da es mittlerweile recht spät am Nachmittag war, lag das Gewächshaus in den Schatten des gewaltigen Schlosses getaucht. Alexiel zündete mit einem Span, den er wieder mit einem Feuerzauber entzündete, die im Gewächshaus verteilten Laternen an und lehnte sich dann ganz hinten an einen der Tische. Wäre die Stimmung nicht so gedrückt und angespannt, hätte Gabriel die Atmosphäre als märchenhaft und romantisch beschrieben. Wie die vielen verschiedenen Pflanzen in sanftes, rotes Licht getaucht wurden, war einfach wunderschön. Doch sie waren nicht hier, um in ihrer Verliebtheit zu schwelgen und ein heimliches Picknick bei Nacht im Gewächshaus zu haben, weil es noch zu kalt war, um nachts draußen zu sein, und sie etwas zu bereden hatten. Alexiels Stirn war gerunzelt und sein Blick auf die Spitzen seiner schwarzen Stiefel fixiert. Er zupfte nervös an den Rüschen, die den Ausschnitt seines dunkelblau gemusterten Hemdes säumten, herum. Gabriel lehnte sich gegenüber gegen den Tisch in der Mitte des Gewächshauses und blickte Alexiel mit ebenfalls zusammengezogenen Augenbrauen fragend an.

„Du hast wahrscheinlich schon mitbekommen, dass das ganze Gerede etwas mit meiner Vergangenheit zu tun hat, richtig?". Gabriel nickte. So viel hatten ihm die Andeutungen, die er hatte aufschnappen können, verraten.

„Gut, zunächst so viel. Ich bin absolut nicht stolz auf das, was ich in meinem Leben getan habe bevor ich dem Orden beigetreten bin, und ich habe noch nie jemandem alles erzählt. Das kann ich einfach noch nicht".

„Das ist in Ordnung, ich will doch nur so viel wissen, als dass ich verstehe, was hier im Moment los ist! Du hattest mir doch eh schon in Versailles gesagt, dass du mal mit Saradiel gearbeitet hast".

Alexiel seufzte und nickte, dann drehte er sich um und begann, an einem dicken, fleischigen Blatt einer mittelgroßen Pflanze herumzuspielen, die Gabriel und Ephemera neulich umgetopft hatten.

„Ich und Ephemera haben nicht immer dem Orden angehört...sie hat damals noch einfach versucht, sich herauszuhalten, aber ich... ich hatte mich auf Wunsch unserer Eltern Saradiel angeschlossen... und habe den Großteil meines Lebens in seiner Armee verbracht und mich dort auch schnell hochgearbeitet".

Gabriel sah ihn mit großen Augen an.

Alexiel wiederum drehte den Kopf weg und starrte für einen Moment durch die Glaswand des Gewächshauses nach draußen auf die steile Felswand des Berges, an dessen Flanke das Schloss gebaut worden war. „Erst als ich einen Befehl erhalten hatte, den ich nicht ausführen konnte, habe ich Hilfe bei Ephemera gesucht und wir haben uns gemeinsam dem Orden angeschlossen. Jeder hier außer dir kennt die Gesichte bereits... zumindest die Eckdetails". Alexiel ließ seine Schultern hängen.

„Und kannst du mir auch sagen, warum du so nervös wirst, wenn du dich verwandelst? Du willst mich dann nie anfassen..."

„Meine veränderte Dämonenform ist das physische Zeichen meiner damaligen Zugehörigkeit zu Saradiel. Wenn ich könnte, würde ich es sofort rückgängig machen und zu der Form zurückkehren, die alle Dämonen haben, wenn sie sich verwandeln. Ich denke, ich habe Probleme, dich anzufassen, wenn ich mich verwandelt habe, weil ich mich selbst vor dieser Gestalt fürchte".

Gabriel wusste, dass das im Moment nur die Kurzform ohne viele Details war, die ihm Alexiel erzählte, dass da immer noch Dinge waren, die Alexiel ihm nicht sagte, aber trotzdem war es besser als nichts. So viel besser. Gabriel machte einen Schritt auf den offensichtlich böse Worte oder eine Ankündigung, dass er nach Versailles zurückkehren würde, erwarten Dämon zu, und schloss ihn von hinten in seine Arme. Er spürte, wie sich Alexiel versteifte, sich seine Muskeln dann wieder lockerten und er sich leicht zitternd zu ihm umdrehte.

Alexiel schloss seine Arme um Gabriel und begann leise zu weinen. „Es tut mir leid! Es tut mir so leid!", flüsterte er.

Gabriel strich ihm, immer noch etwas überrascht über das, was er eben erfahren hatte und wie es Alexiel damit ging, über die glatten, langen, schwarzen Haare und drückte ihm einen Kuss gegen die Schläfe. „Es ist in Ordnung. Danke, dass du mir das erzählt hast", mit einer Hand hob er sanft das Kinn des Dämons an. „Gehe ich richtig in der Annahme, dass die Gerüchte sich damit beschäftigen, ob du Saradiel gegenüber noch immer loyal bist?".

Alexiel nickte in Gabriels Schulter hinein.

Gabriel begann, sanft über die Haare des Dämons zu streicheln und sich leicht mit ihm hin und her zu wiegen. „Das ändert gar nichts! Ich liebe dich und wenn hier irgendjemand ernsthaft daran zweifelt, ob du dein Leben für den Orden geben würdest, dann kennen sie dich nicht richtig!", sagte Gabriel bestimmt. „Was damals war, ist jetzt nicht mehr wichtig!".

Alexiel begann leise zu lachen, wurde von einem kleinen Hicksen unterbrochen und musste deshalb noch mehr lachen.

Gabriel hob wieder das Kinn des Dämons an und drückte ihm sanft einen Kuss auf die tränennassen Lippen.

„Ich habe Hunger…", murmelte Alexiel dann plötzlich.

Nun musste Gabriel leise lachen. „Dann gehen wir doch etwas essen, nicht?", schlug er vor. Alexiel nickte, hob den Kopf und straffte die Schultern, schnäuzte sich die Nase in einem Taschentuch, das Gabriel schnell aus der Tasche seiner Weste zog und ihm hinhielt und strich sich die Haare aus dem Gesicht.

„Also los!".

Hand in Hand liefen die beiden wieder zurück in den Ostflügel des Schlosses und betraten die Küche. Ab und zu schniefte Alexiel noch ein wenig und er schien sich, als sie in den großen Raum eintraten, mehr denn je an Gabriels Hand festzuhalten.

Ephemera stand ganz hinten von ihrem Platz bei Vohamanah, deren Frau und Theliel auf, als sie ihren Bruder und Gabriel an der Tür sah, und winkte sie herüber.

Als sich die beiden zu den anderen an den Tisch setzten, sah Theliel Alexiel mit großen, strahlend grünen Augen an, ihre blonden Locken waren etwas verwuschelt und das Hemd, das sie über einer weiten Hose trug, wirkte etwas zu groß.

„Hast du geweint?", fragte sie besorgt.

Alexiel nickte und wischte sich ein weiteres Mal die Nase ab.

„Wieso denn?"

„Ist nicht so wichtig, Gabriel hat mich getröstet", sagte Alexiel und lächelte erst dem Mädchen und dann Gabriel sanft zu.

„Das ist gut!", nickte sie das Trösten von Gabriel ab und lächelte ihn strahlend an. „Danke, dass du Onkel Alexiel getröstet hast!"

„Gerne!", Gabriel lächelte und drehte sich dann dem großen Tisch bei dem Küchenbereich in dem großen Saal um. „Was gibt es heute eigentlich?", fragte er dann und ließ seinen Blick über die beinahe leeren Teller der anderen Anwesenden gleiten. Er konnte

Reste von Kartoffelpüree erkennen, sonst waren die Teller vollkommen leergegessen.

„Braten mit Kartoffelpüree und Soße", sagte Ephemera und schaufelte sich den letzten Rest Kartoffelpüree von ihrem Teller in den Mund.

Gabriel nickte. Beim Orden gab es tatsächlich verhältnismäßig selten Fleisch und viel Gemüse, aber wenn man sich eben nicht selbst andere Nutztiere als Pferde halten konnte, war es zu teuer, öfter so große Mengen Fleisch zu kaufen, und daher gab es eben oft einfach Gerichte mit wenig Fleisch, die aber nicht weniger schmackhaft waren. Gabriel stand auf, bedeutete Alexiel, er solle sitzenbleiben und holte sich und dem Dämon jeweils einen Teller mit Essen. Während des Essens unterhielt sich die kleine Gruppe. Gabriel erfuhr, dass Vohamanahs Frau Nahaliel hieß und beim Orden geboren worden war, genau wie Vohamanah.

Nach dem Essen kehrten Gabriel und Alexiel wieder auf ihr – immer noch eigentlich Gabriels - Zimmer zurück.

„Sag mal, willst du eigentlich hierherziehen? Du schläfst ja eigentlich immer bei mir und der Großteil deiner Sachen ist ja auch schon hier".

Alexiel lachte leise. „Gerne…".

Langsam begannen sich die beiden umzuziehen und zum Schlafen fertigzumachen. Gabriel band seine Haare zusammen und bestand dann darauf, Alexiels Haare zu bürsten. Mit einem leichten Nicken stimmte der Dämon zu und ließ sich vor Gabriel auf der Bettkante nieder, der dann sanft begann, die Borsten der Bürste durch die glatten langen Haare Alexiels zu ziehen, nur kurz unterbrochen von Harris, der für die Nacht hereingelassen werden wollte. Alexiel gab immer wieder leise sehr entspannte Laute von sich und lehnte sich mehr und mehr in Gabriels Bewegungen. Irgendwann legte Gabriel die Bürste beiseite und zog Alexiel gegen seine Brust. Alexiel wiederum ließ sich mit einem leisen Seufzen nach hinten fallen und zog die Decke über sich und Gabriel.

„Ich denke, heute bin ich derjenige, der dich hält und nicht du mich", flüsterte Gabriel schläfrig und legte seine Arme um den Torso Alexiels, der wiederum begleitet von einem herzhaften Gähnen nickte und sein Gesicht ein wenig an Gabriels Nachthemd rieb. „Ich liebe dich, daran wird auch die Tatsache, dass du Fehler gemacht hast, nichts ändern. Bitte vergiss das nie. Tout comme l'univers est infini, mon amour pour vous est infini", flüsterte Gabriel liebevoll.

Alexiel gab ein leises Summen von sich. „Du weißt, dass, wenn das Schloss nicht mit diesem Verständigungszauber belegt wäre, ich kein Wort von dem verstehen würde, was du gerade gesagt hast. Ich kann nämlich eigentlich gar kein Französisch", kicherte er dann. Gabriel hob überrascht die Augenbrauen.

„Hast du in Versailles denn auch einen Zauber benutzt?"

„Ich und Ephemera hatten beide einen Ring, der mit demselben Zauber belegt wurde wie das Schloss. So einen wie ich ihn dir für die Jagt gegeben habe", erklärte Alexiel und hob seine nun ringlose Hand.

Gabriel nickte und drückte anschließend seine Lippen gegen Alexiels Haaransatz. Er fühlte sich besser, nun da er wenigstens grob Bescheid wusste. Er konnte verstehen, dass Alexiel noch nicht über alles reden wollte und auch nicht konnte. Dennoch hoffte er, dass Alexiel eines Tages bereit sein würde. Dass eines Tages die Narben, die seine Vergangenheit hinterlassen hatte, soweit geheilt waren, dass er erzählen konnte, wie sie entstanden waren.

Alexiel wiederum hatte das Gefühl, als wäre ihm ein großes Gewicht von der Brust genommen worden. Die Angst, dass Gabriel ihn verlassen könnte, wenn er mehr über seine Vergangenheit mit Saradiel wüsste, war weitestgehend verschwunden, nur ganz hinten am Rand seines Bewusstseins schien der Gedanke zu nagen, ob sich Gabriels jetzige Einstellung ändern würde, wenn er auch die Details kannte. Doch diese Stimme war so leise, dass Alexiels sie einfach aus seinen Gedanken verbannen und sich ganz dem sanften Takt von Gabriels Herz, das unter seinem Ohr schlug, hingeben konnte.

„So wie das Universum unendlich ist, ist auch meine Liebe zu dir unendlich", wiederholte Alexiel lächelnd.

„Gute Nacht, Chérie", murmelte Gabriel, rutschte noch einmal ein wenig auf der Matratze herum, bis er eine bequeme Position gefunden hatte, und schloss dann, die Arme immer noch fest um Alexiel geschlungen und nicht bevor er ihm einen letzten Gute-Nach-Kuss gegeben hatte, die Augen.

„Gute Nacht", murmelte Alexiel ebenfalls.

Kapitel 30

(Mai 1687)

Vor Schweiß dampfend verließ Gabriel den großen Trainingssaal und streckte sich im Gehen mit einem leisen Stöhnen. Sein Hemd klebte an seinem Oberkörper und der Pferdeschwanz, in den er seine Haare vor dem Training zusammengefasst hatte, sah mehr aus wie ein Vogelnest. Sein Bein puckerte noch ein wenig von der Verletzung, die er sich eine Woche zuvor auf seiner dritten Jagd zugezogen hatte. In den letzten eineinhalb Monaten war er auf seiner zweiten und dritten Jagd gewesen. Bei der einen hatten sie sich wieder einem Rudel von Ghulen annehmen müssen und nicht wie erwartet wild gewordenen Goblins, bei der anderen, der dritten Jagd einem Schwarm von Harpyien. Und eine der Harpyien hatte einen recht erfolgreichen Angriff auf Gabriels Bein geflogen, sie hatte ihren Schnabel zielsicher in seinen Muskel gehackt, bevor er ihr den Kopf mit einem Dolch durchbohrt hatte. Zu seiner Freude war es ihm bereits nach seiner zweiten Jagd nicht mehr so schlecht gegangen und seine dritte hatte ihn nicht mehr wirklich gerührt. Erst hatte er sich erschreckt, er hatte Angst, dass er gefühllos und kaltherzig würde, aber dann hatte Alexiel ihm erklärt, dass er einfach nur gelernt hatte, sich abzuschotten und eine professionelle Distanz aufgebaut hatte. Die Gerüchte über Alexiel wiederum hatten noch nicht wirklich begonnen abzuebben, doch seit Gabriel mit Alexiel über deren Hintergrund gesprochen hatte, waren sie ihm ziemlich egal geworden. Viel mehr hatte er begonnen, die Leute, die glaubten, Alexiel hätte eventuell etwas mit dem Einbruch in den Artefakt Raum zu tun, zu bemitleiden, dafür, dass sie scheinbar nicht erkennen konnten, wer Alexiel wirklich war.

Aber in den letzten Tagen hatten Alexiel wieder und dieses Mal auch Ephemera und Valoel begonnen, sich seltsam zu verhalten. Warum konnte Gabriel sich nicht ganz erklären, dachte er doch, dass er und Alexiel mit ihrem Gespräch vor zwei Wochen allen Grund für so ein seltsames Verhalten aus dem Weg geräumt hätten.

Immer noch etwas außer Atem erklomm Gabriel nun die Treppe in den ersten Stock und ließ sich dort in seinem Zimmer auf sein Bett fallen. *Jetzt ein Bad!* Dachte er sich. Schnell bürstete er seine Haare durch, klemmte sich frische Kleidung unter den Arm und schlurfte zum Bad. Dort ließ er sich in das warme Wasser sinken und seine Muskeln weich werden. Gott wie sehr er die Bäder des Ordens liebte.

Nach gut einer halben Stunde stieg er wieder aus dem Wasser. Nachdem er sich gewaschen hatte, zog er sich langsam wieder an und brachte seine verschwitzten Kleider auf sein Zimmer, er würde sie später zum Waschen bringen, doch jetzt hatte er erst einmal Hunger. Mit einem leisen Seufzen verließ Gabriel sein Zimmer und stieg die Treppe ins Erdgeschoss hinunter. Dann wanderte er herüber in den Ostflügel zur Küche. Doch sobald er die Tür öffnete, hielt ihm plötzlich von hinten jemand die Augen zu.

Mit einer flüssigen Bewegung riss er seinen rechten Arm nach oben, drehte sich und schlug ihn um die Arme der Person, die ihm die Augen zugehalten hatte, mit dem anderen Arm setzte er zu einem kräftigen Haken in die Magengrube seines Angreifers an. Mit einem erschrockenen Stöhnen stolperte Alexiel ein paar Schritte zurück.

„Oh Gott. Chérie, es tut mir so leid. Ich…", stotterte Gabriel und zog Alexiel zu sich.

Alexiel stieß ein gepresstes Lachen aus. „Guter linker Haken", schnaufte der Dämon. Dann, nachdem er sich wieder aufgerichtet und mit verzogenem Gesicht ein wenig seine Magengegend gerieben hatte, breitete sich ein Lächeln auf seinem Gesicht aus. „Alles Gute zum Geburtstag!", sagte er leise und küsste Gabriel sanft auf die Lippen.

„Was?"

„Heute ist der 14 Mai Gabriel. Dein Geburtstag."

„Ist es schon wieder soweit?"

„Sag nicht du hast deinen eigenen Geburtstag vergessen!", ertönte Valoels Stimme aus der Küche.

„Ich-äh, es ist so viel passiert… ich denke ich habe einfach nicht auf das Datum geachtet?", murmelte Gabriel fast entschuldigend. Alexiel summte leise und etwas belustigt. „Hm. Ich habe eine Kleinigkeit vorbereitet…".

Gabriel blinzelte ihn erst etwas überrascht an, begann dann aber zu lächeln und folgte Alexiel in die Küche. Dort warteten bereits Ephemera und Valoel und auch Karael stand mit hinter dem Rücken gefassten Hände in dem sonst leeren Speisesaal. Es war mitten am Nachmittag und so waren wahrscheinlich gerade die letzten Ordensmitglieder mit dem Mittagessen – wenn man das um vier Uhr so nennen konnte - fertig geworden. Sogar Tartys gönnte sich eine Pause, bis er beginnen würde das Abendessen für den Orden vorzubereiten.

Überrascht blickte Gabriel auf den Tisch vor sich, wo ein paar kleine Pakete lagen, und ein Rhabarberkuchen stand.

Alexiel schob ihn sanft ein Stückchen vorwärts weiter auf den Tisch zu. „Ich muss zugeben, Tartys hat geholfen den Kuchen zu backen. Ich bin miserabel in Bezug aufs Backen", lachte Alexiel unter seinem Atem und legte seinen Arm um Gabriel. „Ich hoffe, du magst Rhabarber."

„Ja - ich – ja, ich meine ich mag Rhabarber", sagte Gabriel immer noch etwas überrumpelt.

Ephemera hob skeptisch eine Augenbraue. „Ich glaube, du hast ihn kaputt gemacht!", verkündete sie dann. „Schade! Ich mochte ihn. Es ist wirklich überraschend, dass die Idee, dass jemand gerne seinen Geburtstag feiern möchte, überraschender ist, als zu erfahren, dass es Hexen, Elbe, Zwerge, Engel und Dämonen wirklich gibt und 99% was man über sie erzählt bekommt, falsch ist", fuhr sie an ihren Bruder gewandt fort.

Karael legte ihr eine Hand auf die Schulter, während Gabriel ein wenig nutzlos seinen Mund auf- und zuklappte.

„Ich glaube, Gabriel will etwas sagen", sagte er dann und lächelte den Franzosen aufmunternd an.

„Ich weiß wirklich nicht, was ich sagen soll. Danke! Ich – ähm – ich habe meinen Geburtstag seit Jahren nicht mehr wirklich gefeiert", stammelte Gabriel und versteckte sich ein wenig in Alexiels Seite, der ihm daraufhin liebevoll einen Kuss auf die Stirn gab. „Na komm, wir haben extra einige Geschenke für dich vorbereitet. Pack sie aus", bat er und stupste mit seinem Zeigefinger Gabriels Hand an. Gabriel nickte und betrachtete den Tisch. Auf diesem befanden sich neben dem Rhabarberkuchen drei kleine Pakete, von denen eines nicht mit schlichtem braunem Papier eingepackt, sondern in einem oben zusammengeschnürten Beutel versteckt war. Vorsichtig griff Gabriel nach dem Beutel und zog an der Schleife, die diesen verschlossen hielt. Im Inneren befand sich in einem kleinen Topf ein winziger Würgewurzel-Setzling. Gabriel hob den Topf aus dem Beutel und betrachtete erst die Pflanze, dann den breiten Streifen Leder, der an einer Seite des Topfes mit einem Riemen zusammengeschnürt war, damit man ihn auch, um größere Töpfe binden konnte. Auf dem Stück Leder war in geschwungenen Lettern *Würgewurzel/Radix Strangulare* eingeprägt. Gabriel blickte von der kleinen Pflanze hoch und dann erst zu Ephemera und anschließend zu Valoel. Zu Valoel, weil dieser vor einiger Zeit erwähnt hatte, dass er Leder prägen konnte und auch schon auf einigen Sätteln das Wappen des Ordens – das Schwert mit der Rose – hatte erneuern müssen.

„Von euch beiden?", fragte Gabriel dann.

Ephemera nickte.

„Danke", ein Grinsen breitete sich auf seinem Gesicht aus. „Ich hoffe nur, Harris versucht heute Nacht nicht die Würgewurzel zu fressen, ich wüsste nicht, wer gewinnen würde."

Ephemera lachte. „Ich glaube, die Würgewurzel würde Harris einfach in die Flucht schlagen", meinte sie dann. G

abriel hielt sich die Hand vor den Mund und lachte schnaubend.

„Kann gut sein", erwiderte er, stellte den Topf wieder auf den Tisch und wand sich dem nächsten kleinen Päckchen zu. Vorsichtig löste er auch hier das zu einer Schleife gebundene Band und wickelte den Inhalt des Päckchens aus dem braunen Packpapier aus. Was zum Vorschein kam, war ein kleines Buch, was Gabriel schlussfolgern ließ, dass dieses Geschenk von Karael kam.

Vorsichtig öffnete er den Buchdeckel aus dicker Pappe und las den auf die erste Seite gedruckten Titel.

Häufig in der Hexerei verwendete Kräuter: Anbau, Pflege und Trocknung

„Das Buch haben die meisten Hexen und Hexer und da du dich ja für Magie zu interessieren scheinst, dachte ich, dass dieses Buch passend sein könnte", erklärte Karael und fuhr sich mit den Fingern durch die goldgrünen Haare. Während Gabriel mit einem faszinierten Lächeln durch die ersten Seiten des Büchleins blätterte, fragte er sich, ob Karael vielleicht teils elbisch war, das würde zumindest den Grünstich seiner Haut und Haare erklären.

„Vielen Dank auch dir", sagte er dann und hob wieder den Blick. Alexiel neben ihm kicherte und flüsterte in einem belustigten Singsang mit einem liebevollen Unterton „Bücherwurm."

Nun mussten Karael und Gabriel lachen und Gabriel drückte Alexiel sanft einen Kuss auf die Wange. „Das letzte Geschenkt ist von dir?", wechselte er das Thema.

Alexiel nickte, hob das kleine, längliche Paket hoch und legte es in Gabriels Hand. Dieser begann sofort, das Päckchen auszupacken und betrachtete anschließend eingehend die schlichte, braune Schachtel, die zum Vorschein kam.

„Mach sie auf", forderte Alexiel und legte seine Arme von hinten um Gabriels Hüfte und sein Kinn auf dessen Schulter. Vorsichtig zog Gabriel den Pappdeckel von der Box. In der dieser befand sich auf einem Stück Stoff eine Schreibfeder. Die Feder war lang, schmal und schwarz und hatte einen Griff aus Silber mit eingestanzten, floralen Mustern, die Spitze war ebenfalls aus Silber, wodurch man nicht mit dem eigentlichen Federkiel schrieb und das Schreibgerät viel länger nutzen konnte und es nicht so schmierte.

„Ist das? Ist das eine von deinen Federn?", fragte Gabriel und drehte sich, die untere Hälfte der Schachtel fast ehrfürchtig in den Händen haltend, in Alexiels Umarmung um. Alexiel nickte.

„Eine der größeren Deckfedern aus meinem Flügel, ich habe sie vor einigen Wochen verloren", bestätigte er.

Gabriel reckte ein wenig seinen Hals und gab Alexiel sanft einen langen, warmen Kuss auf die Lippen, dann legte er seine Stirn an die des Dämons und flüsterte „Danke Chérie."

Einige Momente später, die Gabriel in Alexiels Umarmung genossen hatte, bemerkte er aus dem Augenwinkel, dass Valoel langsam hibbelig wurde und Karael ihm einen strafenden Blick zuwarf. „Ich denke wir sollten den Kuchen anschneiden!", schlug er daher vor und erlöste so den rothaarigen Engel aus seiner Anspannung.

„Endlich!", freute sich dieser und setzte sich sehr schwungvoll auf einen der Stühle.

Gabriel wiederum griff nach dem Messer neben dem Kuchen und schnitt ihn an, dann verteilte er Stücken auf den fünf Tellern die Karael schnell aus einem der Regale in dem Küchenbereich holte. Nun setzten sich auch die restlichen vier und begannen, sich fröhlich unterhaltend, den Kuchen zu essen.

Plötzlich ertönte eine Art Heulen aus dem Gang vor dem Speisesaal.

„Was soll das denn jetzt?", fragte Ephemera und hielt mit ihrer Gabel kurz vor ihrem Mund inne.

„Klingt wie ein Geisterhund", meinte Alexiel überrascht, verwirrt und mit einem sehr ungläubigen Gesichtsausdruck, dann ließ er seine Gabel auf seinen Teller sinken.

„Hier? Im Schloss?", erwiderte Ephemera mit einem mehr als nur skeptischen Unterton in ihrer Stimme.

Alexiel zuckte nur mit den Schultern.

„Was weiß ich… vielleicht experimentiert Vohamanah mit diesem Illusionszauber herum, den sie bei irgend so einer Hexe bestellt hat. Sie meinte ja, dass sie gerne eine Möglichkeit hätte die Anwärter direkt am Objekt für die Jagden trainieren zu lassen und nicht nur mit Sparring."

„Stimmt, sie hatte das neulich erwähnt und meinte, dass wir das in einer der nächsten Trainingseinheiten mal ausprobieren würden, da der Zauber endlich angekommen sei und sie jetzt schauen müsste, ob der auch ihre Anforderungen erfüllt. Experimentelle Zauber seien immer etwas schwierig", stimmte Gabriel zu und schaufelte sich ein weiteres Stück von dem Rhabarberkuchen in den Mund, auch wenn sich sein Magen immer noch ganz flatterig anfühlte. Er hatte, seit er nach Versailles gezogen war, seinen Geburtstag nicht mehr gefeiert, und auch auf seinem Familienanwesen hatte Geburtstage eines Erwachsenen keine große Priorität. Mehr als ein *Alles Gute zum Geburtstag, Comte* gab es nicht und vielleicht eine kleine Teezeit mit Küchlein. Und so war diese Überraschung seiner neuen Freunde die größte Geburtstagsfeier, die er seit seiner Kindheit hatte.

„Ich fürchte, es ist kein experimenteller Zauber für die Anwärter", warf dann Karael ein, sprang mit geweiteten Augen auf und schleuderte das Kuchenmesser über den Tisch, zwischen Gabriels und Alexiels Kopf hindurch, in Richtung der Tür des Speisesaals, wo es in der Schulter eines Geisterhundes stecken blieb, der mit einem leisen Winseln zusammenzuckte.

„Was zur Hölle?", fluchte Alexiel, sprang auf und machte einige Schritte auf die offene Tür zu, dann stürzten ihm drei weitere Geisterhunde entgegen. Er drehte sich zur Seite weg und entging so dem Angriff der drei Monster.

Gabriel sprang auf, hechtete herüber zum Küchenbereich und griff nach einem der großen Fleischmesser von Tartys, dann warf er sich auf einen der schleimig, schwarzen Hunde und stach ihm mehrere Male das Messer in die Flanke. Mit einem Wimmern ging das Wesen zu Boden, während die verbliebenen beiden Hunde geifernd weiter in den Raum vordrangen. Gabriel fasste den Griff des Messers fester und wurde dann von einem der verbliebenen Hunde zu Boden gerissen, konnte sich aber zur Seite wegrollen, so dass der Hund ins Leere schnappte. Er richtete sich wieder auf und durchtrennte dem Geisterhund mit einem Hieb in den Nacken die Wirbelsäule und das Rückenmark. Wie eine Marionette, der man die Fäden gekappt hatte, fiel das Monster zu Boden. Der letzte Geisterhund wurde von Ephemera erledigt, die dem Vieh mit einer Drehung ein Messer, das sie aus dem Messerblock auf einer der Arbeitsflächen im Küchenbereich gezogen hatte, in den Hals rammte, als der Hund versuchte sie anzuspringen. Grünes Blut, das viel dicker war als das Blut normaler Hund, tropfte träge zu Boden und färbte Ephemeras Ärmel dunkel.

Alexiel hob etwas ungläubig die Augenbrauen und betrachtete die vier toten, grünes Blut auf dem Steinboden des Küchenbereichs, verteilenden Geisterhunde.

Gabriel schnaufte und legte den Kopf in den Nacken. „Ich feiere nie wieder meinen Geburtstag!", verkündete er und ließ das verschmierte Messer aus seiner Hand gleiten. Laut klirrend kam es auf dem Boden auf. Etwas wehmütig betrachtete er den Tisch mit dem Kuchen, der kleinen Würgewurzel, dem Buch und der Schachtel mit der Schreibfeder, der etwas verloren aussehend nicht recht in die Szenerie zu passen schien.

„Wie zur Hölle kommen Geisterhunde ins Schloss?", fragte Valoel dann laut und sprach so die Frage aus, die sich in diesem Moment alle stellten.

„Wenn du wüstest, was ich darum geben würde, das zu wissen", schnaubte Ephemera.

„Wir sollten uns umsehen und Ithuriel suchen", sagte dann Karael und trat auf den Flur vor dem Speisesaal hinaus. Die anderen vier folgten ihm.

Alexiel nahm eines der dekorativ an der Wand hängenden Schwerter aus seiner Halterung und Ephemera nahm sich die daneben befindliche Axt. Ein Schwert und eine Axt waren doch effektiver als Küchenmesser, auch wenn sie mit solchen Messern gerade vier Geisterhunde besiegt hatten.

Gabriel, Valoel und Karael statteten sich ebenfalls Schwerter von der Wand aus. Hatte Gabriel es zuvor zwar immer für etwas makaber gehalten, dass der Orden die Wände des Schlosses neben Wandteppichen auch mit Waffen aller Art, meist aber jedoch Schwertern aus der Zeit, als der Krieg noch nicht in diesen gruseligen Dämmerschlaf gesunken war, sondern aktiv in der Dunklen Dimension tobte, schmückte, war er doch nun dankbar dafür. Dankbar, dass sie sich im Erdgeschoss befanden, denn der Gang im ersten Stock, über den man den zweiten Teil des Speisesaales erreichten, konnte (wenn man nicht die Treppe gleich links neben der Tür, wenn man den Speisesaal mit dem abgetrennten Küchenbereich betrat, nahm) war nicht mit Waffen dekoriert. Skeptisch warf Gabriel einen Blick auf das seltsame Schwert in Alexiels Hand, das aussah, als wäre es irgendwann einmal abgeschmolzen und man hätte die Schneide, die nun eine sehr seltsame Form hatte, einfach wieder geschliffen. Andererseits war so eine fast gezackte Klinge wohl doch noch einmal um einiges gefährlicher als ein klassisches Schwert.

Alexiel warf Gabriel einen aufmunternden Blick zu und die Gruppe setzte sich in Bewegung. Langsam schlichen sie durch den Gang in Richtung der großen Eingangshalle, doch dann hielt Gabriel plötzlich an.

„Was ist los?", fragte Ephemera.

Gabriel kniff die Augen zusammen und fixierte den Fuß der Treppe rechts von ihnen, durch die man den ersten und zweiten Stock des Ostflügels erreichen konnte. Es gab für jeden Flügel eine einzelne Treppe, da die Eingangshalle und die Bibliothek so hoch waren, dass es über ihnen kein weiteres Stockwerk mehr gab.

„Siehst du das nicht? Da raucht doch etwas", flüsterte er und machte vorsichtig einige Schritte auf die Treppe zu, die von einer Mauer, die nur den Ausschnitt eines türgroßen Durchganges freiließ – es handelte sich also mehr um ein kleines Treppenhaus – zu.

„Stimmt. Ich sehe es auch", pflichtete Alexiel leise bei.

Gabriel trat durch den Torbogen und sah unter den untersten Stufen der Treppe nach, von wo der Rauch gequollen war.

„Kommt her!", rief er leise und hockte sich neben seine Entdeckung, bei der es sich um eine kleine Schüssel handelte, in der eine ekelige Suppe dabei war vor sich hinzuglühen und zu qualmen. Gabriel erinnerte sie sofort an die Schüssel, die sie auch bei dem Schrein, mit dem Vicomte Baudin Anrack heraufbeschworen hatte, gefunden hatten. In einer dunkelroten Flüssigkeit lagen ein paar kleine Quarze, Zähne, einige schwarze Federn und zwei Vogelschädel, dazu jede Menge Kräuter. „Ist das eine Beschwörung?", fragte Gabriel angeekelt. So faszinierend er Magie fand, so ekelhaft fand er die Tatsache, dass Magie oft ein Opfer forderte, auch wenn die *Opfer* meist ganz einfach als Abfallprodukte beim örtlichen Schlachter erstanden werden konnten, wie zum Beispiel Hühnerköpfe, um an die Vogelschädel zu kommen.

Karael beugte sich zu Gabriel herunter und runzelte die Stirn. „Du hast recht, das sieht nach einer Beschwörung aus, aber sie scheint an keinen Namen gebunden zu sein", murmelte Karael.

Gabriel sah ihm verwundert an. „An einen Namen gebunden?", fragte er daher.

„Normalerweise wird mit einer Beschwörung ja immer ein Portal in die Dunkle Dimension geöffnet, das funktioniert aber nur, wenn man den Namen des Engels oder Dämons als eine Art Anker hat, durch den man die heraufbeschworene Person durch das Portal ziehen kann, außerdem kann auch nur diese Person durch das Portal gelangen. Nur bei einer fehlerhaften Beschwörung kann es sein, dass einige Monster mit hindurchkommen. Eine weitere Besonderheit ist außerdem, dass eine Engels- oder Dämonenbeschwörung der einzige Zauber ist, der auch von einem Menschen durchgeführt werden kann." Karael hielt einen Moment inne. „Was ist das hier nun also?"

„Wie bindet man denn einen Namen in so eine Beschwörung ein?", fragte Gabriel jedoch weiter. Er wusste, dass es gerade ein denkbar schlechter Moment dafür war, aber die Frage war einfach so aus ihm herausgeplatzt.

„Der Altar, dort ist normalerweise irgendwo der Name zu finden. Eingekratzt, aufgemalt, auf ein Papier oder Stück Stoff geschrieben, auf dem die restlichen Zutaten stehen, er kann aber auch mit den Zutaten verbrannt werden, wenn man ihn auf ein Papier schreibt", erklärte Karael weiter und hob die qualmende Schale hoch.

„Denkst du, dass dieses Teil anzufassen, so eine gute Idee ist?", fragte Valoel skeptisch, während sich Karael die Unterseite der Schüssel ansah. Gerade als Karael antworten wollte, begann der Rauch plötzlich zu funken und zu knistern und verfärbte sich zu einem dunklen lila Ton. Die Rauchwolke schien weniger und weniger durchsichtig zu werden und an Konsistenz zu gewinnen, fast, als würde sie sich unter einer unsichtbaren Glasglocke sammeln, dann sprang ein fünfter Geisterhund aus der Wolke hervor. Mit einem erschreckten Keuchen ließ Karael die Schüssel fallen und wich dem Hund, der ihm entgegenkam, aus.

Alexiel, der vor dem Treppenhaus Wache gehalten hatte, hackte dem Monster den Kopf ab, als es durch den Torbogen gesprungen kam.

Gabriel warf einen beinahe betretenen Blick, auf den über den Boden unter dem Treppenansatz verschütten Inhalt der Schüssel, der langsam aufhörte zu qualmen.

„Jetzt im Nachhinein? Nein, es war keine gute Idee", schnaufte Karael, immer noch mit einem leichten Schrecken in der Stimme.

Ab und zu vergaß Gabriel über Karaels sehr kontrolliertes und ruhiges Verhalten, dass der Bibliothekar des Ordens für einen Engel selbst noch sehr jung war und musste sich dann immer wieder an diese Tatsache erinnern, wenn er so ein offen erschrockenes, überraschtes oder tief emotionales Verhalten an den Tag legte, das man bei den älteren Engeln und Dämonen nicht wirklich beobachten konnte.

„Was jetzt? Denkt ihr, wer auch immer diesen Zauber gemacht hat, hat noch mehr davon im Schloss verteilt?", fragte Gabriel besorgt und strich sich einige Locken aus dem Gesicht.

„Ich weiß nicht. Wahrscheinlich schon, was sollte es denn sonst für einen Sinn ergeben? Nur zum Testen des Zaubers eine einzelne Schüssel aufstellen? Und dann noch an so einem Ort? Das ist doch Schwachsinn!", flüsterte Alexiel.

„Stimmt, was würde das für einen Sinn ergeben, den Zauber an so einem offenen Ort aufzustellen, ohne zu wissen, dass er tatsächlich funktioniert!", pflichtete Valoel dem schwarzhaarigen Dämon bei.

„Wir sollten vorsichtig sein!", verlangte Ephemera und legte ihrem Bruder, der gerade ein Stück auf den Gang hinaustreten wollte, eine Hand auf die Schulter.

Gabriel nickte zustimmend.

„Aber trotzdem, warum sollte jemand im Schloss solche Portale öffnen und vor allem, erst einmal so einen ungerichteten Zauber entwickeln? Denkt ihr, das hat etwas mit Saradiel zu tun? Es muss jemand hier aus dem Orden sein, sonst kommt man ja gar nicht wirklich in das Schloss", grübelte Valoel. Bei Saradiels Erwähnung zuckte Alexiel unmerklich zusammen. *Bitte, alles nur nicht Saradiel!* dachte er sich.

„Wir sollten erst einmal Ithuriel oder Rahathiel suchen und sie warnen. Nicht, dass sie einfach so in ein weiteres Rudel Geisterhunde hineinrennen!", erinnerte Ephemera an den ursprünglichen Plan.

„Stimmt", pflichtete Gabriel bei.

Die Gruppe verließ nun also ihr Versteck unter dem Treppenabsatz und wandte sich nach rechts, wo direkt ein großer Durchgang in die Eingangshalle führte, die still und ausgestorben dalag, ebenso die Bibliothek, deren große Flügeltür wie immer tagsüber weit offenstand. Die Gruppe durchquerte die Eingangshalle, immer mit den Blicken alle Ecken und möglichen Verstecke nach weiteren dieser Schüsseln absuchend. Die Stille war beinahe gruselig und als die Gruppe bei der Treppe im Westflügel ankam und noch immer keine zweite Schüssel entdeckt hatte, begann eine gewisse Skepsis sich ihrer Sorge und dem Adrenalin beizumischen. Dann hörten sie aber durch den Treppenturm, der in die oberen Stockwerke des Westflügels führte, ein lautes Geschrei zu ihnen herunterhallen. Bereit zum Kampf stürmten sie die Treppe hinauf, auf halber Höhe stürzte ihnen ein Ghul aus dem Raum am Ende der Treppe im ersten Stock entgegen, den Ephemera mit einem Hieb ihrer Axt enthauptete. Blut spritzte auf die fünf, als sie die letzten paar Stufen erklommen.

In dem Raum, in dem sie nun standen, war die Hölle los. Einige Dämonen und Engel, unter denen Gabriel Vohamanahs Frau Nahaliel, die mit wehenden blonden Haaren ein Schwert im Kreis schwang und gleich drei Ghulen zumindest teilweise die nach ihr schlagenden Pranken abtrennte, waren dabei, gegen ein sehr großes Rudel dieser grauen Bestien zu kämpfen. Sofort begann Gabriel, nach der Schüssel zu suchen, worin er aber nicht sonderlich erfolgreich war, da er sich gleichzeitig gegen einen Ghul verteidigen musste. So schnell wie der Kampf begonnen hatte, so schnell war er auch wieder zu Ende. Der Boden des mittelgroßen Raumes war bedeckt mit Blut, das von dem großen Teppich aufgesogen wurde und zerstückelten und erstochenen Ghulen.

„Hier irgendwo ist ein Zauber!", rief Alexiel dann und lenkte so die Aufmerksamkeit der Engel und Dämonen auf sich.

„Was für ein Zauber?", fragte Nahaliel und machte einen großen Schritt über ein abgehacktes Bein eines Ghuls hinweg.

„Eine Beschwörung. Wir haben unten bei der Treppe im Ostflügel bereits eine gefunden, nachdem Gabriels Geburtstag leider von einigen Geisterhunden sabotiert wurde", erklärte Alexiel.

Nahaliel sah ihn überrascht an. „Eine Beschwörung für Geisterhunde? Egal, hier sind auch plötzlich Ghule aufgetaucht, die müssen irgendwo herkommen. Was habt ihr jetzt vor?"

„Wir wollten Ithuriel oder Rahathiel Bescheid sagen, falls sie das hier nicht schon gehört haben. Und wir glauben nicht, dass die Beschwörung nur für Geisterhunde ist. Karael meinte sie sei ungerichtet", rief Gabriel und zog gleichzeitig triumphierend eine weitere Schüssel aus einer Nische in einem der Gänge, die von dem Raum wegführten, dann schüttete er sie auf den Boden und trat die qualmende Mixtur aus.

„Gut. Sagt Ithuriel Bescheid. Wir werden hier nach weiteren Schüsseln suchen und jemand muss los und die Kinder in Sicherheit bringen. Vohamanah ist gerade mit ihnen im Trainingssaal!" Ein Dämon nickte und begann, begleitet von einem braunhaarigen Engel, die Treppe wieder hinunterzusteigen.

Gabriel, Alexiel, Ephemera, Valoel und Karael stiegen weiter die Treppe hoch in den zweiten Stock und stürmten dann zu Ithuriels Arbeitszimmer. Ohne zu klopfen, stieß Ephemera die dicke Eichentür auf, die mit einem lauten Knall gegen die Steinwand schlug.

Ithuriel, der an seinem Schreibtisch saß, über einigen Papieren brütete und sich gleichzeitig über einen Spiegel mit jemandem unterhielt, zuckte zusammen und sah hoch. Da er im Moment seine Kapuze nicht über den Kopf gezogen hatte, sondern sie auf seinen Schultern ruhen ließ, konnte man seine stechend blauen Augen sehen, die sich nun in die kleine Gruppe bohrten. „Was ist los?", fragte er, als er die besorgten Gesichtsausdrücke der Gruppe sah.

„Jemand verteilt Beschwörungen im Schloss! Ungerichtete! Es sind einfach kleine Portale, Risse in die Dunkle Dimension. Wir wurden in der Küche von Geisterhunden angegriffen und im ersten Stock war ein Rudel von Ghulen!", ratterte Gabriel herunter und umklammerte das blutige Schwert in seiner Hand fester.

„Was?", rief Ithuriel und sprang auf. „Ich muss gehen!", sagte er dann zu der Person im Spiegel und beendete die Verbindung. „So! Und jetzt. Ihr geht wieder in den Ostflügel, ich werde euch noch Verstärkung schicken. Sucht nach weiteren dieser Beschwörungen! Sagt mir, wie sie aussehen, sind es Bündel oder Schüsseln? Gläser?", kommandierte Ithuriel und stützte sich mit seinen Händen auf der Tischplatte ab, sein Gesicht spiegelte äußerste Besorgnis, aber auch Kontrolle und Konzentration wider.

„Schüsseln!", antwortet Alexiel und verließ den Raum wieder, die anderen vier folgten ihm.

„Dann wieder zurück!", verkündete Valoel.

Die fünf kehrten zur Treppe zurück und stiegen in das Erdgeschoss hinab, von dort wieder zurück zur Eingangshalle. Valoel lief voraus, direkt hinter ihm Karael, ein Stück weiter zurück Alexiel und Ephemera und ganz hinten Gabriel. Dieser blieb plötzlich, unbemerkt von Karael, Ephemera und Valoel stehen, nachdem er aus dem Augenwinkel etwas in der Bibliothek gesehen hatte. Vorsichtig machte er einige Schritt zurück und blickte den langen Gang zwischen den Bücherregalen entlang bis zum Artefakt Raum. Etwas stimmte nicht. Aber was? Dann traf es ihn wie ein Blitz. Die Türen standen offen! Normalerweise waren diese beiden Türen die einzigen im Schloss, die immer abgeschlossen waren und nun standen sie offen.

„Alexiel, warte!", rief Gabriel und stürmte durch die große Halle auf den Eingang der Bibliothek zu. „Jemand ist in den Artefakt Raum eingebrochen! Das hier ist alles eine Ablenkung!"

Alexiel blieb stehen und drehte sich zu Gabriel um.

„Was?", rief er und folgte Gabriels Blick in die Bibliothek. „Scheiße!", fluchte er dann leise. „Los! Wir sehen nach!", beschloss er.

„Sollten wir nicht die anderen rufen?"

„Die sind schon weg, das müssen wir allein machen!"

„In Ordnung!"

Die beiden stürzten durch die große Flügeltür und rannten den langen Gang zwischen den Regalen und Vitrinen hindurch zum Artefakt Raum. Ein Flügel der Tür stand halb offen, sodass man gerade eben nicht sehen konnte, ob sich jemand in dem Raum befand.

Alexiel stieß die Tür auf. Im Inneren des Raumes war eine vermummte Gestalt über die im Zentrum des Raumes stehende Vitrine, die die Manuskripte der drei Bücher der Dämonen enthielt, gebeugt. Die Gestalt klappte den Glasdeckel der Vitrine auf und hob das Manuskript, das Gabriel in dem kleinen Laden in Le Havre de Grâce gekauft hatte, heraus. Wie versteinert beobachteten Gabriel und Alexiel, wie die Person das Manuskript in eine Umhängetasche steckte und die beiden gar nicht zu bemerken schien, doch dann begann die Person zu sprechen.

„Schade. Ich hatte gehofft, dass meine kleinen Beschwörungen Ablenkung genug sein würden. Ich hatte mir doch auch so Mühe gegeben, die Schutzzauber zu deaktivieren", sagte die Gestalt, deren Gesicht unter einer Kapuze im Schatten lag. Gabriel sah aus dem Augenwinkel, wie Alexiels Gesicht weiß wurde, weißer als es eh schon war, fast durchscheinend, als sie im selben Moment die Stimme erkannten.

„Hadramiel?", fragte Alexiel mit einem unüberhörbaren, verzweifelten Schmerz in der zitternden Stimme. „Warum?"

Hadramiel lachte, es klang beinahe traurig, doch viel stärker war eine Note des Wahnsinnes zu erkennen.

„Das würdest du nicht verstehen! Du hast Saradiel und das Gestirn verraten! Und ich versuche mich ihm als würdig zu erweisen!", rief er. „Und jetzt lasst mich durch. Es ist besser für alle, wenn ihr mich einfach hier hinausgehen lasst. Es wird dann auch nicht mehr lange dauern, bis alles vorbei ist für den Orden!"

Alexiel schüttelte den Kopf und Gabriel konnte sehen, dass Tränen über seine Wangen liefen.

„Nein", sagte er dann mit fester Stimme und blickte Hadramiel aus eisblauen Augen, aus denen alle Emotionen gewichen waren, an. „Das kann ich nicht. Ich kann dich hier nicht einfach hinausgehen lassen mit dem Manuskript unter dem Arm, um dann Saradiel zu suchen und uns alles auszuliefern! Was ist in dich gefahren?"

„Dann lässt du mir keine Wahl." Hadramiel seufzte zog das Schwert, das an seiner Seite in einer Scheide hing und warf sich Alexiel und Gabriel entgegen. Diese stolperten einige Schritte nach hinten, um dem langen Schwung des Schwertes zu entgehen und standen nun in der Bibliothek und nicht mehr in dem Artefakt Raum. Hadramiel holte ein weiteres Mal aus und ließ sein Schwert auf Alexiel niederschwingen, der den Hieb mit seinem wiederum gerade eben noch parieren konnte.

„Alexiel, wir haben so oft gemeinsam trainiert, ich kenne jeden Angriff und jede Verteidigung, die du anwenden könntest!", rief Hadramiel und zwang Alexiel einige weitere Schritte rückwärts.

Gabriel stand wie versteinert da. Hadramiel war Alexiels Mentor, wie konnte er Alexiel so etwas antun? Warum würde er den Orden verraten? Verzweifelt versuchte Gabriel, sich in den Kampf einzumischen, doch sein ganzer Körper schien zu Eis erstarrt zu sein.

Endlich erlangte er wieder Kontrolle über seinen Körper und stürzte von hinten auf Hadramiel zu, der sich aber herumdrehte, seinen Schwerthieb ohne Probleme parierte und ihm mit einem gewaltigen Tritt in die Magengegend zurückschleuderte, wo Gabriel gegen einen der Schaukästen schlug und am Boden in einem Meer aus Scherben liegen blieb. Mit einem wütenden Schrei stürzte sich Alexiel wieder auf seinen Mentor, während Gabriel würgend und nach Luft schnappend auf dem Boden lag und vergeblich versuchte, sich aufzurichten. Entsetzt musste er mit verschwommenem Blick zusehen, wie Hadramiel Alexiel immer weiter in die Enge trieb und Alexiels Schwerthiebe zunehmend schwächer und verzweifelter wurden.

„Du hattest so eine strahlende Zukunft vor dir, an der Seite von Saradiel! Du hättest Teil des Gestirns werden können!", brüllte Hadramiel und hieb ein weiters Mal auf Alexiel ein, der den Schlag nicht mehr richtig abwehren konnte. Hadramiels Schwert hinterließ einen langen Schnitt auf seinem Oberschenkel. Stöhnend tastete Gabriel um sich, auf der Suche nach einer Waffe; sein Bauch schmerzte noch immer höllisch und das Atmen fiel auch noch immer schwer. Der Gedanke, dass ihm die Glasscherben, in denen er herumwühlte, die Hände aufschneiden könnten kam ihm gar nicht und als er die Armbrust, die in dem Schaukasten gelegen hatte, an seinen Fingerspitzen spürte, umklammerte er sie sofort mit aller Kraft. Ächzend richtete er sich auf und zielte auf Hadramiel. Mit einem stumpfen Splittern schlug der Bolzen über Hadramiels Kopf gegen die Wand und zerbrach.

Gabriel bückte sich hob zwei weitere Bolzen aus den Scherben des Schaukastens auf und schoss ein weiteres Mal auf Hadramiel, streifte jedoch nur dessen Schulter. Gabriels Blick war noch immer etwas verschwommen, als er den letzten Bolzen auf Hadramiel schoss und dann sein Schwert vom Boden aufhob. Hadramiel schrie auf, als sich der Bolzen in seine Schulter bohrte, riss ihn sofort wieder heraus und warf ihn wütend beiseite, nur, um gleich einen weiteren Hieb Alexiels abzuwehren. Gerade als sich Gabriel wieder auf Hadramiel stürzen wollte, drehte sich dieser um und schwang sein Schwert nach ihm. Gabriel parierte, jedoch rutschte ihm beinahe das Schwert aus der Hand. Mit einem unlesbaren Gesichtsausdruck macht Hadramiel einen Schritt auf Gabriel zu, welcher vorsichtig einen nach hinten machte. Dann noch einen zweiten. Hadramiel hieb ein weiteres Mal nach Gabriel und schlug ihm das Schwert aus der Hand. Gerade als er zum Hieb, der alles beendet hätte, ansetzte und Gabriel die Augen schloss, um nicht sehen zu müssen, wie es zu Ende ging, hielt der Dämon mit einem gurgelnden Laut inne, ließ die Arme sinken und dann sein Schwert klirrend zu Boden fallen. Seine weit aufgerissenen Augen blickten Gabriel leer an und aus seinem zu einem stummen Schrei geöffneten Mund begann langsam dickes, schwarzrotes Blut zu tropfen. Gabriels Blick wanderte an Alexiels Mentor herunter und blieb an der blutigen, gezackten Schwertschneide Alexiels hängen, die aus dem Bauch des anderen Dämons ragte.

Hinter Hadramiel konnte Gabriel den keuchenden Alexiel sehen, auf dessen Wangen heiße Tränen rote, nasse Spuren hinterlassen hatten. Erst die lauten Schritte einiger herbeieilender Engel und Dämonen, angeführt von Ithuriel, weckte Gabriel und Alexiels aus ihrer Angst erfüllten Trance.

„Er hat uns verraten! Er hat versucht, das Manuskript zu stehlen! Er hat… er hat…", schnaufte Alexiel und ließ sich langsam von Ithuriel von Hadramiel wegziehen, der mit einem Stöhnen auf seine Knie fiel und dann bewegungslos auf dem Boden der Bibliothek sitzen blieb.

Gabriel stolperte mit weit aufgerissenen Augen auf Alexiel zu und schloss ihn in seine Arme.

Alexiel presste sich zitternd gegen seinen Geliebten und weinte hemmungslos.

Ithuriel befahl zwei Engeln, Hadramiel, nachdem er ihm die Tasche mit dem Manuskript abgenommen hatte, wegzubringen und seine Wunde versorgen zu lassen, einschließend sollten sie ihn einsperren. Wenige Minuten später erschienen Ephemera, Valoel und Karael am Eingang der Bibliothek; bevor sie jedoch eintreten konnten, ertönte Ithuriels donnernde Stimme.

„Bringt Alexiel und Gabriel auf die Krankenstation!" Er drehte sich zur großen Flügeltür am Eingang um. „Ephemera! Begleite sie! Valoel du auch! Karael, dich brauche ich hier! Der Rest sucht weiter nach diesen verdammten Beschwörungen!"

Schweigend stützten Ephemera und Valoel Alexiel, der zwischen ihnen eingeklemmt war, zum Krankensaal im Ostflügel und halfen ihm sich auf eines der Betten in einer der kleinen Kabinen zu legen. Gabriel setzte sich auf die Bettkante, seine aufgeschnittenen Handflächen nach oben haltend und Ephemera stellte sich mit verschränkten Armen neben das Bett.

Valoel hielt einer Heilerin, einer alten Dämonin mit unzähligen Lachfalten und wässrigen, braunen Augen, deren graue Haare zu einem strengen Dutt gebunden waren, den Vorhang des Raumtrenners auf. Ihr folgte ein junger, weiblicher Engel, welcher begann, sich um Gabriels Hände zu kümmern.

Ephemera half ihrem Bruder aus der blutigen Hose und ließ die Heilerin dann in Ruhe die Wunde reinigen und versorgen. Fasziniert und irgendwie angeekelt beobachtete Gabriel, nachdem seine Hände in Bandagen eingewickelt worden waren, wie die Dämonin eine dicke Creme um den Schnitt auf Alexiels Oberschenkel auftrug, einige Minuten wartete und schließlich begann, die Wunde zu nähen. Anschließend gab sie ihm noch etwas zu trinken, das nach Kräutern roch und leicht dampfte.

„Die Creme betäubt sein Bein", flüsterte Ephemera Gabriel zu. „Funktioniert besser als alle Betäubungsmittel von euch Menschen"

Gabriel nickte und strich Alexiel sanft mit seinen nun etwas, durch den Verband, unbeweglichen Fingern durch die zerwühlte, schwarze Mähne.

Alexiel lehnte seinen Kopf in die sanfte Berührung und schloss die Augen.

„Er braucht jetzt Ruhe", befahl die Heilerin. „Und sollte sich so wenig wie möglich bewegen", sie drehte sich zu Gabriel. „Du kannst jetzt gehen, auch du solltest dich ausruhen!"

„Nein, mit allem gebührenden Respekt für Ihre medizinische Expertise, aber ich werde nirgendwo hingehen", sagte Gabriel und schüttelte bestimmt den Kopf.

Ephemera sah Gabriel dankbar an.

Die Dämonin hob skeptisch eine Augenbraue. „Na gut", brummte sie. „Sie können hierbleiben… vorerst!" Dann verließ sie die Kabine und widmete sich einigen anderen Ordensmitgliedern, die versorgt werden wollten. Gabriel stand kurz von der Bettkante auf und zog den Stuhl, der neben dem Bett stand, herüber, ließ sich darauf nieder und griff nach Alexiels Hand.

Alexiel drehte seinen Kopf, die Augen noch immer geschlossen zu Gabriel herüber und lächelte müde und kraftlos, aber vor allem mit einem Ausdruck unendlichen Leids in seinem Gesicht. „Warum?", murmelte er und sog zittrig neue Luft durch den Mund in seine Lunge.

Gabriel wusste, was er damit sagen, was er damit fragen wollte. Warum hatte sein Mentor sie verraten? Warum hatte Hadramiel, der einst dem Orden treu war, das getan? Warum hatte er Alexiel das Herz brechen und seine Welt zerstören müssen? Warum hatte sich die Person, der Alexiel neben Gabriel und seiner Schwester am meisten vertraute, gegen ihn und den Orden wenden müssen? Stumm betrachtete Gabriel seinen bereits fast schlafenden Geliebten und realisierte ein weiteres Mal, dass so stark und selbstbewusste sich Alexiel auch immer geben würde, er doch auch immer eine Unsicherheit, die sich tief in seine Knochen und seinen Verstand gefressen hatte, verbergen würde. Die Angst, dass sein Leben beim Orden nur ein Traum war und er wieder als einer von Saradiels Gefolgsleuten aufwachen und die schreckliche Tat, vor der er geflohen war, vollbringen würde müssen. Gabriel seufzte und drückte Alexiel einen Kuss aufs Haar, anschließend stand er auf und quetschte sich neben Alexiel, der sich sofort an ihn klammerte, auf das Bett. Schnell war auch er eingeschlafen.

TEIL 3

Kapitel 31

(Juni 1687)

Mit einem mulmigen Gefühl in der Magengegend stand Gabriel im Zentrum des Ratssaales, durchbohrt von den stechenden Blicken Ithuriels, Rahathiels, der gleichzeitig der Vorstehende Gilde der Seher war und dem Rest des Rates und wartete darauf, dass irgendwer begann zu sprechen. Hinter ihm hatten sich die wenigen anderen Seher, darunter auch Karael, versammelt, so wie Alexiel, Ephemera und Valoel. Vor ihm stand ein Tisch, auf dem ein Zauber vorbereitet war. Ein kleines Tintenfass und ein Pinsel, eine Schüssel, in der sich einige zu kleinen Krümeln zermahlene Kräuter befanden und, zu Gabriels Entsetzen, eine tote Nachtigall ruhten ordentlich auf dem Tisch zusammen mit einem Messer und einem Stößel für einen Mörser, darunter ein großes Stück Pergament.

„Gabriel", begann dann Ithuriel, sein Mund formte im Schatten seiner Kapuze ein mildes Lächeln. Er faltete die Hände auf dem Tisch vor ihm.

Gabriel schluckte und bemühte sich, dem Blick des Engels standzuhalten, auch wenn er dessen Augen dank der Kapuze gar nicht wirklich sehen konnte. „Es ist so weit. Der erste Mensch, der die drei Sprachen der Ältesten sprechen können wird."

Im gesamten Saal herrschte Totenstille.

„Rahathiel, bitte beginn!"

Besagter Engel stand von seinem Platz links von Ithuriel auf, lief um den halbrunden Tisch, an dem der Rat saß, herum und blieb vor Gabriel auf der anderen Seite des Tisches, auf dem der Zauber aufgebaut war, stehen.

Gabriel schluckte und beobachtete, dann wie Rahathiel den Bauch der Nachtigall aufschnitt und das Blut des Vogels in die Schale mit den Kräutern tropfen ließ. Er erinnerte sich daran, dass Karael erzählt hatte, dass dieser Zauber tatsächlich der Einzige sei, der ausschließlich von einem Dämon oder einem Engel durchgeführt werden konnte und auch kein überdurchschnittlich großes

353

Opfer brauchte, trotz seiner enormen Größe. Da Engel und Dämonen im Vergleich zu Hexen recht geringe magische Kräfte aus sich selbst heraus hatten, mussten sie viel größere Opfer bringen, um Zugriff auf jene Magie zu erhalten, die sie für größere Zauber brauchten, und sie mussten bereits Rituale anwenden für Zauber, bei denen eine Hexe oder ein Hexer das noch lange nicht musste.

Schweigend und mit weichen Knien sah Gabriel nun zu, wie Rahathiel auch die Tinte in die Schale gab, alles ein wenig umrührte und dann seinen Blick auf Gabriel richtete.

„Bitte lege dein Halstuch ab und platziere deine Hände auf dem Pergament", sagte er und deutete auf die Tischplatte. „Karael, ich denke du solltest die Sprachen mit Gabriel teilen!", verkündete der Engel dann und winkte den jungen Bibliothekar herüber. Dieser stellte sich gegenüber von Gabriel an den Tisch und legte seine Hände ebenfalls auf das Pergament.

Rahathiel nahm die Schüssel, zündete ihren Inhalt an, hob den Pinsel auf und malte mit der Blut-Tinte-Kräuter-Mischung einen großen Kreis auf das Pergament und über die Handrücken von Gabriel und Karael. „Legt nun eure Köpfe in den Nacken", instruierte Rahathiel weiter.

Karael gehorchte sofort während Gabriel noch einen kurzen Moment wartete.

Rahathiel wiederum begann, in Seelenruhe ein Zeichen nach dem anderen auf Karaels Kehle zu schreiben, bis dort in drei Zeilen drei Wörter in einer Schrift, die Gabriel nicht kannte – noch nicht –, standen. Dann war er an der Reihe. Sein Kehlkopf hüpfte erschrocken, als der Pinsel seine Haut berührte. Das Blut-Tinte-Kräuter-Gemisch war kalt, trotzdem dass es brannte und roch auch irgendwie sehr unangenehm. Gabriel schloss die Augen und wartete, dass Rahathiel die drei Wörter zu Ende schrieb, dann, als der Engel den Pinsel zum letzten Mal von seiner Haut hob, begann seine Kehle wie Feuer zu brennen.

Panisch riss Gabriel die Augen auf, wagte es jedoch nicht seine Hand zur Kehle zu heben, um irgendwie zu versuchen den Schmerz zu lindern. Dann begann auch die Spur auf seinen

Handrücken einen heißen Schmerz durch seinen Körper zu jagen. Schließlich, so schnell wie der Schmerz gekommen war, hatte er das Gefühl, als würden seine Organe mit kaltem Wasser umspült werden, und sein Kopf füllte sich mit Wörtern und Schriftzeichen, von denen er instinktiv wusste, was sie bedeuteten und wie man sie aussprach. Erst als Karael die Hände von dem Pergament löste, traute sich auch Gabriel wieder sich zu rühren.

Er schluckte und räusperte sich, dann stieß er zittrig etwas Luft aus. Hinter ihm begannen die Seher, Alexiel und Ephemera zu klatschen. Unsicher hob Gabriel die Hand zu seinem rechten Oberarm, wo seit der Aufnahmezeremonie in den Orden am gestrigen Tage die Silhouette des Schwertes mit den Rosen zu sehen war, und rieb sich die Stelle.

Rahathiel nickte Gabriel zu, während Karael sich lächelnd wieder zu den restlichen Sehern stellte, wo er sich die Reste der Wörter von der Kehle wischte.

Gabriel hob den Blick und ließ ihn durch den Ratssaal wandern, dessen Zuschauerränge nun auch voll belegt waren. Er öffnete ein paar Mal den Mund, jedoch fiel ihm nichts ein, was er hätte sagen können.

„Sprachlos?", fragte Rahathiel, kicherte leise – es war das erste Mal, dass Gabriel den blonden Engel hatte einen Laut, der auch nur annähernd einem Lachen glich, von sich geben hörte - und rollte das Pergament auf.

Gabriel schluckte erneut und nickte.

Rahathiel kehrte zu seinem Platz am Tisch des Rates zurück, legte das zusammengerollte Pergament vor sich ab und verkündete laut und deutlich, dass Gabriel nun ein Mitglied in der Gilde der Seher sei.

Anschließend verabschiedete Ithuriel alle und Stück für Stück leerte sich der Ratssaal.

„Und, wie fühlst du dich?", fragte Alexiel, der an Gabriel herangetreten war und von hinten seine Arme um die Mitte des Franzosen geschwungen hatte.

„Ich weiß nicht…", Gabriel räusperte sich. „Ein wenig heiser vielleicht?"

Alexiel summte leise und wischte sanft die Schrift von Gabriels Kehle. „Tee?", fragte er dann.

Gabriel nickte und griff nach Alexiels Hand. Gefolgt von Ephemera und Karael ließen sie sich aus dem Ratssaal treiben und wanderten hinüber in den Ostflügel, wo wie immer Tartys emsig wie eine Biene dabei war zu kochen. Alexiel nahm eine Messingkanne aus einem der Regale, füllte sie mit Wasser aus dem Hahn an der Wand und stellte ihn auf eine der noch freien Kochstellen. Als das Wasser warm war, füllte er etwas Tee aus einer der Teedosen in einem der Regale in einen kleinen Stoffbeutel und hängte ihn in die Kanne.

Wenige Minuten später saßen die vier mit Bechern voll dampfendem Tee an einem der Tische im unteren der beiden Speisesäle.

Gabriel stierte nachdenklich in seinen Tee und wartete, bis dieser so weit abgekühlt war, dass er sich daran nicht mehr verbrennen würde, dann begann er zu trinken.

„Willst du die Sprachen gleich mal ausprobieren?", fragte Karael irgendwann an ihn gewandt.

„Gerne."

„Was hältst du davon, wenn du ein wenig in das dritte Manuskript hineinliest? Schließlich kennst du bis jetzt nur die Teile auf Französisch und Englisch, oder?"

„Genau. Die Teile in den anderen Sprachen, nicht die der ältesten, wie übersetzt ihr die eigentlich? Hat man hier die Möglichkeit, Sprachen zu lernen?", fragte nun Gabriel. Karael lachte.

„Sprachen lernen ist hier etwas schwierig, da wir uns ja alle automatisch verstehen, da das Schloss verzaubert ist. Aber da die Mitglieder des Ordens aus allen Teilen der Welt stammen, haben wir in der Regel immer jemanden da, der die Sprache übersetzen kann, in der Empyrean gerade das Manuskript weiterverfasst hat, leider hat er die Manuskripte nämlich so verzaubert, dass unser Verständigungszauber auf ihnen nicht funktioniert. Aber ja, wir unterrichten auch Sprachen, dafür haben wir einige Räume von dem

Verständigungszauber ausgeschlossen. Die meisten entscheiden sich tatsächlich, Französisch zu lernen, da die Sprache aktuell so weit verbreitet ist und wir ja die meisten Texte ins Französische übersetzen", erklärte Karael.

„Und um was genau geht es eigentlich in den Büchern der Dämonen. Ich weiß, dass da die Beschwörung von Anrack aufgeschrieben war, aber warum sind es die Bücher der *Dämonen*?"

„Die Bücher sind eine Art Krieges-Chroniken, dass haben dir Alexiel und Ephemera aber, glaube ich schon erzählt, die ersten beiden wurden noch in der Dunklen Dimension verfasst, wobei das zweite in dieser beendet wurde. Und ja, in den Büchern sind auch Beschwörungen für einige der Umbra aufgeschrieben, meist aber nur die von höher Gestellten, die man bereits versucht hatte, heraufzubeschwören. Also Generälen, Leutnants und anderen höherrangigen aus Saradiels Armee. Aber auch ganz andere Sachen, alles was irgendwie wichtig hätte sein können. Im zweiten sind zum Beispiel auch viele Stammbäume mit Markierungen, wer für Saradiel kämpft und wer aus einer Familie neutral geblieben ist. Und sie nennen sich Bücher der Dämonen, weil einerseits der Krieg ursprünglich zwischen Engeln und Dämonen war, bevor es den Orden gab, wo sich Engel und Dämonen gegen Saradiel zusammengeschlossen haben und weil Saradiels Heer eben nur aus Dämonen besteht. Das Buch der Umbra, wäre finde ich, passender gewesen", erklärte Karael und trank dann einen weiteren Schluck aus seinem Becher.

Gabriel tat dasselbe, erst als er bemerkte, dass Alexiel irgendwie unruhig geworden zu sein schien, stellte er seinen Becher wieder auf den Tisch.

„Chérie? Alles in Ordnung?", fragte er und drehte sich zu dem schwarzhaarigen Dämon herum.

„Ja, mir ist nur gerade eingefallen, dass ich eigentlich noch dringend in der Werkstatt gebraucht werde und ich schon vor ein paar Minuten hätte da sein sollen", winkte der er ab.

„Dann solltest du besser los. Ihr seid doch gerade dabei, noch mehr von den Zeppelinen zu bauen, richtig?"

„Stimmt, und ich wurde von unserem neuen Gildenleiter gebeten, bei der Ausbildung einiger der neuen Anwärter, die sich gerne
den Waffenschmieden anschließen wollen, zu helfen und die
neuen Mitglieder zu unterstützen", Alexiel stand von seinem Platz
auf, gab Gabriel einen schnellen Kuss auf die Lippen und verschwand dann aus dem Speisesaal. Ephemera warf ihrem Bruder
einen besorgten Blick zu, den Gabriel aber nicht bemerkte.

Kapitel 32

(Juli 1687)

Mit einem zufriedenen Seufzen ließ sich Gabriel in einen der vielen in der Bibliothek versteckten Sessel sinken und öffnete vorsichtig den Lederumschlag des Manuskriptes des dritten Buchs der Dämonen. Sein Hals hatte am gestrigen Tag, nach einer zweiten Tasse Tee, recht schnell aufgehört zu schmerzen und nun würde er versuchen, das erste Mal seine neuen Fähigkeiten, drei Sprachen aus einer anderen Welt sprechen zu können, zu benutzen. Vorsichtig blätterte er durch die losen Seiten, bis er auf eine Stelle stieß, die in einer der drei Sprachen der Ältesten, Daemonia, Angelicae und Prima Lingua, verfasst war, in diesem Fall Angelicae. Diese Stelle berichtete von einem in Russland ausgetragenen Kampf im Jahr 1237 in der Nähe von Moskau. Dort war eine Gruppe von neun Jägern auf einige Umbra gestoßen. Der Kampf hatte nicht lange gedauert und schlussendlich hatten nur zwei der Jäger des Ordens und einer der Umbra überlebt, der aber entkommen konnte. Auf der Hälfte des Textes hatte Empyrean, der Verfasser der Bücher, von Angelicae auf Daemonica gewechselt.

Gabriel las weiter und arbeitete sich bis 1420 durch, was ja, da er die Stellen in Französisch und Englisch und den anderen Sprachen, die er nicht verstand, ausließ, recht schnell ging. Zwischendurch sah Karael bei ihm vorbei und fragte, wie er vorankäme oder ob er noch Probleme hätte, bei einigen würde es ein bisschen dauern, bis sie die drei Sprachen nach der Zeremonie vollends anwenden konnten. Gabriel verneinte jegliche Probleme und las fasziniert weiter. So sehr er Kämpfe zwar verabscheute, so sehr reizte ihn die Vergangenheit des Ordens. Erst als er beim Jahr 1447 ankam, wurde ihm kalt. Hatte der Krieg, der im Moment ja mehr am Schlafen war als alles andere, ihm nicht wirklich Unbehagen beschert, da er ja nur darüber gelesen hatte, wirkte er plötzlich so unglaublich nah und unmittelbar. Gabriel las die ersten Zeilen der Seite erneut.

1468

Saradiel ernennt Alexiel zum jüngsten seiner Generäle

Gabriel wurde kalt und beinahe wäre ihm das Manuskript vom Schoß geglitten. Ja. Er hatte nun seit einiger Zeit Bescheid gewusst, dass Alexiel einmal für Saradiel gearbeitet hatte – Alexiel hatte ihm ja bereits in Versailles gesagt, dass das so war, wenn auch nicht mehr - und dann etwas Schreckliches passiert war, was ihn dazu bewogen hatte, dem Orden beizutreten; aber, dass er so hoch in Saradiels Gunst gestanden hatte... Und leider gab es auch keinen Zweifel, dass es sich um *seinen Alexiel* handelte, waren Namen bei Engeln und Dämonen doch etwas, das ein Teil von einem war, ein Teil der Seele und viel mehr als nur eine Bezeichnung für ein einzigartiges Individuum. Deshalb brauchte man ja auch den Namen eines Engels oder Dämons, um ihn heraufzubeschwören. Jeder Name war einzigartig wie der Dämon oder Engel, von dem er ein Teil war, und daher gab es eben nur einen Alexiel, eine Ephemera, eine Vohamanah und einen Karael. Alexiel hatte dies einmal erklärt, nachdem Gabriel gefragt hatte, warum keiner beim Orden Nachnamen hatte.

Mit Furcht, tief in die Eingeweide gegraben, las er weiter, auf der Suche nach weiteren Erwähnungen von Alexiel. Bis 1543 wurde er immer mal wieder im Zusammenhang mit Kämpfen und sogar einigen Attentaten auf Adlige aus ganz Europa erwähnt.

Mit leicht zittrigen Händen schloss Gabriel den Lederumschlag des Manuskriptes und brachte es wie in Trance zurück in den Artefakt Raum, durch dessen Fenster das helle Licht der Julisonne glitt. Das war es also, was Alexiel ihm all die Wochen zuvor bei ihrem Gespräch wegen der Gerüchte nicht hatte sagen wollen. Er war mehr als nur ein einfacher Anhänger Saradiels gewesen, er war einer seiner Generäle.

Gabriel wusste nicht, wie er damit umgehen sollte, aber sie mussten ein weiteres Mal reden. Natürlich konnte Gabriel nun noch besser verstehen, warum Alexiel anfangs nicht hatte mit ihm sprechen wollen, und als sie dann gesprochen hatten, ihm nur so eine kurze Version gegeben hatte. Aber irgendwie konnte er das Thema jetzt nicht mehr ruhen lassen. Er beschloss, dass wenn er das Thema schon nicht ruhen lassen konnte (und das konnte er nicht, es würde ihn von innen heraus zerfressen, zu sehen wie Alexiel sich grämte, ohne zu wissen, dass es von Gabriels Seite keinen Grund dazu gab), musste er versuchen so einfühlsam damit umzugehen, wie es ihm möglich war.

Mit gerunzelter Stirn schlich er zur Werkstatt und betrat diese. Alexiel war nirgends zu sehen, jedoch klaffte an der Rückwand der Werkstatt ein Durchgang, den Gabriel noch nie offen gesehen hatte. Es handelte sich um zwei gewaltige Schiebetüren, die so groß waren, dass einer der Zeppeline fliegend hindurchgepasst und die Werkstatt dann durch das Dach dieser, welches sich wie bei einer Sternenwarte öffnen ließ, hätte verlassen können. Dahinter lag eine riesige Halle, in der Gabriel mindestens sechs weitere Zeppeline erkennen konnte. Langsam durchquerte er die eigentliche Werkstadt und betrat die Halle, wo er direkt von einem der neuen Ordensmitglieder angesprochen wurde.

„Suchst du jemanden?", fragte der Engel und grinste Gabriel, scheinbar recht zufrieden mit sich selbst, an.

„Ja, ich suche Alexiel."

„Der ist da hinten!", sagte der Engel und deutete in die hinterste Ecke der Halle, die sich zum Großteil im Berg zu befinden schien und deren Decke so hoch war, dass sich alle der sechs Zeppeline, wenn sie fertig waren, ohne Probleme noch in ihr in die Luft erheben und sie einer nach dem anderen fliegend verlassen könnten.

Gabriel bedankte sich und wand sich dann zwischen den vielen Zeppelinteilen, den halb fertigen Zeppelinen und Werkzeugkästen hindurch, bis er bei dem Zeppelin ankam, an dem Alexiel arbeitete. Nervös kaute er einen Moment auf der Lippe herum, bevor er Alexiel mit einem Tippen auf die Schulter auf sich aufmerksam machte.

Dieser zuckte zusammen und wirbelte in einer fahrigen Bewegung zu Gabriel herum. Er sah Gabriel für einen kurzen Moment mit weit aufgerissenen Nachthimmelaugen an, bevor diese dann wieder tiefblau wurden.

„Ich würde gerne mit dir noch einmal über Saradiel reden…ich habe ein wenig im dritten Buch der Dämonen gelesen…und…"

„Ist schon gut, wir können auch jetzt reden! Sollen es doch alle wissen! Ich kann eh nicht davor davonlaufen!", unterbrach Alexiel den Franzosen mit wütendem Gesichtsausdruck.

„Was? Nein! So meine ich das nicht! Alexiel", Gabriel packte Alexiel am Handgelenk und zog ihn in die hinterste Ecke der Halle. „Ich weiß jetzt, dass du ein General von Saradiel warst, aber wie ich beim letzten Mal schon gesagt habe, ändert das gar nichts daran, wie ich über dich denke oder für dich fühle. Ich wollte nur, dass du Bescheid weißt, dass ich jetzt alles weiß…und…, dass egal, was du mir jetzt noch erzählen könntest, was nicht in dem Buch stand, es in Ordnung ist. Ich verspreche es dir! Und dass du dir auch keine Gedanken mehr machen musst, ob du zu lange wartest, um es zu erzählen."

Alexiel nickte. „Heute Abend, in Ordnung? In dem Buch steht nicht alles… warum ich mich dem Orden angeschlossen habe und so. Und Gabriel, du musst echt lernen, wann ein Zeitpunkt schlecht ist und wann nicht."

Gabriel senkte den Blick und nickte. Ihm war das nie so sehr aufgefallen, aber Alexiel hatte vollkommen Recht. Er war fürchterlich schlecht darin zu erkennen, wann etwas ein schlechter Zeitpunkt war, besonders, wenn es sich um so ein heikles Thema wie Alexiels Vergangenheit handelte und erkennen, wann er ein Thema, zumindest für eine gewisse Zeit, ruhen lassen sollte, fiel ihm auch schwer. Teilweise ging sein Wunsch, die Personen, die ihm wichtig waren, emotional zu unterstützen, einfach mit ihm durch und dann verhielt er sich zum Teil doch recht unsensibel, weil er wissen wollte, was seine Freunde schmerzte und nicht richtig aufhören konnte zu bohren, bis er wusste, was Sache war und dadurch dann diese Person auch verletzte.

„Tut mir leid, ich werde daran arbeiten", sagte er und rieb sanft Alexiels behandschuhte Hand in seiner.

Alexiel nickte und gab ihm einen langen Kuss. „Gut!", er seufzte.

„Heute Abend dann", versicherte er und blickte Gabriel etwas nachdenklich, aber auch etwas erleichtert hinterher, als dieser die Halle wieder verließ. Es war seltsam, dass sein Leben, seit er den Franzosen kannte, nicht mehr seine gewohnten Bahnen zu laufen schien. Immer noch in Gedanken versunken begann er weiter an dem Zeppelin zu schrauben. Da der ursprüngliche Prototyp mittlerweile genauso funktionierte wie gewollt, hatte man begonnen weitere dieser Zeppeline zu bauen und so befanden sich nun in der großen, halb im Berg verborgenen Halle sechs Gerippe aus dünnen, aber robusten Stahlstreben, die, sobald die Seitenwände aus Holz sowie Fenster eingefügt worden waren, fast wie der fertige Zeppelin aussehen würden. Alexiel fürchtete wie jeder andere beim Orden den Tag, an dem sie die Zeppeline tatsächlich für etwas anderes als die Anreise zu einer Mission brauchen würden, aber noch mehr fürchtete er, was geschehen könnte, wenn sie die Zeppeline nicht hätten, wenn es darauf ankam.

Einige Stunden später erklomm er erschöpft die Treppen in den ersten Stock und schlurfte dort zu dem Zimmer, das er sich mit Gabriel teilte.

Gabriel war bereits da, er saß am Schreibtisch und fütterte Harris. Das Manuskript lag geschlossen auf der Tischplatte vor ihm. Er trug nur noch eines seiner weißen Hemden und seine Hose schien irgendwie lockerer als sonst auf seinen schmalen Hüften zu sitzen, seine Locken wucherten wild in alle Richtungen, als hätte er sie gerade aus einem Pferdeschwanz befreit und ordentlich durchgewuschelt, um sie wieder aufzulockern. Alexiel ließ sich auf das Bett der beiden plumpsen und streckte alle vier Gliedmaßen von sich.

„Die Neuen machen mich wahnsinnig!", verkündete er und gähnte.

„Warum?", fragte Gabriel.

„Ich weiß nicht! Sie tun es einfach. Einige von ihnen haben wirklich Talent, andere brauchen etwas länger. Aber da ist eine, die... ich weiß nicht, was sie hat...sie scheint einen Narren an mir gefressen zu haben. Ich meine, sie ist wirklich gut in dem, was sie tut, und den anderen Neuen weit voraus, aber trotzdem macht besonders sie mich wahnsinnig!", stöhnte Alexiel.

Gabriel kicherte und krabbelte zu Alexiel auf das Bett. „Na ja, ich habe ja auch einen Narren an dir gefressen. Vielleicht haben wir das ja aus dem selben Grund getan...".

Alexiel schnaubte, dann breitete sich ein Lächeln auf seinen Lippen aus, er stützte sich rücklings auf seine Ellenbogen und grinste Gabriel mit halb geschlossenen Lidern an.

„Und warum hast du einen Narren an mir gefressen?", schnurrte der Dämon.

Gabriel warf lachend seinen Kopf in den Nacken und ließ sich auf Alexiels Brust fallen. „Du bist sehr gutaussehend...", fing er an zu erklären. „Deine Augen wie der Nachthimmel und deine Haare wie schwarze Seide...deine Haut so weich wie warmer Morgenwind..."

„Sicher, dass du dich für Pflanzen und nicht für Dichtkunst interessierst?"

„Hmm", Gabriel stieß ein belustigtes Glucksen aus. „Du bist der Einzige, für den ich den Dichter auspacke."

„Oh ho!", lachte Alexiel und strich Gabriel dann plötzlich wieder sehr erst durch die Haare. „Du hast gesagt, dass du das Manuskript gelesen hast, was genau stand da?"

„Nur, dass du 1468 zu Saradiels jüngstem General ernannt wurdest und an einigen Kämpfen und Attentaten beteiligt warst. Ich habe mir allerdings schon gedacht, als ich den ersten Eintrag gelesen habe, der über deine Ernennung, dass du als General nicht wirklich zu denen gehört haben dürftest, die für ihre Menschlichkeit und Güte bekannt sind."

„Und dann sagst du, du weißt alles...", Alexiels schnaubte.

„Meine Eltern haben Saradiel bereits in der Dunklen Dimension gedient und als Ephemera und ich hier auf der Erde geboren wurden, wollten sie, dass wir auch Saradiel folgen. Ephemera hat sich früh von der Familie entfernt, und ich habe mich daher Saradiel angeschlossen. Unsere Eltern meinten, Ephemera habe die Familienehre beschmutzt und ich müsse sie wieder herstellen. Ich bin schnell in den Rängen Saradiels aufgestiegen und so hat er mich zum General ernannt. Daher kommt auch meine veränderte Dämonenform. Saradiel hat ursprünglich nur gegen die Engel gekämpft und wollte, dass seine Generäle eine korrupte Variante eines Engels darstellen, um den Engeln zu zeigen, dass er im Recht sei. Daher habe ich mich verfluchen lassen. Für fast hundert Jahre habe ich für ihn gemordet, Attentate verübt und Trollmärkte überfallen. Ich bin der Grund, warum sich der Trollmarkt von Köln noch immer nicht wieder vollständig erholt hat, noch immer Tunnel neu gegraben werden und der Trollmarkt von Moskau gar nicht mehr existiert. Ich habe damals die Truppen angeführt. Schließlich wollte Saradiel, dass ich mich seinem Gestirn, seinen engsten Vertrauten anschließe, meine Eltern waren begeistert, selbst als ich ihnen erklärte, dass Saradiels Bedingung dafür war, dass ich sie töte. Ich war so kurz davor, es zu tun, konnte es dann aber doch nicht und bin geflohen. Ich wusste, dass Saradiel nicht begeistert sein würde, und meine Eltern auch nicht, schließlich hatte ich nun nicht nur die Familienehre zerstört, sondern auch Saradiel betrogen. Das war 1546. Ich suchte schließlich nach Ephemera und flehte sie an, mir zu helfen. Wir schlossen uns 1547 gemeinsam dem Orden an. Hadramiel wurde mein Mentor, er bildete mich zum Waffenschmied aus, alles, was ich über das Schmieden und Konstruieren von Maschinen weiß, habe ich von ihm", erzählte Alexiel mit zunehmend erstickt klingender Stimme.

Gabriel richtete sich wieder von seiner Brust auf und blickte ihm traurig und mitfühlend in die Augen, in denen er Tränen, die kurz vor dem Fallen waren, erkennen konnte. „Chérie", murmelte er und rieb sanft über die Schultern des Dämons. Er wusste nicht direkt, was er erwartet hatte und zu behaupten, dass er alles wüsste, nachdem er diese paar Sätze gelesen und das Manuskript weggebracht hatte, war definitiv zu viel gewesen. Nach ihrem Gespräch in der Werkstatt war er noch einmal Karael über den Weg gelaufen, der darauf bestanden hatte, dass er das Manuskript mitnehmen solle, und nun waren sie hier, Alexiel kurz davor zu weinen, Gabriel der nicht wusste, was er sagen sollte gegen ihn gepresst und das Manuskript auf dem Schreibtisch. „Ich…", begann Gabriel unschlüssig.

„Sag nichts, bitte. Sei einfach hier und sag nichts", unterbrach Alexiel und drehte sich so, dass er nun gegen Gabriels Rücken gedrückt war.

Harris beobachtete die beiden skeptisch und rollte sich in seinem Nest zusammen.

Für einige Momente spürte Gabriel nur Alexiels sanften Atem und langsame Küsse in seinem Nacken. Er umschloss Alexiels Arme, die dieser um ihn geschlungen hatte, mit seinen Händen und rieb sie langsam, in der Hoffnung ein wenig Trost bieten zu können.

„Und was denkst du jetzt?", fragte Alexiel dann irgendwann.

Gabriel drehte sich in seinen Armen um. „Ich denke, dass nichts davon deine Schuld ist. Dir wurde von deinen Eltern keine andere Wahl gelassen und auch nicht von Saradiel. Du bist genauso sehr ein Opfer wie jeder andere in dieser Geschichte, den Saradiel irgendwie kontrolliert oder beeinflusst hat."

Alexiel schnaubte und schloss seine Arme etwas enger um Gabriel. „Ich weiß nicht, ob ich mich jemals als Opfer sehen kann und nicht als Idiot, der sich zum Täter hat machen lassen, aber es tut gut zu wissen, dass du so denkst", er wurde wieder still für einen Moment. „Können wir jetzt schlafen?"

„Hast du keinen Hunger?"

„Doch"

„Wir holen uns was und essen hier."

„Hmm…in Ordnung"

Langsam kämpften sich die beiden wieder hoch, schlurften ins Erdgeschoss und dann in den Ostflügel. Tartys sah die beiden fast im Gehen schlafenden Männer an und drückte ihnen grinsend jeweils einen Teller mit Essen in die Hand. Ein leises Danke nuschelnd zogen sie sich wieder auf ihr Zimmer zurück.

Kapitel 33

(Juli 1687)

„Was?", brummte Alexiel etwas genervt als Gabriel ihn erneut aufgeregt an der Schulter rüttelte.

„Du musst was sehen!", verkündete der Franzose und hielt Alexiel das Manuskript vor die Nase.

„Jetzt mal ganz langsam", verlangte dieser und richtete sich mit einem Seufzen in dem gemeinsamen Bett auf. „Was muss ich sehen?"

„Ließ das!", befahl Gabriel und deutete auf eine Spirale aus mehreren Sätzen mitten auf der Seite. Alexiel zog die Augen zusammen. Hatte Empyrean noch nie etwas von Zeilen gehört? Hatten sich die Seher wirklich die Mühe gemacht, die Übersetzungen der anderen beiden Bücher neu zu strukturieren, so, dass nicht alles mal in wirren Spiralen, mal in ordentlichen Linien und mal vertikal dastand, sondern in schönen, ordentlichen Zeilen? Oder war Empyrean beim Verfassen des dritten Buches einfach endgültig verrückt geworden?

„Ich kann das nicht lesen! Das ist in einer der Sprache der Ältesten. Du wirst es mir schon vorlesen müssen!", sagte Alexiel, gähnte und legte das Manuskript wieder auf Gabriels Schoß.

Gabriel wiederum nickte, leckte sich einmal die Lippen und begann zu lesen. „1615. Bei Innsbruck beobachteten einige Menschen wie Madan, bis dahin seit einer Schlacht in Sibirien 1403 für tot geglaubt, einige Umbra besiegte. Die Menschen berichteten von einem leuchtenden Wesen mit Flügeln, von dem sie nur die Silhouette erkennen konnten, die drei große fledermausartige Monster zu bekämpfen schien", übersetzte Gabriel. „Ich habe irgendwie das Gefühl, dass das wichtig sein könnte, die Beschreibung von diesem Madan passt auf die leuchtende Person in meiner ersten Vision. Aber wer ist Madan?", fragte er dann. Alexiel, plötzlich hellwach, sah ihn mit großen Augen an.

„Madan ist neben Saradiel die wichtigste Figur in diesem Krieg. Mein Gott, wenn er noch lebt und sich auf unsere Seite stellt…das könnte den Krieg endlich beenden."

„Was ist so besonders an ihm?"

„Er hat besondere Fähigkeiten, die keiner von uns sonst hat. Wir müssen sofort Ithuriel Bescheid geben!" Alexiel sprang auf und riss im gleichen Zug die Decke auch von Gabriel herunter, der im letzten Moment das Manuskript hochheben und so verhindern konnte, dass sich die Seiten im ganzen Raum verteilten. Harris schnatterte wütend und hüpfte herüber zum Fenster.

Gabriel verschnürte das Manuskript schnell wieder, stand auf und öffnete für Harris das Fester. Der Waldkobold flüchtete sofort wieder ins Freie und kletterte an der dicht mit Efeu bewachsenen Schlossmauer hinab in den kleinen, von einem Kreuzgang umgebenen Garten unter dem Fenster. Hastig zogen sich die beiden an und flitzen, Gabriel hatte das Manuskript an seine Brust gepresst, die Treppen hinauf in den zweiten Stock, wo sie ohne zu klopften in Ithuriels Arbeitszimmer platzten.

Ithuriel saß bereits in seiner weißen Robe an seinem Arbeitstisch und hantierte mit einigen Papieren herum. Gabriel und Alexiel mussten wohl noch immer recht zerwühlt wirken, sah Ithuriel sie doch mehr als nur etwas skeptisch an, als sie das Zimmer betraten.

„Guten Morgen?", fragte er daher und legte betont langsam seine Schreibfeder beiseite.

„Gabriel hat Madan gefunden!", verkündete Alexiel aufgeregt und schob Gabriel, der immer noch etwas verdattert war, auf Ithuriel zu.

„Madan, wie in vor über zweihundertfünfzig Jahren in Sibirien gestorben?", fragte Ithuriel ungläubig.

„Empyrean hat über ihn im Manuskript geschrieben und Gabriel ist heute Morgen darauf gestoßen!", erklärte Alexiel aufgeregt.

Ithuriel schielte Gabriel mit einer hochgezogenen Augenbraue unter seiner Kapuze hervor an. „Darf ich fragen, warum du das Manuskript hattest? Warst du so früh in der Bibliothek?" Ithuriel zog eine Taschenuhr aus seiner Schreibtischschublade und warf einen Blick auf das schlichte Zifferblatt. „Es ist erst sechs Uhr…"

„Karael hat es mir gestern Abend mitgegeben. Er meinte ich solle es nutzen, um mich noch ein wenig mehr an die drei Sprachen zu gewöhnen. Er hätte mir auch jede andere Schrift mitgeben können", keuchte Gabriel, öffnete das Manuskript, blätterte zu der Seite, auf der er von Madan gelesen hatte und legte es vor Ithuriel auf den Schreibtisch.

„Karael scheint dir sehr zu vertrauen, wenn er dir, so kurz nach dem versuchten Diebstahl des Manuskripts, erlaubt, es außerhalb der Bibliothek zu lesen… und die Arbeit an der Übersetzung unterbricht. War er nicht bereits fast fertig?" Alexiel schüttelte frustriert den Kopf.

„Willst du jetzt weiterfragen, warum Gabriel das Manuskript hat oder wissen, was er über Madan erfahren hat?", unterbrach er.

Ithuriel sah ihn überrascht an, war Alexiel doch sonst ihm gegenüber recht beherrscht und respektvoll.

„Doch, ich würde gerne erfahren, was Gabriel über Madan herausgefunden hat!"

„Gut, dann…", seufzte Alexiel und schob Gabriel ein kleines Stück nach vorne. Kopf über las der Franzose dem Engel die kleine Spirale aus Wörtern mit dem Finger nachfahrend vor. Mit jedem Wort weiteten sich Ithuriels Augen und als Gabriel fertig war, sah es fast aus, als wäre der Dunkelhäutige in eine Art Schockstarre gefallen.

„Wir müssen Empyrean kontaktieren!", sagt er fast lautlos, aber bestimmt. „Und ich muss dem Rat Bescheid geben. Himmel! Wenn wir Madan finden können…", murmelte er weiter, zog einen Spiegel aus der Schublade seines Tisches und stellte den kleinen Gegenstand vor sich auf die Tischplatte. Er schnippte zweimal gegen die Scheibe, die daraufhin scheinbar Wellen zu schlagen begann und sagte anschließend laut *Rahathiel* in einem fast befehlenden Tonfall. Einen Moment später erschien das Gesicht Rahathiels auf der Scheibe des Spiegels, welchen Ithuriel mit seiner Kontaktierung über den diesen, wohl gerade aus dem Bett geholt hatte, waren seine sonst so ordentlichen Locken doch etwas zerzaust und er in einen Morgenmantel gewickelt.

„Was ist los?", brummte der blonde Engel und wischte sich die welligen Haare aus dem Gesicht.

„Ruf bitte den Rest des Rates zusammen."

„Warum?"

„Es gibt eine neue Entwicklung, die uns dem Ende dieses Krieges näherbringen könnte."

„Ich beeile mich!" Das Bild des Engels verschwand wieder von der Oberfläche des Spiegels.

Ithuriel stand von seinem Schreibtisch auf, stützte sich unschlüssig auf die Tischplatte und ließ sich wieder auf seinen Stuhl sinken.

Gabriel und Alexiel standen ebenso unschlüssig vor dem Ratsoberhaupt.

„Ich werde versuchen, Empyrean zu erreichen und ihn fragen, ob er weiß, wo Madan ist und warum er uns nicht direkt Bescheid gegeben hat, dass man Madan gesehen hat, sondern wartete, bis das Manuskript wiedergefunden wurde. Wir hätten schon Jahrzehnte früher handeln können!", brummte Ithuriel. „Bitte bringt das Mansukript wieder in den Artefakt Raum." Ithuriel hielt einen Moment inne. „Warum Karael noch nicht mit der Übersetzung fertig war oder sie jemand anderem überlassen hat, falls er nicht die Zeit dazu hatte, frage ich mich allerdings auch...", fügte er noch an.

Gabriel nickte, schloss besagtes Objekt wieder und verließ gefolgt von Alexiel, das Arbeitszimmer.

Gut drei Stunden später war der gesamte Orden in Heller Aufruhr, hatten doch diejenigen, deren Schlafrhythmus es ihnen erlaubte, die Ratsbesprechung zu beobachten, den Rest des Ordens informiert und so wussten nun praktisch alle Bescheid, dass die Suche nach Madan bald beginnen würde. Alle waren freudig, dass sich nun ein Licht am Ende des dunklen Tunnels, der dieser schlafende Krieg zu sein schien, zeigte. Zumindest glaubten sie, dass Madan dieses Licht am Ende des Tunnels sein würde. Allerdings stellte es sich leider sehr schnell als schwerer als gedacht heraus, Empyrean zu kontaktieren. Waren die Versuche, ihn in den folgenden drei Tagen über einen Spiegel – man suchte sämtliche von ihm bekannte Verstecke durch - zu erreichen, doch nicht von Erfolg gekrönt, und da niemand wusste, wo er sich im Moment aufhielt, konnte man ihn auch nicht über eine Brandnachricht oder einen normalen Brief kontaktieren.

Gabriel verbrachte diese drei Tage damit, weiter mit Valoel, Alexiel und ab und zu auch Ephemera zu trainieren, sowie Ephemera weiter in den Gewächshäusern des Ordens zur Hand zu gehen. Natürlich hatte Karael auf Bitten Rahathiels gefragt, ob er ihm und den anderen Sehern auch bei der Übersetzung und Neustrukturierung des Manuskriptes – war es doch alles andere als angenehm, Empyreans in Wort-Spiralen und anderen seltsamen Formen verfasste Seiten zu lesen – helfen wollte, da sie so schneller herausfinden würden, ob noch mehr in dem Manuskript über Madan stand. Auch wenn noch niemand Gabriel erklärt hatte, auf was er bei der Übersetzung und Erneutem zu Papier bringen achten musste, tat man das doch anscheinend seit Kurzem beim Orden mit einer Druckerpresse, stimmte er sofort zu. Und so verbrachte er auch einige Zeit damit, Druckplatten mit vielen kleinen Buchstabenstempeln zu versehen und half so, Seite, um Seite des Manuskripts endlich zu übersetzen.

Karael hatte ihm außerdem etwas schulbewusst erklärt, dass er das Manuskript bis jetzt nur noch nicht übersetzt hatte, da er ursprünglich wollte, dass Gabriel es übersetzte, nachdem herausgekommen war, dass dieser ebenfalls ein Seher war und daher auch eines Tages die drei Sprachen der Ältesten sprechen und lesen können würde.

Ithuriel wiederum war daher nicht nur sauer auf Karael, sondern auch zunehmend wütend auf Empyrean, dass dieser es nicht für nötig erachtet hatte, den Orden direkt über die Sichtung von Madan zu informieren und auch nicht, als dann vor gut dreißig Jahren das Manuskript verloren gegangen war. Empyrean war zwar kein

Teil des Ordens direkt – es gab viele Engel und Dämonen, die sich vollständig versuchten, aus dem Krieg herauszuhalten, seit sie auf der Erde waren -, war aber auch alles andere als auf Saradiels Seite, hatte der Krieg in der Dunklen Dimension ihn doch seine gesamte Familie gekostet. Und nun konnte ihn keiner finden, da er sich doch anscheinend ein neues Versteck zugelegt hatte. All das sorgte dafür, dass der sonst so ruhige Ithuriel innerhalb von drei Tagen dann doch etwas gereizt geworden war.

Kapitel 34

(Juli 1687)

Gerade war Gabriel wieder mal dabei, mit Valoel zu trainieren. Schweiß sorgte bereits dafür, dass sein Hemd an seinem Rücken klebte und ihm war unglaublich heiß. Schwer atmend ließ er schließlich das Übungsschwert fallen und hob die Hände. Die letzten Tage oder eher zwei Wochen war er so unruhig gewesen, dass er viel öfter als sonst trainierte, um nicht die ganze Zeit wie ein Tier im Käfig herumzutigern.

„Niederlage! Ich ergebe mich!", lachte er keuchend.

Valoel ließ mit einem triumphierenden Grinsen sein Schwert sinken und schüttelte sich die roten Locken aus dem Gesicht.

„Mach dir nichts draus. Ich kann immer noch nicht verstehen wie ein Mensch wie du sich so einfach gegen einen Engel oder Dämonen behaupten kann. Wir sind körperlich doch eigentlich viel stärker...", schnaufte Valoel und räumte sein Schwert auf.

Gabriel schüttelte den Kopf und lachte. „Das liegt daran, dass, als ich mit dem Training angefangen habe Vohamanah und Alexiel mir ein paar Tricks beigebracht haben, wie ich den Schwung beziehungsweise die Kraft meines Gegners gegen ihn nutzen kann, sonst hätte ich von Anfang an keinerlei Chance gehabt. Mir wurde also eigentlich beigebracht, auf eine ganz andere Art zu kämpfen als du. Du versuchst mich zu besiegen, ich versuche dich müde zu machen und dann auszutricksen", erklärte Gabriel und räumte sein Schwert ebenfalls auf. Valoel hob überrascht die Augenbrauen. „Wirklich?"

Gabriel nickte. „Irgendwie habe ich mich ja behaupten müssen, wenn ich als Mensch unter Engeln und Dämonen eine Chance haben wollte."

Valoel brach in Gelächter aus. „Du schummelst also!"

„Nein, es ist einfach nur eine andere Art zu kämpfen."

„Du musst mir bei Gelegenheit ein bisschen was davon beibringen! Damit ich auch schummeln kann!"

Gabriel verdrehte die Augen, nickte dann aber. „Na gut, auch wenn ich dann keinerlei Chance mehr gegen dich haben dürfte."

„Ich kann dich ja ab und zu gewinnen lassen."

„Besser nicht. Vielleicht fange ich einfach an, unfair zu kämpfen...", Gabriel grinste und Valoel warf einen Arm um seine Schulter.

„Dann schummeln wir gemeinsam!"

Gemeinsam verließen sie den Trainingssaal und stiegen die Treppen hinauf in den ersten Stock – sie hatten sich schon vor dem Training Wechselkleider mitgenommen - wo sie sich dann in dem großen Bad wuschen. Jedoch sahen sie davon ab zu baden, sondern machten Gebrauch von den Waschbecken, die ebenfalls mit fließendem Wasser versorgt wurden. Danach trennten sich die beiden.

Valoel erklomm die Treppen in den zweiten Stock, wo sein Zimmer lag, und Gabriel kehrte in das Zimmer, das er sich mit Alexiel teilte, zurück. Nachdenklich zog er seine Taschenuhr aus der Tasche seiner Weste, nachdem er seine Haare gebürstet hatte, und betrachtete das Zifferblatt. 18:54. *So spät schon.* Dachte er sich und klappte die Uhr wieder zu.

Alexiel müsste bald in der Werkstatt Schluss machen oder wird er heute wieder länger dableiben? Fragte sich Gabriel und legte für einen Moment den Kopf in den Nacken.

Am Tag zuvor war Alexiel gut zwei Stunden länger als sonst in der Werkstatt geblieben und hatte noch mit dem Rest der Gilde und den neuen Mitgliedern weiter die Zeppeline gebaut, die der Orden jetzt so schnell wie möglich fertig haben wollte. Mit funktionierendem Schutzzauber, so, dass die Menschen sie nicht sehen konnten und man daher auch die Möglichkeit hatte, bei Tag zu reisen und nicht nur nachts. Gabriel beschloss, einfach zu fragen. Er trottete also wieder ins Erdgeschoss und von dort hinüber in die Werkstatt.

Er wusste nicht ganz, warum Ithuriel ihn und Alexiel neben Rahathiel und dem Oberhaupt der Gilde der Chronisten am nächsten Tag in sein Arbeitszimmer gebeten hatte. Ohne bewusst etwas dazu beizutragen, klammerte er sich etwas an Alexiels Unterarm fest und konnte feststellen, dass dieser einen ebenso fragenden Gesichtsausdruck wie er selbst hatte. Der Dämon drückte ihm aufmunternd die Hand.

Ithuriel hatte einen mannshohen Spiegel in seinem Arbeitszimmer aufgestellt und wartete nun mit verschränkten Armen davor.

„Ich habe euch hergebeten, weil wir endlich - ", er betonte das *endlich* auf eine sehr genervte Art und Weise. „Empyrean gefunden haben." Ithuriel drehte sich zu der Gruppe um. „Gabriel, falls du dich fragst; du bist hier, weil ich will, dass du denjenigen kennen lernst, der die Bücher der Dämonen verfasst hat." Der Engel seufzte, drehte sich wieder zu dem Spiegel um, schnippte zweimal gegen die Scheibe und sagte deutlich den Namen der Person, mit der er sprechen wollte. „Empyrean!"

Wieder schien die Oberfläche des Spiegels Wellen zu schlagen, dann konnte man eine kleine vollgestellte Kammer erkennen. Von der niedrigen Decke, die durch die dicken, schwarzen Balken noch gedrungener wirkte, hingen bedruckte und unbedruckte Seiten. In einem Regal standen unzählige Tintenfässer und in einer Ecke konnte Gabriel eine Druckerpresse erkennen. An einem Schreibpult saß ein kleiner, verhutzelter Engel, der nur noch eine Hand hatte. Als dieser sich zu seinem eigenen, halb mit Gerümpel zugestellten Spiegel umdrehte, entwich ihm erst ein erschrockenes Quietschen, dann stand er auf und wackelte zu dem Spiegel herüber.

„Ithuriel!", krächzte er mit einer wimmernden Stimme, die jeden Moment zu versagen schien.

„Empyrean", erwiderte der dunkelhäutige Engel kalt. „Es freut mich, dass wir dich endlich erreichen konnten. Warum genau hast du dir ein siebenunddreißigstes Versteck zugelegt?"

„Jaja, ich bin halt auch unterwegs."

Ithuriel verdrehte die Augen. „Es war ganz schön anstrengend alle deine Verstecke durchzuprobieren, nur um dann über sehr viele Umwege zu erfahren, dass du jetzt noch ein neues Versteck hast."

376

„Ja, ja, ja. Was wollt ihr, du und dein Orden, jetzt eigentlich?"

„Es geht um das Manuskript, das dritte Buch d ..."

„Ah ja ja, habt ihr es endlich gefunden? Das freut mich! Habt ihr auch diesen, diesen Verbrecher, der es mir gestohlen hat?", Empyrean wirkte beinahe belustigt.

„Nein, haben wir nicht. Es wurde nämlich von einem Menschen nahe des Trollmarktes in Le Havre de Grâce gekauft."

„Uhhhhh, er hat das zweite Gesicht richtig? Komm mal her, Lockenkopf!", keckerte der kleine Engel, er schien sofort erkannt zu haben, dass dieser Mensch Gabriel war, und gestikulierte daher in dessen Richtung.

Gabriel trat wiederum zögerlich und sehr skeptisch an den Spiegel heran. Plötzlich schien ein stechender Schmerz seinen Schädel zu durchbohren, ihm wurde schwindelig und dann begannen wieder Bilder vor seinen Augen zu zucken. Schlagartig wurde ihm bewusst, dass er gerade seine zweite Vision hatte.

Er sah einen Platz und einen Markt. Einen Dom. An das Kirchenbrett schlug der Pfarrer eine Seite, die in großen Buchstaben beschrieben war. *Hannah Bruhn, geborene Weber, wird am morgigen Tage dem 16.8.1686 um 10 Uhr auf dem Stephansfreithof beigesetzt werden.* Und dann war da diese leuchtende Gestalt. Sie stand erst nahe des Doms und verschwand in einer Straße, die links von dem Platz wegführte.

Nach Luft ringend kam Gabriel endlich wieder zu sich und konnte langsam Ithuriels Arbeitszimmer wieder um sich herum erkennen. Er kniete diesmal schwer atmend am Boden, um ihn herum Papiere, die er wohl aus Versehen von Ithuriels Schreibtisch gefegt hatte.

Alexiel hockte neben ihm und legte ihm einen Arm um die Schultern.

Ithuriel sah Gabriel überrascht an und Rahathiel schien die ganze Situation eher weniger zu interessieren, oder er war zumindest nicht im Mindesten besorgt um Gabriel.

„Vision oder Prophezeiung?", fragte er nur.

„Vision", keuchte Gabriel, tastete kurz nach Alexiel und zog sich dann ein Stück an ihm hoch. „Madan... er... ich glaube er ist in Wien!"

„In Wien?", fragte Ithuriel überrascht.

„So wie es aussieht, braucht ihr mich ja nicht mehr!", verkündete Empyrean plötzlich und sein Bild im Spiegel verschwand.

Ithuriel sah kurz für einen Moment beinahe fassungslos zum Spiegel herüber, drehte sich dann aber wieder zu Gabriel.

„Ich habe den Stephansdom gesehen und ich weiß, wann er da sein wird! Da war ein Pfarrer, er hat das Datum einer Beisetzung öffentlich gemacht. Die Beisetzung sollte am nächsten Tag stattfinden. Dem 16. August dieses Jahres", ratterte Gabriel herunter.

Rahathiel hob eine Augenbraue. „Das ist ungewöhnlich klar für eine Vision. Normalerweise gibt es keine Anhaltspunkte, wann etwas passieren wird, außer vielleicht die Jahreszeit."

„Ich bin mir sicher. Der Pfarrer hat eine Seite an das Kirchenbrett geschlagen, auf der stand, dass an diesem Tag eine Hannah Bruhn beigesetzt werden würde."

Ithuriel nickte, scheinbar sehr zufrieden. „Das ist sicherlich mehr, als wir von Empyrean hätten bekommen können", verkündete er und half dann Alexiel, Gabriel wieder aufzurichten, der sich wiederum etwas wackelig auf den Beinen an Alexiel festhielt.

Für einen Moment war es still, niemand sagte ein Wort, da alle darauf warteten, was Ithuriel nun tun würde. „Gabriel, Alexiel, ich will, dass ihr beide zusammen mit Rahathiel und Vohamanah, ihr werde ich noch Bescheid sagen, nach Wien geht, nehmt einen der Zeppeline. Ich werde alles Weitere veranlassen", sagte der Engel und schob die vier Anwesenden anschließend aus seinem Arbeitszimmer.

Rahathiel kniff sich genervt in die Nasenwurzel und marschierte davon, gefolgt vom Vorsteher der Chronisten.

Gabriel glaubte, sich dunkel daran zu erinnern, dass er Constantin hieß. „Sollte ich mich nicht mit einem der Seher treffen und ihn meine Vision aufschreiben lassen?", murmelte Gabriel und sah Rahathiel etwas verwirrt hinterher.

Alexiel schnaubte lachend. „Du bist selbst ein Seher, sie erwarten, dass du alles selbst aufschreibst und es dann zum Artefakt Raum bringst", erinnerte der Dämon, zog Gabriel ein Stück fester an sich heran und drückte ihm einen Kuss auf die Schläfe.

„Kann ich das später machen? Ich will schlafen!"

„Da musst du mich doch nicht fragen, du hattest die Vision. Ich bin nur hier, falls du kuscheln möchtest."

Gabriel kicherte leise und nickte. „Was meinte Ithuriel damit, dass sie so viele von Epyreans Verstecken durchzuprobieren hatten?"

„Wenn du jemanden mit einem Spiegel kontaktieren willst, musst du wissen, wo sich der Spiegel befindet, der Zauber wird aber nicht funktionieren, wenn sich die Person, mit der du sprechen möchtest, nicht in der Nähe des Spiegels befindet. Deshalb haben viele von uns Non Humani Spiegel nicht im Bad, sondern in dem Raum, in dem wir uns am meisten aufhalten. Und daher tragen viele von uns auch kleine Handspiegel mit sich herum, so muss derjenige, der uns sprechen will, dann nicht unbedingt wissen, wo wir uns befinden, nur, dass der Spiegel bei uns ist", erklärte Alexiel, während sie die Treppe in den ersten Stock hinabstiegen.

Sobald die beiden wieder in ihrem Zimmer waren, ließ sich Gabriel in das gemeinsame Bett fallen und schlief direkt ein. Erst nach mehreren Stunden wachte er wieder auf und stellte zufrieden fest, dass Alexiel immer noch neben ihm lag. Er fühlte sich allerdings auch ein wenig schlecht, als er feststellte, dass er die gesamte Zeit auf dem Arm des Dämons geschlafen hatte, was wiederum hieß, dass besagte Gliedmaße jetzt auf jeden Fall eingeschlafen war. Mit einem leisen Stöhnen richtete sich Gabriel auf und betrachtete den neben ihm liegenden Alexiel, der im selben Moment die Augen aufschlug. Er zog die Augenbrauen zusammen und drehte seinen Kopf zu seinem Arm.

„Auh", stöhnte er und zog die ausgestreckte Gliedmaße langsam zu sich herüber.

Gabriel blickte ihn entschuldigend an.

„Das nächste Mal versuch, auf meiner Brust zu schlafen", brummte Alexiel und schnitt eine Grimasse, als das Gefühl von tausend kleinen Nadeln, die seinen Arm zu stechen schienen, einsetzte.

Gabriel kletterte aus dem Bett und wuschelte sich kurz durch die Haare. „Ich sollte, glaube ich, jetzt meine Vision aufschreiben", murmelte er, ließ sich an dem Schreibtisch nieder und zog einen Bogen Papier aus der Schublade des Möbelstückes hervor. Anschließend schraubte er das kleine Tintenfass, das vor ihm stand, auf und tunkte die schwarze Schreibfeder mit dem filigranen Silbergriff, die er von Alexiel zum Geburtstag bekommen hatte, in die Tinte. Er wusste nicht direkt, wie er beginnen sollte, daher schrieb er zunächst einfach das Datum auf die Seite und seinen Namen, dann wo er die Vision gehabt hatte. Anschließend begann er, den Ablauf und jedes Detail so genau wie möglich zu beschreiben. Alexiel beobachtete den Franzosen schweigend dabei, wie dieser einige Sätze schrieb, innehielt, ein wenig mit der schwarzen Feder herumspielte und dann ein paar weitere Sätze zu Papier brachte.

So ging es gut eine halbe Stunde, bis Gabriel die Feder beiseitelegte und das Tintenfass wieder zuschraubte.

„Ich sollte das gleich in die Bibliothek bringen", sagte er, rollte das Papier auf und stand von dem Stuhl auf. Alexiel nickte und erhob sich ebenfalls.

„Warst du schon einmal in Wien?", fragte er dann und legte von hinten seine Arme um Gabriel.

Dieser schloss die Augen und nickte. „Eine meiner Tanten lebt dort mit ihrem Mann. Als Kind hat mich meine Mutter drei oder vier Mal mitgenommen. Daher habe ich ja auch sofort den Stephansdom erkannt, als ich ihn in meiner Vision gesehen habe. Ich fand ihn als Kind schon immer sehr beeindruckend, auch wenn ich eher nicht religiös bin, habe ich ihn immer gerne besucht", erzählte Gabriel und ließ seinen Kopf nach hinten auf die Schulter des Dämons sinken.

„Nicht religiös? Aber du weißt doch, dass Engel und Dämonen wirklich existieren!"

„Hm, ich weiß aber auch, dass ihr diese Begriffe oder deren lateinische Versionen erst ins Lateinische eingeführt habt, ihr also gar nichts mit euren Namensvettern zu tun habt."

„Touché", lachte Alexiel und schob Gabriel auf die Tür zu. Dieser warf einen letzten Blick über die Schulter zu dem Dämon und eilte dann zur Bibliothek.

Karael empfing ihn lächelnd und brachte ihn in den Artefakt Raum, wo er Gabriels Schriftrolle in einem Fach verstaute, das mit der Jahreszahl 1687 beschriftet war. Für Gabriel war es irgendwie seltsam, dass er nun theoretisch auch alleine in den Artefakt Raum durfte, störend fand er jedoch, dass ihn niemand darüber aufgeklärt hatte. War es immer so, dass man als Seher alles für sich allein herausfinden musste? Oder mochte Rahathiel ihn einfach nicht? Glaubte Rahathiel, Karael habe ihm eh schon alles erklärt? Er wusste es nicht. Grübelnd trottete er wieder hoch in den ersten Stock und sah nach, ob Alexiel noch dort war. Als er in ihr Zimmer eintrat, war dieser gerade dabei, sich seines feinen, dunkelblauen Seidenhemdes zu entledigen und zog ein gröberes an, welches er offensichtlich nur zu Arbeiten in der Werkstatt trug und sonst nicht.

„Du gehst noch einmal in die Werkstatt?"

„Ja, wenn ich mit nach Wien soll, muss ich noch ein paar Sachen vorbereiten, dass die auch ohne mich die Zeppeline zu Ende bauen können. Wir werden dann wahrscheinlich wieder den Prototypen nehmen", murmelte Alexiel halb abwesend und band sich seine Haare im Nacken mehr schlecht als recht zu einem Zopf zusammen.

Gabriel stieß einen kleinen, fast mitleidig genervt klingenden Laut aus und stellte sich hinter seinen Geliebten. „Lass mich das machen!", forderte er, schob Alexiels spinnenhafte Hände weg und begann, die langen, schwarzen Strähnen zu einem ordentlichen Pferdeschwanz zu flechten, welchen er mit einer kleinen Schleife abschloss. „So. Jetzt siehst du nicht mehr aus wie ein gerupftes Huhn", verkündete er und küsste Alexiel noch einmal schnell im

Nacken. Der Dämon ließ ein leises Lachen verlauten, drehte sich noch einmal um und gab Gabriel einen kleinen Abschiedskuss.

Kapitel 35

(August 1687)

Sie brachen früh am Morgen mit dem Zeppelin auf. Das Wenige Gepäck war hinten verstaut und alle die für die Wien-Mission eingeteilt worden waren, saßen in den Sitzen, die seitlich an den Wänden des Zeppelins mit den einem Brustkorb ähnelnden Streben via ein Gelenkes, das einem erlaubte die Sitzflächen weg zu klappen, verschweißt waren, nieder und schlossen die Gurte derer um ihre Hüften. Die Sitze waren neu, man hatte sie erst nachdem Gabriel, Alexiel und Ephemera aus Versailles zurückkamen, in den Prototypen eingebaut, während die neuen Zeppeline, direkt mit ihnen gebaut werden würden.

Gabriel genoss den Flug, welcher ruhig verlief, waren die Winde so hoch, der Gruppe doch milde gestimmt. Es war etwas kühl, aber nicht unangenehm, wenn man sich seine Decke über die Beine legte und so verbrachte Gabriel die nächsten Tage (die Reise durch die Luft dauerte zwar nicht so lange, wie mit anderen Fortbewegungsmitteln, aber ein paar Tage brauchten sie dennoch nach Wien) mit der Nase in einem Buch, das er sich mitgebracht hatte.

Schließlich war es dann so weit, man konnte langsam Wien erkennen und der Zeppelin begann sich gesteuert von Alexiel abzusinken, bis vorsichtig auf dem Boden aufsetzte. Alle lösten sich aus ihren Sitzen und nahem ihr Gepäck an sich, anschließend verließen Gabriel, Alexiel, Vohamanah und Rahathiel schweigend den Zeppelin, den sie im Hinterhof eines kleinen Gasthofes im verborgenen Viertel von Wien abstellen durften. Das verborgene Viertel von Wien lag ganz im Westen der großen Stadt und wurde, wie die Straße in der Gabriel vor etwa einem Jahr das Manuskript gekauft hatte, von einem Schutzzauber verborgen, der verhinderte, dass sich Menschen – ausgenommen derer, die das zweite Gesicht hatten – dorthin verirren konnten. Der Orden hatte für die vier in dem Gasthof Zimmer gemietet, zu denen sie von einem hutzligen,

Zwerg gebracht wurden, der wie die liebenswerteste Person auf der Welt scheinen hätte können, hätte er nicht aus irgendeinem Grund zwei Wurfäxte im Gürtel stecken.

Gabriel war immer noch ganz kribbelig wegen des Fluges. Er bezweifelte, dass er sich daran gewöhnen können würde, dass man in einem Zeppelin so schnell reisen konnte. Die Reisen in einer Kutsche dauerten lange und waren unbequem, und da er weitestgehend von Reisen mit dem Schiff über Flüsse auf Grund seine Seekrankheit, die sich leider auch bei Binnengewässern meldete, absah, war Reisen für ihn immer eher eine Beschwerde gewesen, auch wenn er ein großes Interesse daran hatte, die Welt zu sehen. Aber nun mit dem Zeppelin war das Reisen angenehm geworden. Gut, er musste auf einer kleinen Matratze auf dem Boden schlafen, wenn sie für die Nacht eine Pause einlegten, aber bei Tag konnte er Stunden damit verbringen aus dem Fenster zu blicken und die Landschaft unter sich verschwinden sehen und was noch besser war, ihm wurde nicht schlecht.

„Wir sollten morgen so früh wie möglich beim Stephansdom sein und uns dort aufstellen, von wo du in deiner Vision Madan gesehen hast", bestimmte Vohamanah und verschwand dann in ihrem Zimmer.

Rahathiel verabschiedete sich ebenfalls in einem kühlen, aber höflichen Ton und zog sich anschließend auch in sein Zimmer zurück. Mit einem Seufzen schloss auch Alexiel die Zimmertür hinter Gabriel, der sein Schwert und seinen Beutel auf das für zwei Personen doch etwas kleine Bett fallen ließ.

„Wir brauchen mehr Leute, die einen Zeppelin fliegen können!", stöhnte Alexiel, als Gabriel ihm auch seinen Beutel und seine Waffen (sein Schwert und die zwei Pistolen, die er auch in Paris dabeigehabt hatte) abnahm.

„Ich würde gerne lernen, wie man einen Zeppelin fliegt", verkündete er und küsste Alexiel schnell, danach räumte er sein Gepäck vom Bett und legte es zu Alexiels Sachen daneben.

Alexiel blinzelte Gabriel überrascht an, dann erhellte ein breites Grinsen sein Gesicht. „Dann werde ich es dir beibringen!", summt er und ließ sich dramatisch auf das Bett fallen.

Gabriel sank neben dem Dämon auf das Bett und kuschelte sich an ihn. Er fand es angenehm, dass Alexiel im Gegensatz zu ihm selbst, eine sehr niedrige Körpertemperatur hatte und das Kuscheln im Sommer so nicht unangenehm wurde. Im Winter war er dann halt die Heizung im Bett.

„Ich bin müde…", murmelte Alexiel und rieb seine Nase ein wenig in Gabriels Haaren. Er liebte deren Duft, irgendwie warm und weich wie Frühlingswind.

„Wollen wir nicht davor etwas essen?", warf Gabriel ein. Alexiel hob den Kopf und nickte.

Die beiden standen auf und begaben sich in den kleinen Speiseraum des Gasthofes, wo sie eine einfache Brotmahlzeit zu Abend aßen. Wieder genoss Gabriel das simple Essen, lag es doch auch viel angenehmer im Magen als die Gelage in Versailles.

Nach dem Essen, im Laufe dessen sich auch Vohamanah und Rahathiel zu Gabriel und Alexiel gesellten, kehrten die beiden auf ihr Zimmer zurück, wo sie dann auch direkt zu Bett gingen. Keinen der beiden störte es, dass das Bett ein wenig klein war und sie daher kuscheln mussten, auch wenn es Mitte August und daher recht warm war.

Am nächsten Morgen versammelten sich Gabriel, Alexiel, Vohamanah und Rahathiel bereits um fünf Uhr im Speisesaal, aßen ein wenig und machten sich anschließend auf den Weg zum Stephansdom, der im Stadtzentrum von Wien lag. Sie brauchten nicht lange dorthin und positionierten sich so auf dem Stephansplatz, dass sie das Kirchenbrett im Blick hatten. Sie wussten nicht, wie lange sie warten würden müssen, bis Madan hier auftauchen würde. Was Gabriel zusätzlich Sorgen machte, war, dass er nicht wirklich wusste, wie Madan tatsächlich aussah. In seinen Visionen war er bis jetzt schließlich immer nur eine leuchtende Gestalt gewesen und er fragte sich, was so besonders an diesem war. Er wusste, dass alle glaubten, dass Madan den schlafenden Krieg ein für alle Mal beenden können würde.

„Was ist an Madan eigentlich so besonders, kennt ihn einer von euch persönlich?", fragte er und drehte sich zu Vohamanah und Rahathiel, von Alexiel wusste er, dass der Madan nicht persönlich kannte.

„Nein, wir kennen ihn auch nicht persönlich. Und was an Madan besonders ist, ist, dass er Saradiels Sohn ist", sagte Rahathiel und blickte Gabriel ruhig aus seinen weißgolden leuchtenden Augen an, bevor diese dann wieder ein helles Braun annahmen.

„Sein Sohn?"

„Ja, in einer Prophezeiung hieß es, dass er für den Ausgang des Krieges entscheidend sein würde, wenn die Welt nicht von Schatten beherrscht werden soll", erzählte Rahathiel und fixierte den Stephansdom mit seinem Blick.

Gabriel senkte kurz den Kopf, dann hob er seinen Blick wieder zu Rahathiel. „Ich bin einer der Ordensseher und du bist der Vorstehende dieser Gilde, Rahathiel. Wo genau liegt der Unterschied zwischen Vision und Prophezeiung?", fragte er und ließ seinen Blick dann auch zum Stephansdom schweifen.

„Karael hat dir nichts erklärt, oder? Der Junge ist ein Träumer, ich muss ihn mir noch einmal vornehmen… Eine Vision weist auf ein konkretes Ereignis, einen konkreten Ablauf hin, während eine Prophezeiung auf etwas eher Unbestimmtes hindeutet. Eine Prophezeiung ist eher ein Hinweis der Zukunft, auf was man achten muss", erklärte Rahathiel. „Visionen sind allerdings viel häufiger als Prophezeiungen. In seltenen Fällen, wie diesem hier, kann in der Vision etwas erkannt werden, das darauf hinweist, wann das gezeigte Ereignis stattfindet."

„Und die Prophezeiung, von der du gesprochen hast, als ihr mich zum Orden geholt habt?", fragte Gabriel weiter. Warum hatte er sich die Prophezeiung eigentlich nie durchgelesen? Es gab ja kein Verbot, dass man Prophezeiungen die einen selbst betrafen, nicht lesen durfte.

„Sie besagte lediglich, dass ein Mensch, der den Namen eines Engels trägt, unverhofft helfen würde, dem Ende des Krieges entgegenzugehen. Und das hast du mit deinen Visionen über Madan getan."

Gabriel nickte, er wusste nicht direkt, was er jetzt sagen sollte, und fuhr daher stumm fort den Dom zu beobachten und die Menschen, die über den Markt auf dem Stephansplatz wuselten. Von irgendwoher krähte ein Hahn und ein paar Gänse schnatterten. Die Räder von einigen Handkarren rumpelten und ein Pferd wieherte.

Gabriel wusste, dass sie sich mit einem Schutzzauber verbargen, aber trotzdem kam es ihm seltsam vor, so nichts tuend auf dem belebten Marktplatz zu stehen. Um sie herum stank der Dreck der Tiere durch die Hitze des Augusttages und die steigende Sonne immer mehr, dann rückte eine Person in das Blickfeld des Franzosen. Der Pfarrer mit dem Papier. Gleich musste Madan hier sein.

Plötzlich tauchte eine weitere Person in Gabriels Blickfeld auf. Instinktiv wusste er, dass der hochgewachsene Mann mit den weißen Haaren Madan sein musste. Nichts an ihm wirkte menschlich. Seine schneefarbene Haut (Sie erinnerte an die Rinde einer Birke), die ebenso hellen Haare und die gelben Augen auch nicht. Gabriel konnte nicht einordnen, ob er ein Engel oder Dämon war. Normalerweise konnte er das immer sofort erkennen, es war etwas in der Ausstrahlung einer Person, das ihm diese Informationen gab.

„Da ist er!", rief er und deutete in die Richtung des Mannes.

Auch Rahathiel, Alexiel und Vohamanah schienen ihn zu erblicken.

„Wir sollten ihm folgen und einen Ort suchen, wo wir in Ruhe mit ihm reden können", sagte Vohamanah und setzte sich in Bewegung, als Madan in der Straße, die links vom Stephansplatz wegführte und die Gabriel in seiner Vision gesehen hatte, verschwand. Langsam folgten die Vier Madan, der sich durch die kleine, aber sehr belebte Straße wand. Wie eine Katze wich er jeder Person, die ihm entgegenkam, aus und schwamm so beinahe mühelos gegen den Strom der Menschen an.

Nach gut einer halben Stunde verloren sie Madan für einen kurzen Moment aus den Augen als er in eine noch kleinere Nebenstraße abbog. Sie fanden ihn jedoch recht schnell wieder und folgten ihm weiter bis in den verborgenen Bezirk von Wien, dorthin, wo alle lebten, die nicht menschlich waren. Nach ein paar weiteren Minuten stieg Madan dann die Treppe in den Keller eines großen Gebäudes hinab. Sie schien den Eingang zu einer Art Bar oder Kneipe zu bilden, taumelten doch immer mal wieder Betrunkene die Treppe herauf. Aus dem Inneren des Kellers quoll Lärm, Schreien und begeistertes Johlen.

„Ich bleibe hier und achte darauf, dass er euch nicht wieder abhaut", sagte Rahathiel und lehnte sich an die Wand neben der Treppe.

Alexiel nickte und stieg, gefolgt von Gabriel und Vohamanah, die Treppe herab.

Gabriel spürte, wie sich seine Hand in einem Versuch, ihm Sicherheit zu gewähren, um den Knauf seines Schwertes schloss, der sich wieder kühl und warm zugleich, wie eine Schlange, in seine Handfläche schmiegte.

Als sie die Tür zu der Kneipe öffneten, waberte eine Wolke aus Rauch ins Freie und ließ Gabriel seine Nase rümpfen.

Im Inneren war es noch lauter als draußen, es war stechend heiß und der Geruch nach Schweiß und Alkohol hüllte alles ein. An einer Theke rechts im Raum standen ein paar Zwerge und Hexer sowie ein einzelner Elb, die sich von einem weiteren Zwerg Krüge mit Bier herüberschieben ließen. Es gab mehrere Tische, an denen auch einige Leute saßen und sich betranken, ein paar spielten Karten oder Würfelspiele um Geld. Ganz hinten weitete sich der niedrige Raum. Dort hatte sich eine große Gruppe von Gästen versammelt, um was, konnte Gabriel nicht ganz erkennen, es schien jedoch eine Art Grube, umgeben von einem Geländer, zu sein. Irgendetwas in der Vertiefung fesselte die Aufmerksamkeit der Anwesenden, die jemandem anfeuernd die Fäuste schüttelten.

Gabriel und Alexiel traten näher an die Grube heran und Vohamanah ließ sich ein wenig weiter von ihnen weg in den Raum hineintreiben.

Gabriel quetschte sich durch die Zuschauer und spähte in die Tiefe hinab. Er schnappte erschrocken nach Luft. Bei der Grube schien es sich um eine Art Kampfarena zu handeln. Es gab eine mit drei Ketten abgesperrte Treppe hinab in die Arena, deren Boden mit Sand bedeckt war. In der Grube kämpften zwei Männer miteinander. Ein großer, bulliger Kerl mit grauer ledriger, fast brüchiger Haut - Gabriel wusste noch immer nicht, was die Leute mit dieser Lederhaut waren - und unbekleidetem Oberkörper kreiste um den anderen Mann, bei dem es sich zu Gabriels Entsetzten, um Madan handelte.

Madan selbst trug eine Art rote Tunika und darüber eine leichte Lederrüstung, in seiner Hand blitzte ein Schwert, mit dem er seinen Kontrahenten auf Abstand hielt.

„Was zur Hölle ist das?", flüsterte Gabriel an Alexiel gewandt, der sich unter lautem Murren der Menge zu ihm vorgedrängt hatte.

„So etwas wie Hunde- oder Ringkämpfe, nur, dass hier jeder jeden herausfordern kann. Ich habe bis jetzt noch keine dieser Arenen selbst gesehen, nur immer wieder von ihnen gehört. Meist kämpfen hier aber nur von Hexen und Hexern kontrollierte Marionetten."

„Marionetten? Der Kerl da ist doch keine Marionette!"

„Nein, wir nennen sie so, es ist mehr etwas wie ein Golem in der Bibel. Und bevor du fragst, nein, Golems gibt es nicht, oder nicht mehr. Der Zauber ist strengstens vom Consulat der Hexen und Hexer verboten worden. Gegen die Marionetten kann das Consulat aber nichts wirklich machen, weil sie komplett künstlich sind. Die meisten Hexen und Hexer stellen aber einfach Assistenten an, es ist den Aufwand sich eine feinmotorische Marionette zu machen und sie konstant zu warten einfach nicht wert und sie können bei einem Zauber auch nicht wirklich helfen. Meist werden Marionetten eher als Wachen eingesetzt, die müssen dafür nicht so feinmotorisch sein und es ist einfacher sie zu ersetzen."

„Und Golems sind nicht komplett künstlich?"

„Nein, was in der Bibel nämlich nicht steht, ist, dass ein Golem nicht nur aus Lehm besteht. Man nutzt als Kern eine Leiche, die in Lehm und Birkenzweige eingehüllt wird", erklärte Alexiel.

Gabriel schauderte es und er schüttelte sich.

„Was macht dieser Idiot da?", fragte dann plötzlich Vohamanah, die sich auch zu Gabriel und Alexiel an die Reling vorgekämpft hatte.

„Eine Marionette bekämpfen?", schlug Gabriel vorsichtig vor.

Vohamanah reagierte nicht, sondern warf Madan einen missbilligenden Blick zu.

Dann, ganz plötzlich, stürzte Madan mit einem Schrei nach vorne und rammte sein Schwert zwischen den Schlüsselbeinen der Marionette in deren Leib, zog es wieder heraus und trennte mit einer schnellen Kreisbewegung den Kopf vom Hals. Diese fiel nach hinten über zu Boden, als hätte man ihre Fäden durchtrennt. Die Menge johlte, als Madan die drei Ketten, die die Treppe absperrten, scheinbar desinteressiert öffnete und die Grube verließ. Er trottete zur Bar hinüber und ließ sich von dem Zwerg dahinter ein Bier geben und ein paar Münzen auszahlen.

Gabriel, Alexiel und Vohamanah folgten ihm und stellten sich zu ihm.

Madan drehte sich zu Gabriel um. „Ein Mensch beim Orden?", fragte er erstaunt und trank einen Schluck aus seinem Krug.

Gabriel blinzelte ihn erschrocken an, verschränkte dann aber die Arme über der Brust. „Ja, ein Mensch beim Orden. Das ist aber nicht der Grund, warum wir hier sind."

Madan hob eine dünne Augenbraue und funkelte Gabriel aus gelben Augen an. „Ihr sucht mich?", riet er auf eine seltsame Art belustigt.

Alexiel nickte.

„Und warum?"

„Es gab eine Prophezeiung, die besagt, dass du für den Ausgang des Krieges entscheidend sein würdest. Niemand hat seit 1403 von dir gehört", erklärte Vohamanah im selben kühlen Ton wie Madan. „Und wie habt ihr mich dann gefunden? Ich will mit meinem Vater nichts mehr zu tun haben", brummte Madan und drehte sich zu dem Engel mit dem vernarbten Gesicht um.

„Empyrean hat deinen Kampf bei Innsbruck mitbekommen und Gabriel hatte eine Vision, die gezeigt hat, dass du in Wien bist."

„Ein Mensch hatte eine Vision?", fragte Madan sichtlich überrascht und drehte sich nun wieder zu Gabriel auf seiner Linken herüber. Gabriel zuckte mit den Schultern.

„Ich weiß auch nicht, wieso, ich meine, ich habe das zweite Gesicht, aber das hat ja nichts mit Visionen zu tun", murmelte er.

Madan blickte ihn einen Moment an und nickte dann langsam. „Und wie glaubt ihr, dass ich den Krieg beenden könnte?", fragte er. In seiner Stimme klang etwas mit, als wüsste er genau, was er tun könnte, um den Krieg zu beenden, es aber nicht sagen wollte.

„Sag du es uns. Stimmt es, dass du in den Geist deines Vaters blicken kannst?", fragte Vohamanah leise und musterte Madan prüfend.

Madan nickte kaum merklich und senkte den Blick. Er wirkte plötzlich traurig und verlassen. „Ihr habt Recht. Der Krieg sollte endlich sein Ende finden. Ich werde euch helfen. Ich schätze ich soll euch zum Orden begleiten?".

Vohamanah nickte.

Madan seufzte, stand auf und legte eine kleine Münze neben den halb leeren Krug mit Bier.

Die Vier verließen schweigend das Etablissement.

Draußen löste sich Rahathiel wieder von der Wand des Gebäudes. Durch die hohen Häuser, die die schmale Straße begrenzten, fiel nur wenig Sonnenlicht auf die nun aus vier Non Humani und einem Menschen bestehende Gruppe hinab.

„Madan?", fragte Rahathiel, obwohl er ja eigentlich schon wusste, wer der Weißhaarige war. Dieser nickte.

Gabriel schluckte. Ihm waren die Blicke der anderen Non Humani unangenehm, die natürlich auf den ersten Blick erkannten, dass sie zum Orden gehörten und dass er ein Mensch war.

„Wir sollten zurück zum Gasthof und eine Brandnachricht an Ithuriel schicken. Morgen fliegen wir zurück", bestimmte Vohamanah und begann in Richtung des Gasthofes, in dem sie die Zimmer hatten und wo der Zeppelin stand, zu laufen. Die anderen Vier folgten ihr.

Kapitel 36

(August 1687)

Ithuriel betrachtete Madan, der hoch erhobenen Hauptes in der Werkstatt vor dem Eingangsportal der Halle unter dem Berg stand, mit ruhigen, blauen Augen, dann breitete sich ein Lächeln auf seinen, vom Schatten seiner Kapuze, halb verborgenen Zügen aus und er machte einen Schritt auf den weißhaarigen Mann zu. *Kennen sich die beiden?* Fragte sich Gabriel.

„Ithuriel", grüßte Madan und deutete eine knappe Verbeugung an.

„Schön, dich zu sehen", erwiderte Ithuriel. „Himmel, wie lange ist es her?"

„2000 Jahre mindestens. Ich habe dich seit der Flucht aus der Dunklen Dimension nicht mehr gesehen", sagte Madan.

Diese Aussage bestätigte Gabriels ungestellte Frage und zwang ihm gleichzeitig die Überlegung auf, wie sich die beiden kennen gelernt hatten. Die Antwort darauf bekam er allerdings noch nicht, setzten sich doch alle bis auf Alexiel, der den Zeppelin zurück in die Halle unter dem Berg fliegen musste, in Bewegung und verließen die Werkstatt.

Gabriel wiederum stellte sich an das große Rad, welches man in Bewegung setzten, musste, um das Tor, das den Eingang der Halle verschloss, zu öffnen. Es brauchte einen kleinen Moment, bis er den Mechanismus aktiviert hatte, danach ging es jedoch ganz leicht, und langsam öffnete sich die große Schiebetür.

Alexiel steuerte den Zeppelin gut zwei oder drei Meter über dem Boden schwebend in die Halle und ließ ihn auf einem der markierten Stellplätze auf den Boden sinken. Dann stoppte er den teilweise durch Magie betriebenen Motor des Zeppelins und verließ das Gefährt. Gemeinsam machten sie sich auf den Weg zum Ratssaal.

Als sie diesen betraten, war Madan gerade dabei, einen kurzen Überblick darüber zu geben, was er in den letzten ungefähr zweihundertfünfzig Jahren gemacht hatte.

Ithuriel, Rahathiel, Vohamanah und zwei Chronisten hörten sehr aufmerksam zu. Die Chronisten schrieben, außerdem alles parallel stichpunktartig mit, um so später ihre Aufzeichnungen vergleichen und mögliche Fehler oder Versäumnisse korrigieren zu können. Gabriel und Alexiel setzten sich in die Beobachterränge des Ratssaales, die bis auf Karael, Ephemera und drei weitere Mitglieder des Ordens leer waren, und hörten zu. Warum nicht mehr da waren, wussten sie nicht. Es hatten ja eigentlich alle mitbekommen, dass man eine Gruppe nach Wien losgeschickt hatte, um nach Madan zu suchen. Ephemera rutschte etwas an Gabriel und ihren Bruder heran und beugte sich zu den beiden herüber.

„Wie war es in Wien? Wie habt ihr Madan gefunden und wo?"

„In einer Bar, in der illegale Marionettenkämpfe ausgetragen werden. Er ist gegen eine der Marionetten angetreten…", seufzte Alexiel.

Ephemera hob eine Augenbraue und ließ ihren Blick dann zu Madan wandern, der noch immer leise mit Ithuriel sprach.

„Ich wüsste gerne, was seine besondere Rolle gegen Saradiel sein soll. Ich weiß, er ist sein Sohn aber…", murmelte Gabriel.

Alexiel zuckte mit den Schultern. „Ich denke, das werden wir noch sehen, aber meinte Vohamanah nicht noch irgendetwas von Saradiels Geist?", flüsterte er dann zurück.

„Vielleicht weiß er ja auch einfach etwas über Saradiel, das wir nicht wissen", schlug Ephemera vor und zuckte mit den Schultern.

Alexiel sah sie kurz an, wand sich dann aber wieder Ithuriel und Madan zu. Leider konnte man oben auf den Rängen nicht alles vernehmen, da Madan eher leise redete und nicht in den Saal gewandt, weswegen die Bauweise des Saals, die an ein römisches Theater erinnerte, auch nicht viel dazu beitrug, dass er gut zu verstehen war. Schließlich beendete Madan seine Erzählung und wurde dann von einem der Chronisten auf das Zimmer gebracht, das er in den nächsten Tag bewohnen würde.

Die wenigen, die im Ratssaal gewesen waren, verließen diesen nun ebenfalls, um sich wieder ihren alltäglichen Aufgaben zuzuwenden.

Später am Tag war Gabriel dabei, in der Bibliothek nach einem Buch zu suchen, welches ihm bei der Aufzucht von diesen gruseligen Pflanzen, die wie Augen and Stängeln aussahen, helfen konnte. Ephemera hatte einige davon besorgt, doch diese schienen die Reise zum Schloss nicht so gut überstanden zu haben - sie waren am Morgen des selben Tages angekommen, als Gabriel, Alexiel, Vohamanah, Madan und Rahathiel aus Wien zurückgekehrt waren - und nun mussten sie wieder aufgepäppelt werden. Und leider hatten beide noch nicht wirklich Ideen, wie sie diese Augen-Pflanzen wieder zu Kräften bringen konnten. Gabriel hatte daher gesagt, dass er in der Bibliothek nach einem Buch suchen würde, das über diese, ursprünglich auch aus der Dunklen Dimension stammenden Pflanzen berichtete und sich mit ihrer Pflege beschäftigte. Es tat gut, sich damit von den in seinem Kopf kreisenden Fragen darüber, wie es jetzt weitergehen würde, abzulenken.

„Und nach was suchst du?", ertönte plötzlich die leise, ruhige Stimme von Madan hinter ihm.

Er drehte sich erschrocken um und presste das Buch, das er gerade dabei gewesen war, aus dem Regal zu ziehen, fest an seine Brust.

Madan sah ihn überrascht ob dessen Reaktion an.

„Ein Buch über diese Augen-Stil-Pflanzen."

„Augen-Stil-Pflanzen?", Madan hob eine Augenbraue. „Meinst du Oculus Herba?"

„Ja."

Madan schmunzelte und zog dann ein anderes Buch aus dem Regal. „Hier drin ist alles, was du brauchst. Oculus Herba ist in der Dunklen Dimension praktisch überall gewachsen. Als Kind habe ich es immer Glubsch-Blume genannt."

„Glubsch-Blume?"

„Von Glubschauge", Madan gluckste ein paar Mal und legte dann den Kopf in den Nacken. Er seufzte.

„Darf ich dich was fragen?", fragte Gabriel dann und stellte das Buch, das er noch immer, jetzt zusammen mit dem, welches ihm Madan gegeben hatte, an die Brust gepresst hatte, zurück in das Regal.

„Natürlich. Was möchtest du wissen?"

„Ich will wirklich nicht respektlos sein, aber was ist es, das dich so besonders macht? Der ganze Orden fragt sich, was deine besondere Rolle gegen Madan sein soll. Natürlich wissen wir, dass du sein Sohn bist, aber… Vohamanah meinte irgendetwas mit Saradiels Geist in Wien."

„Ich denke, du spielst darauf an, dass ich in den Geist meines Vaters blicken kann… konnte… die meisten, die von dieser Fähigkeit wussten, sind mittlerweile tot und nur das Wissen, dass ich etwas kann, das vor mir niemand konnte, scheint erhalten geblieben zu sein", sagte Madan, als wäre es das selbstverständlichste Ding aller Zeiten, in den Verstand einer anderen Person blicken zu können.

„Du konntest in den Verstand deines Vaters blicken? Also seine Gedanken lesen… warum nicht mehr?"

„Ich weiß es nicht, aber seit wir alle unsere Heimat verlassen haben, habe ich keine Verbindung zu meinem Vater mehr und ich weiß ganz ehrlich nicht, ob ich noch einen Blick in diesen grausam, verdrehten Verstand werfen möchte." Madan wirkte irgendwie traurig.

Gabriel wusste nicht wirklich, was er nun sagen sollte, und blickte den weißhaarigen Mann nur betreten an.

Madan setzte ein kaum zu merkendes Lächeln auf und drehte sich dann zum Gehen. „Ich hoffe, das Buch hilft."

Gabriel nickte und sah ihm einen Moment hinterher, dann begab auch er sich auf sein Zimmer, leise, mit gerunzelter Stirn darüber nachdenkend, was Madan ihm gerade gesagt hatte.

Im Zimmer war Alexiel währenddessen dabei, sich mit Harris zu streiten, der scheinbar Wut entbrannt an den schwarzen Haaren des Dämons riss. Kaum das Harris Gabriel erblickte, sprang er jedoch zu ihm herüber und schnatterte nur noch einige Momente wütend vor sich hin.

Alexiel warf Harris einen vernichtenden Blick zu und begann, mit seinen Fingern schnell seine Haare wieder in Ordnung zu bringen. Dann hielt er inne und musterte Gabriel für einen Moment mit einem fragenden Gesichtsausdruck.

„Dir brennt doch etwas unter den Fingernägeln", stellte er fest und begann wieder an einem Knoten in seinen Haaren herumzuzupfen.

„Madan brennt mir unter den Fingernägeln", seufzte Gabriel und ließ sich auf das gemeinsame Bett plumpsen.

Alexiel setzte sich zu ihm.

„Inwiefern denn? Hm?" Nun war es an Gabriel, sich durch die Haare zu raufen.

„Seine Rolle in diesem Krieg. Ich weiß nicht. Er sagt, in der Dunklen Dimension konnte er in den Verstand seines Vaters blicken...aber was soll das bitte heißen? Ich meine, wie soll uns das helfen? Hier kann er diese Fähigkeit nicht einsetzen. Ist das überhaupt die Art, auf die er uns laut der Prophezeiung helfen wird? Könnte?", ratterte Gabriel herab und beobachtete, wie Harris mit den Fingern seiner rechten Hand spielte und daran herumzog.

Alexiel sah Gabriel ein wenig ratlos an, dann seufzte er. „Ganz ehrlich? Ich glaube, das Einzige, was uns jetzt in diesem Krieg helfen könnte, wäre wirklich ein Blick in Saradiels Kopf. Ich meine, wir haben keine Ahnung, wo er ist, er würde den Orden aber auch nie direkt angreifen, und wir können uns auch alle schlecht über ganz Europa verteilen und auf ihn warten."

Gabriel brummte zustimmend und ließ sich gegen die Schulter des Dämons sinken. „Du solltest dich ausruhen, du wirkst ganz ausgelaugt", schlug dann Alexiel vor und strich ihm sanft eine Locke aus dem Gesicht. „Ich werde mich auch etwas hinlegen. Das Reisen mit dem Zeppelin geht zwar schneller, aber anstrengend ist es trotzdem."

Gabriel nickte, schob Harris sanft von seinem Schoß und entledigte sich dann seiner Schuhe und Weste.

Alexiel schüttelte ebenfalls seine Stiefel von den Füßen und ließ sich dann neben Gabriel auf die Matratze sinken. Schnell waren die beiden eingeschlafen.

Als sie langsam wieder erwachten, war es draußen beinahe dunkel. „Wie viel Uhr ist es?", brummte Alexiel, woraufhin Gabriel mit halb geschlossenen Augen begann, auf seinem Nachtkästchen nach seiner Taschenuhr zu tasten. Mit einem leisen Klirren schob er die Uhr von dem Möbelstück und tastete dann neben dem Bett auf dem Boden weiter. Schließlich konnte er die Kette der Uhr greifen und zog das kleine Stück Uhrmacherkunst zu sich. Müde kniff er im Halbdunkeln die Augen zusammen und versuchte, das Zifferblatt zu erkennen. Mit einem weiteren Brummen zündete Alexiel die Kerze an, indem er einmal gegen den Docht schnippte. Im flackernden Licht betrachtete Gabriel ein weiteres Mal das Zifferblatt.

„Es ist kurz nach zehn…", murmelte er.

Alexiel ließ sich wieder nach hinten in die Kissen sinken. „Ich habe Hunger", ließ er verlauten und rolle sich anschließend langsam aus dem Bett. Gabriel folgte ihm.

Die beiden stiegen herab ins Erdgeschoss und wanderten dann in die Küche im Ostflügel. Kurz vor der Küche kam ihnen Tartys entgegen.

„Ich habe schon alles aufgeräumt, ihr habt das Abendessen verschlafen, aber es ist noch Brot da und ihr könnt eines der Gläser Konfitüre aufmachen, wenn ihr wollt", sagte er und lief, nachdem ihm Gabriel und Alexiel für die Information gedankt hatten, weiter. Schweigend und noch halb schlafend aßen sie.

„Ich glaube…", murmelte Alexiel dann irgendwann. „Wir sollten es Madan überlassen, wie er glaubt, uns helfen zu können…"

Gabriel nickte und gähnte hinter vorgehaltener Hand. „Du hast recht, das sollten wir. Ihr habt bei mir ja auch einfach gewartet, bis sich herausgestellt hat, wie ich euch helfen kann."

Alexiel nickte und schüttelte ein paar Krümel von seinen Fingern auf den Teller.

Langsam wurden die beiden wieder etwas wacher, bis Gabriel dann vorschlug, bevor sie wieder zu Bett gingen, doch einen kleinen Nachtspaziergang zu machen, der Mond sei hell genug dafür und er müsse sich dringend bewegen.

Alexiel stimmte dem Vorschlag zu und so wanderten sie dann noch gut eine Stunde durch die milde Sommernacht, bevor sie wieder zurückkehrten und sich erneut schlafen legten.

Kapitel 37

(September 1687)

Gut zwei Wochen vergingen, und so langsam war der gesamte Orden ratlos. Die meisten hatten erwartet, dass Madan mit etwas Großem kam, dass Ithuriel verkünden würde, sie hätten jetzt eine Möglichkeit, den Krieg zu beenden. Eine Waffe, die Madan entwickelt hatte. Eine Möglichkeit, Saradiel zu finden. Aber so war es nicht. Madans Fähigkeit, in den Geist seines Vaters zu blicken war hier nutzlos, da sie nicht funktionierte, was Madan betroffen dem Orden offenbart hatte, nachdem er und der Rat lange über das zu tuende beraten hatten. Der gesamte Orden war im Ballsaal versammelt worden und Madan hatte zu allen gesprochen.

Insgesamt war die Stimmung nun eher betreten und Madan verbrachte seine Tage meist damit, zusammen mit den anderen Mitgliedern des Ordens zu trainieren und Vohamanah bei der Aus- und Weiterbildung der Kämpfer zur Hand zu gehen.

Gabriel wiederum verbrachte viel Zeit mit Ephemera in den Gewächshäusern und half ihr und einigen anderen, die sich um die restlichen Gewächshäuser und Gärten kümmerten, den Kompost in dem Hof vor dem Gewächshaus mit den Heilpflanzen und Pflanzen aus der Dunklen Dimension, umzuschaufeln.

Alexiel und die restlichen Schmiede des Ordens arbeiteten weiter an der Fertigstellung der Zeppeline und außerdem hatte er begonnen, Gabriel beizubringen, wie man so einen Zeppelin bedient. Zu Alexiels Freude lernte Gabriel recht schnell und hatte nach zwei Wochen bereits große Fortschritte gemacht. Natürlich würden sie in der nächsten Zeit noch weiter üben müssen, aber Alexiel brachte es Spaß, Gabriel das Fliegen beizubringen und so sah er es nicht wirklich als Aufgabe an.

So war also jeder mehr oder weniger gezwungen, seinem Alltag wie gewohnt nachzugehen, an Jagden teilzunehmen und bei der Ernte in den Obstgärten und auf den paar versteckten Feldern, die der Orden noch bestellte, zu helfen. Die Arbeit war anstrengend, aber Gabriel genoss es, den Tag in einem der Obstgärten zu verbringen und Korb um Korb mit Äpfeln, Birnen und verschiedenen Beeren zu füllen. Jedoch nagte auch an ihm die Frage, wie es weitergehen sollte.

Am Abend dann hatte man sich wieder hungrig in der Küche eingefunden, ließ sich von Tartys, der mittlerweile zwei Helfer hatte, mit Essen versorgen und verteilte sich dann auf die beiden Speisesäle.

Gabriel, Alexiel, Ephemera und Karael saßen gemeinsam an einem Tisch weiter hinten im Speisesaal im Erdgeschoss und unterhielten sich leise, bis Alexiel kurz innehielt und die Stirn runzelte.

„Ist alles in Ordnung?", fragte Gabriel, überrascht, dass Alexiel mitten im Satz aufgehört hatte zu reden.

„Was wäre, wenn...?", grübelte der Dämon und zog die Augenbrauen noch weiter zusammen. „Oder? Das müsste doch bestimmte machbar sein..."

„Was wäre, wenn was?", fragte Ephemera, ebenfalls etwas verwirrt, während Karael Alexiel nur aufmerksam mit einem interessierten Gesichtsausdruck musterte.

„Ach, nichts", wiegelte dieser ab und wackelte kurz abwinkend mit der Hand. Alexiels Stimme klang aber nicht, als wäre nichts, zumindest nicht für Gabriel. Gabriel hatte jedoch auch versprochen zu versuchen zu lernen, mit seinen Fragen auf den richtigen Moment, den Moment, wenn Alexiel bereit war zu reden, zu warten und so beschloss er, zumindest jetzt nicht weiter nachzuhaken. Schließlich wollte er sein Versprechen halten.

Sich weiter über Belanglosigkeiten unterhaltend fuhren sie also fort zu essen, jedoch blieb Alexiel noch recht lange eher still und grüblerisch.

Nach dem Abendessen saßen sie noch gut eineinhalb Stunden im Speisesaal und redeten. Langsam begann Alexiel auch wieder mehr zu reden, als er so langsam auf andere Gedanken kam.

Später dann begaben sie sich alle auf ihre Zimmer, außer Karael, der noch einmal in die Bibliothek zurückkehrte. Kaum, dass

Gabriel und Alexiel ihr gemeinsames Zimmer betreten hatten, wurde Alexiel plötzlich wieder schweigsam und irgendwie unruhig.

Die beiden begannen sich umzuziehen und Gabriel erwischte sich immer wieder dabei, wie er dem Dämon besorgte Blicke zuwarf.

Harris saß wie so oft schnatternd in seinem Nest.

Schließlich legten sich die beiden hin, doch Alexiel fand keine Ruhe. Er rollte sich immer wieder hin und her, auf der Suche nach einer Position, in der er sich entspannen konnte.

Mit einem Seufzen richtete sich Gabriel auf, drehte sich zu Alexiel und stützte sich auf seinen Ellenbogen. Jetzt war der richtige Zeitpunkt, um zu fragen, beschloss Gabriel. „Was ist los, Chérie?", flüsterte er und strich mit seinen Fingerspitzen sanft über Alexiels schwarze Haare.

Alexiel drehte sich zu Gabriel um und seufzte. „Mir lässt Madan keine Ruhe. Was, wenn wir den Zauber, den Hadramiel genutzt hat, um die ganzen Monster hier ins Schloss zu bringen, nutzen könnten, um Madan in die Dunkle Dimension zu bringen, damit seine Kräfte wieder funktionieren", stöhnte Alexiel offensichtlich frustriert.

Gabriel runzelte die Stirn. „Hm, das ist eine Idee... Allerdings wissen wir nicht, ob Saradiel dafür auch in der dunklen Dimension sein muss oder ob es wirklich an der Dunklen Dimension liegt...", murmelte er und ließ sich auch wieder auf den auf den Rücken fallen. „Warum schlägst du das nicht Ithuriel vor...", legte Gabriel Alexiel nahe und drehte seinen Kopf zu ihm herüber.

„Sicher?"

„Es ist eine Idee, mehr, als dass sie nicht funktioniert oder Ithuriel sie ablehnt, kann nicht passieren."

„Du hast recht", brummte Alexiel, rutschte ein Stück zu Gabriel herüber und legte seinen Kopf auf dessen Brust. „Ich werde morgen mal mit Ithuriel darüber reden."

Gabriel legte seinen Arm um den Dämon und schloss die Augen. „Tu das."

402

Die beiden verschränkte ihre Finger miteinander.

Alexiel entwich ein Seufzen, dann schloss er die Augen. „Gute Nacht…“, murmelte er.

„Gute Nacht, Chérie…“, erwiderte Gabriel.

Von draußen, durch das offene Fenster, konnte man leise Grillen zirpen hören und Gabriel meinte sogar, ein Käuzchen rufen zu hören, und so langsam wiegten die sanften Geräusche des Waldes um das Schloss die beiden in einen traumlosen Schlaf.

Am nächsten Morgen war Alexiel ungewöhnlich früh wach, war doch normalerweise Gabriel der Frühaufsteher von den beiden. Als Gabriel die Augen aufschlug, war der Dämon bereits hastig dabei, sich anzuziehen, wobei er erfolglos versuchte, möglichst leise zu sein.

„Was ist denn los?“, fragte der Franzose etwas verwirrt, was Alexiel erschrocken innehalten ließ.

„Du bist wach“, stellte er nüchtern fest und zog sich ein weißgrau gemustertes Hemd über.

„Ja, und du auch. Was hat dich so früh aus dem Bett gescheucht?“, fragte Gabriel und richtete sich auf.

„Ich konnte nicht mehr schlafen, ich will noch einmal mit Karael reden, bevor ich mit Ithuriel spreche. Er kennt sich ein bisschen besser als ich mit Magie aus“, erklärte Alexiel und band sich die Haare im Nacken zusammen.

Gabriel nickte und schlug die Decke beiseite. „Soll ich mit?“, fragte er.

Alexiel lächelte. „Wenn du willst, gerne, du kannst aber auch ruhig weiterschlafen.“

„Nein, ich komme mit. Wartest du noch einen Augenblick?“

Alexiel nickte und Gabriel begann sich, ebenfalls hastig, anzuziehen. Schuhe, Strümpfe, graue Kniebundhose, ein weißes Hemd und eine hellblaue Weste darüber. Die kleine Taschenuhr ließ er in der Tasche seiner Weste versinken. Dann brachen die beiden zur Bibliothek auf. Es war zwar noch recht früh, aber Karael hatte die Angewohnheit, bereits zu gottlosen Zeiten aufzustehen, und konnte daher jetzt schon in der Bibliothek gefunden werden. Wie der Engel das machte, wusste Gabriel nicht, konnte man ihn schließlich auch oft noch nach Mitternacht in der großen Halle mit dem Labyrinth aus Regalen und Vitrinen finden.

Die große, zweiflügelige Tür stand bereits weit offen und durch die Buntglasfenster fiel helles Licht. Jetzt verstand Alexiel auch, warum Gabriel gerne so früh in die Bibliothek kam. Wenn die Sonne aufging und so die Bibliothek erhellte, kam man sich vor, als wäre man in einer anderen Welt. Einer verzauberten Welt aus einem Märchenbuch.

Die beiden betraten die Bibliothek und begannen die Gänge mit ihren Augen nach Karael abzusuchen. Bis auf ein paar Chronsiten, die einige Bücher auf Wägelchen durch die Gegend schoben und wieder aufräumten, konnten sie jedoch niemanden finden. Auch als sie den Artefakt Raum, den Gabriel jetzt da er ein offizieller Seher des Ordens war ja alleine betreten durfte, betraten, fanden sie keine Spur des Bibliothekars. Etwas ratlos blieben die beiden also in der Tür zu besagtem Raum stehen, bis sie von einem sehr alten Chronisten angesprochen wurden, dessen leicht milchige Augen verrieten, dass er fast blind war.

„Sucht ihr jemanden?", fragte der Mann mit der wettergegerbten Haut und der rauen Stimme.

Alexiel nickte. „Wir suchen Karael."

„Er ist in der Schreibwerkstatt", sagte der alte Mann und deutete in die westliche Hälfte der Bibliothek.

„Danke", antwortete Gabriel. Er erinnerte sich an die Tür zur Schreibwerkstatt, in der er ja auch bei der Übersetzung des Manuskriptes geholfen hatte. Der Mann nickte und trottete dann in einen der Gänge davon. Gabriel führte Alexiel einen anderen Gang entlang, bis sie vor der Tür standen. Es handelte sich um eine breite Tür aus dickem, dunklem Holz, in die das Wappen des Ordens, das von Rosen umrankte Schwert, eingeschnitzt war.

Gabriel öffnete die Tür und betrat, gefolgt von Alexiel, den überraschend großen Raum. Neben einem Chronisten, der ein paar Notizen in ein dickes Buch übertrug – Gabriel schätzte, dass es sich um den Bericht über die letzte Jagd, die am Tag zuvor zurückgekehrt war, handelte – befand sich tatsächlich nur Karael in dem Raum, der dabei war, an einer von zwei Druckpressen die Druckplatte vorzubereiten, um die Seite eines langsam zerfallenen Buches zu kopieren.

„Karael!", rief Alexiel, woraufhin sich der Angesprochene überrascht umdrehte.

„Guten Morgen", grüßte er und legte den Kasten mit den verschiedenen Buchstaben, die er bis eben auf die Druckplatte sortiert hatte, beiseite.

„Ich habe eine Frage", kam Alexiel gleich zum Thema, während Gabriel seinen Blick durch den Raum wandern ließ. Rechts und links befanden sich große Fenster, an der Rückwand zwei große Regale voll mit Papier, einige Schreibpulte und die besagten zwei Druckerpressen, an der Decke hingen Leinen, auf denen man frisch gedruckte Buchseiten trocknen lassen konnte.

„Was möchtest du wissen?", fragte Karael.

„Wäre es möglich, durch den Zauber, den Hadramiel genutzt hat, auch in die Dunkle Dimension zu kommen und wieder zurück?"

Karael runzelte die Stirn. „Theoretisch bestimmt, es ist immer noch ein Riss zwischen den beiden Dimensionen. Ich fürchte aber, dass der Zauber nicht stark genug wäre, um einen von uns passieren zu lassen. In welche Richtung auch immer…", sagte er und tippte sich nachdenklich an die Unterlippe. „Warum fragst du?"

„Madan hat erwähnt, dass seine Fähigkeit nicht funktioniert, seit er hier auf der Erde ist. Ich hatte überlegt, wie er uns sonst helfen könnte und dann eben diesen Einfall, dass wir ihn ja eventuell zurück in die Dunkle Dimension bringen könnten."

Karael nickte. „Die Idee ist, glaube ich, gut und den Zauber müsste man verstärken können, auch wenn wir dafür vielleicht mit Hadramiel reden müssten."

Alexiel schluckte, nickte dann aber. „Gut. Dann geh ich mal zu Ithuriel…", seufzte er.

Karael nickte und schenkte ihm und Gabriel ein Lächeln zum Abschied.

Gemeinsam wanderten die beiden in den Ostflügel und erklommen die Treppe hinauf in den zweiten Stock.

Etwas nervös klopfte Alexiel an die Tür des Ratsvorstehers. Gabriel lächelte ihn aufmunternd an. Hinter der Tür ertönte die donnertiefe Stimme Ithuriels.

„Herein!", rief der Engel, woraufhin Alexiel die Tür öffnete.

Im Inneren war Ithuriel dabei, über einem Stapel Papiere zu brüten, bei denen es sich um einige Berichte zu handeln schien. „Wie kann ich euch helfen?", fragte Ithuriel und blickte hoch.

„Was ist, wenn wir Hadramiels Zauber nutzen würden, um Madan in die Dunkle Dimension zu bringen?", fragte Alexiel dann. Es klang fast etwas wie leiser Triumph in seiner Stimme mit.

Ithuriel blickte die beiden Männer lange unter seiner Kapuze heraus an und Gabriel wurde langsam etwas unruhig. „Hm…", machte er dann. Er erhob sich und schritt auf das Fenster hinter seinem Schreibtisch zu. „Denkt ihr denn, dass, selbst wenn es funktioniert, Madan zurückgehen wollen würde?"

„Das müssten wir ihn natürlich fragen, aber Karael meinte, dass wir den Zauber so verbessern können müssten, dass er stark genug ist, einen Riss für einen von uns zu öffnen", argumentierte Alexiel.

Ithuriel nickte. „So verantwortungslos gefährlich ich diese Idee finden, im Moment habe ich keine andere und so können wir gleichwohl auch das versuchen. Ich werde mit Madan sprechen, ob er bereit wäre, es zu versuchen."

Kapitel 38

(September 1687)

Hadramiel sah ungepflegt aus, so wie er da zusammengesunken auf seiner Pritsche saß und an der Wand seiner Zelle lehnte. Gabriel wusste, dass die Kerkerzellen des Ordens besser waren als jedes Gefängnis, waren diese Zellen doch auch an das seltsame Heizungssystem des Schlosses angebunden und so beheizt, aber der Komfort der Zimmer, die die anderen Mitglieder des Ordens bewohnten, war nicht gegeben. Der Kerker konnte über einige Gänge, die einen auch zu weiteren Kellern brachten, und über die Treppe im Westflügel des Schlosses erreicht werden, die in den Keller und zu besagten Gängen hinabführte. Bei der Zelle handelte es sich um einen kleinen Raum mit unverputzten Wänden und einer Gittertür. Ein Fenster, das durch ein Gitter unzugänglich gemacht wurde, und einige Laternen auf dem Gang, von dem die Zellen wegführten, erhellten die Zelle und Hadramiles Gestalt. Die Haare des alten Dämons waren offen und verfilzt, seine Wangen eingefallen. Trotz dem, dass er dieselbe Verpflegung wie der Rest des Ordens bekam, wirkte er dünner als vor ein paar Monaten.

Gabriel spürte, wie sich Alexiel neben ihm anspannte und nach seiner Hand griff.

Neben den beiden standen außerdem noch Ithuriel, Rahathiel und Karael in dem Gang und musterten den ehemaligen Vorsteher der Schmiede des Ordens prüfend.

Alexiel jedoch schien sich mehr und mehr in sich selbst zu verkriechen. Zu frisch war die Wunde, die sein Mentor in sein Herz gerissen hatte, als er den Orden verriet. Als er Alexiel fallen ließ und auch ihn verriet.

„Alexiel", ertönte Hadramiels Stimme, die nicht anders klang als bei dem Kampf in der Bibliothek.

Alexiel wiederum spürte, wie ihm schlecht wurde und er musste Tränen herunterschlucken.

„Wir müssen nicht hierbleiben. Wir können auch gehen", flüsterte Gabriel Alexiel ins Ohr, doch dieser schüttelte den Kopf.

„Bleib du hier. Ich werde gehen. Bitte sage mir einfach, was er gesagt hat", flüsterte Alexiel zurück, löste seine Hand aus Gabriels und verließ den Kerker. Gabriel sah ihm kurz hinterher und verschränkte dann die Arme vor der Brust, in der langsam wieder Wut hochquoll.

Ithuriel trat nach vorne, auf seinem Gesicht schien ein Schatten zu liegen, der dunkler war als der, der normalerweise von seiner Kapuze geworfen wurde. Seine dunkle Haut wirkte plötzlich nicht mehr warm, sondern schien kalt und zu dunklem Marmor gefroren zu sein. Der Verrat seines Freundes schien auch ihm zu schaffen zu machen.

„Du musst uns sagen, wie du diesen Zauber, den du genutzt hast, um Monster hierherzubringen, hergestellt hast. Wir wissen, dass du Blut genutzt hast, pro Schüssel sieben kleine Rosenquarze, vier schwarze Federn und zwei Vogelschädel, verschiedene Kräuter. Wir wissen, dass die Kräuter Eisenkraut, Schlafmohn und Beifuß sind. Wir müssen wissen, von welchem Tier das Blut kommt und von welchem Vogel die Federn und der Schädel", verlangte Ithuriel.

Gabriel bemerkte, dass Rahathiel seine Hand auf dem Griff sei nes Schwertes liegen hatte und sein Blick kälter denn je war. Hadramiel hob langsam den Kopf und richtete seine etwas glasig gewordenen Augen auf die Gruppe vor der Kerkertür.

„Warum sollte ich euch das sagen?", fragte der Dämon.

„Wir sind bereit zu verhandeln. Du wirst zwar nicht vom Gericht der Non Humani gerichtet werden, sondern vom Orden, aber wir sind dennoch bereit Zugeständnisse zu machen", sagte Ithuriel und machte einen Schritt auf die Gitterstäbe zu, die ihn und Hadramiel trennten.

Gabriel war dankbar für die Eisenstäbe, denn er wusste nicht ob er sich beherrschen hätte können, hätte er direkt an Hadramiel herangekonnt. Er hatte Alexiel nie so am Boden zerstört erlebt wie an jenem Abend. Was es für ihn aber noch schlimmer machte, war die

Tatsache, dass Alexiel sich an jenem Tag so große Mühe gegeben hatte, Gabriel einen schönen achtundzwanzigsten Geburtstag zu bescheren und stattdessen war es der Tag geworden, an dem seine Welt ein zweites Mal zusammenbrechen sollte. Alexiel hatte versucht, jemand anderem einen schönen Tag zu schenken und stattdessen war es einer der schlimmsten Tage seines Lebens geworden und der Mann, der dafür verantwortlich war, saß da direkt vor Gabriel in einer Zelle auf einer Pritsche.

Hadramiel summte leise, so als ob er nachdenken würde, und hob dann wieder an zu sprechen.

„Ich weiß, dass ihr mich nie wieder freilassen werdet. Ich weiß zu viel über den Orden und sterben will ich auch nicht", er lachte bitter. „Ich will etwas zu tun haben. Wenigstens ein paar Bücher zu lesen. Oder gebt mir irgendetwas, an dem ich bauen kann. Ich bin immer noch jemand, der neue Sachen entwickelt. Ich will wissen, was da oben passiert, hier unten bekommt man nichts mit, und ich will mit Alexiel sprechen. Nur einmal, mehr nicht, aber ich will allein mit ihm reden."

Ithuriel nickte. „Ob du mit Alexiel reden kannst, hängt von ihm ab, alles andere kann ich arrangieren."

„Ich spreche nur, wenn alle meine Forderungen erfüllt werden."

Gabriel konnte sich das nicht mehr länger mit ansehen und stürmte aus dem Kerker, den Gang, der zur Treppe führte, entlang und dann diese hinauf. Er eilte in den ersten Stock, da er hoffte, Alexiel hätte sich in ihr gemeinsames Zimmer zurückgezogen. Vorsichtig öffnete er die Tür und steckte seinen Kopf in das Zimmer.

„Alexiel?", fragte er.

Vom Bett her hörte er leises, zittriges, von gelegentlichem Nasehochziehen unterbrochenes Atmen. Gabriel trat ein und setzte sich neben den zu einem kleinen Ball zusammengerollten Dämon und begann, ihm sanft über die zitternde Flanke zu streichen.

Alexiel richtete sich auf und warf sich in Gabriels Arme.

Gabriel drückte ihn fest an sich und fuhr ihm sanft mit den Fingern durch die Haare. Er ließ ihn weinen und unterbrach ihn nicht, flüsterte ihm nur leise aufmunternde Worte ins Ohr.

Irgendwann, das herzzerreißende Schluchzen war langsam verebbt, hob Alexiel dann seinen Kopf von Gabriels Schulter, wischte sich die Tränen mit dem Ärmel seines Hemdes aus dem Gesicht und holte einmal tief Luft. „Was hat Hadramiel gesagt?"

Gabriel seufzte und rieb sich über das Gesicht. „Er hat ein paar materielle Forderungen gestellt, um sich zu beschäftigen…er will aber auch mit dir reden…er weigert sich uns zu helfen, wenn er nicht mit dir reden kann…", flüsterte Gabriel und senkte betreten den Blick.

Alexiel schluckte und vergrub sein Gesicht wieder in Gabriels Schulter. „Morgen", Alexiel schluckte. „Ich werde morgen mit ihm reden…kannst du mitkommen?"

„Ich fürchte, er will mit dir allein reden, aber ich warte an der Tür zum Kerker."

Alexiel nickte und drückte sich noch etwas fester an Gabriel.

Am nächsten Tag war Alexiel unruhiger denn je und richtig schlafen hatte er auch nicht können. Er hatte sich die ganze Nacht hinund her gewälzt, mal an Gabriel herangekuschelt und dann wieder so weit von ihm weggerollt, dass er ganz an der Bettkante lag. Schließlich war der Dämon dann um fünf Uhr morgens aufgestanden und in die Werkstatt verschwunden. Er hatte Gabriel zwar gesagt, dass er ruhig weiterschlafen konnte, aber das war leichter gesagt als getan.

Für gut eine Stunde hatte Gabriel versucht, wieder in einen wenigstens leichten Schlaf zu sinken, was aber nicht wirklich von Erfolg gekrönt war, und so stand der Franzose dann ebenfalls auf, zog sich an und trottete in die Küche. Dort bereitete er ein kleines Frühstück für sich und Alexiel vor und lief dann den kurzen Weg zur Werkstatt. Alexiel fand er in der Halle unter dem Berg, wo dieser bereits wieder an einem fast fertigen Zeppelin die letzten kleinen Handgriffe vornahm.

„Chérie?", fragte Gabriel, woraufhin sich Alexiel umdrehte und ihm einen beinahe Hilfe suchenden Blick zuwarf. „Ich dachte mir, du hast vielleicht Hunger?", sagte er und streckte Alexiel einen der beiden Teller entgegen.

Alexiel nickte und nahm den Teller aus Gabriels Hand. Die beiden setzten sich in dem Zeppelin auf den Boden und begannen langsam zu essen. Anschließend brachten sie die Teller wieder in die Küche, wo Tartys mit seinen beiden Helfern dabei war, das Frühstück für den Orden vorzubereiten.

„Kommst du? Ich will das Gespräch hinter mich bringen", brummte Alexiel schließlich und zog Gabriel in den Westflügel des Schlosses. Dort holte Alexiel zunächst sein Schwert aus ihrem Zimmer, dann stiegen sie die Treppe herab in den Keller und begaben sich zu den Kerkerzellen. Der Gang, an den diese anschlossen, wurde durch eine zwei Meter hohe, zweiflügelige Tür aus mit Eisen verstärktem Holz abgetrennt. Gabriel blieb an dieser stehen und gab Alexiel sanft einen langen Kuss.

„Ich bin gleich hier, wenn du mich brauchst!", versprach er.

Alexiel nickte, straffte die Schultern und öffnete die leise quietschende Tür, dann trat er in den Gang dahinter. Die Tür ließ er einen Spalt offenstehen, damit Gabriel mithören konnte.

So flach wie möglich atmend konzentrierte sich Gabriel auf Alexiels leise Schritte, die dann, als er vor Hadramiels Zelle stehen blieb, verstummten.

„Was willst du?", klang Alexiels Stimme schwach und betont beherrschte Stimme an Gabriels Ohr. Dann ein leises Lachen von Hadramiel. Gabriel zog sich der Magen zusammen und er wünschte sich, Alexiel Beistand leisten zu können.

„Was glaubst du?", sagte Hadramiel dann.

„Ich weiß nicht. Dich darüber lustig machen, dass ich so dumm war, dir zu vertrauen? Mir einen langen, detaillierten Monolog vortragen, warum du das Manuskript stehlen wolltest. Und beantworte mir eine Frage, warum hast du nicht einfach den Standort des Ordens verraten?" Alexiels Stimme hatte noch nie so kalt geklungen.

„Nein, nein. Wie geht es dir? Hm? Gehen die Zeppeline voran? Und den Standort des Ordens zu verraten wäre nicht genug, warum sollte mich Saradiel in seine Ränge aufnehmen, wenn ich ihm nur einen Ort nenne. Nein, ich müsste ihm schon etwas von Wert bringen." Hadramiles Stimme wirkte entrückt, als würde er sich für einen kurzen Moment in einer wahnsinnigen Fantasie verlieren, deren Logik nur er verstand.

„Die Zeppeline gehen voran, aber nicht dank dir. Ich habe einige Verbesserungen vorgenommen, und auch einige der neueren Mitglieder haben einiges beigesteuert."

Hardamiel lachte wieder leise und Gabriel musste sich zusammenreißen, um nicht sofort zu Alexiel zu eilen.

„Was könnte sich ein Lehrer mehr wünschen, als dass sein Schüler einen eines Tages nicht mehr braucht? Selbst ein Lehrer wird...", hauchte Hadramiel beinahe wehmütig. „Verstehe mich. Ich wollte dich nie verletzten. Du bist mir wirklich wichtig, du-"

„Hör auf, ich will das gar nicht wissen. Ich rede nur mit dir, weil wir deinen Zauber brauchen. Nicht weil du mir noch irgendetwas bedeuten würdest."

„Warum glaube ich dir das nicht?"

Gabriel hörte leises Rascheln. War Hadramiel aufgestanden? „Du kannst es ruhig zugeben. Ich werde dir immer etwas bedeuten."

„Wenn du dir das einbilden möchtest, bitte. Ich habe mein Teil des Deals erfüllt. Jetzt sage uns, was uns noch für den Zauber fehlt!"

„Gut, gut. Schickt jemanden vorbei und ich diktiere ihm, was er zu tun hat!"

Ein weiteres leises Rascheln und dann schnelle Schritte. Mit einem beinahe verkrampft wirkenden Gesicht stieß Alexiel die beiden Türflügel auf und stürmte an Gabriel vorbei. Seine Hand hatte Alexiel eisern um den Griff seines Schwertes geklammert und sein gesamter Körper schien zum Zerreißen gespannt zu sein.

Hastig eilte ihm Gabriel hinterher die Treppe hinauf in den ersten Stock. Alexiel hetzte weiter zu ihrem gemeinsamen Zimmer, löste sein Schwert von seiner Hüfte und warf es auf das gemeinsame Bett. Wie eine Marionette, der man die Fäden durchgetrennt hatte, ließ er sich auf das Bett fallen, stieß die Luft, die er angehalten hatte, aus, dann schnappte er sich ein Kissen, drückte es sich auf das Gesicht und begann sich die Seele aus dem Leib zu schreien.

Gabriel setzte sich neben ihn und legte ihm seinen Arm um die Schultern.

Alexiel lehnte sich gegen ihn und schloss die Augen, das Kissen auf seinem Schoß. Nur für ein paar Minuten, bis sich seine aufgewühlten Gefühle wieder beruhigt hatten.

Einige Zeit später verließen die beiden dann wieder den Schutz ihres Zimmers und erklommen die Treppe in den zweiten Stock, wo sie Ithuriels Arbeitszimmer aufsuchten. Kurz und knapp gab Alexiel Ithuriel Bescheid, dass er mit Hadramiel geredet hatte und dieser nun bereit war zu erklären, wie man den Zauber anwendete und was man dafür bräuchte.

Ithuriel wirkte erleichtert, sein Gesicht spiegelte jedoch auch Mitleid für Alexiel wider.

Danach zogen sich Gabriel und Alexiel wieder zurück und verbrachten den Rest des Tages, ihre Pflichten mit ausdrücklicher Erlaubnis Ithuriels vernachlässigend, im Bett.

Alexiel war sehr still und lauschte den kleinen Geschichten, die Gabriel erzählte, nachdem er ihn gebeten hatte, die Stille mit seinen Worten zu füllen. Gabriel sprach daher von allem, was ihm gerade in den Sinn kam. Er sprach von den Ausflügen, die er oft mit Jean unternommen hatte. Sachen, die ihm Ephemera über die Pflanzen, um die sie sich gemeinsam kümmerten, erzählt hatte. Er berichtete von Geschichten, die er über Versailles gehört hatte, und die er wenigstens etwas unterhaltsam fand. Er erzählte von Sachen, die ihm Valuel oder Karael berichtet hatten. Während allem lag Alexiel mit einem abwesenden Gesichtsausdruck auf Gabriels Brust und lauschte nicht nur seiner Stimme, sondern auch dem Schlagen seines Herzens, seinem Atem und dem leisen Vibrieren von Gabriels Worten in dessen Brust.

Kapitel 39

(September 1687)

Mit einem mulmigen Gefühl im Magen beobachtete Gabriel, wie Karael die beiden toten Krähen ausbluten ließ und deren dicken, roten Lebenssaft in zwei Schüsseln füllte. Um seine Hände frei zu haben, hängte er die toten Tiere an zwei Haken unter der Decke. Anschließend wickelte er die Schädel von zwei weiteren Vögeln aus einem Tuch aus. Es schien sich ebenfalls um die Schädel von Raben oder Krähen zu handeln.

„Du musst nicht hierbleiben, wenn du nicht willst", sagte Karael, der ja eigentlich speziell nach Gabriel gefragt hatte, um ihm zu helfen, und warf ihm einen kurzen Blick zu. „Oder es dein Magen nicht zulässt, du siehst sehr blass aus."

„Nein, nein, es geht schon. Ich werde einfach die Kräuter kleinschneiden", winkte Gabriel ab und stellte sich, mit dem Rücken zu Karael, an einen anderen Tisch, in dem extra für die Versuche mit diesem Zauber eingerichteten Labor im ersten Stock im Ostflügel des Schlosses. Zunächst nahm er sich den Strauß weißer Rosen vor und begann, die Blütenblätter vorsichtig von den Knospen zu zupfen, die er alle in einer großen Schüssel sammelte. Dann begann er, die Samenkapseln des Schlafmohns zu zerdrücken. Normalerweise nutzte man anscheinend nur die Samen, aber Hadramiel hatte in seinem Zauber die gesamten Samenkapseln verwendet. Den Beifuß zerschnitt er in immer ungefähr 10 Zentimeter große Stücke, die er zu kleinen Bündeln zusammenfasste. Begann er dasselbe mit dem Eisenkraut zu tun, jedoch trennte er auch die Blüten von den Stängeln.

„Waren es nicht eigentlich zwei verschiedene Schädel?", fragte Gabriel dann, um die Stille zu füllen und blickte über die Schulter zu Karael.

„Nein, es waren anscheinend beides Krähenschädel. Ich muss die Krähenschädel noch säubern, wenn sie ausgeblutet sind. Es muss das Blut und der Schädel desselben Tieres sein, laut
414

Hadramiel", erklärte Karael. Gott, warum musste Magie teilweise so magenumdrehend ekelig sein? Blut, Schädel, was noch? Und warum musste er hier sein? Er hatte doch selbst gar keine Magie! Hätte Karael sich nicht jemand anderes suchen können?

„Warum wolltest du eigentlich mich dabeihaben?", fragte Gabriel irgendwann.

„Ich glaube, es war einfach ein Gefühl. Ich weiß, es gäbe genügend andere, die auch gerne geholfen hätten, und du bist ja auch nicht der Einzige, der daran mitarbeitet, dass der Riss, den wir versuchen zu öffnen, groß genug ist, um ein paar Personen hindurchschicken zu können... Du interessierst dich für Magie und ich vertraue dir", sagte Karael, scheinbar selbst etwas ratlos darüber, warum er Gabriel gebeten hatte zu helfen. Gabriel blickte kurz auf seine behandschuhten Hände, zog die Handschuhe dann aus und hängte, die Bündel mit Beifuß und Eisenkraut ebenfalls an Haken zum Trocknen auf.

„Was nun?" Karael zuckte mit den Schultern.

„Wir haben eigentlich alles. Um mehr vorbereiten zu können, bräuchten wir mehr Krähenschädel."

„Das heißt, wir sind so weit fertig!", seufzte Gabriel und räumte die Handschuhe wieder in eine der Schubladen. Karael nickte und wusch sich in einer kleinen Schüssel das Blut von den Fingern, welches auf diese getropft war, als er den toten Krähen die Kehlen aufschnitt und sie kopfüber aufhängte, um das Blut abfließen zu lassen. Danach verließen sie das Labor.

Während Karael in die Bibliothek zurückkehrte, war sich Gabriel nicht sicher, was er tun sollte. Das Gewächshaus war bereits umsorgt. Sollte er Valoel fragen, ob er mit ihm trainieren würde? Aber nein, er war wahrscheinlich dabei, bei der Ernte zu helfen, alles in den Heuschobern und Lagerkellern in Sicherheit zu bringen und Ausbesserungen an den Heuschobern vorzunehmen, falls welche anfielen, die zuvor niemandem aufgefallen waren. Gabriel entschloss sich, einfach einen der noch nicht abgeernteten Obstgärten aufzusuchen, er wusste, dass die Ernte auf dem größten der Gärten außerhalb der Mauern des Schlosses noch in vollem Gange war.

Er machte sich also auf den Weg. Den Hinweg würde er zu Fuß gehen, den Rückweg würde er auf einem der Karren, die auch das Obst transportieren würden, bestreiten können, und wenn nicht, naja, das Schloss war ja glücklicherweise nicht weit weg und es blieb auch noch recht lange hell.

Die Luft draußen war angenehm kühl, im Tal wäre es wahrscheinlich wärmer, aber hier oben wehte ein stetiger, seichter Wind. Gabriel erklomm in einem gleichmäßigen Schritt einen der Pfade zu der versteckten Alm. Die Szenerie, die ihn erwartete, als er aus dem Bäumen trat, war wie immer atemberaubend. Goldenes Sonnenlicht erhellte Apfel- und Birnbäume, die dicht an dicht auf der Alm standen, welche verborgen vom Schloss und dem Berg hinter dessen Rücken lag und den größten der Gärten des Ordens beherbergte. Einige Pferdekarren warteten und wurden Stück für Stück mit Körben befüllt. War die Ladefläche eines Karrens voll, so setzten sich zwei Mitglieder des Ordens auf den Kutschbock und fuhren rumpelnd über den Waldweg zurück zum Schloss, wo sie dann beim Abladen helfen würden. Gabriel nahm sich einen der noch leeren Körbe und gesellte sich zu einigen Engeln, darunter auch Valoel, und Dämonen, die dabei waren, einen Birnbaum abzuernten. Weiter hinten zupften ein paar Kinder lachend Brombeeren und Himbeeren und die letzten Heidelbeeren von einigen Büschen. Ihre Finger und Münder waren blaurot vom Saft der Beeren, die sie heimlich naschten.

Entspannt begann Gabriel, eine Birne nach der anderen von den unteren Ästen zu pflücken und nahm dann von Valoel, der auf einer Leiter stand, um die oberen Äste erreichen zu können, Birne um Birne entgegen. Gemeinsam füllte man so Korb um Korb, bis alle Karren beladen und alle Körbe voll waren. Die zwei letzten Karren brachten die Kinder und anderen Leute, die bei der Ernte gewesen waren, wieder zum Schloss.

Gabriels Glieder fühlten sich angenehm schwer an, als er sich in einen Stuhl im Speisesaal im Erdgeschoss sinken ließ und müde begann, das Abendessen zu verspeisen. Ihm gegenüber ließ sich ein sehr zufriedener Alexiel nieder, welcher verkündete, dass man nun mit den Zeppelinen so gut wie fertig sei, und sie alle bald ihre Jungfernflüge unternehmen, könnten.

„Willst du vielleicht bei einem der Jungfernflüge dabei sein? Die würden im Dezember stattfinden. Geplant ist, dass ich bis dahin alle Piloten so weit ausgebildet habe, dich eingeschlossen, dass wir alle sieben in die Luft bekommen. Ich würde mit dem Ersten vorausfliegen und die sechs neuen würden in Formation folgen", schlug Alexiel vor und griff nach Gabriels Hand.

„Wirklich? Denkst du, du schafft es in zweieinhalb Monaten so viele auszubilden?", fragte Gabriel überrascht nach.

Alexiel nickte. „Du hast ja schon ein bisschen Übung, das heißt mit deiner Ausbildung bin ich fast fertig. Und mit den anderen werde ich so verfahren, dass ich mehrere Flüge am Tag mache und halt erst nur sechs Piloten ausbilde. Danach können die auch bei der Ausbildung helfen", erklärte er seinen Plan. „Und vielleicht kannst du ja auch mal als Unterstützung einspringen. Du wirst ja wahrscheinlich früher fertig sein als der Rest."

Gabriel blinzelte Alexiel etwas skeptisch an, nickte dann aber zustimmend.

Alexiel sah ihn prüfend an. „Ist alles in Ordnung?"

„Magie ist ekelhaft. Zumindest teilweise...", brummte Gabriel.

Alexiel lachte. „Das liegt daran, dass wir Engel und Dämonen nur wenig Magie aus uns selbst heraus nutzen können und für alles Größere externe Magie brauchen. Schon vergessen?"

„Nein..."

„Und ich schätze, dass ein Zauber, der einen Riss in die Dunkle Dimension öffnet, noch einmal etwas ganz anderes ist. Du darfst mich aber nichts Genaueres fragen, ich kenne mich nicht so gut mit Magie aus und wirklich stark nutzen tue ich meine eigene ja auch nicht, abgesehen von den Feuerzaubern, die du bereits kennst"

„Warum eigentlich nicht?"

Alexiel zuckte mit den Schultern und ließ seinen Blick einen kurzen Moment nachdenklich wandern. „Ich weiß es nicht... ich denke, ich hatte einfach nie Interesse daran, herauszufinden, was ich ohne ein Ritual tun kann...", sagte er dann und blickte Gabriel mit gerunzelter Stirn an. Gabriel nickte. Irgendwie war das Gespräch damit beendet und sie aßen einfach in angenehmem Schweigen weiter.

Am nächsten Tag waren Gabriel und Karael wieder im Labor. Die Krähen waren ausgeblutet und so nahm Karael sie wieder vom Haken. Mit schwerem Herzen half Gabriel dem Bibliothekar, die Vögel zu rupfen und auszunehmen, dann begannen sie, das Fleisch und die Haut der Tiere abzulösen. Nachdem die beiden Vögel soweit es ging gesäubert waren, legten Gabriel und Karael sie in einige beschriftete Gefäße mit Salpetersäure, die neben einem großen Glas mit Katzenzähnen standen. Dann verließen sie das Labor wieder. Gabriel graute es davor, wenn die nächsten Krähen ankommen würden, schließlich wusste niemand, wie oft sie diesen Zauber anwenden und verändern mussten, bis sie ihr Ziel erreicht hatten, wenn sie es denn erreichen würden. Karael hatte zwar auch erklärt, dass es eigentlich recht simple Methoden gab, um mehrere Rituale zu einem größeren Zauber zu verbinden, und dass sie diese zunächst testen würden, aber sie wussten eben nicht, wie viele Rituale sie zusammenfügen mussten oder konnten.

Zwei Tage später kam dann eine ganze Wagenladung mit Krähen an, welche man in einem zur Voliere umfunktionierten, Gewächshaus unterbrachte.

„Du musst ohne mich weitermachen! Ich kann das nicht", stöhnte Gabriel an Karael gewandt, als er die gut zehn oder fünfzehn Vögel sah.

„Sicher?", fragte der Engel und legte Gabriel eine Hand auf die Schulter. Gabriel nickte.

„Frage jemanden anderen. Ich weiß eh nicht, warum du mich gebeten hast", bestärkte er und wand den Blick von den schwarzen Vögeln mit den intelligenten Augen ab, von denen einige in den nächsten Tagen sterben würden. Karael nickte.

„In Ordnung", sagte er und griff dann nach zwei der Transportkäfigen. Er und einige andere, die sich weiter mit dem Zauber beschäftigen würden, brachten die Vögel zu besagtem Gewächshaus. Gabriel wiederum brachte das Pferd, das vor den Karren gespannt war, wieder in den Stall und versorgte es. Er rieb es ab, brachte ihm frisches Heu und Wasser, dann fuhr er für einige Minuten gedankenversunken fort, es zu streicheln. Monster jagen? Ja. Gegen die Soldaten von Saradiel zu kämpfen, um weiß Gott welche Gräueltaten zu verhindern? Ja. Vögel für blutige, magische Rituale töten? Nein. Gabriel fragte sich, ob es auch andere gab, die so dachten, die es nicht über sich bringen konnten, Rituale zu nutzen, wenn ihr eigene Magie nicht ausreichte. Langsam kehrte er in das Hauptgebäude des Schlosses zurück und grübelte weiter darüber nach, was er tun würde, hätte er Magie.

Kapitel 40

(Oktober 1687)

Einige Wochen später war es dann so weit. Man hatte genügend Zauber vorbereitet, um zu versuchen, sie zu verbinden. Karael hatte mit den anderen Ordensmitgliedern, die sich besser mit Magie auskannten, beschlossen, zunächst zu versuchen, sechs Rituale zu verbinden. Als Testraum hatte man einen großen Raum im Erdgeschoss gewählt, der wohl normalerweise für das Lagern von Dokumenten genutzt wurde, die jetzt aber alle woanders hingeschafft worden waren. Die Dokumente behandelten die Ausgaben des Ordens, so zum Beispiel, wenn bei einer Mission ein Teil der Ausrüstung beschädigt wurde und man Materialien zur Reparatur brauchte, oder man zusätzlich zu dem, was der Orden selbst produzierte, noch mehr dazukaufen musste. Den Raum hatte man nun präpariert. Das Fenster hatte man mit Brettern verdeckt und der gesamte Raum war mit bewaffneten Kriegern des Ordens umstellt, so, dass auf keinen Fall ein Monster, das eventuell durch den Riss kommen würde, entkommen konnte. Man würde die Rituale verbinden und dann durch das erste Anzünden in Kraft setzen. Wenn der Riss groß genug war, würde jemand zum Test durch den Riss gehen. Für diese Aufgabe hatte sich Rahathiel mit den Worten „Wenn ich sterbe, tu ich das wenigstens in unserer Heimat!" freiwillig gemeldet. Wenn er unbeschadet innerhalb der nächsten Minuten zurückkehrte, würde noch am selben Tag ein von ihm angeführtes Team in die Dunkle Dimension gehen und zusammen mit Madan zum Heiligtum der Dämonen aufbrechen. Wenn er zurückkehrte, würde er zunächst beschreiben, was er gesehen hatte, damit man ungefähr feststellen konnte, wie lange die Wanderung zum Heiligtum brauchen würde. Geplant war außerdem, dass man nicht länger als drei Tage beim Heiligtum verbringen würde, bevor man sich auf den Rückweg machte. An sich klang das alles recht sicher, zusammengenommen mit den Erzählungen, dass die Dunkle Dimension der Erde (dieser Dimension) recht ähnlich gewesen zu sein schien. Was jedoch dafür sorgte, dass sich Gabriels Magen jedes Mal, wenn er daran, dachte zusammenzog und jede Faser in seinem Körper zu Eis zu erstarren schien, war der Fakt, dass Alexiel mit in die Dunkle Dimension gehen würde.

Schweigend stand Gabriel, seine Hand auf dem Kauf seines Schwertes ruhend, neben der Tür des Raumes. Wie immer schien der Rubin unter dem Griff zu pulsieren und das Material des Griffes schien sich kampfbereit in seine Handfläche zu schmiegen. Dass sein Schwert den Anschein machte, kampfbreit zu sein, beruhigt Gabriel nicht und auch, dass Alexiel ihm immer wieder versicherte, dass alles gutgehen würde, hatte mehr das Ergebnis, dass Gabriel glaubte, dass auf jeden Fall etwas schiefgehen würde. Er seufzte und fuhr fort, Karael dabei zu beobachten wie er die sechs Schüsseln auf dem Boden platzierte und eine lange, zu einem Kreis geschlossene Kette aus Silber so hinlegte, dass ein Teil von ihr in jeder der Schüsseln lag. Dann stellte er sich zusammen mit fünf weiteren Kriegern an jeweils eine Schüssel. Gleichzeitig zündeten sie den Inhalt der Schüsseln an. Angewidert beobachtete Gabriel, wie der Inhalt der Schüsseln begann, wie rote, schleimige aus Blut und Kräutern bestehend Arme eines Kraken an der Kette entlangzuklettern, bis alle Schüsseln verbunden waren. Er holte tief Luft, in einem Versuch sich zu beruhigen. Rauch sammelte sich in dem Kreis aus den Schüsseln und der Kette, wie er sich auch am 16 Mai über den Schüsseln gesammelt hatte.

Rahathiel stand mit einem ernsten Gesichtsausdruck, die goldenen Locken zu einem Pferdeschwanz gebunden und in seine Jagdkleidung gehüllt, den Helm am Gürtel hängend, vor dem Kreis. Neben seinem Schwert hingen einige Dolche an seinem Gürtel.

Gabriel ließ ein weiters Mal seinen Blick durch den Raum schweifen. Rechts neben der Tür machten sich zwei Chronisten in kleinen Büchern Notizen, an den Wänden standen neben Gabriel zehn weitere Krieger als Wachen und an der Tür warteten die Mitglieder der Gruppe, die, wenn alles gut ging, mit Rahathiel in die Dunkle Dimension gehen würde. Bestehen tat diese Gruppe aus

Alexiel, Vohamanah, Micah, Rahathiel, einem Heiler namens Caphriel, einer Chronistin, die Tabbris hieß, und einem Dämon namens Conah. Ithuriel stand ebenfalls im Raum, die Hände hinter dem Rücken verschränkt, und beobachtete das Geschehen schweigend. Seine Präsenz und Ausstrahlung schien für ihn zu sprechen. Nun war es so weit, Rahathiel straffte die Schultern und trat in den Kreis und damit in den Rauch. Der Rauch begann zu knistern, verlor mehr und mehr seine Transparenz und färbte sich in einem dunklen Lila, dann war Rahathiel weg. Der Raum war mucksmäuschenstill, man hätte eine Feder zu Boden fallen hören können und Gabriel hatte seinen Atem noch nie so laut wahrgenommen. Er schien fast wie eine Sturm über dem Meer zu klingen, zumindest in seinen Ohren. Eine und dann zwei Minuten vergingen, drei und vier, bis nach fünf oder sechs Minuten dann der wieder grau und durchscheinend gewordene Rauch sich ein weiteres Mal lila färbte, funkte und knisterte und dann Rahathiel plötzlich wieder im Raum stand und einen Schritt aus dem Rauch und dem Kreis heraus machte. Gabriel konnte seinen Gesichtsausdruck nicht wirklich deuten. War der Engel glücklich? Entgeistert? Schockiert?

„Rahathiel", sagte Ithuriel, trat auf den Engel zu und legte ihm eine Hand auf die Schulter. „Warst du da? Was hast du gesehen?"

„Ich war am Rand von Urba Noctis, der Stadt der Nacht", flüsterte der Engel und schloss seine Finger um Ithuriels Arm.

Ithuriel stieß erleichtert Luft aus, dann nickte er. „Immerhin etwas Glück haben wir, das Heiligtum der Dämonen ist im Zentrum von Urba Noctis, je nachdem wie gut ihr vorankommt, werdet ihr nur wenige Stunden brauchen", sagte der Ratsvorsteher.

Schnell wurden einige Rucksäcke in den Raum gebracht, die man bereits vorbereitet hatte. Daraufhin lief ein Raunen durch die Versammelten. Vohanamah verabschiedete sich an der Tür schnell von ihrer Tochter Theliel und ihrer Frau Nahaliel.

Alexiel trat an Gabriel heran. Dieser schluckte und legte seine Stirn gegen die des Dämons. Alexiel hob sanft sein Kinn an und gab ihm einen langen, liebevollen Kuss.

„Ich komme wieder, ich verspreche es dir", flüsterte er und strich Gabriel einige Haare hinter das Ohr.

Gabriel nickte. „Sagt mir, wie es dort aussieht, ja? Ich will mehr über eure Heimat wissen", presste er an dem Kloß in seinem Hals vorbei hervor.

Alexiel lachte leise. „Meine Heimat ist hier, bei dir, Gabriel, bei Ephemera, beim Orden, hier auf der Erde. Und ich komme immer zurück", versprach Alexiel und presste Gabriel noch einmal lange an sich.

Gabriel vergrub sein Gesicht in der Schulter des Dämons, holte tief Luft und hob dann wieder den Kopf. „Pass auf dich auf! Bitte, Chérie!", bat er noch einmal. Alexiel nickte.

„Versprochen", er senkte auch kurz den Kopf, überlegte einen Moment und hob ihn dann wieder. „Ich schau ob ich dir und Ephemera ein paar Pflanzen mitbringen kann, die ihr noch nicht habt."

Gabriel nickte und zwang sich ein Lächeln auf die Züge.

Alexiel löste sich langsam von ihm und stellte sich dann zu dem Rest der Gruppe vor den Ritualkreis. Für einen Moment schien alles stillzustehen. Die Zeit, die Luft, Gabriels Herz. Dann ging ein Ruck durch die Gruppe und sie traten einer nach dem anderen in den Rauch hinein. Wabernd umschlossen sie die luftigen Ranken, die aus den sechs Schüssel quollen. Zum dritten Mal an diesem Tag wurde der Rauch lila, funkte und knisterte und verlor seine durchsichtige Form. Die Gruppe war nicht mehr zu sehen.

Gabriel hatte sich mit einem Buch aus der Bibliothek auf dem gemeinsamen Bett von ihm und Alexiel, das sich jetzt schrecklich kalt und einsam anfühlte, zusammengerollt. Gut eine halbe Stunde, nachdem die Gruppe aufgebrochen war, hatten die Wachen, also auch Gabriel, den Raum verlassen. Um den Zauber kümmerten sich nun Karael und seine Leute bei Tag und Nacht, und sorgten dafür, dass der Riss zugänglich blieb und keine Monster hindurchkamen. Und nun saß Gabriel da, Harris auf seiner Schulter und das Buch in seinem Schoß. Er war direkt, nachdem die Gruppe aufgebrochen und er entlassen worden war, in die Bibliothek gegangen und hatte sich ein Buch über die Dunkle Dimension geben lassen.

Er wollte über Urba Noctis, die Stadt der Nacht, die ja von Rahathiel erwähnt worden war, lesen, um zu wissen, wo Alexiel sich
gerade befand. Er wusste nicht wirklich, was er sonst machen
sollte, um sich nicht halb zu Tode zu sorgen. Ja, er vertraute seinem
Geliebten blind, aber er fürchtete sich trotzdem.

Mit einem Seufzen schlug er das Buch auf und begann, durch die
Seiten zu blättern, die mit aufwändigen Zeichnungen von Städten
in der Dunklen Dimension verziert waren, die schöner waren als
alle Bauwerke, die Gabriel je auf der Erde gesehen hatte.

Kapitel 41

(Oktober 1687)

Alexiel stand auf einer alten Straße aus Kopfsteinpflaster, zwischen deren Steinen sich einzelne Grashalme hindurchgekämpft hatten und sich nun wie eingefrorene Zeitzeugen einer lange vergangenen Geschichte hin und her wiegten. Der Himmel über ihm war rot und die Sonne, die aber kein Licht abzugeben schien, stand bewegungslos da. Um ihn herum ragten die Reste eleganter Gebäude aus weißem Stein empor. Steinquader lagen auf der Straße neben Scherben von Fensterscheiben und Dachziegeln und Schieferplatten, die ebenfalls einmal Dächer gebildet hatten. Eine gewisse Beklemmung ergriff Alexiel. Er hatte schon oft von Urba Noctis gehört. Auch bekannt als die Stadt der Nacht, war diese einst große Metropole die Hauptstadt der Dämonen gewesen und die Schwesterstadt von Urba Lucis, der Hauptstadt der Engel.

„Urba Noctis war wunderschön vor dem Krieg. Ich war oft hier zu Besuch, eine gute Freundin hat hier gelebt", flüsterte Rahathiel und stellte sich neben Alexiel.

Aus dem Augenwinkel konnte Alexiel sehen, wie sich Madan hinkniete und den Kopf senkte. Generell waren alle Anwesenden in eine Art stille Melancholie verfallen und keiner traute sich, mehr als ein leises Flüstern von sich zu geben. Nicht einmal der Wind in den leeren Straßen traute sich einen Ton lauter als den Atem einer Person zu machen. Alexiel beobachtete, wie Vohamanah mit einem ernsten Gesichtsausdruck an einigen Häusern vorbeischritt, deren zerschlagene Fenster wie tote Augen auf die Straße blickten. Er schluckte. „Wir sollten los, das Heiligtum ist zwar im Zentrum der Stadt, aber wir könnten trotzdem etwas länger brauchen", verkündete dann Rahathiel und brach so die erdrückende Schwere der Stimmung.

Langsam setzte sich die Gruppe aus vier Engeln, drei Dämonen und Madan in Bewegung.

Alexiel versuchte die gesamte Umgebung in sich aufzunehmen, war die Wahrscheinlichkeit, dass er oder ein anderer Engel oder Dämon nach dieser Sache hier jemals in die Dunkle Dimension zurückkehren würde, doch eher gering. Immer wieder verlangsamten einige Mitglieder der Gruppe ihr Tempo, um sich eine zerstörte Fassade anzusehen oder einen kleinen Gegenstand aufzuheben. Die Grashalme zerkrümelten unter ihren Füßen und wurden wie Asche davongeweht.

Irgendwann blieb die Gruppe dann auf ein Zeichen von Madan hin vor einem Gebäude stehen, in dessen Erdgeschoss einmal ein sehr großes Fenster neben einer Tür Einblick in das Innere gewährt hatte, es musste einmal ein Laden gewesen sein.

Madan schien den Laden zu erkennen, schob die schief in den Angeln hängende Tür auf und betrat den Raum. Der Rest der Gruppe folgte ihm zögerlich. Es handelte sich dem Anschein nach um einen Spielzeugladen, oder dessen Überreste.

„Kanntest du diesen Laden?", fragte Alexiel und folgte Madans Blick zu einer zerschlagenen Auslage.

Der Weißhaarige nickte, griff in die Auslage hinein und zog einen kleinen Gegenstand daraus hervor. Es war ein kleines Spielzeug, das Alexiel vage an einen Geisterhund erinnerte, doch dieser war weiß und blau und wirkte freundlich.

„Ich hatte auch so eine Puppe, als ich klein war. Meine Mutter nahm mich mit hierher und ich durfte mir ein Spielzeug aussuchen", flüsterte Madan und steckte den Hund in seine Tasche.

„Ist das ein Geisterhund?", fragte Alexiel.

Madan nickte. „So sahen sie vor dem Krieg aus, bevor wir unsere und ihre Heimat zerstörten. Sie waren sehr freundliche und meist harmlose Wesen, die in den Wäldern hier gelebt haben", erzählte er und ließ seinen Blick wieder durch den Laden wandern. „Viele der Monster, die von hier auf die Erde kommen, sind erst durch den Krieg zu Monstern geworden. Geisterhunde, Kelpies…".

„Was waren Kelpies bevor sie zu Kelpies geworden sind?", fragte dann plötzlich Caphriel und trat an die beiden heran.

Madan zuckte mit den Schultern. „Wildpferde. Eine Art, die sich auf den Inseln und an der Küste hoch im Norden entwickelt hat, sie konnten praktisch schwimmen und wenn man nach einer Furt über einen Fluss gesucht hat, musste man nur ihnen folgen. Früher brachten sie Leute über das Wasser, jetzt zerren sie sie in die Tiefen", mit jedem Wort schien Madan trauriger zu werden.

Auch in Alexiels Kehle formte sich ein Kloß, war er zwar nicht in der Dunklen Dimension geboren, fühlte er doch wie jeder Dämon oder Engel die Verbindung zu der einstigen Heimat ihrer Völker. Schweigend verließen sie den Laden wieder und gesellten sich zu Rahathiel, der vor dem Laden gewartet hatte.

Die Gruppe fuhr fort, weiter zum Zentrum der Stadt zu wandern und damit zum Heiligtum. Immer mal wieder mussten sie über Berge aus Schutt klettern, die den Weg versperrten. Die sperrigen Rucksäcke auf ihren Rücken machten das Klettern schwierig und unangenehm und die Trageriemen drückten auf ihren Schultern.

Alexiel fragte sich, was man auf der Erde wohl denken würde, wenn man sie so sah. Eine Person in rot und sieben Leute in schwarzen Mänteln, die an die von Pestdoktoren erinnerten, mit Schwertern und jeweils einem Helm aus hartem, rötlichem Leder mit Gläsern für die Augen, die so wie in dunklen Höhlen liegend wirkten und einen aus dem Schatten des Helms entgegenstarren würden, fokussiert auf das Monster, das es zu töten galt, an der Hüfte. Wie sie wie sieben schwarze, vierbeinige Spinnen über Berge aus Schutt von zerstörten Häusern kletterten, angeführt von einer achten, weißhaarigen Spinne in roter Kleidung und immer wieder in den kleinen Tälern verweilten, auf der Suche nach etwas, dass sie nicht zu finden schienen.

Sie kamen trotz der kleinen Stopps in einem gleichmäßigen Tempo voran und so erreichten sie bereits nach drei oder vier Stunden das Heiligtum. Beim Heiligtum handelte es sich um ein hohes, weißes Gebäude mit Säulen und einer großen zweiflügeligen Tür als Eingang, Kuppeldächern mit goldenen Verzierungen und kleinen Figuren. Hohe, schmale Fenster mit breiten Simsen zierten die

Wände. In der Mitte des Gebäudes erhob sich eine besonders hohe Kuppel über den Rest der Stadt wie ein Turm.

Madan trat an die große Tür heran und drückte dagegen, doch sie öffnete sich nicht mehr. Er ließ ein verächtliches Schnauben erklingen, als er erkannte, warum sich die Türflügel nicht öffnen ließen. Die Scharniere, das Schloss und die Metalleinfassung der einzelnen Türflügel waren geschmolzen und so miteinander verschweißt worden, dass die Tür regelrecht versiegelt worden war.

„Natürlich! Mein Vater hat das Heiligtum verschließen lassen", knurrte Madan und ließ seine Stirn gegen die staubige Tür sinken.

Rahathiel legte dem Weißhaarigen eine Hand auf die Schulter und bedeutete dann Caphriel, Tabbris und Vohamanah mit einer Handbewegung, ein Fenster einzuschlagen.

Das Klirren der Scheibe ließ Madan zusammenzucken, genauso wie Alexiel, der einfach nur etwas hilflos dagestanden hatte. Er fragte sich, was hier damals wirklich vorgefallen war. Er wusste, was Saradiel immer gesagt hatte, dass die Engel etwas Unverzeihliches getan hatten, und er wusste auch, dass in Wahrheit Saradiel den Krieg angefangen hatte, ohne, dass die Engel ihm einen Grund geliefert hätten. Aber was war wirklich passiert?

Alexiel wurde aus seinen Gedanken gerissen, als sich die Gruppe wieder in Bewegung setzte und ein Stück um das Gebäude herum zu Vohamanah, Caphriel und Tabbris ging. Durch das eingeschlagene Fenster zu klettern war nicht schwer, lag das Sims doch nur einen Meter über dem Boden und hatte Vohamanah die Scherben recht gründlich aus dem Rahmen beseitig und ein Tuch darübergelegt. Die Gruppe aus acht Leuten betrat so das Heiligtum und fand sich in einem hohen, an eine kleine Bibliothek erinnernden Raum, aus dem zwei gegenüberliegende Türen weiter in das Heiligtum hineinführten. In der Mitte des Raumes stand die große, goldene Statue eines Dämons. Eine schlanke Gestalt mit sanften, ebenmäßigen Gesichtszügen. Man konnte unmöglich erkennen, ob es ein weiblicher oder männlicher Dämon war. Große Fledermausflügel waren entspannt auf dem Rücken gefaltet, aufwendig gearbeitete Schuppen rahmten das Gesicht ein und ließen die Hände des Dämons wie die Klauen eines Vogels oder Drachens wirken. Lange, glatte Haare vielen bis auf seine Hüfte, gekleidet war er in eine knielange Robe, auf seiner Stirn ruhte eine Tiara.

„Ist das Nox?", fragte Tabbris leise.

Rahathiel nickte.

Etwas wie Ehrfurcht erfüllte den Raum, als die Gruppe die Statue des ersten der Dämonen, eines der beiden Kinder des ersten Bewusstseins, betrachtete. Sie verweilten einen Moment in dem Raum, dann folgten sie dem Gang hinter einer der Türen nach Norden.

Madan führte die Gruppe sicher ins Innere des Heiligtums. Dort angekommen hielten sie in einem großen, hohen Saal an, dem Raum unter dem höchsten der Kuppeldächer. In der Mitte des Raumes ragte ein großer, rosa Kristall aus dem mit großen Steinplatten gepflasterten Boden. Das Licht, das durch die runden Fester im Dach fiel, wurde von dem Kristall in Tausende von Farben gebrochen und erhellte den ganzen Raum und in dem Kristall schien eine Seele zu pulsieren.

Alexiel blieb wie angewurzelt stehen. Er hatte noch nie etwas so Wunderschönes gesehen und wünschte sich in diesem Moment nichts mehr, als dass Gabriel das auch hätte sehen können. Der Stein schien zu pulsieren, als würde ein Herz in seinem Inneren schlagen.

Rahathiel lächelte, als er das jüngste Mitglied der Gruppe betrachtete. Alexiel hatte ihm schon, seit er dem Orden beigetreten war, leid getan. Dass der junge Dämon nur die verzerrte Wirklichkeit Saradiels gekannt hatte, war schrecklich. Deswegen hatte er Ithuriel gebeten, dass Alexiel mitsollte, damit er etwas über die wahre Geschichte der Engel und Dämonen erfahren würde.

Rahathiel hatte die Gerüchte über Alexiel, ob er dem Orden wirklich treu war, natürlich auch mitbekommen, als man versuchte, herauszufinden, wer versucht hatte, dass Dritte Manuskript zu stehlen, und hatte nie daran geglaubt.

Alexiel wiederum lief langsam um den großen Kristall herum und ließ seine Hand über dessen glatte, kalte Oberfläche gleiten. „Wir schlagen hier das Lager auf", verkündete Rahathiel und ließ seinen Rucksack von seinen Schultern gleiten, dann löste er die Bettrolle von dem fest geschnürten Bündel und rollte sie auf dem Boden an der Wand aus. Die anderen sieben Mitglieder der Gruppe taten dasselbe. Dann nahm jeder eine der Rationen aus ihren Rucksäcken und begannen zu essen. Am nächsten Morgen würde ein kleiner Teil der Gruppe aufbrechen und sich die nähere Umgebung ansehen und Madan würde hierbleiben und hoffen, dass er einen Blick in den Verstand seines Vaters erhaschen könnte.

Alexiel fragte sich, was Gabriel jetzt wohl tat, und erinnerte sich dann an sein Versprechen, zu versuchen, Gabriel etwas mitzubringen.

„Ich gehe noch einmal raus", sagte er an Rahathiel gewandt. Dieser nickte, während Vohamanah ihn skeptisch musterte, die schwarzen Haare in einem französischen Zopf geflochten.

„Tu das, bleib aber nicht zu lange, du übernimmst zusammen mit Caphriel die erste Schicht der Nachtwache", sagte der blonde Engel.

„In Ordnung", erwiderte Alexiel und verließ dann den Raum. Zunächst ging er in die kleine Bibliothek mit der Statue von Nox und betrachtete die Bücher, die überall auf dem Boden lagen. Die Regale waren daher halb leer. Er hockte sich hin und nahm einen dünnen, dunkelblauen Band in die Hand. Als er das Buch aufschlug, fielen einige Seiten daraus hervor und segelten zu Boden. Die Schrift war kaum noch zu erkennen und lesen konnte er den Text auch nicht, er war in einer der Sprachen der Ältesten verfasst. Instinktiv hätte er auf Daemonia getippt, schließlich befand er sich hier ja im Heiligtum der Dämonen, aber sicher konnte er sich nicht sein. Er legte den Band zurück auf den Haufen von Büchern, anschließend stieg der junge Dämon wieder aus dem Fenster auf den Platz vor dem Heiligtum.

Unschlüssig umrundete er den Platz, auf dem das Gebäude des Heiligtums stand, bis sein Blick auf den Eingang zu einem kleinen

Innenhof neben einem Gebäude, dessen Erdgeschoss ebenfalls einen Laden beherbergt zu haben schien, fiel. Unschlüssig betrat er den Innenhof. Über ihm waren einige Wäscheleinen zwischen den Häusern, die den Innenhof eingrenzten, gespannt, ein halb verrotteter Trog stand in einer Ecke und ein zerfallenes Hochbeet in einer anderen. Aus der Erde des Hochbeetes ragten einige grünliche Spitzen hervor. Ein wenig Wehmut erfasste Alexiel, das war das Erste Grün, das er unter dem blutroten Himmel dieser Dimension sah, selbst das Gras, welches sich zwischen den Pflastersteinen der Straßen hindurchgekämpft hatte, war gelb und braun. Schnell kniete er sich zu dem Haufen Erde und den verrotteten Brettern, die einmal die Eingrenzung des Beets gewesen waren, hin und kratzte etwas von der Erde weg, bis er eine etwa Hühnerei große Nuss in den Händen hielt, von der er sich nicht wirklich sicher war, ob noch das Potential für Leben in ihr schlummerte. Ihre Oberfläche war schrumpelig und gelb und der Trieb, der als grüne Spitze aus der Erde gekommen war, war unten rosa. Schnell grub Alexiel noch ein paar mehr dieser Nüsse aus, er hatte zwar keine Ahnung, was das war und ob der Orden diese Pflanzen hatte, aber da man nicht viele der Pflanzen aus der Dunklen Dimension retten hatte können und generell der Großteil der Vegetation hier tot zu sein schien, musste die Wahrscheinlichkeit doch recht hoch sein, dass sich diese Pflanze noch nicht in einem der Gewächshäuser finden ließ. Nachdenklich begann er, nach etwas Ausschau zu halten, in dem er die Nüsse transportieren konnte. Im Innenhof gab es nichts, also betrat er den Laden. Es war gruselig, alles, was er von Urba Noctis gesehen hatte, sah aus, als hätten die Dämonen, die hier gelebt hatten, alles erst vor ein paar Wochen vollkommen übereilt verlassen, dabei war die Flucht schon über zweitausend Jahre her.

Im Laden wurde Alexiel dann fündig, über der Theke lag ein Stück Stoff, das wohl einmal eine Tischdecke mit Klöppelspitze gewesen war. Er wickelte die Nüsse schnell in den Stoff ein und ließ das kleine Paket in seiner Manteltasche verschwinden. Anschließend verließ er den Laden wieder und kletterte zurück durch das

Fenster ins Heiligtum, dort kehrte er in den Raum mit dem Kristall zurück und setzte sich auf seine Bettrolle.

„Hast du was gefunden?", fragte Vohamanah, die dabei war an einem Stück Holz herumzuschnitzen. Woher sie das Holz hatte, wusste, Alexiel nicht, jedoch nickte er.

„Da waren ein paar Nüsse in einem alten Beet, die kleine Triebe haben, ich habe ein paar davon ausgegraben und nehme sie für Gabriel und Ephemera mit", erzählte er und lehnte sich gegen die Wand hinter ihm.

Einige Zeit verging und die Nachtwache, deren erste Schicht ja Alexiel und Caphriel übernehmen würden, trat ihren Dienst an, auch wenn die Sonne noch nicht untergegangen war. Generell schien sie sich aber auch über den ganzen Tag keinen Meter am Himmel bewegt zu haben. Eine weiß gleißende Kugel am ewig roten Himmel, die aber kein richtiges Licht abgab, und so war die Dunkle Dimension in ewiges Dämmerlicht getaucht.

Nach zwei Stunden, laut Alexiels Taschenuhr, Gabriel hatte darauf bestanden, dass Alexiel eine Mitnahm, wurden Alexiel und Caphriel dann von Vohamanah und Tabbris abgelöst. Sie würden bis um zwei Wache halten, danach Micah und Rahathiel bis vier und die letzte Schicht würden von Conah und Madan übernommen werden.

Nach seiner Schicht rollte sich Alexiel müde in seine dünne Decke ein. Unweigerlich wünschte er sich, dass Gabriel da wäre. Sein Gabriel. Er konnte es kaum glauben, dass es erst gut ein Jahr her war, dass sie sich kennen gelernt hatten und das unter solchen doch etwas unglücklichen Umständen. Aber trotzdem war Alexiel so unglaublich dankbar, dass Gabriel damals fast panisch in seine und Ephemeras Besprechung hereingeplatzt war und sich dann geweigert hatte, die Welt der Non Humani wieder zu verlassen, ihn wieder zu verlassen. Dennoch war da auch Angst. Natürlich, Gabriel wusste über seine Vergangenheit Bescheid und Alexiel war unglaublich dankbar, dass es Gabriel nicht störte, aber trotzdem war da dieses ewig nagende Gefühl in seinem Hinterkopf. Was, wenn

Gabriel seine Meinung änderte? Was, wenn Gabriel verletzt wurde, er war immer noch nur ein Mensch? Was, wenn Gabriel eines Tages realisierte, dass das Leben mit dem Orden doch nichts für ihn war? Schließlich musste der Franzose dafür früher oder später praktisch seinen Tod inszenieren oder zumindest aushalten, dass er als vermisst und dann später als tot erklärt werden würde oder er musste für den Rest seines Lebens eine Lüge leben, falls er dennoch in Kontakt mit seiner Familie bleiben wollte. Ab und zu fühlte sich Alexiel schlecht, dass er und Ephemera Gabriel da mit hineingezogen hatten und dass er ganz besonders zugelassen hatte, dass Gabriel sie zum Orden begleitete. Prophezeiung hin oder her! Und noch mehr, dass Gabriel geblieben war. Er hätte seine Gefühle herunterschlucken und Gabriel das alles ersparen sollen. Aber was wäre dann mit Gabriel passiert? Hätten sie ihm nichts gesagt, wäre Gabriel weiter der Meinung gewesen, er würde wahnsinnig werden. Was wäre, wenn er im Ernstfall wirklich wahnsinnig geworden wäre? Und wenn sie ihm erklärt hätten, was Sache ist, und dann gezwungen hätten, sich da herauszuhalten? Aber hätte das wirklich etwas gebracht? Alexiel hatte schließlich mitbekommen, dass Gabriel, wenn er etwas wissen wollte, dies auf Gedeih und Verderb tun wollte. Er wollte Sachen sofort wissen und fragte daher, auch wenn es nicht der richtige Zeitpunkt war. Und die Prophezeiung hätte es ja trotzdem gegeben, oder?

Mit einem leisen Grunzen rollte sich Alexiel auf die andere Seite und wickelte die Decke neu um sich. Er konnte es kaum erwarten, in ein paar Tagen wieder zum Schloss zurückzukehren. Zurück zu Gabriel und Ephemera.

Am nächsten Morgen aß man zunächst zusammen, danach brach Vohamanah mit Caprhiel, Micah und Alexiel auf, um sich etwas in der Stadt umzusehen, Madan, Rahathiel, Conah und Tabbris würden im Heiligtum bleiben. Mehr als warten und darauf hoffen, dass sich Madans Fähigkeit meldete, konnten sie ja sonst nicht tun. Leider.

Die Gruppe verließ also das Heiligtum und wanderte weiter in eine der Straßen, die von dem Platz, auf dem sich dieses befand, wegführte.

„Himmel, die Stadt hat sich so verändert", murmelte Vohamanah, als sie in eine weitere kleine Straße einbog und ihren Blick über die verlassenen Häuser gleiten ließ.

„Hast du hier mal gelebt?", fragte Caphriel.

„Nein, draußen auf dem Land, ich war vielleicht so alt wie du Alexiel, als der Krieg ausbrach. Meine Tante hat hier gelebt und wir haben sie davor oft besucht", erzählte Vohamanah nachdenklich und blickte in den dunkelroten Himmel, er hatte sich zu gestern kein bisschen verändert und auch der Stand der Sonne war der gleiche.

„Wir haben auch eher auf dem Land gelebt, ich erinnere mich an kaum etwas, ich war noch sehr klein. Das meiste hat mir meine Schwester erzählt", fügte auch Caphriel seine Geschichte hinzu.

Alexiel legte den Kopf schief und schloss für einen Moment die Augen. So sehr er es sich wünschte, konnte er den offensichtlichen Schmerz der anderen nicht so nachempfinden, wie er es gerne würde, war er doch fast tausendachthundert Jahre nach der Flucht geboren und hatte so die Hochphase des Krieges nicht mitbekommen. Stattdessen war er im verdrehten Glaubenssystem von Saradiels Anhängern aufgewachsen und war sogar einer seiner Generäle geworden.

Alexiel schluckte und schüttelte den Kopf. „Es tut mir leid…", presste er dann mit belegter Stimme hervor.

Vohamanah sah ihn überrascht an. „Was tut dir leid?", fragte sie und drehte den jungen Dämon an der Schulter zu sich herum.

„Ich weiß nicht… dass ich für Saradiel gearbeitet habe?", Alexiel hickste leise und wischte sich kurz über die Augen. „Dass ich für den Tod von Non Humani und Menschen verantwortlich bin? Dass ich dem Mann gefolgt bin und für ihn getötet habe, der unsere Welt zerstört hat, der, der Grund ist, warum wir das hier als die *Dunkle* Dimension bezeichnen. Warum niemand mehr hier in unserer Heimat leben kann und alle die zurückgeblieben sind, jetzt so wie Anrack sind! Verdorben und verdreht und mutiert!"

„Spiel dich nicht so auf!", fauchte dann plötzlich Micah.

Vohamanah und Caphriel drehten sich überrascht zu dem blonden Engel herum. Besonders Vohamanahs Blick war kalt wie Eis und hätte er töten können, wäre Micah nun nicht mehr als ein Häufchen Asche auf dem Boden, der rasch im immer konstant sacht wehenden Wind verschwinden würde. Doch bevor Vohamanah etwas sagen konnte, begann Alexiel zu brüllen.

„Was ist eigentlich dein Problem? Denkst du, ich habe nicht mitbekommen, wie du dich gegenüber Gabriel verhältst! Was hat sich verändert, seit er da ist?"

Micah straffte die Schultern und kniff sich in die Nasenwurzel. „Kannst du es nicht sehen? Seit dein kleiner Mensch da ist, bis du weinerlich geworden. Du bist weich geworden. Du bist nicht mehr auf die Jagd fokussiert, darauf, Saradiel und seine Umbra zu finden!", rief Micah und bohrte seinen Finger in Alexiels Brust.

„Ich denke, dass ist jetzt wirklich genug, Micah! Lass Alexiel und auch Gabriel in Frieden!", ging Vohamanah wütend dazwischen.

Alexiel schluckte und hob dann aber noch einmal die Stimme. „Micah! Ich habe vielleicht erkannt, dass ich kein Interesse mehr daran habe, nachts schreiend aufzuwachen und meine Persönlichkeit darauf zu beschränken, dass ich mich schlecht wegen meiner Vergangenheit fühle, und allen beweisen möchte, dass das nicht mehr ich bin und das heißt nun einmal auch, dass ich mich meinen sinnbildlichen Dämonen stellen muss, und Gabriel hilft mir dabei. Mehr als du es jemals getan hast mit den tausend Malen, die du mir gesagt hast, ich solle es einfach herunterschlucken oder es in Wut umwandeln!", sagte Alexiel mit einer betont ruhigen Stimme.

„Es tut mir leid, dass wir, seit Gabriel da ist, nicht mehr so eng sind, aber ganz ehrlich, das hast du dir selbst zuzuschreiben. Du warst ein absoluter Arsch zu Gabriel und wenn ich dich daran erinnern darf, *du* wollest nicht mehr mit *mir* an den Zeppelinen arbeiten, also gib jetzt nicht mir oder Gabriel die Schuld, dass du allein bist."

Micah sah Alexiel einen Moment mit weit aufgerissenen Augen an, dann schluckte er, straffte ein weiters Mal die Schultern und drehte sich um.

Alexiel drehte sich ebenfalls um und warf Vohamanah einen fragenden, beinahe Hilfe suchenden Blick zu.

Vohamanah seufzte. „Wir sollten zurückgehen", bestimmte sie dann, auch wenn sie noch nicht lange unterwegs gewesen waren.

Die kleine Gruppe lief also durch das zerstörte Straßennetz zurück zum Heiligtum, welches man hoch über die restlichen Gebäude von Urba Noctis sehen konnte.

Ein Rascheln in einer kleinen Nebengasse ließ die Truppe anhalten.

„Monster?", flüsterte Alexiel und zog sein Schwert ein Stück aus der Scheide.

„Wahrscheinlich. Seid vorsichtig", antwortete Vohamanah und zog ihr Schwert ebenfalls. Durch Nicken signalisierten Alexiel, Micah und Caphriel das sie verstanden hatten und folgten dem schwarzhaarigen Dämon mit dem vernarbten Gesicht vorsichtig. Ein weiteres Rascheln, dann hechteten fünf Geisterhunde auf die Straße. Geifer tropfte von ihren Lefzen und ihre schleimig, schwarze Haut glänzte im fahlen Licht der Sonne. Sie wirkten dünn, beinahe abgemagert, und hungrig. Mit einem Satz stürzten sich die Hunde auf die kleine Gruppe aus vier.

Alexiel zog sein Schwert vollends aus der Scheide und durchtrennte mit einem glatten Hieb die Kehle eines Hundes, der mit halb abgetrenntem Kopf zu Boden sackte.

Vohamanah rammte ihr Schwert in den Bauch eines der Hunde, als dieser auf sie springen wollte, warf ihn dann zur Seite und tötete den dritten der Hunde. Micah und Caphriel erledigten die anderen beiden.

Vohamanah legte mit einem seufzen den Kopf in den Nacken. „Was für ein beschissener Tag!", sagte sie, wischte das Blut von ihrem Schwert und steckte es zurück in die Scheide. Caphriel lachte bitter und nickte.

Eine halbe Stunde später kamen die vier wieder am Heiligtum an und stiegen durch das Fenster ins Innere. Als sie den Raum mit dem Kristall betraten, war das Erste, was sie sahen, Madan der mit leerem Blick in der Tür stand, ihnen zugewandt als wolle er ihnen entgegen gehen. Seine Hände zuckten leicht und sein gesamter Körper war angespannt, er schien den Atem angehalten zu haben. Einige Momente später schnappte er kurz nach Luft und sackte dann ein Stück in sich zusammen. Er hielt sich kurz die Stirn und hob darauf wieder seinen Kopf.

„War das das, was ich hoffe, dass es war?", fragte Rahathiel aus dem Hintergrund.

Madan nickte. „Vater will zu Weihnachten Paris angreifen. Er wird persönlich da sein. Seine Truppen werden von Norden her kommen… Mehr konnte ich nicht sehen", sagte er, eine ergebene Müdigkeit in der Stimme und trottete langsam zu dem Kristall hinüber und ließ sich dann rücklings gegen diesen sinken. Er vergrub sein Gesicht in seinen Händen und begann zu weinen.

Alexiel entledigte sich schnell seines Mantels, setzte sich neben Madan und schloss ihn in seine Arme.

Rahathiel nickte und warf Madan einen mitleidigen Blick zu. *Warum muss dieser Engel immer so kalt sein?* Fragte sich Alexiel insgeheim in Bezug auf Rahathiel, als Madan seinen Kopf auf seine Schulter sinken ließ.

„Wir kehren morgen zum Riss zurück!", verkündete dann Rahathiel und ließ sich wieder auf seine Bettrolle sinken.

Der Raum versank in nachdenklichem Schweigen, wusste doch niemand, was sie nun tun oder sagen sollten. Nichts außer dem schweren Atmen Madans war zu hören.

Kapitel 42

(Oktober 1687)

Gabriel zuckte erschrocken zusammen, als sich plötzlich die Tür zu seinem und Alexiels Zimmer öffnete. Fahrig drehte er sich auf dem Stuhl am Schreibtisch herum und warf einen Blick auf die Gestalt, die im Türrahmen stand. Es war Alexiel. Seine Schultern hingen herab, seine Haare waren zerzaust, der Mantel dreckig und die Augen lagen in dunklen, von Augenringen gezierten Höhlen.

„Chérie", keuchte Gabriel, sprang auf und warf sich in Alexiels Arme; der Brief an Jean war vergessen. Der Dämon erwiderte die Umarmung und vergrub sein Gesicht in Gabriels Schulter. „Was ist passiert?", fragte Gabriel und nahm sanft Alexiels kaltes, blasses Gesicht in seine Hände.

Alexiel schluckte und holte dann tief Luft. „Es war schwer, dort zu sein... Und ich habe mit Micah... gesprochen... er wird dich jetzt in Ruhe lassen."

„Was? Er war doch nur am Anfang unhöflich, die letzten Monate haben wir gar keinen Kontakt gehabt. Wie denn auch? Ich war in der Ausbildung und im Gewächshaus und er in der Schmiede", flüsterte Gabriel überrascht.

Alexiel schnaubte. „Er glaubt, du machst mich schwach und dass ich deinetwegen in Selbstmitleid versinken würde", erklärte er und zog Gabriel noch etwas fester an sich.

Gabriel schüttele den Kopf und gab Alexiel einen Kuss. „Nein! Ich kenne niemanden, der stärker ist als du! Du akzeptierst deine Vergangenheit und fühlst dich schlecht deswegen, das gehört so. Tu trauerst. Wenn du dich nicht schlecht fühlen würdest, wäre das das Problem. Aber du machst auch alles in deiner Macht, um eine gute Zukunft für dich und alle anderen zu ermöglichen."

Alexiel lachte kurz bitter und freudlos auf. „Ich glaube, Micah denkt, dass ich wütend sein müsste und mich nicht schlecht fühlen dürfte, weil mich meine Eltern dazu gezwungen haben."

Gabriel ließ ein empörtes Zischen verlauten und schüttelte ein weiteres Mal den Kopf. „Micah hat keine Ahnung!", sagte er dann und küsste Alexiel noch einmal.

Sanft erwiderte Alexiel den Kuss.

„Alexiel!", ertönte dann plötzlich die Stimme von Ephemera. Sie wirkte ein wenig außer Atem und stand breitbeinig die Tür versperrend im Rahmen.

Alexiel fuhr herum und ein weiteres Stück der Anspannung wich aus seinem Körper beim Anblick seiner Zwillingsschwester. Er löste sich kurz von Gabriel und umarmte dann auch Ephemera.

„Ich habe euch was mitgebracht", flüsterte er schließlich nach einigen Augenblicken, löste sich von Ephemera und zog das Bündel mit den Nüssen aus seiner Tasche. Vorsichtig zog er den Stoff beiseite und präsentierte den beiden die Nüsse mit den kleinen grünen Trieben. Neugierig nahmen Gabriel und Ephemera jeweils eine der Nüsse und betrachteten sie.

„Ich habe keine Ahnung, was das ist!", verkündete Ephemera dann begeistert.

„Nah, ich glaube, ich habe die schon einmal in einem Buch das ich neulich gelesen habe, gesehen", murmelte Gabriel und studierte die Nuss eingehend.

Ein zufriedenes Lächeln breitete sich auf Alexiels Gesicht aus, als er da so seine Schwester und seinen Geliebten beobachtete, wie sie sich über diese Nüsse freuten.

„Danke!", sagte Gabriel dann und lehnte sich glücklich gegen Alexiel. Dieser legte seine Arme um die schmalen Hüften des Franzosen und vergrub sein Gesicht in dessen Hals.

„Ich bringe die gleich ins Gewächshaus!", verkündete Ephemera und nahem vorsichtig die restlichen Nüsse mit sich. „Du solltest ein Bad nehmen!", sagte sie dann noch zum Abschied an Alexiel gewandt.

Alexiel nickte abwesend und kuschelte sich noch etwas fester an Gabriel.

„Sie hat recht, weißt du?", sagte dieser jedoch. „Du riechst ein bisschen...", Gabriel summte leise. „Aber nach dem Bad...", er grinste Alexiel vielversprechend.

„Ja?"

„Hm, ja."

Alexiel schnaubte belustigt, nickte dann aber. Die beiden machten sich auf zum Badesaal der Männer, Gabriel mit Baderoben für beide über dem Arm und Alexiel, seine Füße über den Boden schleifend.

Der große Raum mit den hellen Wänden, der so sehr an ein Bad im alten Rom erinnerte, war angenehm warm und überall waberte warmer Dampf umher. Die beiden legten ihr Kleider in einer der Kabinen ab und verstauten sie anschließend in einem der Fächer. Die Trockentücher legten sie an den Rand des Beckens, in das sie sich sinken ließen. Die sanfte, durch Magie hervorgerufene Strömung im Wasser war angenehm, wusch den Dreck von Alexiels Körper ab und spülte ihn fort.

Mit geschlossenen Augen lehnte sich Alexiel gegen Gabriel und ließ ein leises, wohliges Stöhnen verlauten als die Hände des Franzosen langsam begannen ein wenig zu wandern.

„Ich habe dich vermisst", flüsterte Gabriel in das Ohr des Dämons.

„Ich dich auch... So sehr!", erwiderte dieser.

Erst als ihre Finger und Füße schon ganz schrumpelig geworden waren, stiegen sie aus dem Becken, trockneten sich ab und wickelten sich in ihre Baderoben. Schnell kehrten sie auf ihr Zimmer zurück und ließen sich ins Bett fallen, die Baderoben auf dem Boden vergessen.

Einige Zeit später, draußen war es so langsam dunkel geworden und Alexiel war vollkommen erschöpft. Zu Gabriels Erstaunen verwandelte sich Alexiel in seine Dämonenform, legte dann seinen Kopf auf Gabriels Brust und ließ seine großen Flügel entspannt seitlich vom Bett herunterhängen. Gabriel vergrub seine Finger in Alexiels Federn und begann verträumt sie zu glätten.

Alexiel stieß ein leises zufriedenes Brummen aus, fast ein Schnurren.

„Was ist passiert, dass du dich einfach so verwandelst?", fragte Gabriel leise und steckte seine Nase in die Federn über Alexiels Stirn. Der Dämon zuckte jedoch nur mit den Schultern.

„Hab mich danach gefühlt", nuschelte er. Ein leises Zittern lief durch seine Flügel und ließ seine Federn rascheln.

Gabriel lächelte, er liebte das Gefühl von Alexiels Federn auf seiner Haut und auch das leise Rascheln ihrer Kiele gegeneinander hatte etwas Beruhigendes. Gabriel nickte und drückte Alexiel sanft einen Kuss gegen die Schläfe.

Am nächsten Morgen wachten die beiden mit einer Brandnachricht auf der Wand neben dem Kamin auf. Schnell drückte Gabriel ein großes Stück Papier darüber, rieb einmal über die spiegelverkehrten Buchstaben und übertrug sie so auf das Papier.

Der gesamte Orden soll sich bitte um 12 Uhr im Ballsaal einfinden. Ich werde das weitere Vorgehen bekannt geben.

-Ithuriel

Gabriel las den Text laut vor, legte das Papier auf dem Schreibtisch beiseite und nahm seine Taschenuhr vom Nachtkästchen.

„Wir haben noch zwei Stunden", verkündete er beruhigt und gähnte.

„Dann komm wieder ins Bett!", verlangte Alexiel und flatterte ein klein wenig auffordernd mit seinen Flügeln, was dafür sorgte, dass das Papier mit der übertragenen Brandnachricht leise knisternd durch den Raum geweht wurde. Gabriel sah dem Papier belustigt hinterher, wie es durch den Raum segelte und unter der Kommode landete, dann kletterte er wieder unter Alexiels Flügel und kuschelte sich an die kalte Flanke des Dämons. Alexiel brummte zufrieden und zog seinen Flügel enger an sich, womit er Gabriel effektiv in eine sehr bequeme Decke aus Federn wickelte.

„In einer halben Stunde stehen wir aber auf, in Ordnung?", fragte dieser.

Alexiel brummte etwas widerwillig, aber zustimmend.

Gabriel kicherte und gab ihm sanft einen Kuss auf die Lippen.

Eine halbe Stunde später kämpften sich die beiden aus ihrem Bett hoch und zogen sich, nachdem sich Alexiel zurückverwandelt hatte, an. Dann stiegen sie herab ins Erdgeschoss und machten sich auf in den Ostflügel zum Frühstücken. Nach dem Frühstück betraten sie den Ballsaal gegenüber der Küche und dem unteren Speisesaal. Der hohe Raum war bereits recht voll mit anderen Engeln und Dämonen, die auf Ithuriel und den Rest des Rates warteten.

Alexiel sah sich kurz nach seiner Schwester um, konnte Ephemera jedoch nicht finden und stellte sich daher zusammen mit Gabriel weiter hinten in den Saal. Nach einigen Momenten gesellte sich Valoel zu den beiden.

„Und, wie war es in der Dunklen Dimension?", flüsterte der Rothaarige gespannt.

Alexiel schüttelte den Kopf und ließ ihn ein Stückchen hängen.

„Nicht so großartig, wie du es dir vielleicht vorstellst. Ich will nicht darüber reden!", winkte er dann schnell ab.

Valoel nickte und drehte sich schließlich auch zum Podium am anderen Ende des Saals um.

Einige Augenblicke später erschien nun auch Ithuriel mit dem Rest des Rates und Madan, eine unheilschwangere Atmosphäre mit sich in den Saal bringend.

„Gestern sind unsere sieben Krieger mit Madan aus der Dunklen Dimension zurückgekommen, nachdem Madan einen kurzen Einblick in den Geist seines Vaters hatte", fing Ithuriel an.

„Saradiel…Vater will Paris an Weihnachten angreifen", führte Madan weiter mit vor der Brust verschränkten Armen fort.

„Wir werden sofort einige Leute nach Paris schicken, um bei der Evakuierung der dort lebenden Non Humani sowie dem Trollmarkt zu helfen. Wir haben nicht ganz zwei Monate, um uns vorzubereiten und in Paris zu stationieren. Wir werden versuchen,

Madan vor Paris abzufangen, damit die Menschen möglichst wenig von dem Kampf mitbekommen. Alexiel wird weiter die Piloten für die Zeppeline ausbilden und in zwei Tagen werden die ersten Reiter nach Paris aufbrechen. In fünf dann die ersten Kutschen!", erklärte Ithuriel weiter.

Im Saal erhob sich ein leises, besorgtes Murmeln. Ithuriel fuhr fort und erklärte, wie man in den Vorbereitungen verfahren würde, was welche Gilde tun würde. Danach leerte sich der Saal recht schnell und jeder begann sich an die Vorbereitungen zu machen. Gerade als Gabriel, Alexiel und Valoel den Saal verlassen wollten, wurden sie von Rahathiel angehalten.

„Gabriel. Ithuriel will in seinem Arbeitszimmer mit dir sprechen. Bitte geh sofort dort hin", verlangte der Engel und eilte dann auch wie alle anderen fort. Gabriel räusperte sich.

„Na dann. Wir sehen uns wahrscheinlich erst heute Abend wieder, du hast den Rest des Tages Unterricht zu erteilen", sagte er an Alexiel gewandt, verabschiedete sich mit einem Nicken von Valoel und lief dann hinüber in den Westflügel, während Alexiel zur Werkstatt aufbrach, die ja wie der Ballsaal im Ostflügel lag. Er erklomm die Wendeltreppe in den zweiten Stock und lief den gewundenen Gang zu Ithuriels Arbeitszimmer entlang, dort angekommen klopfte er an die Tür des Ratsvorstehers.

„Herein!", ertönte Ithuriels Stimme.

Gabriel, der die Ankunft des Ratsvorstehers knapp verpasst haben musste, öffnete die Tür und trat ein.

Ithuriel holte einmal tief Luft und begann dann direkt zu sprechen, noch ehe Gabriel fragen konnte, warum ihn der dunkelhäutige Engel gerufen hatte. „Du wirst hierbleiben Gabriel, und nicht mit nach Paris kommen!", sagte er. Gabriel riss überrascht die Augen auf und spürte etwas wie Wut in den Tiefen seines Magens heraufblubbern.

„Warum nicht? Weil ich ein Mensch und physisch nicht so stark bin wie ihr?", fragte er bissig und stützte sich wütend auf die Arbeitsplatte von Ithuriels Schreibtisch.

„Genau, es wäre zu gefährlich für dich. Du wirst mit einigen anderen hierbleiben und dich um die Kinder kümmern!"

„Mit allem gebührenden Respekt, Ithuriel. Ich bin nach Alexiel der beste Zeppelin-Pilot des Ordens. Ich habe mehr Erfahrung mit den Zeppelinen als jeder andere der Schüler von Alexiel. Er hat direkt auf dem Rückweg von Wien begonnen, mich zu unterrichten!"

„Nein!", unterbrach Ithuriel. „Nein", wiederholte er leiser.

„Bitte, ich kann helfen! Vohamanah hat mich so ausgebildet, dass ich, trotzdem ich schwächer bin, gegen einen Dämon oder einen Engel kämpfen kann."

„Aber du kannst nicht fliegen. Die Schlacht wird zum Großteil in der Luft ausgetragen werden. Ein Engel oder ein Dämon wird, wenn er die Wahl hat, immer in der Luft kämpfen."

„Ich kann! Mit einem Zeppelin! Verdammt, lass mich wenigstens bei der Evakuierung des Trollmarktes helfen."

Ithuriel seufzte. „Also gut, du fährst mit der ersten Kutsche mit, davor wird dir Rahathiel beibringen, wie du mit dem Netzwerfer umgehen kannst. Ich werde dich nicht auf einen Zeppelin lassen, wenn der abstürzt, hast du keine Chance, dich zu wehren, aber wenn du einige Umbra vom Himmel holen kannst, ist das eine Hilfe", sagte er dann ergeben. „Ich werde Rahathiel Bescheid geben."

„Danke."

Ithuriel stieß etwas Luft aus und ließ sich an seinen Schreibtisch sinken. „Geh jetzt bitte. Ich werde dir Bescheid geben, wann und wo du Rahathiel treffen wirst", sagte er und begann, durch einige Papiere zu sehen.

Gabriel nickte und verließ den kleinen Raum.

Kapitel 43

(November 1687)

Nach fünf Tagen Training am Netzwerfer, einer Art Kanone, die über einen Federmechanismus gespannt werden konnte und dann mit Gewichten ausgestattete Netze so in die Luft schoss, dass sie sich ausbreiteten und um den ersten Gegenstand wickelten, den sie trafen, und siebzehn Tagen Reise in einer Kutsche war Gabriel zusammen mit fünf weiteren Kutschen am gestrigen Tage dann in Paris angekommen. Ithuriel hatte schon vorher Gasthöfe der Non Humani angeschrieben und so hatten die ersten Gruppen Unterschlupf dort gefunden. Der Rest würde in durch Schutzzauber getarnten Zelten außerhalb der Stadt verweilen, was da, die Zelte durch Magie geheizt wurden, auch im Winter und Spätherbst möglich war.

Tatsächlich hatten sich auch recht viele der Non Humani, besonders die Hexer und Hexen, dazu entschlossen dazubleiben und auch zu kämpfen und bei der Evakuierung der anderen Non Humani zu helfen. Weiter schafften sie es, mit Magie dafür zu sorgen, dass plötzlich unglaublich viele Familien Verwandte, die außerhalb von Paris wohnten, besuchen mussten und so konnten sie recht viele im Norden der Stadt gelegenen Viertel der Menschen leeren. Da man wusste, dass Saradiel die Stadt von Norden her angreifen wollte, wollte man versuchen, ihn in dieser Richtung noch vor der Stadt abzufangen und so hatte man auch bei der Evakuierung mit den nördlichen Stadtteilen angefangen.

Bereits den ganzen Tag war Gabriel dabei zu helfen, Netzwerfer am nördlichen Rand von Paris aufzustellen und vorbereitete Zauber von Hexen und Hexern zu verteilen. Er war erschöpft, aber noch waren die Vorbereitungen nicht abgeschlossen, der Trollmarkt nicht evakuiert und nicht alle Zauber verteilt. Er fühlte sich ungewöhnlich ruhig, noch ruhiger als vor dem Kampf mit Anrack. Er wusste, dass dies nur die Ruhe vor dem Sturm war und wieder machte ihm diese Ruhe mehr Angst als der Gedanke an das was kommen würde. Mit einem sich übel anfühlenden Flattern im Magen half er einem der Schmiede des Ordens, einen der Netzwerfer auf dem Dach von einem Gebäude ganz am Rand von Paris zu sichern. Einige weitere Netzwerfer wurden zur selben Zeit außerhalb von Paris aufgestellt und gesichert. Der kalte Novemberwind schnitt hier oben, auf dem Dach eines Wohnhauses, in seinem Gesicht und färbte seine Wangen und seine Nase rot. Unter anderen Umständen hätte er das Wetter genossen, wäre mit Alexiel durch den Wald um das Schloss gestreift, hätte vielleicht auch Harris mitgenommen, doch nun bereitete er sich und Paris auf eine Schlacht zwischen einem Orden aus Engeln und Dämonen sowie einigen Hexen und Hexern und den Horden eines wahnsinnigen Dämonenkönigs vor.

Erschöpft ließ er sich für einen kurzen Augenblick auf einer Kiste in einer Straße nieder, legte den Kopf in den Nacken und holte tief Luft. Es hatte bereits begonnen, dunkel zu werden, und so verteilten die Hexen und Hexer kleine Ritualschüsseln mit weiß leuchtendem Inhalt als Lichtquellen in den Vierteln der Non Humani.

„Müde?", ertönte dann plötzlich die Stimme Madans, er war mit der ersten Gruppe von Reitern nach Paris gekommen und stand jetzt, in einen Hauseingang gelehnt, einige Meter weit weg. Gabriel nickte und lehnte sich gegen die grobe Steinwand hinter sich.

„Sag, wie ist eigentlich der Krieg damals ausgebrochen? Ich weiß nur, dass dein Vater scheinbar wahnsinnig geworden ist und dann ganz ohne erkennbaren Grund die Engel angriff", fragte Gabriel.

Madan schnaubte, verschränkte die Arme vor der Brust und kam auf Gabriel zu. Scheinbar in Gedanken versunken wippte er ein paar Mal mit seinem Kopf und setzte sich dann auf eine weitere Kiste.

„Meine Mutter ist gestorben. Sie war neben mir Saradiels Herz, der Mittelpunkt seiner Welt und für sie wollte er der beste König sein, den die Dämonen je gehabt hatten. Aber sie wurde krank und starb schließlich. Während wir getrauert haben, ist irgendetwas mit meinem Vater geschehen, ich erinnere mich nur, dass er plötzlich sehr viel Zeit mit Aorin, jemandem aus dem Zirkel seiner

Berater, jetzt sein Gestirn, verbracht hat und dann war er irgendwann der Meinung, die Engel hätten Mutter getötet. Daher griff er sie an und brach die Jahrtausende anhaltende Freundschaft zwischen unseren Königreichen", erzählte Madan.

Gabriel konnte hören, dass er die Wörter an einem dicken Kloß in seinem Hals vorbeiquetschen musste. „Warum glaubte er denn, dass die Engel deine Mutter getötet haben?"

„Sie war ein Engel. Liebe zwischen unseren Arten ist sehr selten, zumindest war es es damals. Heute kommt es öfter vor, da Engel und Dämonen und Non Humani doch enger zusammenleben. Karael ist zur Hälfte zum Beispiel ein Elf und deine und Alexiels Beziehung ist tatsächlich die erste Beziehung eines Menschen und Non Humani, von der wir wissen. Mein Vater war der Meinung, ist der Meinung, dass die Engel nicht wollten, dass einer von ihnen die Königin der Dämonen ist und sie daher getötet haben. Er wollte Rache und will das noch immer. Die Menschen und anderen Non Humni sind ihm dabei eigentlich egal, er weiß aber auch, dass sie dem Orden eben nicht egal sind, daher hat er sich entschlossen, Paris anzugreifen, denke ich. Um den Orden aus seiner Deckung zu locken. Er hat nämlich genau so wenig wie wir eine Ahnung, wo unser beziehungsweise sein, nennen wir es Hauptquartier, ist", erzählte Madan weiter. In seiner Stimme klang etwas wie Niedergeschlagenheit, nein Resignation mit. Er schien sich schon vor sehr, sehr langer Zeit mit dem grausamen Schicksal seiner Familie und jenem das seine Familie anderen aufzwang, abgefunden zu haben.

„Das ist furchtbar, ich weiß gar nicht wirklich, was ich sagen soll…ich…es tut mir leid. Das mit deiner Mutter, ihr Tod und die Reaktion deines Vaters", stotterte Gabriel und lehnte sich ein Stück zu Madan herüber. Unschlüssig streckte er seine Hand nach dem Weißhaarigen aus, der so zusammengesackt, wie ein Häufchen Elend wirkte. Doch bevor Gabriel ihm seine Hand auf den Unterarm legen konnte, stand er wieder auf und machte einige Schritte zurück zu dem Hauseingang. „Ich… äh, hab noch eine Frage, wenn das in Ordnung ist?"

„Hm?"

„Kannst du in den Verstand deines Vaters blicken, weil du halb Engel, halb Dämon bist?"

Madan nickte, mit dem Rücken zu Gabriel gedreht. „Das ist die Sache mit uns Halbblütern, wir haben gerne mal besondere Fähigkeiten. Es ist nicht unwahrscheinlich, dass Marael auch welche hat...", sagte er und verschwand dann wieder im Hauseingang.

Gabriel seufzte und stand auf, er sollte wirklich zurück zu Vohamanah gehen und ihr einen Report über die Fortschritte geben und vielleicht entließ sie ihn dann auch und er konnte schlafen gehen. Er machte sich also wieder auf zum Kommandopunkt, einem kleinen Haus, das einer Hexe gehörte und dem Orden von dieser zur Verfügung gestellt worden war. Der Weg zu besagtem Haus war nicht lang, lag es doch im Zentrum des Bereiches, auf den die Evakuierungen fokussiert waren. So sehr Gabriels Verstand von anderen Sachen beansprucht wurde, konnte er dennoch bemerken, dass ihm diese Leuchtzauber sehr gefielen, so wie sie wie kleine Irrlichter auf den Fenstersimsen von Häusern, Kisten und Fässern standen und den Weg leuchteten. Er fand es beinahe erschreckend, dass er trotz der bevorstehenden Schlacht immer noch etwas als romantisch empfinden konnte. Er verzog das Gesicht und versuchte, diese Gedanken aus seinem Kopf zu verbannen. Er hatte Wichtigeres zu tun, als sich romantische Abende mit Alexiel auszumalen.

Einige Minuten später erreichte er das Haus und betrat den Wohn- und Kochbereich im Erdgeschoss. Auf dem Esstisch hatte Vohamanah eine Karte von Paris und eine Karte von dem Trollmarkt ausgebreitet sowie eine Karte der Ländereien nördlich von Paris. Mit kleinen Holzzylindern in verschiedenen Farben hatten Vohamanah sowie eine Hexe, die Gabriel sofort als Amaële wiedererkannte und Constantin, der Vorsteher der Gilde der Chronisten, alle möglichen Sachen auf den Karten markiert.

„Gabriel, schön dich wiederzusehen!", freute sich Amaële und schenkte ihm ein aufrichtiges Lächeln. Gabriel konnte nicht ganz verstehen, wie sie in so einer Situation Energie hatte, sich über eine

Nichtigkeit wie das Wiedersehen einer Person, die man einmal flüchtig getroffen hatte, zu freuen, aber er war dankbar für ihr Lächeln, so oder so. Er nickte und versuchte, das Lächeln zu erwidern, es wollte ihm jedoch nicht so richtig gelingen und so beließ er es bei einem einfachen „Hallo"

Vohamanah wiederum sah nur kurz von den Karten auf und begann dann zu sprechen. „Gabriel, was haben du und Adellum heute geschafft?", fragte sie.

„Wir haben die Netzwerfer eins bis vier aufgestellt, wie geplant, und dann noch beim Verteilen der Zauber geholfen", gab Gabriel kurz die Geschehnisse des Tages wieder, woraufhin Vohamanah vier kleine, blaue Holzzylinder auf der Karte von Paris aufstellte.

„Gut, und wo wart ihr mit den Schutzzaubern?"

„Hier", Gabriel tippte ein paar Mal auf eine Stelle auf der Karte etwas weiter östlich von dem Haus und fuhr dann einen Kreis mit dem Finger, um den Bereich abzugrenzen.

„Gut, wo ist Adellum jetzt?"

„Ich weiß nicht, er wollte noch nach jemandem sehen, bevor er sich zum Report meldet. Er sollte bald da sein."

„In Ordnung; Gabriel, du kannst für heute Schluss machen. Um sechs bist du morgen wieder hier!"

Gabriel nickte knapp und verließ das Haus dann wieder.

Der Gasthof, in dem er seit gestern wohnte, war gut zehn Minuten von dem Haus mit dem Kommandopunkt entfernt. Der Besitzer, ein Hexer, hatte Paris bereits verlassen, aber zuvor noch dafür gesorgt, dass der Orden dort Unterschlupf finden würde.

Müde zog Gabriel den simplen Schlüssel aus seiner Manteltasche, schloss die Tür zu seinem Zimmer auf und betrat es. Mit einem Seufzen löste er den Helm von seinem Gürtel, öffneten die Schnalle jenes und wickelte ihn dann um die Scheide seines Schwertes und legte das Bündel zu dem Helm. Anschließend entledigte er sich seines langen, schwarzen Mantels und seiner Stiefel und ließ sich auf das schmale Bett links in der Ecke fallen.

Kapitel 44

(Dezember 1687)

Es waren ein paar Wochen vergangen und es war kurz vor Weihnachten. Der Großteil des Ordens war in Paris versammelt, alle bis auf drei Netzwerfer für den Kampf platziert und jeder, der einen dieser Werfer bedienen würde, kannte den Weg zu seiner Station im Schlaf, blind oder mit verbundenen Augen rückwärts laufend. Die Evakuierungen waren zum Großteil abgeschlossen und die Nerven von jedem waren zum Zerreißen gespannt. Sechs der sieben Zeppeline waren vor einigen Tagen mit noch mehr Waffen angekommen und um die letzten Non Humani, die die Stadt noch nicht verlassen konnten, in ein Lager südlich von Paris zu bringen, von wo sie dann weiterreisen oder dort ausharren konnten, in der Hoffnung, dass sie bald in ihre Häuser und Wohnungen zurückkehren würden. Trotz der Evakuierungen schien die Gegend wie ein Bienenschwarm zu summen, überall liefen Leute umher, trugen Sachen durch die Gegend und trafen letzte Vorbereitungen. Nachdenklich beobachtete Gabriel, wie zwei Zeppeline am Horizont über den Häusern in Richtung Süden kleiner wurden und dann verschwanden.

„Alles in Ordnung?", fragte Adellum und platzierte ein weiteres präpariertes Netz neben dem Netzwerfer auf dem Dach, auf dem sie gerade standen.

„Ja, ja. Ich bin nur in Gedanken."

„Der letzte Zeppelin soll heute ankommen, oder? Wird der nicht von Alexiel geflogen?", fragte Adellum weiter.

Gabriel nickte und blickte nachdenklich gen Osten. Er wusste nicht, wann der letzte der Zeppeline am Horizont erscheinen würde, aber er hoffte, dass es bald war. In wenigen Tagen war Weihnachten und Gabriels Unruhe wuchs, so wie die jedes anderen.

Schweigend brachten sie die letzten Netze auf das Dach und machten sich dann auf zum nächsten Netzwerfer. Doch

450

irgendetwas kam Gabriel seltsam vor, seine Unruhe fühlte sich nicht wie eine normale Unruhe an, mehr wie eine Vorahnung; eine Vorahnung, dass etwas Schlimmes passieren würde. Mit einem Kopfschütteln verdrängte er den Gedanken. Natürlich würde etwas Schlimmes passieren, in fünf Tagen wollte Saradiel Paris angreifen, wenn das nichts Schlimmes war, was dann? Er legte die Netzte neben den Werfer. Adellum verließ schweigend wieder den Balkon, auf dem sie sich gerade befanden und auf dem der nächste Netzwerfer stand. Leise hörte Gabriel die Schritte des Dämons auf der Treppe wieder ins Erdgeschoss wandern. Mit einem Kopfschütteln verließ dann auch er den Balkon, doch ein Gefühl bewog ihn den Raum auf der westlichen Seite des ersten Stockes zu betreten und aus dem Fenster zu sehen. Er blickte sich einen Moment um, dann sah er sie. Eine schwarze, am Himmel flimmernde Linie, die sich schnell zu nähern schien und ihn verwirrt stutzen ließ. Was war das?

„Adellum?", rief er und drehte sich nach dem Dämon um.

„Was ist?", fragte dieser und kam ein Stückchen wieder die Treppe hoch, fast bis in den ersten Stock.

„Kannst du kurz hochkommen?", bat Gabriel und deutete auf das Fenster hinter sich.

„Ja... Warum?", antwortete Adellum und gesellte sich zu ihm in den winzigen Raum.

„Schau mal aus dem Fenster bitte...", sagte Gabriel und machte einen Schritt beiseite. Adellum trat an das Fenster heran, auch er bemerkte die schwarze, flimmernde Linie und zog, etwas aus der Bahn geworfen, die Augenbrauen zusammen. „Was meinst du, ist diese Linie da? Die kommt noch näher, oder?", fragte Gabriel, runzelte die Stirn, kniff die Augen zusammen, um besser sehen zu können, und beugte sich ein Stück aus dem Fenster.

„Ich habe keine Ahnung, aber das kann nicht gut sein", murmelte Adellum.

„Sind das Flügel?"

„Was?"

„Na, das was sich da so auf und ab bewegt. Siehst du?"

„Ja… doch! Ich glaube, das sind…", er kam nicht mehr dazu seinen Satz zu beenden, realisierte Gabriel doch im selben Moment exakt dasselbe wie der breit gebaute Dämon neben ihm.

„Merde! Schnell, wir müssen Vohamanah suchen! Das sind Umbra! Saradiel greift jetzt schon an! Das hätte uns sofort auffallen müssen!", rief Gabriel erschrocken, stieß sich vom Fenstersims ab und rannte aus dem Raum. Adellum folgte ihm dicht auf den Fersen.

Sie rannten aus dem Haus in Richtung Westen, wo das Haus, in dem Vohamanah ihre Zentrale eingerichtet hatte, lag. Zu allem Übel begann es nun auch noch zu regnen, zwar nicht doll, aber in dieser Situation war auch ein feiner Niesel schon schlimm genug. Natürlich, der Himmel war schon seit Tagen grau gewesen und jeder hatte nur darauf gewartet, dass die Wolken ihre wässrige Last nicht mehr halten konnten, oder es begann zu schneien, aber musste es denn ausgerechnet jetzt sein? „Adellum, du bist schneller, wenn du fliegst!", keuchte Gabriel.

„Denkst du, ich lasse dich hier allein durch die Gegend laufen? Es gibt einen Grund, warum wir zu zweit unterwegs sind!", erwiderte Adellum, schüttelte den Kopf und rannte weiter neben Gabriel her. Gabriel stieß ein entnervtes Stöhnen aus, ließ aber in seiner Geschwindigkeit nicht nach. Gott, er war noch nie so schnell gerannt, nicht in seinem ganzen Leben, kein einziges Mal.

Schließlich kamen die beiden völlig außer Atem bei Vohamanah an und stolperten ungebremst zu ihr in den Raum.

„Umbra! Saradiel! Greift jetzt schon an!", würgte Gabriel zwischen hektischen Atemzügen, die sein weitestgehend erfolgloser Versuch waren, seine Lungen wieder mit Sauerstoff zu füllen, hervor.

„Von Westen!", fügte Adellum an und schluckte ein paar Mal, um seine Kehle wieder zu befeuchten.

„Ich weiß, geht auf eure Posten! Ihr seid nicht die einzigen, die das gesehen haben!", knurrte Vohamanah ungehalten und fuhr fort, einige Brandnachrichten loszuschicken, um alle aufmerksam zu machen, denen Saradiels Truppen noch nicht aufgefallen waren. Mit einem beinahe schuldbewussten Gefühl verharrten Gabriel und Adellum noch einen Moment, bis sie wieder Luft bekamen und eilten dann zu ihrem Netzwerfer einige Straßen weiter. Jetzt hatte das Gewicht des Schwertes, das Gabriel an seiner Seite trug, seit er in Paris angekommen war, fast etwas Beruhigendes. Die beiden rannten, sich an anderen Hexen, Hexern, Dämonen und Engeln vorbeiwindend, durch einige kleine Straßen und über einige Plätze, die von Engeln und Dämonen des Ordens als Startplätze, um den Angriff in der Luft zu erwarten, genutzt wurden.

Schließlich erreichten sie das kleine verwaiste Wohnhaus, auf dessen Dach sich ihr Netzwerfer befand. Sie erklommen die Treppe in den ersten Stock und dann mit einer Leiter das Dach. Adellum bestückte den Werfer mit dem ersten präparierten Netz, während Gabriel ihn auf den Schwarm von Umbra ausrichtete.

Es brauchte kaum eine Minute des bangen Wartens, bis die Umbra über Paris waren. Für einen Moment hatte Gabriel Angst, dass er die Umbra nicht von den Dämonen des Ordens unterscheiden können würde, doch dann erkannte er die Rüstungen die sie trugen. Schwarze Brustpanzer aus Metal oder Leder, darunter knielange blutrote Tuniken, traditionelle Tuniken der Dämonen, ihre ledrigen Schwingen waren teilweise weiß fleckig, was, wie Gabriel wusste, ein Zeichen dafür war, dass sie korrupt geworden waren, das Gleichgewicht zwischen Licht und Schatten war zugunsten des Schattens in ihrem Inneren gestört worden. Gabriel wusste, dass die Flügel eines Dämons blass und schwer, wie gegerbtes Leder, und ihre schmuckvollen kleinen Schuppen ihren Glanz verloren und ebenfalls fahl, brüchig und trocken wurden, so wie die Flügel und Federn eines Engels schwarz, glanzlos und beinahe stachelig wurden und sein Aussehen dann mehr einem halb toten Raben oder eine Krähe als dem einer Schleiereule glich, wenn er korrupt wurde. Die Krieger des Ordens wiederum trugen ihre schwarzen Mäntel mit den großen Kapuzen, die, die sie auch zur Jagd trugen, jedoch nicht die Helme, die ja auch den Zweck hatten

Menschen, die auf eine Jagd aufmerksam wurden, abzuschrecken und natürlich, das Gesicht vor Klauenhieben zu schützen, aber in der Luft waren sie dann doch etwas hinderlich, so wie die mit gravierten Metallstücken verstärkten Lederbrustpanzer.

Am Himmel hatte sich nun eine schwarz-silberne und eine rotschwarze Wolke versammelt. Für einen Moment sah es so aus, als wäre die Zeit stehen geblieben, doch im nächsten Augenblick trafen die Wolken aufeinander und Gabriel feuerte das erste Netz ab. Dieses wickelte sich um einen Umbra und ließ ihn wild zappelnd zu Boden stürzen. Er blieb leicht zuckend, seine Flügel in einem ungesunden Winkel von sich gestreckt, auf dem Kopfsteinpflaster der Straße liegen. Gabriel wurde bei dem Anblick flau im Magen und er begann Mitleid für den gebrochen daliegenden Dämon zu empfinden. Jedoch hatte er keine Zeit einen weiteren Gedanken an den Umbra zu verschwenden, hatte Adellum doch nachgeladen und erwartete, dass Gabriel den nächsten Schuss abfeuerte, das nächste Netz auf eine Umbra warf und ihn so vom Himmel riss. Genau das tat er dann auch und wenige Straßen weiter schlug ein weiterer Umbra auf das Kopfsteinpflaster auf. Adellum lud sofort nach und Gabriel feuerte eine weiters Netz ab, dann bemerkte er in seinem Augenwinkel ein großes, dunkles, fliegendes Objekt aus Süden.

„Was will der Zeppelin hier!", brüllte Adellum entgeistert über das von oben kommende Geschrei der Schlacht hinweg.

„Der ist auf dem Rückweg von dem Lager südlich der Stadt! Hat der denn nicht gesehen, dass Saradiel früher angegriffen hat?", rief Gabriel zurück. Adellum schüttelte den Kopf und bückte sich, um das nächste Netz aufzuheben, hielt jedoch in der Bewegung inne.

„Der versucht zu landen!", stellte er dann entsetzt fest, als der Zeppelin langsam an Höhe verlierend näherkam. Was in den nächsten Momenten geschah, brannte sich für immer in Gabriels Netzhaut ein. Ein Umbra ließ sich mit vorgestrecktem Schwert auf den Zeppelin zustürzen und schnitt die Gaszellen auf. Ein Hexer, in einem Versuch, den Umbra davon abzuhalten, schleuderte ihm einen Feuerzauber entgegen und setzte den Umbra und mit ihm die Gaszellen so in Brand. Er explodierte in einem gigantischen Feuerball in der Luft und Gabriel und Adellum duckten sich blitzschnell von den vom Himmel schneienden Feuertropfen weg. Wie ein Vogel, dem man die Flügel gefesselt hatte, stürzte der Zeppelin vom Himmel, direkt auf das Gebäude, auf dessen Dach sich Gabriel und Adellum befanden zu.

„Weg hier!", brüllte Adellum und riss den wie paralysiert dastehenden Gabriel mit sich zu der eher einer Leiter ähnelnden Treppe unter der offenstehenden Dachluke. Gabriel stolperte ihm mit weit aufgerissenen Augen hinterher, fiel mehr die Treppe herab, als dass er sie stieg, und konnte auch auf der Treppe, die in das Erdgeschoss führte, nur schwer sein Gleichgewicht wieder erlangen, dann kollidierte der Zeppelin mit dem Haus. Staub, Holzsplitter und Steine stürzten auf die beiden herab, als sie im Erdgeschoss ankamen. Teile der Trenndecke zum ersten Stock stürzten herab und alles war in grauen Staub und Dreck gehüllt. Gabriel spürte eine Druckwelle, die ihn nach vorne katapultierte, und schloss instinktiv die Augen. War das das Ende? Begraben unter einem Haus und einem Zeppelin?

Nein, er fühlte sich noch sehr lebendig. Sein ganzer Körper schmerzte und seine Ohren waren von einem hohen Pfeifen erfüllt. Hustend richtete er sich wieder auf, nachdem er Holzsplitter und kleine Steine, sowie Putz von sich geschüttelt hatte. Die Druckwelle hatte ihn gegen die offenstehende Eingangstür des Hauses geschleudert und alle Fenster im Erdgeschoss bersten lassen. Würgend öffnete er die Augen und rieb sich den Dreck aus dem Gesicht. Als er wieder einigermaßen atmen konnte und sein Blick wieder klar war, drehte er sich nach Adellum um. Zu seinem Entsetzen konnte er den Dämon nicht sehen. Panisch begann er einige Steine und Holzstücke beiseitezuräumen und nach dem Dämon zu rufen. Tränen der Verzweiflung begannen in seinen Augen zu brennen als er einen großen Stein beiseite zog und so Adellums Gesicht freilegte. Es war vor Blut kaum noch zu erkennen und nur die toten Augen des Dämons starrten Gabriel weit aufgerissen und schwarz entgegen. Gabriel stieß ein wehleidiges Schluchzen aus und stürmte dann aus dem Haus. Sein Bein schmerzte, als er der Straße etwas orientierungslos nach Westen folgte. Er sah einige tote Engel, Dämonen und Umbra in den Straßen liegen, die sich verletzt in Sicherheit brachten. Weitere fielen hilflos brennend oder in netzte eingewickelt vom Himmel. Heiler eilten umher, um zu helfen, doch keiner beachtete ihn. Er eilte weiter, bis er einen weiteren Netzwerfer auf einem anderen Dach sehen konnte. In dem Moment, in dem er das Gerät erblickte, sah er auch den Umbra, der sein blutiges Schwert aus der Brust eines Engels, der zuvor den Netzwerfer bedient haben musste, zog und sich dann wieder auf eine schrecklich elegante Art in den Himmel schraubte.

Versteinert blieb Gabriel einen Moment stehen, eilte dann zu dem Haus, betrat es und erklomm das Dach. Neben dem Netzwerfer lagen der Engel und ein Dämon. Der Dämon war von Blut, das noch immer aus seiner durchstoßenen Kehle sickerte, überströmt, und der ebenfalls vor Blut rote Engel lag mit aufgerissenen Augen neben den Netzen.

„Es tut mir leid!", keuchte Gabriel, nahm sich eines der Netze und lud den Netzwerfer nach.

Doch bevor er feuern konnte, wurde er von dem selben Umbra, einem grauhäutigen Dämon mit fleckig weiß, schwarzen Flügeln, glatten, strohig blonden Haaren und blass rötlichen Schuppen, entdeckt.

„Noch eine kleine Maus!", lachte er und stürzte sich in der selben Sekunde herab auf Gabriel. Dieser zog blitzschnell sein Schwert und wechselte in einen sichereren Stand, dann wartete er. Der Umbra, darauf erwartete, dass Gabriel sich verwandelte und ihm entgegenkam, ließ sich ungebremst auf ihn herab stürzen. Im letzten Moment stieß Gabriel sein Schwert nach vorne und rammte es dem Umbra, getrieben durch dessen Kraft, so durch Herz und Lunge. Der Umbra hing nun zuckend in Gabriels Armen. Mit einem ungewohnt unbarmherzigen Gefühl im Leib, stieß Gabriel den sterbenden Dämon von sich und zog sein Schwert aus dessen Mitte. Der Umbra spuckte Blut über sich und Gabriel und fiel dann zu Boden, tote Augen gen Himmel gerichtet. Gabriel zwang sich,

sich nicht zu übergeben, stellte sich wieder an den Netzwerfer, nun mit drei Toten zu seinen Füßen, und feuerte ein weiteres Netz in die Luft. Von den Gewichten an dessen Ecken gezogen, wickelte es sich innerhalb von Sekunden um einen Umbra, der verzweifelt versuchend seine Flügel wieder freizubekommen zu Boden stürzte.

Gabriel lud nach und stellte entsetzt fest, dass er mit diesem Schuss nur noch drei zur Verfügung stehen hatte. *Ich muss das Beste daraus machen!* Dachte er, stellte sich wieder an den Netzwerfer und zielte. Sorgfältig verfolgte er den Umbra, den er ins Auge gefasst hatte mit seinem Blick und dem Netzwerfer auf seinem rotierenden Sockel, dann schoss er. Mit einem leisen Klacken wurde das Netz schräg nach oben geschleudert, sauste zischend durch die Luft und umschlang dann wie das tödliche Gewebe einer Spinne einen weiblichen Umbra und ließ sie mit einem Schrei zu Boden stürzen. Sich zwingend, nicht weiter darüber nachzudenken, nahm Gabriel das vorletzte Netz aus der Kiste neben dem Werfer, lud diesen nach und feuerte erneut. Dann kam das letzte Netz. Es löste sich wie seine Vorgänger mit einem Klacken und riss einen letzten Umbra zu Boden.

Er strich sich die Haare, sein Pferdeschwanz im Nacken hatte sich geöffnet, aus dem Gesicht und verließ dann wieder das Dach. Er eilte ins Erdgeschoss und aus dem Haus. Wohin er jetzt sollte, wusste er nicht. Sollte er Vohamanah suchen? Oder helfen die Abgestürzten Umbra zu töten und verletzte Ordensmitglieder in Sicherheit zu bringen? Er wusste es nicht recht. Hatte er schon vorher Soldaten, die für ihr Land in den Krieg zogen mit einer Art Albtraum erfüllten Furcht und unendlichem Respekt, dass sie sich dies zutrauten, betrachtet, taten sie ihm jetzt, wo er eine Schlacht selbst erlebte, nur noch Leid. Besonders mit dem Wissen, dass die Medizin des Ordens und der anderen Non Humani weitaus fortgeschrittener war, als die der Menschen und außerdem auch noch mit Magie unterstützt wurde und viele der Soldaten der Menschen eingezogen wurden.

Gabriel lief weiter, sein Bein pochte noch immer. Als plötzlich ein Umbra aus einer Seitenstraße auf ihn zu stolperte, einer seiner

Flügel hing nutzlos an seiner Seite, er war wahrscheinlich gebrochen, zog Gabriel praktisch in Trance sein Schwert. Er wich dem Angriff aus und während der Umbra schwungvoll an ihm vorbei stolperte, rammte Gabriel ihm sein Schwert in die Brust. Er hörte das grausame Knacken, als die scharfe Klinge des überlangen Schwertes mit dem pulsierenden Rubin unter dem Griff die Wirbelsäule traf und das Markt durchtrennte. Der Umbra war sofort tot und eine neue Welle der Übelkeit überrollte Gabriel und drohte ihn zu ertränken. Aus einem Impuls heraus schloss er die Augen des Umbra und eilte anschließend weiter. Vielleicht konnte er Vohamanah finden.

Über den Lärm der Schlacht am Himmel konnte er seine eigenen Schritte auf dem Kopfsteinpflaster nicht hören. Mit einem Klirren schlug ein Schwert neben ihm auf dem Boden auf, ein Engel landete, hob das Schwert auf, erhob sich im selben Moment wieder in die Luft und warf sich dem Umbra der ihm gefolgt war, entgegen.

„Gabriel!", brüllte jemand dann aus einer Straße links von ihm. Sofort erkannte er die Stimme von Alexiel und stürmte ihr entgegen. „Dem Himmel sei Dank, es geht dir gut!", keuchte der Dämon und schloss Gabriel in seine Arme. Gabriel wiederum atmete zittrig den vertrauten Duft seines Geliebten ein und vergrub sein Gesicht in dessen Hals.

„Wir haben jetzt keine Zeit für Zärtlichkeiten, fürchte ich", murmelte er dann und löste sich wieder von ihm.

Alexiel nickte und blinzelte Gabriel für einen Moment aus seinen schwarzen Sternenhimmelaugen an. „Warum bist du nicht in der Luft?", fragte Gabriel und suchte Alexiel sofort hastig nach Verletzungen ab.

„Mein Flügel hat ein wenig was abbekommen, deshalb bin ich am Boden. Was machst du hier, du solltest doch bei einem der Netzwerfer sein."

Gabriel nickte und klärte Alexiel schnell über die Geschehnisse so weit auf.

„Ich weiß, was wir jetzt tun werden!", verkündete Alexiel dann und begann Gabriel hinter sich herzuziehen.

„Was?", fragte Gabriel überrascht, ließ sich aber trotzdem mitziehen, fühlte er sich doch jetzt ein wenig weniger, als müsste er sich gleich übergeben, da Alexiel da war.

„Ich bin kurz vor dem Kampf angekommen mit dem letzten der Zeppeline, dem letzten Netzwerfer und mehr Netzen!"

„Ja, und? Willst du, dass ich aus der Luft schieße? Aus dem Zeppelin heraus?"

„Genau!"

„Oh Gott...", Gabriels Stimme zitterte, als er Alexiels Plan zustimmte.

Zwei Straßenecken später standen sie vor dem Zeppelin. Alexiel betrat ihn zuerst, holte ein Brecheisen daraus hervor und hebelte die Tür aus den Angeln. Im Inneren war der Netzwerfer getrennt von dem rotierenden Sockel gesichert und im hinteren Bereich die Netze.

„Wir müssen erstmal den Netzwerfer auf den Sockel bekommen und dann neu sichern! Beeil dich!" Alexiel Stimme war hart und kontrolliert. Gabriel wusste nicht genau, in wie vielen größeren und kleinen Kämpfen oder sogar Schlachten Alexiel unter Saradiel gewesen war, aber seine betonte Ruhe und Kontrolle über die Situation sprach dafür, dass er schon einige Kämpfe überlebt hatte. Wie sonst hätte Saradiel einen Grund haben können, ihn zu einem seiner Generäle zu erheben, wenn Alexiel kein geborener Anführer gewesen wäre oder zumindest einen kühlen Kopf in solchen Situationen behalten hätte können.

Gabriel tat also wie ihm geheißen, löste die Sicherung des Netzwerfers und befestigte ihn dann zusammen mit Alexiel auf dem Sockel, den sie dann, so gut es ging, wieder sicherten, so, dass sie den Werfer noch rotieren konnten, um zu zielen, besser so, dass Gabriel zielen konnte, würde Alexiel doch wieder der Pilot sein. Schließlich hatten sie es geschafft und Alexiel ließ den Zeppelin vorsichtig zwischen den dicht an dicht stehenden Häusern in die Luft steigen.

Gabriel spürte, wie der kalte Wind durch die Öffnung der Tür an seinen Kleidern riss und das Adrenalin ein weiteres Mal in seinem

Körper zu kochen begann, sodass er an nichts anderes mehr denken konnte, als daran was er zu tun hatte. Außerdem beruhigte es ihn, dass sich Alexiel sehr sicher zu sein schien in dem, was sie vorhatten.

Der Zeppelin tauchte in die Menge an kämpfenden Engeln, Dämonen und Umbra ein. Gabriel fixierte einen Umbra mit seinem Blick und begann, ihn mit dem Netzwerfer zu verfolgen. Kurz bevor der Winkel es nicht mehr zuließ, feuerte er das Netz ab und beobachtete für eine Sekunde, wie der Umbra zu Boden stürzte und versuchte, den Engel, gegen den er kämpfte, mit sich in die Tiefe zu reißen. Dann drehte sich Gabriel weg, holte aus einer Kiste ein weiters präpariertes Netz und lud nach. Ein weiterer Schuss, die Sehne des Werfers schnurrte und das Netz schleuderte durch die Luft auf einen Umbra zu, der jedoch ausweichen konnte.

„Merde!", fluchte Gabriel frustriert, schlug gegen den Werfer und beugte sich dann zu der Kiste mit den Netzen herunter.

„Alles in Ordnung?", brüllte Alexiel über den rauschenden Wind hinweg.

„Ja. Ja! Halt den Zeppelin nur still!", rief Gabriel zurück, lud nach, zielte und schoss. Er sah nicht, ob er traf, da er sofort nach dem nächsten Netz griff. Er konnte und wollte sich gar nicht vorstellen, wie es sich anfühlte, hier oben in der Luft, ohne die relative Sicherheit des Zeppelins kämpfen zu müssen und zu wissen, dass es nichts gab, dass einen Sturz abfangen können würde, wenn ein Flügel verletzt wurde. Gabriel würgte eine weitere Welle der Panik herunter, als er nach dem nächsten Netz griff, dann hatte er das Gefühl, ein Déjà-vu zu erleben. Sein Körper schien zu gefrieren, als er realisierte, wo er diese Szene schon einmal gesehen hatte. Seine erste Vision.

Überall, soweit er sehen konnte, kämpften Engel, Dämonen und Umbra und er sah, wie es regelrecht Blut auf die Stadt unter dem Kampf im Himmel regnete. Und dann war da dieses gleißend, leuchtende Wesen, das zwischen allem schwebte. Es schwebte direkt mit dem Rücken zur Sonne, daher konnte Gabriel es nicht richtig erkennen, doch jetzt wusste er plötzlich, dass es Madan sein musste. Große, lediglich teilweise gefiederte Flügel bewegten sich langsam in der Luft und in einer Hand hielt Madan ein langes Schwert, wie es auch der Orden nutzte.

Im nächsten Moment lief ein Ruck durch den Zeppelin und Gabriel spürte, wie sich dieser zur Seite legte. Er stolperte nach hinten und schlug gegen die Wand des Zeppelins, die im Inneren sichtbare Verstrebung kollidierte schmerzhaft mit seiner Wirbelsäule.

„Scheiße! Scheiße! Scheiße!", fluchte Alexiel und versuchte verzweifelt, gegen die ungewollte Kursänderung des Zeppelins gegenzusteuern.

„Was ist passiert?", brüllte Gabriel und warf sich in Richtung des Netzwerfers, um sich an diesem festzuhalten.

„Ich glaube, etwas ist in die Propeller am Heck gestürzt! Ich fürchte ich verliere die Kontrolle! Halt dich irgendwo fest, ich versuche uns herunterzubringen!", erwiderte Alexiel, Angst, nein, Panik nun klar in seiner Stimme zu hören.

„Was denkst du, was ich tue?", fauchte Gabriel zurück, seine eigene Angst nun mehr von Wut und dem verzweifelten Wunsch überleben zu wollen, verschlungen. Aber im Moment, so dachte er, war es besser, Wut zu empfinden als Angst, da war er sich sicher. Vor dem Fenster und der Türöffnung tobte die Schlacht unverändert. Der Zeppelin neigte sich immer mehr und begann zu ruckeln und zu zucken. Im nächsten Moment wurde alles um Gabriel herum schwarz. Er spürte einen kurzen, stechenden Schmerz, seine Umgebung schien nur noch aus Hitze und Lärm zu bestehen und dann versank die Welt um sein Bewusstsein herum und sein Bewusstsein im Nichts. Alles, was er im letzten Moment noch denken konnte, war: *Bitte lass Alexiel das hier überleben. Bitte. Bitte. Bitte.*

Kapitel 45

(Dezember 1687)

Für einen wunderbaren, Ewigkeiten andauern zu scheinenden Moment schwebte Gabriel in einem angenehmen warmen, schwarzen Nichts. Auf seiner Brust ruhte kein Druck und er konnte frei atmen und in diesem Moment schien er einfach nur zu sein. Dann begann sich plötzlich ein Schmerz in die linke Hälfte seines Kopfes zu bohren, der sich wie ein Waldbrand in seinem gesamten Körper auszubreiten schien. Erst als der Schmerz begann abzuebben, bis er sich nur noch auf seinen Kopf zentrierte, kam Gabriel blinzelnd wieder in die Realität zurück. Für einen Moment hatte er keine Ahnung, wo er sich befand, und versuchte mit seinem verschwommenen Blick einen Punkt zu finden, an dem er sich orientieren konnte. Doch da war nicht wirklich etwas, was ihm hätte sagen können, wo er war. Daher versuchte er sich aufzusetzen, doch jemand drückte ihn mit sanfter Gewalt zurück auf sein Lager.

„Bleib liegen", verlangte eine sanfte Männerstimme, die Gabriel aber nicht kannte und auch auf seinem linken Ohr so gut wie gar nicht hören konnte.

Langsam wurde seine Sicht wieder klar und er erkannte, dass er sich in einem provisorischen Lazarett befand. Er schlussfolgerte, dass er sich im Trollmarkt von Paris befand, hingen doch seltsame Laternen, die aussahen als seien sie aus den Skeletten von Blättern gefertigt worden, neben den Betten; die Decke bestand aus Stein und es gab nirgends im Raum Fenster, trotzdem wirkte es heimelig und gemütlich und nicht wie ein Kerker. Und so eine Atmosphäre konnte eben nur der Trollmarkt hervorrufen.

Gabriel blinzelte und stellte fest, dass der Mann, der ihn zurückgedrückt hatte, ein Elb unbestimmbaren Alters war. Er hatte die typisch grün angehauchte Haut und auch seine Haare hatten diesen Schimmer, wie man ihn bei all dieser mindestens zwei Meter zwanzig großen, unglaublich dünnen Non Humani fand.

„Wo ist Alexiel?", krächzte Gabriel. Seine Stimme war leise und kratzig und sein Hals so trocken, dass er schmerzte, wenn er sprach. Doch der Elb ging nicht darauf ein und hob ihm nur einen Becher mit einer Flüssigkeit an die Lippen.

„Trink erst einmal etwas", verlangte er sanft. Gabriel tat wie ihm geheißen. Die Flüssigkeit war warm und schmeckte nach Kräutern. Sofort nahm der Schmerz in seinem Hals etwas ab.

„Wo ist Alexiel?", fragte er dann erneut. Der Elb summte leise.

„Ihm geht es den Umständen entsprechend gut", sagte der Elb und brachte Gabriel dazu einen weiteren Schluck zu trinken.

„Wo ist er?"

„Er liegt ein paar Betten weiter, du brauchst dir keine Sorgen zu machen." Bei diesen Worten spürte Gabriel einen Stich in der Brust. Sagte der Elb das nur, um ihn zu beruhigen? Was hieß den Umständen entsprechend gut? Sie waren schließlich mit dem Zeppelin abgestürzt.

„Kann ich ihn sehen?", fragte er daher mit Angst als Träger seiner Stimme und richtete sich nun doch in eine sitzende Position auf. Ein Schmerz wie er ihn noch nie erlebt hatte, durchfuhr seinen Kopf, es war nicht der dumpfe Schmerz, wie wenn man Kopfschmerzen oder wenn man sich gestoßen hatte, sondern eher etwas Brennendes, das sich tief in seinen Schädel zu bohren schien, aber aushaltbar war. Erschrocken tastete er nach seiner linken Kopfseite. An seinen Fingerspitzen fühlte er den weichen Stoff eines dicken Verbandes. „Oh Gott!", entrang es sich seiner Kehle und fast panisch tastete er weiter den Verband ab. Schnell zog der Elb seine Hand von den Binden weg.

„Nicht anfassen! Und ja, Sie sollten zwar jetzt noch nicht aufstehen, aber wenn sich Alexiel kräftig genug fühlt, kann er kurz herkommen." Der Elb sah Gabriel streng an, richtete sich dann zu seiner vollen Größe auf und schwebte regelrecht den Gang zwischen den Betten entlang. Die helle, ordentliche, aus weiten Tuniken aus hellem Stoff bestehende Kleidung des Elben hatte rote und braune Blutflecken und war vollkommen zerknittert; um die Hüfte des Elben hing eine lange, dünne Kordel. Er beugte sich zu einem der

Betten herab und sofort schoss ein Dämon mit zerzausten, schwarzen Haaren in die Höhe. Der Elb half ihm sich aufzurichten und Gabriel konnte erkennen, dass sich einer der Arme des Schwarzhaarigen in einer Schlinge befand. Langsam humpelte Alexiel, gestützt von dem Elben zu Gabriel herüber und ließ sich neben ihm auf das Lager sinken. Gabriel spürte, wie ihm augenblicklich die Tränen in die Augen schossen und er sich nur noch in Alexiels Arme werfen wollte.

„Chèrie!", hickste er.

Alexiel wiederum stieß nur zittrig etwas Luft aus und legte dann seine gesunde Hand an die rechte Wange Gabriels.

„Dir geht es gut…", flüsterte er lediglich, als Gabriel sich instinktiv in die sanfte Berührung seiner kalten Hand schmiegte.

„Wie haben wir das überlebt?", fragte er schließlich.

Alexiel zuckte mit den Schultern und ein Schatten von Angst und Terror huschte über seine Augen.

„Wir sollten froh sein, dass wir es überlebt haben. Casius hat gesagt, es ist ein Wunder, dass bei dem, was du gegen den Kopf bekommen hast, dein Schädel nicht geborsten ist, nur dein Ohr ist nicht mehr da, zumindest der Großteil davon", erzählte Alexiel. „Himmel, ich hatte solche Angst, dass du nicht mehr aufwachst…dass du…"

„Denk nicht daran, damit können wir uns beschäftigen, wenn unsere Körper geheilt sind!", unterbrach Gabriel hastig und streckte nun seinerseits eine Hand nach Alexiel aus, um ihm beruhigend über den gesunden Arm zu fahren. Dann schüttelte er den Kopf. „Ich habe jetzt also nur noch ein Ohr? Werde ich denn noch hören können, wenn alles verheilt ist? Und welche Verletzungen habe ich sonst noch, und noch wichtiger, wie geht es dir?", plapperte er drauflos in einem plötzlichen Drang, etwas, das sich wie aufgestaute Energie anfühlte, aber wahrscheinlich nur eine neue, langsam heranrollende Welle der Panik war, loszuwerden.

Alexiel schluckte. „Mein linker Arm ist mehrfach gebrochen und an meinem kleinen Finger und am Ringfinger zwei Glieder verloren jeweils, mein ganzer Körper ist blau und Atmen ist zurzeit sehr schmerzhaft, ich habe nämlich zwei geprellte Rippen. Und wie es genau mit dir ausschaut, da musst du Casius fragen, das ist der Elb, der sich um dich gekümmert hat, als du aufgewacht bist, er meinte jedoch, dass deine Schulter ausgekugelt gewesen sei und dein ganzer Körper von Prellungen bedeckt ist", erzählte Alexiel mit einer Leichtigkeit, bei der es sich nur um einen unbewussten Versuch handeln konnte, sich nicht von der immer noch anhaltenden, nachhallenden Angst verschlingen zu lassen.

Sie unterhielten sich leise weiter und versuchten, sich etwas von der Schlacht abzulenken, was jedoch gar nicht so leicht war, als Ephemera plötzlich auf sie zu gestürmt kam.

„Oh Gott euch geht es gut!", rief sie. „euch geht es gut!"

„Den Umständen entsprechend, aber ja", erwiderte Alexiel und gab Ephemera eine halbe Umarmung, da ihm eben gerade nur ein Arm zur Verfügung stand.

„Wie ist die Schlacht ausgegangen?", fragte dann Gabriel, nachdem auch er Ephemera so gut es ging, umarmt hatte.

Sie holte tief Luft und setzte sich neben Alexiel an Gabriels Bett. „Wir haben gewonnen, allerdings sind viele von Saradiels Generäle und die meisten Mitglieder des Gestirns entkommen und wir suchen noch nach Saradiels Leiche. Außerdem gibt es einige Gefangene, wir müssen noch herausfinden wie wir sie unterbringen. Tatsächlich war der Kampf recht schnell vorbei nachdem Madan Saradiel herausgefordert hat, das müsste ungefähr zur selben Zeit wie euer Absturz gewesen sein. Nachdem Madan gewonnen hat, haben die Umbra ziemlich schnell ihren Kampfeswillen verloren und sind geflohen. Es gab aber leider auch sehr viele Verletzte, sowohl beim Orden als auch bei den Non Humani die dageblieben sind", erzählte sie.

„Und wie geht es dir?", fragte Alexiel dann.

„Gut, ich habe nur ein paar Kratzer abbekommen. Aber das Wunder seid ihr beide."

Alexiel lachte leise und warf Gabriel einen schnellen Blick zu.

Irgendwann schickte Casius Alexiel dann zurück auf sein Lager und auch Ephemera wieder weg.

Gabriel war nur gut zwei Stunden wach gewesen in denen er sich mit Alexiel und Ephemera unterhalten hatte, bis ihm Casius, als er von Alexiel zurückkam, einen weiteren Kräutersud einflößte, welcher ihn unglaublich müde machte und in einen traumlosen Schlaf sinken ließ, für den er im Moment sehr dankbar war, wusste er doch, dass die Albträume noch früh genug anfangen würden.

(Februar 1688)

Einige Wochen später befand sich der Großteil des Ordens wieder im Schloss. Alexiel durfte seinen Arm noch immer nicht wieder richtig belasten, aber immerhin war er die Schlinge und die Schienen los, waren die Brüche doch gut verheilt und auch die Stümpfe seiner Finger, die man partiell amputieren hatte müssen, hatten einen problemlos verlaufenen Heilungsprozess hinter sich. Gabriel wiederum war zwei Tage zuvor der Verband endgültig abgenommen worden und so begann jetzt die Phase, in der er hoffte, dass sich sein Gehör links wieder etwas verbessern würde, er nahm nämlich aktuell alles, bei dem es sich nicht um extrem hohe Töne wie das Quietschen einer Tür, deren Scharniere nicht geölt waren, oder das Kreischen einer Geige, bei der der Violinist einen Ton auf der E-Saite nicht traf, die er jetzt plötzlich besonders empfindlich und deutlich hörte, nur so wahr, als hätte man ihm einen Watteball ins Ohr gesteckt und in der er sich daran gewöhnen musste, dass seine Haare nun für immer eine riesige, rote Narbe an der Seite seines Kopfes verdecken würden, wenn sie um die Narbe herum wieder soweit nachgewachsen waren, dass man hinter ihnen etwas verstecken konnte.

Er fragte sich, was sich die Menschen in Paris wohl denken würden, wenn sie zurückkehrten, warum die Stadt so zerstört wirkte, oder ob die Non Humani mit Magie etwas nachhelfen würden, dass es niemandem auffiel (um ehrlich zu sein, zweifelte Gabriel etwas daran, dass man mit Magie Häuser wieder aufbauen konnte, aber was wusste er schon) oder sich niemand darüber Gedanken machen würde. So oder so, das Gefühl in seinem Bauch, das ihm sagte, dass er hier beim Orden genau da war, wo er sein sollte, war nach dieser Schlacht nicht im mindesten leiser geworden oder gar verstummt. Es bestätigte ihm so klar wie das gesamte letzte Jahr, dass er die richtige Entscheidung getroffen hatte, Versailles hinter sich zu lassen und Teil dieser spektakulären, mitunter blutigen und ekelhaften, aber auch wunderschönen, aufnehmenden und faszinierenden Welt der Non Humani zu werden. Dass dies hier, trotz der Schmerzen, die dieses Leben auch bereithielt, das Leben war, für das er gemacht worden war, so sehr er Gewalt auch verabscheute, und dass er bereit war sich jedem Umbra und Monster in den Weg zu stellen, der eine Gefahr für Non Humani und Menschen darstellen sollte. Eine Wolke der Melancholie hüllte seinen Geist ein.

Ein plötzlicher Kuss Alexiels auf seine Wange riss ihn aus seinen Gedanken und ließ ein wohliges Kribbeln in seinem Bauch erwachen. Nachdenklich ließ er seinen Blick über die Landschaft außerhalb des Schlosses gleiten. Schneeflocken tanzten vor dem Fenster neben dem Treppenturm im Westflügel umher und erinnerten Gabriel an das Hofballett von Louis. Nur waren diese kleinen Eiskristalle noch tausend Mal schöner, da sie nicht einstudierten Choreografien folgten, sondern einem Tanz, den sie sich gerade in diesem Moment, im Hier und Jetzt ausdachten.

Gabriel seufzte und ließ seinen Kopf nach hinten auf Alexiels Schulter sinken. Saradiels Leiche hatte man noch immer nicht gefunden, doch Madan hatte zu Bericht gegeben, dass er Saradiel mehr als nur eine Wunde, die auch ohne den Sturz vom Himmel tödlich gewesen wäre, zugefügt hatte und so ging man davon aus, dass jemand der nicht wusste, dass es sich um Saradiel handelte, ihn zu den zu beerdigenden Toten gebracht hatte und er jetzt versteckt auf einem unterirdischen Friedhof verrottete.

Madan war nur drei Tage nach der Schlacht wieder verschwunden und Ithuriel hatte beschlossen nicht nach ihm suchen zu lassen. Wenn Rückzug Madans Methode war, um zu trauern und damit zurechtzukommen, dass er gezwungen war, die Person, zu der sein Vater geworden war, zu töten, dann sollte es so sein.

Gabriel musste zugeben, dass er Madan ein wenig vermisste, war er doch auf die ein oder andere Art genauso ein Sonderling wie er beim Orden gewesen.

„Ist alles in Ordnung?", fragte Alexiel leise und wiegte sich leicht mit Gabriel in seinem Arm hin und her. Gabriel nickte schweigend.

„Ich bin nur in Gedanken…und etwas müde…", murmelte er dann schließlich.

Alexiel lachte leise. „Dann lass uns schlafen gehen."

„Hm." Die beiden schlurften die wenigen Schritte zu ihrem Zimmer und betraten es. Harris schlief bereits in seinem Nest auf der Kommode neben dem Kamin. Dem Chaos in dem Zimmer nach zu urteilen, hatte er wieder versucht die Würgewurzel die Gabriel zum Geburtstag bekommen hatte, zu fressen und diese hatte sich zur Wehr gesetzt. Gabriel schüttelte belustigt den Kopf und hob die auf dem Boden verstreuten Papiere und andere kleine Gegenstände (wieder) auf und legte sie hastig auf dem Schreibtisch ab, dann zogen er und Alexiel sich um und schlüpften ins Bett. Die Müdigkeit überrollte sie schnell wie die kleinen, sanften Wellen eines angenehm warmen Baches im Sommer. *Doch, es ist richtig, dass ich hier bin!* Dachte sich Gabriel noch, dann war er eingeschlafen.

Epilog

(Januar 1688)

Skeptisch betrachtete Aorin den unbeweglichen Körper in dem Glassarg vor ihm. Saradiel sah aus wie immer, lange weiße Haare und ein müdes Gesicht mit tief liegenden Augen und eingefallenen Wangen, seine Haut wirkte dünn wie Papier und sogar für einen Dämon ungesund fahl, aber wie sollte man den auch anders ausse-hen, wenn man vom eigenen Sohn drei Mal das Schwert in den Körper gerammt bekommen hatte und dann über fünfzig Meter aus dem Himmel gestürzt war? Eher schlechter. Saradiel wiede-rum wirkte, als würde er schlafen; hauptsächlich durch die schnelle Reaktion Aorins.

Mit einem lauten Rumpeln holperte die Kutsche über einen Stein und ließ Aorin und den Sarg regelrecht in die Luft hüpfen. Wütend schlug er gegen die Wand, vor der der Kutscher auf einem Bock saß.

„Sei verdammt nochmal vorsichtig! Oder willst du, dass ich dich gleich hinrichte? Ich kann die Kutsche auch selbst lenken!", brüllte er.

Der Kutscher verlangsamte das Tempo ein wenig. „Na geht doch", brummte Aorin und ließ seinen Kopf gegen die Wand hinter sich sinken. Wie hätten sie auch wissen können, dass sich Madan auf die Seite des Ordens gestellt hatte, hatte es die letzten Jahrhun-derte doch so gewirkt, als wolle er sich lieber vor dem Rest der Welt verstecken. Natürlich hatte Saradiel da das Ziel aus den Augen ver-loren und natürlich war Paris so eine einzige Pleite gewesen. Naja, aber das Ende war es ja nicht gewesen. Noch nicht. Schließlich hatte Aorin ein paar Asse im Ärmel, die es noch galt auszuspielen.